作家ロレンスは、こう生きた

ジョン・ワーゼン
中林正身 訳

John Worthen

D.H. Lawrence: The Life of an Outsider

南雲堂

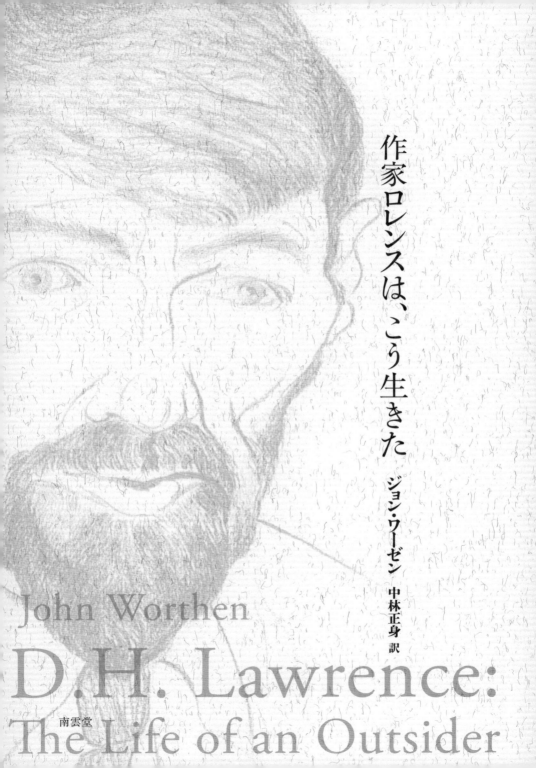

コニー、デイヴィッド、ジュヌヴィエーヴ、ジョーンとマークに捧げる

彼は記憶をおおいに頼りにして描いた。知人をみんな利用した。彼は自分の作品に絶対的な自信をもっていた——素晴らしいもので、価値があると。塞ぎ込んだり不安に駆られたりもしたが、彼は自分の作品の価値を信じて疑うことはなかった。

（D・H・ロレンス、『息子と恋人』）

ぼく自身があまりにも周囲から切り離されてしまっていることに、ひどく心が痛んでいます。だからといって、どうしろというのでしょう？……ぼくたちは本質的に隠者になることを強いられることがときとしてあります。ぼくはそうはなりたくないのです。でも世間とのかかわり合いのなかにあるものといったら個人間の諍いだったり、金銭をめぐる揉め事だったりと不愉快なことばかりです。もちろん、ちょっとした知り合いはいますが、知り合いというだけで友だちにはなり得ません。ぼくたちは擬い物でない人間的な関係などもっていません——これは、きわめて破滅的なことです。

（D・H・ロレンス、一九二七年八月三日付のトリガント・バロウへの書簡）

目次

ロレンスが住んだイーストウッド
1 機械工協会
2 プリンス・ストリート
3 会衆派教会
4 ヴィクトリア・ストリート 8a
（ロレンスの生家）
5 ブリティッシュ・スクール、
アルバート・ストリート
6 ボーヴェイル公立小学校
7 ウォーカー・ストリート 3
（1891年から1904年までのロレンスの家）
8 リン・クロフト・ハウス
9 ホプキン家の店
10 クィーンズ・スクウェア・ハウス
N
セルストン炭鉱
アンダーウッド
ウィリー・
スプリング・ウッド
ハッグス農場
ウィリー・
レーン炭鉱
ユウデイル・レーン
聖ジェイムズ教会
ブリンズリィ
プリンズリィ・ブルック
ブリンズリィ炭鉱
ヴァイン・
コテッジ
クアリィ・
コテッジ
牧師館
ラムクローズ・
ハウス
ムアグリーン貯氷池
ハイパーク・
ウッド
ボーヴェイル
修道院・農場
ハイパーク炭鉱
ムアグリーン
ネザグリーン
炭鉱
ウォトナル炭鉱
マンスフィールド・ロード
コッカー・
ハウス
ザ・
ブリーチ
ムアグリーン
炭鉱
グリーンヒルズ
コモン・ガーデン
ウォーカー・ストリート
リン・クロフト・ロード
マーケット・
プレイス
ホルブルック
家の農場
牧師館
グリースリィ
聖メアリ教会
イーストウッド
聖メアリ教会
ノッティンガム・ロード
共同墓地
イルクストン、
コサル方面へ
キンバリィ、
ノッティンガム方面へ
0 1/2 1 mile
0 1 km

シェフィールド
シャイアブルック
マトロック
リンカン
メイブルソープ
サットン・オン・シー
ミドルトン
サットン・イン・アシュフィールド
スケッグネス
リプリー
サウス・ノーマントン
ワークワース
イーストウッド
イルクストン
ノッティンガム
ダービィ
ラトクリフ・オン・ザ・リーク
レスター
バーミンガム
ケンブリッジ
オックスフォード
コルスベリィ
チェシャム
ガーシントン
テムズ川
パンボーン
ハムステッド
チズィック
マーゲイト
キングスゲイト
ハーミティッジ
レディング
ロンドン
ブロードステアーズ
ニューベリィ
クロイドン
レッドヒル
カンタベリィ
エーデンブリッジ（サーン荘）
ドーヴァー
フォークストーン
サウサンプトン
グレタム
ホーヴ
ブライトン
ポーツマス
ボーンマス
リトルハンプトン
イーストボーン
フレッシュウォーター
シャンクリン
ワイト島

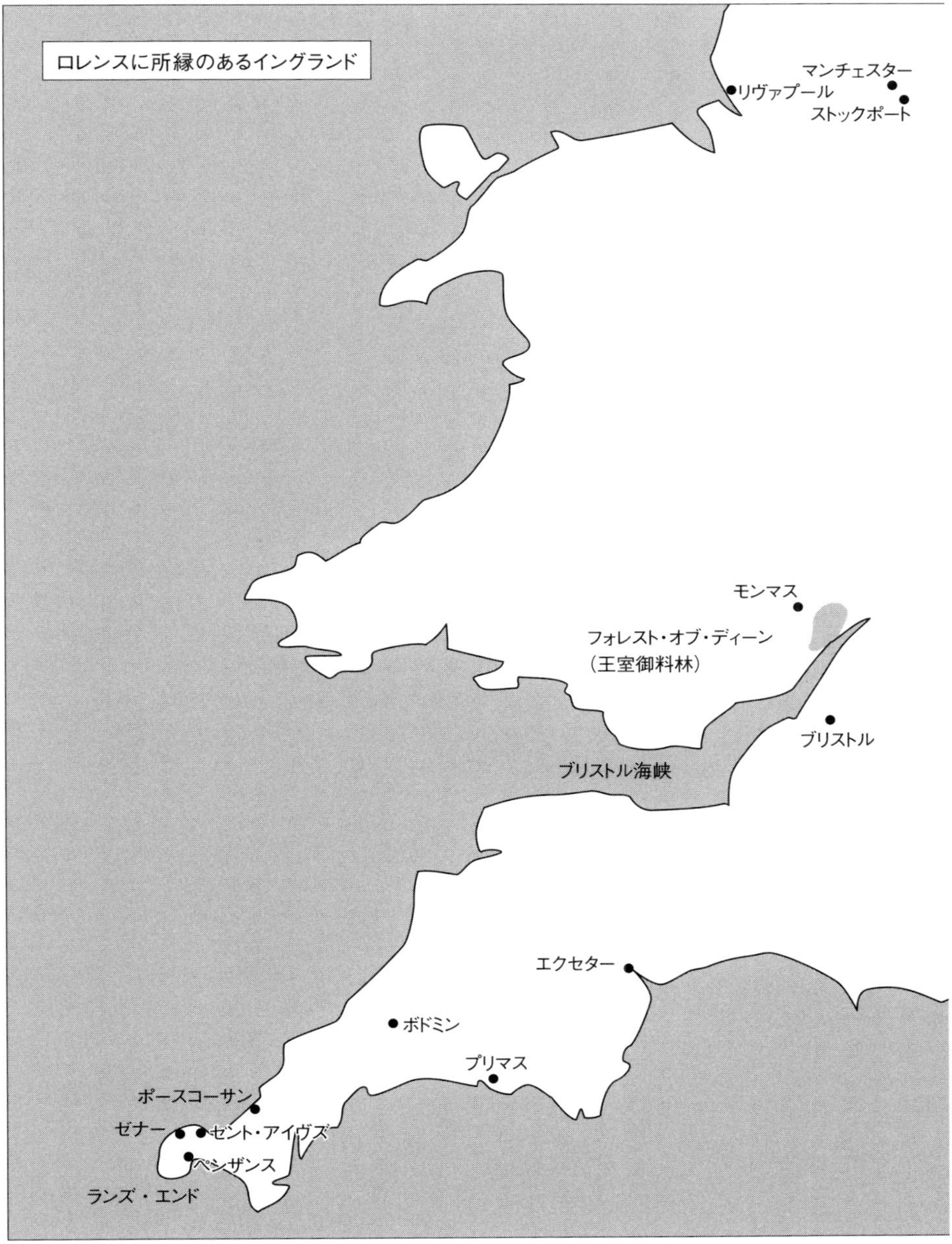
ロレンスに所縁のあるイングランド
マンチェスター
リヴァプール
ストックポート
モンマス
フォレスト・オブ・ディーン
（王室御料林）
ブリストル
ブリストル海峡
エクセター
ボドミン
プリマス
ポースコーサン
ゼナー
セント・アイヴズ
ペンザンス
ランズ・エンド

ロレンスに所縁のあるイタリア

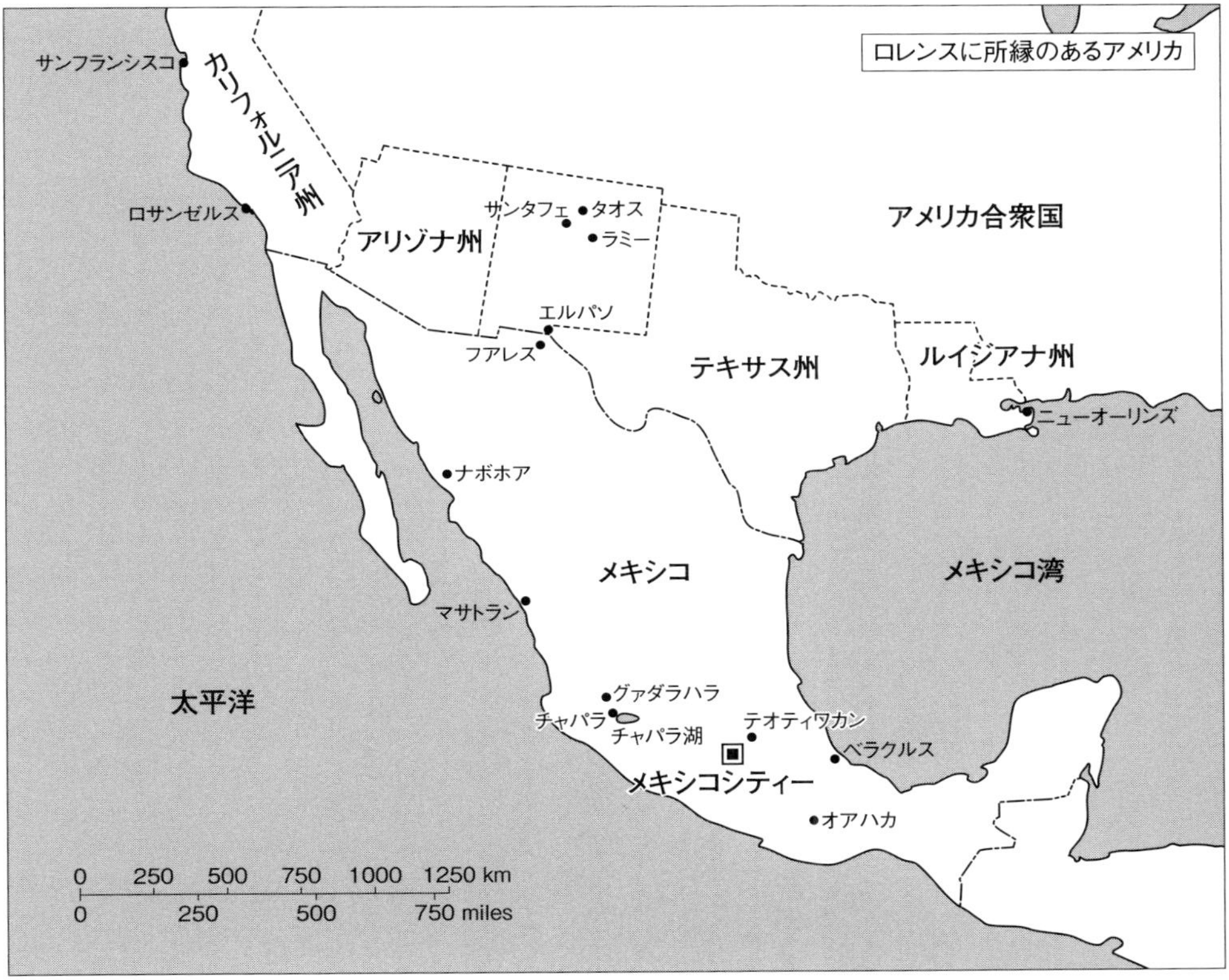
ロレンスに所縁のあるアメリカ
サンフランシスコ
カリフォルニア州
ロサンゼルス
アリゾナ州
サンタフェ
タオス
ラミー
アメリカ合衆国
エルパソ
フアレス
テキサス州
ルイジアナ州
ニューオーリンズ
ナボホア
メキシコ
メキシコ湾
マサトラン
太平洋
グァダラハラ
チャパラ
チャパラ湖
テオティワカン
ベラクルス
メキシコシティー
オアハカ
0 250 500 750 1000 1250 km
0 250 500 750 miles

日本語版への序文

私がこの伝記を書きあげたのはもう十年近く昔のことになる。だからそれだけの歳月が経過したにもかかわらずにまたこの本を読み返すことは奇妙な感じがすることだった。この本を書くにあたっての初期のアイデアのいくつかは記憶に留まっている。書き始める前には、既にケンブリッジ大学出版局から刊行されていた三巻本のロレンスの評伝をうまく利用して（もちろんふたりの執筆者だけでなく出版社からの承諾も得たうえで）ところどころコピー・アンド・ペーストなどすればパッチワークのように一冊にまとめることができるだろうなどと目論んでいた。ところが、そんなことは到底できっこないことが分かってきた。とどのつまりは、全ページを自分でまた新たに書かなくてはならなかった。そのなかには既刊本からのいくらかの拝借があることを認める。また書き手としておおいに本伝記に介入するつもりがあり、そしてそんなときには筆者である私が書いている文章のなかで伝記を書くことにまつわる諸問題について意見を述べようとさえ考えていた⋯　だからこの伝記を書くにあたって私はずっと、バンドルに滞在しながら惨めな暮らしをしていた晩年のロレンスから書き始めようと決めていたのだった（実際にこの本は、そのときのロレンスの言葉で幕を開けている）。だが出版社や友人たちから、そのようなことはやめた方が賢明だと諭されてしまった。今となっては、彼らの方が正しかったのかもしれない。この日本語版においてひとつ私のオリジナルのアイデアが残されているとすれば、それは私が考えに考え抜いたタイトル *D. H. Lawrence: The Life of a Writer* の意味を汲み取ってくれて、それをできる限り活かしてくれるような日本語のタイトルが使われたことである。原著の出版社はこのタイトルを気に入らずに変更してしまったのだ。

中林正身氏に本伝記を翻訳してもらえたことは、私にとっては幸運なことだった。もちろん日本語版を私は読むことはできないが、そのように確信している。この本を翻訳していた彼は私にメールで何度も質問をしてきた。その一連の質問から窺えたことは、彼が私の本意をできるだけ正確に日本の読者に伝えようとしていたこと、そして私の独特の言い回しをどのような日本語に置き換えたらいいのかということに腐心していたことである。たびたび気がついたことがあるのだが、中林氏が私にメールで訊ねてきたのは彼の翻訳者としての英語力の欠如に原因があるのではなく、私のもともとの英文が複雑で、それゆえになにを意味しているのかが不明瞭なことがあったからである。彼からの質問があると私はそのセンテンスを、或いはパラグラフ全体を新たに書き直したのだった。このことで私は原著にあったギャップを埋めることすらできた。このような作業を経たために、日本語版は原著に比べて若干出来栄えが良くなっていると思われる。私はこの場で友人の正身に感謝の意を表する。彼はかつて私の教え子であったが、今ではロレンス研究における協力者である。彼が翻訳した、その意味でこの（私のではなく）「彼の」本が彼に多幸をもたらすことを祈念する。

二〇一四年五月十一日

ジョン・ワーゼン

作家ロレンスは、こう生きた

序文

…千人もの友を得られなかったことも、イングランドで脚光を浴びるような人たちのなかに居場所を得られなかったことも、すべては自分のせいです。「成功」へと通じるドアは開けられていたし、昇るべき階段も用意されていました…でも、ぼくはここにいるのです。言ってみればどこことも分からないところに、永遠のアウトサイダーとして。そして、これはぼく自身が選んだことなのです。[1]

D・H・ロレンスは一九二七年にこのように書いている。死去する三年前のことである。二十世紀初頭のイングランドの中流階級の文壇のなかの「どこことも分からないところ」にロレンスはいた。イングランドのミッドランズの生まれ故郷の炭鉱町イーストウッドでも彼は場違いな存在だった。自分が生まれた階級や家族との、そして自分がそのなかで生きてきた文化との繋がりを驚くべき方法で断ち切って、文学的にも知性の面においても洗練されていった。作家になると決めたことで、思いもよらないほどに労働者階級と隔たることになったのだ。しかし作家になってからもロレンスはさまざまなものとの関係を絶つこととなった。例えば、自分の作品や生き方に染み込んだ若い頃の文学的素養だったり、粗削りなところはあるが可能性を感じさせる若い詩人・小説家として控え目にではあるが認知してくれた世間だったり、はたまた第一次世界大戦の影響を受けた文学界やほかの分野の知識人との交わりなどである。文壇でロレンスは絶えず居心地の悪さを感じていて、当時の世間が嫌悪感を抱くような作品を一度ならず発表してプロの作家としての地位を危うくした。一九一五年に『虹』が発禁になってからは「マスメディアや出版界を牛耳る業界人たち」とロレンスの確執は甚だしいものとなり、初期の作品によって前途を嘱望されたような作家にはならなかった——彼の作品は読まれてはいたものの読者層は幅広いものではなかった。[2] 第一次世界大戦後にロレンスは故国イングランドとも決別していった。晩年の十一年間を眺めるとロレンスがあちらこちらを旅して実験的な作品を書きながら生計を立てるために苦労していたことや、そして折に触れて著作のなかで積極的に反社会的な発言をくり返していたことなどが分かる。最後の小説『チャタレー夫人の恋人』を爆弾のようなものだとロレンスは評している――「これが爆発して、この世界に少しばかりの新鮮な空気が流れ込むことを期待しましょう」。[3] 自分の作品を読んだ作家たちから「人生はそんなものじゃない」と酷評されるだろうということをロレンスは予測できていたし、周囲からどう思われていたかも十分に承知していた――「こんな動物はこの世の中にはいないなどと、ぼくとはちょっとだけしか違わないだけの動物から言われる羽目になってしまったことにうんざりしています。このぼくがキリンだとしたら、ぼくについてあれこれ書き立てて、ぼくのことを知ったつもりになっているイングランドの連中はさしずめお上品で行儀のいい犬というところでしょう。分かってもらえるでしょうか。同じ動物でも、動物っていうのはそれぞれに違うんですよ」。[4] 同時代の人間たちに比べると確かにロレンスは枠から外れていて、忘れることのできない、そしてほかのどの動物よりも先見の明があるキリンだった。

　ロレンスの著作が同時代作家の諸々の作品と比べて悪い意味で傑出しているその理由――このために「ポルノ作家」というレッテルを貼られた上に出版社や印刷業者とのあいだに相次ぐ揉め事を引き起こすことにもなったのだが――はもっぱら肉体の経験を言説化しようとするその作風にある。だがしかし、ロレンスがこのようなことを描出しようとしていたのだと正しく認知され理解されるには途方もない時間を俟たねばならなかった。彼が描いた肉体の経験は（彼の生きていた時代では）猥褻なものと見做され、（私たちが生きている現代では）女性差別と解釈されている。ロレンスは一九一三年に「肉体に従って生きていくことのほうが、精神を拠り所にして生きていくことよりも遥かに難しい。肉体のほうがずっと頑固さという点では厄介で融通がきかないのです――ダメなものはダメなんです」と書いている。ロレンスはほとんどの作品、とくに一九一二年にフリーダ・ウィークリーと出会って以降のもののなかで肉体の経験――とりわけ肉体的反応をとおしての性的欲望――をどう言葉で表現するかに挑んでいる。一九二九年には次のように記している――「性を認識することがぼくたちの務めで、今日では性にまつわることを意識してしっかりと認識することのほうが性行為そのものよりもずっと大事なことなのです」。[5]

　ロレンスが活躍していた時代ではしかしながらこのような考えは異常――不健全であったことは言うまでもない――であると受け取られて多くの評論家によって酷評され、法律によって取り締まられ、そして少なくともふたりの文壇の大御所に咎められた。一九一四年にジョン・ゴールズワージーは『息子と恋人』を読んで「肉体なんてものには注目すべき価値なんぞありはしない。ロレンスがこのことに一刻も早く気がついてくれるといいのだが」と書き、そして一九三四年にT・S・エリオットは、『チャタレー夫人の恋人』を書いた人物は「私にはとても病的な人間に思える」と述べている。雑誌や新聞の文芸欄でその名を知られていた編集者J・C・スクワイアは一九三〇年に『オブザーヴァー』紙上の死亡記事でロレンスの「異常な特徴」[6]に言及しているし、『デイリー・テレグラフ』紙のロレンスの死没に触れた短い記事では、『息子と恋人』以来どれほどロレンスが「汚物に片手を突っ込んだまま」執筆活動をつづけてきたかが嘆かれている。この新聞記事の切り抜きは内務省にあるロレンスに関するファイルのなかに残っていて、管理を任されていた人物によって明らかにされた。この役人は「もし世の中の批評家がみんな明解に思い切った意見を言ってくれていたら…私たちはあれやこれやと行く末を案ずることもなかっただろう」[7]と述べている。ロレンスに関するファイルが内務省に存在したという事実は、彼が国家権力に目をつけられていたアウトサイダーであったことを物語っている。作家ロレンスに向けられた文学界の非難は同時代人たちの態度にも影響したようで、友人でさえロレンスは「肉体のことにのめり込んでいた」と言う始末だ。一九二八年に出版された『チャタレー夫人の恋人』をめぐる不当な論評に触れて、ロレンスは「誰だって汚水溜め呼ばわりされたくなんかない」[8]と心情を漏らしている。

『チャタレー夫人の恋人』の著者としてロレンスはまず悪徳作家と知られ、次いで脚光を浴びる有名作家となり、最後にまた悪徳作家としての汚名を着せられるようになる。ロレンスが一九三〇年に死去する前にこの小説の著作権はあちらこちらで心ない者たちによって侵害された。一九三二年にはロレンスが生前に契約していたイングランドの出版社が「公認版」として削除版を出版したにもかかわらず、夥しい数の無削除の海賊版がまだ出回っていた。[9]一九六〇年にペンギン・ブックス社が二シリング六ペンスの無削除版（これは当時では通常のペーパーバックの値段である）を出版するのを決めたことで『チャタレー夫人の恋人』の名は爆発的に世間に広まった。[10]その前年にグローヴ・プレス社による無削除版がアメリカでおおいに売れていたが、一九六〇年十一月にロンドンのオールド・ベイリー（中央刑事裁判所）での六日間にわたる裁判が大きな宣伝効果を生み、そして（検察側の起訴に有利に働くひどく偏見に満ちた裁判官の説示にもかかわらず）『チャタレー夫人の恋人』を発売禁止処分にしないという陪審員たちの評決によってこの小説はアメリカのみならず広く世界中で販売されることとなった。ペンギン・ブックス社の初版本は二十万部刷られたが、その後も版を重ねた。これを機にフィリップ・ラーキンが「チャタレー発禁の終焉」[11]と呼んだ文学における空前絶後の赤裸々な性的表現の十年が始まり、この分野でロレンスの名声はこの上なく高まった。だが皮肉にもこの十年はケイト・ミレットの『性の政治学』の出版によって一九七〇年にその幕を閉じることとなった。この本は、女性ならば皆等しく決して大目に見たり許したりすることのできない作家ロレンスを大々的に攻撃した最初のものである。[12]

独自の文体で肉体やその本能の動きを言語化しようとしたことはロレンスのなかに自ずと芽生えた欲求では絶対にない――

自然に湧いてきた欲求などではなく、おそらく意図的なものだったろう。生の本質をロレンスは誰よりも熟知していて、だからこそ頭で考えて生を観念的に理解するということから脱却しなければならなかったのだ。文学的にも知的にも、そして精神的にも円熟してきたために若い頃の自分自身から脱皮しなくてはならなくなったのであり、そのための人並み外れた悪戦苦闘が著作のテーマに結実している。「ああ、ぼくという男はいなくなってしまえばいい」は、ロレンスのそんな煩悶を想起させる一篇の詩である。鋭い想像力の持ち主は、眠り（「それは夢と混ざって灰色を呈するもの」）や死（「それは誕生に震え慄くもの」）だけではなく、精神的な経験の完全な終わりをも望んでいる。

どこもかしこも辺り一面が漆黒の闇に包まれればいい
ぼくの内部もそして外部も、深い闇になればいい
完全に[13]

ロレンスは自分自身を精神の活動などをまったく信用しない作家と位置づけたし、またそのような人間になりたいと願った。つまり自分の本能と情熱が（できる限り）生きる原動力になるような人間を目指した。ロレンスは一九一三年に「ぼくたちの血が感じて、信じて、そして伝えるものはいつでも真実なのです」と書いている。一九〇八年の時点では「性に関すること」にはそれほど関心がなかったが、一九一二年にフリーダに出会ってからは殊更に性的欲望――「性は源泉なのです。そこから生命の活力が湧き上がってくる」――が自己意識を持ち得ない肉体の生きざまを究極的に体現するものとなった。[14] 肉体的欲望が死滅したときになにが起こったのかということがこの伝記が物語る話のひとつである。一九二九年には四十五キロほどにまで痩せ細って臨終の床についていたけれども自分の肉体を誇っていた。独力で五十メートル歩くこともままならないほどに体力を失ってはいたが、『黙示録』という最後の著作の締め括りに「生きていること、肉体と共に存在していることに歓喜して躍りだすべきなのです」[15]と記した。ロレンスと同時代人のなかでも明敏な人たちは、彼の文章にみられる非凡なまでに官能的な特徴を認めていた。その特徴とは観察の鋭さだけではなく、一般的には言語では表現できないと思われるような経験を描きだす溌剌とした想像力の豊かさでもある。

　二十一世紀初頭の今、存命中にもそうであったようにロレンスはまた明らかにアウトサイダーとなっている。没後八十年以上経った今でもロレンスの作品は売れつづけているけれども、彼の評判は文学界や学究的な場では落ちてしまった。二十世紀中葉にはひとりの偉大な作家ともてはやされていたにもかかわらず、である。「国民的な冗談みたいなもの」とはイギリスでは一流の学術誌が最近ロレンスに言及したときに用いた言葉である。イギリスやアメリカ合衆国の多くの大学の英文学科ではロレンスを教えることをやめてしまった」――「ロレンスは重要な作家ではなくなった」というのが代表的なコメントである。

その理由は簡単で、現代のアメリカ人作家が明言した次の言葉に端的に表われている――「ロレンスは性差別主義者で人種差別主義者。このほかになにか言うべきことがある?」[16] ここに女性嫌い、ファシスト、またはコロニアリストといった評価を付け加えることもできる。

私たちが現代の読者としてロレンスの作品を読んで神経質にならざるを得ない場面をあげつらって彼を非難するとすれば、彼はひどく面白がるのではないだろうか。ロレンスは実際にときどき妻に手を上げたことがある。このことはある種の立場の人たちから考えれば、ロレンスは女性を差別して嫌っていたのだということの証明となる。だがロレンスのそんな態度にフリーダがどのように応じたかについてはほとんど言及されていない――「とやかく騒ぎ立てるほどのことじゃないわ。私も叩き返したし、彼の癇癪が治まるのを待ったりもしたわ。私たちはふたりともヘトヘトになるまでやり合ったわ。そうしたかったからよ。やり合うのだったらとことんまでやらなくちゃね。彼が拗ねたりネチネチと怨みがましいことを言い出したりしたら、きっとそんなの退屈でしょうがなかったわよ!」フリーダがロレンスの頭を皿で叩いたことは少なくとも二回はあるし、フリーダとの喧嘩でロレンスは肋骨をひどく痛めたこともある。[17] 一九二〇年代にロレンスは『カンガルー』と『羽鱗の蛇』を書いた。これらの作品ではファシストが権力の座に着いたら国家はどうなるかということについて想像力を逞しくして描かれているが、一九二〇年代ということを考慮すればこのテーマはとても重大なものだ。そしてこのような作品がロレンスはファシズムに傾倒していた証拠だと見做されている。だが実際にはどうだったかというとロレンスはファシズムを嫌悪していた(ロレンスにとっての直接のファシズム体験は一九二〇年代のイタリアにおいてである)。「血」を信じていたということがロレンスがナチ党員だったことの根拠とされるとは片腹痛い。ミュンヘン一揆後にヒトラーがランツベルク刑務所に収容されていた一九二四年の夏に、どれほど多くのヨーロッパの作家たちがファシズムは「たんなる暴力の賞讃」になったかについて書けたか、或いは敢えて書こうとしたというのだろうか。またいったい何人の人間がロレンスと同様に、ファシズムに幻滅した結果として「社会主義というひとつの理想形」[18] に関心を寄せたのだろう。不具者をガス室へ入れるという六行から成るファンタジーを若い頃に書いているが、このことがロレンスは社会的不適合者たちの大量殺戮を望んでいた証左だというのである。[19] 作品に登場する労働者階級の男性が、黒人女性とセックスしたら「そんな女たちは泥みたいだ」と感じるだろうと発言しているからといって、ロレンスは女性嫌いで黒人嫌い[20] というレッテルを貼られてしまうのである。しかし実際にはロレンスの諸作品のなかでも最も偉大なふたつの作品『虹』と『恋する女たち』は女性の自立について考えているものであり、一九二二年から一九二八年のあいだにロレンスがアメリカ先住民について書いたものは、もともとは植民地主義的な彼の想像力の脱植民地主義化を示すものである。またユダヤ人やユダヤ女という言葉を使ったことでロレンスは反ユダヤ主義者だったと決めつけられている（だがロレンスの終生の友だちのひとりはユダヤ人だ）。[21]女性は男性の指導性に服従するべきだと述べたことがあるが、彼が次から次へと書いた作品では女性が男性に付き従うようなことはない。ロレンスへの誹謗中傷は軽薄で根拠のない無責任な興味本位の偏見や憶測に基づくもので、彼の作品の真のテーマはいまだにほとんどの場合において無視されたままである。

実生活でのロレンスは女性にも男性にも、人種や肌の色に関係なく同じように優しく接していて、この自然界のなかで自分が体験したことについて一生涯をかけて書きつづけた。人間の本能とか欲望にまで及んだ文明の影響について深い認識をもっていた作家は、あとにも先にもロレンスのほかにはいないといえるだろう。多くの作家が難しくて敬遠していたようなことを恐れずに徹底的に考え抜いた作品を生み出したせいで絶えず槍玉に挙げられるのだが、そんなロレンスは同時代人や後世の人間がどのようなことに過敏になり、そして不安を感じるかが不思議と分かっていたようだ。だからこそそのような主題——性、ジェンダー、支配力の行使——に執筆活動を介して真摯な態度で取り組んだのである。彼はその時代に生きていた人びとの関心事や心配事をとことんまで探究した。しかしそうすることによって自分が生きた時代から、そして（今や）たぶん私たちが生きている現代からも距離を取ることになってしまったのだ。

本書は、ロレンスが上記のような謂われ無い非難を浴びるようになってから初めて書かれる彼の生きざまをつまびらかにしようとする一巻本の伝記で、今までに出版されてきた数多くの類書を特色づけているような彼の生涯や作品に対する解釈——それが好ましいものであろうとなかろうと——をくり返すということはしないで、ロレンスがどういう人間だったのかを率直に辿り、なぜあのような諸作品を書いたのかについて可能なかぎり明確に考えてみようとするものである。[22]ロレンスの筆致は今まで多くの伝記作家や批評家が認めてきた以上にもっと豊かで、味があり、如才なく、そして遥かに私たちを警戒させたり驚かせたりするものである。彼の詩、短篇や中編、そして書簡も長編小説と同じように重要である。ほんとうに吃驚するくらいロレンスは書くという行為を人生の糧とした（人生を文筆に捧げたと言ってもいい）。一九三〇年以降にいく度となく死亡記事（評伝）が書かれている、そして今でも尚私たちを悩ませたり楽しませたりしてくれる、そんな「計り知れないアウトサイダー」を本伝記の読者がこれまでとは異なる角度から眺めるようになることを望んでいる。

ジョン・ワーゼン

二〇〇四年二月、ノッティンガムにて

1 生まれ故郷 一八八五―一八九五

Ｄ・Ｈ・ロレンスが一八八五年に生まれた家は炭坑夫とその家族のために建てられたテラスハウスのなかの一戸である。レンガ造りだが煤けていて、間取りはツーアップ・ツーダウン（一階にはパーラーとも呼ばれる客間とキッチン、二階にはふたつの寝室）で間口は約四メートル、そして飾り窓があるのが特徴である。現在は博物館として保存されているので、これまでの百三十年のなかで今がもっとも綺麗な状態にある。その生家がある通りは坂になっていて下って行くと同じように煤煙で汚れた家が建ち並ぶストリートがいくつもあり、メソジスト派教会は目と鼻の先にある。生家付近のこのような景色を目の当たりにするとイングランド出身のほかの作家とロレンスとがどれほど違っていたのかを改めて知るだけでなく、イングランドのミッドランズに位置するイーストウッドのヴィクトリア・ストリート8aで産声を上げた人間がほんとうに作家になったというにわかには信じられない事実が殊更に印象深く思える。[1]

十二歳で義務教育を終えるとほとんどの男たちが朝の六時から夕方の四時まで薄暗い炭坑のなかで岩や石炭を掘りつづけるという肉体労働に従事するのが当たり前という環境のなかにあって、余暇を読書して過ごすということはきわめて例外的である。炭坑夫であるロレンスの父親は「書物を毛嫌いしていて、人が読書をしたりものを書いたりしている姿を見るのが大嫌いだった」。[2] そのような父親はそれでも新聞をなんとか読むことができたし、息子の最初の小説『白孔雀』が一冊送られてきたときにはそれを読んでみようと試みもした。しかし何年も経ってからロレンスがこのときのことを回想しているが、「それは父親にとって、まるでホッテントット語（不可解な言葉）で書かれているようなものだったのです」。

「それでいくら稼ぇだんだ？」

「五十ポンドですよ、お父さん」

「五十ポンドだって！」父親はびっくり仰天して、ぼくがペテン師であるかのように鋭い眼光で見据えた。「五十ポンド！　そんだけの金を稼ぐのに、お前はたったの一日だって汗水たらして働いたこともねぇってのに」。[3]

五十ポンドという金額は、骨身を惜しまずに働きつづけた炭坑夫として知られる父親のアーサー・ロレンスの八ヶ月分の稼ぎに相当した。アーサーが働き始めたのは十歳のときで（これは一八七〇年の初等教育法が制定される以前には当たり前のことだった）、それから六十代半ばまで彼は炭鉱で働いたのだった。[4]

炭坑夫の妻のほとんどは日々の暮らしのなかで多くの問題に絶えず頭を悩ませていた――漠然として解消しようのない不安は夫の安定しない賃金、つねに脅威となっていたツケ、一家の稼ぎ手が怪我でもしたらという悪夢などで膨らみ、さらには切り詰めた生活のなかでどのようにして子どもたちを清潔にして腹を満たしてやり教育を受けさせるかに腐心し、彼らが寝入った金曜日の夜毎には決まって食料品、家賃、請求書や保険の支払いをめぐって夫婦間で言い争いや罵り合いがくり返された。掃除や食事の支度、ハーブビールを作ったりパンを焼いたりアイロンがけをしたり、それ以外にも裁縫、かがり、編み物、着物の手直しなどといった日常生活の雑事のなかで八面六臂《はちめんろっぴ》の大活躍をしなければならないのに読書をのんびりと楽しもうと思う妻がいったい何人いたというのだろうか？

ウィリー・ホプキンは社会主義的思想をもった知識人で、そんな彼はイーストウッドに住みながらも作家になることを考えていたかもしれない数少ない人物のうちのひとりだった。ノッティンガム・ロードで靴屋兼郵便局を営みながら地元の新聞に毎週コラムを書いていた彼が赤ん坊のロレンスを初めて目にしたのは一八八五年十月のことである。店のなかにいたホプキンはリディア・ロレンスが「三輪の乳母車（そのうちの二輪は木製で鉄枠がついていた）」を押す音を聞いている――「その乳母車の音は遠く離れたところでも聞こえました。ロレンス夫人は黒い服をきちんと着ていて、頭には彼女の着こなしの特徴である黒のボンネットを被っていました。」[5] 乳母車のなかの赤ん坊は生まれてまだ数週間だった――「ロレンス夫人は赤ん坊のことをとても案じていて、ちゃんと育て上げることができないのではないかという不安に襲われることがあると言っていました」。そのあと暫くして撮られた写真（写真1参照）を見ると、その口を開けた赤ん坊は「血色が良くなく、生まれて間もない頃に気管支炎を患ったために肺が弱かった」。[6] しかし、その乳児が身にまとっている白い帽子やレースの襟やレースで縁取ったヴェルベットのペリース（おそらく経済的に余裕があるリディアの姉妹たちから贈られたものだろう）に目を遣ると、その白さが母親の上品な黒とだけでなくイーストウッドの煤や炭塵（つまりは父親アーサー・ロレンスの住む世界の象徴）とも鮮明な対照をなしていることを認めざるを得ない。

町を汚す原因ではあったが、その炭鉱がなければイーストウッドという町も存在しなかっただろう。楽に歩ける範囲内には十もの炭坑が存在し、ロレンスの父親と三人の叔父（アーサーの弟たち）もみんな炭鉱で働いていた。ある統計によればイーストウッドに住んでいた人口の九十八パーセント（ロレンスが生まれた頃には四千五百人――妻や子ども、機関士、鉄道員、荷を積む人、坑夫代表計量監査人、炭坑夫、事務員、マネージャー）が「自分たちの生活を炭鉱業に依存していた」[7]とある。鉄道、レンガ作りや建設業といったその土地の産業は炭鉱業とのかかわり合いのなかで発展し繁栄していた。一八八〇年代中頃までには石炭ブームは終息していたが、それでもイーストウッドは大きくなりつづけた。結束の固い地域社会の住人は互いに支え合って仕事をもたない主婦を支援し、その多くはストッキング編みなどの賃金の安いパートタイムをして稼いでいた。炭坑夫の家庭に生まれた息子たちは炭坑で働き始める十二歳になることを今か今かと待ちわびて、娘たちはそのほとんどが炭坑夫に嫁いだ。地元で最大規模の炭鉱会社だったバーバー・ウォーカー会社はイーストウッド内外に合わせて六つの炭坑を所有していて、そこで働く炭坑夫たちの住居も整備していた――ロレンスの生家はいわゆる社宅だった。家の前の急な坂を少しばかり下ったところにあるプリンス・ストリートには、アーサーの三番目の弟のウォルターが別の炭鉱会社の社宅に住んでいた。ウォルターの六人の息子はみんな炭坑夫になり、四人の娘は全員が炭坑夫に嫁いだ。イーストウッドから一キロ半ほどしか離れていないブリンズリィにはロレンス家の鎹《かすがい》であるアーサーの両親――ジョンとルイーザ――がクアリィ・コテッジに居を構えていて、二番目の弟で炭坑夫のジョージと嫁いだふたりの姉のエマとサラもその附近にそれぞれ住んでいた。ジョンは炭鉱会社お抱えのテーラーで、「大柄で動きが緩慢だが気風が良く、チョッキにはいつもかぎ煙草の葉をくっつけていた」。アーサーは一八四八年[8]にブリンズリィで生まれ、一八七五年からは「組頭」（バティ）を勤めていた（「バティ」とは数人の炭坑夫のチームを取り仕切って一定の採炭切羽を任される作業責任者のことであり、担当した切羽からの採炭量によって賃金を支払われていた）。一八八五年にアーサーはブリンズリィにある炭坑（弟のウォルターは彼のチームにいた）で働いていて、両親の家の近くのヴァイン・コテッジに住んでいたすぐ下の弟のジェイムズは、それより五年遡ること一八八〇年にブリンズリィの炭坑での仕事中に死亡している。

リディア・ロレンスは、自分はこのような境遇のなかにいる（彼女自身は「埋葬されている」と表現したかもしれない）とアーサーと結婚して十年の歳月が経ったときに気がついた。彼女は一八五一年にノッティンガムでは名家のひとつに数えられていたビアゾル家に生まれた。その家にはかつて財産があって貴族との婚姻関係までもがあり、「トレント川流域に広大な所有地」を保有していた。ビアゾル家は自分たちのことを良家、つまり「裕福な」中流階級[9]だと状況が大きく変わってからも思い込みつづけていた。リディアの父親のジョージが娘の結婚証明書に、自分の職業はたんなる「整備工」にすぎないのに「技術者」と記入していたことにも首肯できる。それに、そのような父親の娘であるリディアが自分の息子に父親の生涯やビアゾル家の歴史についての夢物語的な側面を殊更に強調して話して聴かせていたのも当然といえば当然のことだろう。一家は整備工が必要とされている土地を転々としながら国中のあちらこちらに移り住んだ。（二番目の娘の）リディアはマンチェスターで生まれてケントのシアネスで娘時代を過ごした。ビアゾル家はそこで不相応にも一軒家を構えてしまい、その無理を通すために下宿人を置かなければならなかった。[10]ジョージ・ビアゾルは「私（娘）たちにかいがいしく給仕させた」ようで、リディアはそんな父親に向かって「私の夫にはぜったいにお父さんみたいになって欲しくないわ」[11]と言ったことがある。リディアは聡明で高い理想をもつ女性で、十三歳になる頃には教生を務めていた。教生とは一八四〇年代に取り入れられたシステムで、教わる身分でありながら同時に教える立場にもある生徒のことである。[12]ビアゾル家は一八七〇年二月に一家の大黒柱が仕事中に負った事故がもとで貧しい生活を余儀なくされた。四十代半ばでのその事故がもとで生涯不具者となり、ジョージはそれから仕事に就いていない。彼は年に十八ポンドというきわめて少額の恩給をもらうことになる（一八七一年から一八七四年のあいだは事故後に与えられた特別見舞金を考慮して十二ポンドに減らされた）のだが、これは農夫なら三十九ポンド、炭坑夫は七十五ポンド、ロンドンで働く経験の浅い教師でも九十五ポンド、牧師だったら百二十ポンドの年収が得られた頃のことである。困窮したビアゾル一家はシアネスを出て、親類縁者の近くで暮らして生活費をなるべく切り詰めようとノッティンガムでも指折りの悪名高いスラムのスネントンに移り住むこととなり、それから一年もしないうちにリディアとふたりの妹はレース糸抜工に身を落とすことになった。工場にある幅が五、六メートルの大型の機械で作られる一枚のレースにはいろいろな幅でさまざまな模様や図柄が織り込まれていて、そして数メートルもある木綿の糸を使ってそれらの模様が区切られている。繊細なレースのなかのその糸を抜き取るのが糸抜工の仕事なのだが、それには細心の注意が必要で外注の作業員がその仕事に従事していた。このために一八七〇年代初めのスネントンのジョン・ストリートにあるビアゾル家の部屋という部屋は「白いレースだらけ」[13]だったろうし、レース糸抜工の肺を知らず知らずのうちに害することでよく知られていた埃で満たされていたに違いない。

周りの人間には厳しいくせに心が折れてしまった父親の背中を見て育った知的で「節度のある」、[14]そしてモラルを重んじる娘にいったいどんな出口が用意されていたというのだろう。ジョージ・ビアゾルは皮肉屋で自尊心がつよく横柄な男で、身体的な欠陥者となってからはひどく落ち込み気力を失っていた。娘のリディアは頭の回転が速くて感受性が強く、とても魅力的な女性だった。そんな彼女にとって結婚することだけが行き場のない家庭から逃げ出す唯一の方法だった。リディアは一八七四年に伯母の家でのクリスマス・パーティーでアーサー・ロレンスと出会って一年後に結婚した。アーサーがリディアとはまったく違うタイプだったことが、「喜怒哀楽を表に出したり感情に流されたりすることが決してない」女性にとって魅力的だった。若い頃は人並み以上にダンスが得意だったアーサーには生まれつき気安さや温かさや快活さ、そして「溢れんばかりのユーモアのセンスと陽気さ」(「あんなウサギどもはみんなくたばっちまえ！」とはロレンスが記憶していた父親のおどけた毒舌である)が具わっていた。[15]

ビアゾル家の人間は過去に固執して自分たちは良家であると思い込んでいた反面、娘をひとり嫁に出すことで経済的に楽になったことは確かだろう。だが、アーサーとの結婚は身分を落とすものであることをリディアに言い忘れることはなかったのではないだろうか。五人の娘のなかでもリディアの結婚はいちばん世間体が悪いものだった――結婚によって彼女だけが労働者階級に身を置くことになったのだ。アーサーは「腕のいい炭坑夫で坑内での難しい仕事には決まって必要とされるほどだった」が、ほとんど文盲だった(彼の母親は息子の結婚証明書に自分の名前を署名することすらできず代わりに×印を使った)。[16]夫が組頭――公式的には「採炭請負人」――になったことはリディアにとっては管理職への昇格のように思われたのだが、アーサーは相変わらず地面の下で働いて真っ黒になって家に帰って来た。アーサーの稼ぎはそれでも専門職をもつ人たちとほぼ同等の経済力をもたらすものであったが、事務員のそれと比べれば不安定で仕事自体も計り知れないほど危険なものだった。こう考えるとリディアはアーサーの温かさや人間的な魅力、そして彼の肉体に魅了されたのではないかという結論を導きだすことができる。アーサー・ロレンスは肉体的に強靭で、その均整のとれた躯体は筋骨逞しかった。リディアはアーサーが四十代になるまで彼の容姿に惚れつづけていたが、それは「夫へ愛情をあまりにも感じる自分に腹を立てたり、自分を惹きつける魅力があるゆえに夫を憎む」[17]ことがあったりしたときでも変わらなかった。またリディアとアーサーの結婚については次のこと――これもまた頷けるものであるが――もいえる。家族の食扶持を減らそうとリディアは結婚を決意したということだ。アーサーの週給は十人家族のビアゾル家に二ヶ月に一回支給されるジョージの恩給よりも多かったのだ。

リディアは結婚後まもなくして自分は欺かれたと感じるようになった。彼女には夫の仕事がどんなものか根本的には理解できていなかったし、母親に家賃を支払っているという事実を隠して自分には結婚後にふたりで住む持ち家がブリンズリィにあるとアーサーはリディアに思い込ませていたようである。今となってはアーサーとリディアのどちらがよりひどく騙されたと感じていたかをはっきりさせることはできない。アーサーが自分の仕事内容と持ち家について誤解のないようにリディアに伝えておかなかったのかもしれないが、彼女は愚鈍な男を愛してしまった自分に嫌気が差すようになった。いずれにせよロレンスが抱えることになる多くの問題、そして彼の独創力と不幸は当初からトラブルが絶えなかったリディアとアーサーの夫婦生活にその糸口を見つけられるようである。ふたりの結婚生活は初めから齟齬をきたしていたといえる——知的なものと身体的なもの、抑圧と情熱、厳格さと無頓着さ、そしてお上品ぶる習癖と労働者階級的資質。このような対蹠的なものの相剋がロレンスにとっての根源的な心の痛手ともいえる個人的問題（ときには苦悩）の元凶となり、そしてこのような相剋がロレンスの作品の本質的な主題となった。

一八七五年に結婚式を挙げてからの八年間はリディアとアーサーはあちらからこちらへと引越しが多かった。一八七〇年代の採鉱産業の好況期のなかでより高い収入が得られるところを転々として、小さな、できて間もないが清潔感のない炭鉱の町をいくつか移り住んだ。一八七六年には長男のジョージがブリンズリィで生まれ、そこから十キロほど北に行ったところにあるサットン・イン・アシュフィールドのニュー・クロスで一八七八年にアーネストが、一八八二年にはエミリーが生まれた。ロレンス一家は一八八〇年にはサウス・ノーマントンに住んでいたが、それより以前には（ノッティンガムの）オールド・ラドフォードに住んでいたようである。[18] 一八八三年に彼らはブリンズリィから丘を一キロ半ほど上ったところにあるイーストウッドに越してきた。この引越しはアーサーとリディアにとってある意味での転機となったようで、ふたりはこれ以降イーストウッドを離れることはなかった。リディア（このとき三十二歳）は三人のまだ小さな子どもたちに、それまでは叶わなかった継続的な教育を受けられる環境を与えたいと強く訴えたと考えられる。継続的な教育——これはリディア自身にもない経験だった。こうしてロレンス一家はイーストウッドに腰を落ち着けて、アーサー（このとき三十五歳）は一九一二年頃に退職するまでバーバー・ウォーカー会社のブリンズリィにある炭鉱で働いた。

リディアはイーストウッドであたかも塹壕を掘ってそのなかで身を低くして己の身を守ろうとしているように感じていただろう。プリンス・ストリートのウォルター・ロレンスの住まいからは徒歩でわずか三十秒という距離に、そしてブリンズリィに住むロレンス家の人間たち（アーサーの両親や兄弟姉妹）からは歩いてほんの十五分というところに住むことになって、イーストウッドはアーサーにとっては寛げる場所だったかもしれないがリディアにとっては心安く住める土地であったはずはなく、自分が相応に受け入れてもらえることなどない煤汚れた炭鉱の町に過ぎなかった。彼女の育ちの良いケント訛り（彼女の話す英語は文法的に正しく、発音はその炭鉱の町では聞き慣れないものだった）は周囲の人間との差異を際立たせ、イーストウッドの住人たちはそんなリディアを「お高く留まっている」と感じていた。「スクウェア（炭鉱会社が建てた赤レンガ造りの四角い長屋）に住むのが『炭坑夫としては当たり前《コモン》』[19] だったが、張り出し窓という特長によって鬱屈とした気持はいくらか解消されていた。客間に陽光を取り入れて明るく見せる飾り窓があったことで、リディアはここに衣類やレースなどの小物を陳列して売りたいという気持に駆られた。もちろんこれは夫の収入を補うことが目的だったのだが、それだけでなく自分たちは炭坑夫を家長とする家族ではないということや、自分はもう汗水たらして働くたぐいの人間ではなく小物売りを営んでいるのだということを周囲に知らしめる意図もあったと考えられる。リディア及び「ロレンス、アーサーは服飾小物商人」[20]だった。そしてイーストウッドのような小さな炭鉱町ではこのようにして差別化を図ることがなにより大事だった。ロレンスは自分の母親が、敬虔な地方議会議員でもあり隣家で雑貨店を開いていたヘンリー・サクストンをどれだけ尊敬していたかを一九二〇年代後半に回想している――リディアはアーサーにサクストンのような人物になってもらいたかったのだ。

ロレンスはまた、リディアが「自分の息子たちが肉体労働者になることをどれほど嫌悪していたか、そして肉体労働よりも社会的に優れた職に就かなくてはならないと思っていた」ことを憶えている。しかし自分の息子たちに「社会で成功して」もらいたいというリディアの信念はたんに俗物根性やブルジョワ主義的な功名心によるものではない。彼女自身が捕らわれてしまったような「先の見えない厳しい生活」[21]から彼らが抜け出すためにはどのような道がほかにあっただろう。彼女の子どもたちは(二十世紀の石炭鉱業に認められるように)機械に取って代わられて失職するか或いは機械化によって今まで以上に苛酷な労働条件を強いられるまで、昔となんら変わることのない劣悪な職場環境や恐ろしい危険に曝されつづけなくてはならないという、労働者階級が否応なく背負わされた鎖を断ち切らなければならない立場に置かれていた。リディアの子どもたちはこのために、自分たちはロレンス一族のほかの子どもたちとは違うのだということを思い知りながら成長していった。この違いを子どもたちに身をもって分からせようとしたのがリディアであり、そんな彼女はロレンスにとって「家族内の文化的要素」だった。彼女は一日の家事を終えたあとの「読書をこよなく愛し」、ほかの炭坑夫の妻とは違って家から歩いて二分のところにあった機械工協会の図書館からよく本を借りてきたので、「ベッドに入ったときに読んで楽しめる本が山のようにあった」。[22]リディアは周りの人たちとお喋りすることや様々なことについて意見を交換することが好きだったが、彼女にとって読書は自分が置かれた境遇から逃避するための大切な術で、そんな彼女は詩を書いたりもした(現存する唯一の詩は宗教的なものである)。[23]しかしながら自分の家族から物理的且つ社会的に遠のいてしまったこと、ロレンス家の面々が住んでいる炭鉱町での妻や母親としての自分の役割に絶えず不満を感じていたこと、さらには夫への失望などがリディア・ロレンスのなかの幻滅感を増幅させていった。『息子と恋人』[24]を読むとリディアとアーサーがどんな具合に言い争ったのかが明らかになる。ふたりの口論は金銭にかかわることだけでなく(とくにアーサーの小遣いとしての取り分はいくらか)、子どもたちの将来についても及んでいた。子どもたちにはせめて事務職に就いてもらいたいとリディアが考えていた一方で、アーサーは自分と一緒に炭坑で働いてくれることを望んでいた。ふたりはまたアーサーがパブでいくら使ったかについても言い合いをした。

炭坑夫は普通八時間シフトのときには冷たい紅茶を水筒のようなものに入れて仕事に出かけるのだが、労働はとても耐えがたく坑内の空気は埃っぽくて熱いので仕事を終える夕方には喉がカラカラに渇いた。だから妻は帰宅した夫が飲むためにハーブビールをよく用意していた。しかし炭坑夫がパブへ行くのはなにも渇いた喉を潤すためばかりではない。一九八三年頃でさえも、ある年老いた炭坑夫は自分が「仲間外れにならないためにもパブへ行く必要があった」[25]ことを力説している。結婚当初に妻と交わした禁酒の約束はそう長くは守られなかった。アーサーはすぐに炭坑夫仲間と仕事のあとはパブへ行って酒を飲むという男社会に戻っていった。そして（懐が暖かいときには）ほろ酔い気分になるまで飲んで帰宅した。リディアには、日中共に働いて尚夜も連《つる》んで飲むといった労働者階級の男性の行動を決して受け入れることはできなかった。

　一八八五年の初めにリディアが妊娠したことで、ロレンス家の状況はさらに悪化したと思われる。リディアが商売にかかりっきりになっていたとは考えられないのでヴィクトリア・ストリートでの小物売りが首尾よくいっていたわけはなく、もし「ツケ」で売ったりしたら買い手はその支払いをできるはずもなかった。さらに重要なことは、ロレンス自身があとになって知ることになるのだが四番目の赤ん坊は望まれていなかったということである。[26]ある夏の夜——おそらく彼女が身重だった頃——にアーサーがリディアを屋外に締め出したことがある（「父親はぼくが生まれる前はとくに悪かった」とロレンスは聴かされていた）。イーストウッドでは楯突く女房に旦那がこのような仕打ちをすることは日常化していたが、[27]ロレンス家の場合にはアーサーのそのような行為のために円満とは決していえない夫婦関係がいっそう悲惨なものになってしまった。そしてアーサー・ロレンスの「背信」が看過されることはなかった。

　この四番目の赤ん坊は一八八五年九月十一日に生まれた。両親は彼をデイヴィット・ハーバート（ハーバートはリディアの大好きだった弟からとった）と名づけた。家族からは「バート」、学校では「ハーバート」と呼ばれた。[28]この息子の健康状態に絶えず気を遣っていなければならなかったために、リディアは小物売りの商売をつづけることを断念しなくてはならなくなったのだろう。ロレンス家にとって最後の子どものエイダが生まれる少し前には、ヴィクトリア・ストリートの家が手狭になったこともあって一八八七年に一家は丘を下ったところにある「炭鉱会社が建てたブリーチ」と呼ばれていた社宅群のひとつに移り住んだ（「ブリーチに住むというのは虚栄心を些かくすぐられることだった」）。一番端の家に入居することができたのでお隣さんは片方にしかおらず、また自由にできる細長い庭を手に入れることができた。「ブリーチ」は「スクウェア」のような安普請ではなく家の広さも確保されていた。しかしながら八棟の建物に四百から六百という数の人間が住んでいたことを考慮すれば、子どもたちが遊んだり奥さん連中が井戸端会議を開いたりする裏道に掘られていた「灰捨て穴」（便所のこと）の臭いは夏にはとくに耐えられないものだったであろうことは想像に難くない。エイダが生まれたことでリディアにはマイナスの要素がひとつふえた——彼女は孤軍奮闘して倹約しなければならなかった。このことからも息子たちを立派に育て上げて経済的に自立させることが彼女にとっての重大な関心事となった。そしてリディアは体裁を保てる生活を維持しようと日々悪戦苦闘していたようである。

一八九一年に、ロレンス一家は四年間住んだブリーチを出て丘の上のウォーカー・ストリートにある家に移り住んだ。このことで一家はリディアが失ってしまったと感じていた世間体を（文字通りに）回復することができた。ブリーチから四百メートルほど離れたところに建つこの新しい家には張り出し窓があり、イーストウッドはもちろんのことその遥か先までの眺望を楽しむことができた。その家は炭鉱会社ではなく地元の人間の手によって建てられたもので六戸で一棟を形成し、そこの住人たちは比較的裕福なために「ピアノ住宅街」として知られていた。ロレンス家の庭は以前に比べると随分と狭くなってしまったのだが、家賃は「ブリーチ」のときとそれほど変わらなかった。アーサーがウォーカー・ストリートをちょっと下ったところにある「コモン・ガーデンズ」に家庭菜園をつくるようになったのはこの頃のことである。ロレンス家の子どもたちはこの新しい家に住むようになったことの意味を肌で感じていた。ウォーカー・ストリートに移ってから間もなくエミリーはブリーチから通じている道路沿いに住んでいた友だちのメイ・チェインバーズに、自分たちは「なにがあってもブリーチに戻ることはないわ。私たちは今ブリックヤード・クロースに住んでいて、家には張り出し窓があるんだから」[29]と話している。

ロレンス一家がウォーカー・ストリートの住宅に移り住んだその年にジョージが学校を終えて会社勤めを始めたことで一家の暮らし向きは楽になるはずだった。しかしジョージは成長しても問題児だった。一八九五年に彼は仕事を放り出して軍隊に入ってしまったのである。リディアは彼を連れ戻すために苦労して貯めてきた蓄えからなけなしの十八ポンドを使わなければならなかったし、一八九七年にはエイダ・ウィルソンというガールフレンドを妊娠させてしまったためにジョージは彼女と所帯をもたなければならなくなった。そんなジョージは、きっと（母親にとっても、弟や妹たちにとっても）父親とそっくりに見えたことだろう——ジョージは働いていても母親の望みに応えて家にお金を入れることなどしなかった。だからリディアが篤い期待を寄せていたのは次男のアーネストだった。彼は子どもたちのなかで学校の成績がいちばん優秀だった（ロレンスは健康上の理由で学校を休みがちで、それほど良い成績を収めることはなかった）。アーネストは一八九三年に学校を卒業すると事務職の仕事をすぐに見つけ、独学で速記とタイピングを習得してどんどんキャリアを積んでいった。

ロレンス一家全員が写っている現存する唯一の写真（写真2参照）は一八九五年頃に撮られたもので、ジョージが家を出る少し前である。アーサー・ロレンスはその立派な髭からも窺えるが堂々としていてスタジオの椅子にドカッと、しかし窮屈そうに両手を硬く握って座っている。着ている服は身体に馴染んでいるようには見えないし、履いている靴は磨かれてピカピカだが両足のつま先がちゃんと床に着いていない（つまりこの靴は借り物である可能性が高い）。ジョージとアーネストは背後に立っていて、彼らの上着のボタンホールには父親と同じようにコサージュがついている。ジョージは十九歳で、浅黒くてハンサム。アーネストはまだこのとき十六歳だが、すでに身長は百八十三センチメートルほどもあった。そのふたりの愛息子を背にしてリディアが鎮座している。実年齢の四十四、四十五歳よりも少なくとも十歳は老けて見える。いつものように黒い服に身を包んでいるが、この写真では上品なショールを肩にかけて両手を礼儀正しくきちっと膝の上に置いている。彼女が一家の要だったかもしれず、日常生活のさまざまな労苦のせいでくたびれているように見える。彼女の右側にふたりの娘がいる。エミリーは十三歳だが背丈は兄のジョージと同じくらい。エイダはまだ八つで、家族のなかではまだまだ赤ん坊のような存在だった。そして、アーサーとリディアに（象徴的に）挟まれてロレンスが立っている。父親を真似て一人前に上着の胸ポケットにハンカチーフを挿している。小柄で、十歳というよりも七つか八つくらいにしか見えない。子どもたちが皆で母親をぐるりと取り囲んでいるところを夫が端っこからちょっと横向きかげんで家族にかかわろうとしている、そんな家族関係を示す写真である。

この家族写真は引き伸ばされ彩色を施されて金色の額縁に納められて、ロレンス家の居間のマントルピースの上に飾られていた。リディアの頬はふっくらと見えるように修正されて赤味がかって見える。そして子どもたちの口は閉じられている。この写真は家族のありのままの姿を切り取っているといえるかもしれないが、色を付けられたことによってリディアが思い描いていたイメージを伝えるものになった――裕福で専門的な知的職業に従事して「世間的に成功している」家族、というものである。

アーネストがわずか二十一歳で他界してしまってからリディアが愛するようになったのは、身体が虚弱なために将来が不安な末息子のロレンスだった。このことを証明する材料はロレンス自身のものも含めて事欠かない。一九一〇年には「魂の奇妙な融合」と呼ぶものを母親とのあいだに感じていたということを手紙に書いている。それは「自分の意識が自己から遠く離れて存在する」ようなもので、そうなって初めて「直感することができる」[30]ものだった。ロレンスとかかわったことのある人たちは初めて出会ったときに人を見抜いてしまう彼の驚くべき観察力に舌を巻いていた――ロレンスの洞察力は深く、当の本人でさえも驚いてしまうくらいにその人物のことを分析して完全に知り得ることができたらしい。編集者であり批評家でもあったジョン・ミドルトン・マリィがロレンスと初めて会ったのは一九一三年のことだったが、ロレンスがその際に「あっという間に自分のことを熟知してしまった」ことを知った。イーストウッドに住んでいた近所の娘のメイ・チェインバーズはロレンスのことをとくに好きということはなかったが、それでも彼が若い頃には「友だちをつくる天才」[31]だったと書いている。想像力を働かせて気持を汲み取ることによって相手を理解する能力は母親との関係においてまず身につけたようだ――「母とぼくは本能的にお互いを理解し合っていました」とリディアが死ぬ直前にロレンスは書いている。メイの妹のジェシーはリディアのことが大嫌いであったが、それでも母親と息子とのあいだの絆を意識しないではいられなかった――「ふたりは強靭な仲間意識で結ばれていて、まさに阿吽の呼吸でした」。[32]ロレンスは、リディアの生前も死後も、周りの人びとを知りたいと思うように母親のことをよく理解していた。だがやがては他人とやすやすと親密になって共感を覚えてしまうこの能力を疎ましく思うようになった。なぜならそのせいで相手とのあいだに距離を置くことで自分の立ち位置を確保して自分自身でいることができなくなるし、そのために支払う代償があまりにも大きすぎたからである。

ロレンス家の子どもたちは家庭内での母親と父親への異なった愛情の狭間で、どちらにつくかという葛藤に絶えず悩まされていた。母親には忠実な愛情を抱いていた。なぜならリディアは子どもたちのためにはどんな労苦も厭わなかったし、できる限りの倹約をしながら、勉強をして社会で成功するために邁進することに真剣に取り組むように励ましたからだ。その一方でリディアがアーサーをますます酔っ払いの役立たず扱いしたために、父親に対して子どもたちは屈折した感情をもつようになっていた。自分に向けられる家族の冷たい態度のせいでアーサーは頻繁に仲間と一緒にパブで過すようになった(このために家族からいっそう隔たることになってしまった)。さらにリディアは自分の視点からの結婚生活を子どもたちに話して聴かせることで、彼らがどんどん父親にはよそよそしい気持をもつように仕向けた――「子どもたちを集めて父親のゾッとするような欠点をあれやこれや赤裸々にこき下ろした」のだった。家でのアーサーはもともと子どもたちを陽気にするような存在だった――「仕立屋みたいな格好でラグの上に座って靴底に鋲釘を打ったりハンマーで叩いたり、声を張り上げて歌いながら家族のブーツや靴などを修理しているとき以上に幸せなことはなかった」のだが、[33]子どもたちが母親から聴かされた話を忘れることはなかった。このために父親のことが大好きだったジョージでさえも、自分がお母さんを守ってあげるんだと思うような痛々しい愛情をリディアに向けながら成長していった。

両親へ向けた愛憎はロレンスの場合がもっとも顕著で、母親と父親への感情は兄や姉や妹のものとは違っていた。ジョージの息子はどれほど「バートが少年の頃に父親の前で態度が悪かったか」[34]を記憶している。後年になってロレンスは激しく感情的に、表面的に大きく異なった態度で両親に接したことは、子宮のなかにいるときに芽生えた母親との連帯感が原因だとしている――「ぼくは父を憎みながら生まれてきた。もっとも早い時期の記憶として残っているのは父に触れられたときに恐ろしくて身を震わせていたというものです」と一九一〇年に語っている。「菊の香り」には金遣いが荒く大酒飲みの夫への妻の侮辱がたっぷりと描かれているが、ロレンスは「自分が子どもだった頃の境遇を十分に描き出している」[35]とこの短篇を評している。『息子と恋人』に登場するウォルター・モレルは家族から疎ましがられてその存在すらが嫌悪感を抱かせるような父親として描かれていて、作中の彼の酔っ払ったときの暴力的な振る舞いには父親のアーサーばかりでなく叔父のウォルター・ロレンスもモデルとなっている。しかしこの小説には同時に父親の温かさや家族に向けられた深い愛情も描かれている。だがこの父親の愛情は悉《ことごと》くポールの神経質な反発にあって行き場を失う。晩年にロレンスは「ぼくは気管支に問題を抱えて生まれ、そしてまた生まれつき無念さのなかにいた」と語っている。ロレンスが「無念さ」という言葉を使ったとき、それは現代的な「失望や裏切りや失敗などに起因する不快感と悔しさ」という意味かもしれないが、しかし古来の「悩みの種、気苦労、苦悶、憂鬱」[36]という意味においても使ったと思える。このような言葉を用いることでロレンスは自分を産んだときの母親の憂鬱や失望感を表わし、結婚生活での母親の神経がピンと張り詰めた状態を疑似体験して彼女の怒りや苦悶を完璧に受け継いでいたことを表現している。ときどき忠誠心と愛情との矛盾に悩んでいたことについて触れていて、例えば一九二六年に自分と同じように親とのかかわり合いのなかで深く傷ついている友人に「ぼくたちは多かれ少なかれ傷つけられることから逃れられないんだ」[37]と書いている。

家族から愛されもせず尊敬もされずに、そして家長としての威厳を絶えず蔑ろにされていたアーサー・ロレンスは当然のことながら不幸だったといえる。ロレンス家と家族ぐるみでつき合っていた人物はアーサーがリディアに怒鳴っていたことを憶えている――「お前は俺を小バカにして、俺を無視して、俺を軽蔑してやがるんだ」。[38]家族からのこのような仕打ちに仕返しするようにアーサーは週払いの給料からの自分の取り分を多めに要求し、できるときにはいつでも仲間とパブで飲んで過ごすことで家族をわざと怒らせたり自ら家族から遠ざかったりした。炭坑夫が千鳥足で帰宅する姿はロレンスが何度もくり返して作品のなかで描いたものであるが、これは家庭または母親の、そして自分の身の安全を危険に曝す信号として子どものロレンスの脳裏に焼けつけられていたのだろう。そしてこのことを子ども時代のロレンスのふたつの特徴――（原因不明の）泣き癖と癇癪――と結びつけることは妥当であろうと思われる。ロレンスは『ミスター・ヌーン』のなかでそのような怒りを描いてみせている――「彼がまだ十三歳だった頃に姉に嘲弄されて逆上した。このとき彼には姉を殺すこともできるのだと分かっていた」。[39]普段は愛らしく、みんなから愛されて物静かで控えめな子どもは、どのようなことであれ限度を超えて恥をかかされたり嬲《なぶ》られたりすると完全に自制心を失った――「顔つきがすっかり変わった。彼女には気がつかなかったが、それは奇妙で人間性のまったく感じられない理性を失った激しい憤怒の仮面のようだった。」[40]

しかしながらこのようなことについては大局的な視野をもつ必要がある。ロレンスは姉も妹も殺害などしてはいないし、アーサー・ロレンスは家族を棄てたりしていない。『息子と恋人』が信頼に値するとすればアーサーは一度だけ家出をしたことがあるが戻って来ている。[41] 弟のウォルターとは違って、アーサーはアルコール中毒などではなかったし二日酔いで仕事を休んだりしたこともない。家族を路頭に迷わせてしまうほど酒代に給料を費やすことなどは決してなかった。「ほろ酔い気分で」帰宅したことはあったかもしれないが、彼の仲間はアーサーが「泥酔するとか酔って喧嘩っ早くなった」ことなどなかったと断言している。[42] これが事実だとしたら、アーサーとリディアの夫婦間の不仲はどちらか一方にだけその原因があったとはいえない。リディア・ロレンスは自分の人生や結婚生活に絶望して子どもたちを父親から遠ざけるためにあらゆる手を使った。ロレンス家の息子たちは学校を卒業したら父親や叔父たちや従兄弟たちやほとんどの同級生がそうしたように炭坑夫になることを許されてはいなかった。子どもたちはみんな学校生活がつづいてほしいと願っていたし、絶対禁酒も喜んで誓って日曜学校や教会にも通っていた。

イーストウッドにある会衆派教会はリディアにとって特別な意味をもっていた。アーサー・ロレンスがそこに足を向けることはめったになかったが、リディアは子どもたちをきちんと通わせていた。教会は厳格なピューリタン的な道徳を説いていたが、イーストウッドの当時を知る人は地元の女性たちがその教えを厳守したのは「それが特別に犠牲を強いるものだとは感じていなかったからであり、そのようなピューリタン的なモラルは彼女たちの生活においては唯一絶対のルールだと信じられていたからで、彼女たちには呼吸する空気のように当たり前のものだった」と言っている。リディアのような立場にいた女性たちは「日常生活に完全に欠けているある種の教養」[43] を教会から受け取っていて、そんな教会はリディアのような女性が心安く過ごせるただひとつの場所だったといえる。そのような女性に教会はお金を稼いだり消費したりする日々の生活が人生の目的ではないということを唱えて拝金よりも高尚な教えを説いていたのであり、このような価値観は中流階級的な意識につながった。自分の息子たちが事務職に就いたり教師になったりする（そして娘たちがそのような男性と結婚してくれる）ことだけでなく、道徳や知性や精神性を重んじるようになってくれることもリディアは望んでいた。うまくいけば息子たちは女性に威張り散らすような男性にはならずに子育てにも協力するだろうし、そして中流階級への階段を昇って行ってくれるだろうと考えていた。地元の新聞の死亡記事はアーネストの死去に触れて彼の「社会的成功への強い意欲」を称えていて、ロレンス自身は晩年にこのように言っている——「善行への報いは母が生きた遥か昔の時代には『社会的に出世すること』だった。善良でいなさい、そうすれば人生において成功するだろう」。[44] しかしながらそのような人生は、まさにロレンスが拒絶するようになるものだったのだ。

リディアの教育ママぶりはアーサーの怒りをいっそう買うことになったに違いない。彼には自分の子どもたちが奪い取られるような気がしていただろう。ロレンス家の子どもはみんなロレンス家のよりもビアゾル家の好みに合うように育てられていった――少なくとも三人は母親が望んだように成長した。そのなかのひとりのロレンスは父親と母親との軋轢の狭間で兄姉妹以上に激しく思い苦しんだだけでなく、その軋轢を自分の内に抱えこんでしまったために周りの人たちを少なからずぎょっとさせた。『息子と恋人』に登場する父親に憎悪を抱きながら夜な夜な床につく若い頃のポール・モレルは、その憎悪をゆっくりと兄姉妹が抱いていた以上の憤懣へと変質させていく――「父が坑内で死にますように」とポールは祈るのだ。晩年に書かれたエッセイを読むと若い頃のロレンスも父親の帰宅に伴ってやがて階下から聞こえてくるであろう両親の諍いを予期していたことが裏付けられる――「それはぼく自身への祈りの言葉ではなく母に向けられた子どもの祈りでした。その母は息子を呪縛し、息子はそんな母をこの上なく偶像扱いしていました」。ロレンス家の昼食に招待されたときに父親に対するロレンスの態度を目の当たりにしたメイ・チェインバーズは、ロレンスのそんな言動を表現するのに相応しい言葉は「復讐心に燃えた」だと言っている――「バートからは刺々しい憎悪や嫌悪感といったものが感じられて、恐ろしくて身震いするほどでした」。[45] ロレンスは両親の軋轢によって生じたこのように複雑に入り組んだ感情を骨身に感じ取り、生涯をかけてこの問題に答えを出しつづけた。そしてついには母親への忠誠心を否定し、父親こそが自分の本当の親であるという認識に至ったのであり、人生の早い時期の母親へ向けた愛情は自分が受けた好ましからぬ影響の結果だとロレンスは思っていた。そして三十歳になる頃にはそのような影響が自分の人生をいかに歪めてしまったかに気がついた。小説や詩を執筆することでロレンスは生まれてからずっと自分を束縛してきた相剋する愛情と忠誠の結び目を緩めることができたのだが、それでも生まれ故郷を去ってからも知性と本能、自律と気楽さ、抑圧と解放、自己犠牲と自己満足といったものの板挟みになってずっと苦悶したのである。

2 社会に出る

一八九五―一九〇二

ロレンスは三歳八ヶ月でボーヴェイルにある公立小学校[1]に通い始めたが、彼が最年少の学童ではなかった。だが四歳の誕生日を迎えて間もなく休学を余儀なくされたために七歳になるまで小学校へ再び通うことはなかった。この休学のひとつの理由として挙げられるのは彼が患った重い疾病である。ロレンスは幼少の頃に肺炎の発作を起こしたことがあるが、[2]これがもとで三年間も学校へ行かなかったとは考えにくい。『息子と恋人』の一九一一年草稿では、作者ロレンスの分身ともいえる主人公ポール・モレルは学校への恐怖心のために生涯にわたる試練に直面している。一九一二年から一九一三年にかけて書き直された草稿では学校生活はポールにとって悪夢であり拷問だとなっている。ロレンス自身は「学校に通い始めた日に味わった、涙を流すほどの苦しみを決して忘れないだろう」[3]と回想している。学校へ行くことを異常なまでに嫌がっている息子を見てリディアがロレンスをもう暫く手元においておこうと考えたのかもしれない。だがまた通い始めたあとでもロレンスが学校へ行くことを嫌って泣いていたのを近所に住む女の子が目撃していて、「学校へ通っていた子どものなかでロレンスよりも不幸せな子を見たことがない」[4]と証言している。

ロレンスの学校嫌いの原因のひとつは、彼が同じ学校に通う男の子たちとうまくつき合えなかったことだ。自分たちとは「著しく違う」という理由でロレンスを揶揄し、そのためにロレンスは自分の殻に閉じこもるようになって強い孤絶感を味わうようになった。[5]やがて女の子たちと一緒に過ごすようになり、そして（もっとあとには）読書に耽るようになっていくのだが、少年たちのあいだではこのようなことは裏切り行為であり、「弱虫仔虫が女の子と遊んでらぁ」とロレンスを囃した。どうしてそんな意地悪なことを言うのだと問われると、「だってあいつはいっつも女の子とばっかり一緒にいて、俺たちとはゼンゼン遊ばないんだもん」と答えた。男の子たちに混ざって遊ぶにはロレンスはあまりにも体力的に劣っていて、そして（近所の人たちはリディア・ロレンスがそうだと思っていたように）ロレンスも「お高くとまっている」[6]と見られていたのである。母親と一緒に家のなかで過ごした時間が長かったせいもあって彼の語彙は、そしてたぶん発音も周囲の人びとの耳には聞き慣れないものになっていたのだろう。また『息子と恋人』のポール・モレルのようにロレンスも「俗っぽいもの」を毛嫌いして、「単語の頭のhの音を発音しなかったり、（'you was'というような）間違った文法で話す」[7]人たちには反発を感じたことだろう。イーストウッドで自分が「周りの女性から『彼は上品な男の子だわね！』と言われていた」ことをロレンスは憶えているが、この「上品な」とは多くの男子が言われたくない言葉だった。ロレンスは「華奢で顔色の白い病弱な」子どもで、学校では「弱虫」、「甘えん坊のロレンス」、「甘ったれ」など軟弱なママっ子というレッテルを貼られていた。[8]

　虐められるから学校へ行くのを嫌がったということは十分にありうる。しかしながら彼の生涯を眺めてみると、ロレンスはいつでも確固たる自分自身をもって自分を外敵から護るということに関しては勇敢というだけでなく猛々しくもある。周囲から好かれることのない内気なアウトサイダーだったので容易にプライドを傷つけられもし、そんなロレンスは自分が周りの人間とは違っていると感じていて、その違和感をうまく解消することができずに最後には惨めな思いをするような人間だった。学校生活をみるとロレンスがパパっ子ではなくママっ子であったことが分かるし、彼自身が後年になって自分は「ほかの炭坑夫の子どもたちと同じだった」と言っているが、それは事実ではない。[9]

　二枚の現存する写真を見ると、ロレンスがいかに「他の子どもたちと同じ」であってはならなかったかが分かる。一八九四年度の学校の集合写真（写真3参照）には七十一人の生徒と教師の「鼻デカ」ブラッドリーが写っている。胸ポケットにハンカチーフを挿している生徒はロレンスを除けばたったひとりしかいないし、きちんとアイロンがけをした襟と絹のタイの両方を身につけているのはロレンス以外にはほんの数人しかいない。このタイは家族写真で身につけているものと同じものだろう。ロレンスの着ている服は身体にぴったりと合っているが、その一方でリフォームした上着を着ている生徒もいる。リディア・ロレンスは自分の子どもたちの身なりにはかなり気を遣っていていつもきちんとした服装をさせていた。いつかは特定することはできないが、誰か（おそらく才能豊かなアーネスト・ロレンス）がこの集合写真からロレンスの顔の部分だけを切り取り、それにインクか水彩絵の具でタッセルがついたジャーキン（十六、十七世紀の男子用の短い上着）のようなものを描き加えた。そしてそれをまた写真に撮った。[10]明瞭ではないが、ロレンスは飾り立てたダブレットを着ているシェイクスピアの子ども版のようにも見える。[11]同級生たちに混ざって大勢のなかのひとりだったのに、その集団（集合写真）から物理的に切り離されることによって特別な――周囲からは隔たって異なり、そして独特な存在になってしまった。それから十年が経過して子どもの頃からの友人のひとりであるメイ・チェインバーズに、周りの子どもたちと違っていたことや自分の如才のなさのためにどんな思いをしたかをロレンスは打ち明けている――「そのせいで彼らとぼくとのあいだには溝ができてしまったことが分からないかい？　そのせいでぼくは寂しい思いをしたんだ。」[12] 十八歳になる頃には周囲との隔たりを認めてそれを的確に把握することができるようになっていたが、八つの子どもにはそんなことができるはずもなかった。

　楽しくない学校生活でもロレンスは、彼のたぐい稀な言語能力でなんとか生き延びたようだ――家で母親とお喋りをしたり話を聴いたりして過ごしたことの結果である。同級生のひとりはロレンスが「口で勝り、言葉で的確に相手を懲らしめた」ことを苦々しく憶えていたし、兄のジョージも弟の「辛辣な弁舌」をはっきりと記憶していた――「ぼくらの親父がいつも言っていたように、それは『言葉で相手をこてんぱんにのす』ものだった。」子どもの頃にすでに毒舌家だったロレンスは、そのおかげで周囲の人間となんとか渡り合うことができた。しかしその一方で、ある日ロレンスが「野原の彼方に目をやり『見渡す限りの青と黄金色』と言って、そのあとの言葉をつづけるように私を促しました。けれどもそんなことは勿論できませんでした」という近所の女の子の話も残っている。面罵するように暴力的に言葉を使う一方での詩的な言葉遣いはロレンスと周りの人間との差異を印象づける。[13]

　学校生活がロレンスにとって馴染めないものだったことを窺い知る事実がほかにもある。ポール・モレルは学校が大嫌いであることを表明するが、そのあとまったく学校に通っていないようなのである。人格形成において重要な役割を担う学校生活が作中に描かれていないという点において、主人公の成長を扱った小説としては不自然であるとしか言いようがない。ポールが普通であることを強く描いている作品において彼の学校生活への言及は都合の悪いものとして作者が意図的に削除したかのようである。『息子と恋人』のなかで僅かだが学校生活に触れている場面は、ポールが（金曜日の午後に父親の賃金を受け取りに事務所に出向くときに）すっかり威圧されてしまって天引き額の勘定がうまくできない箇所である。事務員はきつい言葉で「小学校じゃ、ものの数え方も教えてないのか？」と言い、ひとりの炭坑夫が「でぇすう（代数）とフランス語ばっかりだ」[14] とつけ加える。ポールは自尊心を傷つけられ腹を立てて、あんなところへはもう二度と行かないと決意する。行けば駄賃をもらえると分かっているのに、である。ポールは小学校ではそんな変な科目（でぇすう）を教えていない、と主張し、自分は小学校に通う生徒としてはきわめて普通で変わり者なんかじゃないと声高に言おうとしているようでさえある。学校でのポールをほとんど描くことのなかった作者のロレンスは自分の現実の体験にまつわる（ポールの場合とは大きく異なる）異質性をこの時点では創作のなかでまだ活かすことができていない。それほどまでにその体験は生々しく、そして痛々しく記憶されていたといえる。

　ロレンスが学校と家庭とでは様子が違っていたことは次のよ

うな点にも顕著に現われている。妹のエイダにとってロレンスは素晴らしい兄で陽気で創意に溢れていた。彼女は「バートとのあんなに気苦労のない満ち足りた日々を二度と経験することはできないだろうと分かっています。兄はいろいろなものを創り出さずにはいられなかったようです。他の人たちの真似をすることで満足する人ではありませんでした。遊びをするにも、ゲームをして楽しむというよりもゲームを新たに創ることのほうに楽しみを見出していました」[15]と想い出を語っている。このような少年はきっと小学校で周囲から軽蔑されるアウトサイダーでいることに不満を募らせていたに違いない。

ふたりの兄のジョージとアーネストが働き出したことで、ロレンスが九歳から十二歳のあいだに家族の暮らしぶりは大きく変わったと思われる。長姉のエミリーは学業が取り立てて優秀だったというわけではなかったが家では弟や妹の面倒をよく見ていた（ふたりはエミリーがしてくれた話を忘れることはなかった）。そんなエミリーは一九〇四年にサム・キングと結婚するまで家事手伝いをしていた。小学校のホワイトヘッド校長は「ロレンスはおそらく兄（アーネスト）の足元にも及ばないだろう」と思っていたが、兄たちが家で過ごす時間が少なくなると一八九〇年代半ばまでにロレンスは学校で頭角を現わし始めた。このような兄との比較は自信のない子どもを「意気消沈させる」[16]ものだったにもかかわらず、一八九八年の春に十二歳半という年齢でホワイトヘッド校長から特別に受験指導を受けていたロレンスはノッティンガム・ハイスクールへ進学できる奨学金を手にした。ノッティンガムシァの州議会が経済的に恵まれない子どもたちも教育を受けられるようにすることを支援していたのである。こうして、ロレンスはハイスクールへ進学するふたりめの炭坑夫の息子となる機会を得た。

しかしこれを実現させるにはいくつかの問題を解決しなければならなかった。リディア・ロレンス（写真4参照）は必要な費用を工面するために今まで以上に生活を切り詰めて貯蓄に励まなければならなくなった。というのも十四ポンドの奨学金では諸費用のすべてを賄うことはできなかったのである。[17]アーネストは成績優秀であったにもかかわらずに十四歳で学校教育を終えて進学することはなかった。ロレンス家にはこの時点で若干の経済的な余裕があり、ロレンスは（アーネストとは違って）学校卒業後に十四という年齢で社会に出て働けるタイプではなかった。これまでもイーストウッドに住むほかの子どもたちとは違っていたが、進学するという選択をしたことで完全に周囲から浮いた存在になった。同年代の少年たちがまだ坑内で働かないまでも地元の炭鉱の仕事に就く一方で、ロレンスは高い襟をつけてダークスーツに身を包んで脇には本を抱えて毎朝ノッティンガムへ向かう列車に乗ることになったのである。

一八九八年九月に十三歳で通い始めたノッティンガム・ハイスクールでのロレンスの成績はほんの短期間だけ優秀だった。一年次の成績は良かった（その年のクリスマスの時点での成績は十七人いた男子学生中二番。そして一八九九年の夏には三十九人中五番で、数学のクラスでは賞を取るほどだった。入学して最初の秋学期では数学のクラスでは四十三人中トップだった)。しかし二年目が終わる頃から歯車が狂い始めた。学校の集合写真(写真5参照)では、ちょっと悪びれて帽子を浅めに被って上着の胸ポケットにはいつものようにハンカチを入れているが、ロレンスはひ弱に見える——身長はクラスのなかでは低い方だった。イーストウッドの小学校に通っていたとき以上にほとんどの生徒が中流階級出身であるハイスクールではロレンスは陸へ上がった河童も同然だった。同級生は「ロレンスは以前にもまして自分の殻に閉じこもるようになった。(労働者階級出身の)奨学生たちがほかの学生たちと交わることはなかった」[18]と回想している。

一九〇〇年三月に起こったある事件のためにロレンスは今まで以上に孤独感を味わったに違いない。叔父のウォルター・ロレンス(このときにはダービシァとの州境をちょっとばかり越えたところにあるイルクストンに住んでいた)が、ある日曜日の午後に台所でお茶を飲んでいたときに起こった家族間の口論の際に十五歳になる息子に研ぎ棒[19]を投げつけた結果、その棒が耳に刺さった少年は三日後に死亡した。ウォルターは逮捕されて、ダービシァでの巡回裁判にかけられた。[20]その事件は地元の新聞で大々的に取り上げられ、ロレンスの翌学期の成績は悲惨なものだった。イースター学期の終わりには学期賞をもらったが、[21]この年の夏学期終了時には二十一人中十六番という振るわない席次だった。しかし数学ではまた優等賞を獲得した。幾何学の授業中でのエピソードがノッティンガム・ハイスクール時代のロレンスに光を当てる唯一のものである——C・トラフォード校長が「幾何学の問題をひとつ黒板で解いて見せたあとで、教室の後ろの方からあまり明瞭ではない鼻にかかった声が『もう一度やって見せてくれないか』と言ったのが聞こえた。こりゃただ事では済まないぞとみんながそう思った。でもトラフォード先生は紳士だったので腹を立てることなく同じ問題をくり返して解説した」。[22]ロレンスは自分の興味が掻き立てられたときにだけ授業に参加したのだろう。このエピソードは無礼で洟垂れの(下衆な)[23]アウトサイダーに社会性が欠如していたことを明らかにするものだが、トラフォードはロレンスのこの不器用さをよく理解していて一九〇〇年のイースターにロレンスに学期賞を与えたのである。

十六歳になる誕生日の少し前の一九〇一年の夏にロレンスはハイスクールを卒業した。席次は第六学年の十九人中十五番目だった。ふたりの同期生(そのうちのひとりはロレンスのクラスメートだった)が最終学年でのロレンスの様子を一九三三年に訊ねられると、「ロレンスのことはまったく憶えていない!彼は学校で殊更に目立っていたわけではないし、青年時代のロレンスが学校の連中の記憶に残るような個性を特別に持ち合わせていたわけでもなかった」[24]と回顧している。いくつか賞はもらったものの、そのほかの痕跡はほとんどなにも残さずにロレンスは学生生活を終えた。そのあいだにロレンスは自信を幾らか喪失し、奨学生であったにもかかわらずロレンス家としては多額の金を費やしたことになった(三ヶ月有効の定期券だけでも三十一シリングの出費だった)。奨学生というものは学校の勉強がよくできて身につけた学殖によって洋々たる前途を手に入れるものだが、ロレンスはとくに成績優秀というタイプではなかったし高等教育にも向いていなかったようだ(自分でもそう感じていたのだろう)。一九一五年に出版された『虹』にはグラマー・スクールに通う(ロレンスの作品のなかで)唯一の男子生徒が登場するが、ロレンスはこのトム・ブラングウェンを「数学に向いている」と自分との共通点を明らかにしている。「しかし数学で壁にぶつかると、自分がどうしようもない阿呆であるかのように思えた。その結果、自分の足が地に着かなくなるというか、自分の身の置き場所を失ったような気がしてならなかった。」そしてトムの最終的な結論は「学問を修得するこの場所で、自分は絶えず惨めな存在であることが分かっていた」というものである。ロレンスもまた、ときどきこのような思いを味わったに違いない。暴力的で世間の評判の悪い家柄の少年はトムのように「自分のデキの悪さをいつでも承知していた」[25]わけではないが、自分の居場所を得られずにいつも不安感を抱いていた。小学校でもハイスクールでも、そして故郷のイーストウッドでも自分は周囲の同年代の子どもたちとは違っていることに気がついていたことでロレンスの孤絶感は増幅されていったのではないだろうか。一九〇七年に二十二歳という年齢に達したときにロレンスは自身のことを「生まれつき内省的で、自分に対していくらか辛辣で批判的」と評していて、その二年後には「振り返ってみると自分の少年時代はもっとも刺々しく、そして苦痛に満ちたときだったと確信している」[26]と明言している。そうして、ハイスクールを卒業すると「それまで一緒に生きてきた人たちとは違うことに気がついて恥ずかしい思いをした。そのために、そんな人たちと心安らかには過ごすことはできないと知って傷つく」アーシュラ・ブラングウェンをつくり上げる。小学校で一緒だった女の子たちとは変わらずに心安くつき合うことができたが、「ぼくはちょっとみんなと違っている。そして、そのことに羞恥を感じている」ことに十六歳になったロレンスは気づき始めていた。[27]

ハイスクールを卒業すると仕事を見つけることが急務だった。地元の小学校でピューピル・ティーチャー(教生)を務めることのできる資格を在学中に得ていたが、正規の教員になるまでの長い時間を考えると家族としては稼ぐことのできる仕事にすぐにでも就いてもらいたいというのが本音だったに違いない。このようなわけで、一九〇一年の秋口にアーネストに協力してもらってロレンスはノッティンガムの中心街にあるJ・H・ヘイウッド商会という外科医療用品を取り扱う会社の社員募集に応じる書類を書いた。適度な社会的地位がある保守的な家族で営まれているこの会社での仕事は知的労働で、自信があるわけでもなく多分に世間慣れしていない青年にとっては相応しいものだったろう。「兄はその仕事を好きになれなかったが、とにかく母親の役に立ちたかった」[28]のだと妹のエイダは回想している。アーネストはつき合っていた女性と結婚するために躍起になって金を貯めていたが、ロレンスはハイスクールのときの通学代を母親に出してもらっていた代わりに通勤代を自分で払い、身長が伸びたために今までのものが着られなくなったので服も自分で買うようになっていた（これまで小柄だったロレンスは急に背丈が伸びてひょろ長くなり始めていた）。

一九〇一年の九月か十月にヘイウッド商会でロレンスは働き始めた。そこでの仕事ぶりがどのようなものだったかを『息子と恋人』のなかでジョーダン商会でのポール・モレルの体験として描いている――「建物全体をとおして陽の光は上から下へと照らしているので徐々に光線はその強さを失い、一階はいつでも夜のように暗く二階はかなり陰気な感じだった。工場は三階にあって、帳場は二階で、倉庫は一階にあった。古びた建物で健康には良くなかった。」[29]このような環境でロレンスは家庭や学校以外の世界を生まれて初めて体験することになる。女子社員たちは恋人との下賤な話をロレンスに話して聴かせて彼の度胆を抜いたし（ロレンスが「戦慄を覚えながら」[30]彼女たちの話に耳を傾けていたことを同僚のひとりが憶えていた）、すぐにロレンスに悪戯をするようになった。ある日の昼休みにはロレンスに襲いかかってズボンを下ろそうとしたこともある。このような悪ふざけは新人に対して昔から行われていた一種の洗礼のようなものかもしれないし、或いは無口で若いロレンスをとくに狙ったものだったのかもしれない。ロレンスの態度がよそよそしくて、つんとして相手を見下していると受け取られていたとか（だからその高慢な鼻をへし折る必要があった）、まだ嘴が黄色い右も左も分からない新参者という理由でロレンスが悪戯のターゲットにされたとも考えられる。友人のジョージ・ネヴィル――近所に住んでいたロレンスよりひとつ年若の運動好き――は「ロレンスはそんな女子社員たちに全力で徹底的に仕返しをした」と語っている。「細身で背丈は高くしなやかな身体をもち腕と指は長く、そしてひとたび怒ると悪魔のようだった」ロレンスは彼女たちをみごとに駆逐し、そんな彼女たちはロレンスの憤怒に肝を潰したのだった。[31]

一九〇一年の秋は慣れない職場でロレンスがなにかと苦労していたときだったろうが、そのようなときに敬愛する兄アーネストが他界した。あまりにも突然の死だった。アーネストの生きざまはロレンスの眼には、両親からの大きく異なる期待になんとか応えようとしているものと映っていたことだろう。アーネストは自転車競走や徒競走、そして就職などやることなすことすべてにおいて成功を収めた。校長のホワイトヘッドは最初の就職を報告するアーネストからの礼状を誇らしげに業務日誌に写し取っていた。誰もがアーネストのことを健康で聡明、そして機知と才能に恵まれた人物だと記憶していて近所では「伝説的な人物」[32]だった。学校を卒業してから彼は次から次へと高給の仕事に就いていった。しかし注目すべきは、アーネストがどのようにして好条件の職を手に入れることができたかである。ロレンス家と家族ぐるみのつき合いをしていた人物は、母親のリディアがアーネストについて次のように話していたことを記憶している。

あの子はぜんぶ自分ひとりの力でやり遂げたのよ。アーネストが「あのねお母さん、ぼくはあの仕事に応募してみようと思ってるんだ」と言ったときに私は、「まあ、でもあなたはそれに相応しい資格をもってないじゃないの――あなたはなんの職業訓練も受けてないのよ」と応えたのよ。するとあの子は「そうだよ。でもぼくは独学で多くのことを身につけて、今では速記もそこそこにできるんだよ。やってみようと思うんだ。そうすればその仕事をしながらもっと多くのことを学べるからね」[33]と言うのよ。

彼のすべての努力は「勤務時間終了後の自分の時間を読書に、速記の修練に、そしておもちゃを使ってのタイプライターを打つ練習に使った。このように努力を惜しむことなく、望んだ仕事を片っ端から手にしようとした」ことに注ぎ込まれた。こういった詳細はイーストウッドの地方紙に掲載されたアーネストの長い死亡記事から知ることができる。彼は地元の夜間学校や個人授業で速記を教えたりもしていた。「本の虫というわけではなかった」けれども、少なくとも二編の宗教色の濃い詩を書いている。[34]十九歳になるまでにはコヴェントリーにあるグリフィス・サイクル・カンパニーで通信員、速記者、そしてタイピストとして働いていたし、二十歳になる前にはロンドンにある事務弁護士の事務所で年収百二十ポンドの仕事に就いていた。その収入は牧師のものにおおよそ匹敵する額である。ロンドンで働くようになってもなお、彼のように野心をもつ人間が活躍できる余地はまだまだあった。アーネストはそれまでに培った経験を活かして、さらなる経験を得るために以前にも増して働いた。彼の経験と知識は若者にしては相当なものだった。ロンドンの喧騒のなかにあっても仕事に対する意欲と向上心を失うことはなく、勤務時間後の自由な時間はフランス語とドイツ語の勉強に費やされた。その結果、彼は会話をしたり手紙を書いたりできる程度の能力を修得したのだった。[35]

ロンドンで暮らすアーネストになにがあったのかは『息子と恋人』に登場するウィリアムを手がかりにするしかないのだが、実際に起こったことが小説のなかで取り沙汰されていると考えることに不都合はないだろう。アーネストは若い女性を見るとすぐに熱を上げるタイプで、ロンドンで知り合った女性と婚約した。彼女はルイーザ・リリー・ウェスタン・デニス[36]という名前の労働者階級の出自で、ある事務所で速記者として働いていた。アーネストが短い休暇に帰省したときに家族や友人たちは彼を見て、彼の身のこなしや服装、連れのガールフレンドや持っていたカメラ、[37]そして社会的成功にびっくりしたに違いない。だがみんなが同じように感心したわけではなかった。メイとジェシーの父親のエドマンド・チェインバーズは「ロレンス家のアーネストとかいう阿呆な若造みたいな奴は今までに見たことがない。わしはあいつがシルクハットを被りフロックコートに身を包んで、そして黄色いキッドの手袋をはめて通りを歩いているのを見たぞ」というコメントを残していて、エドマンドの言葉を借りればアーネストは「地元の連中をびっくりさせる」ためにそのような格好をしていたということになる。[38]

一九〇一年十月上旬に週末を実家で過ごそうとアーネストはイーストウッドに帰ってきて、週明けの月曜日の早朝にロンドンへ戻って行った。そしてその日の仕事から帰宅すると、ロンドンの南の郊外に位置するキャトフォードの下宿先で倒れた。炎症性の丹毒を発症していたのだ。これは敗血症と極度の高熱を引き起こすもので、容易に肺炎へ移行するものだった。下宿屋の女主人からの電報を受け取るとリディアは押取刀でロンドンへ駆けつけた。彼女が到着したときには「アーネストの頭部と顔は炎症を起こして腫れ上がっていて、息子だと見分けがつかなかった」。[39] ふたりの医者に往診してもらったが手の施しようがなく、アーネストは母親の腕に抱かれたまま（彼にはそれが母親だとは分からなかったが）一九〇一年十月十一日の金曜日未明に息を引き取った。アーサーはその日の遅くか翌早朝にロンドンに着き、両親は息子の亡骸を故郷に埋葬するためにイーストウッドまで運んでもらった。

地元の新聞に掲載されたアーネストの死亡記事は「彼の博識さと労働を厭わない姿勢、そして向上心と世間の役に立ちたいという気持」を褒め称えるものだった。しかし『息子と恋人』のウィリアムは実在のアーネスト以上にひどく感情的な人物である——「無鉄砲さは目を見れば分かった」。[40] ウィリアムはロンドンの金と魅力（そして婚約するはめになる女性の妖しい性的な魅力）、そして彼の家族とりわけ母親（ウィリアムが愛して、そして喜ばせたいと切に願っていた女性）との絆とのあいだで引き裂かれる。ウィリアムが陥っていたそのような窮地を、ロレンスはのちに「彼は引き裂かれて死んだ。なぜなら自分の居場所が分からなかったから」[41] と端的に言い表している。ウィリアムの体験はまさにロレンス自身の体験でもあったといえる。この世に自分の身を落ち着ける場所を見つけることができないということは、アーネストと同様にロレンスも体験したことだった。だからこそ小説のなかにウィリアムとポールという、実在の兄弟をモデルにしたキャラクターを登場させたのだ。アーネストの生涯は華々しく、短くて悲劇的である。そんな兄の死には（弟にとって）咲くことなく散ってしまった未来を象徴するもの以上のものがあり、それはひとりの若者の受難の悲劇だった。その若者は己の天賦の才能——アーネストの場合は父親譲りの人好きのする人柄や躯体の逞しさや快活さ、そして母親から受け継いだ意志の強さという長所をバランスよく併せもっていた——にもかかわらず、自分がどこにいるべきなのか、そして誰のために存在するのかが分からなくなってしまったのである。ロレンスは強い関心をもってそのような死についてだけではなく、そんな若者の紆余曲折を経た人生についても描いた。「大柄で実直、そして大胆不敵な顔つきをしている」若者が、セクシーで服装にはとても気を遣うが退屈な女性と図らずも婚約するはめになる。彼女は家族に紹介されると女王のように振舞うが、[42] そんなフィアンセを母親の目で眺めると（こと男女関係のことになると息子は母親以外の誰の目で見るというのだろう？）ウィリアムは自分の婚約者を蔑むのだ。ウィリアムはブルジョア階級の価値観に縛られてしまっているが同時に嫌悪していて、だからこそ自分と同じように立ち位置が曖昧で根なし草のようにゆらゆらする女性と本能的につき合い出してしまう。しかし、そのような女性との同病相憐むようなつき合いが旨く行くはずがない。

　ロレンスはこのようなことを兄の死から十一年もの歳月が経過したときに理解し作品のなかに活かすことができた。そのあいだにロレンス自身も茨の道を進むことでアーネストのことをより深く知ることができたといえる。日々の仕事に忙殺されることに加えて絶えず（母親を含む）女性の気を惹きたいという心理的欲求によって、そして自分には相応しくない女性との交際を始めてしまってから生じる気苦労によってもアーネストの生命力と社会的成功を求める意欲がどれほど無駄に削がれていったのかがロレンスにはよく理解することができるようになった。こうして、病気とは感染によるものだけではなく、バラバラになった自分の心や満たされない感情に起因するものだという独特の考え方をもつようになった。

　アーネストを喪った悲しみがあまりにも大きかったためにリディアはロレンスが抱えていた悩みや苦労には気が回らなかったのだろう。アーネストに向けられていた母親の愛情がどれほどのものだったかを知るには「天国に行ったら私はイエス・キリストよりもアーネストに会いたいわ」という言葉から十分に察することができるが、これは宗教心の篤いリディアのことを考えれば驚きに値する。[43]悲しみに打ちひしがれた一九〇一年の秋、敬愛していた亡き兄を思慕しながら、そして母親の愛情が自分に向けられないことに嘆息しながらロレンスは働きに出ていた（朝家を出たら帰宅するのは十四時間後だった）。そうしてクリスマスが目前に迫った頃、今度はロレンスが肺炎で倒れたのだった。

　アーネストの死のショックが余りにも大きかったために自分のことをほとんど忘却していたという悔悟の気持から母親は自分を死なせるわけにはいかないと思ったに違いないというロレンス自身の判断を額面通りに受け止めることは難しいが、それでも、彼が肺炎に罹ったということが（アーネストを亡くしてまだ間もないことを考えれば）母親にどれほどの心痛を与えたかを推し量ることはできる。病に倒れた息子を見て母親は自身を取り戻した。すでに死んでしまった息子を嘆き悲しんでいるばかりではなく、逆説的ではあるが、死につつある息子を目の当たりにして自分がしっかりと看病してやらなければという生きるきっかけともなる強い気持がリディアのなかに湧き起こったのである。『息子と恋人』ではモレル夫人の妹が、ポールの肺炎は「好ましいことだわ…これで姉さんも絶望の淵から救われる」[44]と言っている。リディアはロレンスの看病に精魂を傾けることでアーネストを失った喪失感の埋合せをして、それに応えるようにロレンスは快復後に熱烈に母親に傾倒するようになる。（リディアは後年に想い出しているが）この時期に彼女の「バーティー、あなたは私にとってずっとかけがえのない愛しい子だったのよ」という発言があったのだろう。元気を取り戻してからのロレンスが会社に働きに行くことがなかったのは『息子と恋人』のモレル夫人のように、ノッティンガムまで息子を働きに行かせたことでリディアが自責の念に駆られたからだろう。[45] ロレンスは健康を取り戻すために数ヶ月費やしたあとで（そのあいだスケッグネスにある叔母のネリー・ビアゾルの下宿屋で暫く過ごしたり、イーストウッドに戻ってからは事務の仕事で身につけた数字に強いところを活かして豚肉専門の肉屋で帳簿をつけたりしていた）、まず教生になり、ついには正規の教員になるためのレッスンを受けることになる。ウォルター・モレルが炭坑夫の仕事を「俺にとってはなんでもねぇことだのに…あいつにとっちゃ無理なことか」[46] と考えたように、ほとんど無学の父親は息子が同じように労働者階級から抜け出しつつある人間にものを教えることで生計を立てようとしていることをようやっと受け入れようとしていた。

一九〇一年から一九〇二年にかけての冬はロレンスと母親のあいだにそれまでにないような愛情が芽生えた時期で、この愛情は一九一〇年に母親が死去するまでつづくことになる。アーネストが生きているときには（病弱で目が離せなかった）三男のロレンスはリディアにとって愛すべき子どものひとりに過ぎなかったし、彼自身も自分がアーネストに取って代われるとは思ってもいなかった。小学校長も似たようなことをロレンスに言ったことがある。ロレンス自身がノッティンガム・ハイスクールで自信を失ったり勤め先で不愉快な体験をしたりするたびに感じたことは優秀な兄の影と自分との優劣だと考えられる。しかし一九〇二年から母親は子どもとしてではなくひとりの青年としてのロレンスにひたむきな愛情を注ぐようになった（このことは必ずしも快適なものであるはずはなかった）。この頃自分の内に萌した感情をロレンスは一九一〇年になって以下のように讃えながらも嘆いている——

母とぼくは、ときには夫婦のように、そしてまた子どもと母親として愛し合ってきたんです。ぼくたちは直観で互いを理解し合えたのです。母は叔母に、ぼくのことでこんなふうに言ったことがあるそうです。

「あの子は私にとって特別なのよ。私の一部のようなものだわ。」これは事実です。母とぼくはふたりでひとつのようであり、言葉なんてなくてもお互いのことが分かり合えました。でも、こんなことは喜ぶべきことではありませんし、このことでぼくはある点でおかしくなったのです。[47]

このような愛情はアーネストを苦しめたように、今度は親密さや願望や期待でその鉾先となるロレンスを窒息させることになる。子どものポール・モレルはガートルードを見て母親としての当然の権利が与えられていない女性だと思い、自分にはそんな母親のためにしてあげられることはなにもないという無力感で満たされている。[48] いくら人並み以上の洞察力がある子どもでもこんな風に考えることはなかなかないだろう。とすれば、息子がこのように考えるのは意識的或いは無意識的に母親に仕向けられたからだとは考えられないだろうか。

一九〇二年に息子であると同時に母親の愛情を注がれる相手として生き延びたことは、ロレンスがそれまで以上に両親の軋轢の犠牲者になったことを意味する。自己の存在証明をしようと家を出て自立しようという息子の気持は、彼を所有しようとする母親の意志によって、また息子自身が母親と奥深いところで共鳴することで母親が味わった（と言い聴かされた）喪失感を埋めてあげなくてはという義務感によって上書きされた。あれこれ要求する女性から解放されたいと思う父親の強い欲求が自分にもあることにロレンスは気づいていたが、それでも母親との絆のせいで自分が普通ではないこと、だからといってその絆を自分から断ち切ることはできないことも十分に理解していた。一九〇二年の春になってもリディア・ロレンスは「あの子は、子どもにするように膝の上で抱っこしてもらいたいのよ。もちろん私にはそんなことはもうできやしないけど」とぼやく一方で、ロレンスは一九〇八年の時点でも「ぼくはまだ子どもなんです――年は二十二ですが。まだ乳離れができてないんです、お分かりでしょうが」[49]と告白している。

作家を目指すということはつまるところ過去や柵《しがらみ》と決別しようとするロレンスなりのやり方だったのだろう。炭鉱町や家族、そして家庭内の緊張やちょっとした事件を作品のなかで絶えずくり返し描きつづけることで過去の呪縛から解き放たれて、それを整理し理解して自由の身になろうとしたのではないだろうか。しかし執筆のたびに原点に立ち帰ると、家族や家庭内の不和、そして愛してくれた母親と自分がどれほど強く繋がっているかを改めて思い知ることになったのだろう。（家族だとか愛情というものを否定し、イーストウッドやそこでの日々を憎んでいると明言しながら）自分なりに過去にまつわる一切合財を断ち切るつもりで創作したのだが、そうは問屋が卸さなかったのである。大人になってからのロレンスは、自分自身の本能的な感応力や理解力が許す程度に共鳴し合える仲間とひとつのところに住んで一緒に汗を流して達成する調和のとれた環境づくりというアイデアを定期的に形にしてみようとした。『白孔雀』が最初の例だ。ここにはリディア・ロレンスとエイダをモデルにしたと思われる女性が登場し、感受性の鋭い文学好きの息子と一緒に湖畔に建つロマンチックな小屋に住んでいる（酒浸りの父親は都合よくすでに死んだことになっている）。しかし現実の生活でロレンスはそのような仲の良い睦まじいグループを形成したことはなく、その反対に他人とのそのような集団生活の可能性を打ち消すような生き方をした。

創作を通じてロレンスは自身の成長過程における葛藤を深く掘り下げて考察する機会を与えられることになったのであり、書くことによって自分が強く惹かれた人生を描いて追体験することができたといえる（自分の「小説や詩は純粋に情熱的な経験なのです」とロレンスは書いたことがある）。一九〇二年に母親に応えようとしたことは責任感のある息子、稼ぎ手といった役柄に徹すると決めたことを意味する。だがそれだけではない。このことは適切な対処方法を身につけないままに、親離れしようとすると繋ぎ止め、感情に従って自然に振る舞おうとすると枷を嵌め、怒りや（とくに）性衝動といった情動を理解しようとしない「愛することに強欲で、愛されることに貪欲な」[50]女性への忠誠を誓ったということをも意味するのである。

一九〇二年の夏に、ノッティンガムまで通勤するのではなくイーストウッドで仕事を見つける方が得策だと母子が同意してからロレンスが教生の任に就くまでに暫くの時間を要した。イーストウッド会衆派の教師でもあるロバート・リード牧師が骨を折ってくれたようだが、それでもロレンスが自宅から歩いて十分ほどのアルバート・ストリートにある小学校で働き始めたのは十月も終わり近くなってからのことである。教職免許を取得するための勉強はすでに始めていて、ロレンスは小学校長のジョージ・ホルダーネスから授業開始前の一時間に直接指導を受けて、そのあとで生徒たちを教えていた。

ビジネス界で活躍するキャリアほどではなかったにしろ、教師としての仕事はそれでも母親の期待に添うものだった。息子が専門的な職業に従事することに、そして彼女が考えるところの「階段を一段一段昇って出世していく」ことに母親は心から賛成しただろう。「才能の爆発なんてものはナンセンス。賢くて、そして地道に努力しなくてはならない」というのがリディアの信条だった。教師の仕事を始めてロレンスが気づいたことは、つい最近まで自分のことを馬鹿にして一緒に遊びたくもないし話し相手になることも嫌がっていたたぐいの子どもたちを自分は教えているということだった。彼は、自分がまだ「十分には強くない」ことを知ることとなった。一九〇一年の夏、三歳年上のメイ・チェインバーズがロレンスに「あなた、ときどき女っぽいことがあるわよ」[51]と言っている。未熟な教師としてロレンスは『虹』に描き出したようなことに悩み苦しんだのだろう。そこにはどうにも手に負えない生徒たちによって学級崩壊したクラスをなんとか治めようとしながらも、無様に失敗に終わるアーシュラ・ブラングウェンがいる。しかしこのエピソードはロレンス自身のものだとは決めつけられず、ほかの人たちの経験談からもヒントを得たのだろう。[52]校長からの指導を受けたあとで授業へ向かう自分のことを応援して欲しいと同じ小学校の女子部で教鞭を執っていたメイにロレンスは懇願した——「生徒の前に立つことを死ぬほど怖がっていた」ので「自分を鼓舞してくれる笑顔」を欲していたのだ。しかしこの不安は杞憂に終わった。なぜならば校長のホルダーネスはとても規律に厳格で、「ときには棒切れを手にして体罰を与える」[53]人物だったからである。このためにロレンスのクラスの生徒たちは、校長にもロレンスにも反抗的な態度を取ろうなどとはしなかった。

教師という仕事を選んだためにロレンスは炭鉱町での生活から隔たることになった——労働者階級から距離を置くことになったのだが、だからと言って労働者階級との繋がりを完全に断ち切ったわけではない。自分のところへやって来た一風変わった教え子の教師としての将来性に確証がもてないかのように、ホルダーネスは一九〇二年十月二十八日の業務日誌に淡々と次のように記している――「第三学年のクラスは今週はおもにD・H・ロレンスが担当した。年齢は十七で、ノッティンガム・ハイスクールでの三年間の課程を終えて教生になるつもりでやって来た。」[54]

3 炭坑夫の息子が詩を書く

一九〇二―一九〇五

一九〇二年十月からアルバート・ストリートにある小学校で教生として働き始めたこと――今後の九年間教師として生徒たちの躾をしながら勉強を教えることになる――はロレンスの将来を大きく左右することになるのだが、この頃にロレンスが始めたことも同じようにこれからの彼の人生にとって重大な意味をもつことになった。それはチェインバーズ家を頻繁に訪れるようになったことである。チェインバーズ一家はイーストウッドから北へ三キロほど行ったところのアンダーウッドにあるハッグス農場に住んでいたが、自宅があるウォーカー・ストリートからその農場までロレンスは徒歩または自転車に跨って野路を出かけて行った。

一八九〇年代初頭、チェインバーズ一家はロレンス一家が住むブリーチのそばのグリーンヒルズ・レーンに住んでいた。イーストウッド生まれの家長エドマンド・チェインバーズ（「一六《いちろく》チェインバーズ」として知られていた彼の父親は母親と一緒に質屋をしていた）は小規模な自作農地を所有し、牛乳配達もしていた。エドマンドの妻アンはリディアと同じようにイーストウッドではよそ者で、どこに住んでいても満たされているようには見えない感じの女性だった。そんなアンはアルバート・ストリートにある教会でリディアと出会った。ふたりは「結婚したことによってやむなく住むことになってしまった炭鉱の共同社会をひどく嫌って」いて、アンの息子は母親はどちらも「教会という日常生活とは隔たった空間のなかで本当の意味で寛げることができた」と語っている。チェインバーズ家とロレンス家の子どもたちは教会や日曜学校で顔を合わせるようになり、チェインバーズ家の姉妹のメイとジェシーは、日曜学校で暗唱することになっていた詩を思い出せないですっかり動揺してしまったロレンスを見て姉のエミリーがたまらずに笑いだしたことを憶えている。[1]

一八九八年にチェインバーズ一家はイーストウッドの小自作農地からアンダーウッド近くのハッグス農場へと移り住んだ。各人が思い思いの格好をしている家族写真（写真6参照）はそこで迎えた初めての夏に撮られたもので、七人の子どもが母親を囲むようにして写っている。アンはまだ四十歳だが実年齢よりも遥かに老けて見えて、生まれてまだ間もない末っ子のデイヴィッドに気をとられてカメラに目を向けることもできていない。十二歳のジェシーは草に膝をついて愛嬌のある笑顔を見せていて、家族のなかでいちばんカメラを意識しているようだ。左端のメイは十六歳で、すでにイーストウッドのブリティッシュ・スクールで教生を務めていた。彼女はどこかオドオドしていて家族からちょっと距離を置いているようにも見える。三歳になる末娘のモリーはポカンとした顔でレンズを見つめている。ベストを着て気取って右端に立っているのが長男のアランでこのとき十七歳、そして彼の前にいる鉢の大きいのが十一歳になるヒューバートで、メイの前に立っているのが九歳のバーナードである。三十六歳の背が高くて痩身の父親エドマンドはアランのようにお洒落に着こなして、かんかん帽のようなものを被っている。手になにか持っているようだが、シャッターが切れる前に地面に置くことができなかったのだろう。

リディア・ロレンスはハッグス農場へ越したチェインバーズ家から遊びに来るようにと頻繁に招待されていたが、それが実現したのはロレンスがハイスクールの一年生だったときである。一九〇一年の初夏、学校が半ドンだったことを利用して初めて母と息子は野原の小径を歩いてハッグス農場まで出かけた。ロレンスは「表情がコロコロと変わる背の高い色白の」少年、そしてリディアは「聡明で陽気な小柄の女性」という印象を与えた。常日頃から辛口のコメントをするメイは、そのような母子は「張り出し窓や居間の家具、そして新しい服に価値をおくような、レンガとモルタルでできた家並みの住人」[2]と言っている。そのような環境はチェインバーズ家にとってみれば抜け出すことができて胸を張るようなものだったが、ロレンス家にとってはやっと行き着いて嬉しく思うほどの世界だった――その世界は張り出し窓や馬の毛を詰めたひと揃いのマホガニー材の椅子、炭坑夫の家にあるようなラグなどではないブリュッセルカーペット、マホガニー材の飾り棚や楕円のテーブルなどで象徴されていた。リディアが父親や夫や息子たちのような絶対的勢威を振るうような男性に抵抗していたのとは違って、アン・チェインバーズは夫や息子たちに支配されているようだった。彼女が末の息子を産んだのは三十九歳のときで、そんなアンは「セックスのことが話題に上ると恐怖で震えていた」。[3]『息子と恋人』のなかで同じように友人を農場に訪ねているモレル夫人は憐れんで、「彼女のことを気の毒に思うけど、旦那さんも可哀相だわ」[4]と漏らしている。

炭鉱町なので煤塵などで汚れてはいたが、イーストウッドの周辺には田舎風の自然が溢れていた。ウォーカー・ストリートの家からは、西を向けばダービシァの方角にクライチ・スタンドにある記念塔が見えたし、[5]早朝に炭坑へ働きに出かけるアーサー・ロレンスは道すがら野生のマッシュルームなどを摘むことができた。坑内で仕事をしているときに口が渇くのを抑えるために彼はよく草の茎を噛んでいた。田舎の自然のなかで育ったわけではないが、ロレンスは植物をはじめとする自然界の生きもののことをよく知っていた。エミリーが言うには、「野生動物に詳しかった」アーサー・ロレンスは野に咲く花やハーブやそのほかの植物（彼は自分で摘んできたハーブでお茶を淹れていた）だけでなく、「野生の鳥などにも関心があって、草むらのなかでなにかが動いたりすると目を凝らして見つめたり」していたし、迷子の子ウサギを持ち帰ったこともあった。[6] そんな彼はコモン・ガーデンズで家庭菜園をつくったりもしていて、息子たちはその手伝いをした。一九〇〇年にロレンスが当時評判だった『英国の草花ガイドブック』[7] を持っていたことから彼の興味は父親と同じように野生の動植物に向けられていたことが分かるが、父親に教えてもらうよりも自分で書物を繰ってあれこれ調べる方を好んでいたのかもしれない。

　ハッグス農場へ行くようになってからロレンスは田舎の自然本来の姿に今までとはまったく違う目を向けるようになった。ロレンスの作品のなかでそのような自然を描写している場面に出くわすことがたびたびあるが、晩年の一九二八年の作品にも一九〇一年に初めて歩いた場所や目にした風景が描かれている。ハッグス農場へ遊びに行き始めてからロレンスはイーストウッドの自分の家の「気が滅入るような狭量さや因襲的なもの」とは対極にあるものを見出して喜びを感じるようになった。彼はそこでもうひとつの家族の在り方を発見したのである。一九〇二年の夏に肺炎からの快復期にあったロレンスはハッグス農場での生活にどっぷりと浸かっていた。「（エドマンドの）牛乳配達用の荷車に乗ったり、干し草畑でチェインバーズ家の男兄弟と一緒に過ごしたりした」が、農場まで歩いて出かけて行ったことが健康には良かったのだろう。[8] ロレンスはヒューバートとバーナードとまず仲良くなり、それからアランとつき合うようになった。「大の仲良し」になった相手は「十六歳くらいだった」とロレンスは明言しているが、それは一九〇二年九月になる前のことだからチェインバーズ家の兄弟のひとりを指している。[9] 長女のメイは思春期にあったために家族に斜に構えるところがあり、ハイスクールに通う男子に宿題を手伝ってもらうなんて真っ平だという態度をとっていたが、妹のジェシーは会った当初からロレンスに惹かれていたようである。一九〇二年の夏にハッグス農場へ足繁く遊びに行くようになってからロレンスとジェシーとの関係は彼の青年期に大きな影響を与えるように進行していくのだが、ふたりが初めて会った頃のジェシーはまだ十五歳で、ロレンスは一歳半年長というだけでなく読書量でも知識の多さでも彼女に勝っていた。ロレンスが彼女と一緒に過ごす時間は初めのうちはそれほど多くはなかったようだ。元気溌剌とした兄弟たちにはジェシーのことをちょっと眼下に見るところがあって、このために彼女は自分を詩やロマンスに登場するヒロインに仕立て上げるような空想の世界に閉じこもっていた。とくに弟たちは姉のこのような性癖に嫌気が差していて、「姉さんがボーッと考えに耽っていたり夢心地にいたりしたら、そんなときはわざとドタバタの取っ組み合いをして詩的な夢想の邪魔をして大喜びをしていた」。[10]

ジェシーは「ほかの兄弟姉妹たちに引けを取ってはいなかった」とデイヴィッドは記憶している――兄たちと同じくらいの上背があって肩幅も広く、身体つきはしっかりしていて、躾もきちんとされていて、利他的で、上昇志向が強かった。また ジェシーが弟たちと喧嘩したことも憶えていて、そんなとき彼女は「両手の拳にマフラーを巻きつけてふたりの弟に戦いを挑んだ」が、そんな彼女が「快活で楽しそうにしている」ことはめったになかった。[11] 自分にあれこれと指図したり、或いは蔑ろにしたりする父親や兄弟にジェシーはほとんどいつも腹を立てていた。そんなチェインバーズ家の男たちとは違ってロレンスの女性に対する態度は真摯なもので、そのことをジェシーが意識し始めたのは一九〇三年頃のことだ。そしてこの時期にふたりが話す機会が増え始めた。話をしているうちに、ジェシーはロレンスこそが満たされない家族生活から自分を救い出してくれる救世主だと思うようになった。こうしてふたりは一緒に初等教育では習うことのない「でいすう(代数)」やフランス語」を勉強するようになった。[12]

ロレンスとジェシーの仲が親しくなる以前のチェインバーズ家が、ロレンスにとってどれほどかけがえのないものだったかは適切に判断されるべきである。一九〇二年の春から夏にかけてロレンスが肺炎から快復したこと、そして母親からそれまでとは違う種類の愛情を注がれるようになったこと(そしてそのような母親から逃げるようにチェインバーズ家とつき合うようになって大好きになれる人たちと出会ったこと)が重なって、ロレンスはイーストウッドの面倒な自分の家族から逃避するようになった。人生において最後ではないが彼は自分の内に(この時点では母親とのあいだに)情熱的な繋がりを自覚すると同時に、その繋がりから解き放たれたいという強い欲求も併せもつようになっていた。愛したり愛されたりするときに、そして身の回りの人たちとのつき合いのなかで誰もが多少なりとも感じるようなことをロレンスも経験した。ただ彼の場合は、それがビックリする或いはショッキングなくらい烈しいものだったのだ。チェインバーズ家とのつき合いは、そのことを示す最初の顕著な例だといえる。

ハッグス農場では腹が立ったり意見の対立があったりすると家族間で声に出して意見が交わされることが日常で、これはウォーカー・ストリートのロレンス家での厳格な道徳的雰囲気や、批判的で感情を抑制するようなピリピリした緊張感とはまったく違っていた。イーストウッドでロレンスは好まざるも女性中心の家庭環境のなかで生活していた――そこには母親とエイダが(結婚するまではエミリーも)いて、父親のアーサーはほとんど家にいなかったか或いはその場にいたとしても口出しをしなかった。チェインバーズ家には気取らない昔ながらの家族関係があった。男性がだいたいにおいて支配的ではあったがそれでも女性は抵抗していたし、また男が道徳的に優れていると妄信しているわけでもなかった。兄弟は姉妹を格下扱いして自分たちの意のままに動かそうとしていたが、姉妹はそのような態度に断固として反抗していた。思春期に入ると他人の家族のほうが自分の家族よりもつき合いやすいと思いがちだが、ロレンスにとってもチェインバーズ家のほうが、家族同士で言い合ったり、感情をぶつけ合ったり、仲良く一緒に歌ったり、冗談を言っては笑い合ったりするという理由から、言いたいことも言えなくて抑えつけるような重苦しい自分の家庭と比べると一緒にいて気持が落ち着いたのだろう。「ロレンスは私たちの笑い声はホメロス的だとよく言っていた」し、また「彼がいることで、私たちはみんな満たされた気分を味わうことができた――私たちの家族のなかでロレンスのしてくれたことはとっても素晴らしいものでした」とジェシーは回想している。[13]

チェインバーズ家のみんなは決してロレンスを忘れなかった。ロレンスが一九三〇年に死去したときには「私たちはみんな家族の一員としてのロレンスの死を嘆き悲しんでいます。彼と一緒に過ごした日々は言葉では言い尽くせないほど素晴らしいものだった」と述べている。ロレンスもそれまでになかったような彼らとの想い出を忘れ去ることは決してなかっただろう。[14] ロレンスは郷愁の念に駆られて、ハッグス農場での濃密な日々から二十五年以上の月日が流れたあとでもチェインバーズ家の末っ子のデイヴィッドに次のような手紙を書いている。

なにかを忘れるとしても、ぼくはハッグス農場のことだけは絶対に忘れない。ぼくにとってそこはかけがえのない場所だった。君たちみんなのところへ遊びに行くことがぼくにとっては大きな幸せだったし、君たちとつき合うようになってぼくは変わることができた。戸口の傍で聞こえた水の音、フラワー(馬の名前)が首を曲げてよく食べていた乙女のように赤らんでいたバラの花、ウロウロと歩き回っていたトリップ(犬の名前)、冬のお茶の時間に食べた煮込んだイチジクや、八月の煮込みリンゴ。まだそういったものを食べてるのかな。どこで暮らすことになってもハッグス農場でのことはなにひとつ決して忘れはしないとお母さんに伝えてもらいたい。

波瀾万丈の人生のなかで自分自身やハッグス農場が変わらずに存在しつづけることが、ロレンスにとってはなによりも大事なことだったのだろう――「ぼくが何者であれ、このぼくの一部はハッグス農場へ嬉しそうに駆けて行った頃のバートなんだ」。ハッグス農場でロレンスは帰属意識や仲間意識というものを経験したのであり、それ以後のロレンスは再びそのようなものを生涯かけて探し求めることになる。「よく窓の下のソファに座り、お茶の時間になると小ぢんまりとして可愛らしいキッチンの小さなテーブルの周りに集まったものだ。そんなときぼくはとても寛ぐことができた」。[15] 一九〇二年から一九〇六年までで重要なことはロレンスがハッグス農場でどれほど幸せな気持で「寛いで」いたかということだろう。チェインバーズ家の人たちが彼に対してそうであったのと同じように、ロレンスは親しくそして愛情をもって彼らと接した。アンは「自分の息子のように」ロレンスに接しロレンスもそんなアンのことが大好きだったし、アランとも仲良くなった。そのような家族に囲まれるとロレンスは、自宅では到底なれもしなかったほどに元気で快活な息子になることができた。しかも家事ができたことでロレンスはますますチェインバーズ家に歓迎されるようになった。ハッグス農場でロレンスは「料理や洗濯といった家事に腕を振るい、家族の食事をこしらえることにも手を貸しテーブルを整えた。バートに任せておけばたんなる食事もホームパーティーのようだった」。[16]ロレンスには周囲の人びとを楽しくさせる才能があり、ハッグス農場で我慢とは無縁の家族とつき合うようになって自分にそのような力があることに初めて気がついたのだろう。半世紀近くが経っていたにもかかわらずメイが「茶目っ気のある笑いかたをするロレンス」[17]のことを憶えていたし、ロレンスは快活さや冒険心、そしてゲームや面白いことをする楽しさをチェインバーズ家にもたらしたのだ。

ロレンスがチェインバーズ一家と親しくつき合うようになったことは、アーサー・ロレンスが妻のリディア・ロレンスを避けようとしていたことに似ていないこともない。つまりロレンスは自宅の重苦しい道徳的な雰囲気から逃れて、人のことをとやかく悪く言わない仲間づき合いのできる「幸せに満ちた」農場で過ごすようになったということである。メイ・チェインバーズと結婚したウィル・ホルブルックによれば、「やりたいことができて、言いたいことが言えるところへ来ることがロレンスは本当に気に入っていたし、相手を言い負かすためには乱暴な言葉遣いもした」。[18]そのような場所でロレンスは父親のように振舞っていたのかもしれない。チェインバーズ家のみんなと一緒に歌い（アーサーは子どもの頃にブリンズリィにある聖ジェイムズ教会の合唱団に入っていた）、自分はダンスができることを「キッチンで披露し、私たちが目を丸くして眺めていると『父は三ペンス銀貨一枚くらいのスペースのところでもダンスができなくちゃダメだといつも言ってる』と話した。」[19]ジェシーは、ロレンスが父親をどれだけ嫌っていたかを知っていたので彼の口から父親の話が出たときには驚いたようだ。さらにロレンスは（これもまた父親譲りの才能だが）物真似をして見せたりもした。両親の諍いを真似して見せたときには父親の肩をもってみんなをおおいに笑わせたりもした。[20]ロレンスはハッグス農場で絵を描き始めもした。水彩画の複製の模写をすることから始めて、みんなにも一緒にやるように勧めた。チェインバーズ家の居間にはロレンスが模写した二枚の絵が何年ものあいだ掛けられていて、何冊ものアルバム——友だちのサインや詩、そしてオリジナルの素描や水彩画を描くためのノートブック——はメモ書きや挿し絵で一杯だった。デイヴィッド・チェインバーズは、「みんなこの頃ロレンスのことが好きだったと思います。彼は快活だったし、底なしに優しかったし魅力的だった」と振り返っている。「ハッグス農場のみなさん、あなたたちの前ではぼくは自分の一番良いところを見せることができます」とロレンスは言っていた。[21]

ハッグス農場へ頻繁に遊びに出かけるロレンスを見て母親や姉妹は良い気分がしなかったことは当然だろう。チェインバーズ一家とのつき合いが深くなって間もなくメイ・チェインバーズは、土曜日に遊びに来たいが「家族が良い顔をしないんだ」

とロレンスが漏らすのを聞いたり、また「私たちがロレンスを母親から奪い取っている」と陰口を叩かれているのを聞いたりしたことがある。ジェシーは「身の回りのものを持ってハッグス農場の皆さんと一緒に暮らせばいいじゃないと母が言ったと、ロレンスが恥ずかしそうに私たちに話して聞かせてくれた」[22]ことを憶えていた。ロレンスの家族にとってみれば自分たちの子どもがよその家族とそんなに親しくつき合っていることを歓迎できるはずもなく、あまつさえロレンスとジェシーが一緒に過ごす時間がますます多くなるのではないかと訝っていたのである。自分の家族のそのような非難がましい視線に気がついていたロレンスは「ぼくの家族が見方を変えてくれたら、ぼくはもっと気持よくここへ遊びに来られるのに」[23]と悲しい顔をして言ったことがある。エミリーはハッグス農場のどこにそんな魅力があるのか知りたいと思いロレンスと一緒に遊びに出かけたことがあるが、彼女の記憶に残ったのは「ウンザリするほどの距離を歩かなければならなかった」ことだけだった。[24]

ハッグス農場へロレンスが出かけて行くことは何年ものあいだしこりとなっていたが、それでもロレンスはチェインバーズ家との親交を止める気にはなれなかった。ロレンスには彼らと過ごすことが必要だったのである。そしてこの時期イーストウッドのリン・クロフトの新しい家では絵を描くために何人かの知り合いが集まるようになっていた――ちょっと離れたところに住んでいたリム家の娘メイベルとエミーや、ロレンス家が住むストリートの端のクーパー家のフランシス、メイベルそしてガーティといった顔ぶれだった。みんなロレンスのところへ集まって絵を描くことを楽しんでいて、母親のリディアもその場に加わってみんなの絵を眺めては褒めそやしていた。[25]母親の愛情に包まれて今までにないほどにロレンスは自宅で自分の居場所を見つけたと感じていたことだろう。幸せな子ども時代を過すのに遅すぎることはないが、ロレンスは自分のそんな子ども時代をすでにハッグス農場で見つけていたのだった。

ちょくちょくハッグス農場へ出かけて行くのはどうしてだろうという疑問についてロレンス家では、それはジェシーのせいだろうという答えを出して納得していた。一九〇三年から一九〇四年にかけてロレンスとジェシーが熱中していたものは読書で、ふたりはよくイーストウッドにある機械工協会の図書館で本を借りた。図書館で待ち合わせて、ハッグス農場にジェシーを送り届ける約五キロの道すがらロレンスは読んだ本についてあれこれ話をして聴かせたことだろう。ふたりはいろいろな作家を読んでいた――ウォルター・スコット、チャールズ・リード、ジェイムズ・フェニモア・クーパー、ロバート・L・スティーヴンソンなどから、ジョージ・エリオット、シャーロット・ブロンテ、ウィリアム・メイクピース・サッカレーまで。そしてフランシス・ターナー・ポールグレイヴが編纂した『英国抒情詩珠玉集』のなかの数多くの詩に触れ、その後はチャールズ・ディケンズやバルザック、そしてフロベールにまで読書の幅を広げていった。[26]ジェシーは茶色の髪をした生真面目な女性に成長し、ある知り合いに言わせると彼女は「イタリア風絵画的な愛らしい美人」だった。いささか口が過ぎる友人はジェシーのことを（写真7を写した人物が見たように）「鼻が大きいわりには顎が細すぎで、とび色で相手を見据えるような目をして性格は真面目過ぎ。立ち振る舞いはきびきびしていて、周りに合わせて――無理をして――陽気に見せて薄い唇に楽しそうな笑みを湛えていた」[27]と評している。家族はそんな彼女の「無理をした」真面目さにイライラすることがあり、姉のメイがそうであったようにジェシーも家族とのあいだで好ましい円満な関係を必ずしも保ってはいなかったようだ。家族のなかで浮いてしまっていたからこそジェシーにとってロレンスの存在は殊更に大きく、ふたりの読書や議論がそれだけ大きな意味をもつようになったのである。

　書物というものはロレンス家では家族に分裂をもたらすものだった。リディアは読書の大切さを認めてはいたものの図書館から借りてくるのはロマンスばかりで、そのたぐいの本を読んでは充たされない現実から逃避していた。アーネストの遺品である書物は台所にある棚の上に鎮座していたし、エミリーの本はほとんどが例外なく日曜学校からの賞品で、ロレンスの教科書は（エイダのもそうであるが）炭坑夫の子どもが周りの子どもたちとは異なってどれほど知的に成長していたかの証左である。しかし『息子と恋人』のなかでのウォルター・モレルの「本に鼻面をくっつけて座ってるなんてのは、阿呆のするこった」[28]という台詞は、おそらくアーサーが実際に家族に言ってやりたかった言葉だろう。イーストウッドの家で小説や詩を読んだりすることは家庭内に波風を立てる行為であり、だからロレンスは「家の入り口で足音が聞こえたらいつでも本を閉じて隠せる姿勢で読書していた。」[29]しかしチェインバーズ家にいるときには、そんな警戒はまったく必要なかった。父親が（新聞に連載されていた）『ダーバヴィル家のテス』の結末部を全部大きな声で読んで母親に聴かせていたことをまだほんの子どもだったジェシーは憶えているし、ハッグス農場の居間では誰かが大きな声で本の一節を読み上げたり、家族で配役を決めて初めから終わりまで戯曲の読み合わせをしたりもしていた。そこでは文学を鑑賞することは日常生活の一部であり、書物は家のあちこちにあった。読んだ本や作家についてあれこれと言い合うことはロレンスの家では家族間の溝を深めるだけだったが、ハッグス農場では家族のあいだで生き生きと愉しげに行われていた。[30]

　男性中心の大家族のなかでしばしば蚊帳の外に身を置いていたジェシーにとって、自分の情熱を分かち合うことができるロレンスと出会ったことは願ってもないことだった。彼女はロレンスの内にイーストウッドの自宅にいるときにはなかなかに見ることのできない「生きていることへの漲《みなぎ》る歓喜」を見出し、この歓喜こそがジェシーに大きな意味をもっていたと考えられる。[31]彼女はすでに詩の魅力の虜になっていて（スコットやウィリアム・ワーズワースの詩を暗唱しながらよく家の周りを歩いていた）、そのような彼女は読書や議論することにもきっと関心があるだろうとロレンスは判断した。リディアも確かに読書家ではあったが、十八歳にもなる息子がロマンス的な小説について母親と意見を交わすなどということは考えられないし、また彼女は詩を書いたりもしていたがそれは現実の日常生活に忙殺されていたなかでの気分転換のようなものであった。だが知的で思慮が深く、そして自分の殻に閉じこもりがちだったジェシーとロレンスは当然のように読書の魅力に心を奪われるようになり、書物を読み耽ってその世界を鑑賞するだけでなくそこにのめり込むようになっていった――「本を『読んだ』と言っただけでは、実際にそれが私たちにとってどのような体験だったかを適切に言い当てることはできません。読書は今までに知り得たことのないような新しい世界を獲得することだったのです」。[32] ほかの誰でもなくジェシーにだけロレンスは読んだ本についての自分の感想を話すことができたのだが、母親のリディアが息子のこのような行為にいつまでも気がつかないでいるはずはなかった。

一九〇二年から一九〇六年にかけてロレンスは二重生活を送っていたようなものである。週日のイーストウッドでは模範的な学生、教師そして息子の役割を演じて、週末にはハッグス農場へ出かけて行った。教生としての給与は課税されて決して十分とはいえず、初年度の給与は「書籍代をカバーできるように年毎の増額はあるが、それでも週に一シリング」[33] だった。ロレンスの仕事ぶりと能力を校長のジョージ・ホルダーネスは絶賛して、「労を惜しまない勤勉家。態度はエネルギッシュで折り目正しく、そして同時に他人には親切で思慮深い」[34] と評価した。

新しく導入された制度により、一九〇四年三月からロレンスたち教生はイーストウッドから五キロほど離れたところにあるイルクストンの教生養成センターで毎週いくらかの訓練を受けることになった。ホルダーネスはこのことについて、学校教育管理官に「支援なしには教生がイルクストンで訓練を受けることによって学校の授業に大きな支障が出る」[35] と抗議している。教師が病欠したり、教生がセンターで指導を受けなければならなかったりしたために、ホルダーネスはひとりで三、四クラス――百人から百五十人の生徒たち――の面倒を見なくてはならないことも何度かあったようだが、ロレンスはイルクストンで自分と同じ立場にいる仲間と出会った。ジェシー・チェインバーズはロレンスに一年遅れてこのセンターに通い始めているし、ロレンスの妹のエイダやブリティッシュ・スクールで同僚のリチャード・ポグモア、そしてイーストウッドの近くにあるコサルという村からはルイ・バロウズが通って来ていた。ロレンスはこのセンターでルイと初めて出会い、つき合いを深めていくことになる。[36] イルクストンの教生養成センターはロレンスにとって人間関係を拡げる場となった。そこでロレンスは自分と同じように労働者の親をもつ教生たちとつき合うことでイーストウッドでは望むべくもない知的欲求を満たす時間を過ごすことができて、このためにイルクストンの養成センターでロレンスの才能は発揮され始めた。今までにない自信や能力の開花を自覚したことは若き日のロレンスを特徴づけるものであり、彼のこの自信はハッグス農場での幸福な時間やチェインバーズ一家に与えてもらった勇気と相まってロレンスをさらに成長させた。そんなロレンスはイルクストンのセンター長であるトマス・ビークロフトに数学ができることで強い印象を与えた。リチャード・ポグモァはロレンスがどれほど代数を得意としていたかを次のように記憶している――代数の時間に「いつでもすぐに怒り出すビークロフト先生がぼくたちにひとつ問題を出したんです。誰ひとりそれを解くことはできませんでした。すると突然先生が声を荒げて『なんだ君たちは。君たちはみんなロレンスの足元にも及ばないな！　彼は昨日ほんの数分でこの問題を解いたぞ』と言って、黒板を一回転させてそこに書かれているロレンスの解答をぼくたちに見せたんです」。[37]

ロレンスはこのように、ボーヴェイル小学校では習ってはいなかった「でいすう（代数）」を得意とするようになっていた。イルクストンで正規の教師になるための指導を受けるようになってから半年も経たないうちにロレンスは勅定奨学生試験を受けることになり、それに合格すれば教員免許状取得のためにコレッジに通えた。この試験でのロレンスの成績は抜群で、イングランド中の二千五百人以上いた受験生のなかでファースト・クラスという第一等級で合格したのはわずか三十七人しかいなかったが、ロレンスは一九〇五年二月二十五日に自分がそのなかのひとりであるという結果を受け取った。これ以来「周りに頭が良いと思われるようになった」[38] ことをロレンス本人も憶えていた。彼の名前は地元の新聞に載り、イルクストンの教生養成センターの業務日誌にも誇らしげに記録されて、また『教師』誌と『教育者』誌で自分の履歴と勉強方法（写真も添えて）とを披露しなければならなくなった。そして、ホルダーネスは自分のところの花形教生の写真を撮った。[39]

この華々しい業績の陰でロレンスは極度の神経過敏や不安に襲われるという代償を払った。奨学生試験を受ける前にロレンスは「心配と不安で見た目にも疲弊して」いて、試験結果のことを考えると自信を失い絶望に打ちひしがれるほどだったし、「落ちたらどうしよう！　考えると恐ろしい」[40] と悲嘆にくれてよく言っていたようである。一人前の仕事をもっていなかったロレンス（一九〇四年から一九〇五年にかけての年収は僅かに二十四ポンドだった）はまだ家族に寄生して生きていたのであり、母親のことを思えば絶対に試験に落ちるわけにはいかなかった。是が非でも教師になって独り立ちしなければならないと自分を追い込んでいたことで、十代後半に垣間見ることのできる溌剌として陽気なロレンスは影を潜めてしまっていた。ロレンスはその後の人生の大半を費やしてこの若い頃の後遺症を払拭しようとするのだが、このことは道徳的且つ世間的に正しいことしかしてはならない、或いは自分のことは二の次にして行動しなければならないという杓子定規な利他的な考え方しかできない自分を変えようとしていたことと本質的に同じである。ロレンスは生来知的な人間であるが、一九〇四年から一九〇五年にかけては周囲からの期待、そして家族（とくに母親）

が自分に払った金銭的な負担、そして自分に注がれた愛情に報いなければならないという強迫観念から自分自身を解放することができずにいた。他者のために自分の人生を犠牲にすること、そしてその結果として生じる諸問題に対峙すること、ロレンスはこのようなことに慣れていった。

どのように、そしてどこでロレンスは教員免許状を取得するための勉強ができたのだろうか。二年間しかるべき場所にフルタイムで通いながら勉強をつづけて試験を受けるか、或いは空き時間に受験勉強をして学外試験を受けるかのどちらかだっただろう。それで、できたらノッティンガム・ユニヴァーシティ・コレッジに進学しようと決めた。そのためにはその夏に行われる大学入学資格試験を受験しなければならず、受かればノッティンガム・ユニヴァーシティ・コレッジの教員養成課程に入ることが可能だった。ロレンスはこの試験に合格したが、今回の成績は第二等級と以前に比べて見劣りするものだった。その原因は「町は暑くて思うようにペンが進まなかった」[41]ためだと本人は書いている。ロレンスがコレッジへ通うことは家族にとって経済的な痛手となったが、母親は息子が一歩一歩自分の期待に応えてくれている姿を目の当たりにして、さらに大きな期待を寄せるようになっていた。ノッティンガム・ユニヴァーシティ・コレッジに通う息子を見ながら、教員免許状を取得するためだけではなく学士の学位も狙って欲しいとさえ望んでいた。学費を支払うために（学位修得課程は二年間ではなく三年間）、ジョージ・ホルダーネスが認めてくれたこともあってロレンスは一九〇五年から一九〇六年の一年間免許なしでアルバート・ストリートのブリティッシュ・スクールで教員として働けることになった。専任教員として働くようになって年収は一人前ともいえる五十ポンドになったが、それでも父親の収入には及ばなかった。

一九〇五年の二月に勅定奨学生試験の結果を受け取ってから一九〇六年の九月にコレッジへ通い始めるまでの十八ヶ月間はそれまでのロレンスの人生を振り返ってみるともっとも重大な局面を迎えた時期といえるが、しかしそれは教師としての彼の生活とはなんら関係はない。一九〇五年の春に奨学生試験に合格してから数週間も経たないうちにロレンスは創作を始めたのだ——これはたんに偶然という言葉で片づけることはできない。二十三年経ってロレンスはこのときのことを自嘲気味に想い出している——「ほんの少しだけ自意識過剰になっていた日曜日の午後、ぼくは初めて『詩』をふたつ『書いた』。ひとつは「テマリカンボク」で、もうひとつは「センノウ」。若い女性ならもっとうまく書けただろうけど。少なくともぼくはそう思う。でもぼくはそのときの自分の感情の充溢がとても気に入っていたし、ミリアム（ジェシーのこと）もそう思ってくれた」。[42]ロレンスがその日は日曜日だったと記憶していたことは、詩作を始めたことが彼にとって大きな意味をもっていたことを証明している。

なぜ詩を書き始めたのだろう？　そこには家族にまつわる理由がある。ロレンスは自分が母方の親戚で讃美歌の作詞家として有名だったジョン・ニュートンの血を受け継いでいると信じていたし、母親も次兄も、そして母方の叔母のレティ・ベリーも宗教色の濃い詩を書いていた。[43] そして、ロレンス自身の野心的な理由もあっただろう。つまり、ものを書くということは魅力的で中産階級特有の知的作業だった。まだ少年だった頃のロレンスはメイ・チェインバーズに、自分の母親が有名な詩人になって「みんなをお金持ちにしてくれるんだ」という夢物語を話して聞かせたことがある。[44] しかし、まったく別の理由もあったかもしれない。ロレンスは読書によって何世紀にもわたるイングランドの質の高い文学に触れてきていて、詩を教え、詩を暗唱し、そして詩について議論してきたのである。言葉を生み出す能力と操る技術はロレンスに与えられた天賦の才であり、子どもの頃から自分の内で少しずつ大きくなってきた言葉の魔力に魅せられていたとも考えられる。

そうは言っても、詩を書き始めたことがたんに家族がしていたからだとか、中産階級的な野心があったからだとか、言語を巧みに使えたからだということの結果であるとは考えにくい。手始めに宗教色の薄い詩を書いたということは、ロレンスが家庭や教師という職業にかかわる因襲的なこととか、試験に合格して首尾よく社会に漕ぎ出すことができたということなどに固執していなかったことの現われともいえる。ロレンスが詩を書き始めたのは、（なによりもまず）書くという行為をとおしてイーストウッドから、労働者階級から、そして自分を取り巻くあらゆる抑圧や拘束から自らを自由にすることができるからであり、そして同時に自分が将来なろうとしている職業やずっと長いあいだ強く意識してきた自己の分裂からも解放されることができると信じていたからではないだろうか。ロレンスはじつはもっと以前から彼なりの方法で自分が作家であることを周りに知らしめていた。一九〇三年の十月以降に書かれた手紙や葉書には「DHL」或いは「D. H. Lawrence」と自署してあるが、一九〇五年以降に母親宛に書いたすべての葉書は「DHL」で結ばれている。[45] このことはじつに象徴的で、画家のサインのように没個性的でありプロっぽくもある。父親のアーサーだったらさしずめ「アート」で、兄のアーネストだったら「アーン」というサインを使うことになっていたかもしれないが、ロレンスは一九二八年に自らが書いているように「ぼくは、本当のところ『うちの息子のバート』などではないんです。考えてみれば、そうであったことは一度もなかった」。[46] あくまでもD. H. Lawrenceであり、略してDHLだったのだ。

想像力を駆使する創作というものは、新しい自我の旗印の下に自分自身のすべてを総動員して取り組まなくてはならないのであって、試験に合格するための勉強に必要とされるような従順で抑圧された自我や感情の発露を制御しようとする自我だけではダメなのである。母親のリディアは「才能の爆発」を悪く言っていたが、ロレンスはまさにそれに触発された。詩を書くという行為はロレンスにとってみれば自分を専門的な知的職業に就かせようとする母親の重苦しくて理知的な目論みからの秘かな感情的解放を意味するもので、父親から（ポエトリーなのに）「陶器《ポタリー》」[47]と揶揄されたとしても詩作は熟練した職人芸に通じるものだった。

しかし当時のロレンスがこのようなことを少しでも明確に認識することは困難だったろう。実際に詩を書き始めることに先立ってロレンスは「創作のことを口にした」ことがあったし、どんなものを書きたいかを一行も書いていないうちからジェシーに話して聴かせたこともある――「それはたぶん詩になるんじゃないかな」。[48]そうして取憑かれたように、自分がどんなに馬鹿気たことをしているのかを自覚することもなく書き始めた。「みんなはなんて言うだろうな。馬鹿な奴だって言うに決まってるよ。だって炭坑夫の息子が詩を書くなんて！」とロレンスは語気荒くジェシーに言ったことがある。[49]ロレンスの家族と友だち数人がそのことを聞き知ったときにはジョージ・ネヴィルもその場にいて、そのときのようすを次のように憶えている――リディア・ロレンスは本気にしていないようで「鼻であしらい」、妹のエイダは「幾度となく『フフンと馬鹿にするように鼻を鳴らして取り合わず』」、エミリーは暗澹たる面持ちで成功するわけがないと言い、自分は「やはり軽蔑するような態度をとった」し、近所に住んでいたビアトリス・ホールに至っては「なに言ってんのよ、デイヴィッド。詩なんてくだんないものだってあんたも分かってんでしょ」と言う始末だった。[50]ひょっとしたらロレンスは試験に合格したことで自信をつけて詩作に弾みをつけたかったのかもしれないが、同時に自分がやろうとしていることを考えると羞恥を覚えてそんな考えは狂気の沙汰だとさえも思っただろう。だからこそ書いたものをジェシー以外の誰にも見せるようなことは決してしなかった。家にいるときには「勉強しているふりをしながら、家事一切が行われる台所で書く」[51]ことしかできなかったが、彼が詩を書いていることは一九〇六年頃には周囲に知られるところとなっていた。ロレンスとジェシーが一緒になにかを読んでいるところをジョージ・ネヴィルが目撃したことがあったし、アン・チェインバーズは一九〇六年の夏前にはふたりがなにかをしていることに気がついていたし、リディアも当然この時点では察知していたに違いない。彼女は台所の棚に並ぶロレンスの教科書のあいだに、詩を書き込んだノートが人目に触れないように挟み込まれているのを見つけていたことだろう。しかし一九〇五年の春にロレンスが詩を書き始めた頃、このことを知っていたのはジェシーただひとりだった。

ロレンスの創作は詩から始まったが、そのことを知ったジェシーは「それって、とっても素晴らしいことじゃない？」と言って感激した。だがロレンスは詩作が得意だったわけではない。初めて書いてから三年後の一九〇八年に大幅に書き直されてデキがよくなった「センノウ」の原稿が残っているが、その最初の四行は次のようなものである。

一点の曇りもなく釣鐘水仙が辺り一面に広がって風に揺られていて、
蒼白の忘れな草は儚い高みを目指して
梯子の最後の段まで到達している。

> でも木々はその重なり合った腕や手を持ち上げて陽光に翳している[52]

これを読む限り「センノウ」は細心の注意を払って書かれた、ひどく文学的な作品といえる。ひとつひとつのイメージが正確に（そして機械的に）繋がっていて、広範な隠喩は賞讃されるべく、同時に失笑を買おうと仕組まれている。ロレンスは自らの轍を覆い隠して自分の出自を美しく隠蔽しているが、しかし同時にとても自意識的なものを生み出してもいる。これは解放なのか、それともたんなる別の囮《とりこ》にすぎないのだろうか？　執筆活動の初期段階から自分がしようとしていることを理解していた若かりし頃のジェイムズ・ジョイスとは違い、[53]ロレンスには「作家になる」ということ以外にはなにについて書くかというアイデアはほとんどなかったようだ。しかし炭坑夫の息子で二十歳になる直前のロレンスが一九〇五年に（小説ではなく）詩を書いたという事実は、非常に大事なことのように思える。詩から始めることで兎に角ロレンスはものを書くということに手を染めたのであり、書きたいことを整った形にするという作業をやり始めることになったのだ。作品の形を整えていくというこの行為は、ロレンスが自分の作品を絶えず改稿する作家だったということに結びつく。

一年ばかりのあいだロレンスは詩作に熱中していたと思われる。詩作だったら自宅でもそれ以外の場所でも手軽にできたはずだし、詩を書くために犠牲にするものはほとんどない。このような理由から文学に目覚めた若者が暇な時間を当てるにはうってつけのものだったし、書いたものを読んで自分自身を笑っていられた。彼はまたときどき日記も書いていて、一九〇六年に家族と共に過ごしたメイブルソープでの夏をロレンスがどのように描写したかは現在でも分かる。[54]だがそのこと以上に注目すべきは頻繁に手紙を書き始めたということだ。ロレンスの手紙は彼が書いたもののなかである意味もっとも優れたものであるといえるし、控えめに言っても長編小説、中・短篇小説や詩などと同じ程度に重要なものである。本伝記はこのような立場からロレンスの手紙を存分に活用している。

詩を書きつづけていた一九〇五年から一九〇六年という時期は、ロレンスが教師として働きながらそれまでにないくらいの最悪な日々を過ごしていた頃と一致する。専任教員としての責務をひとりで負わされていたのは当然であり、それを果たそうとしていたロレンスの仕事ぶりを校長のホルダーネスは褒めちぎっていた（一九〇六年三月にホルダーネスはロレンスの受け持っていたクラスは「申し分ない」とコメントしている）が、ロレンスはといえば「学校では自分の威信と信望を守るために生徒と激しくやり合わなければならなかった」し、「炭坑夫の息子たち」に勉強を教えなくてはならないことは「残酷な」[55]ことだとも書いている。しかしロレンスが一人前の教師になれたのは母親のリディアがいま一度自分を犠牲にしたからだった。

4 独り立ちするとき　一九〇五―一九〇八

一九〇六年の春に詩を書くことにかなり入れ込んでいる姿を見て、リディアたちはハッグス農場からロレンスを遠ざけなければならないと考えたことだろう。建前を言えば、まだ教生の立場でこれから勉強に打ち込んで一人前にならなければならないというのにハッグス農場へ遊びに行って本業を疎かにしているということであったが、本音のところでは、思春期にあるジェシーとの関係を危惧していた。そうしてこの年の四月に四年近くもつづいていたふたりの文学の話をしたりするという交際は唐突に終止符を打たれることになった。

詩や小説を読んで感想を言い合うという幼い行為から始まったロレンスとジェシーの関係は一九〇六年を迎えるときまでにはトマス・カーライル、ショーペンハウアー、ラルフ・ウォールド・エマソンなどを熟読して評論するというレベルにまで達していたが、ロレンスはやがてこの頃の強烈な知的欲求を苦々しく回想するようになる。[1] 自分の内に湧き起こっていたそのような欲求を満たすと同時に、小作農家に生まれた娘としての日常生活ではなくほかのことに熱中したいというジェシーの気持にロレンスは応えていた。彼女は低い賃金の教師になるとか結婚するという未来をほとんど考えていなかった。ジェシーはロレンスの書く未熟な作品を味わうだけでなく育む立場にもあって、書きつづけるようにロレンスを後押しし、彼の書いたものに心を奪われ、なによりもそれを大切にしていた。一九〇五年以降ジェシーはロレンスが書いたものを読むだけでなく、執筆へと向かわせる任務を負った役割を絶えず果たしていた。彼女は批評などせずにロレンスがすることにいつでも影響されていたのだが、自分が書いたものにいつでも好意的なジェシーにロレンスは物足りなさを感じていた。ロレンスのこのような態度は、例えば『炭坑夫の金曜日の夜』のなかで自分をモデルにしたアーネスト・ランバートが、ジェシーをモデルにしたマギー・ピアソンによって自分の詩がいつものように称讃されることに「いささかがっかりしている」姿に投影されている。[2] それでも炭坑夫の息子でありながら詩を書くという普通では考えられないことをしていることを自覚していたロレンスにとって、ジェシーの存在は大きかった。

リディアと姉のエミリーはとくにロレンスとジェシーの関係を道徳的に不健全なものであると考えていて、そんな交際はロレンスが文学に目覚めていくのと同じように好ましくないものであった。だがロレンスはあいかわらずジェシーと一緒に散歩をしたり、話をしたり、読書をしたりして過ごしていた。独占欲が強くて心配性の母親は息子がようやく大学への道を切り拓こうとしていることに嬉々としながらも、自分の夢がかかっていることを承知していたので息子がジェシーと過ごすことに焦燥を感じていただろう。（一九〇四年に地元に住むサム・キングと結婚していた）エミリーは弟とジェシーは恋人同士だ思い込んでいてショックを受けていた。一九〇六年のイースターにロレンスは図らずも最後通牒を突きつけられることになった。ジェシーとはただ散歩したりお喋りをしたりする仲だと腹を立てて反論したが、思慮がなさすぎると諭された――恋人でもないのにいつまでも一緒にいると彼女がほかの男性と知り合うチャンスをロレンスが潰すことになり、ひいては彼女の結婚の機会を台無しにしてしまうと言われた。もし交際をつづけるのならば、あと二、三ヶ月後に二十一歳になるロレンスはジェシーとの婚約を考えるべきだった。近所に住むある人はこう言っていた――「ジェシーは日曜日のお茶にやって来ては教会でロレンスの隣に座ってたので、ふたりが結婚を前提につき合ってるとみんなが考えたのは当然だわ。」[3]

別れることはジェシーとってショックであり、ふたりの関係や読書、自分の創作に支障をきたすだろうことはロレンスには容易に予測できたが、それでも彼女との交際を終わらせることにどこかで賛成していたし、またそれを喜んで受け入れる気もあった。一九〇八年になって、ジェシーの熱意がいかに「ぼくを成長させてくれ、そして和らげてくれたか」を沈痛な思いで回想しているが、「でも、それを手に入れるつもりはない」と言葉をつづけている。ジェシーのロレンスへの尊敬や羨望は、愛情にその姿を変えていた。一九〇六年一月二十九日の彼女の十九歳の誕生日の少しあとにロレンスはジェシーに短い手紙を送っている――「ぼくは君にいったいなにをしているのだろう？　君はずっと今まで積極的にいろいろなことに深い興味を示してきた。だけど、ぼくのことをあまり気にするのはやめてくれないか。自分で自分のことを傷つけることはない。」ロレンスが言いたかったことは、ジェシーは普通に恋愛をしていたのではなく自分のことを崇拝していたあまりに（生来の強い義務感と献身さで）自分自身を見失ってしまっていたということだろう。このような状態は、ジェシー本人があとになってから自分は「葛藤のために心理的な平衡感覚を失っていた」[4]と回想するものである。『息子と恋人』の一九一一年草稿は後知恵を多分に活かして書かれたもので、ジェシーをモデルにした登場人物の感情的な欲求を絶えず描写している。例えばミリアムが草むらに咲いている花を見つめているときに、彼女は「花に触れて、花のなかに自分の顔をうずめて、その花を食い尽くすように自分の内に取り込んでしまうのではないかと思えるほどに愛撫する」とか、彼女の「低い、情熱的で愛撫するような笑い声」[5]を聞くとポールは縮み上がってしまうとかである。

ロレンスの家族はロレンスがジェシーと婚約するなんてことはないだろうと信じ込んでいた。彼女はたしかにロレンスが心の内を吐露することのできるたったひとりの人間だったかもしれないが、ジェシーに恋愛感情をもっていなかった。ジェシーはあとになって「ふたりとも性的な感情を抱くことはなく…ふたりの関係はプラトニックなものでした」と明言している。一九〇六年から一九〇八年にかけてのある時期にロレンスは「君にはまったく性的魅力がない。全然ないんだよ」[6]と悩んだ挙句にジェシーに言っている。しかしこの言葉はジェシーではなくロレンス自身のことを明らかにするものであって、何年も経ってから次のようなことを述べることになる――「今よりもずっと若かった頃にぼくは女性と一緒にいるとよく腹を立てていた。その女性の生身の性的魅力を意識させられたりしたらね。ぼくはそんなものではなく、その女性の人柄や考えや精神といったものを知りたいだけだった」。しかしまた、ジェシーのいつもの堅苦しさにウンザリしている自分にロレンスは気づいてもいて、そんな彼女の自己犠牲的な愛に応えたいという気は（とりわけ）ロレンスにはなかった。ジェシーは次のように言ったことがある――「本を読むように、私にはロレンスの心を読み取ることができる」。[7]このようにジェシーから想われてロレンスは初めのうちはまんざらでもなかったのだろうが、やがて彼女の支配欲の強さに耐えられなくなっていた。一九〇六年のイースターにジェシーと別離《わかれ》るように家族から言われたときに彼の心のどこかにはそれを聞き入れる気持があったし、そんなロレンスにはジェシーと婚約する気はなかった。

四月十四日のイースターの土曜日にはリチャード・ポグモア、レナード・ワッツ、フレッド・スティーヴンソンらと連れ立ってデイル・アビィまでハイキングに出かけ、[8]週明けの月曜日にハッグス農場へ遊びに行くとロレンスはすでに約束してあった。そのときに面と向かって次のようなショッキングな言葉をジェシーに言ったことはロレンスの無神経さの現われかもしれないが、それでもなかなか言い出せなかったことをやっと吐き出すことができたので胸を撫で下ろしたのではないだろうか――「ぼくは自分の気持を良く考えてみたんだけど、やっぱりぼくには夫が妻を愛するように君を愛することはできないと分かったんだ。」[9]リディアがロレンスとジェシーについて触れた一九一〇年の手紙から、（ジェシーが何年も経ってから明らかにしたのだが）ロレンスのこの言葉はリディアの表現にそっくりだということが分かる。そこには「バートがジェシーと結婚したいとしても、その気持は当然もつべき本当の愛とは違うような気がする」[10]と書かれている。

ジェシーは動揺もしたし傷つきもし、そしてこの現実の背後にロレンスの家族の存在を当たり前のように疑った。彼女にはロレンスのいない未来などは考えられなかった――「指先の、あとほんの少しで届くところにある黄金のリンゴが、もう取り戻せないくらい離れたところへ遠のいてしまったことが分かった」[11]とジェシーは書いている。ロレンスは、ふたりでは今までのように頻繁に会うわけにはいかないし、もし会うとしたらもうひとり誰かがいるときだけにしようと告げた。このために弟や妹がふたりの散歩につき合わされる羽目になった。ロレンスはジェシーにフランス語を教えつづけ、彼が書いたものを見せたりもし、ふたりは一緒に教会へ出かけたりもした――ふたりは「今までのように、お喋りや議論をつづけなければならなかった」のだ。[12]これはつまり、ロレンスが話し手でジェシーが聴き役ということだった。ロレンスとふたりで一緒に暮らしていくことが自分の運命だと心の奥でずっと思い込んでいたジェシーにとって、ふたりの関係に終止符が打たれたことは残酷で思いもよらないことだった。ジェシーはロレンスの家族のことをもともとそれほど好きではなかったが、こうなった今では彼らを憎みさえしたに違いないし、そして彼らの言いなりになったことでロレンスをも軽蔑しただろう。

　ロレンス家としてはジェシーと別れさせたことで息子の将来のキャリアは守られたし、ためにならないと思っていたジェシーの熱愛から救い出したと感じていただろう。それでも一九〇六年の夏にはロレンスはハッグス農場へあいかわらず出かけて行ったし、ジェシーはメイブルソープで夏を過ごしていたロレンス一家と行動を共にした。[13]しかしふたりは傍目にも分かるくらいによそよそしかった。

　ここでまた、ふたつのことのタイミングが一致する。ジェシーとの第一段階の関係が終わったまさにその直後に青春時代におけるもっとも大胆な試みにロレンスは着手した――「レティシア」というタイトルの小説を書き始めたのだ（これは四年半後に上梓されることになる『白孔雀』の最初の草稿である）。[14]小説を書き始めたことは詩を書いていたこと以上に注目に値する。なぜならこの行為はロレンスがたんに文学好きの若者であったということだけでなく、作家になることを志したということを証明するものだからである。今まではジェシーひとりに読んでもらいたくて詩を書いていたが、小説となれば多くの人に読まれることになる。大学へ通い始めるちょっと前に小説を書き出したということはそれはそれで抵抗のようなものであり、ロレンスにはロレンスの生き方があるということを周囲に強く印象づけることにもなった。「レティシア」の内容も十分に反骨的で、それを読んだリディアのコメントは「私の息子があんな話を書いたなんて」というものと、「もっと別の違う話を書いてもらいたかった」[15]というものだった。ヒロインのレティはかつて交際していた男（レズリー）とのあいだで妊娠するが、その子どもを出産する前に別の男（ジョージ）と結婚する。この話は性的なものをあからさまに扱っているもので、ある見方をすればトマス・ハーディがイングランド中部地方に蘇えったようなものである。リディアの「レティシア」への反応は『息子と恋人』の一九一一年草稿にみられるモレル夫人のものと同等のものだったろうと考えられる――性的なことに慎みがないといってモレル夫人は『トリストラム・シャンディ』

の冒頭部の数ページをちぎって棄てるのである。[16]

いちばんの皮肉は、ロレンスに恋々としていたジェシー・チェインバーズがこの小説の最初の、そしてこの段階においてだけの読者に選ばれてしまったことである。ロレンスは一九〇六年六月初旬の聖霊降臨日にあたる日曜日に「レティシア」の冒頭部を彼女に読ませるために持参した――「『ついにきっかけを掴んだんだ。』と彼は切迫したように言いました。そしてひとまずしまっておいて、自分が帰ったら読んでもらいたいと私に言ったのです。」[17]小説を執筆していることを周囲に知られるわけにはいかなかったロレンスは書きつづけるためにジェシーを必要としていた。ふたりのこんな関係は、ジェシーにではなくロレンスにとっては好都合だった。

たしかにふたりの関係ではロレンスが一方的に話してばかりだった。七年後にふたりが決定的に別れてしまってから『息子と恋人』に対抗するようにジェシーは自分なりにロレンスとの関係を作品化したのだが、このときロレンスは仰天した――「ぼくはほとんど彼女を理解していなかった。彼女が発言することはほとんどなかった。」とにかくジェシーはロレンスに語らせたのであり、そうすることで創作しながらなにをしているのかを整理し理解させたといえる。書いていることを無意識のうちに頭できちんと理解できるようにジェシーはロレンスを導いたのである。[18]『息子と恋人』に登場するロレンスの分身のポールが「ミケランジェロについて議論している」ところがあるが、ポールが一方的に喋っているだけのこの議論の不自然さが読者には理解できない。ミリアムはポールの「熱に浮かされたように問題を追究する姿」をただ眺めているだけで、ポールの隙のない知的なモノローグを聴いていれば「もっとも深い満足感」を得るのである。「抑揚のない、夢心地にあるような、人間のものとは思えず…身動きができないようにじっと彼は横になっていた。彼の肉体はどこかに置き去りになっていた」[19]――ロレンスがジェシーとのあいだで何年ものあいだつづけてきたお喋りはこのようなものだった。ポールはそんなときに「バラバラになった意識のようなものだと感じた。ぼくにとって存在するものはそれだけなんだ。自分の身体が空っぽになってそこに横になっているだけで、ほかのなにか――雲とか水とか――のなかにいるような気がするんだ」[20]と感じている。ロレンスの作品に登場する男性の多くはこのような状態で話をする能力を具えているが、そんな彼らは自分たちの賢さを過小評価したり、自分たちのお喋りがどれだけ一方的で観念的で、そして実体のないものであるかを指摘する女性たちに突《つっ》かれる。『息子と恋人』で最悪ともいえる精神と肉体との乖離を描いているが、それがかなり関心を惹くものであることにロレンスはついに気がついたのだ。二十代前半に肉体と精神がちぐはぐだったことによって自分がなにを書いていて次はどんなものを創作するかを見つけることができたのであり、同時にまた自分が関心をもっていたことについて突き詰めて考えることもできたのだろう。一九〇八年十月にクロイドンでアグネス・ホールトと親しくしていたときには、彼女がジェシーと同じようにロレンスの話の聴き役だった。「ぼくの好みのタイプはお分かりでしょう。ぼくのお喋りの相手をしてくれる女性です。真摯にぼくの話に耳を傾けてくれる女性なんです。でも、それは愚かなことなんです。」[21]だから一九〇六年のロレンスはジェシーに自分の話を聴きつづけてもらう必要があったのである。

一九〇六年の九月末からノッティンガムのコレッジへ通い始めるようになったことでジェシーとの新しい関係はそれほど重荷ではなくなった。これはかつての慣れ親んだ日々との決別であり、ジェシーに会ったりハッグス農場へ出かけて行ったりする頻度を再びコントロールできるようになったからである。その月の初めにロレンスはイーストウッドの小学校での教生の仕事を格別な思いを抱くこともなく終えていた。ホルダーネスは明らかにロレンスのことを買っていて、ロレンスにいろいろと面倒をかけた生徒たちも「ぼくが連中のことを好きになったのと同じくらい」に彼のことを最後には気に入ったようである。[22]二枚の写真（そのうちの一枚は写真8参照）は一九〇六年九月十一日の二十一歳の誕生日に、教員養成課程に進学するちょっと前に撮られたものである。いくぶん身体が弱かったのかもしれない——「ぼくは肉体的に頑丈な方じゃなかったから、そんな自分はほかの人たちよりも劣っていると思っていた。つまり健康に恵まれていない虚弱者だと自分を見做していた」——が、高襟をつけて、きりっとして清清しい顔をしているロレンスはとても若々しく——思いやりに溢れて寛大で「輝くような」（ホルダーネスの言葉）或いは「燦然とした」（ロレンス自身の言葉）[23]若者に——見える。ハッグス農場のマントルピースの上にチェインバーズ家は二枚の写真を飾っていた。彼らにとってロレンスはそれまでと変わらない特別なもうひとりの息子だった。ロレンス本人はその二枚の写真を見て、「頭でっかちの気取り屋」[24]が写っていると言っていた。気取り屋でいること（またはそんな人間になるのに腰が引けること）はロレンス自身がとても気にしていたことで、ノッティンガム・ユニヴァーシティ・コレッジの教員養成課程の学科長だったエイモス・ヘンダーソン教授はロレンスのことを、「学者らしく洗練されて」いて「好き嫌いがはっきりしている」[25]と評価していた。炭坑夫の息子に対して使われたことを考えるとこれらの形容詞は注目に値するものであり、ロレンスがどれだけ変性してきたかが窺い知れる。

ロレンスがコレッジへ通い始めると、ジェシーは今までにないほどの孤独を感じたに違いない。大学の教員養成課程でロレンスは新しい仲間たちと出会い、今までとは異なる友人関係を築いた。そのなかにはコサルから通学していたロレンスよりも三歳年下のルイ・バロウズがいた。ふたりが初めて会ったのはイルクストンの教員養成センターで、このときルイはロレンスを「青い目をして笑顔がとても魅力的な色白の」男性だと記憶していた。一方のロレンスはやがてルイのことを「大学での『ぼくの彼女』」[26]と呼ぶようになる。一九〇五年から一九〇六年にかけてつき合っていた仲間は一緒にハイキングに出かけるような地元に住む教員たちだったのだが、大学へ行くようになると知的生活を好む新しい世界のなかで生きるようになり、社会主義者や因襲に囚われない自由な考え方をする人間と過ごすようになった。とは言っても政治的に社会主義に傾倒したというのではなく、そのような考えに与したのは貧困を考えて本能的に反応してしまったという程度のもので、旧態依然とした現状を守ろうとする（いかなる種類の）権威に対する反抗的な態度と結びついただけのことだろう。例えば一九〇七年の十二月にロレンスは会衆派教会のロバート・リード牧師に、今の自分にとっての信仰は「人間が抱える大きな矛盾をいくらかでも減らすこと」[27]であると述べている。大学では社会主義的な集団の「社会的改革を勉強する会」[28]の創立メンバーのひとりになり、一九〇八年頃から『ニュー・エイジ』誌を読み始めた。急進的な社会主義者が誌面を割いてニーチェの哲学を毎週詳しく説いていて、ロレンスは一九〇九年に書いた『炭坑夫の金曜日の夜』という戯曲のなかにこの雑誌を読む人物を登場させている。授業を終えてイーストウッドに帰ってくると、ロレンスは地元ではよく知られた倫理的社会主義者で『ニュー・エイジ』誌の愛読者でもあったウィリーとサリー・ホプキンと一緒に過ごした。[29]そして一九〇八年の春にホプキン宅で開かれた新しく創設された討論会の集まりでロレンスは論文を読むことになる。その場にはジェシーとアラン・チェインバーズをはじめ、イーストウッドに住む社会主義思想をもつ知識人（薬剤師のハリー・ダックスと彼の妻で進歩主義的思想の持ち主のアリスなど）が出席していた。母親のリディア・ロレンスは顔を出さず、次のようなことを語っている――「息子がウィリー・ホプキンとあまり親しくならなければいいけど。」[30]

　ホプキンには宗教的な信仰心が欠けていたことは地元ではよく知られていて、彼が主催する討論会はロバート・リードが主宰を務めていた会衆派文学会と呼ばれていたサークルと（控えめではあるが）真っ向から対立するものだった。そのサークルは毎週月曜日の夕方に数人の牧師によって開かれていたが文学的なテーマを扱うことはあまりなかった。しかしそれまではリード牧師によるこのサークルくらいしかイーストウッドには文化的な活動は存在しなかった。このサークルに加わっていたジェシー・チェインバーズにとってみれば、大学時代にロレンスの信仰心が希薄になっていったことは受け入れがたいことだったろう。ポール・モレルと同じようにロレンスはある時期に自分自身を不可知論者であると見做したが、それは「宗教的に不可知論者」[31]ということだったのでジェシーはそれほど心を痛めはしなかった。しかし一九〇六年から一九〇八年にかけて社会主義へ傾倒したことと、福音主義的なキリスト教がつねに価値を置き予期していたこと――転向――を実際には体験することができなかったことで、ロレンスは既成の宗教に対する懐疑を急速に深めた。一九〇七年の秋にはキリスト教的信仰に対する当時の科学的、社会主義的異論をリード牧師宛の手紙にしたためている。[32]これを受けてリード牧師は会衆派教会で説教をくり返すという形で、ロレンスやアラン・チェインバーズのようなイーストウッドに住む自由思想主義者たちが持ち出した問題にとくに明解に答えた。ロレンスはリード牧師に少なくとももう一通の手紙を書いて、彼の説教についての自分の考えを明らかにしている。ロレンスは大学へ通うようになってからショーペンハウアー、ヘッケルやウィリアム・ジェイムズを読むようになっていて、リード牧師がなにを言ってもロレンスのキリスト教信仰への深い懐疑に歯止めをかけることができなかった。そうしてついに大学のあるひとりの教師（「植物学の」スミス）の影響を受けてロレンスは、自分はウィリアム・ジェイムズのようなプラグマティスト――「人格神」[33]など存在しないと確信している不可知論者――だと明言した。人格をもった神が存在しないのであれば、あるものはただ「終着点に向かってユラユラしながら進んで行く捉えようのない広大で揺らめく衝動だ。それがなんであるのかぼくには分からない。ぼくはちっぽけな個人なんていうものに関心をもたずに人間性を重んじている」――その一方でロレンスは「自分の心に自分独自の宗教を確立するための自分だけの信条を見つけ出しつつある」[34]と信じていた。

「信仰の対象はないけれども宗教的」というのがロレンスの精神状態を端的に言い当てるのではないだろうか。大学でロレンスは（姉のエミリーの困惑した言葉であるが）「宗教を嘲笑する」[35]仲間たちとつき合っていた。それを示すひとつの例として、ロレンスがブランチ・ジェニングズと手紙のやり取りをしていたことが挙げられる。彼女はアリス・ダックスの友人の社会主義者で婦人参政権論者でもあり、リヴァプール出身だった。アリス・ダックスを通じて知り合った一九〇八年四月から一九一〇年一月までに、ロレンスは何通かの胸襟を開くような書簡を送っている。ロレンスに言わせればブランチは「キリスト教的なものを匂わせる一切合財に対して徹底的に反発していた」女性で、そんなブランチは「キリスト教信者」は真実を語らないと言って非難もしていた。[36]ロレンスは彼女ほど尊大でもなければ威勢よくもなかったが、それでも因襲的な宗教に対しての彼の否定的な態度は深刻でよくよく考えてのことだった。非国教会の日々くり返される教義はロレンスにとっては受け入れがたいもので神経を逆なでするものだったけれども、イーストウッドに暮らす限り家族と共に教会に行かねばならなかった。

そのような環境にいたロレンスがいつも自分の気持を抑えておくことは不可能だった。チェインバーズ一家とリディアは一九〇八年の春のある日の夕方にショックを受けるほどの経験をした――教会からの帰り道でロレンスが唐突にロバート・リード牧師のことを猛り狂ったように攻撃し始めたのだ。リード牧師のことはみんなが尊敬していて、ロレンスもそのひとりだろうと誰もが思っていたので、彼のその弾劾は尚のこと一緒にいた面々を驚かせた――「ロレンスはその哀れな牧師を愚弄して笑いものにした。牧師の考え方を笑い種にして彼の喋り方を真似した。」[37]しかし、ロレンスがここで攻撃していたのはリード牧師だけではない――教会を中心に据えたさまざまな義務に拘束された自分自身、幼年時代からの教会との繋がり、神を心から敬う母親の信条、イーストウッドで成功していた「教会に通う男たち」を尊敬する母親、社会のなかの道徳的な秩序や絶えず尊敬の念を払うべき権威に寄せる母親の篤い信頼などなどである。リード牧師に宛てたロレンスの手紙を読んで分かることは、いくら信仰を篤くしても愛すべき全知全能の神が人間社会の貧困や病気や悲惨さを解消することはないことにロレンスが苛立っているということだ。彼は自分自身が変わりつつあることを実感していた――母親から「少しばかり乳離れし始めて」[38]いたのである。抑えつけていた怒りがときおり表面に現われることがあったが、そんなときには相手と激しく議論を交わしたり、或いはその怒りのために相手が尻込みするくらいに豹変したりした。デイヴィッド・チェインバーズが記憶していた「柔和な気質」はロレンスが持ち合わせていた性格のほんの一面にすぎない。彼の激しさは周りの人間を怖がらせもした――リード牧師に向けられた非難は冗談半分の戯《おど》けというだけでなく、それを目撃した者たちにとっては暴力的で恐怖を抱かせるものだった――「荒れ狂ったような、抑制の効かない非難の言葉の連続で、それはまるで今までの鬱積していた激しい怒りが堰を切ったように流れ出したようだった。その場にいたぼくらはただただ言葉を失って怯えていた。そのように感情的になるロレンスをそれまで見たことがなかった。彼は我を忘れているようだった。ロレンスの母親でさえぼくらと同じようにショックを受けていた。たぶん彼女には息子のこのような態度にショックを受けるだけの十分な理由があったのだろう。」[39]

母親のリディア・ロレンスは、息子がまだ小さかったときに耐え難い精神的苦痛を受けて唐突に癇癪を起こす姿を目の当たりにしたことがあった。それはだいたいいつも、自分が恥ずかしい思いをしたために屈辱でいっぱいになり、猛烈にそれを振り払うように自己を主張するようなときだった。しかしこのように感情の振幅が大きいということは感情の抑制がうまくできていないということである。十代にはこのようなことは起こらなかったようだが（この頃のロレンスが家庭ではどのように過ごしていたかを知る手がかりがほとんどない）、二十代の初期の段階でこのような性癖が再び出始めた――悪霊にでも憑かれたようにひどく興奮して、周りのものだけでなく自分自身をも破滅させてしまう勢いで攻撃的な言葉をよく吐いた。一九〇六年八月のメイブルソープではこんなことがあった――ジェシーとロレンスがある日の夕暮に砂浜を散歩していたときのことだが、「彼の内でなにかが突然に破裂したようでした…言葉遣いが乱暴になり、そしてひどく心が乱れているみたいでした。私も少し悪かったので、彼は私のことを厳しい言葉で非難しました。」それから二年後のフラムバラでは、ロレンスはさらに周囲をぎょっとさせている。「ロレンスがそこの入江にある広い円形劇場のなかの白い丸石の上を次から次へとぴょんぴょん跳んでいったので、私は彼がほんとうに人間なのかと疑ってしまったほどです…そしていつも、どうしてかは分かりませんが悪いのは私の方で、或いは私に責任の一端があるという次第でした。」[40]ロレンスの行動が話し言葉と同じように暴走したときの恐怖をデイヴィッド・チェインバーズも憶えている。このときにロレンスはフェリィ・ミル農場にある水が勢いよく流れる水車用水路を飛び越え始めた――「レイヨウのように何度も何度も行ったり来たり。それはまるで死ぬことをなんとも思っていないかのようだった。私はただ恐怖に慄きながら息を凝らして立ち尽くしていた。それからもその水路を見ることがあるが、どうしてああいうことができたのか今でも私には分からない。」[41]ロレンスは自分が「感情を顕わにせずに腹に収めるというイギリス人にとって昔ながらの立派な習慣を身につけているおかげで内臓がメチャクチャになっている」[42]ことを自覚していたが、それでも怒りといった感情を表に出したり肉体的な衝動に駆られたりすることでロレンスは気持のバランスをコントロールしていたようである。そのようなロレンスだからこそ我を忘れさせるような衝動が存在することを信じていたと十分に考えられる。自分の感情をありのままにストレートに荒々しく言葉にするという態度は、例えば宗教的な信条や転向といったものを目指すたびに自惚れが強すぎるとか内省的すぎるということに気がついていたこととは大きく異なる。ロレンスは次のような手紙をリード牧師に書いたことがあった――「もっとも奥深いところにある感情が目覚める瞬間に自分自身に目を向けると、感情の動きがちょっとした嵐のように起こって、そしてまた何事もなかったかのように静かに治まるのが分かるのです」。[43]このように自己を見つめて自己に問いかけること（自己を制御すること）でロレンスは、あらゆる信念を、そして母親を除いたあらゆる人に対しての愛情をも抑圧した。「ぼくは恋をするためだったら多くのものを厭わずに投げ出すでしょう」[44]と一九〇八年六月に思い焦がれたように書いている。カッとなる自我は別もので、そのような自我が目覚めたときには自己抑止力は無力となる。荒々しい憤怒と自己を自意識で抑制しようとすることのあいだに生じる矛盾を考えると、ロレンスの子ども時代と両親の諍いのなかで彼が目撃してきたものを想い出さずにはいられない。このような自己分裂によって実生活において今後もなんらかの害を被るであろうことが、そして同時に自己を抑制しようとすることや衝動的な激しい怒りや腹立ちといったものがどのように顕在化するのかといった問題に彼がずっとかかわっていくのだろうということが推考できる。

　ジェシーが大学に通うようになったロレンスにかかわることができたのは彼女が彼の創作を読むただひとりの人物だったからで、ロレンスはふたりが思っていた以上にそのことに時間を費やすことができた。実際にロレンスは大学での二年間は非常に無益だと感じるようになっていて、授業料などで家族に経済的な負担をかけるのではなく、学外学生になる資格を取るようにジェシーに強く勧めていた。ロレンスは「より満たされた人生を送るための第一歩」[45]を踏み出すための準備を整えていたわけだが、大学での授業はウンザリするもので、学生を贔屓《ひいき》する教師たちは自分たちには教員資格があるということだけに甘んじて教鞭をとっているように思えた――「あの人たちなりに好奇心もあり誠実でもあるのですが、あの先生たちに教わるくらいなら蓄音機に教わった方がましです。」[46]『虹』に描かれているアーシュラが味わう失望を読むとロレンスが実際にどのように感じていたのかが分かる——「ありとあらゆることが嘘或いは紛《まが》いもののように思えた。ゴシック風のアーチも、平和も、ラテン語の文法も、フランスの気高さも、チョーサーの素朴さも。」[47]

　大学に入って一年目の暫くのあいだロレンスは学位を取るために勉強をしようかと考えていた。学位取得課程で学ぶためにはラテン語を習得することが必要で、このために教わっていた古典文学の教授に相談してラテン語の特別授業をしてもらえるようにした。だが教授とのその約束は不履行に終わり、このようなことは大学というところでは日常茶飯事なのだとロレンスは思うようになっていた——課外授業を始めようとした矢先にそのための時間が割けなくなったとその教授は言いだしたのだ。そこでロレンスは教員免許取得課程で課せられていた授業だけをこなしていったようである。それ以上のことはしないで、学位を取得しようという考えは頓挫した。それでもロレンスの成績はほかの男子学生のものより抜きん出ていて一九〇八年の最終学年時においては教授法のクラスでB、リーディングのクラスでA、素描のクラスでB、そして音楽のクラスでBという評価を得た。しかしこの成績でも優秀な女子学生には敵わなかった。なかにはすべてにおいてAをもらった女子学生が何人かいた。在学中に書いた最後のレポートはロレンスがどのようなタイプの教師かを物語っている。それを読んだヘンダーソン教授は次のように評価した——「品の良い学校やレベルの高い学校の上級のクラスで、とくに好きなように教えていいと言われたら非常に質の高い授業をするだろう」。教師の仕事を上手にこなすためになぜロレンスには自主性が必要だったのかというと、それは彼が（同学年のほかの学生に比べて）ありえないくらいの高い教養を身につけていたからである。だが同時に、「荒れた地域」に住む児童を相手することにロレンスは「まったくと言っていいほど向いていないだろう。そのために必要なねばりや熱意を彼は欠いており、その結果彼は嫌気を起こすだろう」[48]と洞察力に富んだ報告がされている。ロレンスは大学の教員を嫌っていたかもしれないが、そんな教員は労働者階級から抜け出るに足るレベルの教育と素養をロレンスが実質的に身につけていたことに気がついていたのだった。

　学生生活を送っていたロレンスはかなりの自由な時間を満喫していたことだろう。「レティシア」という小説を書いていると授業の合間に自慢気に話していたし、一年目が終わる頃には予想を上回る量の初稿を書き上げていて翌年には改稿を始めた——「自分の関心は勉強にではなく創作にあった」[49]とロレンス本人は一九二八年に述べている。小説だけでなく詩作にも力を入れていて、一九〇七年の秋には短篇小説も書き始めた。これはジェシーとアラン・チェインバーズがロレンスを焚き付けて地元の『ノッティンガムシァ・ガーディアン』紙が主催する、応募作品の舞台を地元に限定した年に一度の懸賞に応募させたことがきっかけになったと考えられる。ロレンスは三部門すべてに応募することにして、ジェシーとルイ・バロウズの名前を拝借して自分のほかのふたつの作品を投稿してもらった。ロレンス本人は一番見込みがあると思ったもの――「ステンドグラスのかけら」として後に改稿されるもの――を自分の名前で応募した。結果はジェシーの名前で応募した「序曲」が楽しいクリスマスを扱った部門で最優秀作品に選ばれて『ノッティンガムシァ・ガーディアン』紙に掲載された。

この小品は一九〇七年に執筆されていた「レティシア」に描かれていたであろう世界に繋がるもので、冷笑的な上流階級、慎み深くて見目麗しいが社会的には上層に属する若い女性、ハンサムだが鬱々とした若い農夫、扇情的だが必然的な和解といったものがそこには描かれており、これらに加えてハッグス農場やチェインバーズ一家がモデルとなっている人物が登場する。これは現実生活をフィクションのなかで用いた最も早い例だといえる。この投稿作品は形容詞でほとんど埋め尽くされていて、かなり気取った文章で書かれている。次のように「序曲」は始まる――「小さな農場にあるキッチンで、ひとりの小柄な女性がテーブルに座ってパンとバターを切っている。炉には赤く火が燃えていて、彼女のてかった頬や白い前掛けを明々と照らしていた。けれども、彼女の白髪交じりの髪は、その炉火の温かい愛撫を受け入れようとはしていない。」[50] エドマンド・チェインバーズがロレンスの代わりに三ポンドの小切手を現金に換えた。ジェシーが勤めていた小学校の校長は彼女がもらった賞だと信じ込んで、そのように学校の業務日誌に記録している。ロレンスは随分経ってからほかのふたつの投稿作品を書き直した――「白い靴下」の第一稿にはルイが色濃く出ていた。そしてこの頃に少なくとももう一篇の短篇(「牧師の庭」)を書いた。「序曲」はロレンス本人が望んだように「完全にお蔵入りになっていた」。[51]

授業用として使っていた二冊のきちんと装丁された厚いノートをロレンスが作品のネタ帳として使い始めたことは学生としての自分と決別しようとしていたこと、そしてそれ以後のロレンスの生き方を象徴するものとして捉えることができる。そこには一九〇八年から一九一〇年にかけて書こうとしていた小説のアイデアが書き込まれている。同時に一九〇五年から彼が書きつづけていた詩、そしてその後の四年間にロレンスが書いた詩が数多く書き写されている。この二冊のノートには植物学やフランス語、そしてラテン語などについてのメモも一緒に書き込まれているが、鉛筆や万年筆やクレヨンを使って記された夥しい数の詩が所狭しとノートの随所に書き込まれている。[52]

一九〇八年の夏に撮られた大学時代の写真を見ると以前に比べて体格はがっしりしていて、自信を持ち存在感があるようだ。このころに生やし始めた(とても赤い)口髭は、ロレンス自身の断固たる決意と二十三という年齢をしっかりと印象づけている。年相応に見えるのはこの写真が初めてだが、これは髭のお蔭だといえるかもしれない。[53] 大学に通いながらもロレンスは両親の家に住んでいたが、家族の期待からは大きくかけ離れてしまっていた。大学在学中にロレンスは今までとは違う自信を得た。ほとんどの人が畏れるようなものの正体を見抜いたと感じていた――ロレンスは「大学の教員や研究者に対して抱いてきた子どもっぽい畏怖の念を失くした」[54]のだった。実の父親をモレル氏として登場させたときにロレンスはこう書いている――「権威なんてものは彼にとっては忌々しいものでしかなく、だからこそモレルだけが監督の悪口を言うことができた。」[55]ロレンスには、モレルがするように立場的に下の者が上の者を小馬鹿にするような態度を楽しむようなところがあった――童話を引き合いに出すならば、王様は裸だと臆することなく指摘する子どものようだった。ロレンスに関してはよくあることだが、とても知的な彼は仲間づき合いや友情或いはなんらかのかかわり合いを欲したのだが、そのような人間関係を築くことができずに終わることが常だった。教育を受けたことによってロレンスは自分がどこからやって来て、そしてどこに属すればいいのかがほとんど分からなくなっていた。アウトサイダーとして生きることが彼にとって当たり前のこととなった。

しかし大学での最終試験を終えたロレンスが早急に解決しなければならない問題として抱えていたものは仕事に就くということだった。友だちのなかにはさっさとポストを見つけた者もいた。ルイ・バロウズは卒業試験が終わると直ちにレスターで職に就いて教員としての仕事をつづけることになった。「仕事に就けないロレンス」はジェシーから見て「自嘲的な態度をとり、原稿を自分のところへ持ってきたり兄と一緒に農場の仕事をしたりしながら多くの時間を過ごしていた。」[56]このことはアランとの関係がうまくいっていたことの顕われであり、ロレンスは彼のようなタイプ――健康に恵まれていて、野外にいることが好きで知的好奇心の旺盛な――の男性に絶えず魅力を感じていた。「就職の応募に大量の紙を費やした」にもかかわらずに一九〇八年の七月と八月では、九月から始まる新学期に間に合うように教職の仕事を見つけることはできなかった――ロレンスは「二通の長い推薦状を暗誦する」[57]ことすらできた。そうして九月も終わり近くになってやっとストックポートで面接を受けることになった（が、これは失敗に終わった。ロレンスはこの町或いはマンチェスターで目にしたものをどのみち好きにはなれなかった）。それから数日してロンドンの南の郊外にあるクロイドンという町で面接を受ける機会を得て、その結果そこにあるデイヴィッドソン・ロード・スクールで十月十二日から助教諭として働くことになった――「ぼくの受け持ちは第四学年で、年俸は九十五ポンドです。」[58]

ロレンスは漸く専任の安定した仕事を手に入れた。母親がどれだけ家計を切り詰めて蓄えを増やし、自分のことは後回しにして尽くしてくれたかを考えるとこの教職の仕事を母親に贈りたい気持だった。しかしなぜロレンスはイングランド中部地方を去ることにしたのか。ロレンスは少なく見積もっても年に九十ポンドの収入をこの地で得ていたのであり、しかもそれはノッティンガムシアでは望むべくもない金額だった。考えられる理由は、ロレンスは故郷《ホーム》から離れたかったということである。イーストウッドからの深刻な個人的且つ心理的孤立はこのときから始まる。しかしほかにもいくつかの理由があることはたしかである。作家になるためには自分の知識や人間関係をもっと拡げなければならないと考えていたのかもしれない。ロンドンは（現在でもそう思われがちだが）イギリス文学界の中心地で、そこまで汽車でたったの三十分という場所に住んで働くということは、若くて野心家の作家にとってはどんな犠牲を払ってでも手に入れたいチャンスだったのではないだろうか。イーストウッドに住まなくなるということはまた、教会へ毎週通う必要がなくなるということでもあった。

この時期のロレンスにはどのような男性的な嗜好があったかは明らかではない（ジェシーに対してはなんの興奮も感じなかったと強弁していたことを除けば）が、一人前の男性としての彼の評判は（ロレンスを知る女性は皆安心しきっていたが）堅実で晩熟《おくて》というものだった。「彼がどこかの女性を口説いたりキスをしたりするのを一度も目にしたことはありません」と近所に住む人が憶えていた。ロレンスはまだかなり未熟で経験も浅かったといえる。十九歳から二十歳になろうとしていた頃にロレンスはジョージ・ネヴィルと激しく言い争ったことがある。その原因はジョージが女性にも陰毛があると言ったことだった。[59] ロレンスのクロイドンでの生活は複数の女性たちとの関係で彩られることになるのだが、これも親元を離れることで手に入れることのできた自由のひとつだろう。

ロレンスにはもしかしたら生まれ育った故郷を去る気はなかったのかもしれないが、それでも専任職が喉から手が出るほど欲しかったし、そのためならイーストウッドから出ることにやぶさかではなかった。クロイドンへ移り住むことはジェシーとの別れを、そしてそれ以上に母親と物理的に離れることを意味していた。母親をどれほど大切に思っていようが自分は母親のもとを去らなければならないことにロレンス本人が気づいていたのだろう。十四、十五歳のときから母親がずっと自分を「型に嵌めようとしてきた」[60] ことを十分すぎるほどに分かっていたのだ。

親元や故郷を離れることで馴染んだ場所をひどく懐かしむ気持に襲われるのは自然なことだろう。一九〇九年の二月に自分がどれだけ「今でも生まれ育った場所や一緒に過ごした人たちのことを恋しがっているか」を手紙に書いている。ハッグス農場で過ごした年月のためにその農場はロレンスにとって輝ける若き日々における半分虚構で半分現実の夢物語のようになり、ロレンスが最期を迎えるまでハッグス農場での想い出はしっかりと彼を包み込むことになる。「愛して止まなかった丘陵地帯」をあとにするということはそれほど簡単に決心できることではなかったことを思えば、これまでのようにロレンスは矛盾するふたつの自我に苦悩していたことになる。[61]

クロイドンへ行くにあたって多くの人と別れなければならなかったが、そのなかでも一番辛い別れはハッグス農場とのものだった。ロレンスは農場へ出かけて行きチェインバーズ家の人たち全員にきちんと挨拶をした。エドマンド・チェインバーズは次のような言葉を述べた――「いよいよか、バート。わしらを残して行っちまうんだな。」エドマンドの使った「わしら」という言葉は重要である。口の悪いメイでさえも「彼の隙間を埋めるものは彼以外にはいませんでした」[62]と素直に気持を表わしている。そしてジェシーとの別れ——彼女は回想記にそのときの愁嘆場を次のように記している。


私は農場の一番外側にある門まで彼と一緒に歩いていきました。そこで立ち止まると彼が向き直りました。

「これで最後だね《ラ・デルニエール・フォア》」と彼は言い、農場と森を凝然と見つめました。私がワッと泣き出すと、彼は両腕を私の身体に回してキスをして頬を撫でながらこう囁いたんです。

「ごめんよ。ほんとうに、ごめん。許してほしい」

その言葉に胸が締めつけられました。そうして私は身体を離し、涙をぬぐったのです。

「こんなことになってしまって、ほんとうに申し訳ないと思ってる」と消え入りそうな声でロレンスはくり返しました。「でもどうしようもないんだ。仕方ないんだよ。」

…できることはなにもありませんでした。古い話を蒸し返しても詮のないことは分かっていましたから。[63]

チェインバーズ家、そしてジェシーとのあいだで六年にわたってつづいてきた愛情に溢れた関係がこうして幕を閉じたのである。「最後」という言葉をフランス語で言ったことは、ロレンスが文学的にちょっと格好をつけたのかもしれないし、自分の複雑な感情を隠す或いはごまかそうとしたのではないかとも考えられる。もしジェシーの記憶が信頼に足るとすれば、ロレンスは——残酷にも？　あるいは正直に？——彼女にと同じように「農場と森」にも別れを告げた。同情や申し訳ないという気持、そして優しさといった複雑な感情をジェシーに抱いていた。それまでロレンスはジェシーに触れたり彼女を抱きしめたりということをほとんどしてこなかったことを考えると、このときのハグには特別な意味があったようだ。一九一〇年にロレンスはこう書いている——知り合って九年にもなるのに「そのあいだにジェシーにキスをしたことさえほとんどない。」[64]ロレンスが自分の身体に腕を回すと、感情に流されまいとしてジェシーは身体を離して涙を拭う。ジェシーが泣き出したときにロレンスの内奥には（自分自身に対しても彼女に対しても）怒りにも似た気持が芽生えたようだ。これは（ジェシーにも分かっていたことが）、ロレンスは一度も彼女の期待に応えるような愛しかたをしてこなかったからだろう。このことこそがジェシーを傷つける最たるものだった。「どうしようもないんだ」とロレンスは言う、それも二回も。ジェシーはずっとロレンスに思いを寄せて愛していたのだが、ふたりの関係はいま一度森閑とした終わりを迎えた。

一九〇八年十月十一日の日曜日、ロレンスは汽車に乗ってクロイドンへ向かった。仕事は翌日から始まることになっていた。ジェシーにできたことは、ロレンスの旅立ちを運命だと思って受け入れること、ある日突然にふたりを取り巻く状況が変わることに一縷の望みを抱きつづけること、できるだけ頻繁にロレンスに手紙をしたためてふたりで築きあげた世界を忘れさせないこと、そして彼が書いたものが届くのをじっと待つことくらいだった。

5 クロイドン　一九〇八―一九一〇

ロレンスはクロイドンにあるデイヴィッドソン・ロード・スクールという小学校で教師として働き始めた。その学校は「とても大きな、真新しい赤レンガ造りの堂々として見た目が素晴らしい」もので、ロレンスが勤める一年前に開校したばかりだった。「建物の内部は近代的だけれど荘重で立派です…床はパネルウッドで四十五人の男子生徒のためにふたり掛けの机が三十も用意されています。まったく申し分ありません。」学校長のフィリップ・スミスは、「実験的な授業」を実践する人物で、若い男性教師と年嵩の女性教師アグネス・メイソンを雇っていた。ロレンスはそこに助教諭として加わった――クロイドンの造成地の隅っこにある「雑草が生えている荒地」を歩いて学校まで行き、その際には「レンガ職人の振るう鎚が埋葬の鐘の音を歩いている荒地に響き渡らせ」[1]ていた。一九〇八年から一九一一年までロレンスは小学校から歩いて十分のコルワース・ロードにあるマリーとジョン・ジョーンズ夫妻の家に下宿していた。妻のマリーは退職した教師で、ジョンは学校の出席調査官だった。ふたりは自分たちの夫婦生活の内実をロレンスにそれぞれ漏らすこともあった。この夫妻には幼い娘がふたりいた――五歳になるウィニフレッドと三月に生まれたばかりのヒルダ・メアリィである。リディア・ロレンスはこのことを知って「そっけなく」言ったらしい――「赤ん坊がいる家に住むことになって安心したわ。そんな小さな子どもがいればあの子も純粋でいられるでしょうからね」[2]――赤ん坊に接してさえいればロレンスも純粋無垢でいられると見越していたのだろう。母親のリディアにとってみれば、生まれて初めて親の庇護から外れて暮らす息子が世間に毒されてしまうのではないかと心配したのはもっともなことだ。彼女は二十三歳というまだ世間知らずの三男を、二十一歳でロンドンに働きに出て（悲惨にも）婚約をしてしまった次男アーネストの影に重ね合わせていた。

クロイドンでの生活が始まってからのロレンスにはジョーンズ一家のほかには知人もなくひどく孤独だったようでジェシー

に「恐怖の叫び」にも似た内容の手紙を書いているが、母親には自分の状況を知らせないでもらいたいと言っている――「母親にはすべてが順調でなんの問題もなく過ごしていると伝えていたのです。」しかし親元を離れて暮らすことでロレンスは精神的なバランスを欠いていた――一九〇九年に述べている。「生活の変化のせいで、いつも気分が優れない」と一九〇九年に述べている。クロイドンでの生活はたんに痛みを伴う過去との別離《わかれ》を意味していただけではなく、そこでの新しい仕事はとても難儀であることが分かってきたのだった。[3] ヘンダーソン教授がロレンスは「荒れた地域の大勢の少年たちを教えることには向かない」と危惧していたが、クロイドンで任されたことはまさにそのような仕事だった。「ブルブル震えている一匹のグレーハウンドが豚の群れの番をしている姿を想像してください。それが教壇に立っているぼくの姿です」[4] と教え始めの最初の一週間をしみじみと回想している。そこでの教師の仕事には繊細すぎるという点でロレンスには相応しくなかったし、召使のような仕事に身を落とす気は彼にはなかった。子どもたちは「手のつけようのないほどに乱暴で横柄」[5] だった。イングランド中部地方の訛りのせいでロレンスは子どもたちにからかわれたに違いないし、施設から通ってきている生徒たちとのあいだではとくに問題を抱えていた。デイヴィッドソン・ロード・スクールの通学圏内には浮浪児養護施設のゴードン・ホームや地元のアクターズ・ホームがあり、そこから通ってくる男子生徒たちもいた。イーストウッドで教えていた生徒たちは食事が十分に与えられる親元から通学していたのだが、クロイドンでは貧困は深刻な問題だった。ロレンスは当時レスターシァの小学校で働いていたルイ・バロウズに以下のように訊ねている。

ねぇルイーザ、教えてくれないか。君のところの生徒のなかに足を引きずりながら通学してくる子どもはいる？　雪が降っても天気が好くてもボロになった靴を履いて足を擦りむいて足を引きずって学校へ通ってくる子どもはいるかい？　子どもたちの足の傷なんて見たことあるかい？　その子たちの履いている大人用の靴は先がぱっくりと口が開いたように裂けてるんだ…無料で支給される学校の朝食――半パイントのミルクに一塊のパン――を食べに集まってくる八十人もの男の子や女の子たちがカーペットなど敷かれていない剝き出しの板の床に座っている光景を目にしたことがあるかい？[6]

今までと異なっていたのは子どもたちだけではなく、学校長のフィリップ・スミスもジョージ・ホルダーネスとはまったく違うタイプで、周囲にあれやこれやと干渉することはほとんどなかった。だから「躾が当然のように甘くなっている」とロレンスは愚痴をこぼしている――「スミスは責任という責任をことごとく放棄して、誰も罰しようとしない」。[7] クラス内の規律は個々の教師の裁量に任されていた。だからしなければならないことは「五十、六十人の子どもの姿をした悪意に満ちた動物を飼い馴らす」ことだと気がついてはいたが、事態をさらに悪くしたのはロレンスが生徒たちに学校の規律を守らせることにあまり気が乗らなかったことだった——彼の生来の傾向はできるだけ抑えつけることなどしないようにすることだった。「どうしたらぼくに罰することなどができる？　なぜ叱ることができるんだ？」しかし本人も気づいていたが、このような接し方は「恐ろしい状態」をつくりだすだけだった。「学校は闘いの場です——くだらないバカバカしいもので、ぼくは争いごとなんて大嫌いなんです…でもこういう自分はクラスの男子生徒たちと闘っています。そして最後には心が折れてボロボロに擦り切れてしまうような気がしています。」[8]これによって一九〇五年にロレンスが己の権威をかけて小学校で闘っていたときのことが想い出され、そんな彼はルイ・バロウズに強い同情を禁じえなかった。彼女もまた大変につらい思いをしていたのだ。カレッジ・レポートに記録されているように、彼女もまた「躾けることを得意としない」[9]からだった。デイヴィッドソン・ロード・スクールでの仕事は、ロレンスのそれまでの教師経験のなかで最悪のものだった。深い絶望のなかでできたことといえば『虹』のアーシュラのように、洗練されて、社会的慣習の言いなりにはなりたくないという資質を「闘いに備えて懲罰用の鞭という鎧で包むこと」によって克服することだけだった。何気なさそうに書いているが、それでも仕事を始めてからの数ヶ月は散々なものだった。十二月の下旬になってやっと生徒たちを抑え込むことができるようになり、年が明けた一九〇九年の二月になってロレンスは、「ついに野獣どもを飼い馴らすことができた。荒れ狂う連中を抑えることができて今では易々と楽に教えることができる」[10]と書いている。

職場であれやこれや苦労していても、同僚の男性教諭たちがとくべつに気を遣ってくれることはなかった。ロレンスは「運動能力と学校の規律への適応性という点において著しく周囲の期待を裏切っていたので、彼らは初めのうちは侮蔑的な態度でしょうがなく力を貸していただけだった」。ひとりの友人はロレンスが「男性教師たちを避け、また彼らからも敬遠されて」いたことを見知っていた。しかしやがてロレンスが「知的で肝が据わった人物であり、激しく議論を交わす能力に長けていることを知る」と、そんな同僚たちは彼に「しぶしぶ敬意を払うようになったが、それでも近寄りはしなかった」。『侵入者』(クロイドンを去って半年後に出版されたものだが、執筆されたのはここで教師をしていた時期である）では数名の同僚を見下して悪し様に書いている（ひとりの教諭を「本質的に品がない」と描写している）が、このことはロレンスが同僚たちから嫌な奴だと見られていたであろうことを裏付ける。[11]しかしロレンスはやがて学校長の「洞察力があって思い遣りのある」フィリップ・スミスとうまくつき合うようになり、同僚で四十一歳のアグネス・メイソンは母親のように親身になってくれた。勤め先で友人といえるのはアーサー・マクラウドだった。彼は二十三歳の勉強熱心な人物で、『侵入者』に「愛想はいいが、ひどく慎み深い」[12]男として登場している。クロイドンでの仕事を辞めてからもマクラウドとの親交がつづいていたことは注目すべきことで、この読書好きの若者は知的なロレンスにとってうまくつき合える相手だったのだ。マクラウドはロレンスに本を貸したこともあった――「クロイドンに来てから、ぼくはたくさんの現代的な本を読んだよ」と一九〇九年の三月に書いている。「ジョゼフ・コンラッドやビョルンスティエルネ・ビョルンスティエルネ（ママ）（ビョルンソン）、そしてウェルズやトルストイといった作家で、ぼくは現代的な作品をおおいに気に入った。」[13]クロイドンでの生活でロレンスはそれまで知らなかった新しい、とても重要な方面への興味をかき立てられたようだ。『ニュー・エイジ』誌を定期購読するようになっていたのでニーチェのことを知ってはいただろうが、クロイドンに来てから実際にその著作を読み始めている。ニーチェは知らず知らずのうちに影響を与えられた作家のひとりで、このような作家や思想家をどのように自分の創作に利用するかを絶えず気にしていた。とりわけニーチェ――「汝の最良の知恵のなかよりも汝の最良の肉体のなかにより多くの理性がある」――を知ることによってロレンスは今までにはない考え方を涵養するようになった。[14]しかしその反面ロレンスはクロイドンでも、ハイスクールやヘイウッド商会でしたような経験、つまり自分は周りの人間とは異なるということを実感することになった。要するに、頭は良いのだが同級生や同僚とうまくつき合うことができないし、ニーチェなどに関心をもつ数少ない人間になってしまったことで、安易に自惚れが強く孤高の人間だと思われてしまったのだ。

教室管理の方法と責任が教師一人ひとりに任されていたことで苦労を強いられたけれども、学校長のフィリップ・スミスが教育の場でいろいろな啓発的なアプローチを試みたことによって、ロレンスは独自に考えていたアイデアを実践する機会を与えられた――ヘンダーソン教授の言っていた「好きなように教えていい」という自由が与えられたのである。ロレンスは、ある日「典型的なオックスフォード出身のお上品な」視学官が不意に小学校に視察にやってきたときにその役人を仰天させた。その侵入は予期していなかったもので、ロレンスは腹を立てた。部屋の隅からおかしな、嘆き悲しんでいるようないくつかの声がひとつになって聞こえてきた。その声は大きな黒板に遮られていたのではっきりとは聴き取れなかったが、よく知っている歌のフレーズが湧き上がっているようだった――

海底の五尋の深みに父君は横たわり
御骨は姿を変えて珊瑚となりぬ。

そのクラスでは『テンペスト』を使って授業が行なわれていた。授業の進め方は徹底して練習をくり返すというものだった。役人といえども口を挟んで、それを妨害することは許されることではなかった。ロレンスは両手を大きく広げて、呆気にとられている視学官のところへ飛んで行ってこう言った。「シーッ、静かにしてください。聞こえないんですか？『テンペスト』の海のコーラスですよ。」[15]

生徒に相応しい説教臭い詩を教えることに反対の立場をとっていた点でもロレンスは異端振りを発揮していた。ほかの授業はもっとエキサイティングで、歴史の授業で生徒たちは「矢をぼくに向って射るように、弓を力いっぱい絞るようなふりをして」いて、それはまるで彼らが「学校で使われている長椅子などを楯にしてアジャンクールの戦いを実演して」いるようだった。[16] 美術の授業も成功した例である――「生徒みんながロレンスに倣って力強い描き方を身につけていて、思い切って、そしておおいに楽しみながら絵を描いていました。仕事を辞めるときにただひとつ心配していたことは、自分の後継者がそのような自由なスタイルを許さないのではないかということでした。」スミス校長はロレンスが「教師の面倒な仕事をひとつも疎かにしない」ことに気がついていた。そのロレンスは生徒たちを型に嵌めようとするのではなく、そのようなものから解放して自由にしてやることに全力を注いだのだ。[17]

　学校の仕事は言うまでもなく、いつでも疲弊させるものだった。「疲れて神経を擦り減らすような仕事」とも「地上に哀れな者がもしいるとすれば、それは小学校の教師だ」[18] ともロレンスは言っている。だが本当の意味での闘いは、勤務時間内と同じように勤務時間外でもつづいた。その闘いとは教師の仕事と作家を志す野心とのあいだにあったのではない。そうではなく、周囲から孤絶しながらも知的な面で中流階級の仲間入りを果たしつつあるという状況と、自分がまったく代わり映えのしない普通の人間だったらと思う心の奥底にある郷愁とのあいだにあった――「自分がただの普通の人間だったらよかったのにと願うんだ」[19]。クロイドンで目の当たりにした困窮へのロレンスの態度には、驚くほどに優越感が認められる。教え子のひとりが「ジプシーの血を受け継いでいるような、ロンドン南部でよく見かける卑しい雑種犬」で、偶然にも下宿先のコルワース・ロードにある家の台所で捕まえた泥棒を（ロレンスはこの出来事をフィクションとして描いているが）「ドブネズミ」[20] と呼んでいる。本当に豊かな世界はまだ想像もつかないくらい遠い彼方にあった。クロイドンに住む労働者階級出身の人間が見ていたように、教師の仕事などというものは、その仕事のおかげで極貧の泥沼にはまり込まなくてすむ程度のものでしかなかった――教師たちは「（貧困という）沼地のなかの浅いところを歩いて」[21] いたに過ぎなかったのだ。ロレンスのような人間は、実際にひとつの階級から抜け出て教養のある知的労働者として階級とは無縁の生活を始める一方で教育を受けた知的なほかの人たちとのあいだにはほとんど共通点がないために、いつでも自分と相手との社会的なポジションの格差を敏感に察知する。教師というちょっとした高みにいたからこそ、ロレンスは貧しい人たちや恵まれない人びとにそれなりの関心をもって同情を寄せることができた。それでも一九〇九年の一月に「現実社会の荒波のなかで生きるより、農場で働いていたほうがずっと幸せに、そして楽しく暮らせていたでしょう」[22] と郷愁に駆られるように書いている。ロレンスは自分がちょっと前まで属していた肉体労働者の共同社会に愛着を感じていた――眼前の「現実社会」に期待できることはほとんどなかったが、それでも必要に迫られればなにか手を打たなくてはならないという気持をもっていた。それでも、いったい誰が自分の同情を必要としているのか、このような葛藤が生じている自分とはいったい何者なのか、子どもたちを評価するのにこのような自分の誠実さや言葉遣いはどうあるべきなのかと問われると、ロレンスにはたやすく答えを出すことはできなかった。

「モリモリ勉強しよう」という心積もりだったのだが、クロイドンに着任するとすぐに「勉強しようという気持をほとんど失った」[23]ことは興味深い。学位を取得すれば初等教育ではなく中等教育、或いはもしかしたら高等教育の場での仕事に就けるのだから勉強をつづけてほしいという母親にロレンスは背を向けたことになる。学位を取るという野心を放棄したことは教員を生涯つづけていく気がなくなったことを裏付け、新たに独りでやっていくという決意の顕われであり、なにがあっても自分がどれほど孤絶しようとも世間的な成功を手に入れるつもりはなくなったことを窺わせる。この意味で、今後の人生に向けての決意表明と受け取ることができる。

クロイドンへやって来てからのロレンスの社会的な生活はひとりでコンサートや講演会や美術館へ出かけて行ったり、劇場でオペラを観たりということで成り立っていた。ロンドンは彼にとって未知の世界だった――大きくて野蛮で、そして魅力で溢れていた。ロンドンについてロレンスが書いたものを読むと、この大都市が当時のほかの田舎町とどのようなところで異なっていたかが分かる――ロンドンの灯火である。

夜になると、町のいたるところが灯火の魔術に包まれた。テムズ川の川面にも灯はその黄金色の影を投げかけて、暗い水面には油のような光がゆらゆらと絶え間なく揺れていた。黒い蜂の巣に出入りする丸いピカピカする蜂のように、明るい灯火がロンドン・ブリッジ・ステーションの洞穴からフワフワと出入りしていた。町外れの木立のなかでは、レモン色に輝く街燈がチロチロと微かな光を放っていた。[24]

目で見たものを言葉で表現する際に意識的に隠喩を使っているのだから素晴らしく卓越した観察眼がロレンスにはあった――まさに豚のなかのグレーハウンドである。ロレンスの手紙、とくにブランチ・ジェニングズに宛てたものは著しく品良いものになっていることが多い。一九〇八年の十二月に書いているように、生来の資質として情熱的だったかもしれないが、自分が「あまりにも自惚れが強いために得体の知れない不安に襲われる」ことを知っていた（このことはこの時期の写真（写真11参照）の表情に見て取れる）。ロレンスは自分が住む町を詩に書き始めた。自転車でサリー周辺をずっと観て回ったりして――「素敵で、惚れ惚れするところです」――あるときには南部の海辺にまで足を伸ばしている。「強い陽射しのなかを自転車に乗っていたので、両方の手が炉火の光に照らされた砂粒のように赤くなってしまいました」と日焼けのことを書いているときにも楽しそうに言葉を選んでいる。[25]ロレンスは空き時間の多くをコルワース・ロードの下宿先で創作をして過ごした。それ以外には絵を描いたり、チェスをしたり、近所のパブへ出かけて行ってジョン・ジョーンズと男同士のお喋りに興じたりした。

『クラウン』ってパブにかわいい娘がいるんですよ。その娘がまた誘っているようで、そそられるんですよ、ロレンスさん」

「そうですか。で、お近づきにはならなかったんですか」とぼくは訊ねた。

「いいえ。いつでもそこでおいしい食事ができるほうがいいと思いましてね」[26]

ロレンスはまたジョーンズ家の子どもたちの面倒も見てあげていたようで、このことには両親もありがたく思っていたに違いない。ロレンスは子どもたちのことを素晴らしく描写することができた。一九〇九年の二月には生後十一ヶ月になるヒルダ・メアリィのことを次のように手紙に書いているが、このような場合にはお得意の隠喩を駆使する必要はなかったようだ。その女の子は

ぼくの脚にまとわりついて顔を見上げて笑うんだ。彼女の眼はきれいな茶色で、くりくりっとしていて本当にかわいらしい。そうこうしているうちに、ぼくは彼女をベッドまで連れて行って寝かしつけることになる。彼女はまだ遊びたそうだけど、ぼくは見事な「眠りの精」だから彼女を腕に抱いて歌ってやるんだ——腹の底から賑やかな歌をね。こうするとヒルダ・メアリィはおとなしくなり、ぼくの首に顔を埋めるようにして「寝んね」へとおとなしく運ばれて行く。彼女の髪が鼻をたまらないほどくすぐるんだよ。[27]

このときのロレンスにはイーストウッドに四人のまだ小さな甥や姪がいて、誕生日やクリスマスにはプレゼントを買ってあげていた。姉のエミリーのところに二月九日に（マーガレットという名前で、通称ペギーという）最初の子どもが生まれていた。[28]

この時期のロレンスは「レティシア」の書き直しに時間を割いていた。この作品から「感傷的なものを排除するために」「この年の冬にもう一度書き直そう」と決めていたのである。[29] ハッグス農場やチェインバーズ一家を懐かしむ気持をそんな「レティシア」のなかに書き加えた。このために、郊外の町のクロイドンに住んでいたにもかかわらずロレンスがまるでどこかの田舎の世界に郷愁の念を馳せて創り上げたような作品になった。この小説はもともと高潔な若い農夫であるジョージと若々しく軽率なヒロインであるレティの和解で終わっていて、彼女は自分を貶めた上流階級のレズリーとの関係を断ち切って、物語はカナダでのジョージとの新しい生活を匂わせていた。だが結末部だけでなくストーリー全体が変わることになった。ロレンスは（今度はレティとレズリーとの）結婚生活がど

のように破綻をきたすのか、そしてジョージが図らずも最後にはアルコールに依存するようになって人生の落伍者になってしまう小説を書こうと決めたのである。その作風はジョージ・エリオットやトマス・ハーディやブロンテ姉妹の影響を色濃く受けてはいるが、明らかにロマンス的な要素を取り除いて自分自身の経験に基づくような作品を書こうとしていたといえる。この小説の中心的存在は書き始められた一九〇六年からずっと一貫して語り手であるシリル・ビアゾルであるが、作者のロレンスは何度も「シリルの口を塞ぎたい――そしてこの男を追い出したい」と考えていたにもかかわらず、ついにそれを実行することはなかった。ロレンスにとってみれば、この小説にシリル（たしかにこの登場人物はよく喋る――ロレンス自身も言っているがシリルは「あまりにもぼくでありすぎる」[30]）は欠かせない存在だった。理由はシリルがうまくはないが中流階級の世界を体現しているということで説明がつくだろう――彼は知的で、美的感覚が鋭く、現実離れしていて、気取り屋で、感情を表に出すことも他人の気持を理解することもできない人物である。改稿中にシリルがジョージと一緒に川で泳いだあとでタオルでやさしく拭いて身体を乾かしてもらう場面を思いついたが、このシーンは超然とした登場人物のシリルが同性愛的なものや、人間の温かみや触れ合いを強く望んでいる様子を伝えるものになっている。[31] ジョージは頑健だが知的ではない人物として、そしてレズリーは傲慢で中流階級的な人物として登場している。シリルはといえば、そうなることを恐れ、でもそうかもしれないと感じていた人間且つ作家としてのロレンスの資質と役割をすべて与えられている。

　一九〇九年三月になってもロレンスはまだ「レティシア」の書き直しに骨を折っていた――「きちんとしたものにするために何度も何度も書き直さなくてはならないんだ。」そしてその小説のタイトルを「ネザミア」に変更して、原稿をアーサー・マクラウドに「その小説は優れたものであるとロレンス自身が確認したいという強い気持から」[32] 読んでもらった。男性に見せたのはこのときが初めてであり、ロレンスはそれだけマクラウドの鑑識眼に期待していたのだ。ブランチ・ジェニングズは一九〇八年にその原稿を読まされていたし、おそらく母親のリディア・ロレンスも息子をがっかりさせるような感想を言いつづけていたことから判断すると草稿を読んでいたのだろう。[33]

　小説の書き直しと平行して学校を題材にした詩も書き始めていて、これらの詩はヒルダ・メアリィ・ジョーンズやロンドンについて書いた詩に加えられることとなった。ロレンスは書いたものすべてをジェシーのもとに送っていたが、自分ではなにひとつ出版しようとはしなかった。炭坑夫の息子なんぞが創作に手を染めてしまったために受ける当然の報いとして自分の作品が拒絶されるのではないかという恐怖に耐えられなかったのだが、それと同時に創作で自分がいったいなにを成し遂げたいのかまだ確信がもてなかったこともある。ロレンスの当時のこのような不安は理解できる。改稿後の「ネザミア」を読むことで自分の内奥にある入り交ざったさまざまな欲求の解決法を持て余していたことが分かる。しかし創作することで、ロレンスは身体の経験（ニーチェを読んだことがその根幹にあったのだろう）――身体の感覚、肉体的感情といった「言葉で言い表わすことのできない感覚をとおして」顕在する「崇高な衝動」[34]と呼んだものを追究したいという抑えがたい気持に従い始めたのであり、この段階でのロレンスの表現はまだ上品で比喩的で詩的ではあるが、そういったものを言語化するのに相応しい言葉を探し始めたのである。その理由のひとつには、当時の風潮にはどのようなものが受け入れられるかを知っているとロレンスが信じていたことが挙げられる。彼は作家として成功しようと決意していたのであり、どこの出版社でもいいから自分の作品を出版してもらおうと考えていたわけではない。ジェシー・チェインバーズは、ロレンスが「一年で二千ポンド稼いでみせるよ！」と夢を語っていたことを記憶している。[35]

　創作はロレンスの人生になくてはならないものになっていた。書くという作業をとおして、それがどれだけ荒削りであってもロレンスは自己の矛盾した本性や、相剋する雑然とした経験に真摯に目を向け始めていた。たとえその一方で中流階級や文筆家に憧れていたり、当時の一般読者を喜ばせて世間の注目を浴びるような大衆作家になろうと考えていたりしたとしてもである。この時期のロレンスに絶対に受け入れることができなかったことは旗を巻くことだった。一九〇八年の春にロレンスは自分が書いたもの、おそらくホプキン宅での勉強会で読み上げた論文に手を加えたものを当時の文壇の名士であるG・K・チェスタトン――彼の書いたものをロレンスとジェシーは『デイリー・ニューズ』紙で読んで高く評価していた――に送っていた。そのチェスタトンに「どうか自分の書いたものの優れた点を指摘してもらえますようにと願った」のである。だが送付してから数週間或いは数ヶ月が経ってやっと、夫は多忙をきわめているので読むことができないというメモが添えられて妻の名前でくだんの論文は送り返されてきた。このときのロレンスの反応は、向かっ腹も立てていたが自慰的なものだった――『ぼくは努力した。でも拒まれた。もう二度としないよ。一行だって活字にしてもらえなくても気にしやしないよ』と、ロレンスはきっぱりとした口調で言いました。」[36] 耐えがたかったのは、自分の（結果的に）愚かな行為が白日の下に曝されて屈辱を受けることだった。一九〇八年十一月にロレンスはこのようにコメントしている――自分の書いたものが他人に読まれるということは「まるで自分が丸裸の奴隷になって市場の真ん中に立ち、愚鈍を身にまとった馬鹿な連中の視線に曝されるようなものです。」一九〇九年についに何篇かの詩が雑誌に採用されるとロレンスは「世間に身を曝すと思うと、それがほんの些細なことであってもとても向こう見ずなことをしているように」感じ、そしてその雑誌が出版されると「活字になってみると裸で身を震わせながら無防備に横たわっているようです」とそのときの気持を表現している。[37]

　自分のしていることについて母親からの応援などなかったので、ロレンスは自作品の出版によって世間の曝し者になることにとくに不安を募らせていた。しかしながら、ロレンスの「内気さ――困惑」の対極にあるものは（彼自身がよく理解していたが）、ある種の高慢な自惚れだった――ロレンスはこのことを「無用のプライド」と一九一〇年に呼んだ。自分がしていることは一風変わったことだということに昔から気がついていたので、自分の作品が活字になることで曝し者になってしまうという（自信のなさを裏付けるような）恐怖感と、自分の驕った自己信念（あるいは過大な自己評価）に対してロレンスは神経過敏になっていた。それでもロレンスは創作をつづけた。そして数年後にはなぜ自分は創作をつづけるのかを理解できたことを証明するようになる――「人は溜飲を下げるために本を書くのです――自分が抱える病を剥ぎ落とし、そして自らが書く本のなかでさまざまな感情をコントロールできるようになるために何度でもくり返して披露して書くのです。」[38]

　ルイ・バロウズが書いていた短篇をいくつか読んで手直しをして出版社に送るのに手を貸そうかと申し出ていた反面、ロレンスは自分の書いたものを出版するための努力はなにもしなかった。ロレンスは感性豊かで詩的な小説を書く作家や、びっくりするほど上手に上品でエレガントな文章を操る書簡の著者だといえるかもしれない。小説家として成功することに魅せられたロレンスとイーストウッドで生まれ育ったバート・ロレンスは同一人物で、そんな彼は文学界（を小馬鹿にするとまでは言わないが）に心から馴染むことができなかった。リディアは息子の書くものを彼自身の「魂のシャボン玉」[39]を膨らませるようなものにすぎないとみていた。ロンドンで知り合いになったグレイス・クロウフォードに仰々しいほどに美文調な（だがなんの意味もない）手紙を書いたときだったら、ロレンスは母親の言い分に同意したかもしれない。夕食のパーティーへの招待に感謝を述べる短信は次のように結ばれている――「貴女に感謝の気持をお伝えすることで、あのひとときをあの夕べの茎から引きちぎって、記憶の花瓶のなかで萎れさせてしまうのは残念なことです。」[40]これはまさに「ネザミア」と『白孔雀』に登場するシリル・ビアゾルの口調そのものであり、ロレンスの執筆生活におけるこの時期の彼自身の「声」のひとつの型でもあった。

　一九〇九年六月にジェシーが何篇かの詩を文芸雑誌に送って初めて、ロレンスの詩が編集者の目に触れることになった。ロレンスはジェシーのこの申し出に対してなんも行動もとらなかった。「好きなものを送るといいよ。好きなようにして構わないから」と、ジェシーに言っている。[41]ロレンスとチェインバーズ家の人びとは、一九〇八年の末に刊行され始めた一冊の文芸誌をとても気に入っていた。『イングリッシュ・レビュー』誌は当時の著名な数名の作家の作品を発表していて、創刊号にはハーディ、ヘンリー・ジェイムズ、コンラッド、トルストイ、ゴールズワージーそしてH・G・ウェルズらのものが収録されていた。その雑誌の編集長でもあった作家のフォード・マドックス・ヒューファ（のちにフォード）が新人を発掘しようとしていたとはいえ、このような雑誌に送るとはジェシーも豪胆である。ジェシーにもロレンスにも知り得なかったことだが、ヒューファは「私たちが『残りの半分』《ジ・アザー・ハーフ》——残りの九十九パーセントと表現したほうがよかったかもしれないが——とかつては呼ばれていた人たちの暮らしぶり」がどのようなものだったかを明らかにするような著作を探し求めていたのだ。ヒューファは一九〇九年八月の初旬にジェシーに「たぶんなんとかしてあげられるだろう」[42]という返事を送って、ロンドンでロレンスに会えるようにしてもらいたいと頼んでいる。ヒューファはたんにロレンスの詩を評価するだけでなく、この地方出身の才能ある若者に実際に会ってみたかったのだ。毎日平均して二十もの原稿に目を通さなければならないほどの忙しい身であったにもかかわらず、その夥しい数の原稿のなかでロレンスの作品に注目したことはヒューファの驚くべき眼識といえる。ジェシーは意気揚々として、ワイト島への夏の家族旅行から帰ってきたロレンスにヒューファからの手紙を渡した。「きみはぼくの幸運の女神だよ」とロレンスは小声で言って母親に見せるためにその手紙をジェシーから受け取ると、ジェシーがこの手紙をそれ以後目にすることはなかった。クロイドンへ戻ってから、ロレンスはヒューファに会いに行った。そこで「色白で、太っていて、年齢は四十くらい。そして地球上でいちばん思い遣りのある」ヒューファは、ロレンスがプロの作家になるための道を拓いたのであった。[43]

　ヒューファはロレンスと会ったときのことを書き残しているが、彼のこの話はほかの回想と同じように都合のいい作り話としか受け取れない。しかし自分に会いにやって来た若い作家がいかに風変わりな人物であったかを的確に言い表わしている——「考え事をしていた私は目を上げてロレンスを見た。彼はドアの柱のそばで身体を折り曲げて息を切らしているかのように口を開けて呼吸していた…その若者の一風変わった、日に焼けたような黄褐色の髪の毛と口髭、そして深く窪んで光を放つような眼のわりには第一印象はまったく悪くなかった。私は狐色をした髪と口髭、そして鋭い洞察力がありそうで油断のない、嘲弄的な眼差しといった印象しかもたなかった。」ヒューファは五篇の詩を引き受けて、[44]ほかに書いたものがあれば読みたいとも言った。ある意味では、ロレンスは『イングリッシュ・レビュー』誌に載せたいと思っていたような純粋な意味で労働者階級を出自にもつ作家ではなかったことにヒューファはがっかりしたに違いない。しかしヒューファは、ふたりの会見後にロレンスが創作することになる炭坑夫の家庭を描いた作品を読んで心から安心する。この時期にロレンスがそれまでに書き上げていたどの作品とも作風をまったく異にする「菊の香り」と『炭坑夫の金曜日の夜』を執筆したことは偶然ではないだろう。もし彼が「労働者階級」出身の作者でなくてはならないのならば、そのような作家になることもできたということである。ヒューファは「菊の香り」を読んだときに受けた印象を次のように記憶している——「この男はちゃんと分かっている。読者を惹きつけるための相応しいリズムをもつ文章でストーリーを書き出す術を知っている。パラグラフの作り方も理解している。何気ない言葉だが、これらをちりばめてきちんと描き出した風景のなかで自分が描こうとしている生活に彼は精通している。だからこそ、彼に関してはほかのことでも信頼できる。」[45]

ロレンスはヒューファに読んでもらうために「ネザミア」を清書してくれないかとふたりの友人に依頼した。アグネス・メイソンが古い草稿の多くのページを清書することを引き受けて、クロイドンでの同僚であるアグネス・ホールトもロレンスの頼みを聞き入れた。八百ページもある原稿には「整った形式」が欠けていることに難があったけれども、ヒューファをしてロレンスは天才の部類に入る作家になれることを確信させた。ふたりがロンドンでバスに乗っているときに、ヒューファは「ちょっと変わった声」で「たしかにこれにはイギリス小説にありがちな欠点がある…だが、『きみには才能があるよ』と耳元で大声で言った。」[46]ヒューファのパートナーでもある小説家のヴァイオレット・ハントもまた、「ロレンス氏の才能の花の最初の赤らみ——萌芽——」を記憶していた。そしてロレンスは恥ずかしい思いをしたのだが——「そんなことをしなければいいのに」ヒューファはロレンスを「非凡な天才」として文壇に紹介したのだ。これはたんなる褒め言葉ではないことをロレンスはよく分かっていた。「非凡な天才」という言葉でロレンスを素朴で洗練されていない「ありのまま」と分類したのだった。何年も経ってロレンスが言っているが、「駆け出しのころには、多くの人から非凡な才能があると言われていました。まるで彼らに太刀打ちできるような長所がぼくにはないことを慰めるみたいに。」[47]一九〇九年の十二月初旬までのロレンスは『イングリッシュ・レビュー』誌に詩を掲載されただけの作家だったが、エヴリマン叢書の編纂者でもあり作家でもあったアーネスト・リースや、（ヒューファを介して）当時の有名な三人の作家H・G・ウェルズ、エズラ・パウンド、そしてW・B・イェイツらに会っている。ヒューファはまたロレンスに「ネザミア」の原稿をウィリアム・ハイネマン社へ送ってはどうかと助言して小説を推薦する内容の手紙も書いた——「私は貴君の優れた、創造的な才能を心より称讃いたします。貴君は非常に著名な作家になる素質をお持ちだと確信しております。」そしてこの結果、翌年の一月末までにハイネマン社はロレンスの作品を「事実上採用することにした」が、手直しがいくつか要求された。ヒューファもその小説の「ひどく冗漫で詳細な描写」を指摘して、ところどころを削除して短くするように勧めた。[48]

ロレンスは驚くべき短期間のあいだにたんなる将来有望な作家から、有名な雑誌に詩や短篇小説が掲載されるほどの作家へと変貌していき、文壇での知人を増やし、そして処女小説の出版にも漕ぎつけた。ジェシー・チェインバーズはこのときの様子を「漠然として不確かだったものに大きな変化が起こった」と表現している。ロレンスの身に起こったこの大きな変化は唐突ではあったが、「棚からボタモチ」だったとか、ロレンスの生活を大幅に変化させたと考えることは間違っているだろう。

その小説が出版されれば五十ポンドを手にすることができたし、その後ももっと収入があったかもしれないが、ロレンスはこの小説をここまでにするのに四年という歳月を費やし、教師の安月給で暮らさなくてはならなかったのだ。一九〇九年の六月末にロレンスは「お金のことでこんなに困らなければいいのに」と記しているし、「ぼくのシャツには継ぎが当てられて、靴は人前に履いていける代物じゃない」[49]とも書いている。処女小説を出版できるからといって教師の仕事を辞めるなど、まったくできない相談だった。

伝記を書くにあたってはロレンスの人間関係、とりわけイーストウッドとクロイドンでの彼の親密な女性関係を書くことのほうが、彼の生活の中心となっていた執筆活動を考察することよりもずっと容易い。何年ものあいだロレンスは大学での勉強や休日や長い休暇、そして週日の労働の僅かな合間をぬって執筆をつづけていた——仕事を終えて帰宅してからの夜遅い時間に小説や詩や戯曲や短篇小説を、片づけなければならない仕事を机の脇にどかして、その同じ机で書いていたのだ。「ぼくは、ほんとうは作文の採点をしなくてはいけないのです。机の隅には生徒たちの青いノートが山と積まれています」と当時の状況を正直に手紙に書いている。「韻文を紡いで詩の格好に完成させる一方で教師の仕事に励む」ことは、本当に努力のいることだったろう。ロレンスがのちに文筆を生業にしている作家に与えたアドバイスは、彼自身がどうやって執筆と教師の仕事を両立させていたかを知る手がかりとなる。ロレンスはその女性に執筆のために毎日決まって一時間空けるように言っている——「あなたが目にしたシーンについて、あなたが知っている人びとについて少しずつ書いていくためには」——「同じ時間帯です。これが大事なことです。」[50]クロイドンで二、三週間のうちに知っている人たちをもとにしてかなり長い作品を創作することができるようになり、ロレンスはこの能力を幸運にもずっと失うことはなかった。

しかしこの時期のロレンスは周囲から軽い気持で贔屓される、見知らぬ「非凡な天才」でしかなかった。アーネスト・リースは、一九〇九年の冬にハムステッドの家に集まった知識人を前に詩を朗読していたロレンスがどこでやめたらいいのか分からない様子だったので声をかけて窮地から救ったときのことを回想しているが、この話の信憑性はかなり疑わしい。ロレンスはリースの回想にあるように鈍感で無神経であったかもしれないが、時と場合をきちんとわきまえるだけの鋭敏な感覚をもち合わせていた——「ぼくは周囲の人たちに、彼らの要求や望みにとても神経質なんだ。」それでも学校生活でもそうであったように文学界においてもアウトサイダーであり、（聴衆に背を向けて詩を朗読し、それが終わると「ちょっとぎこちなく会釈をした」ロレンスのことを「内気で田舎者っぽい」と強調する）リースのような人たちは、ロレンスは自分たちのような人間とは相容れないだろうと確信していた。ロンドンの文学界においてロレンスはときにはバツの悪い思いをしながら、ときにはスリリングな思いをしながらどこからともなく現われては突然に消えていなくなってしまうような作家だったようだ。リースはロレンスのことを「ブラックカントリーのどこかの出身の若い田舎教師」[51]くらいにしか受け止めていなかった。ロレンスは紹介された文士たちに少なからず皮肉めいた敵愾心をもっていて、数年後でもロレンスは彼らの物真似をして人びとをおおいに笑わせる。例えばエズラ・パウンドをこう評していた――「右の耳にイヤリングをして、そこに若くて未熟で、空威張りをするエズラが立っています。」また、一九二七年にはプサルテリウム（ツィターに似た弦楽器）に合わせてイェイツを朗誦するフローレンス・ファーを真似てからかったりしていた。[52]

　人生を変えるきっかけを与えたのは紛れもなくヒューファだったが、ロレンスにしてみればジェシー・チェインバーズこそが作家としてやっていくチャンスをつくってくれたと考えていた――彼女こそが「進水式でテープカットする王女のよう」[53]だったのである。ヒューファに鼓舞されて今までになく自分に自信が持てたのでクロイドンに来て初めてロレンスにガールフレンドができたようだ。彼女の名前はアグネス・ホールトで、「ネザミア」の最初の七十六ページを清書してくれた女性である。ロレンスは一九〇九年十一月一日付の手紙で初めてブランチ・ジェニングズに彼女のことを書いている――「ここへ来て初めてガールフレンドができました…ぼくは愛なんて信じていません。いやまったく、僕自身まったくそんなことはありません…どうしようもないのです。ゲームは始まったのです。だからぼくはそのゲームに参加しますし、その女性もお遊びを楽しむのです。そしてどのように終わろうとも構わないのです！」[54]、とかなり未熟だったロレンスはこのように書いている。アグネス・ホールトは小説の冒頭部だけでなく『イングリッシュ・レビュー』誌の十一月号に載った五篇の詩も彼の詩作用のノートに書き写した。アグネスは「灰色の眼ととび色の髪」をした「姿勢の良い聡明な女性」で、「注意深く、機敏で、知的な話し方をする態度からは独立心の強さが窺える」[55]女性なのだが、一九一〇年十二月の終わり頃までにはロレンスとの仲は事実上終わっていたということ以外には彼女自身のことについてはほとんどなにも知られていない。十一月の時点でジェシーはふたりの関係を「婚約」[56]だと理解していたが、これは肉体関係があったことを匂わす婉曲的な表現だと考えられる。しかしアグネスとの関係は性的なものではなかった、或いはロレンスの考え方からすると十分に性的なものとはいえなかった。ロレンスはアグネス・ホールトについて次のように不平を述べているが、その言葉はあまりにも感情をうまく糊塗しているので実際にふたりのあいだになにがあったのかを知ることはむずかしい――彼女は「まったくなにも知らないし、考え方が本当に古臭いのです。大学へも通っていましたし何年かロンドンで教鞭を執っていたこともあるのに。彼女にとって男というものは今も昔も軽いお喋りで楽しく過す相手としておもしろい生き物でしかないのです。そういうものなのです。つまり、たんなる動物ではないのです――絶対に！　ぼくは彼女に手解きをしたのですが、今度は彼女が一歩を踏み出せずにいるのです。」[57]「ぼくは彼女に手解きをした」という言い方は相手を見下しているように聞こえるが、ロレンスがアグネスになんらかのモーションをかけたということを意味しているだけかもしれない。

　ロレンスはロンドンの文学界で「進取的な」人たちと交流をもつようになっていた（ヒューファはヴァイオレット・ハントと同棲していた）が、ハムステッドやホーランド・パークでの知識人たちの時間と、（クロイドンでの）尊敬に値しなければならない一教師としての暮らしぶりとのあいだには顕然たるギャップがあったことは推して知るべしである。女性教師が男性と性的関係をもったら（そしてもしそれが公になれば）、いかなる場合でも往時ではその女性はただちに解雇されて教師としてのキャリアを奪われたことだろうし、男性教師の場合には、知事などで構成される評議委員会や地元の教育委員会に召喚されて、そしてたぶんクビを切られただろう。[58]セックスについて書くことと、現実の世界で信望やキャリアや収入を失うような危険を冒すことはまったくの別物だった。

　しかし一九〇九年の夏にロレンスは一篇の詩を書いていて、そのなかで彼は「成長を妨げる純潔という呪縛から／ぼくを自由にしてくれる」女性に町で行き合うことを空想している。この詩がロレンス自身のことをいっていると考えるならば、二十四という年齢でついに彼は性的な体験をしつつあったということである。そうでなければどうして「肉体性」[59]について書くことができただろう？　まだセックスの経験がない人生における大きな失態で自分が不具者だと感じていた——たんに大人になりきれていないというだけでなく、裏切られて貶められたとも感じていた。一九〇九年から一九一一年のあいだに起こったことはロレンスにとって（いろいろな意味で）遅すぎた春のようなものであるが、彼の場合はそれが二十代半ばに起こりつつあったのであり、そのときのロレンスは普通の青年にくらべてずっと知的に成熟していた。アグネス・ホールトはロレンスがどれだけ自分に惹かれていても彼の好きにはさせないと心に決めていて、そんな彼女のなかに垣間見えたお上品ぶりにロレンスは苛立っていた。面白がっているふりをするときにアグネスが「口をすぼめて、不賛成の意を小さく囀るような笑い声に出す」ことをロレンスは忘れたことはなく、このことを書き直していた小説のなかに詳細に加えた。[60]自分の好きにさせてくれる女性とそうでない女性との違いをはっきりさせようとするときにロレンスはもっとも正直に気持を吐露する——「彼女はいまだにヴィクトリア朝中期の基準で判断を下すのであり、年月が経てば古臭くなってしまうようなロマンスのふわふわした綿毛を身にまとっているのです…彼女は、男性は恋人を崇拝するものだと信じ込んでいるのです。彼女の男性観は贋物で上辺だけのものです。ぼくには彼女を変えることはできません。」[61]ロレンスが言わんとしていることは（ブランチ・ジェニングズに書いている）、自分はアグネスを変えようとあらゆる試みをしたのだということであるが、彼女が一九一一年八月に結婚することになっていた事実を考えればロレンスには見込みはなかっただろう。しかしアグネス・ホールトのおかげで、自己を見つめたときに自分は「動物」である――これには「自由奔放に生きる」ということや抑えられないくらいに猛り狂うことがある[62]ということから、いつでもセックスのことばかり考えているという意味が含まれている――と思う一方で、エレガントな散文や韻文（その多くをアグネスは彼のために清書までした）を書く志向性の強い聡明で中流階級的な孤高の作家でもあることが明らかになった。このどちらもポーズのようなものだとロレンスは気づき始めていたが、このギャップにどう対処すればいいのか分からずにいた。

6 愛と死　一九一〇

アグネス・ホールトとの関係が終わってからすぐに焼け棒杭に火がつくように始まったのは、然もありなんであるが八年ものあいだセックスレスの関係にあったジェシー・チェインバーズと性的な関係をもとうとする試みだった。ジェシーの気持を慮り、そして一九〇二年来のふたりのあいだに起こったことを想い返すとロレンスのこの行動は常軌を逸していると言わざるを得ない。彼女は一九〇九年十一月下旬の土曜日の朝早くにハッグス農場からロンドンへ向い、美術館巡りをしたり観劇したりしてその日をロレンスと一緒に過ごした。ふたりが見たものはほかにもあった——「ロレンスは私をウォータールー・ブリッジに連れて行き、人生の落伍者たちがテムズ川沿いのエンバンクメントで一夜を過ごそうと準備をしている様子を見せたのです。」ロレンスを驚かせ、同時に強く惹きつけたことは、いかに人間が自分自身に対するプライドを失ってしまったかということであった。それは「ネザミア」に登場するジョージの宿命でもある。[1]

この日の晩遅くにふたりがコルワース・ロードに着いてからロレンスは夕食にマカロニを調理して、ジェシーに読んで欲しいと何篇かの新しい詩と書き上がったばかりの戯曲『炭坑夫の金曜日の夜』を手渡した。それから四方山話で午前二時まで夜更かしした。ロレンスが将来のことを訊ねるとジェシーはただ泣くばかりだった——「なぜなら将来の希望なんてなにひとつなく、ただ耐え忍ぶばかりだったから」。婚姻関係にない男と女のセックスは「悪い」と思うかと訊ねられると、自分としては「良くない」とは思わないが「とてもむつかしいこと」だと答えた。「結婚しなくても…やらせてくれるかどうか、どこかの女性に頼んでみようかと思ってるんだ。そんな女性っていると思うかい？」とロレンスが言ったことを彼女は憶えている。彼女は目端を利かせて、ロレンスはそのようなことをする女性を好きにはならないだろうと考えた。寝床についてから部屋のドアがノックされるのを聞いたとジェシーは思ったのだが、それ以上のことはなにも起こらなかった。[2] 翌日ジェシーはノッティンガムへ戻る前にヒューファとヴァイオレット・ハントに会った。

　それから約一ヶ月後のクリスマス休暇に帰省したときにロレンスはジェシーに筆下しの相手になって欲しいと頼んだ、というよりも君のことを愛しているのだからふたりが性的な関係をもつことは当たり前だろうと言ったのだった。


一緒に野原へ出かけると、やっと分かった——私のことをずっと愛していたのに、そのことに気づかなかった、とロレンスは言ったのです…ふたりのこれまでの長い交際は実際のところ、この「懇ろな仲《ユンヌ・アンティミット・ダムール》」のための準備だったとものたまいました。そのことは私にはショックでした。とても心がかき乱されるような、それでいて同時に避けることのできない…[3]

ジェシーはずっと父親や兄弟たちの傍若無人な振る舞いや無理強いに抵抗しながら母親の不幸を目の当たりにしてきた——アン・チェインバーズはセックスを嫌悪していた。ジェシーはこのときロレンスを拒絶したくないという気持に襲われていたが、相手がロレンスでも「それはかなりむつかしいこと」だった。[4] たんに彼女の独立心が旺盛だったということではなく、ジェシーの道徳観は堅牢だった。弟のデイヴィッドは、姉の世界が「正か邪か、或いは善か悪かという判断基準で成り立っていた…姉はつねに正しいことをして、自分の普遍的な正しさのために与えられる応報を受け取れると期待していたのです」[5]と語っている。ロレンスが知り合ったすべての女性のなかで、婚姻外での性的な関係にもっともかかわりそうにない女性がジェシーだった。理由は彼女が因襲的だったのではなく、彼女の行動規範はそれほどまでに厳格で確固たるものだったからであり、そしてまた彼女にとってセックスがあまりにも道徳的な問題を含むものだったからである。

　自分にもジェシーにも、ふたりが結婚して生活していけるだけの収入や蓄えがないことはロレンスには分かっていた。加えてロレンスには結婚するなどという考えは毛頭なかった——十一月にジェシーに「当分結婚なんてできないだろう」[6]と言っている。ふたりの「懇ろな仲」という言葉でロレンスによって貶められた窮状から脱出する方法は、ロレンスとの新しい関係は「義務的で神聖なもの」であることに変わりないと自分自身に言い聞かせることだった。ジェシーなりの言い方をすればそれは「婚約」であって、ふたりは一生を共に過ごすことになるのである。[7] ふたりのこの「婚約」は、見返りがあるにもかかわらず一九〇八年の十月までは「完全に望みのない」ものと感じられていた関係に新しい着地点を与えることになった。ロレンスは自分なりの言い方で、「どうしようもないんだ。仕方ないんだよ」とそのときの気持を表現していた。

　セックスを望むロレンスの強い気持への「心がかき乱されるような」感情をジェシーはどうすることもできなかった。ロレンスの欲求は何年ものあいだ彼女が信じてきたありとあらゆるものと対立するだけでなく、ロレンスが彼女に言ったこととも矛盾するものだった。ジェシーは、ロレンスにかつて「君にはまったく性的魅力がない」[8]と言われたことを想い出していたのかもしれない。自分がこのときに望んでいたものを手に入れることができるのならば、ロレンスは自分の（そしてジェシーの）気持などどうでもいいと思っていたようだ。彼は気紛れに、逆上《のぼ》せ上がって次から次へと女性に惹かれた。ブランチ・ジェニングズの前での尊大で、知的で孤高な人間というのは見せかけで、放蕩者のように振舞っていたのもまたポーズだった。ロレンスはセックスがしたくてたまらなかった。「懇ろな仲」とは彼の本心を窺がわせるもので、ロレンスは性的な経験を欲していたのであって恋愛関係などは些末事だった。のちにロレンスが書いたものを読むと、マスターベーションすることでどれだけ罪悪感に囚われ、自己嫌悪に陥っていたかが分かる——「十八歳の若僧の頃、前の晩に頭に浮かんだり感じたりした性的な妄想や欲望を翌朝には恥辱と激しい怒りを感じながら想い出したものです。」そしてロレンスは、いかに「夜な夜な性的な妄想や欲求に駆られつづけたか…そして自分自身でそれを処理した」かを憶えている。自慰行為をすることにロレンスは「空しさや屈辱を人知れず覚えた」のであり、このような高潔さはかなり窮屈に感じられたことだろう。[9]

　ジェシーに性交渉を強請《ねだ》ったあとすぐにロレンスは「当世風の恋人」という短篇を書いたが、[10]それは実際のところ抒情的な回想記のようなものに仕上がっている。感受性が鋭く審美眼のある、だが他人の気持には無頓着な主人公のシリル・マーシャムが幼馴染のミュリエルに性交渉を迫る。マーシャムは次のように言う——「君さえよければ、なんだけど——ぼくのところへ来てくれないかな？　ごく自然にぼくのところへやって来て一緒に教会へ出かけた昔みたいに。ぼくは君を口説こうとしているわけじゃないよ、そんなんじゃないんだ。厭かい？」この言葉遣いから、ミュリエルを自分の意に従わせようとシリルが躍起になっていることが分かる。彼女は顔を相手の肩に埋めて言う——「そうね、でも分かってもらいたいんだけど、女性にとってはとってもむつかしいことなのよ。女性にとってはまったく違うことなのよ。」この言葉を聞いたシリルは「彼女は自分の素直な気持に反して、臆病風に吹かれて自分の身を護ろうとしている」と解釈する。シリルが女性の気持に同情することも、そして理解することもできないことをこの物語は明らかにしている。ミュリエルの感情に直面したシリルにはどうすることもできない。彼に考えられることといえばミュリエルには避妊法の知識が欠けているのだということくらいだ——「君に何冊か本をあげたよね」とシリルは腹を立てながら言う。[11]

　ジョージ・ネヴィル——倫理的な人物ではなく一九〇五年頃には非嫡出子の父親になっていた——でさえ、ロレンスとジェシーの関係はひどいものだと考えていた。ロレンスがコンドームを所持していたのを偶然に見つけたジョージは、「その手の場所に行って女を買う代わりに、君は誰かさんの好意に付け込んでいるんだ」[12]と言っている。ネヴィルにとってみれば「女を買うこと」は誰かを利用することに比べれば道義をわきまえたことだった。「当世風の恋人」はジェシーを自分本位に利用しようとしていることにロレンス自身がある程度気づいていたことを証明するが、当の本人はこの短篇のことは書いたあとですっかり忘れてしまっていた——これはつまり、この短篇で露呈してしまった自分の気持を想い出したくなかったということではないだろうか。[13]

　ジェシーとの新しい関係が始まってからの数週間、そしてふたりがセックスする*まではロレンスとジェシーの互いへの愛情は温かく満ち足りたものだった。ロレンスがふたりの仲を綴った手紙には、相手を知る（すなわちセックスする）ことによって「自己の悪循環」から脱却できたことが書かれている。[14] 新年を振り返ってロレンスはジェシーのことを次のように想い出している。

> 彼女はぼくのほうへ顔を上げて、ぼくにしがみついてくるのです。するとふたりの時間は流れ星のように儚く、たちまち流れて消えてしまうのです。その数分間の——或いは数時間の——時間があっという間に流れ去ってしまうことは素敵なことで、最初のキスが交わされるか交わされないかのうちに別れが訪れるのです…世界はぼくたちのためにあり、ぼくたちはお互いのために生きているのです——たとえそれがひと春のあいだだけだとしても——それでなにがいけないというのでしょう![15]

今を楽しめという調子はロレンスの書いたもののなかでは稀である。ジェシーはふたりの新しい関係に伴う義務的な負担のことを考えると、「たとえそれがひと春のあいだだけだとしても」というくだりに裏切りを感じ取ったかもしれない。このような文章はまた容易に文学的な筆致の範疇に入るもので、性的な激しい熱情そのものを描写したというよりはむしろ、どのような書き方をすればその熱情が言語化できるかという試みのようである。ロレンスがのちに分析するようになるが、彼自身がもっとも嫌うタイプの登場人物の意図的且つ偽りの熱情はロレンス本人の経験に端を発している。ジェシーとの関係はいくつかの点でなにも変わってはいなかった。ジェシーは相変わらず「自分を飲み干して、所有し」[16] ようとすると感じられて——感情的に自分を我が物にしようとしているのが分かるとロレンスは彼女から逃げ出したい気持に駆られた。

　ジェシーとの危なっかしい新しい関係と平行して、或いはそれから逃れるためにロレンスはべつの女性に惹かれていた。一九一〇年一月二十八日付の手紙にジェシーとキスしたことを書いていながらその一方でロレンスは、「ぼくの新しい彼女です——ぼくに関心をもたせる女性で——それ以上でもそれ以下でもありません」[17] とヘレン・コークの名前を出している。アグネス・ホールトがロレンスの内にジェシーへの性的な欲求を焚きつけるのに一役買ったとしたら、ジェシーとの不完全燃焼によってロレンスは二十七歳のクロイドンの小学校教員のヘレン（写真9参照）に惹かれたと考えられる。彼女は小柄だが細身ではなくしっかりした身体つきをしていて、肌は透き通るように白く、髪は明るい茶色だった。デイヴィッドソン・ロード・スクールに転任してくる前の学校での職場仲間だったアグネス・メイソンを介してヘレンはロレンスと出会っていた。ヘレンはメイソンの家で一九〇八年から一九〇九年にかけての冬に初めてロレンスと会ったのだが、そのときロレンスは「応接間の床の上でトランプを手にした仲間の輪の真ん中に座ってトランプ占いをしながら三、四ヶ国語で気の利いた馬鹿話をしていた。」ヘレンはロレンスがつき合っていた仲間や「彼のお喋り」に好印象をもたなかった。[18]

　ヘレンはさまざまな種類の本を読み、音楽にも興味があった。彼女はロンドンでオペラを鑑賞し、ヴァイオリンも弾いた。そんな彼女は一九〇九年の春、のっぴきならない事態に身を置いていた――音楽を教えてもらっていた三十九歳のハーバート・ボールドウィン・マッカートニーにぞっこん惚れてしまっていたのだ。ハーバートはパーリィの近くに住む妻帯者でプロのヴァイオリニストだった。彼もヘレンにずっと恋心を抱いていて、ついに一九〇九年の二月に彼女に情熱的に迫った。しかし彼女は袖にしている――「あの人が自制心を失うなんてガッカリしたわ」――そしてその結果「ふたりは惨めな思いをしました」。[19] だからといって恋の炎が消えるはずもなく、ふたりはヘレンが毎週受けていたレッスンで会いつづけ、それぞれの思いの丈に差はあったものの愛し合っていた。妻の疑念をよそにマッカートニーは一九〇九年の夏にワイト島で五日間一緒に過ごそうとヘレンを誘うことに成功した。偶然にも同じ時期にロレンス一家も強い陽射しが照りつけるワイト島にいたが互いに島の反対側にいたので（ロレンス一家はシャンクリンに、ヘレンとマッカートニーはフレッシュウォーターにいた）出会うことはなかった。この五日間の滞在中にマッカートニーはヘ

＊「性交渉をもつ」（'To have sexual intercourse'）という表現はくどいし法律用語のようで、「交接する」（'to copulate'）は医学的だしあまり賛成できるものではない。十分に性的な意味を伝えうる「愛し合う」（'to make love'）という表現は比較的新しく使われ出した婉曲語句である（一九五〇年頃）。「ベッドを共にする」（'to go to bed with'）や「一緒に寝る」（'to sleep with'）は屋外でのセックスなどを考慮すると使える範囲が限られてしまう不適切な言い回しだし、これらもまた歴史は浅い（一九四五年頃）。「やる」（'To fuck'）はさまざまな点でこれらの婉曲な表現に比べてましであり、この言葉は *Lady Chatterley's Lover* のなかでメラーズ（Mellors）が使っている。しかし残念なことであるがこの言葉を使うこと自体にかなり意識的になってしまう。*OED2* に、ロレンスは「セックスする」（'to have sex'）という言い方を――一九二九年に――活字にしたもっとも早い作家として挙げられている（引用されているのは 'Sex and Trust', *Poems* 466 であるが、おそらくこれはオリーヴ・シュライナー（Olive Schreiner）が一九一一年に使った「性的関係をもつ」（'to have sex relations'）という表現を省略したのだろう）。「セックスする」（'to have sex'）という言い方には少なくとも直截さという利点があるので私は折に触れてこの表現を（かなり気が進まないのであるが）採用している。

レンとついにセックスしたものの徹底的に拒絶されたように感じた――ヘレンが「熱情的な抱擁」から解放されると、マッカートニーは「打ちひしがれた」[20]と感じていると思った。ヘレンとマッカートニーは八月五日の木曜日にロンドンへ戻り、そして七日の土曜日の朝――このときヘレンはアグネス・メイソンともうひとりの女友だちと三人でコーンウォールで「まともな」休暇を過ごしていた――にマッカートニーが寝室のドアで首を吊って自殺した。マッカートニーからなんの連絡もなかったので心を揉んでいたヘレンは、ロンドンに戻って地元の新聞でそのことを知った――「レンガで殴りつけられたようでした」。女性にとってかなり暴力的なこの譬えは、その事件から数ヶ月が経ってからの自分のそのときの情況を言葉にするのに思いつく限りのものだった。マッカートニーの自殺というショックと喪失感から立ち直るために、両親やアグネス・メイソンがずっとそばに付き添っていたのだが、何年もとはいわないまでも何ヶ月もヘレンは嘆き悲しんだ。教師としてのキャリアを考えればマッカートニーとの関係が公に知られることがとても心配だったし、妊娠したかもしれないと思っていたがその点は大丈夫だった。[21]

一九〇九年の秋になってロレンスはアグネス・メイソンからなにがあったのかを聞き知り、一九〇九年から一九一〇年にかけての冬のあいだヘレンを励ましつづけた。コンサートへ連れて出かけ、(ニーチェなどの)本の貸し借りもして、彼女にドイツ語を教えたりもした。自作を彼女に見せて、ヘレンにも創作するように背中を押したりもした。そうこうするうちに、ヘレンは自分が書いたものをロレンスにそっと話して聴かせるようになった。この物語こそ、ロレンスが「ぼくに関心をもたせる女性」から聴かされたものだったのだろう。お返しにヘレンは『白孔雀』とやがて改題されることになる「ネザミア」をロレンスがハイネマン社に送れるようにするための仕上げに手を貸した――原稿の文法を添削したり、スペリングミスをチェックしたりしたのだ。そしてついに一九一〇年の二月下旬か三月初めに、ロレンスを信頼している証としてヘレンはワイト島での出来事について書き綴ったものを彼に見せたのである。それは、ヘレンが一九〇九年の秋に「フレッシュウォーター日記」として書いていたものか、或いはマッカートニーが自殺してから書き始めて一九一〇年の冬になってもつづけていた彼へ宛てた長い「手紙」のどちらかだと思われる。そのどちらにおいてもヘレンは、彼のことを「ジークムント」と呼び、自分を「ジークリンデ」としていた(このふたりはワーグナーの『ワルキューレ』に登場する恋人関係にある兄妹である。ヘレンもマッカートニーもこの歌劇に精通していて、マッカートニーはプロとして演奏もしていた)。

ちょうど時期を同じくしてロレンスとジェシーの関係が新たな局面を迎えつつあった。ふたりは三月の最後の週末をロンドンで過ごそうと密かに手筈を整えていたのだが、ジョーンズ家に温かく迎え入れてもらうことは「褒められることではない」とジェシーは思い、結局ふたりはどこかのホテルに泊まることになった。週が明けてロレンスは彼女に宛てた手紙に書いている——「愛しい君よ、君はぼくにとても素晴らしいことをしてくれた。君が今ぼくと共にここにいてくれさえすればと思う。君が傍にいてくれないと、ぼくは安らかではいられないみたいだ。素晴らしい君よ、君の手の届くところにいて、君に触れて、君を抱きしめたい…」。[22]とは言っても、この段階でもまだセックスしてはいなかったようだ。三月上旬にアリス・ダックスというイーストウッドで知り合いになった女性がロンドンに泊りがけで遊びに来たときに、ロレンスとジェシーとの関係に潜んでいた問題点が明らかになった。このときロレンスはアリスに誘惑されそうになった。アリスはイーストウッドに住む薬剤師と結婚していて、ふたりのあいだには子どもがひとりいた。彼女は社会主義的思想の持ち主で婦人参政権を訴え、一九〇八年にはロレンスの「ネザミア」を読んでもいた人物である。そんな彼女とロレンスは二、三年ちょっとした男女関係にあった。アリスに誘われたときのことをロレンスは次のようにジェシーに話している——「すんでのところで君を裏切るところだった。こんなぼくには君を裏切ることはないなんて約束は到底できない。朝になると彼女がぼくの部屋に入ってきた。ぼくの朝の切ない気持が君には分かるだろう。」[23]アリス・ダックスとのあいだには翌年にもっと大きなことが起こるのだが、ジェシーはこのとき大きな不安に駆られたことだろう。一九一〇年四月初旬のイースター休暇にロレンスはイーストウッドの実家で『白孔雀』の推敲にほとんどの時間を費やし、ジェシーとは「散歩に出かけて」お喋りしたくらいだった。ふたりの行動は各々の家族から注意深く監視されていたのだ。この休暇中にふたりがどんなに幸福だったかをジェシーは憶えているが、この理由はおそらく互いに対してふたりが温かく思い遣りに満ちた気持になっていたからだろう。しかしふたりのあいだに性的な関係はまだなかった。四月上旬にロレンスはクロイドンへ戻って「すぐさま」ジェシーに手紙を書いている——「とても動揺しているようで、自分はジークムントの話を書かなくてはならないのだと私に言いました…それが目の前にあるからどうしても書かなくてはならないのだと。」[24]それはロレンスが『白孔雀』の原稿をハイネマン社に提出した一週間後のことだった。ある意味でロレンスは新しい小説に取り組みたかっただけで、魅力的なテーマの虜になっていたのである。この証拠にロレンスは『白孔雀』の最終稿で、「レズリー」を「ジークムント」と三回も書き損じている。[25]ロレンスはヘレンの体験談に強く魅力を感じただけでなく、それを元にしてどんな作品を書こうかと何週間もアイデアを練っていたのだ。

この新しい小説の初稿（「ジークムント物語」）は、ヘレンが悲劇と正面から向き合えるようにするための、そしてジークムントの音楽は彼と共に死んだのだという彼女の深い悲しみを慰撫するためのものだった——ヘレンは「彼の沈黙に代わる声」[26]が欲しかったのである。しかしこの作品を執筆するにあたってロレンスはヘレンと親密になっていった。彼女は尊敬に値する専門職に就いていた仲間のなかでも例外的な女性だった

——男性との性体験がある独身の女性だったからだ。ロレンスは彼女と男性との関係を創作するにあたり、(結果的に)自分自身をその男性に仕立て上げた。マッカートニーは感受性が強く、芸術家肌の情熱的な男性で、不運な結婚をしてしまっていた。そんな彼は金銭問題を抱えていて若い女性に恋もしてしまったのだが、その女性は彼のなかにある「性衝動」——彼女に言わせると「野獣的なもの」——を嫌悪していた。しかし彼と一緒に過ごした五日間に彼女はそれに屈服したのだ。[27]

聖霊降臨祭(五月十四日から二十一日)にヘレンの情事にまつわる矛盾を考察するような新しい小説を執筆していたときに、ロレンスとジェシーは束の間の性関係をもった。このときロレンスは休暇を利用して期待で胸を躍らせながら、同時に恐ろしさを胸に抱いて帰省していた——ヘレンにこう書いている「ミュリエルがぼくを誘おうとしている。彼女はとても、素晴らしくとっても役に立ってくれる——暫くは。でもぼくの内に覚醒したものはその問題への恐怖で打ち震えている。」ロレンスとジェシーの性的な経験は初めからうまくいかなかった。「むつかしくてうんざりするような条件のもとで、私たちふたりが実際に快楽を味わうことのできた性交渉の回数は片手の指で足りるでしょう」[28]とジェシーは痛ましい表現を使って秘かな記憶を辿っている。ふたりはあるときにはムアグリーンにあるメイ・ホルブルックの家を借りている。しかしそれ以外にはマリーゴールドやキバナノクリンザクラや枯葉の広がる草地での屋外でのセックスという昔からの解決法で対処した。それはふたりにとってまさにひどい経験だった。ロレンスは恐れを抱きながら、ジェシーはそれを「死のようである」と感じたと想像し、強く拒絶する相手にそれを強要したことに憤怒と屈辱を感じていた。ジェシーにとって男性の身体はたんに「詰め物をした、感覚のない肉の重み」だったのではないかとロレンスは感じている。ジェシーは「頼むから邪魔をしないでくれとロレンスが哀願した」ことを決して忘れなかったが、これは愛の営みにおいて残酷な強制である。聖霊降臨祭の五週間後の手紙でロレンスは、「手違いが生じて」ジェシーとの関係が進んでしまったために「九月になったら故郷に戻らなくてはならないかもしれない」と心配しているが、これはもしかしたらジェシーが妊娠したのではないかと思い、だとすれば結婚しなくてはならないと考えていたことの証左である。[29]だが幸運にもジェシーは妊娠していなかった。ロレンスとの関係が表沙汰になればジェシーは教師としてのキャリアを失うことになっただろう。

ロレンスとジェシーがセックスしたことはその後もうなかったのではと考えられる。一九一〇年の四月から八月にかけてロレンスが「ジークムント物語」を執筆していたことを考えると、そんな機会はなかったはずだからである。ヘトヘトになるような教員という仕事に就いていた人間がその一方でこの小説を書き上げたことは驚嘆に値する——これ以後も小説を書く際にロレンスはいつも一気呵成に初稿を書き上げるが、筆を走らすその速さはここに初めて見られる。許可なくしてはその小説を出版しないとロレンスはヘレンに約束していたが、主人公（ヘレナとジークムント）はロレンス自身とジェシーとの関係を反映したものでもあるので、「ジークムント物語」はヘレンとマッカートニーについてと同様にロレンス自身とジェシーについてのものといえる。ヘレナに拒絶されたときのジークムントの心情はジェシーのセックスすることに対しての恐怖感をロレンスがどのように受け止めたかに繋がっているし、小説の結末もロレンスとジェシーとの関係の終焉と一致していた。結局のところその小説のなかに、セックスをさせてくれる彼女が事後に「衣服を脱いだ生身のぼくがまるでヒヒであるかのように肘鉄砲を食わせる」ことに気がついている男を登場させていた。[30] その小説の書き手には、ジークムントは心からの同情を寄せることのできる人物であることが分かってきたのであり、そのためにロレンスは次のようにヘレンに書いている――「君に対してぼくがどれほどの敵意を抱いているか君には分からない」、或いは「君のことを考えると、その喉元にぼくは両手の親指を押し当てたくなることがよくある。」ロレンスはジェシーに対しても似たような気持を抱いていたのだろう――「ぼくは人生において代償を払うのは女性だとばかりずっと思っていたよ。でもぼくには分かった。代償を払うのは男であって女性じゃない」[31] とロレンスはジェシーに書いている。アーノ・ヴェイルにあるチェインバーズ家の新しい農場を訪れて数日過ごすとかねてから予定していたので、八月一日にロレンスはジェシーに会って自分がなにを考えているのかまったく伝えることなく「私たちの婚約を完全に解消したのです。」[32]

ジェシーが妊娠していないと判明するまで彼女との婚約を破棄することを思い留まっていたのかもしれない。しかしだんの小説を書いているうちに、ジェシーの望みが打ち砕かれたことよりも自分の感情に正直になることのほうが重要であると気づいたようである。ジェシーに会う前日にヘレン・コークに「どうしようもなく暗澹たる気持で」手紙を書いている。ジェシーがロレンスにキスをすると、「そうされることでぼくは、自分の心が灰のようになってしまうと感じる。それでも彼女はさらにキスしてぼくのセックスの火炎を燃え上がらせる。ああ、身の毛立つ…ぼくたちはきっぱりと別離《わかれ》るべきなんだ。ただ彼女にそれを話す勇気さえあれば。」[33] ロレンスにとって「身の毛立つ」こととはジェシーの独占的な愛（「彼女はぼくに魂を要求する」）、彼女のそのような愛に応えるだけの強い愛情が自分には欠けていること、そしてそれにもかかわらず彼女がロレンスを性的に興奮させつづけたという諸々のことを指している。ジェシーに対して残酷なことをしていることに気づいていた――「彼女をこんなにも傷つけていいのか」――が、親密さを求めるジェシーの頑な気持にはもう我慢できなかった。そんな彼女は「ぼくの血のなかに両手を突っ込んで、魂をまさぐって探す」と言っているが、この表現は驚くほどに肉体的且つ精神的な侵略をイメージさせる。そしてロレンスは「歯を食いしばり、震えながらも反撃する」[34] 道を選んだのである。

一九一〇年の夏にロレンスがどれだけヘレンに惹かれていた

としても、それがジェシーと別離《わかれ》ようとしていた原因ではない。ヘレンはロレンスのことをパートナーとして欲していたわけではないし、ロレンスはロレンスで五日間一緒に過ごしたあとで自らの命を絶った男性とのヘレンの経験を恐怖さえしていた。ヘレンが性的なことを心から嫌悪していたのは従姉妹のイーヴリンの夫を「いわば殺人の罪あり」と信じて疑わなかったからである——イーヴリンは出産時に命を落としていた。[35]そしてヘレンのこのような態度はマッカートニーとのあいだに起こったことで増長された。ジェシーとの別離から二週間が経った頃にヘレンが夏休みを一緒に過ごそうとジェシーをクロイドンとニューヘイヴンに招待したのを知ると、ロレンスは思わず動揺した——「君はぼくを意気阻喪させる」。[36]ヘレンとジェシーが初めて会ったのは七月で、このときヘレンは、ジェシーがロレンスに対してどれだけ従順だったか、そしてロレンスはそんなジェシーに対していかにイライラしていたか、またロレンスはジェシーと結婚することに確信を持てないでいたことを憶えている。[37]ふたりには多くの共通点があるとヘレンもジェシーも気づいた。ふたりとも愛している男性とのセックスを恐れ嫌っていて、つい最近そのことが一因で恋人を失っていた。ふたりともロレンスに惹かれていて、彼の非凡な才能を認めていた。その一方でふたりとも彼のセックスをしたがる強い欲求を嫌悪していた。ふたりともロレンスの創作のなかのヒロインで、それゆえに利用されたと感じていた。そこで、ロレンスが創作したストーリーに対しての態度をそれぞれに明らかにすることにした。[38]ふたりはその後の数年間よく顔を合わせた——一九一一年の年の瀬にロレンスに会いにクロイドンへやって来たときにジェシーはヘレンのところに泊まり、一九一二年の五月にロレンスがフリーダ・ウィークリーとドイツへ行ってしまうと、ジェシーとヘレンはその年の夏にライン川のボート旅行に出かけている。ジェシーもヘレンもロレンスからの手紙を保管していたり、或いは少なくとも彼女たちが受け取った手紙が伝えている想い出を心に留めていたりしていた。ふたりともロレンスについての追悼文を書く責任を感じていたことから、一九三〇年代にはそれぞれがロレンスにまつわる本を執筆した。ふたりにとってロレンスは素晴らしい男性であると同時に、母親に魂の一部を支配されてしまっていた、他人を容赦なく食い物にする人物でもあった。

しかしロレンスは本当にこのふたりの女性を利用したのだろうか？　たしかにジェシーのことは利用したといえる。アリス・ダックスは一九一〇年三月に彼に身体を預けたことがあったが、ロレンスは彼女とセックスしなかったし、ジェシーがロレンスとの関係の回復を承諾したあとでも、ふたりはセックスを何ヶ月もしなかった。つまり、ジェシーがセックスを厭がっていたことをロレンスは見逃してはいなかったのだ。だからこそロレンスはジェシーとの関係を終わらせたい、そうしなければならないと思った。また、一九一〇年に「ジークムント物語」を書いていたときにヘレンに性的な関係を迫ったりはしなかった。一度だけロレンスは「必要以上に長いあいだ私のことを抱きしめたあとに身体を離すと、私の手をしっかりと守るように、支配するように握った」のだが、それ以上のことはなかった。[39]

現実でのロレンスの経験を彼の創作物と切り離して考えることは決してできない。一九〇九年から一九一〇年にかけて改稿していた「ネザミア」をよりリアルな作品にしようと決めてから、レティとレズリーの結婚がどのように破綻するのか、そしてレティと結婚できなかったジョージが自棄を起こすさまを描く必要があったので、そのような終局を迎える男女間の性的な関係について書くことにいっそうの興味をそそられた。一九〇九年の秋と一九一〇年の春にロレンスが女性とセックスしたいという抑えがたい欲望に駆られたのは遅い青春を謳歌しようとしていたという単純なものではなく、このとき執筆していたものによって自分の作家活動の核となるモチーフに気づいたからだといえる——それは、性的な欲望で築き上げられた人間関係において、溶解してしまう危険に曝されながらも男女が互いの個的存在としての孤立感をバランスよく護りつづけていくことは可能かということだった。個々の人間というものは望んで願って手に入れたいという強い欲求に襲われると、熱情や情欲に衝き動かされるがままどうなっても構わないという自棄になる気持と、自己を見失うようなそんな感情とは無縁の自分自身でありつづけたいと心から冷静的且つ理性的に願う気持の狭間で不安定になる。ロレンスは両親を眺めていてこのことに気づいたのであり、自分自身にとってもこのことは恐ろしいまでに当て嵌まることだと気づいた。彼がしたことは、その問題解決に向って手探りで進む——ロレンスの場合は「書く」——ことだった。そのことについて書くことによって客観的に捉えることができて、問題の本質に近づくことができたのだ。そして彼特有の方法によって肉体的であるということがなによりも意味のあることだということを示し、そのような経験の意義と重要性を信じて疑わない立場に立つことを自ら選んだのだと考えられる。だからこそ、『白孔雀』に登場する猟場番人のアナブルが上品な言葉遣いを放棄しているようにロレンスは嬉々としてこの小説に纏わりついているとと感じたブルジョワ的なものを悉《ことごと》く排除している。しかしそうすることで自分自身について、そして自分の家族について真実であると認めていたことを否定してしまうことにもなった。

「ネザミア」に取り組んでいたときにこのようなことが解ってきたようだ。だからその小説を書き直すのではなく、新しい小説である「ジークムント物語」を異常な速さで完成させようとした。作家としての自分なりのテーマを突然に見つけたのだ——性的な欲望について書きつづけることを意図する限りそれはタブー視されるものだった。しかしロレンスはヘレンが話して聴かせてくれた物語のなかに、彼女自身の悲劇とは異なる悲劇について考える機会を得たのであり、苦労して終わらせた小説の雑駁としたところを整理することができた。精神の合一こそマッカートニーとの関係において大切なものだとヘレン・コークは語っていたが、「ジークムント物語」は精神的な合一に比べれば肉体的欲望などは惨めなほど取るに足らないものだということを示す作品には仕上がらなかった。反対にロレンスの作品は肉体の経験がもっとも大事な事実であることを、知力が勝ってひとり歩きしてしまうことは私たちにとって最大の危険であることを強調するようになる。その結果、ジークムントはヘレナにとって扱いづらくて低俗な、自己分裂した誘惑者ではなくなり、生をまっとうしようとする悲劇のヒーローとなる。『白孔雀』のレティは見当違いの男性を結婚相手に選んでしまうような活力があって善意の人であったが、（「ジークムント物語」の）ヘレナは恐ろしく孤立した、存在感が希薄で夢見る女性――目先のこと以外はなにも理解しないアンチ・ヒロインになる。ジークムントに具わっている肉体に対するヒロイズムは、その一方で彼に破滅をもたらす元凶ともなる。（『白孔雀』の）ジョージは酒に溺れて身を持ち崩し、ジークムントは情熱的には満たされるもののヘレナに拒絶された自分の肉体そのものを最後には自ら崩壊させてしまう。ヘレナは自らの体験からなにひとつ学ぶことなく変わらずに貪欲に生きつづけて、彼女についての詩にロレンスが書いているように「昔から変わらない繊細なゲーム」[40]をつづけることが運命づけられる。

ロレンスは作家として、そして人間としても感情が満たされているさまを言語化するために従来とは異なる、宗教的ではない方法を見つけ出したかった――それは、意識と肉体が完全に分離した状態にあるのではなく、両者がどうにか共存しているような自我（あるいは存在）の状態である。一九一二年からロレンスは、どうすれば生をまっとうすることを作家としての自分のテーマにできるかを模索していたようである。一九一〇年に、創作をとおしてロレンスはジェシー・チェインバーズとの残酷なまでに独り善がりな関係を終わらさなければならないことを悟ったといえる。自らの経験そのものからではないにせよ、そんな関係をイメージした詩から彼自身がそのことに気づいていたのが分かる。

> ぼくは恥ずかしい、今夜君がぼくを拒んだから――
> 違う、いつでもそうだ、君はぼくとともに嘆息する。
> ぼくがあまり近づきすぎると君の輝きは曇り、ぼくの身勝手な
> 情火の炎が死のように君の花弁に入り込むと、君は萎れて枯れて
> 白くなる。[41]

この頃のロレンスは過ちをくり返していて、とくにジェシーに対しては生き馬の目を抜くようなことをしていた。創作をとおしてロレンスは原風景を想起することで生じる不安から自由になることができ、そして小説を書くことで心をかき乱されるような、腰が引けるような経験を想像（或いは夢想）し、そのような経験への対処法を模索し始めていたといえる。一九一二年の一月に「夢が思考の産物なのか、思考が夢の産物なのか分かりません。奇妙なことですが、夢がぼくの代わりに判断してくれて、結末を用意してくれるのです。夢が最終的な決着をつけてくれるのです。だからぼくは夢を見て決定するのです。眠る

ことで漫然とした日々のさまざまな思考に対する論理的な説明が生み出されて、それらを夢としてぼくに与えてくれるのです」[42]と書いているが、創作活動にもこのような効用があった。一九一〇年の夏の時点ではまだ「漫然とした日々」にまつわる実際的な諸問題をきっちりと解決することができずにいて、そんな彼にできたことは書くという行為をとおしてそれらをより鮮明に想像することくらいだった。

　ロレンスにはジェシーへの態度を懺悔する時間は十分にはなかったのだが、ふたりの関係に終止符を打たなければならないことは明らかだった。『息子と恋人』でミリアムがポールにそうするように、ジェシーも実際の最終局面でロレンスに一矢報いることができたらと願うばかりである――「まだ十四歳にしかなっていないってあなたは私は言ったことがあるけど――本当はほんの四つよ、あなたは！…いつでも、私たちはいつでもずっとこうだったのよ！　私たちはずっと長いあいだ互いを征服して屈服させようとしてきて――あなたはそのあいだずっと私から離れようともがいていたのよ…いつでも私から遠ざかろうとしていたのよ…ずっとよ――初めからずっと――いつもそうだったわ。」ミリアムがこう言ってふたりの「友情と愛を育んできた八年間、自分の人生のあの八年」[43]とポールが大切にしていたものを台無しにすることに彼は深く傷つく。ロレンスとジェシーはもう会わないし、手紙のやり取りもしないことを約束する。ジェシーにすれば今回の別離は今までのなかで最悪のものだった。それから四ヶ月後にジェシーはヘレンに手紙で伝えている――「彼のことを口にするべきじゃないと思うの…動脈が切れたら縫い合わせるしかないわ。あなたもそうするでしょう！」[44]

　息子とジェシーとの関係が破局してから二週間と経たないうちに、リディア・ロレンスが癌で倒れた。病気になったのは息子（自分）への愛情が悪意を含むものだったことを彼女が認めた証拠だと二、三年後にロレンスは彼なりに解釈しているが、[45]重要なことは豈図らんや、このときにもロレンスに人生の一大転機が訪れたことである。一九一〇年にはロレンス一家が家族で過ごす休暇がなかったので、リディアはレスターに住む妹のエイダのところに遊びに来ていた。アーサー・ロレンスは退職を控えていて、もう採炭請負人ではなく収入にはそれほどの余裕がなかったのだろう。ロレンスはブラックプールへ「ドン・ファン的」友人のジョージ・ネヴィルと一週間旅行の予定で出かけてしまっていて――「大勢の人で賑わっている趣味の悪い、ランカシァの海辺のリゾート地です…楽しむつもりです」、そしてホテルで「ばか笑い」をして騒いだり、ヨークシァからやって来ていたひとりの女性と良い仲になったりして楽しんでいた[46]――このときにはチェインバーズ一家の前でかつてそうであったような陽気に振舞う、元気いっぱいのロレンスの姿が再び見られた。ジェシーとの別離も、ロレンスがこのように息抜きできた直接の原因のひとつであったに違いない。そして、一緒に家に帰るために八月十四日頃にレスターにいるリディアのところへ行ったとき、ロレンスは母親が病臥している姿を見た。彼女の腹部にひとつの腫瘍が見つかり、暫くのあいだは彼女をレスターから動かすことはできなかった。小学校の新学期は八月二十九日から始まるのでクロイドンへ戻らなくてはならなかったが、ロレンスはできる限り週末にはミッドランズの母親を見舞った。

ロレンスをレスターに引きつけたのは、母親の見舞いもさることながら大学時代の友人のルイ・バロウズだった。彼女は「まるで気持が軽くなる天気の良い日のように、ぼくにとても温かく接してくれ」[47]、ラトクリフ・オン・ザ・リークに住んでいたのでリディアを頻繁に見舞って彼女の様子をロレンスに伝えることができた。ロレンスはルイのことを「ぼくがつき合いを絶やさずにいた、昔から知り合いの女性のひとり」だと書いている。ウィリー・ホプキンはルイのことを「背が高くてがっしりした」女性だと記憶していたが、ロレンスは「背が高くて浅黒い肌をしていて、目鼻立ちの整った」[48]と表現している。写真10を見ると、一九〇九年頃のルイがどのような女性だったかが分かる。このときのロレンスにとってルイはとても貴重な存在だった。母親が手紙に書いて寄越すことを額面どおりに受け取ることはできなかった――リディアが「自分の悪い容態を正直に知らせようとはしない」ことにロレンスは気がついていたのだ。この時期のロレンスは『白孔雀』のゲラ刷をチェックしていて――ヘレン・コークはこの作業をしているロレンスの顔が「心痛で強張って」いたことを憶えていた――自分の成功を母親と共有できるようにとスペアのゲラ刷をミッドランズに送った。だが実際にそのゲラ刷を読んだのはルイで、そしてロレンスを「どうしようもなく惨めな」[49]状態からほんの暫くのあいだだけでも救い出すことができたのも彼女だった。

なんとか執筆をつづけていたロレンスは創作へ逃避していたともいえる――芸術家は「自分自身を解き放って我を忘れる」とロレンスは一九一二年に言っている。「ジークムント物語」は失敗作となっていた――ヒューファは「箸にも棒にもかからない作品」だと酷評した。この際に「天才にしては」という言葉をつけ加えたが、ロレンスには慰めにもならなかった。[50]そこでロレンスは次の小説のことを考え始めた。病身の母親に直面していたロレンスは彼女がどのような人生を送ってきたかを鋭い観察眼で見てきていたので、母親の少女時代と結婚生活、そしてその延長線上にある自分自身の成長を描いた物語を思いつき、そういったものを小説に書いてみようという気になったようだ。[51]このことは、どれだけ実生活とかけ離れた物語を結果的に創作することになったとしても自身の生い立ちを冷静に眺めて受け止められるようになったことの証明だといえる。その生い立ちを書くにあたっては産業労働者階級に生まれたひとりの少年が成長していく過程だけでなく、家庭内の軋轢によって迷走するひとつの家族についても書くことになった。十月中旬には、新しい小説（「ポール・モレル」）は「とても興味をそそられる筋立てで」、八分の一ほど書き進めたことをハイネマン社に知らせている。[52]リディアは当然の如く時間をかけて自分の人生について話して聴かせたことだろう――ロレンスが十二月の始めにレイチェル・アナンド・テイラーというスコットランドの詩人に書いた一通の手紙から、リディアがどのようなことを息子に語っていたのか、そしてその結果としてロレンスがどのような小説に仕上げようとしていたのかを窺い知ることができる。その手紙には次のように書かれている――「ぼくの母は立派で歴史のある中産階級の家の生まれで、聡明で、皮肉屋で、繊細なタイプの女性でした。そして自分より階級の低い男性と結婚したのです。父は浅黒く血色の良い顔をしていて、笑顔が素敵でした。炭坑夫です。快闊で、気持が温かく、愛情をもった人でしたが怒りっぽかった。母がよく言っていましたが、父には信条というものが欠けていました。母を騙し嘘をついたのです。母はそんな父を軽蔑していました――父は酒飲みでもあったのです。」[53]これは言うまでもなく明らかにリディアの視点から語られたものだ。不治の病に襲われて将来を見失った母親は後先考えることなく、誰に遠慮するでも誰の目を憚るでもなく自分の絶対的な味方になって欲しい、自分に心底同情してもらいたいという気持があったのかもしれないが、自分がどんな結婚生活を送ってきたのか、そしてそのなかでどのように息子が生まれて成長してきたのかをロレンスにくり返し聴かせたのである――そんな「ポール・モレル」は「母親の伝記になる」[54]だろうということをロレンスは確信していた。

リディアは九月末に「ひどい容態で」イーストウッドの自宅に連れ戻されたが、ルイはあいかわらず見舞っていた。十月上旬にロレンスと「運河沿いを家まで、そしてロレンスが汽車に乗るイルクストンまで歩いた」ときに彼女は確信した――「ふたりが愛し合っていることに、その日の夕刻に初めて気がついたのです。私たちはそのことを感じ取っていましたが、どちらも口には出しませんでした。」ルイはロレンスに恋していた――ずっとあとになってルイは「愛情によって自分勝手な気持は消え去って、私には彼と離れ離れになった人生なんて考えられもしませんでした」[55]と書くようになる。この時点でのロレンスのルイに対する気持がどのようなものであったかは知る由もないが、週末毎に母親の顔を見るために実家に戻ってきたロレンスはルイに会った。虫の知らせで十一月の最後の週にロレンスはクロイドンの教育委員会から許可をもらって実家に帰り、妹のエイダと交代で母親の寝ずの看病をした。ロレンスは時間が空いたときにはルイと会っていたようだが、それ以外は「何時間も、何時間も上階に座っています。そしてついには自分がロンドンに働きに出て行ったのは本当だったのかと思うほどです」。[56]イーストウッドの炭坑夫たちは五ヶ月に及ぶストライキのあと十一月二十五日に仕事に戻った――『息子と恋人』では、死を目前にしたモレル夫人はお手伝いのミニーに突然「男の人たちが、手がヒリヒリ痛むって言ってなかった？…でもとにかく、これで今週は買い物ができるわ」と言って驚かせる。自分の身の周りで起こっていることを敏感に察知することはリディアの特長だった――ルイが十一月の終わりに送ってくれた花を見て彼女は喜んだ。[57]ロレンスは執筆したり、絵を描いたり、母親と喋ったり看病をしたりして過ごしたのだが、十二月初旬にリディアはついに自分の力では動けないほどにまで衰弱して、ベッドで寝返りを打つために抱き上げなければならなくなっていた。

　十二月二日に『白孔雀』の新刊見本が届き、ロレンスはそこに「お母さんへ、愛をこめて、D・H・ロレンス」と献辞を書き入れた。その本が手渡されたときにリディアはとくに関心を見せずに、その献辞に目をやって「なんて書いてあるの？」と言っただけだった。ロレンスは「自分には母親にあげられるものなんてなにもない」と思い込み、彼女はその小説を気に入ってはいなかったと言っていた――「母はその本を好きではありませんでした。嫌ってさえいました。」[58]リディアはたしかにその本にあまり興味を示さなかったが、それは教職に就いている息子を愛するあまり、小説なんか書いていたずらに時間を無駄にして欲しくないと思っていたからである。

　翌日の十二月三日の土曜日の夕方にルイの家にいるとき、ロレンスは出し抜けにプロポーズした。少しのあいだ躊躇《ためら》いを見せていたルイは、首を縦に振った。ロレンスはアーサー・マクラウドに知らせている――「なにがそうさせたのかぼくには分かりません。霊感とでも言いましょうか。でも、母に言うわけにはいきません。」「柘榴《ざくろ》のように浅黒い肌は血色がよく、そして溌剌として生き生きしている」ルイと、（「苦痛を耐え忍んでいる仮面のようになってしまった顔つきの」）母親を並べて比べることで、ロレンスのこのときの心情が明らかになる。[59]子供時代の絶望と苦痛、そして大人になってからの気苦労からロレンスを解放するために、そして母親の看病のために実家で暮らすようになった彼の内奥に再び目覚めた複雑に絡み合った心情から彼を救い出すために、ルイは悩みも不安もなくふたりの将来を約束してしまったようである。ロレンスは母親代わりを望んでいたのではない――「一緒に休息できるような人――ぼくがどれほどそのような人を熱望しているか君には分からない。」ルイは温かみのある、活力に満ちた、外向型の、そしてとりわけストレートで煩わしくない好意をロレンスに寄せた。そして彼女こそリディア・ロレンスが認めるタイプの女性だった――「いい子よ、とてもいい子。敬虔だし」、ジェシーよりもずっと控え目だし他人の気持を斟酌できるし。[60]このようにリディアはルイを気に入っていたが、それでも婚約について聞かされることはなかった。ロレンスは次の週にルイにこう説明している――「母は情熱的にぼくのことを好きなんだ。そしてその慈愛は恐ろしく嫉妬深いものなんだ」。このときのロレンスは、自分が愛情を注ぐ相手が母親からルイに代わりつつあることをリディアに悟らせるわけにはいかなかった。メイ・チェインバーズは、母親は『白孔雀』を気に入ってくれなかったという話をロレンスから聞かされたときに訊ねている――「『じゃあ、お母さんはなにが欲しかったのよ？』『ぼくだよ』と彼は小声でそっと言いました。『このぼくさ。』」[61]

　十二月の最初の一週間がのろのろと過ぎた。癌はリディア本人も、彼女を看病している人間をも苦しめた。十二月三日の土曜日の夜、ルイにプロポーズしてから帰宅したロレンスは母親の言葉を手紙に書いている――「『痛みはもう感じないのよ。ただ、もう疲れきってしまって』と母は呻くように言ったので、ぼくにはほとんど聞き取れませんでした。今夜にも母が死んでくれたらとぼくは願っているのです。」母親が「死のすぐ間際まで」近づいていることがロレンスには確信できた。[62]しかし月曜日になっても「母はまだ生きています。太古の昔からゆっくりと近づいてくる恐怖を感じます。」そして日付が変わった火曜日、「母はまだ死なない。今朝は悲痛なほど哀れだ。静かに横になって、顔は土気色で死人のようです」。『息子と恋人』のポールにそうさせるように、ロレンスは死に切れない母親に飲ませるミルクを水で薄めたかもしれない――「母親に栄養を与えないように。しかし彼は自分の生命《いのち》よりも母親のことを愛していた。」[63]母親が死に行くさまを直視していたロレンスは、それまではできなかったけれども彼女に対しての気持をきちんと整理して言葉にすることができた。彼はルイに書いている――「母はぼくにとって最初の、素晴らしい恋人なんだ。素敵な人で、あんなに素晴らしい人に出会うことはめったにないだろう…太陽のように強く、揺らぐことがなく、そして心の広い人だった。白い鞭のように俊敏で、温かい雨のように優しく穏やかで、そしてぼくらが立っている大地のように断固としていた。」[64]しかし、このときのロレンスが願っていたことは母親が一刻も早く死んでくれることだった。そしてついに木曜日の晩、ロレンスと妹のエイダは医者が置いていっていたモルヒネを母親が眠る前に飲むミルクに多めに混入した。[65]それでもリディアは金曜日の朝まで生き長らえた。

「これでやっと悲痛の川を渡り終えたんだと思う」と疲弊しきりの様子でロレンスはルイに書いている。「ひとつの王国が死滅したような、そんな気がする。しかもぼくはそこにいるんだ。そうなんだ、ぼくは、ぼくの一部は死んでしまったんだ。」[66]ロレンスはその日の金曜日の午後に母親の死亡を届け出て葬儀の手筈を整えた。リディアの亡骸は週が明けた月曜日、雨が降りしきり嵐のような風が吹きすさぶなかイーストウッドの墓地のなかにある息子アーネストの隣に埋葬された――「こうしてぼくの最愛の人は逝ってしまいました」。十三日の火曜日にルイから贈られた花環を墓地に届けたあとロレンスはクロイドンへ仕事のために戻っていった。「ぼくはそのなかから菫を一、二本抜き取って胸に飾り、暖かい客車のなかでロンドンに到着するまでその香りをずっと嗅ぎつづけていたよ」とロレンスはルイに書いている。[67]

母親が死去した日の晩からロレンスは一枚の絵のスケッチを始めていて、最終的には四枚の模写を完成させた。それはモーリス・グライフェンハーゲンによる有名な『牧歌』(一八九一)[68]だった。ロレンスは数年前からこの絵画を知っていたのだが、その絵と母親への自分の気持との繋がりを明らかにしたいと思って模写を始めたのである。ひとりのアルカディア人の羊飼いが恥ずかしがっている女性を抱きすくめている――地面には白や青や赤の花々が散りばめられて、真っ赤な夕日が沈もうとしている。その女性の身体の輪郭や、羊飼いの身体に押しつけられている彼女の胸の膨らみが、その絵を往時において少しばかりショッキングなものにしていた。ロレンスはそれまでにこのようなものを模写したことも描いたこともなかったし(彼が模写していたものは風景画や静物画である)、同じ絵を何枚も模写するということもしたことがなかった。ロレンスは『牧歌』の四枚の模写のうち一枚を結婚祝いとしてアグネス・ホールトに、もう一枚を妹のエイダに、三枚目をルイ・バロウズに、そして最後の一枚をマクラウドに贈った。

ひとつの見方をすれば、この絵は母親がこの世から去ったことで自分がそうなれるだろうと期待していた、あらゆる束縛から解き放たれた「動物」的な人間としてのロレンス自身のポートレートだと考えることができる。現実には、アグネスやルイみたいな二度と懲り懲りだと思うような「受け身で…ほんのちょっと怖がりな」[69]女性と紳士的につき合わなくてはならないと感じていたとしても、である。この絵はとても恣意的で、ロマンティックで、文学的でさえあるが、肉感的で率直なものの描写をロレンスは意識的にあれこれ試していた。その一方でロレンスが「父親は浅黒く血色の良い顔をしていて、笑顔が素敵でした…快闊で、気持が温かく、愛情をもった人でした」と表現していたことを考えると、この絵のなかの男性は当然のようにアーサーと同一視できる。ロレンスはその羊飼いを絵のなかの登場人物というよりも女性との対照をなす被写体として描いた。十月にロレンスは自分には「片親しかいなかった」と言っていたが、それはこの模写が意味することとは食い違っていると思われる。リディア・ロレンス――「聡明で、皮肉屋で、繊細なタイプの女性」[70]――をその絵のなかに注意深く描かれた、洗練されすぎた女性のなかに看破できるかもしれない。なぜならばグライフェンハーゲンの原画の女性は伏し目がちだが、ロレンスの模写ではその絵を眺める者を不快そうに絵のなかから凝視しているのだ。この違いは母親の死を悲嘆する一方で父親へは怒りを覚えていたこととは関係なく、ロレンスにとってリディアはこのとき彼が殊更に惹きつけられていた性的なものすべてに義憤や私憤を抱くような女性であったことに起因しているのではないだろうか。そして、草の上の一面の赤い花は『息子と恋人』でクララ・ドーズとポール・モレルが最初に身体を重ねるところで哀れにも潰されるカーネーションを想起させる。[71]このように、失うことによって紛れもなく自由になれるということもあるのだ。

7 大病の年

一九一一―一九一二

母親が癌で鬼籍に入ることがなければロレンスは婚約していただろうと考えるのは間違っているように思える。実際のところ母親の死後にルイ・バロウズに宛てた手紙のどれを読んでも、結婚の約束を交わした直後の溢れんばかりの幸福感を感じることはない。プロポーズしたことをロレンスはすぐに後悔するようになったのではないだろうか。或いは婚約してしまったことを受け入れて結婚に向けて遮二無二日々の生活に没頭していたと考えるのが妥当かもしれない。若者なら誰でもするように、そして生来のやるべきことはやるという責任感のために、結婚を念頭において十分な稼ぎを得るために懸命に働くことは一九一一年の前半にロレンスが打ち込んだもののひとつだった。仕事に没頭することで母親を亡くした大きな喪失感を乗り越えて、そして冬に起こった忌まわしい出来事をも忘れ去ることができたのかもしれない。一九一一年初頭に母親と同じようにロレンスも、父親のアーサーに反発を感じている自分に気がついた。このときはエイダが父親を持て余していて、ほろ酔い気分で帰宅したり給料の四分の一を自分のためだけに使ってしまったりすることに頭を悩ませていた。ロレンスは助けを求めてロバート・リード牧師に手紙を書いているが、そのなかで(リディアとまったく同じように)父親を「虫唾が走る、腹立たしい、自分勝手な蛆虫」[1]だとあからさまに腐している。寄生虫のように身を寄せて食べ物にありつく蛆虫――これは驚くべき的確な譬えといえる。一九一一年一月二十日に『白孔雀』が出版されてロレンスは束の間の歓喜を味わったことだろう――その小説が「文学というジャングルへの入り口を開いてくれる」ことをロレンスは期待していた――が、同時にまったく異なる考えももっていた。ルイにこう話している――「成功を手に入れることができなければとても遺憾に思う…そうじゃないと君と結婚なんて到底できやしないからね。」ルイと結婚の約束をしたことで、「素敵で、温かくて、健康的で、気取らない優しさをもった」[2]女性に対してロレンスがどれだけ強い気持で、愛情においても生活面でも責任を果たそうとしていたかが分かる。ジェシーとの関係においてどれだけ独善に陥って彼女を利用していたか、或いは「ポール・モレル」で追究しようとしていた矛盾する衝動の複雑さに苦悶していたか、または作家としてどんな犠牲を払ってでも自己を探究しようとする責務を感じていたかを考えると、このときのロレンスの心は千千に乱れていただろう。

　ロレンスの年収は九十五ポンドで、（一九一一年からレスターシァのギャデスビィで学校長になっていた）ルイの年収は九十ポンドだった。若くして専任職に就き、中流階級の仲間入りをしようとしていた彼らにとってこの金額は厳しいものだった。百二十ポンドの年収に加えて最低でも百ポンドの蓄えがないと結婚はできないだろうということでふたりの意見は一致していた。結婚と同時に或いは結婚後すぐにルイは仕事を辞めるだろうということが分かっていたので、ロレンスとしてはどこかの田舎の小学校の校長になるしかなかった。だからこそロレンスにとって小説や詩や短篇が必要だった——詩集一冊で五ポンド、短篇一本で十ポンド稼ぐことができて、『白孔雀』は五十ポンドをロレンスにもたらした。しかしその原稿料のおおかたは一九一〇年の秋から冬にかけての医者への支払いや交通費に消えてしまっていた。七月にロレンスは「成功」とは「年に百五十ポンドを確実に稼ぐこと」だと定義している。[3] ルイはロレンスの執筆を、ふたりにとって必要な百ポンドの蓄えをもたらしてくれるものだと温かく見守っていた。ほどなくしてロレンスは皮肉めいた言葉で「ポール・モレル」を一週間で何ページ書き上げたかをルイに報告するかたわら「ぼくが三十分に百枚も刷り上げるような新聞の印刷機だというのかい？」とぼやいている。[4] その年の春と夏のあいだにロレンスはその小説を苦労しながらも書き進めていたのだが、期待に反してロマンス的な作品になってしまっていた。モレル夫人は救いようのない飲んだくれの夫に捕まってしまった聖人のような女性で、夫のモレルは息子のアーサーを殺害したために監獄で一生を終え、ポールは母親と家に残されて、ミリアムは中流階級の出自となっている。この小説は七月初めに、ポールが既婚女性に出会って（『息子と恋人』に登場するクララ）惹かれるところまで書き進んで頓挫してしまったようである。掘り下げて扱いたくない題材だったからだ。自分のフィアンセが執筆している自伝的小説に登場する主人公が既婚女性と深い仲になるなんて、ルイにとってみれば笑って受け入れることはできないものだっただろう。そこに描かれているポールとミリアムの関係を読むだけでも十分に不快なことだっただろうし、あまつさえ一九一一年の一月末にジェシーがロレンスに手紙を書いて寄越したことでルイの心中は穏やかではなかった。[5]

　このようなことに動揺してしまうルイでは、ジェシー・チェインバーズがそうであったようなパートナー或いは読者の役は務まらなかったろう。ジェシーにはなんでも包み隠さずに話すことができたが、ルイにはいつでも用心深くならざるを得なかった。一九一〇年八月以降にジェシーと会うことはめったになかったのだが、十二月には母親の病と死について書いた何篇かの詩を彼女に見せていた。ルイがそれらの詩をロレンスの詩作用ノートに書き写していたのだが、そのほかの詩を見せてと強請《ごね》られてもロレンスはルイに見せようとはしなかった。ロレンスの語調は慇懃に断ろうとしているためにストレートさを欠いている――「もし差し支えないのならばあの詩は君に見せたくはない。小さなノートブックに何気なく書きなぐったものだから文字が躍ってしまっている。誰にも見られないように戸棚のなかに鍵をかけてしっかりとしまってあるけど、ぼくが君に語る言葉のようにふらふらと迷い出てきてどこへ行くのか分からないし、だから今は『見せることはできない』と言うほかない」。[6] そこにはヘレンに惹かれたことについての詩もあれば、ジェシーと愛し合ったことを書いた詩、既婚者のアリス・ダックスと思える女性についての詩、そしてルイについての詩もあった。「ジークムント物語」（ヒューファがこの小説の前半を読んだ際に「このようなものを書くと、君の今後の評判は永久に損なわれるだろう」[7]と言って酷評した）もそうであるが、ロレンスはルイにこのたぐいの作品は読ませたくはなかったのだろう――もし読ませたらロレンスとの関係をひどく訝ることになっていただろうから。短篇小説をめったに見せなかったのは、そのせいで「ポール・モレル」に集中できなくなるからだろうとルイは考えていた。しかし「ポール・モレル」は早晩行き詰まざるを得なかった――この理由はルイよりもロレンスのほうが明確に把握できていた。

　ルイとのあいだでロレンスが抱えていた根本的な問題は、彼女に魅力を感じてメロメロになることもなかったし、ふたりがより深い仲になることもなかったことである。七月にヘレン・コークに「ルイを愛しているからといって、ぼくの自由が侵略されることはない」[8]と書いている。これはたんなる放蕩者の言い訳ではない。ロレンスはいかにも彼らしいやり方でルイを愛していた。普通でいたいしきちんとしていたいし、型に嵌ってプロフェッショナルな仕事に就いて中流階級的でいようとすることは、周りの人たちと違うところ、反抗的なところ、彼のプライドや「よき動物で」[9]ありたいと心底から願う気持、そして怒りや失望、強烈さや知性、また恐ろしいまでの（つねに持続するわけではないが）洞察力を蔑ろにしようとしていたことにほかならない。ふたりの婚約期間に、ルイを心から思っていたのに性的な関係に至らないことで、ロレンスの気持は彼女へのとめどない不満に姿を変えていった。十八年近くが経過したときに、ルイはこのときのロレンスの不満を「禁欲による惨めさ」[10]と辛辣な言葉で表わしている。

　一九一一年になるとロレンスがヘレン・コークと会う機会はずっと少なくなっていたようだが、三月にルイとロレンスが一緒に週末をロンドンで過ごしたあとでヘレンとのあいだにある出来事が起こった。その週末が終わってからロレンスは自分の性欲と欲求不満について正直に語る手紙をルイに書いた。このことは、ルイとのあいだに一悶着起こすのと同じことだった。結婚に不可欠なお金が貯まるのを悠長に待つ気はなく、ロレンスはルイの身体がすぐにでも欲しかったのだ。

ぼくにはバラの花が開くのをのんびりと見て楽しんでいることはできない。そんなことはできない。ルイ、できないんだよ。狂気にも似た目標を定めたときにぼくは本当に危険な男になるんだ。ぼくはぼくのバラを愛しているのであって、それ以外のバラを愛することはない。ぼくのバラがある限り、ほかのバラなんて欲しくはない。でも、ぼくのバラを失うのであれば、ぼくの手元にはなにもなくなるんだ。君がぼくのことを思って幸せを感じても、そんなことはぼくにはどうでもいい。今欲しいものをどうしても手に入れたいんだ…[11]

この手紙を書く少し前にロレンスはヘレンに自分と同衾するつもりがあるかどうか訊ねている。ロレンスにとってヘレンは具体的な「もうひとつの選択肢」で、ルイがだめならヘレンと考えていた。ヘレンはロレンスとの「親密な仲」を欲していたことを自ら認めていたが、だからと言って最後の一線を越えるつもりがあったわけではなく、彼女に許せたことはせいぜいキスと抱擁くらいのことだった。[12]マッカートニーとの関係のゾッとするような結末のあとでは彼女が男性やセックスに複雑な感情を抱いていたとしてもしかたのないことだろう。母親を失ってひどい孤独感を味わっていたことと、そのために人間関係を渇望していたために、ロレンスはフラストレーションの溜まる情況にまで自分を追い込んでしまっていた。ロレンスはヘレンに「なんとなくちぐはぐな愛情」を抱いていたが、これはヘレンが「本当の意味で愛せるような女性ではない」[13]ことを知っていたためであり、この一方でルイと婚約関係にあったのだ。このようなロレンスがこのふたりの女性のあいだにただ黙って挟まれているようなことはなかった。いつかは特定できないが、ロレンスは下宿先の女主人のマリー・ジョーンズに並々ならぬ情愛を抱いたことがある。これは、彼女が「夫婦間のいささかゾッとするような」打ち明け話をロレンスにするようになった一九一一年の秋以降のことだと思われる。そして、このときのロレンスの身辺には、「ジェイン」としてしか知られていない、ロンドン在住のミステリアスな女性の影が見え隠れしていた。[14]

七月にロレンスとヘレンのあいだに棒杭が再燃したが、それはルイへの怒り（このときにはとくにお金に関して）がその直接の原因になったと考えられる。『イングリッシュ・レビュー』誌はロレンスに「菊の香り」（六月にようやく掲載された）の原稿料として十ポンドを支払っていた。既に使い道を決めていたロレンスをルイは非難したのだ。お金を蓄える気がないということは自分と結婚する意志がないのだというのが彼女の論理だった。ルイのこの言い分には正しいところもあった。ルイが強く不快の念を露わにしたものは、ロレンスのドーヴァーへの半日のひとり旅だった。ロレンスがこの旅行を計画したのはヘレン・コークが理由なのだが、彼女はまたもやロレンスの性的欲求を満たしてやることを拒絶した。その結果として、ロレンスは下宿先のジョーンズ氏からもらった「ふたつのちょっとした…誘惑の品」（コンドームのこと）を恭しく棄てに行ったのである。そしてドーヴァーでロレンスは将来にかかわるひとつの結論を出そうとしていた。ロレンスはヘレンに次のように説明している――「ぼくは金輪際、肉体的且つ精神的に独りでなんとか生きてみせる。そしてもう決して二度と女性になにかを求めるようなことはしない。そんなことをするくらいなら売春婦でも買う。」これはひとつの論理的帰着だった。二週間後にロレンスはルイとジョージ・ネヴィルとエイダと一緒に北ウェールズで休暇を過ごすことになるが、ジェシー・チェインバーズは、ロレンスが「ルイとふたりっきりにされることを極端に嫌がっていたこと、そのような状況を避けるためにどこへ行くにも妹のエイダに一緒について来てくれるように強く頼んでいた」[15]ことを聞いていた。このような言動を理解するためには、ロレンスはルイとの性的関係を望んでいなかったのではなく、そこまでしなければ自分を抑えられないくらいにのっぴきならないほどの欲望を抱いていたと考えるほうがいい。しかしいずれにせよ、ふたりの関係が袋小路に入り込んでしまっていることがロレンスには分かっていた。

次から次へと異なる女性に触手を伸ばすことによって彼女たちはとても傷つき、その一方でロレンス本人も罪の意識に苛まれたり悲惨な思いをしたりした。しかし女性に対するロレンスの不誠実な態度を道徳的立場から非難することは安易すぎる。守れない約束だとか、愛のない尻の追いかけっこだとか、彼は女性たちに自分の気持をすべて吐露していたわけではなく、その半分くらいしか語っていなかった。一九一一年の晩夏のロレンスの情況は恐ろしいほどに耐え難いものだったのだろう。一月に『白孔雀』が出版されていてさまざまな書評があった――だいたいは彼を見下すように庇うようなもので、なかには熱烈に支持するものもあったが、（作家としての第一歩のこの時点での）ロレンスが登場人物を描く際の肉体志向を殊更にあげつらっていた――「私たちは彼らのこの上なく素晴らしい肉体を脳裏から払拭することを許されないだろう」。[16]事態を悪くしたのは、どの出版社もロレンスと第二作の契約を交わそうとしなかったことである。月日が経過するにつれて、ロレンスの評判が徐々に、じわじわと広がっていたのだ。ロレンスはふたつの戯曲――『ホルロイド夫人、寡婦になる』と『回転木馬』――を仕上げていて（どちらもミッドランズが舞台で、ひとつは悲劇で他方は喜劇だった）、これらをヒューファに送ったのだが彼からはなんの返事も来なかった。「菊の香り」の出版によってひとりの若い出版者（マーティン・セッカー）が短篇集を出版することはできないかと言ってきたがロレンスの手元には三、四篇しかなく、それ以外の短篇を書く時間は彼にはなかった。ロレンスはロンドンの文学界で浮いた存在だった――ノッティンガム・ハイスクール時代でも、一九〇九年から一九一〇年の冬にかけてヒューファがロレンスを連れ回した文学的サークルでもそうであったように、まさに水揚げされた魚のようなものだった。ロレンスの嗜好は明らかに「洗練された文体」に向かっていたのだったが、それに反して彼の（イーストウッドでの少年時代とデイヴィッドソン・ロード・スクールでの）実人生は文学的というものから遠くかけ離れていた。彼の真骨頂は洗練と愚直とのあいだに、後天的な教養と生来的なものとのあいだに、奇妙に自信のないものと傲慢ともいえる自惚れとのあいだに、鬱勃と憤怒との狭間にあった。母親が死去してから は少なくともなんでも自分で決められるようになって解放されたと感じていたかもしれないが、結婚の約束を交わしてしまった以上、ロレンスひとりでいろいろなことを裁量できるようなことはなかった。ヒューファが「ひどく劣悪な芸術だ」[17]と「ジークムント物語」を酷評してからは、ロレンスにはその小説をどうすればいいのか見当もつかなかったし、ハイネマン社に送った「ポール・モレル」は暗礁に乗り上げていた。しかし作家としてのロレンスの前途（彼にそのような未来があったとすればだが）は、このふたつの小説にかかっていた。ヒューファは「ジークムント物語」をこき下ろし、ふたつの戯曲のことを一時的に失念して、『イングリッシュ・レビュー』誌を辞めて外国へ行ってしまっていた。後任の編集者オースティン・ハリソンは「菊の香り」（ヒューファはとてもこの作品を気に入っていたのだが）を雑誌に掲載するにあたって五ページ分をカットするように要求していた。ロレンスの文筆家としてのキャリアは、ジェシーの、ヘレンの、そしてヒューファの支えを失って今や行き詰っていた。ロレンスにできたことといえば『イングリッシュ・レビュー』誌にときおり短篇を寄稿し、さらなる短篇を書き、そして折を見つけて「ポール・モレル」を書き直すことだった。

母親の死の影があまりにも濃かったためにロレンスは絶えず孤独を感じて惨めだった。最善の方策だと思えることはお金を貯めながらあと数年教員生活をつづけることだったが、さもなければルイも教師の仕事もどちらも棄てて無収入で複数の女性と欲求不満の溜まる関係をもちつづけることしかなかった。教師を辞めることはイーストウッドへ戻って家族と暮らすという不名誉に甘んじることを意味していた。そうしたら小学校の教員をしている妹のエイダを頼って暮らしていかねばならないが、その彼女はエディ・クラークという地元で衣料品店を営んでいた男性との結婚を控えて貯蓄していた。ロレンスが次々に女性に接近していったのは、ある意味で相手に求めるところの多い、複雑な矛盾を抱え込んだ男性にとってのパートナー捜しのようなものだった。見方を変えれば、それはより大きな孤絶感や不満、そしてイライラを感じていたことによって生じた行動の一部ともいえる。自分がなにを欲しているのか、自分の資質によって湧き上がる異なる要求にどのように自分自身で折り合いをつければいいのかもロレンスには分からなかった。ロレンスは晩年に一九一一年を振り返って「大病の一年」と呼んでいる。それは母親の死から自らが肺炎に倒れるまでの一年を指している。この一年はまたロレンスの生涯のなかでいちばん鬱勃していて不幸せだった年でもある（ロレンスは七月に「ゾッとするような」とか「実にひどい」という言葉を使っている）。酒に逃げてアルコール中毒になるようなことはなかったけれども――「父親のありさまを考えれば」――ロレンスは酒を飲み始めた。ロレンスはルイにこのように書いている——「善良なる神はウィスキーをお造りになった。ぼくは遅まきながらそのことに気がついた」とか「ときどき、ぼくは恐怖に襲われると——灰のような恐怖だ——少しばかり酒を飲む。自分の信念と希望を回復させるためにね。分かるかい…憂鬱に飲み込まれることに比べればウィスキーを飲み過ぎるくらいなんでもない。絶望に打ちのめされてのた打ち回るよりは酒を飲んで騒ぐほうがましだ。」[18]酒の力を借りずして、例えばロレンスはヘレン・コークと渡り合うことはできなかった。酒を飲むことでロレンスは「十分に判断力が鈍り」、皮肉屋になったり、相手にあれやこれやと要求する度合いが過ぎるようになったりする傾向にブレーキをかけることができた。七月にドーヴァーまで出かけて行き、そこで「抵抗するものはなにもなく、皮肉るべきものはなにもない」[19]ことに気がついたのだった。十二年後にロレンスはこのときの情況を正確に創作のなかで作りあげている。『アーロンの杖』の主人公アーロンは自分自身にこう語っている——「自分自身を苦しめる秘かな病だ。それは身の回りにあるものへの差し迫ったわけの分からない敵愾心であり、自分自身を不条理に疲弊させるほどに抑制しようとする堅い核だった。それはイライラさせることだった。というのは、彼にはいまだにそんな自分を放棄してしまいたいという気持があったからだ。女とウィスキーはいつもなら彼を癒してくれた…」[20]一九一一年のロレンスにとっても女性とウィスキーは癒しだった。それでも、このときのロレンスはいったい誰に、なにに自分の身を預けることができたというのだろうか？

一九一一年の八月に秋学期が始まっても、ルイに言ってきたように学校での仕事に、そして自分自身に鬱屈していた。にもかかわらずロレンスは何気ない調子で伝えようとしている。

二日間学校へ出た——生徒たちはかなりひどいと言わざるを得ない。ぼくの新しい生徒は——クラスが変わって今度は五十人だ——それにぼくは教師の仕事が心底嫌いだ——死ぬほどウンザリする…ぼくはとても精神的に不安定になっている。また腰をあげてどこかへ出かけたい——黄泉の国かどこかに。どこでも構わない。実際、ぼくはあの有名な流浪の旅に出なければならないのではないかと考えているところだ。[21]

短篇を書こうと必死になっていたロレンスに、おそらくオースティン・ハリソンが原稿閲読者であるエドワード・ガーネットに連絡を取ってみたらどうかと勧めたのだろう。ガーネットはこのときアメリカの雑誌『センチュリー』誌に掲載する短篇を探していたのである。アメリカでの出版はロレンスの評判を高めることにもなるし増収も見込めた。

ロレンスが送ったふたつの短篇小説（「当世風の魔女」と「牧師の娘たち」の初稿）がどちらもガーネットのお眼鏡に適わなかったとしても、この人物と接触したことは結果的に大きな意味をもった。ガーネットの方から会わないかと言ってきたので、ロレンスは都合をつけて水曜日の昼間の二、三時間を使ってロンドンまで出かけて行った。ロレンスが強く印象的だったので、ガーネットは週末にケントにある自宅のサーン荘にロレンスを招いた。この招待は「目と口を包帯で覆われているみたいだと」[22]感じていたロレンスにとっての一条の光だった。ロレンスよりも十七歳年上のガーネットは一八九〇年代にコンラッドを発掘したことで有名で文学界の隅々まで知り尽くしていた人物であり、そのガーネットが今やロレンスを引き受けてくれたのである。ガーネットにはロレンスを文士たちに紹介する心積もりがあった――「それほど大事なことだとは思えないけど、ガーネットは今のうちにいろいろな人に顔を売っておくことが必要だって言うんだ。」ガーネットはロレンスの著作に強烈な印象を受けた――「ぼくの文章には肉感的な感触があるって褒めてくれる」[23]――のであり、自分の雇い主であるジェラルド・ダックワース社に採用されることを願っていた。ガーネットはロレンスのなかにまだ荒削りだが新しい才能を見出し、その才能を自分の力で開花させることに嬉々としていた。『炭坑夫の金曜日の夜』と合わせて出版するためにヒューファからふたつの戯曲を取り戻すこと、そして詩を一冊にまとめるようにロレンスに勧めた。ロレンスの短篇も読み、それらを厳しい目で批評し、そうしながらも友好的にロレンスをサポートしつづけた。ロレンスはサーン荘でガーネットと初めて一緒に過ごした週末のことを、このうえないくらいに嬉しそうに手紙に書いている――「ぼくたちは暖炉の傍に置かれた長椅子に座って、ワインを飲みながらいろいろな本について激しい議論を交わした」。[24]ガーネットはとても思い遣りのある人物で、ロレンスの労働者階級の出自に必要以上に関心をもったわけでも、世間の好奇の対象としてロレンスを見世物にしようなどという下心をもっていたわけでもなかった。ガーネットには彼なりの信念があり、当時としては世間的に認められないような結婚生活を営んでいた（翻訳家でもある妻のコンスタンス・ガーネットと彼がひとつ屋根の下で暮らすことはあまりなかった）。

教師の仕事と執筆の板挟みで多忙さは極まっていた。一九一一年の十月には自分がますます忙殺されていることに気づいていた――「創作と、明日しなければならないこと以外に使える時間がない…やらなければならないこと、片づけなければならないこと――世のなかにはそれしかないみたいだ。」[25]ガーネットの後押しもあってハイネマン社はロレンスの将来性を再評価し、その結果ロレンスの詩集一冊と「ポール・モレル」を三月までには上梓したいと考えた。このことがあってまたジェシー・チェインバーズと連絡を取り始めた――彼女に原稿を読んでもらい感想を求めたのである。[26]ジェシーはその小説をたんなる儲け仕事とは考えずに、送られた原稿に真摯な態度で臨んだ。彼女に原稿を読んでもらうということはつまり、「ぼくはこんな風にして今のぼくになったのかな」と彼女に訊ねることであり、また謝罪のひとつの形でもあった。

しかし当然のことながら、果たして自分は文筆だけでやっていけるのだろうかという不安があった。ルイとの婚約を考えると教師としての仕事をつづけていかなければという義務感にも襲われた。「燃え上がった必要性」[27]とロレンス本人が呼んだものによって、彼はずっとルイに惹かれていた。ふたりは十月二十七日から二十九日までの週末をレスターとイーストウッドで一緒に過ごし、週明けの月曜日にロレンスは次のような手紙をルイに書いている。

遅々として進まない時間の流れにはうんざりする。ぼくは今、満たされることのない愛を血管のなかで消化していかなければならない。噴出した情熱の溶岩と炎のすべてをもう一度、自分の内にゆっくりと飲み込んでいかなくてはならいとは忌々しい限りだ…赤く熱せられて、口から出かかっている言葉のほとんどを、ぼくは黙って飲み込んでいる。だから言うべきことはなにもない。すべてが下品で淫らなことばかりだ…そしてぼくはいつでも君の品行方正さに好意を示そうと努めている、君に対してもね――でも悲しいかな、うまく行きっこないことは分かっている。[28]

この手紙の調子が驚くほどに性的である一方で、ロレンスの言い訳を読んでルイは「もしあなたがこんなふうに感じているのなら、私たちは婚約を取り消したほうがいいのではないの？」と訊ねている。日曜日の別れ際にロレンスは「もしぼくが君のことを棄てたとしても驚かないでもらいたい」と言っていて、それを聞いたルイは困惑している――ふたりは本当に幸せだったのだろうか？　ルイは自分に純真にこう言い聞かせている――「彼との結婚に幸せを求めてはいけない。ふたりのあいだに愛があればそれでいい」[29]と。ふたりは十一月まではなんとか関係を取り繕っていたのだが、悪いことにアリス・ダックスとの関係が始まってしまった。

アリスは三十四歳の既婚者で、娘のフィリス・モードが一九一二年十月六日に生まれていた。アリスは次のように断言している――「この娘が生まれたのは抑えがたい情熱が湧き上がったからで、彼（ロレンス）だけがそんな情熱を掻き立てることができて夫（ハリー）がそれを満たしたのです。」一九〇八年にロレンスが女の子のために考えた名前を娘につけたことで、アリスとロレンスの関係はつづいていたのだった[30]（アリスとその娘については写真12を参照）。アリスはほとんどあらゆることにおいて「進歩的」だったために評判が悪かった。彼女が女性の権利に関して妥協することはなく、「彼女と同世代の男性のほとんど」はアリスのことを恐れていたとある友人が語っている。彼女は因襲的で控えめな女性を演じることなどまっぴらで、「大きな声を出して笑う」ことや「突然にゲラゲラと笑い出すこと」は地元の人たちから不評を買っていた。[31]彼女は一九一〇年の春にロレンスとジェシーとの関係が重大な局面を迎えていたときや一九一一年のこのときも、その気になればいつでもロレンスを挑発することができた。六月の聖霊降臨祭の休暇の終わりにルイはアリスだと思われる女性の存在に警戒心を抱いていたが、ロレンスとアリスは実際に十一月になる頃には愛人関係にあった。アリスがロンドンへやって来たこともあっただろうし、ふたりがノッティンガムやシャイアブルックで会っていたこともあったかもしれない。そしてあるとき、夫のハリーが階上で寝ていたときにロレンスとアリスは肉体関係をもった。[32] ロレンスはこのとき一方的でもなければ商売目的でもない異性関係を心底から欲していた。『虹』でのトム・ブラングウェンと娼婦との経験は「あまりにも他愛のない、機械的な排泄」であり、これはロレンスの実際の体験に基づくものだったかもしれない。一九〇八年十二月のロレンスには「女性の外見から『売春婦』だと見極めることなどできなかったのだが、一九一八年になると「娼婦には美的且つ肉体的な反感を」[33] 覚えるとコメントするようになる。一九一一年の秋までにロレンスは愛してもいない女性と肉体的関係をもとうとするようになり、それから五年後には自分とよく似た境遇にある男性を創作することになる――その男は女性との「金で解決する性的関係」を嫌悪する。アリス・ダックスはロレンスとの肉体関係を望んでいたのであるが、このことはのちの彼女の話で明らかになる。[34]

このような状況の真っ只中の十一月三日、不安定な精神状態のなかで「ポール・モレル」の執筆を再開した――「ペンを紙の上に置くことさえ恐ろしい」[35] とルイに書いている。ロレンスはこの小説についてガーネットにも間違いなく知らせていただろうし、その一方でジェシーは自分の子どもの頃の事実に真摯な目を向けたほうがいいとロレンスに助言して、自分たちの交際について想い出せることをいくつか書き留めて送ろうかとも言っている。自分の両親の結婚生活をありのままに描こう(この結果ポールの人生の、ひいてはロレンス自身の問題点が浮き彫りにされることになる)と決めていたにもかかわらず、この小説の初稿では「自分の人生が女性のなかに根を張らない限り男は誰も生きられない。女性が彼のことを信頼して、そして自らを信じることを彼自身に定着させない限りは」[36] とロレンスは書いている。ロレンスにはまだ『息子と恋人』で可能になるような、どのようにして男性は独り立ちでき得るかということを分析することはできていなかった。

この時点でのロレンスにはすでに書き上げていた七十ページ分をきちんとした形にする時間しかなく、さらに書き進めることが困難になったことはおそらく次に起こったことにおおいに関係があるといえる。何ヶ月ものあいだロレンスは緊張状態にあったために疲弊し、健康も優れなかった。十月の初めにロレンスの下宿を訪れてから、ジョージは「弟は健康を害していた…眠っているときに突然大きな声を発したり、誰かが彼を殺そうとしていると考えていた」と語っている。ロレンスは極度に多忙な社会生活を送っていて、週に三、四回も知人のところへ行ったりコンサートへ出かけたりもしていた。そして身の回りの事態が好ましくない方向へ向っているという強い予感を抱いていた。たんに「学校のパイプから吐き出される乾燥した熱気と過労のためにとても気分が悪い」と感じていただけでなく、彼の「口は上を向いてなにかを一心に求めて、ただ困惑して喘いでいるようだった。自分自身に悪態を吐くなんてまったく驚きです」と、このときの気持を述べている。現代的な言い方をすれば、ロレンスは精神的に衰弱していてその自覚が本人にはあったのである——「ぼくは病で倒れそうです。」[37]アリス・ダックスとの関係は自棄を起こして安寧を求めていたことの結果だと考え、それは満足感をもたらしたが、同時にこのためにロレンスは罪の意識に苛まれることにもなった。アリスとセックスしたと考えられる日から一週間後にロレンスはガーネットの家を再び訪問している。目的はロンドンの新聞社の編集者に会うためである。ロレンスは道中に雨に降られて濡れ鼠になったが、着替えることなくそのままの格好でいた。十一月十九日の日曜日の夜にクロイドンの下宿先に戻ったロレンスは両側肺炎を起こした。妹のエイダが彼の看護のためにクロイドンへ駆けつけたときにはロレンスは「ひどい熱に浮かされて」(エイダがルイに語った)いて、眠るためにはモルヒネが必要だった。問題は、ひどい高熱にロレンスの心臓が耐えられるかどうかということだった。一九〇一年にロレンスが罹患したものよりも今回の方がずっと悪く、十一月二十九日にロレンスは「危機的状況」にあった。「私たちはみんな、兄のために最善を尽くしています」とエイダはルイに書いている。このときには看護師がひとりすでに付き添っていた。[38]

ロレンスは危機を乗り切った。だが十二月九日まではベッドで身体を起こすこともできず、十五日になってようやくベッドから出ることを許された。ガーネット(このときにはロレンスにとって兄のような存在になっていた)に、「医者からは教師の仕事をつづけてはいけないと言われました。さもないと肺病になるだろうと」——つまり結核である。[39]教師の仕事を棄てることを可能にさせたものは、病臥していたときにガーネットが「ジークムント物語」の原稿を読んだうえでロレンスにこの作品の出来を良くするにはどうしたらいいか指南してくれたことである。そうすればダックワース社が出版を引き受けてくれるだろうということだった。『白孔雀』の原稿料として二月にはハイネマン社からまた五十ポンド入ってくることになっていた。ハイネマン社とは「ポール・モレル」の契約も結んでいて、これにダックワース社から入ってくる原稿料を併せ考えると、小説家としてのキャリアは少なくても一年かそこらは見込みがありそうに思われた。これはロレンス本人が意図したことではなく、状況がそうさせたといえる。

まずロレンスは健康状態を快復しなければならなかった。十二月十一日に枕にもたれて(初めて)顎鬚を剃ったが、これは手がもうブルブル震えないかどうかを確かめるためだった。ルイはロレンスに会うことを強く望んだが、クリスマスイブまでクロイドンへ見舞いに来ることは許されなかった。その一方でジェシーはルイよりも十日も早くロレンスに会っている。ロレンスとルイは、クロイドンでエイダとエディ・クラークと一緒にクリスマスを過ごして新年を迎えて、レッドヒルに住む知人を訪ねた。一月初旬にルイはミッドランズへ戻ったが、ロレンスはボーンマスへ行って一ヶ月の快復期をそこで過ごした。彼は「ジークムント物語」の原稿を携えていき、稀に天気の良い日にはワイト島を眺めながらその原稿を大幅に手直しして『侵入者』として仕上げた。完全に改稿することはできなかったが、それでも相当数の形容詞を削除した——にもかかわらずその小説は「装飾が多すぎて『詰め込み』すぎです。でも、ほかにどうしようもないのです。これはこれでいいのです」[40]とコメントするようなものになった。ロレンスはまた長い距離を散歩することも始めて、きちんと食事もし、民宿での暮らしぶりを満喫していたようである。その楽しみ方は気の置けない仲間と過していたときのようでもあり、またハッグス農場でそうであったように民宿に滞在していたほかの客たちがロレンスにとってある意味で家族のようだった。

その一方でルイとの婚約のことがあった。一月の初めにロレンスは浅はかにも、しかし礼儀正しく、教師の仕事を辞するにしてもいずれにせよ結婚しないかと申し込んでルイはこれを心から受け入れた。つまり、ロレンスは自由の身というわけにはいかなかったのである。それでも彼には外国へ行きたいという気持があり、「昔からの旅心」がロレンスの心の内には湧いていた。彼の初期の自伝的作品に登場する主人公の多くはなんらかの形でフランスと縁がある。[41] 一九一二年の一月中に書かれたルイへの手紙には最終的なことはなにひとつ明確に書かれてはいないが、「ジークムント物語」を書きつづけることがジェシーとの関係を翳らせたように、『侵入者』の執筆がルイとの婚約に影を落としたのだろうと十分に考えられる。つまりロレンスはいま一度、相手の男性にどう接すればいいのか分からない女性を、そして愛しているのに相手の女性とのあいだで孤絶感を募らせる男性とはどのようなものかを考えていたのだ。ルイとの婚約を一日でも早く解消しなければならないことにロレンスは気がついていた——そうすれば自分の人生をまっとうすることができるのだが「心の奥底ではかなり暗澹たる気持です…なにがぼくをこんなにも苦しめているのか分かりません」[42]と書いている。ジークムントのように自分を犠牲にするつもりもないことも彼には分かっていた。

ボーンマスを去ってからロレンスはついにルイに手紙をしためた。五日間サーン荘でガーネットの厄介になるために出かけて行く道中で偶然にヘレン・コークと行き合った。そこで、サーン荘へ来ないかと彼女を誘った——ガーネットは「世俗的な因襲に縛られることなく、すばらしく自由に」[43]生きていたからである。ジークムントは最後にヘレナに肉体関係を迫ったが、ヘレンは幸いにもロレンスの誘いに乗らなかった。ガーネットとの親交が何ヶ月ものあいだに深まるにつれて、ロレンスは自分の女性関係をすべて打ち明けていて、それを聴いたガーネットは作家としての自由の必要性をロレンスに力説したのだろう。ロレンスはできるだけ穏やかな筆致で書いたのだが、ルイの手元に届いた手紙の文面からは自分の身を自由にしておきたいと願う男性の堅い決意が窺える。

ぼくのことは忘れてくれないか。残念だけど、ぼくらはお互いに相応しくないと思う。

病気のせいでぼくは随分と変わってしまったし、ぼくをがんじがらめにしていた昔からのいろいろな束縛も断ち切られたんだ。ぼくにはどうしようもできない。このままの状態をつづけることはいいことじゃない。妹にも相談してみたんだけど、エイダもぼくたちの婚約は解消した方がいいという考えだった。というのも、こんな状態をつづけることは君にとってフェアではないからだ。
こんなことになってしまうなんて、まったくもって情けないことだ。だけど、責任はすべてぼくにある。[44]

一方的にこんな手紙を送りつけられたルイには「そんなの厭よ」というチャンスも与えられなかったので、会って直接話がしたいと迫った。手紙で婚約を解消するなんてことがルイには許せなかったのだろう。そこでミッドランズへ帰郷したら彼女に会うことに同意した。[45]

ロレンスがミステリアスな「ジェイン」と出会ったのはこの頃のことである。彼女はいったい何者なのだろうか？　一九一二年二月九日の金曜日にロレンスはサーン荘からイーストウッドへ帰った。この日のロレンスの行程は、リムプスフィールドからヴィクトリア駅まで汽車で行き、バスか地下鉄を使ってロンドン市内を移動してホーランド・パーク・アヴェニューにフォード・マドックス・ヒューファとヴァイオレット・ハントを訪問している。午後の早い時間帯にヴァイオレット・ハントは会合に出かけ、ヒューファはロレンスをロイヤル・コート劇場でのマチネーに連れ出している。イェイツの作品とほかの二作品だった。そのあとにロレンスはミッドランズへ向う夕方の汽車に乗るためにメリルボーン駅へと足を向けた。ジェインについてはロレンスが翌日ガーネットに宛てた手紙のなかの一文からしか知り得ない――「ぼくはメリルボーン駅でジェインに会い、そしてお別れのキスをしたんです――ぼくの心は鉛のようでした。」[46]このセンテンスの後半のフレーズはロレンスがもうひとつのロマンスに幕を引こうとしたことを窺わせるものであるが、実際にそうしようとしていたのだろう。おそらくロレンスにはロンドンに戻ってくるつもりはなかったからだろう。

二月九日にこの女性と会う手筈を整えたのは、じかに会って――彼女の家の門戸を叩いて――或いは郵便を使ったに違いないのだが、この時期のロレンスの住所録を調べてもジェインの住処は分からない。彼女の住所を記憶していたのかもしれないし（ジェシーやヘレンといったよく知る人物の住所は住所録に記載されていない）、またはジェインとは本当の名前ではなかったということもありうる。この女性はマリー・ジョーンズだと思いたい気持はある。[47]ロレンスは一九一三年に、マリー・ジョーンズに自分が何冊かもっていた『息子と恋人』の貴重な一冊を実際に送っているのであり、このことはふたりのただならぬ仲を裏付けるし、しかもこの小説のなかでポール・モレルは既婚の女性と関係をもつ。しかしマリー・ジョーンズとだったら午前中にヴィクトリア駅で会うほうがよほど簡単だっただろうし、それよりもなぜ彼女が、夜のメリルボーン駅で別れのキスをするためにわざわざロンドンを横断したのか納得の行く理由が見当たらない。「ジェイン」はとくべつな友人だったのだろう——ロレンスが再び会うことのなかった、それでも彼にとっては大切な人物だったとしか言えない。[48]

ロレンスは二月九日の姪のペギーの三歳の誕生日のお祝いに間に合うようにイーストウッドに戻った。エミリー、サム、そしてペギーは、このときエイダと父親のアーサー・ロレンスと一緒にイーストウッドのクィーンズ・スクウェアにある一軒家を借りて住んでいた。[49] この家は「ポール・モレル」を執筆するには格好の場所だった。三月にはこの小説をハイネマン社に手渡すことになっていたのだが予定より遅れることになった。父親は今までのように、以前から使っている椅子を台所に据えて鎮座し、幼子は遊び回り、エミリーが家事を切り盛りして、ロレンスは部屋の隅でペンを走らせていたのだろう。執筆しながらロレンスは、現実に目の前で展開されている世界を自分の子ども時代のものと重ね合わせてもいたのかもしれない。

ルイとの関係をついに終わらせなければならなかった。ロレンスは彼女にまた手紙を書いてできる限り誠実に伝えている——「今のぼくには結婚話を進めるだけの相応しい愛情があるとは思えない。」[50] ふたりは二月十三日にノッティンガムにあるカースル・アート・ギャラリーで会い（不幸にもこの日はルイの二十四回目の誕生日だった）、ロレンスはガーネットに悲劇的ではあるが驚くような話を書いて知らせている。

ぼくに対して自分をあまりにも安売りしすぎたと彼女は今まで思い込んでいたので、突然に高嶺の花のような、魅力的な女性になろうと考えたのです。そこで、彼女のあらゆる発言がぼくを怒らせたのです——まったくありがたいことです。もし彼女が哀愁を帯びて、優しくて、情熱的だったならば、ぼくにはまったく勝ち目はなかったでしょう…彼女は男性の裸体像をじっと見つめていたので、ぼくは別の部屋へ行かなければならないほどでした——彼女はぼくに彫刻のモデリングの質感についての講義をしました、どうすれば粘土が生命をもったりもたなかったりするのかについてです。以前に言葉を交わしたことのある老人は退屈だった、と言ってぼくに嫌味を言いました。けれども、ぼくには覚えがありません、まったくです。最後に一緒にノッティンガム城へ行ったときのことなど忘却の彼方です。けれども、彼女はしっかりと憶えていたのです…ぼくは彼女をカフェに連れて行って、紅茶とトーストを食べながら話して聴かせましたが、それは四度目でした。彼女がクスクスと笑い出すとぼくは冷たく冗談としてすませてもらいたいと彼女に頼みました。彼女が泣き出すとぼくは一杯の紅茶が欲しくなりました。ひどく、おかしなものでした。ぼくの心はモヤモヤとした雲のようなもので覆われていました。[51]

この手紙はすばらしく書かれていると同時に心がこもっていないと思える程度にまで抑制が効いている。ロレンスはこのとき自分がどれだけ冷静であったかを示そうとしながら、ガーネットを楽しませようともしている。ルイは五十年後にこの手紙が出版されてから読んで注釈をつけているが、本当のところは

「ショックがあまりにも大きくて、何を喋ったらいいのか分からなかっただけ」だった。彼女はロレンスが夜会服を着ていたことを記憶している——つまり誰か（おそらくアリス・ダックス）とこの日の晩に劇場へ行くつもりだったのだ。ルイは出版された書簡集のページの余白にこう書いている——「ほかに誰か若い恋人がいるのねと私は言った。そうだよ、もし君が彼女のことを若い恋人と呼ぶんだったらね、と彼は言った。」[52] これ以降ルイがロレンスと会うことはなかった。

ロレンスとルイが結婚したとしてそれで未来を分かち合えたかと考えると、その可能性はほとんどないだろう。もしかりにふたりが一九一〇年の十二月の時点で結婚をし、ロレンスがただちに就職条件の詳細について手紙に書いてルイに知らせたコーンウォールの北海岸にある学校へふたり揃って赴任していたとして、そしてロレンスの執筆が趣味程度でもありがたい臨時収入をもたらすようなものだったとしたら——このような条件のもとだったらロレンスとルイは幸せに暮らすことができただろう。ふたりのあいだには子どもができたかもしれないし、ロレンスは学外取得学位のために勉強ができて、そのうちに卓越した教師でもある作家になっていたかもしれない。しかしながらそのような未来を想像した途端に、そんなことはあり得ないことだと思わざるを得ない。ロレンスが望んでいたものはそれを遥かに超えたものだった。彼はいつでも「手に入れたいものや手に入れるべきものもないままにただ生きていくという習慣を永遠に形成すること」[53] を嫌っていた。ルイとの関係がつづいていても、それはきちんとした幸せな結婚以上のものをロレンスにもたらすことはなかっただろう——そのようにして手に入れた幸せのためにロレンスは、母親へ愛情を傾けてしまった結果に生じた諸々のことを直視して整理して理解し納得するという面倒から放免されることになっただろう。八年後にロレンスは未完の自叙伝的小説『ミスター・ヌーン』のなかで、自分をモデルにした主人公が「ほんとうに素晴らしい女性」と結ばれたらどうなるだろうかという問題に取り組んでもっともらしい答えを導き出している——「彼は自分を覆っている包被を破って外の世界に出てくることはなかっただろう。その包被の内側で、相手のほんとうに素晴らしい女性とともに痩せ衰えていっただろう。」[54] ロレンスは『虹』のなかのアーシュラとその家族を描くために、ルイの生き方や彼女の家族をモデルにしたが、このことはロレンスなりの彼女への愛情の証だと考えられる。一九一九年にはある手紙のなかで、「ぼくはルイのことが好きだったし、彼女への好意はずっとぼくの心のなかにある」[55] と書いている。ルイもロレンスを忘れることは決してなかった——彼女は五十三歳になるまで結婚もせず、子どもを望んでいたにもかかわらず母親になることもなかった。

このようにしてロレンスはついに自分自身以外にはいっさいの社会的責任を負う必要のない作家になることができたが、そんな彼には早急にやってしまわなければならないことがふたつあった——ひとつはハイネマン社と契約した「ポール・モレル」を完成させて作家としての名声を得るような作品にするこことであり、あとひとつはガーネットの助けを借りて作家としてのキャリアをつづけていくためにできることはなんでもするということだった。ロレンスは全国炭坑ストライキの前日にミッドランズへ戻ってきていたが、そのストライキは四月までつづいた。帰郷してすぐに「家での炭坑夫」を書いたが、これは炭坑で働く夫がストライキを票決する投票用紙を家に持ち帰ってきたときの家庭状況を描いたものである。ガーネットのおかげでこの短篇は三月に『ネイション』誌に掲載された。ロレンスは二月から三月にかけて、ストライキを題材にした短篇をほかに三篇書いた。このなかで活字になったものはないが、この四つの短篇はロレンスが生まれて初めて母親の不評を買うことを気にしないでアーサー・ロレンスの世界を描くことができるようになったことを示している。[56]ロレンスは日常の暮らしぶりをきわめて印象深くリアルに描けるようになっていて、くだんの短篇はいずれも比喩的ではない筆致で書かれていることからガーネットの指南がロレンスの作品に活かされているのが窺える。またガーネットがロレンスを詩人のウォルター・デ・ラ・メアに紹介すると、この詩人はロレンスの書いた詩を『サタデー・ウェストミンスター・ガゼット』紙に推薦した。

しかし「ポール・モレル」の方がもっと大事だった。ロレンスは、ジェシー・チェインバーズが彼のために書き溜めてくれていた覚書を集めて、そして（かつてのように）書き終えた原稿を読んでくれるようにとアーノ・ヴェイル農場で或いはノッティンガムの彼女の下宿で渡すようになった。このために、それまでの十八ヶ月間での回数よりも頻繁に彼女に会うことになった。十二月に生死の境を彷徨っていたときにジェシーがクロイドンまで来てロレンスを見舞ったあとで、彼はのちに「春の陰影」となるハッグス農場とチェインバーズ一家を題材にした憂愁の色の濃い小品を書いた。この作品でジェシーをモデルにした主人公は、情熱に欠けて、芸術家肌で孤高な男性（サイソン）と向き合うことになるが、この男は彼女の家族と親しくつき合っていたにもかかわらず結局は離れていってしまう。自分の言語的且つ知的優越感のせいで、彼はその家族と自分自身のあいだにどうしようもない距離を置いてしまうのだ。作者ロレンスのサイソンに対する態度は軽蔑的である――実体がなく気位ばかり高い自我や、自分の才能を引き出してくれる相手の女性に寄りかかる男性を分析して描くロレンスの筆致は、ジェシーとつき合っていた頃の自分自身を理解しようとしている点において画期的である。「ポール・モレル」を新しい形で書くこと、そして今再びハッグス農場を扱った領域に足を踏み入れることが郷愁の念に流されることなく、そしてかつてのように洗練され且つ孤絶した傍観者としての自嘲的な主人公を創ることもなくできるようになっていた。ロレンスは自分の若い頃の生き方やジェシーとの関係を、作中のポールやミリアムのそれとして再現し、脚色し、そして発展させようとしていた。しかしそれでも、このポールはミリアムを棄てることになる。

この年の春にふたりがまた会うようになってからロレンスとジェシーは時折、昔の関係に戻りたいという気持に駆られた。

あるときなどはジェシーが「彼の深い孤独感、あらゆるものから隔絶しているという感じ」に気がつくと、彼女はロレンスの手を取ったこともあった――「すぐに彼の両腕が私の身体を包んで抱き寄せて、『自分のところへ来てくれないか』と哀願したのです。」しかし、それはあっという間の出来事だった。[57]ロレンスが小説のなかに描いているものを読み進めるにつれて、ジェシーにはそれがますます受け入れがたいものに思われてきたことは当然だろう。ポール・モレルは作家ではなく画家で十四歳で学校を卒業してからは会社員として働き出し、彼にはロレンスがジェシーと共にしたような長期間にわたって文学的造詣を深めるような経験はない。ポールとミリアムが一緒に読書することはあまりないし、文学について語り合う場面もほとんどない。そしてなによりミリアムは知的な女性として登場していない。ジェシーは自己実現を求めて何年ものあいだもがき苦しんだのだが、作中でのミリアムはデキが悪く、代数を理解することもままならないと歪曲して描かれている。ジェシーにとっては自分たちの青春時代を打ち消されたように感じたことだろう。さらに悪いことには、一九一〇年のジェシーとの性体験を作品に利用する際にその出来事を時間的に実際よりもずっと早い段階で描き、ミリアムは感情的な要求が強いために誰ともうまくつき合うことのできない女性だとして、そんな彼女のせいでポールはミリアムを棄ててほかの女性に目を向けるという描き方をした。ロレンスにとってみればジェシーと一緒に過ごした日々をリアルに描出することは到底できないという気持があったのだろうが、ジェシーにしてみれば自分はこれ以上ないというほどに裏切られたと感じたに違いない。ロレンスはジェシーに会いに行くのをやめたが、それでも郵便で原稿を彼女に送りつづけた。

生まれてから初めて、ロレンスは自分で住む場所を決めることができた。イーストウッドに留まって過去を髣髴とさせる大所帯のなかに身を置いておくこともできたのだが、過去に戻ることを考えると、自分には脱却が必要だと確信したのだろう。一九一一年の七月にロレンスは深い絶望に陥っていたことがあった――そのときヘレン・コークとのことで打ちひしがれていたロレンスはドーヴァーまで出かけて行き、そこでイギリス海峡の彼方を見やり、彼の地での人生、外国での生活に思いを馳せた。一九一二年の一月に母親の妹のエイダ（彼女はフリッツ・クリンコウという本好きで学者肌のドイツ人の商人でのちに大学教師になった男性と結婚した）がロレンスに、ライン地方にあるヴァルトブレールに住むクリンコウの親戚のところへ遊びに行ってはどうかと勧めていた。そうすればドイツ語が流暢に話せるようになるし旅もできて働き口も見つけられて、創作もつづけられるかもしれないというのである。ロレンスの心は浮き立ったことだろう――文筆業で食べていけないとなればイングランドへ戻ってくればいいだけの話だった。ロレンスには教師としての資格があり、また海外での生活で外国語をいくつか習得して使えるようになれば中等教育での教職のチャンスがあるかもしれなかった。そこでジェシーに「かなり気が滅入った感じで」、イングランドに戻ってきたときにもし「ぼくたちのどちらにも相応しい相手がいなければ、そのときはぼくたち結婚しよう」[58]と告げた。一九一〇年からのことを考えると自分にはそうする責任があるとロレンスは感じていて、彼女を身勝手に利用したことについての罪の意識がまだあり、今度こそはジェシーに誠実になろうと決心したのだった。

ロレンスは作家として生きていきたいと望んでいたに違いないし、自分にはそれができると確信していた。だからこそ、まずもって自分の作品の出版については慎重であったし、また身の回りのほとんどの人たちには自分の創作物について謙遜しながら話して聴かせたり手紙に書いたりしていたが、その反面では創作に苦悶しながら推敲を重ねていた。『息子と恋人』のなかでポールの絵画について触れているところでロレンスは自分の経験を述べている――「彼は記憶をおおいに頼りにして描いた。知人をみんな利用した。彼は自分の作品に絶対的な自信をもっていた――素晴らしいもので、価値があると。塞ぎ込んだり不安に駆られたりもしたが、彼は自分の作品の価値を信じて疑うことはなかった。」[59]「ポール・モレル」を書き上げて、もし健康状態が良ければ五月にも国外へ出ようと考えていた。このことが最終的に、ずっと待ち望んでいた「過去との決別」をもたらすことになるからだった。

ドイツに行くとなると、どのようにして教職の仕事を見つけて身を落ち着けるかということについて当然のことながらアドバイスが必要だった。ロレンスはこの点で自分を助けてくれるであろう人物をひとり知っていた。ロレンスは、ノッティンガム・ユニヴァーシティ・コレッジの近代言語学の教授であったアーネスト・ウィークリーの講義を高く評価していた。ウィークリーはドイツ語を流暢に話せただけでなく、ドイツ人女性を妻としていた。ウィークリーは自分の講義に出席していた詩を書くこの学生のことを記憶していたらしく、妻も夫が次のように言ったのを憶えていた――「彼は確かに詩人だよ。私が『聖なる乙女』のことを話したときの彼の顔を見れば分かることだ。」[60]ロレンスが一九一二年の二月末にウィークリーとコンタクトを取ると、すぐに昼食に招待された。三月三日の日曜日の朝、ロレンスはノッティンガムまで汽車で行った。キャリントン・ロード駅からマンスフィールド・ロードまで坂道を登って、中流階級の人びとが居を構えているノッティンガムの北にある優雅な郊外へと足を踏み入れた。その日はポカポカ陽気で、おそらく三十分ほどロレンスは歩いただろう。約束の時間よりも早く着いたのかもしれない――なんらかの理由でウィークリーは席を外していたか、なにかの用事で手が離せなかったのかもしれない。（書斎の机の上には、おそらく『言葉のロマンス』のゲラ刷があっただろう。この本によってウィークリーは作家としての名声を得た。）そこでロレンスは居間に通された。庭へ出られるフレンチ・ウインドウが開け放たれていて、庭では三人のウィークリー家の子どもたちが遊んでいた。そこでロレンスはウィークリーの妻、フリーダに紹介された。そして、それからの三十分でロレンスの人生は一変するのである。

8 フリーダ・ウィークリー　一九一二

ロレンスがフリーダ・ウィークリーと初めて会ったのは彼女が三十三歳のときだが、彼女がそれまでに歩んできた人生は決してありふれたものではなかった。彼女はフリーダ・フォン・リヒトホーフェンとしてメスで、フリードリッヒとアナ・フォン・リヒトホーフェンとのあいだに三人娘の二番目として生まれた。フリードリッヒは職業軍人で地元では有名な一族の分家の男爵だったが、実家は農業での「たび重なる失敗」[1]で裕福ではなかった。フリードリッヒ自身を襲った災難は一八七〇年から一八七一年にかけての普仏戦争で右手の人差し指を失ったことだった。このことで軍人としてのキャリアは損なわれて、アルザス゠ロレーヌという占領地域にあったメスの駐屯地での事務関係の仕事に従事することになった。三人の娘は父母の互いに対する「激しい憎しみ」[2]や諍い、そして不仲を強く肌で感じながら成長した。フリードリッヒは一見すると厳格で規律を重んじるタイプであるが、実のところはひどく怒りっぽくて自己嫌悪するような男だった。運に見放されたギャンブラーでもあり、面倒を見てやらなければならない愛人と私生児もいた。母親はこんな父親がもたらす不幸に絶えず腹を立てていて、家族が夫のせいで崩壊してしまわないように明けても暮れても心を砕いていた。

三人の娘はドイツの尚武の気風のなかで育った——いつも周りには「バンドや金管楽器があって賑やかだった」。フリーダは若い兵士たちの歌声のことを憶えていて、いつも男性に交ざって一緒に歌っていた。[3]家族のなかでフリーダがいちばん男爵や男爵夫人という肩書きに固執していたのは事実で、昔ながらの制度によって親の爵位を受け継いだフリーダは死ぬまでずっとこの社会的地位がもたらしてくれる優越感に浸っていた——ロレンスは哀れんで言ったことがある——「彼女は階級的な格差を頭の先からつま先まで感じさせるのです…それは彼女の気質ですからどうしようもありません。」[4]娘はみんな一八九〇年代に宮中での拝謁を賜っていて、その一方でメスでの舞踏会、ファッション、ボーイフレンドといったごくふつうの若者の文化を満喫していた。フリーダの最初の相手は若い士官候補生で名前をカール・フォン・マーバーといった。フリーダの妹のヨハナは十八という年齢で職業軍人のマックス・フォン・シュライバーショーフェンと結婚している。この姉妹にとって女性の役割は愛人か妻かであり、働いて金を稼ぐ必要もなく軍隊や同志のために生きる留守がちの夫の手助けを頼りにすることなく家族の面倒をきちんと見るという社会のなかで育てられたのだった。

母親のアナと末娘のヨハナは夫の留守や癇癪や借金、そして軍人との結婚生活と己の貴族階級意識の狭間に生じるギャップなどに臨機応変に対処できるタイプの女性だったが、フリーダと姉のエルゼは軍人とは結婚しなかった。大学教員という社会的地位のある専門職に就いていて、中流階級の生活水準を保証してくれる男性を選んだ。エルゼの夫（エドガー・ヤッフェ）は経済学の教授で、フリーダの夫（アーネスト・ウィークリー）は近代言語学の教授だった。娘たちの受けた教育は必要最小限のものだったが、エルゼは父親の願いや期待を裏切って大学に進んで博士号を取得することで自分になにができるかを証明して見せた。フリーダは姉とは違い、別に高等教育を受けたわけでも学問好きでもなく、十八歳のときに波乱含みの家庭から連れ出してくれそうな男性との恋に落ちた。ウィークリーはフリーダより十六歳年上で、それなりに際立った人物だった。下層中流階級の生まれで、十五歳で学校を終えてからは独学で大学教授まで登りつめたのである。ノッティンガム・ユニヴァーシティ・コレッジでの教授のポストを得ていて、生まれて初めてイングランドを離れて一八九八年にフライブルクで休暇を過ごしていたときに眼も眩むような美しく若い女性に出会った。写真13は（一八九九年に）結婚して迎えた最初の夏に、ふたりが最初に出会った場所で撮られたものである。被っているボンネットのせいでフリーダは修道女のように見えて、ウィークリーはそんな彼女を庇護するように身を寄せている。彼がこの写真を手放すことは生涯なかった。[5]

ウィークリーと結婚したことでフリーダはその国の言葉を喋れないところで中流階級の生活を送らなければならなくなったが、その代わりにリヒトホーフェン家での家族生活に欠けていたものを手に入れた。それは女性を尊重して献身的な愛情を与えられることと経済的な安定である。彼女はたてつづけに出産した——一九〇〇年にモンティ、一九〇二年にエルザ、そして一九〇四年にバービィ。写真14ではモンティとまだ赤ん坊のバービィを抱き上げているフリーダの逞しさが見えるが、バービィが生まれたときにフリーダはまだ二十四歳だった。イングランドに来てからの彼女の人生は寂しく退屈なもので、なんの変化も期待できなかった。ノッティンガムに住むようになってフリーダは例えば買い物は午前中に片付けるもので、午後は寛いだり友人や知人を訪ねたりしてアフタヌーンティーを楽しむものだということを早々に知った——「午後に買い物をするなんて考えられないこと」だった。[6]やがてエルゼやヨハナと同じようにフリーダも夫以外の男性に興味をもち始めた。最初の不義密通は一九〇五年で、相手はバービィの名づけ親のウィリアム・エンフィールド・ダウソンという近所に住む地元の実業家だった。[7] 一九〇七年に里帰りしたときには、（フロイトとユングの教え子でもあり、姉のエルゼの愛人でもあった）精神分析学者のオットー・グロスと関係をもった。一九一〇年にはエルンスト・フリックというドイツ人と懇ろになったが、この男はイングランドまでやって来てフリーダの近くに何ヶ月か住んで可能な限り逢瀬を重ねた。グロスとフリックに関していえば、このふたりはとんでもない人間である——グロスは妻帯者で薬物嗜好者、あまつさえ自分のところに来た患者に関係を迫るような男で、フリックは画家でアナーキストだった。

　フリーダは浮気相手のために夫を棄てることなど一度も考えたことはなかった。グロスもフリックも、人生のパートナーとしてずっとつき合っていくにはまったく相応しくない相手だとフリーダは見做していた。リヒトホーフェン家の三人の娘はみんな最終的には愛しつづけることのできない男性に嫁ぎ、尊敬できるという点で自分たちを魅了するような男性と密通していた。エルゼはオットー・グロスの子どもを生み、エドガーはその子どもを認知して自分の家族として受け入れた。フリーダは不倫することによって自分の性的欲望や自身の権利を満たしていた。中流階級の人間とはおおきく隔たる人生観や目的をもった男性に魅力を感じ、そんな相手の影響を受けながらもフリーダは自分の子どもたちを心から愛していた。彼女は「大人たちによりも自分の子どもたちのほうに遥かに強い愛情」[8] を感じていた。

　一九一二年三月のくだんの日の午前中にロレンスが彼女の人生に足を踏み入れたとき、フリーダは賢くてちょっと変わったところがある若いロレンスが自分に魅力を感じたことに純粋な喜びを感じただろうし、また自分の出自や因襲的なところに非難がましい態度をとったことに驚きもしただろう。例えば女性についてフリーダと初めて話をしたときにロレンスは「女性を厳しく咎めるようなことを口に」したことで彼女は「呆気にとられた」。二度目にふたりが会ったときに、ロレンスは「あなたはご主人に頓着無いですね。旦那さんのことを気にかけることもない」と言っている。彼女は今までにこんなことを言われたことがなかったので、「彼の歯に衣着せない物言いが私は嫌いだった」と言っている。しかし「私たちはエディプスについてお喋りして、彼の言うことに私は全面的に同意しました」という言葉から分かることは、ふたりは知的な刺激を共有することができたということである。[9] ロレンスはこの頃「ポール・モレル」のなかのガートルード・モレルとポールがキスをする場面をちょうど書き直していたところだったようだが、ふたりの行為はモレルによって邪魔される。そしてこのあとポールは母親に、もう父親と一緒に寝るのはやめてほしいと心から懇願する。ロレンスは『ハムレット』を読んでいたし、王子が母親（彼女の名前もガートルード）に夫（ハムレットから見れば叔父）と一緒に同衾しないでほしいと希《こいねが》うことも知っていた。この改稿で目新しいことはフロイト的なエディプス・コンプレックスをロレンスなりに作中に活かしていたことである。つまり息子が父親には憎しみを、母親に対しては近親相姦的な愛情を抱くのであり、このことをフリーダはフロイト的に解釈することができたろうと思われる。フリーダはこう回想している――グロスは「フロイトを使って私の人生に革命を起こしたのです。」[10]

フリーダは娘に、この素敵な若者とのあいだに欲しいものは「情事であって、それ以上のものではない」と言ったことがあり、彼女はすぐさまそのような関係をもとうとした。しかし初めて出会ってから二十分もしないうちに、或いはその日のうちにふたりはベッドインしたというのは荒唐無稽な作り話である。[11] ロレンスはチェインバーズ一家を訪れるためにその日の午後にウィークリー家を辞しているし、翌日にはハリーとアリス・ダックスに会うためにシャイアブルックへ出かけている。しかしその後の三週間のあいだには、フリーダにはこの新しい「恋人」と会う機会は十分にあったと考えられる。ロレンスの芯の力強さや実直で聡明なところにフリーダは惹かれた。離婚訴訟をめぐる聴聞会でウィークリーは「ロレンス氏とあまりにも頻繁に会うので妻を諫めなければならなかった」[12] と述べている。ロレンスとフリーダはバーナード・ショーの『人と超人』を観にノッティンガムの劇場へ出かけているし、子どもたちが不在でメイドも暇を取っていたある日の午後にフリーダはプライヴェート・ロードの家にロレンスを招き入れている。このときにお茶を淹れようとしたフリーダがガスの点け方も知らないことをロレンスは知った（台所仕事などは彼女にとって与り知らないことだった――家には三人の召使がいたのだから）。[13] 一度ならずフリーダは郊外でロレンスと会っている――あるときにはメイ・ホルブルックがムアグリーンにあるコテッジをロレンスとフリーダに貸したことがあり、ひと月後にロレンスはどれだけ「ムアグリーンが自分にとって素敵だった」[14] かを想い出している。もちろんロレンスはウィークリー家でフリーダとセックスすることは拒んだろう――そんなことは恩師へのひどい裏切り行為になる。ウィークリーはそれだけロレンスに親身になってくれたのだった。

ロレンスにとってフリーダは本当に「生涯を共に過ごせると思えるような女性」で、出会った数日後には「貴女はイングランド中でいちばん素晴らしい女性です」[15] と書いた手紙を出している。どのような点でフリーダはジェシーやアグネス、そしてヘレンやルイとは違ったタイプの女性だとロレンスは考えたのだろうか。まずフリーダは性的に解放された女性だったことが挙げられる。彼女はロレンスを魅了して、セックスの相手になってもいいと言ってくれる女性だった。だが、まだこの時期のふたりのセックスはそっけないもので回数も多くはなかった。出会ってから二ヶ月のあいだは一緒に過ごす夜を祝うような機会には恵まれなかった。それでも、遡ることほんの一年前に自分の性的な欲望はどうすれば「幽閉状態から抜け出せるか」について書いていたロレンスにとって、フリーダの性的な放埒さは刺激的で渡りに船だった。ふたつめの理由は、フリーダの気ままに振舞う奔放さ、率直さや官能的なところ、そして「今がよければそれでいい」というような刹那的な生き方に魅力を感じたのであり、彼女は見事なほどに「些細な事柄には無頓着」[16]だった。ロレンスは彼女の飄然としたところを心から羨ましく思ったことだろう。フリーダが自分に鋭く反応してくれること、そして夫のことをほとんど気にも留めていないことにロレンスは気がついた。フリーダとジェシーが決定的に違っていた点は、思ったことを口にして、ロレンスに異を唱えて反駁することに恐れを感じていなかったところでもある。フリーダと出会って初めてロレンスは、どうしてジェシーと結婚しなかったのかと問われたときに次のように答えられるようになった――「ジェシーとの結婚は致命的な過ちとなったでしょう。そうしていたら、すべてのことを自分のやりたいようにやって、あまりにも安易な生き方をしていただろうと思います。そして、そのことでぼくの才能は損なわれてしまっていたことでしょう。」[17]非凡な創造的才能というものは対立や反目だけで育つわけではないが、それは必要なものだった。一人前の作家としての新しい未来への扉が目の前で漸く開かれたのだ。そしてその未来にとっての理想的なパートナーを見つけたと、ロレンスはたぶん感じていただろう。[18]

　ロレンスに魅力を感じて彼を愛するようになったからといってフリーダは当初は夫や子どもを棄てようなどとは考えもしなかった。彼女には適応力があった――メスで華やかに過ごした十代の生活をあっさり棄て去って、イングランドで妻と母親として暮らすようになって退屈な結婚生活に耐えながらも不倫関係をもつことができたような女性である。老いてからのフリーダには、ロレンスがどのように自分の人生に登場して、そして自分がどんなふうにウィークリーを棄てたのかをくり返し話すことが楽しかったようだが現実はそう簡単なものではなかった。たしかにフリーダはロレンスが好きだったが、彼女にとって大きな意味をもっていたのは彼の創造力であり、彼が自分に惚れ込んでいるということだった。十二歳の息子モンティは母親が数ページの原稿を読みながらベッドに横になっている姿を目撃しているが、それは「ポール・モレル」だったと思われる。ジェシー・チェインバーズは一九一二年の復活祭の翌日にロレンスを見かけ、その（「想像できないくらいに」）憔悴しきった姿にショックを受けている。[19]ジェシーはこの原因を、「ポール・モレル」を執筆しながらロレンスは自分と母親への愛情に挟まれて引き裂かれているのだと考えた。しかし、ロレンスの惨めさの原因は「生涯を共に過ごせると思えるような女性」に出会ったにもかかわらず、その彼女は好きなように情事をもち、それ以外のことなど全然気にしないで自分だけの幸福感に浸っていたいだけなのだということに気がついたことにあると考えるほうが道理に適っている。フリーダはのちにこのように語っている――「心が千千に乱れているのは私のせいだとロレンスはその責任を私に押しつけたけど、私にはそんな責任を負う気はまったくなかったわ。」[20]

　そうこうするうちにロレンスはアリス・ダックスと別れてフ

リーダ一筋になった。子どもたちと一緒に郊外へ遊びに出かけたときに娘たちと紙で作った船や雛菊を川に流して遊んでいるロレンスの姿を見て、フリーダは彼が「自分の内に今までなかった優しさに触れた」[21]ことに気がついた。彼女は自分に対してと同じように、子どもたちにも応えてくれるところに改めて惹かれた。四月にロレンスはロンドンへ行かなくてはならなかったが、ふたりはそこでも会っている――「世俗的なことに縛られない」エドワード・ガーネットがふたりをその日にサーン荘に招待したのだ。フリーダは「温かく居心地の良いコテッジと林檎の花、そして客を手厚くもてなす貴方の素晴らしい人格」と手紙にしたためて感謝の気持を表現している。そしてロレンスとフリーダは「少なくとも一週間」[22]は一緒にドイツへ行くことを計画したが、これはロレンスにとっては甘い薔薇色の夢だっただろう。いずれにせよロレンスは五月にはクリンコウ家を訪ねることになっていたし、そして幸運の女神が力を貸してくれればフリーダも五月の上旬に父親の入隊五十周年を祝うためにドイツへ行くかもしれなかった。

　ドイツへ出立する前に不倫していることをフリーダは夫のウィークリーに告白するだろうという確信がロレンスにはあったのだが、彼女はそうしなかった。彼女が伝えたのはオットー・グロスとエルンスト・フリックとの関係のことだけだった。バービィはその場の一部を目撃したのかもしれない――「私はある日階段に座っていて、アーネストの書斎から泣きながら出てきたフリーダを見ました。」[23]フリーダは親友のフリーダ・グロス（オットー・グロスの妻）に自分がしたことを伝えた。するとフリーダ・グロスが今度はエルゼに手紙を書いてその話を次のように伝えた――フリーダは「夫（ウィークリー）にオットーとエルンストとのことを話したようです。彼の態度はそのあいだずっととても立派でした…彼女がしたことは大変な勇気がいることだと理解していますので、私は彼女のことを誇らしいと思うほどです。そして最近の出来事によって、彼女の内になにか素晴らしく生き生きとした、彼女を生まれ変わらせるようなものが目覚めたようです」[24]。話そうと思っていたことすべてを夫に白状することができなかったのかもしれないが、それ以上にグロスの妻フリーダ、そして姉のエルゼや義理の兄のエドガーがしているような自由恋愛は自分にとっても正しいものであり、だからウィークリーもそれを受け入れるべきだとフリーダが感じ始めていたのではないかと考えられる。ウィークリーへの告白の直後にフリーダ・グロスにしたためた手紙によってこう判断することができるのだ。ロレンスからの懇願と彼女自身の気持によって、フリーダはウィークリーとの夫婦関係に新しい結婚形態を試してみようという気になっていた。フリーダは未来型の女性だとオットー・グロスが手紙で言ったことがあり[25]、彼女はその手紙をドイツへ持って行く荷物のなかに入れていた。このことからフリーダはオットーからなんらかの援助が得られるのではないかと期待していたことが分かる。一方でフリーダ・グロスが書いていた、フリーダの告白を聞いたときのウィークリーの態度は「とても立派」だったというくだりは鵜呑みにはできない——フリーダに浮気のことを打ち明けられてから「十日間ものあいだ気がおかしくなっていた」[26]とウィークリーは五月十一日に言っているからである。

フリーダはふたりの小さな娘をハムステッドに住む義理の両親に預けたが、これは彼女が家を空けるときに決まってすることだった（モンティはノッティンガムで父親と一緒だった）。一九一二年五月三日の金曜日の午後二時にフリーダはチェリング・クロス駅の一等客車用婦人化粧室の外で、臨港列車に乗るためにロレンスと待ち合わせをした。ロレンスのポケットにはたった十一ポンドしか入っていなかった。ふたりは汽船の船首に座を占めてイギリス海峡を渡った。このときロレンスは、イングランドをついに脱出した、これでとうとう冒険的な計画に漕ぎ出したのだという感慨に耽っていたことだろう——彼はのちに「ずっと先まで見通すことのできる尖端」とこのときの気持を表現している。[27]土曜日の早朝六時を過ぎた頃にロレンスとフリーダはメスに到着した。

メスで起こったことは、もしそれほど痛ましいものでなければ滑稽で笑えるようなものだった。ロレンスはもちろん「それほど親しくない友人」[28]として遠ざけられていなければならなかったので、それなりにきちんとしたホテルに部屋を取り（女性を自分の部屋に連れ込むことはほとんど不可能だった）、フリーダは家族と合流した。彼女はすぐに母親とエルゼにウィークリーに告白したこととロレンスについて話して聴かせた。土曜日の午後にロレンスは母親に紹介されることになったが、娘の「次のお相手」としてしか見られなかった。ロレンスの存在感はこの時点ではまだまだ薄く脇役だった。フリーダは一度ロレンスが滞在していたホテルの部屋まで行くことができたようだが、[29]そのとき以外にロレンスにできたことは、望んだことではないが駐屯地がある町をぶらつくことくらいだった。そしてコネができた『ウェストミンスター・ガゼット』紙に送るために「要塞と化したドイツにて」というタイトルの連載物のエッセイを二本書き上げた。このような状況下でフリーダに会うことは、ノッティンガムで会うよりも難しいことだとロレンスは悟った。ふたりは月曜日の祝賀会の日に、ほんの数秒間だけ人でごった返した広場で互いの姿を見かけただけだった。

火曜日になるとロレンスは絶望的になって怒りすら覚えていたが、フリーダの「ドイツに滞在する限られた日数」が「ノッティンガムでの今後の長い年月」[30]に比べてあまりにも短いことを気にしていた。ロレンスもそう思っていたし、フリーダ自身も自分は結局はイングランドへ戻ることになるだろうと思っていた。男爵夫人とふたりの姉妹がフリーダに言い含めようとしていたことはウィークリーの眼をどのようにして欺くかであり、それさえできればときどき不倫しようが構わないが、子どもたちから離れることもなく経済的に困るような立場にもならないようにするにはどうしたらいいかということだった。フリーダはまさにこのことを望み始めていた。「もう我慢できない」とロレンスは彼女に手紙を書いた——「ペテン、戯言、屈辱、恐怖——もうたくさんだ。ぼくはもう喋らないし演じることもしない。君にも喋ってもらいたくないし、演じてももらいたくない。こんな茶番なんて。」ロレンスにできたことは手紙を書くことだけだった。フリーダは五キロほど離れたところで家族と一緒だったし、ふたりが今度いつ会えるか皆目見当もつかなかったからである。彼はメスに着いてからというもの、なぜ自分がここにいるのかを説明するために「千もの下手な嘘」[31]をつかなければならない状況に置かれていた。そして、新たに嘘をつかなければならない理由が持ち上がった。

心の平静さを失ったウィークリーが一通の手紙をフリーダ宛に出していた。まだ不実をつづけているのかどうか正直に話すようにと要求する内容のものだった。もしそうならば、彼のところに「まさしく、今《ガンツ・リーセント》」（つまり「目下のところ」という意味で、たぶんドイツとイングランドの郵便局員にはなんのことだか分からないようにするためにドイツ語と英語を混ぜたのだろうと考えられる）と電報を送るようにと言ってきた。頭の切れるエルゼは、彼女はノッティンガムに来たことがありウィークリーのことを嫌っていたのだが、そんな電報を送ったらウィークリーはなにをするか分からないと恐怖心を抱いた。ロレンスもまたウィークリーはその「奥底に残虐性を眠らせている」[32]人物であると見ていた。ひとまず無難な返事をしておいて善後策を練らなければならなかった。

ロレンスはこのような事態をひどく嫌悪した。「最終的には彼女に責任をとらせようとして滔々としつこく叱責された」ことをフリーダは憶えている。ロレンスはウィークリー宛に最後通牒を下書きしたが、それは「ぼくはあなたの奥様を愛していて、奥様もぼくを愛しています」という言葉で始まっていた。しかしロレンスはこれを投函しなかった。代わりにフリーダへ送り、彼女からウィークリーに出すべきだ、或いは自分の手で書くべきだと伝えた。彼女はそうすると約束はしたもののどうしていいか分からずにいた。フリーダは「千もの異なる愛情で」[33]ロレンスのことを愛していて、彼が驚くべきほどの非凡な人物であると信じていたが、本音のところでは家族からの納得できる助言に従いたかった。結局のところどれほどロレンスのことを愛していようとも、グロスやフリックの場合と同じようにずっと関係をつづけていくことはできないと思っていたのだろう。お互いにとってピッタリだとしても、自分と子どもたちの未来をどうすればロレンスの手に委ねることができただろうか？　彼はたんなる貧乏作家にすぎないのであり、フリーダにしてみればそんなロレンスとの人生など「気違い沙汰のように思えた――実際に馬鹿げたこと」[34]だった。

火曜日の午前中にこのブラックコメディーはついに喜劇になった。フリーダと散歩していると、町を取り囲んでいた軍事用の立ち入り禁止区域に足を踏み入れたことでスパイ容疑をかけられてロレンスが逮捕されて、ふたりは身分を明かして名前と住所を告げなければならなくなった。面倒なことに巻き込まれることを避けるために、ふたりはフリードリッヒ・フォン・リヒトホーフェンの名前を出した。身分がはっきりしないロレンスはフリーダの父親にだしぬけに引き合わされることになった。その日の午後に男爵とロレンスは顔を合わせたが、それは破滅的だった。そこで初めてフリードリッヒ・フォン・リヒトホーフェンは自分の娘が不倫していることを知ったのだ。フリードリッヒはウィークリーのことを気に入っていて、娘が「どこの馬の骨とも分からない生まれの賤しい、品のない、金もない田舎者」[35]といかなる関係ももつことを望んではいなかった。この言葉はおそらくフリーダの父親が実際にロレンスに向かって使ったものだろう。ロレンスがホテルへ戻ると軍の関係者にメスから退去するように言われた。スパイなのではないかとまだ疑われていたのだ。翌日の水曜日に百三十キロほど離れたトリールまで行く列車にロレンスは乗った。フリーダは姉か妹からお金を借りて、それをロレンスに手渡して当座を凌いでもらおうとしたと思われる。

　メスを去るまえにロレンスとフリーダはなんらかの決断をしたと思われ、彼女はウィークリーに手紙を書くことに漸く同意した。トリールからロレンスが出した手紙は穏やかで楽観的であり、そこにはウィークリーはすでになにが起こったのかを知っている（或いはすぐにでも知るだろう）ということ、フリーダは週末にはここへ来て自分と合流するだろうということが確信をもって書かれていた。ウィークリー宛のロレンスのこの手紙には「ウィークリー夫人がすべてをお話しするでしょう」と自信をもって書かれている。フリーダはきっとこの手紙を気に入ったことだろう――そこには彼女が知りたかったことのほとんどが書かれていた（彼女は「枷をはめられて、羽ばたいて行くことを許されないのではないかと恐れて」[36]いた）――が、それでも彼女には急いで事を仕損じてはいけないという考えがあったのでウィークリーに手紙を書かずにいたのだが、ロレンスが投函した手紙はすでにウィークリーの元へと向っていた。

　トリールではロレンスは町をブラブラしながらフリーダを待ちながらも「スパイはどのようにして捕らえられたか」というエッセイを書いた。これはメスで執筆した「要塞と化したドイツにて」というタイトルの連作のひとつである。十日の金曜日にフリーダが到着したのだが、その日のうちに家に戻ることを父親に約束させられていたうえに、母親と妹のヨハナが見張り役として同行していた。フリーダがまだウィークリーに手紙を書いていないことを知ったロレンスは実力行使に出た――「ぼくたちはトリールにある庭園のライラックの下に座っていました。おお、神よ――なんという悲劇だ！　すぐにフリーダを郵便局へ引っ張っていき、そこで彼女は『まさしく、今《ガンツ・リーセント》』と電報を打ったのです。」フリーダのこの電報とロレンスが投函していた手紙はこの週の金曜日にノッティンガムに届き、これを受け取ったウィークリーは電報にはない名前が手紙には記されているのを見て、手紙と電報は同時に届くように意図されたと思い込んだようである。このときがウィークリーにとって「気がおかしくなった」十日間のクライマックスだった。彼は感情に衝き動かされてすぐさまフリーダと彼女の父親に手紙を書き（この手紙についてウィークリーはのちに謝罪している――

「私はどうかしていたのです」)、そしてメスへ急遽電報を打って結婚生活は終わった旨を宣告した。[37]

トリールでフリーダとロレンスは散歩に出かけて町のはずれにある乾いた水路で身体を重ねたようだが、このことがふたりにとって唯一の慰めだった。[38] このあとふたりは互いに姿を見失ってしまったために、フリーダがメスへ戻る前に再び会うことはなかったという悲喜劇がつづいた。翌日ロレンスはクリンコウ家を訪れるためにヴァルトブレールへ発たなくてはならなかったが、自分とフリーダにとってのこれからの未来が切り拓かれることを切望していた。十一時間を要した旅の途中でロレンスはフリーダに向けた初めての愛の詩「ヘネフにて」を起草し、最初の本当の意味でのラブレターをトリールの絵葉書を使ってしたためた――「今日という一日のうちで初めてぼくは孤独じゃないという気がしています。貴女を愛しているということだけが実感できます。そのこと以外はどうでもいいことです。貴女と共にいられるこれからの人生はきっと満ち足りたものになるはずです。そのことが今はっきりと分かります。」[39] この八日間にいろいろなことが起こって初めてフリーダを手に入れたいと抑えきれないほど思っているだけでなく、詩に書かれているように「ついに貴女への愛がここに存在することに気がついた」のである。ガーネットへ宛てた手紙でロレンスは、「ぼくは彼女を愛しています。もし彼女がぼくを独りぼっちにしたら、半年も経たないうちに死んでしまうでしょう。彼女はぼくを棄てたりはしないと思っています。ぼくはどうしようもないくらいに彼女を愛しています――それに伴う苦悶すらも」と書いている。ロレンスの死後に初めてフリーダはこれらの手紙を目にした――「ガーネットに宛てたLの手紙を読んで涙が止まりませんでした。そして彼の愛情に自分は十分に応えていなかったと感じたのです。でももし私が応えていたとしたら、私たちの関係は退屈なものになっていたでしょう!」[40] フリーダのような女性を愛することができるということに気がついたこと、そのこと自体によってロレンスは新しい道を切り拓いたといえる。フリーダと出会う以前のロレンスは自分には母親しか愛することができないと信じ込んでいて、母親だけがありのままの自分を曝け出せる相手だった。母親が死去して十日ほど経ったときにロレンスはこんなことを書いている――「ほかの誰かを愛する以上にぼくは母親を愛していたと思います」――のだが、そのロレンスは今やフリーダにこう言っている――「貴女のおかげでぼくは自信がもてる、ぼくのすべてに。」[41]

フリーダの家族は娘が事態を収拾できないまでにしてしまったことに憤慨していた。もしロレンスと一緒に行くのなら金輪際フリーダには会わないと父親は宣言した――「私は世間というものを知っているのだ」と娘に言った。ウィークリーはといえば言葉少なにフリーダの出した結論を受け入れようとしたり――「私は…お前が彼と幸せになることを願っている」、或いはヒステリックになって彼女に脅しをかけたり――今後もし会うようなことがあれば「私は子どもたちを殺し自分も死ぬだろう」――しながらその狭間で揺れていた。自分の両親にも「死ぬことよりも千倍も惨めなことです」と伝え、フリーダが事態を早急に収めなければ「私はここでの職を失うかもしれないし、そうなれば子どもたちは飢え死にするだろう」と彼女に警告を発している。ウィークリーはフリーダの母親にも理性的に書いている――「もうなんの権利もないことを彼女は理解しなければなりません。私には落ち度がないことを彼女はよく分かっているはずです」。[42] ウィークリーが意味していることはおそらく彼女に財産が分与されることはないだろうということと、もう子どもに会うことはできないだろうということだと思われるが、それでも彼にはフリーダの顔に泥を塗るつもりはなかった。

ヴァルトブレールに行ってしまったロレンスから届くものといえば、どれだけ彼女のことを愛しているか、しかし合意の上でふたりの結婚生活を始められるまで待たなければならないということを伝える手紙ばかりだった。フリーダはそんなことよりも、ロレンスにこの窮地から救い出して欲しかったのであって、自分で結論を出すように強いてくることで少なくとも一回は彼を非難している。そのフリーダの非難に対してロレンスは、「アーネストに手紙を書いたことは間違ったことじゃない」[43] と応えている。フリーダはもはや両親といることにも耐えられなくなって、エルゼと一緒にミュンヘンへと逃げ出した。ロレンスはヴァルトブレールに着いてからは「ポール・モレル」に専念していた。そこはライン地方の北に位置する人里離れた村で、「ぼくにとっての流刑の地です――牛がゆっくりと、のろのろと荷車を引いています」。[44] ロレンスはフリーダに几帳面に手紙を出した。ヴァルトブレールから出された手紙が五通現存しているが、おそらくもっと多くを書いただろう。クリンコウ一家は彼を手厚くもてなしてくれて、ロレンスはとりわけ結婚したばかりの三十一歳のハナと親しくなった。その彼女が自分のことを「どんどん好いてくれている」と知らせたことはフリーダへの当て擦りで、メスで前の情夫ウド・フォン・ヘニングと関係をもったことをフリーダが生々しく話したことへの意趣返しだった。クリンコウ家はロレンスを小旅行へ連れ出し、彼はドイツ語を練習しながら「要塞と化したドイツにて」に加えるもうひとつのエッセイを書いた。[45] しかしこのときのロレンスにとってはフリーダと再び合流すること以外に大切なことはなにもなかった。彼はヴァルトブレールで五月十一日から二十四日までの二週間ほどを過ごしたが、この短い期間ならばなんとか自分を抑制して対人関係を悪化させるようなことはなかった。そこを発ったロレンスはミュンヘンを目指して南下した。

エルゼは今回のゴタゴタに対する妹の対処の仕方は愚かしいと思っていた。彼女にはロレンスを敵対視する理由はなにもなく、妹が義弟とのあいだで財産分与や親権を巡ってもっと巧く立ち回ることができないものかと考えていた。イッキングという村でエルゼは、ロレンスとフリーダのためにアパートを見つけてやることができた。いつもなら彼女の愛人のアルフレッド・ヴェーバー（有名な社会学者マックス・ヴェーバーの弟）

が借りているのだが、六月の始めから二、三ヶ月間は自由に使うことができた。そこに入居できるまで待つあいだにロレンスとフリーダはさらにイーザル渓谷を登ってボイアーベルクという小さな村の宿屋に向った。こうして、ここでふたりの生活が始まった。

この生活には苦もあれば楽もあったが、それまでの三週間に起こった騒動を考えれば当然だろう。ロレンスは「ここにぼくたちの結婚生活がある」[46]と感じていて、フリーダもロレンスを愛していたが、どうすれば彼女もロレンスと同じように感じることができただろう。ロレンスが（のちに）書いた詩「後朝《きぬぎぬ》」は大胆にも次のように始まっている――「昨晩は失敗した／でもなぜだろう――？」そしてこうつづく――「ぼくは自由になれなかった／過去から、そしてあの人たちから自分を自由にしてやることができなかった」。これはジェシー・チェインバーズを、アリス・ダックスを、「ジェイン」を、リディア・ロレンスを、そしてウィークリーをも指しているのだろうか？昼間のふたりはボイアーベルクを、あらゆるものの美しさをおおいに気に入った。夢のような春であり、ふたりは心を躍らせて子どものようにそれを心ゆくまで味わった。「子ども時代の溢れんばかりの楽しさを取り戻した」[47]とフリーダは回想している。そうはいってもふたりは過去との柵を断ち切ることはできずにやるせない思いをしていたし、なによりも将来への漠然とした不安があった。一週間の「ハネムーン」（素晴らしいものだったが、たいていのハネムーンとはちがって多くの問題を孕んでいた）を終えてイッキングに戻ってきたときのロレンスは、フリーダが突然に立ち去って自分を棄てることはないという確証をもつことができずにいた。それでも心からフリーダを愛していた――「朝を向えるごとに、そして夜が訪れるたびに、ぼくはますます彼女を愛するようになる」――しかし「いつどこでこの愛が終わるのか、ぼくには分からない。」[48]

ロレンスには生活費を稼ぐ必要があった。イッキングに着いてから一週間のあいだに彼はやっと「ポール・モレル」の書き直しを終えてウィリアム・ハイネマン社に送り、月末までに四本の短篇を書いた。「ポール・モレル」は母親が癌で病臥していた頃、ルイと結婚の約束を交わす以前に書き始められていた――この小説が最後に書き直されたのはジェシー・チェインバーズとの関係が終わった頃だったが、この小説は今やロレンスも切望していたことだが、彼とフリーダを救済し、母親でもあり恋人でもあるフリーダが持てるエネルギーをすべて注ぎ込むことになる大作だった。この小説はもともとポールと同じように母親の死によって自分が見捨てられたと感じた人物によって書かれたが、今や母親の愛の呪縛から自分自身を解き放つことができたと感じていて、夫のもとへ戻らなければいいと（彼が望んでいた）色白の既婚女性クララにパートナーになってもらえた男の手によって書き改められたのである。ポールは悲劇に囚われた主人公だが、その一方でロレンスは自由になりつつあった。

イッキングでの暮らしには絶えず山があり谷があった。谷の原因となっていたのは、イングランドやフリーダの友人知人からの「手紙の嵐」であり、ふたりのあいだの激しい諍いの種だった――「大戦争がイーザルタール（ドイツ語でイーザル渓谷の意――訳者註）の小さなフラットでくり広げられています」――「人生がこんなにも困難なものだとは知りませんでした」とロレンスは七月に正直な気持を述べている。自分たちのせいで周りの多くの人間が味わった苦痛や悲嘆についてロレンスはとくに罪の意識を感じていた――「ぼくたちがしてしまったことを考えるとひどくゾッとします。こんなにも多くの人を傷つけることがなければいいのに。」[49] あるときフリーダが数日家を空けて姉のところで厄介になっていたこともあった。ウィークリーはコロコロと決心を変えた――ロレンスと結婚できるようにと離縁を申し出たり、またあるときには離婚には反対して別居という選択肢を出してきたりした。また、ロレンスと別れてドイツの親元で暮らすという条件の下ならば別々に生活することになっても構わないし、その場合には住む場所の面倒は見るし子どもたちは渡すし経済的援助もしようと提案したこともあったようだ。[50] ウィークリーはフリーダに「ぼくは君のために死んでいたかもしれないのだということが分かるだろう」と情に訴えるように書いたり、また次のような言葉で侮辱したりもした――「最低最悪の売春婦でも君よりましなのではないか？」[51]

このようにいろいろあってもイッキングは素晴らしい場所のようだった。なぜならふたりの生活は満たされていたからである。ガーネット宛の手紙のなかでロレンスは、「私は幸せだわ。あなたにキスしたいとも思わないくらいに」と言いながら「緋色のエプロンをつけて、青く見える雪の残る山々を背にしてバルコニーから身を乗り出している」フリーダのことを書いている。初めてフリーダは、ロレンスの人を楽しませる物真似の上手なところを知った。彼は牧師と怖れ慄く会衆の両方の役を務めながら、イーストウッドの教会でのリバイバル集会の様子を演じて見せた。このときの彼はすこぶる面白かった。ふたりとも今までの生活の苦難から逃げおおせたと感じていた。彼らの生活は質素で切り詰めたので十ポンドも使わずに二ヶ月間を過ごした。「ぼくたちは浅瀬を足を濡らしながら渡りました。こんな楽しいことをして過ごしています！」[52] それはいつまでもつづく休暇のようであったが、そのあいだもロレンスは執筆に真剣に取り組んでいた。

七月に入ってから不幸がふたりを襲った。ウィリアム・ハイネマン社が「ポール・モレル」をボツにしたのだ。性的な表現があからさま過ぎること、感受性の鋭い女性が労働者階級の生活を運命づけられるといったポールの母親の「堕落」（ハイネマン自身の言葉）が気に食わないこと、さらには小説全体の構成がなっていないということがその理由だった。[53] ロレンスは憤懣をおどけてガーネットに書いたが、それでも傷つき、今後のことを心配したに違いない――「糞忌々しい腑抜けのブタ野郎ども。ドロドロして腹で這いずり回る骨なしども。糞ったれでろくでなしのイカレポンチ、ボケナスのオタンコナス。鼻水ダラダラで、よだれベチャベチャの、臆病で、間抜けで、死にぞこないのあのボケナス連中が今のイングランドを作りあげたのです。」[54]この小説は今までのなかでベストだとロレンスは確信していたのだが、図らずも不採用という憂き目に会った最初の著作になってしまった。だがロレンスには幸運の女神がついていた。ガーネットが以前にその小説に目を通していて、しかも気に入っていたのだ。彼がさらなる書き直しのためにいくつかの提案をして、そしてダックワース社に面倒を見るように推薦してくれた。当初の怒りをぶちまけてからのロレンスは平静をやや取り戻したようだが、出版が遅れることは経済的に痛手だった。だがこの時点でロレンスは、その小説のなかでクララに向けられたポールの愛情の箇所だけでなく、どのように母親は自分の子どもたちを愛するようになるのかについての部分にもフリーダとの新しい経験を織り込みたいという気持になっていたのだろう。

子どもたちと会えなくなったことはフリーダにとってまさに断腸の思いだった。彼女には子どもたちを棄てるなどという気持は毛頭なく、ウィークリーにしてみれば子どもたちは自分にとっての切り札だということが分かっていた。そこで彼は、子どもたちがどれだけ「惨めで、母親に会いたがっているか」ということをフリーダに知らせた。あるときなどは「お前は子どもたちと二度と会うことはないだろう」という言葉を添えてエルザとバービィの写真を送ったのである。そのときのフリーダの姿をロレンスは次のように表現している。彼女は

打ちひしがれて床に倒れています。それからぼくに向かって恐ろしい勢いで腹を立て始めるのです。なぜなら、「ぼくのために留まってくれ」とぼくが言おうとしないからです。ぼくはただこう言うだけです――「自分がいちばんにどうしたいのか、自分で決めてくれ。ぼくと一緒に暮らしてこのどうしようもない境遇を共にするか、それとも安全なところへ、子どもたちのところへ戻るか――自分で決めてくれ――自分自身でどちらか選んでくれ。」こんなわけで彼女は、ぼくのことをほとんど憎んでさえいます。ぼくが「君のことを愛している――なにが起ころうともこの先ぼくと一緒にいてくれ」と言わないからです。[55]

フリーダには子どもたちのことを諦めるということなど絶対にできなかった。彼女はこのときから十一年ものあいだ彼らを求めつづけることになる。ロレンスの頭にあった見通しはこういうことだった――ウィークリーのところへ戻らずに自分と一緒にいることを選択すれば、フリーダはその子どもたちに会うことができないという結果を受け入れざるを得ない。しかし渦に巻き込まれている当事者には論理的に考えることは難しい。堪えがたい苦悶と義憤を感じていたフリーダとのあいだには子どもたちをめぐる口論が来る日も来る日もつづいた――「ぼくたちは互いを殺し合いそうです。」[56]ロレンスは嫉妬を覚えていたとも考えられるが、それが全体的に正しい理由とはいえない。自分か子どもかのいずれかを選べと言われれば言われるだけ、ますますフリーダは自分の選択を悔悟することになるだろ

うとロレンスは考えていた。耐えることのできなかった母親の愛情というものを自分は知り尽くしていると感じていたので、フリーダが絶望的になって子どもたちにすがりついているのをただじっと眺めていた。しかし心の奥では、ロレンスはその子どもたちに対して激しい怒りを抱いていた。なぜなら、フリーダとの結びつきのおかげでかつての自分を脱ぎ捨てることができると信じていたからである。フリーダにも同じような認識があった――「彼は私の身も心も過去から救い出してくれたようです…ロレンスが与えてくれたこの新しい世界で私はただ喜びを感じていたかった。」フリーダが子どもの話題に触れるたびにロレンスは、ふたりの生活に関して抱いている自分の理想にフリーダが背いていると思った。自分の信念の根幹が攻撃されたと感じて、このことのために彼はフリーダに激怒したのである。[57]

八月の初旬にふたりはイッキングのアパートを出なければならなかった。それまでにロレンスは「ポール・モレル」の新しい草稿の七十ページを書き終えていて、その原稿をナップザックに詰め込んだ。ふたりは今後のことで新たな岐路に直面していた。エルゼがふたりにイタリアへ行くように提案した――そこだったら安く暮らせるからである。ロレンスは「ぼくはようやく、Fの鼻っ柱を自分の荷車に釘付けにしました」と言い切っているが、直後にそのトーンを落として――「とどのつまり、ぼくは思うのですが彼女にはぼくを棄てることはできないでしょう」[58]と書いている。ふたりはスーツケースをドイツとオーストリアの国境にあるクフシュタインへ先んじて送り、八月五日の月曜日の夜明け前に（ナップザックをそれぞれ背負って小さな料理用コンロを携えて、そして「ふたりの持ち金の二十三ポンド」（彼の詩の何篇かが出版されていた）[59]を手にして）、ふたりの生活の揺籃期における大冒険となる旅へと出発した。

徒歩と鉄道での旅だったので雨のなかでも移動できたし、バイエルンの南からバート・テルツに通じる道の路傍にある十字架の前を歩くこともあった。これらの十字架に触発されて、ロレンスは「山間《やまあい》の十字架像」というエッセイを書いた。二日目に彼らはバイエルンとオーストリアの国境地帯まで山岳地帯を登ってきた。夕闇迫るなかふたりが辿った近道はおおきく方向が誤っていたが、このおかげで素晴らしい体験をすることができた。ちょうど日暮れ時に、干し草小屋か小さな木造の礼拝堂（小さな納屋くらいの大きさ）のどちらかで夜を明かす選択を迫られることになった。ロレンスは蝋燭の灯りが点り、乾いた木の床の礼拝堂を好んだが、フリーダはいつでも干し草小屋で寝たがった。そこでふたりは干し草小屋で眠ることにして、貴重品はすべて万が一のためにロレンスのチョッキに包んだ。ふたりは一晩中、寝返りを打つばかりで眠れなかった。翌朝、降雪が彼らのいるすぐ近くまで迫っていた。雨に降られながら八キロの道程を歩いたり登ったりしながら進んで、ふたりはグラスヒュッテの宿があるところまで下ってきた。そこで部屋を取り、服を乾かして昼過ぎまで睡眠をとった。ロレンスはおそらく、この旅にまつわる紀行文を書き始めていただろう。[60] 雨がまた激しくなっていたので、ふたりは郵便乗り合い馬車を使ってオーストリアとの国境を越えてアヘンゼーへ向った。そこは霧に包まれた陰鬱な山岳地帯の麓にあり、ふたりは乞食同然の身なりをしていたためにホテルには泊めてもらえなかったと思われる。しかたがないので安く泊めてくれる農家を見つけた。木曜日に自分たちのスーツケースをイン渓谷から二十四キロほど登ったところにあるクフシュタインの税関で受け取り、そこで一晩過ごした。荷物はそこからマイヤーホーフェンへ送ってしまったので、身軽になったふたりはその日にさらに歩いたり鉄道を利用したりして金曜日の夜までには無事に目的地に辿り着いた。マイヤーホーフェンでは「山裾の、ガラスのように透明な水が勢いよく流れる美しい小川のほとりにある農家」でふたりは二、三週のあいだ間借りした。ふたりは元気を取り戻したので辺りを散策したり、あちこち観て回ったりしながら過ごした。ロレンスは「ぼくたちは幸せでいられるのです。どのくらい幸せかは、誰にも分かりっこありません」[61] と書いている。

マイヤーホーフェンに到着してから一週間後にふたりは、イングランドからの知人と合流した――ガーネットの二十一歳になる息子で、バニーと普段は呼ばれていたデイヴィッドという科学を専攻している学生（イッキングで短期間だったがロレンスとフリーダと一緒に楽しく過ごした）と、彼の友人で二十一歳のハロルド・ホブソンだった。人生は胸躍るものでありつづけていた――「ぼくたちはみんな一緒で、恐ろしいほどに楽しんでいます」とロレンスは書いている。バニーは、「彼が今ほど健康で幸せそうで、絶えず陽気で快活なのを見たことがない」[62] と書いてロレンスの言葉を裏付けている。スーツケースは再び送られたが、今度はボーツェン（現在のボルツァーノだが、当時のオーストリアのチロル地方ではこの地名だった）に向けてである。そして四人の一行はプフィチェルヨッホ峠越えを目指して徒歩で出立した。彼らはギンツリンクの近くの干し草小屋で一夜を過ごしたが、今回は野外活動のエキスパートであるバニーの指示の下でだった。二日目の夜は「ドミニクス－ヒュッテ」で過ごし、三日目に一行は峠を越えてプフィチェル峡谷の反対側にあるガストホフ・エレファントを目指して下りていった。この徒歩での旅はかなりハードなものでふたりの若者は疲労困憊だった。四日目（木曜日）にはこの地でロレンスとフリーダはしばらくベッドで寝て疲れを癒したあとに、シュテルツィンクまでのんびり歩いて山道を下って行った。バニーとホブソンは、北へ戻る列車に間に合うようにと夜明け前から歩きつづけていた。

それからのロレンスとフリーダは、なにをしても同じような楽しさを味わうことはなかった。シュテルツィンクは退屈な場所で、しかも日曜日の朝に出発したときにロレンスはヤオフェン峠にある山小屋までの所要時間を読み違えた。ふたりはヘトヘトになっていた――八時間ずっと山道を登り通しだったし、夜の帳が下りて冷たい風が吹き、目の前にはウンザリするような険しい上り道がつづいていた。おそらくこのときに、数日前にロレンスがバニーと高山植物を探しに出かけているときに自分はホブソンとセックスしたことをフリーダはロレンスに聴かせたのだろう。「彼は干し草小屋のなかで私を抱いたのよ――たまらないほど私が欲しいと言ったわ――」[63] 彼女はロレンスに（そして自分自身に向っても）、ふたりで新しい人生を始めたからといって自分の自由を棄てるつもりはないということをはっきりと宣言したのである。けれどもそれは同時に、煩悶する健全な若者に手を差し伸べる「フリーセックス」に対する信念でもあったのだろう――ほんの三ヶ月前にロレンスはウィークリーに手紙を書いていた――「ウィークリー夫人は気前よく、そして満ち溢れるような人生を送らなければならないのです。それこそが彼女が持って生まれた性向なのですから。」[64] フリーダを手放したくないのであればロレンスは彼女の絶えざる不貞を受け入れなければならなかったのであり、実際のところフリーダが貞節を守るようなことはなかった。

フリーダのこの告知のためにロレンスは気が動転して倒れこんでしまい、フリーダをとても慌てさせたことだろう。彼はその惨めさを自分の内に封じ込めたが、これはロレンスが昔からよくすることだった（あとになってロレンスは、「ハロルドは紳士なんかじゃない」とコメントしている）[65]。ふたりは暗くなってから目的地に到着したが、自分たちは尾根を越えてヤウフェン‐ハウスまで歩いて坂道を下ってきたように、峠を越えて来たのだと思っていた。翌朝になって道が曲がりくねって谷まで下っているのを見て、この道こそ自分たちが進むべきイタリアやメラーンへのルートだと決め込んで一日中浮かれてその道を歩いた。しかしその結果は、午後四時にシュテルツィンクに戻って来てしまったのだった。地図を読んでどの道を行くかを決める役割のロレンスは、愚かな過ちを犯してしまったことで自分自身に憤慨したことだろう。ギルバート・ヌーンは同じ状況で、「恥ずかしくて穴があったら入りたい」[66] と感じている。ふたりは実際に出発地点に戻ってきてしまった。ロレンスは、底を突きつつある貴重な金を使っても鉄道に乗るべきだというフリーダの要求に抗いきれなかった。彼らはボーツェンへ直接向ったが、そこで不快な一夜を過ごしたために、ふたりはさらに鉄道で南下してトレントを目指した。そこで購入したイタリア語の辞書を活用しながら泊まる場所を探した。しかし、汚れて、破れて、皺くちゃになった服を着たロレンスのズボンの裾は擦り切れていて、フリーダのパナマ帽には巻いてあるリボンの色の縞状の染みがつくような身なりをしたふたりには汚らしい部屋しかあてがわれなかったし、門前払いを食ったはずである。[67] フリーダがついには駅のそばにあるダンテ広場で大泣きし始めた。いたたまれなくなったふたりは、リーヴァへ向かった。ガルダ湖の写真を印刷したポスターがふたりの目に留まったのである。ふたりはもともと、そこへ行くのも悪くないと考えていた。

リーヴァは、ふたりが期待していたとおりの暖かい南の土地だった。彼らは、ふたりの老婦人が所有する一軒家のなかの一部屋を借りることにして、自分たちの荷物が届くのを待った。

そうすれば着た切り雀ではなく、小ざっぱりとした格好ができるからだ。手元には虎の子の一ポンドがきっかり残っているだけで絶望的な金欠状態だったが、そこへ『侵入者』の印税として現金五十ポンドが届いた。その小説の書評は『白孔雀』のものよりも少なく、そのうちのふたつは作中の露骨な性的表現に触れていて、ひとりの論評家は「直截に肉体的なものを詳細に描写しているところがほとんど病的で下品である」[68]と書いていた。しかし、そんなことよりもそのときに重要だったことは、この小説のおかげで現金が手に入ったということだった。ロレンスは「ポール・モレル」の執筆を再開したが、このことはかつて言ったように、「十分に落ち着いた状態にある」ことの証拠だった。リーヴァには二週間しか滞在しなかった。部屋は素晴らしかったが家賃が高すぎたのだ。湖をずっと南へ行くとガルニャーノという村があり、そこで「眼を見張るほどに宝石のように澄み切って、紺青色や紫色の水を湛えた」湖を眺め渡すことのできるイジェア荘に部屋を見つけることができた。ふたりの人生はべつの面でも好転した――フリーダの妹のヨハナが流行の帽子やドレスを、そして母親がシーツやタオルを送って寄こしてくれたのである。[69]そしてガルニャーノのチェルヴォ・ホテルの主人の妻はドイツ人で、フリーダの話し相手になることができた。ロレンスにはフリーダと創作だけしかなかったが、そのほかに望むものはなにもなかった。

9 『息子と恋人』と結婚

一九一二―一九一四

ガルニャーノに落ち着いてからの二ヶ月間で、フリーダに大きな声で読み聴かせながらロレンスは驚くべき創造力を発揮して「ポール・モレル」を『息子と恋人』へと書き直した――「それをめぐってぼくたちは猛烈にやり合っています」。ロレンスのその独創力を目の当たりにして感じたことをフリーダは十月にこう書いている――「Lのことを愛しているのか憎んでいるのか私にはまったく確信がもてないのですが、彼がいないとか、彼のいない人生を送らなければならないとしたら死んでしまった方がましだということだけはたしかです」。[1] この段階で初めてロレンスはモレル家のふたりの息子が母親との繋がりのなかで苦悶するという設定にした。子どもと一緒に暮らしたいという切なる願いをもつ女性と一緒に暮らしていたことを考えると、この設定はとても興味深い。また、破滅へと向かうポールとミリアムとの性的な関係が深く掘り下げられたこと、そして徐々にではあるが確実に近づきつつあるモレル夫人の死が恐怖をもたらすもののように描かれるようになったのもこの時点である。このことはこの小説を書き進める上で必要なことだった。ロレンスは母親の死後にいくつかの詩を書いているが、それらは母親の愛情と、その愛情ゆえの懊悩を書き綴ったものである。ロレンスの詩作用ノートに書き写されていたこれらのうちの一篇の詩に、フリーダは「嫌い／嫌い／なんてこと！！！！」[2] と感じたことを遠慮なく書き込んでいる。『息子と恋人』の最終稿では母親の死が息子のポールにどのような影を落とすかということに焦点が合わされたために、この小説はロレンスにとってのもうひとつの人生を描き出そうとするものになったといえる。フリーダの存在がなければロレンスは今までのように愛に囚われていたかもしれない――それは、中途半端のまま放置してしまったために昇華することなく、だからこそ解決できずにきた母親の愛である。

しかし新しい方向性にも限界があった。ある手紙にガルダ湖を少し南下したところにあるボリアッチョという村の店でのことが書かれている――「普通の家の居間が店になっている」ようなところでロレンスはワインを飲んでいた。父親は「シャツの袖を捲り上げて、襟元を開けて」いて、赤ん坊に「頷いたり、チッチッと舌打ちをしたりしています。若いのに堂々とした母親はその赤ん坊にスプーンでスープを飲ませていて、白い口髭を生やしたお祖父さんは息子の影に少しばかり隠れるように座っています。小さな娘がスープを飲んでいて、気前よく燃えている炉火のそばに座っているお祖母さんはもうひとりの幼い娘を小声で叱っているのです。」この労働者階級の家族を見ているうちにロレンスは「ぼくがまだ幼かった頃の家族の同じような情景を想い出しました。この家族はみんな生き生きとしていて温かい感じがします。」[3]しかしモレル夫人と彼女の野心を描いている小説のなかに、このような感情が盛り込まれたのはほんの数回の場面しかない。言うまでもなく、モレルと彼の住む世界の反道徳性が最終稿では問題を孕むようになったが、いずれにせよ、この小説は「まるで動植物のようにゆっくりと成長する」[4]と感じられた――主要な作品においてはつねにそうすることになるのだが、ロレンスは今までにない新しい自我を創造しようとしていたのである。

この小説を書き直しているあいだにロレンスは気晴らしのために一回だけ筆を休め、三日間で『バーバラを巡る闘い』を書き上げた。これはイタリアに住む婚姻関係にないカップルを描いた戯曲なのだが、この男女は女性の両親と、そしてその女性が棄てた夫と対決しなければならない。結末でバーバラはジミー・ウェッソンのもとに留まることに同意するが、この戯曲は現実に起こったことと直接的なかかわりがあるといえる。ガルニャーノに着く頃まではロレンスとフリーダは冒険を共有しているということでワクワクしていたのだが、到着後のフリーダにはそれまでの出来事を反芻する時間がロレンスよりもあったために、遠く離れてしまった子どもたちのことを今まで以上に思い焦がれるようになっていた。彼女とロレンスには向き合う相手がほかにいなかったので、フリーダは九月半ばにウィークリーに同情を寄せつつガルダ湖の美しさを書きながら、彼は「なにひとつこれを目にすることができない。自然がとっても好きなのに」[5]と悲しみを表わしている――フリーダもロレンスもピリピリとした恐ろしいほどの緊張感に包まれて暮らしていたようだ。この時期に次のような文言が手紙に書かれるようになる――「手紙が次々にやって来ることでしょう。そうすれば、ぼくたちがつくってしまった傷、子どもたちへの深い同情は耐えがたいものになるでしょう」とか「ウィークリーは殺人や（自分自身の）自殺を仄めかしてぼくたちを脅してきます。彼から届いた封筒を開けるときには、火花が飛び出すのではないかと思うほどです。」[6]ロレンスは今までと同じように素晴らしく物真似が上手なコメディアンでもある――この手紙に垣間見られるのはプレッシャーに抗おうとする態度であり、楽観的な意見を添えてガーネットに急いで送った『バーバラを巡る闘い』はそんなプレッシャーに対するもうひとつの対処法である。しかし当事者はみんなひどい不幸に見舞われつづけていた。バービィは後年、母親が出て行ってしまったことがどのように父親に影響したかをかいつまんで語っている――「母が出て行ってしまったことは父に致命的なダメージを与えて、父が立ち直ることは決してありませんでした。父はとても親切で、世事に長けて洗練された人だったのに、母のこととなるとまるで中世のイタリア人みたいにまったく情け容赦ありませんでした。父は寝取られ男なのであり、そのことをしっかりと実感していました。」[7] 一方でロレンスとフリーダは諍いをつづけながらも、お互いにストレスから解放されずにいた。過去の柵からの脱却を目指してふたりはベストを尽くしたのだが、だったらなぜお互いにそれほどまでに苦しめ合ったのだろうか？　このときから十八年の歳月が経ってロレンスが最期の冬を迎えたときに、「私たちがあんなに諍い合ってきたことをロレンスはとても気にしていました。だから私は、彼を慰めて言ってあげなければならなかったのです――私たちにはそれぞれの性向があり、仕方のないことだったのです」[8] とフリーダは回想している。

しかしたんに性向の問題だけではなかった。フリーダがいみじくも語っているように理由のひとつとして挙げられるのは、ロレンスとフリーダの関係はお互いが相手のために喜んで自身の権利や独立を放棄するような「たんなる利他的な不倫の関係」ではなかったし、あなたなしでは私はもう生きていけないというような「熱に浮かされた関係」でもなかったということである。ふたりの関係は「不倫」から始まったとフリーダは考えていたようだが、次第に「人生におけるあらゆる事柄」[9] を共有したいという強い欲求をもつようになっていったのであり、そのような関係においてはどちらも相手を束縛することなく、自分の生をまっとうしようという強固な決意を持ち合わせていた。一九一二年の十月にフリーダが『夫を棄てたけれども好きな男性と逐電したので喜んでいる』様子」でトルストイの『アンナ・カレーニナ』を読んでいるさまをロレンスは記している。読み終わるとその本を彼女はウィークリーに送り、どうしてアンナが愛人のために夫を棄てたのかを分からせようとした。しかしその本のなかに最初の不倫の相手だったウィリアム・ダウソンからのメモを挟んだままにしておいたことを忘れていた。それは彼女が夫のウィークリーを棄てたということを知ってからダウソンが書いてよこしたものだった。そこには「誰かと逃げ出したかったのなら、なぜぼくとそうしなかったのだ？」と書いてあり、ウィークリーはこのメモをロレンスに送りつけた。[10]

ガルニャーノでロレンスとフリーダは子どものことで衝突をくり返していたが、そこには自己犠牲や他者から受ける庇護や支配といった要素も含まれていた。ウィークリーはフリーダに、彼女の母親と姉妹から言われたとおりに、ひとりで住むためのフラットをロンドンに用意して子どもにも会える条件を提示していたにもかかわらず彼女はロレンスのもとを去らなかった。姉のエルゼは「あなたはまさにヒーローよ」と言いながらも、ウィークリー夫妻のことに関してロレンスは首を挟むべきではないと忠告していた――フリーダはウィークリーの申し出を受け入れなければならない状況に置かれていた。ロレンスの言い分は、彼を棄てることでフリーダは自分自身を犠牲にすることになるというものであり、そのようなことは子どもたちのためにならないというものだった――「子どもたちは自分自身の人生をまっとうするための自由を失うことになるでしょう――なによりもまず、借りを返そうと母親のために生きなければならないと考えるからです。」[11] そしてもしロレンスが言われるがまま潔く蚊帳の外にいたとしたら、こんどは彼が自分自身を犠牲にすることになる。しかしウィークリーからの申し出を聞き入れなければ、フリーダはこのことで自分の自由を剥奪されることにはならないだろうか？　結局のところ彼女はロレンスと一緒に暮らしていけるだろうということ、そして春には、それ以降も、イングランドにいる自分の子どもたちに会うことができるだろうという可能性に賭けたのでる。

　フリーダと暮らすようになってロレンスは、愛という名のもとに自分を押し殺すことを嫌悪するようになっていった。自分自身が蔑にされたり、或いはなにかの犠牲になったりするのではなく、その反対に元気にさせられたり、認められたりと感じられるような愛（或いは自立？）を欲していた。ロレンスには他人《ひと》を愛することはできない、自分ひとりで事足れりとしている、とフリーダはいつも不平を漏らしていた。ロレンスの詩作用ノートに彼女は次のように書き込んでいる――「あなたを私や他の人たちと結びつけてあげようと私なりに命を削るような努力をしてきたけれど、悲しいことにはっきりと分かったことは、私には愛することができるけど、あなたにはそれが決してできないということよ。」[12] フリーダのこの言葉にロレンスは激しい怒りを爆発させた――彼にはこの言葉がどれほど真実に迫っているかが分かっていた。当然のことながら、ロレンスは自分自身が変わろうと必死になっていた。イタリアとフリーダというふたつの要素のために生来の知性でものごとを考えて解決しようとする態度から脱却しつつあっただけでなく、より根本的な面で解放されつつあった。彼はイタリア人についてこうコメントしている――「彼らはまだ、自然にふるまわないで生きる術を身につけていないのです。」[13] 完璧なまでに自分をコントロールすることを躾けられていたロレンスは、このとき自分にもそんなことができなければいいのにと望むようになっていた。ロレンス家に生まれ育ったことで自分からなにが奪い取られたか――自分の官能性とその必要性を認めることと、母親ではないだれかほかの人を愛することの可能性――について書き始めた。自分が「いかに凶暴で、実際に自己破壊的か」ということにロレンスは気がつき始めていた――彼はこれまで「苦悩に満ちた怒り」と呼んできたものにしっかりと蓋をして過ごしてきた。クロイドン時代には「ジョーンズ家の内状」をひどく嫌悪していたという認識しかもっていなかったが、「ぼくは――フリーダのお蔭なのですが――わずかながらそれを忘れ去ることができるようになってきています」[14] と書いている。まったくの未知の土地であるガルニャーノは同時に、ロレンスにもフリーダにも逃げ場を与えはしなかった――「ぼくらはいつもふたりでいるので、互いにつらくあたっています」。このために、互いに自由でいながらも一緒にいるということに実際にどのように立ち向かうのか、その術をふたりは見つけ出す必要があった。つまりふたりは、ロレンスが「ふたりのあいだには子どもの問題という剣が鞘から引き抜かれた状態で置かれているのです…ぼくたちはどちらもこの剣でかなり酷く――半ば癒えていますが――傷ついています」[15]と書いているようなことから顔を背けることはできなかったのだ。

ガルニャーノでの暮らしぶりが今後のふたりの生活パターンを築き上げたのだが、外国での生活はひどく疲れるもので、ときとして恐ろしいほどの孤絶感を味わわせるものでもあった。ロレンスは十二月にガーネットに書いている――「精神的にクタクタです――身も心も溶け出しそうなくらいです。耐えつづけること七ヶ月。ずっと耐えてきたので、精神がピリピリと緊張しているのです。」クリスマスの時期だったということがフリーダにとっては悲劇の極みだった――クリスマスプレゼントがひとつもなかったのである。子どもたちからの贈り物も、子どもたちのためのプレゼントもなく、「私は友だちみんなから無視されてしまいました。見捨てられたのです」[16]とさえ書いている。ガルニャーノで暮らし始めてから何ヶ月か経ったころにフリーダは自分が湖で溺れ死ぬ夢を見ているが、もしかしたらそれは潜在的な欲求だったのかもしれない。ふたりを訪れる知人はひとりかふたりで、驚いたことにハロルド・ホブソンが十二月にひょっこり姿を現わした。彼は厚顔な男で自惚れ屋だった。ロレンスはホブソンのそんなところが気に入らなかったが、「友だちとしてHを信頼してもいい」[17]と感じ始めていた。そして春には、バニー・ガーネットの友人のアントニア・アルムグレンが夫から逃げて来た。

そうこうするうちに、故郷を遠く離れたこの地での六ヶ月が過ぎた。「小説が大好き」なフリーダのところへ友人から本が送られてきたが、それは「外界と私たちとをつなぐ唯一のもの！」[18]だった。一方で作家としてのロレンスにとってこの半年間はとても重要だった。一九一二年の十一月中旬には『息子と恋人』を書き終えてガーネットへ送っていた。このことでロレンスとフリーダの将来は経済的な面では心配なくなった。この小説はまだ長すぎるから私の手で短くするというガーネットのかなり厳しい批評によってロレンスは「萎縮した」[19]が、そのようなことを任せられる人物はガーネット以外にはいなかった。重要なことは、その小説が出版されればロレンスの名前が世間に知られるようになるかもしれないということだった。このような理由から、『息子と恋人』には「エドワード・ガーネットへ」という献辞が付されている。ガーネットの存在がなければ、この小説が世に出ることもロレンスが作家としてのキャリアを確立するチャンスもなかった。

またロレンスは書簡や試しに書いてみた『息子と恋人』の「序文」のなかで、自分が信じていることを明確にしようとする態度を見せ始めた。「ぼくにとっての偉大な宗教とは、知性よりも優れたものである血を、肉体を信じることです」とロレンスは一九一三年一月に、イングランド人の作家であり芸術家でもあったアーネスト・コリングズに書いている。[20] このようなロレンスの哲学は脱稿したばかりの『息子と恋人』では不明瞭のままだといえるが、注目すべきことは、この小説を書き終えたときにそれまでの数年間に考え抜いてきたこと――たんに自分自身や自分が住む世界にどのような態度で臨むかではなく、そういったものをどのように受け止めるか――を要約した形で明らかにしたことである。このことは、自分自身を変性させようとする意志の顕われだともいえる。ロレンスはこうつづけている――「ぼくたちは精神においては間違いを犯すこともある。しかし血が感じて、信じて、語るものはいつでも真実なのです。知性とは轡《くつわ》や手綱にすぎないのです。知識というものについて、ぼくにどんな関心があるというのでしょうか。ぼくが望むことは、精神とか道徳といった諸々のバカバカしい干渉なしに、自分の血に直接応えることなのです。」そして次のように結んでいる――「生きるべき真の方法は、自分自身の欲求に正しく応じることなのです。」[21] このような哲学をフリーダから学んで身につけたとロレンスは感じていたが、まさにこのようなことが心底から知り得たかったことで、だからこそ長編小説のなかでじっくりとこのことについて書いたのだといえる。ロレンスの生来の慎重さと冷徹な知性を考えると、このような哲学は彼自身とは相容れないもののように思える。先天的なものや家庭内での躾によって後天的な影響も受けたのだろうが、ロレンスは自分でも気づかないうちに、イングランド人はいつでもこうだから厭になると不平を漏らしていたような、「愚かしいまでに精神的」[22] な人間になっていたのである。しかし彼は今までとは違う、新たな自分になりたいと心底から望んでいた。作家としてロレンスは生涯このことについて書きつづけ、このことがいかに重要であるかということを絶えず強烈に訴えるようになる。そして創作をとおして自分自身を変えようと、そして（できることなら）読者をも変えようとする。しかし自分の過去から脱却することができたといっても、所詮ロレンスは中流社会ではアウトサイダーにすぎなかった。バニー・ガーネットのような根っからの中流階級の人間にとって、ロレンスは「この国で最も凶暴な階級間憎悪――下層階級が上流階級の人間に対して抱く実力行使できない憎悪感情――を喚起する人物」[23] だった。永遠のストレンジャーとして、ロレンスは肉体や血、そして感情にまつわるまったく新しい教養をお上品な読者のために洗練された居間に持ち込んだ。そしてこのことのために憎まれて、恨まれた。三年後にこの「宗教」は自分が「二十歳くらいの頃に」[24] 信じていたものだとロレンスは公言するのだが、フリーダと出会ってから初めてそれを自分の信仰箇条としたのである。

　前作の『侵入者』によって収入を手にしていたロレンスは、やはり小説を書くことが自分のキャリアを経済的に支えてくれると確信した。そして一九一二年から一九一三年の冬にかけて少なくも三編の長編小説を書き始めたが、それらを途中で投げ出した。一九一三年二月にガーネットに書いている――「生計を立てられるようになることを神に祈っています――そうしなければならないのです。」このようなロレンスにとっての微かな希望は「姉妹」というタイトルの新しい長編小説を「金儲けのための作品」として絶望のなかで書き始めたことだった。というのは、ロレンスが既に二百ページ余り書き進んでいた小説（「ホフトン嬢の反逆」）はその内容が過度に性的なために出版できるものではないことが分かったからである。[25] それから四年ものあいだにこの「金儲けのための作品」はひとつの原本となり、たび重なる書き直しを経て『虹』と『恋する女たち』として完成することになる。ロレンスはまたイタリアでの生活を描いた小品をいくつか書いていて、これは最初の紀行本『イタリアの薄明』として上梓された。そして一九一三年一月には、すべての台詞に自分が若いころに喋っていたノッティンガムシァ＝ダービシァ方言を用いた最高の出来栄えの戯曲『義理の娘』を完成させた（この戯曲は、『息子と恋人』に登場する母親と息子についての生々しい解説書と受け止めることができる）。この戯曲は「喜劇でもなければ悲劇でもない――ごくありふれたのもの」だとロレンスは思っていた。ダックワース社はロレンスの最初の詩集『愛の詩集』も出版していて、詩人、批評家でもあり紀行文作家でもあるエドワード・トーマスはこの詩集に好意的な書評を寄せたものの、こうも述べている――「ロレンス氏はあらゆることを強烈さ、とくに艶めかしさのために犠牲にしている」。フリーダはその詩集をそれほど気に入らなかった――そこには「自分以外の多くのヒロインが登場している」[26] からである。しかしその詩集は『息子と恋人』とはちがう意味で過去との決別を意味していた。そしてロレンスは『リズム』誌の編集者と連絡を取っていて、彼らは掲載料を払うことはできなかったが評論と短篇を一本ずつ引き受けてくれた。

ガルニャーノで数ヶ月過ごすとロレンスとフリーダは、人里離れて孤独をこれほどまでに感じる場所にはもう住みたくないと思うようになった。ロレンスには創作があり、それをフリーダは高く評価していたがこのことがフリーダの神経を逆撫でした――「彼が創作していると、それは私をゾッとさせるのです。まるで壊れるまで動きつづけるライティングマシーンのようで、だから私は半狂乱になるのです。」ロレンスはフリーダにとって、「インクの変わりに絶えず彼女の血を吸い取る一本の大きな万年筆」[27] のようなものだった。しかし彼女にとってそんなことより重大なことは、藪から棒にウィークリーがそれまでの申し出をすべて取り消したことだった。彼の今度の態度はこういうものだった――「もうおまえとのことはケリをつけた。おまえを想い出したいとも思わないし、子どもたちにとっておまえはもう死んだ人間だ。分かっているだろうが、法律は私たちの味方だ。」フリーダは大きなショックを受けた。ウィークリーが決心した離婚に必要な証拠を集めるために、彼の姉妹のひとりが一月にイタリアまでやって来た。ロレンスとフリーダはその女性が自分たちの身辺にいることに気がつかなかったかもしれないが、結局はふたりが一緒にいるところを目撃しさえすればいいというその女性の目的を満たしてしまうことになった。[28]

三月の終わり近くに、イジェア荘を去ってフリーダとロレンスは湖を北上したところのサンガウデンツィーノという村にある農場へ十日間ほど出かけた。ふたりはそこでの人づき合いやダンスや家庭的な雰囲気をとても気に入って楽しく過ごしたのだが、ロレンスはここでも、湖を見下ろす高台にあって陽光が降り注ぐ家屋で創作をつづけた――ここは大のお気に入りの場所のひとつだった。ここからふたりはエルゼに会うためにヴェロナへ向かい、それからドイツに戻り、そしてミュンヘンの南にあるヤッフェ家の別宅に滞在した。このときに過ごしたのがイルシェンハウゼンの松林の一角にある小ぢんまりとした木造建ての家屋で、イーザル川を眼下に見ることができるすばらしい眺望を楽しめるところだった。ここでの滞在は二、三日のつもりだったのだがロレンスはこの地で執筆に没頭した。「姉妹」の最初の草稿を書き上げ――「この作品は今日《こんにち》の問題――男女間の新しい関係の構築、或いは昔ながらの男女関係の再調整――をテーマにしています」[29]――て、さらに「新しいエバと古いアダム」を含む三篇の短篇小説を書いた。この短篇はロレンスのフリーダとの当時の関係がどのようなものだったのかを仄めかすものである。ふたりのあいだには絶えず緊張と衝突があった――彼女は「素朴で温かく、無条件で苦もなく自分を愛してくれる男」を望んでいるが、相手の男は、自分は「相手の女を愛している」が「その愛は平穏なものにはならないだろう」[30]と感じている。ロレンスはまた「プロシア士官」という卓越した短篇も書いた。この短篇では、嫉妬深い士官に仕える若い従卒の本能的な内向性が弱者を虐待するこの士官によって傷つけられる。そしてその従卒はその襲撃者を殺すのだが、彼が自由になることはなく身体的に破壊されてしまう。ロレンスは本能的な自我を自意識のなかに強制的に封じ込めて抑圧しようとするとどうなるのか、その恐ろしい結果を探究していた。このことはそれまで彼が取り組んできたプロセスのまさに対極をなすものであるが、しかしそれは彼の生涯と創作における根幹となるテーマに近いものだといえる。

ふたりのあいだで子どもをめぐる諍いはつづいていた。フリーダはその年の夏にはイングランドへ戻って、（ロレンスが言うには）「手段を選ばずに、汚い手を使ってでも」子どもたちと接触する決心をしていたが、自分には選択の余地はないことが彼女には分かっていた。フリーダに「自分のしたいように」させるほかなかったことをロレンスは告白しているが、「ロレンスがその場にいること」が条件だった。しかし「子どもたちにかかわる厄介事が、ぼくたちの関係を少しばかりギクシャクしたものにして」しまった。フリーダはあるときの喧嘩で、皿をロレンスの頭で叩き割ったし、またはヴォルフラッツハウゼンにいるエルゼのところへ出て行ったりしたこともある。[31] フリーダが子どもたちに近づくことがロレンスとの関係に、そしてふたりが互いに与え合った新しい生活の始まりにどのような意味をもつことになったのだろうか？　そして、叔母のモードやウィークリー方の祖父母からお母さんはお前たちのことを愛してはいないんだよと一年間も言われつづけて、子どもたちはどのように振る舞うことになったのだろうか？　子どもたちが祖父母やほかの親類縁者と一緒に暮らしていたロンドン郊外のチズィックのウィークリー家では、おそらくフリーダは「フリーダとかいう名前の女性」と呼ばれていたのだろう。子どもたちはその呼び名を、当時或いはあとになって知ったと思われる。[32]ロレンスはイングランドへ戻ることに理解を示していて、フリーダを独りで行かせる気は毛頭なかった。

イルシェンハウゼンでは、さまざまなことが予期せぬ方向へと転がりつつあった。ジェシー・チェインバーズはロレンスがフリーダと共に外国へ行ってしまったことを知っていた数少ない人間のひとりだった――ロレンスは彼女に「これを機に、ぼくとのことなどきれいさっぱり忘れてしまうように」[33]と伝えていた。同じころ彼はジェシーに『息子と恋人』のゲラ刷を送っていた――彼女に知らせずにふたりの性的な関係にまつわるストーリーを（たとえフィクションであっても）出版することはフェアではないと考えたのだろう。ジェシーの反応はかなり感情的なもので、ロレンスの手紙を送り返した。このことでロレンスはつらい思いをしたが、それでもそのときの情況に対処することはできた――「彼女に神の御加護があればいいです。彼女はいつでもぼくのことを見下していました――精神的にです…そして今や、ぼくと関係をもってきたことをひどく恥じているのです――まるでぼくが彼女の精神の羽衣を泥のなかで引きずり回したみたいに。これを愛と呼べますか！　まったく。」そのあとにジェシーはガーネットを介して、ロレンスと一緒に過ごしたときのことを作り話にして送ってきた。ミルトンの「早咲きの桜草は見捨てられて萎れる」から引用して、彼女はそれに『早咲きの桜草』というタイトルをつけた。ロレンスは「悲しみに打ち沈んで、二日のあいだ家から外に出る元気もなかった」。[34]フリーダでさえこのときには、彼女自身が『息子と恋人』の驚くべき残忍性」と呼んだものに気がついていた。ロレンスは十五年が経過してからこう述べている――「クリエイティヴな作家であるためには背徳的なものを具えている必要があるのです。」一九一六年に友人だった人物にはこのように話している――「本物の作家や芸術家や記録係になるために」は、その人物は「どんな経験をしようとも、本質的に揺るがないでいるためには内面的に孤絶していなければならないし、本質的に孤立して超然としていなければならない」。[35]ジェシー・チェインバーズとのことをズルズルと引きずっていることを自覚していたからこそ、ロレンスは都合のいい論理でバツの悪い事実を歪曲しようとしていたのだろう。

イングランドへ行くことにそれほど積極的でなかった一方で、八月の初めにイーストウッドで執り行われる妹のエイダの結婚式に出席することをロレンスは望んでいた。しかしながら、ロレンスと世間的に後ろ指を差されるフリーダが揃って顔を出すことはできなかった――「ぼくたちはイングランドで知り合いに会うべきではないのです。過去の人生から切り離されてしまったと強く感じています——生まれ変わったようです。」しかし著述にかかわる諸々のこと、とくにエッセイや短篇の出版の手筈を整える必要があった。作家としてのキャリアを考えるとそうする必要があったにもかかわらずロンドンにいることができなかったり、まだ著作権代理人《リテラリー・エージェント》がいなかったりしたことで作家として成功したいという願望は絶えず壁にぶち当たっていた。しかしサーン荘にまた行けるという考えは、「ぼくの心を安堵感で満たし」[36]た。一九一三年六月十七日、ロレンスとフリーダは出立した——ロレンスは『息子と恋人』（この小説は五月二十九日に出版されていた）の著者として、フリーダは母親として子どもたちを取り戻すために、イングランドへ戻ったのである。

ガーネットはほとんどの時間をロンドンで過ごしていて、サーン荘はロレンスとフリーダをカップルとして迎えてくれるイングランドで唯一の場所だった——イーストウッドのホプキン家でさえロレンスだけならということだった。到着してすぐにロレンスは、コンスタンス・ガーネットがラズベリーに網をかけるのを手伝った。彼女はロレンスが「気さくさと、心からの親睦と親切心」に満ち溢れていると感じた。[37]しかしイングランドに到着してからというもの、ロレンスとフリーダはそれまで以上に激しい口論をくり返していた。そんな激しい関係を目の当たりにしたコンスタンスは、ふたりがこれ以上一緒にいることは無意味なのではないかと感じて、「フリーダにとって耐え難い状況にしてしまう前に」彼女とは別れたほうがいいとロレンスに忠告した。このように首を突っ込んでくるのでロレンスはついには「ぼくはMrs Gを好きではありません」と言うほどになった。しかしコンスタンスからすれば、ふたりのように激しくぶつかり合うカップルを自分は翻訳に集中し、息子のバニーは試験勉強に打ち込んでいる家に滞在させることに我慢できなかったに違いない。しかしロレンスはこう言って安心させている——「ぼくたちふたりは、デイヴィッドと彼の試験にとって助けになろうと努めています。」[38]

ふたりが言い争うことは習慣的なものになっていたが、それはひどい状況に置かれたときの対症療法のひとつだった。齢を重ねて寛大になったときでさえも、フリーダはロレンスには「とてもひどい癇癪があった」と述べている。つまり、彼の父親と同じように気が短く、ほんの些細なことにも怒りを爆発させたというのである。ロレンスにしてみれば、一九一三年にはそうする理由が十分にあった。しかし苦しみを分かち合おうとする気持がロレンスにはないことをフリーダはますます強く認識するようになっていた——バニーの言葉を借りれば、子どもたちと離れ離れになっているフリーダを目の当たりにすることは、「罠にかかった動物を見るようにつらいことだった」[39]という事実にもかかわらず。ロレンスにしてみれば、フリーダが離婚を望んでいて、そんな彼女が事を荒立てれば子どもたちの親権にかかわる決定が彼女にとって不利なものになることは解りきったことだった。フリーダが嬉々としていたように、ロレンスが「ほんの数時間でも自分と離れていることに耐えられない」というようなことがなければ、彼はおそらくイングランドへ戻ってくるようなことはなかっただろうし、子どもたちを追いかけ回すフリーダの痛々しい姿を見ることは避けたかったに違いない。しかしフリーダを頼ってしまう性根はまた、ロレンスを困難な状況に陥れることにもなった。コンスタンスの日記にはロレンスが言った言葉が残っている――「彼の愛は永遠のものであり、フリーダはロレンスを半分しか愛してはいない――でも彼女には自分のことを完全に愛させてみせる。」[40]この言葉から分かることは、ふたりは実際には子どもたちをめぐって諍いをくり返していたのではなく、ふたりの愛の関係は率直で正直で完全なものでなくてはならないというロレンスの確信が新たに芽生えてきていたことを示唆している。おそらくロレンスには分かっていたのだろうが、子どもたちに向けられたフリーダの愚かな態度を全面的に認めて助けてやることは彼にとってずっと容易なことだったろう。しかしそうはしないで彼女を説き伏せようとし、ときには彼女の力になってやり、またあるときには手を貸すことを拒んだりした。それもこれもすべてフリーダのことを愛していたからこそだった。

六月二十六日の木曜日にふたりはそろってロンドンへ出かけて、午後三時頃にサウス・ケンジントンでバニーと落ち合った。それから、ロレンスがハイ・ホルボーンに写真を撮ってもらいに行っているあいだに、バニーはフリーダに手を貸してできるだけのことをした――「フリーダが下校中の息子を捕まえて少しでも会って話ができないものかと期待しながら、セント・ポール・スクールの辺りをぶらついていたのである」（モンティは実際にはウェスト・ケンジントンにある、卒業後にはセント・ポール・スクールへ進学する少年たちが通うコレット・コート・スクールに通っていた）。[41]この日の偵察行動は準備的なもので、フリーダは四日後に再び姿を現わした――ロレンスはこのときは同行したが目立たないようにしていた。そして息子のモンティに会うことができて、翌日は妹たちも連れてきてと頼んだ。彼女は息子に小遣いと手紙を持たせたが、その結果は恐ろしいことになった。もらったお金は発見されて送り返された――モンティはなにをしていたのかを白状させられて、フリーダからの手紙も見つかって取り上げられた。チズィックでの家事の一切を取り仕切っていたウィークリーの妹のモードがすべてを兄に話した。すると彼は裁判所に申請して、七月末までにはフリーダが「当該子女に会うこと、もしくは会おうとすること」[42]を禁ずる裁判所命令を手に入れた。彼はまた、フリーダの母親を介して「忌まわしい」手紙を送りつけてきて、そこにはこう書いてあった――彼女は「子どもたちにとってたんなる死人」ではなく、彼らにとってみればフリーダは「腐った屍」[43]だった。フリーダがしでかしたことの顛末として、ウィークリーは離婚訴訟が始まる数ヶ月も前に子どもたちの法的な親権を手に入れた。子どもたちに会おうとしたためにフリーダはその子どもたちを事実上失うことになったのであるが、彼女自身はまだこのことを知らなかった。

サーン荘ではロレンスとフリーダは「今までと同じように厳

しく口論していた」[44]にもかかわらず、彼は役に立つ存在であろうとしていた。そのことは、フリーダの自立を促そうとするためのひとつの試みだったのだろうし、またバニーに感謝の気持を示すためのものでもあったのだろう――ある暑く気だるい昼下がりに、サーン荘の上の方にある林のなかでフリーダは（年を取ったバニーの想い出話によると）「セックスしましょうよ」と言ってきたというのである。その誘いに乗りたいのは山々だったのだろうが、彼はなんの反応も示さなかった。なぜならば、「フリーダは秘密を守れず、だれ彼構わずに口外してしまうだろう」[45]と当然のように信じていたからである。写真15に写っているのは、バニーが裏切っていたかもしれないそのときのロレンスである。この写真は六月二十六日に、新聞社に提供できるようにとW・G・パーカーで撮影してもらったもののなかの一枚である。[46]その写真のロレンスは明らかに一分の隙もないように見え、バニーがそのことに触れている――「ロレンスの眼を覗き込んだら最後、彼の魅力の虜になってしまう。その眼はとても美しくて、活力に満ちていて、陽気さで踊っている。笑うと顔全体がパッと明るくなり、まるで『さあ…楽しくやろうよ』と静かに誘っているようなのである。ロレンスがこのような表情を浮かべて誘ってくると、どうにも抗いきれなかった。少なくとも私はそうだった。」人びとは「広くて突き出た眉上弓（額）と神経質そうな、とても青く澄んだ瞳――両目は離れていた」という特徴をロレンスの顔に認めていた――彼の口髭は赤く、髪の毛は濃い茶色で、そして顔色は蒼白かった。[47]

くだんの裁判所命令のことなど露ほども知らないフリーダは、子どもたちとなんらかのコンタクトを取ること――少なくとも姿を見ること――ができたことをロレンスに証明できたと感じていたに違いない。この時期は、ほかの面でも僥倖《ぎょうこう》に恵まれた。ロンドンへなんども出かけていたときに、ふたりはとても重要な人物との出会いを果たした。その相手とは雑誌『リズム』の編集者で、ロレンスとフリーダのように婚姻関係にない男女のカップルだった。男性の方は二十四歳のジャーナリストであり批評家でもあったジョン・ミドルトン・マリィで、相手の女性は彼よりもひとつ年上でニュージーランド出身のキャサリン・マンスフィールドだった。彼女は短篇小説の分野で名声を高めつつある作家でもあった。そしてこの二組のカップルは知り合った当初から意気投合した――「私たちは一緒にバスに乗ってソーホーへ昼食を食べに出かけました。そしてフリーダは、キャサリンとぼくがにらめっこをしていたところを目撃して、驚いて喜んでいました。というのも、ロレンスとフリーダは、ぼくたちは裕福で世間の注目を集めるような大そうなカップルだという妙な考えをもっていたのです。」[48]キャサリンはフリーダに同情した――フリーダは息子のモンティに一度は会うことができたが、そのあと少なくとも二度ひとりでコレット・コートへ無駄足を運んでいたのだ。マリィは下層中流階級の出身で奨学金を得てオックスフォード大学を卒業していたが、執筆と出版の方に熱が入りすぎたために学位取得を断念していた。ロレンスはそれまでの十五ヶ月間ものあいだひどく孤独に生きていた——彼にとってはエドワード・ガーネットだけが信頼に足る友人だった。そのロレンスはマリィに急接近していった——マリィは自分に共鳴してくれるような、魅力のある素敵な、そして彼なりにロレンスに手を貸すことができる相手だった。マリィに宛てた現存するロレンスの最初の手紙は有益な忠告で満ちている。知的で引っ込み思案のマリィは、ロレンスの直感的な洞察力と理解力に深く感服した——「ぼくは、こんなにすぐに他人と仲良くなることに慣れていなかった。」[49]

サーン荘には二週間以上は滞在しないことをロレンスはもともと約束していたが、ロンドンとのあいだを何度か往復しているうちにすでに三週間が経っていた。七月九日になってロレンスとフリーダはケントのキングスゲイトという海辺の町へ向かいそこで部屋を借りて、キャサリンとマリィのふたりに自分たちのところへ遊びに来るようにと約束させていた。ウィークリーと一緒に訪れたことがあったマーゲイトはキングスゲイトからそう遠くない海岸沿いにあった。フリーダは九月に友人のフリーダ・グロスに手紙を書いている——「ねえ、私はマーゲイトにいたのよ。アーネストと、そして子どもたちとそこで過ごしたことを想い出してしまったわ。子どもたちにはすごく会いたい。子どもたちと離れて暮らすことはとてもつらいことだし、Lにとってもとても厄介なことだわ。」[50]ロレンスはどこへも行かないで仕事がしたかった。それまでの過去二年間のあいだに書き溜めた短篇小説の何篇かを書き直してタイプしてもらっていて、ガーネットはそれらを出版するためにするべきこと、どの出版社と連絡を取ればいいかについて助言をしてくれていた（ひとつの短篇がエージェントのJ・B・ピンカーに委ねられた）——「もしこの短篇がうまくいけばほかの作品もあとにつづくだろう。」[51]ガーネットは作家としてのロレンスの地位を磐石なものにしようとしていたのであり、この意味でエージェントというものはありがたいものだった。

キングスゲイトに着くとロレンスはガッカリした——「ここはぼくのいるべき場所じゃない。まったく違う。」[52]どうしてロレンスがこのように感じたのか、なぜこのときなのか、どうしてキングスゲイトに着いてからなのかを説明することは不可能である。しかしこのときの彼の気持は、執筆中だった「薔薇園の影」のなかに垣間見ることができるかもしれない。新婚カップルが海辺に休暇を過ごしにやって来るのだが、まさにその場所で新妻は結婚する以前のその地での別の男性との肉体関係をはっきりと想い出す。夫はそのことに気がつくが、ロレンスが結末部を書き直したように「夫にはそんな彼女とはなんのかかわり合いもなかった」。[53]ロレンスにはフリーダの五年前のマーゲイトでの楽しい想い出——「素晴らしいわ。とても素晴らしい。しかし海辺で、海で泳いで、海に出て、そして海を眺めながら過ごした日々」[54]——が苛立たしく思われたのかもしれない。しかし過去を懐かしんでいた彼女に、いったいロレンスはなにができたというのだろう？

自分の過去から切り離されてしまったことをロレンスは痛切

に実感していたに違いない。エイダを除くほかの家族のメンバーは、長い外国暮らしから帰国したのにどうしてロレンスは顔を見せないのだろうかと訝ったことだろう。ジョージ・ネヴィルのところへも顔を出さなかったし、ほかにもロレンスが敢えて会おうとしなかった旧知の人物は数人いた（ジェシー、ルイ、アリス、ヘレンなどであり、ロレンスはホプキン夫婦に自分がエイダの結婚式に参列することをアリスには言わないでくれと頼んでさえいた）。[55] ロレンスはまた、クロイドンやロンドンの知り合いのほとんどともまだ会っていなかった――ジョーンズ家族や、アーサー・マクラウド、アグネス・メイソン、フィリップ・スミス、ヒューファア、ヴァイオレット・ハント、ウォルター・デ・ラ・メアなどである。「赤ん坊を連れた父親たち」[56] がいる優雅なキングスゲイトでの日々はロレンスにとっていったいどのようなものだったのだろうか？　彼には金も、子どもたちも、そして中流階級的な足場もなかった。

フリーダが郷愁に駆られながらも過去との決別を迫られていた一方で、ロレンスには新しい友人が必要だった。彼は人との繋がりを渇望していた。エドワード・マーシュが編纂した二冊目の詩選集『ジョージ朝詩華集』に収録された一篇の詩の印税がロレンスのもとに送られてきていた――マーシュは海軍省でウィンストン・チャーチルの私設秘書として働いていた人物で、身なりのきちんとした人物であった。彼は都会人的な生活をする一方で、キャサリンやマリィのような若い詩人や芸術家たちの仕事に同情を寄せて必要な援助を提供していた。そのマーシュが友人を訪ねて週末にキングスゲイトにやって来ることを知ってロレンスはたいへんに驚いた。マーシュをお茶に招待したのだが、彼は到着すると今度はロレンスとフリーダに近いうちに自分の知り合いであるベブとシンシア・アスキスに会いに来るようにと強く勧めたのである。彼らは互いに気が合ってうまくつき合えるのではないかとマーシュは考えたのだ。フリーダはこの関係に喜んだ。ベブは総理大臣の二番目の子息で、シンシアはエルコ卿の令嬢だった（彼女はのちにレディ・シンシアとなる）。このふたりが、ロレンスとフリーダが間借りしていたフラットがある通りのはずれに住んでいたのであった！　ロレンスとフリーダは彼らを正式に訪ねたが、そのときにはふたりの関係は詳細には明かされなかった。フリーダは正真正銘のイングランドの貴族との出会いに満足し――「私も『一角の人物』だわ」、また洗練されたブロードステアーズにあるキングスゲイトと「実際には本当にひどい場所の」マーゲイトとの違いをまざまざと知ることになった。しかしロレンスもフリーダも「この上ないほどに果報者だった」[57] のであり、ふたりはそれからというものシンシアとかなりの時間を一緒に過ごし、シンシアもふたりとても仲良くなった。このことは少なくともこの時期の窮状の埋め合わせといえる。

マーシュがやって来た同じ日曜日にキャサリンとマリィが来られなかったことにロレンスとフリーダは落胆した。しかしマーシュはふたりに、キャサリンたちは二進も三進も行かないほどお金に困っていることを話した。このことで、雑誌の編集者というのはお金をもっているものだというロレンスとフリーダの先入観は覆った。ロレンスはマリィに助言を記した手紙を出し、キャサリンには、登下校するモンティに会うことができたら半分を彼に渡して、もう半分はキングスゲイトに来るために役立ててくれと言葉巧みに一ポンド金貨を送った。[58] するとふたりは翌週末に、マリィが雇っている法廷弁護士のゴードン・キャンベルと一緒にキングスゲイトにやって来て、みんな揃って楽しく過ごした――「ぼくたちは薄暗くなった夕方に、みんなで泳いだり、ビーフステーキやトマトといった贅沢な食事を楽しんだりした。」マリィとキャサリンはロレンスとフリーダのあいだの「とてつもない諍い」を翌年の一九一四年十月になって初めて目撃したとマリィは語っているが、このことから七月十三日にロレンスが言及した「休戦状態」がずっとつづいていたことが窺える。[59]

フリーダはケントでの日々をこう総括している――「私たちがイングランドに来たことはLにとってはよかった。お金も入ったし素晴らしい人たちとも出会えた。」[60]『息子と恋人』が好意的な書評を得ていたことが助けとなったのだろう。ただひとつの厄介事は、批評家たちがロレンスのことを性的なスペシャリストと見做し始めたことだった。例えば『ネイション』誌のエセル・コルバーン・メインは、「性的情熱が描かれる絶え間のない場面」や「肉体への病的なこだわり」を非難した。その一方でロレンスは、図書館がこの小説を置きたがらないこと（国中の図書館が、ある批評家が口にしたこの小説は「慎みというものを蔑にしている」というコメントのために、購入することに二の足を踏んでいたのだった）によって、自分に向けられた世間の態度を認識した――「頭のイカレた気取り屋たちは、ぼくの本を扱おうとはしないでしょう…」[61]

ケントで過ごしているあいだに、フリーダは自分がどのような災禍をウィークリー家にもたらしたかを知った。彼女はウィークリーからの「忌まわしい手紙」を受け取っていたし、モンティはキャサリンがロレンスから託されたお金をもって現われたときに口をきくことすら拒んだ――「モンティは第三者を通じて、『自分に会いに学校まで来る人たちと話してはいけないことになっている』と伝えてきた。」これを知ったフリーダは苦悶した――「まるで身体がバラバラに引きちぎられたみたいだわ。」[62] ロレンスとフリーダは二、三日ゴードン・キャンベルのところで厄介になるつもりでロンドンへ戻ってきた。キャンベルはモンティが通う学校からそれほど離れていないケンジントンのセルウッド・テラスに居を構えていた。この時点でフリーダはすでに例の裁判所命令のことを知っていただろう――サーン荘にいたときに彼女に送達されていたと考えられる。法律家のキャンベルはこの裁判所命令が意味していることについて明確且つ詳細にフリーダに説明して聴かせたことだろう――のちに彼女はキャンベルにこう伝えている――「あなたはひどく同情心の薄い人だと私は思っていたわ。あんな頭でっかちのことを言うなんて。」[63] 自分がロンドンに長く滞在していたからといって、得るものはなにもないことを受け入れるしかなかった。七月三十一日の木曜日、フリーダはエルゼのところにいる両親を訪ねようとバイエルンへ向けて出立した。十五ヶ月前にメスを去ったとき以来彼女は父親に会っていなかった。彼女には、父親が家族のほかのメンバーと一緒にいるところに会いに行ったほうが得策だと思えたのだろう。一方のロレンスは八月初旬のイーストウッドでのエイダの結婚式に出るためにイングランドに留まっていた。

辛酸を嘗めることもあったが、執筆の進捗状況もそこそこで金銭的な報いのあった夏（新しく書き直されてタイプされた短篇がひとつ八月に出版されて、三本のイタリア紀行文とさらにふたつの短篇が九月に、加えていくつかの短篇が受け入れられていたが出版はまだだった）を過ごしたあと、ロレンスとフリーダは八月九日にイルシェンハウゼンで落ち合った。ロレンスは九月中旬にここを去るまでに「姉妹」の第二草稿の最初の百ページを書き終えた。ロレンスは、フリーダが「少なくとも目下のところは子どもたちとの問題で波風を立てない」[64]ことを望んでいた。それからふたりは一週間のあいだ別行動をとった――フリーダはこのときバーデン・バーデンにいた両親に会いに行った（ロレンスが自分の家族にひとりで会いに行ったように、彼女もひとりで出向いたのである）。そのあいだロレンスは紀行文の素材集めにいつもの山歩きに出かけた――今回はスイスのアルプスであった。ふたりはバーゼルで合流し鉄道を使ってエルゼの夫エドガー・ヤッフェに会いに出かけた。彼はスペツィア湾に面したイタリアの北西の海岸に位置するレーリチで愛人との休暇を楽しんでいた。ロレンスとフリーダはこの地をとても気に入り、フィアスケリーノという漁村のほとんど砂浜のところに建つ一軒のコテッジを見つけた。ここでふたりはイタリアでの生活の第二部を始めたのである。

フリーダはロレンスのことを心配していた。九月の終わりか十月の初めに姉のエルゼにこう書いている――「あの人は私がいないと、どうしようもないのよ。私がいないときには、お姉さんがここであの人の世話をしてやらなくちゃならないわ。本当に、そうしなくちゃいけないのよ。あの人は完璧に塞ぎ込んでしまうわ」。このことはロレンス自身めったに認めないものだった。通常、例えば一九一三年の三月のように、彼は時折こう言うことはあった――「ぼくは（ジョージ・フレデリック・）ワッツの『希望』（陰気臭さで有名な絵画）くらいに陽気です」。フリーダはさらに詳しく書いている――「感情の起伏が激しいのよ。ああ、来る日も来る日も彼に耐えている私は英雄的な人間だわ。」ロレンスはいつもそんな癇癪に悩んでいたということをエイダから聞いてフリーダは安堵した――「私のせいだと思ってたわ！」[65]七月の初めに、ロレンスは新たに知り合いになったヘンリー・サヴィジに告白している――自分は「かなり頻繁に悲しみに打ち沈んだ犬になるんです。でも、すぐにそうではなくなります。」この言葉とは裏腹に、それから二、三日してロレンスはキングスゲイトに到着したが、そのときには「完璧に惨めだった」。[66]

一九一三年の九月にどうしてロレンスが塞ぎ込んでいたの

か、その理由はどう考えても見当がつかない。スイスへの徒歩旅行はたしかに厳しいものであったけれども――「彼は歩きすぎで自分の身を削ってしまった。まるでちびた鉛筆のように」[67]とフリーダは思っていた。『イタリアの薄明』のなかの「戻り路」の語り手はロンドン人と会ったときに、その「疲労困憊している」男が「この四日間で百六十キロを超える道のりを歩いてきたことに」[68]びっくりしている。ロレンス自身はもっと長い距離を歩いていた。彼はスイスが気に入らなかったようである――地元の人間と喋るのにも苦労したのだろう。フリーダは、自分がロレンスにとって不可欠な存在であることが分かって嬉しさを感じた。なぜならば塞ぎ込んでいたロレンスが、自分が戻ってくると元気を取り戻したからである。しかし問題はもっと根本的なものだった。九月三十日にロレンスはマリィに心のなかを打ち明けている。自分が「絶望的に深い不幸のなかにいる」だけでなく、「自分にはそのような性癖がある――ぼくは阿呆だ」[69]とロレンスは言葉をつづけている――この部分以外のその手紙の内容は陽気さで満ちている。七月にサヴィジに言っていたことはきわめて的を射たものだ――サヴィジが一時的にホテル業に手を染めていることを聞き知ったロレンスは、「君が羨ましいよ…いつでもいろいろなタイプの人間とつき合っている。ぼくはパブを経営したいくらいだ。」[70]自分自身の闘いに果敢に挑んでいるために、他との接触を持たずにいるという状況はロレンスがしょっちゅう直面していたことである。フリーダも同じように考えていた――彼女は「なんとかロレンスを自分や周りの人間とかかわらせようと努力していた」[71]。だが結局は解決されないままだった。創作することでロレンスは外的には人間関係を築き上げることができた反面、彼自身の内面は孤立していった――ロレンスを塞ぎ込ませてしまうパラドクスである。

自分が不幸だと認めること、そして不幸を求めてしまう「性癖」が自分にはあることを自覚するということは、以前だったら隠したり認めようとしなかった気持を徐々に理解しようとしていたことの兆候であるといえる。八年後に書かれる『ミスター・ヌーン』で、ギルバートがヨハンナと暮らすようになってから自分自身の「昔ながらの、どちらかといえば自己満足的な心が開かれていった」[72]ことを感じるが、フリーダと出会ってからの最初の数年におけるロレンスにも同じことが言える。しかしたんに開かれただけでなく、他者を必要としている者としての正体が暴かれたのだ。変化を求める過程で自分が脆弱で不安に襲われ、孤独な人間であると感じるようになった――ロレンスは塞ぎ込むよりも怒りを露わにすることでこのような心情に対処することができていた。創作は八年ものあいだ彼にとっては気晴らしであり頼みの綱であったのだが、当然のことながら変化を来してきていて昔に比べてより危うく、より抑制が効かないものになってきていた。八月に入ってロレンスが自分の作品を「夢遊病者の」ものであると表現したときにその兆候が認められる――「夢心地で書いているみたいで、かなり不愉快なことです――まるで自分がやっていることが自分で理解できないようです。」[73]

少なくともロレンスとフリーダは、彼女の離婚はもうすぐ成立するだろう、そうすればその翌年には結婚してもう社会的な追放者として扱われることはなくなるだろうと考えながらフィアスケリーノでの生活を始めた。そしてフリーダは子どもたちに会うこともできるようになるだろうと期待してもいただろう。一九一三年の夏のロレンスにとっての優先課題は「姉妹」を書き上げることだった(ロレンスは一年ものあいだ長編小説を完成させていなかった)が、その前に『ホルロイド夫人、寡婦になる』の出版の準備を整えた。この戯曲にずっと好感を抱いていたガーネットは、アメリカの出版者ミッチェル・ケナリーにその作品を委ねていた。ロレンスは自身の結婚観に基づいてその作品を大幅に書き直していた。「女性――女性らしさを多分にもっている人――にとっていちばん大事なことは、結局のところ自分自身を所有されないということのような気がします」と、ロレンスは十月に書いた手紙で述べている。「女性は、愛、美しさ、貞節、義務、価値、仕事、救済などといった標語のどれひとつにも囚われるべきではありません――最終的にそのようなことがあってはならないのです。」女性が望んでいるものは充足感であった――「少なくとも精神的と同様に身体的にも。魂と同じように性も満たされるべきなのです。」[74]女性の自立に関するこの驚くべき新しいアイデアは同時に「姉妹」の方向性をも示唆する。一九一三年の秋には、この作品はエラとグドゥルン・ブラングウェン姉妹の感情的且つ性的な生きざまを細かに描いていたのでとんでもなく長い小説になっていた。一九一四年の一月になってロレンスは前半部を書き上げてガーネットに送った。この頃にはロレンスはこの長編小説を、結婚が中心的なテーマになっていることを示すために「結婚指輪」と呼んでいた――ルパート・バーキンとの婚姻関係をやがては結ぶことが予想されるエラと、そしてジェラルド・クライチと今まさに結婚する間際にいるグドゥルンのふたり姉妹が主人公である。ロレンスがサリー・ホプキンに「女性に参政権を与えることなんかよりももっとましな、女性のための作品を書く」[75]と約束してから、ちょうど一年の歳月が流れていた。この長編小説こそが、そのときのロレンスの念頭にあったものである。

フィアスケリーノはあらゆる面でガルニャーノに勝っていた。ロレンスとフリーダは、ふたりの住処をとても気に入っていた――それは「小ぢんまりとしていて、ピンク色で、岩の多い入江の端に建つ、大きな葡萄園のなかの四つの部屋のある小屋」だった。ふたりはエリーデ・フィオーリという若い女性と彼女の母親で「六十歳くらいで皺くちゃの、裸足で暮らしている」フェリーチェを雇ったのだが、ロレンスが床をたわしでゴシゴシ磨いてやっと「夜の闇さながらの汚れのなかから深い赤色をした煉瓦が顔を出す」ような始末だった。フリーダは以前にもまして家事をしなくなっていたが、「自分のずぼらさ」[76]を自嘲気味にガーネットへの手紙に書いている。ロレンスはこの年の冬に百五十ポンド余りを稼ぎたいと思っていた――そうすればワインを貯蔵することができて、ピアノを賃借りする余裕がもてるからだった。そのピアノは舟に載せられて湖岸を迂回して届けられた。いつでも好きなときにピアノを弾いたり歌ったりすることはフリーダの楽しみだった――彼女はその一年前に「お願いだからベートーヴェンの歌の楽譜を送ってくれないかしら。Gよりも高くないやつを」とエルゼに頼んでいた。フリーダは歌うのが上手だったが、「新しいエバと古いアダム」のポーラのように作曲家の曲を「調子を変えてまったく別もの」[77]にしてしまうのだった。

十月十八日にウィークリーによる離婚を求める仮判決が下された。フリーダとロレンスは世間の好奇の目から逃れることができたらどれほど安堵したことだろう。しかしこの事件は『ニューズ・オブ・ザ・ワールド』紙の日曜版の第一面を飾った――「己の信念のために／夫を捨てて別の男に走った女」[78]――そして決定的な証拠となったのはメスからウィークリーに宛てて出されたロレンスの手紙だった。離婚が正式に認められるまで六ヶ月を要する見込みだった。フィアスケリーノでは敬意を払われる外国人だったロレンスは、十一月にフェリーチェの息子のラファエーリ・アッツァリーニの結婚式に立会人として参列した。そのときの地元の司祭により、その結婚式の芳名録には「ロリス、デイヴィッド」と記されている。[79]ロンドンからやって来た詩人のR・C・トレヴェリアン、ラセルズ・アバークロムビィ、ウィルフレッド・ギブソンの三人が、アバークロムビィの妻と、近隣の城の所有者であるオーブレイ・ウォーターフィールドを伴って到着したために、そのお祝いの席の料理（新鮮な蛸のほかに九羽の鶏）は控え目なものになった。ウォーターフィールドがロレンス夫妻をイギリス人の国外在住者たちに紹介して、一同は社会生活を拡げることとなった。しかしロレンスはそんな詩人たちの仲間意識とともに「隔たり」をも看破した。「彼らのおかげでぼくは、まるで人間の礼儀作法がひどく粗野であるかのように恥ずかしくなってしまう」とは彼がサヴィジに端的に伝えた感想であり、そんな彼らは、ロレンスが結婚式で共感を覚えたどこにでもいる情熱的なイタリア人たちと比べると「陰が薄くて滑稽な連中」[80]に思えたのである。春になると多くの来訪者があった――『息子と恋人』を読んでロレンスにファンレターを書いてきたアイヴィー・ロウという年若の女性（彼女は英国における初期のフロイト的精神分析学者バーバラ・ロウの娘）は六週間という長居をした。コンスタンス・ガーネットもレーリチにやって来て暫くホテル住まいをした。そして冬から春にかけてロレンスは、費やせるだけの時間を肥大しつつあった小説に注ぐことができると感じていた。

「結婚指輪」の前半分を受け取ったエドワード・ガーネットは、直ちに難色を示した。彼の書いた二通目の手紙は一通目よりもっと辛辣なものだった。ここで初めてロレンスは、ガーネットが「ぼくが言いたかったことを侮辱していらっしゃる。ぼく自身や、ぼくがかつて言ったことなどではなく、ぼくがどうにかして言葉にして言おうとしていたにもかかわらず言い得ずに終わってしまったこと」[81]を批判しているように感じた。ロレンスはガーネットの批評を受け入れようとしたけれども、庇護者ぶった態度には我慢できなかった。そして一九一四年の春に――おそらくガーネットの先見の明に対する最後の恩返しということになるのだが――ロレンスは未完の原稿を棄てて新たにべつの作品を書き始めた。それは前作に比べてずっと早く書き進み、より満足のいくものだった。しかしこのときのロレンスは思い悩んでいた――リアリズムを好むガーネットの嗜好が、経験について、感情について、身体について自分が書こうとしていることと折り合えることがあり得るのだろうかと。『息子と恋人』のような作品を書いたことで自身の文学的な立場を確立したロレンスは、すぐさま新しい分野へと歩みだした。レーリチに滞在中のコンスタンス・ガーネットに「姉妹」の原稿を送って読んでもらったのだが、彼女は登場人物たちを「あれこれと性的経験や性的感情で埋め尽くされたページにただ我慢するためだけに創造されたものであり…メリハリがなく――どのページを読んでも同じヒステリックな調子で、安っぽく野蛮な感情の発露があるだけ」と批評した。このような批評はロレンスの作品にその後よく与えられるようになるものだが、感受性が強いだけに慎重に書かれたという印象を与えるこの作品の現存する八十ページにはこのたぐいの批評の正当性を裏付けるものはなにひとつない。[82]

　この小説の未来は、『息子と恋人』の余波のなかでロレンスが出版社やエージェントにどのように扱われていたかによって決まった。例えばピンカーは破格の待遇ともいえるメシュエン社との小説三本の契約（小説一作につき三百ポンド）をもってロレンスに接近して、彼はそれにおおいに魅かれた。この契約が意味するものは、ロレンスが作家として市場で成功する間際にいたということである。ジョゼフ・コンラッドは一九一三年に書いた『チャンス』という小説で大きく人生が好転して大金を稼ぐようになったが、そのコンラッドもピンカーによってメシュエン社と三作の契約を交わしていた。[83]ロレンスは一九一四年の春に書いていた「結婚指輪」の手書き原稿からタイプ原稿をふたつ作ってもらいながら同時に書き進めてもいた。これは彼の自信の顕われでもあると共に、ダックワース社以外の出版社にこの小説を任せようとしていたことの証左でもある。

　エドワード・ガーネットは、この新しい小説に対しても古いものへと同様に厳しい態度を示した――「安定性に欠き」、人物の心理描写も誤っていると書いてきた。[84]このような手紙をもらってロレンスは、ガーネットの庇護をこれ以上受けることはできないと悟ったに違いない。ガーネットの態度から新作をダックワース社に推薦してくれるとは思えなかったし、彼がロレンスに望んでいたことはさらなる大幅な書き直しであると思えたのである。しかしロレンスにはその気はなかったのでほかの出版社に当たってみることを決意して、ガーネットとの実際面における今までの関係の終焉を覚悟した――ふたりのあいだに丁々発止の口論があったわけではないが。

　ロレンスとフリーダは前年と同じように夏はロンドンで過ご

そうと計画していたのだが、フリーダは三ヶ月という期間を主張する一方で、ロレンスは数週間という考えだった。そこでふたりはそれぞれ別の旅路を辿ることにした——フリーダは「健康を害して、悲嘆に暮れている」父親と（結果的に最後になるのだが）会うためにバーデン・バーデン経由で、ロレンスはレーリチの近くのラスペツィアでエンジニアとして働いていて、イングランドへ帰る道中だったA・P・ルイスという若者と一緒にスイスを徒歩も混ぜて横断してロンドンを目指した。[85] 一九一四年六月二十四日に帰国したときにロレンスとフリーダはゴードン・キャンベルのところに逗留した——キャサリンとマリィもその家をシェアしていた。ロレンスは（メシュエン社に比べると会社の規模も商売のスケールも小さい）ダックワース社を訪問してメシュエン社と同等の三百ポンドの前金を出せるかどうか訊ねたが、当然のごとくそれは無理な相談だった。ガーネットに会おうとしたができなかったので、六月三十日にロレンスは「ピンカーのところへ出向いて同意書にサインをして、小切手を受け取ってロンドン・カウンティー・アンド・ウェストミンスター銀行に口座を開いた。ロレンスは百三十五ポンド（一回目が百ポンド、二回目が百五十ポンド、そして三回目が五十ポンドというように三回に分けて支払われた。この百三十五ポンドという金額は百五十ポンドからエージェントであるピンカーの取り分の十パーセントにあたる十五ポンドを差し引いた金額である）を、契約書に署名して執筆中の小説のタイプ原稿を渡しただけで手にすることができたのである。この金額はダックワース社から『息子と恋人』の原稿料として受け取った総額百ポンドを越えるものだった。[86]「姉妹」をなんとか出版できる作品にしようとあれこれガーネットが骨を折ってくれたが、それに報いるのにロレンスがダックワース社に渡すことができたものといえば一冊の短篇集だけだった——この短篇集は十一月に出版されたときには『プロシア士官及び他の短篇』となった。ロレンスは今や作家として成功するだろうと見做されて「当代の作家たち」シリーズのなかのトマス・ハーディについて短い本を一冊書くことを若手の出版者のバートラム・クリスチャンから依頼されていた（ミドルトン・マリィがおそらく取り持ったのだろう）。

フリーダとウィークリーの離婚が四月に正式に認められたことにより、「左目が神経痛で、気分が落ち込んでいた」[87]ロレンスは一九一四年七月十三日にロンドンの南にある登記所でフリーダと結婚した。結婚式の前後に気分が落ち込むのは、なにもロレンスに限ったことではないだろう。結婚によって背負い込むことになる諸々の義務や責任のことを考えれば私たちも同様かもしれない。あまつさえロレンスの場合には、妻となった放埓な女性の哀れな前夫ウィークリィーが脳裏に浮かんでいたのかもしれない。しかしそんなロレンスには、フリーダがそれまでに経験したことのないような、そしてその存在を考えもしなかったような結婚の在り方というものを信じる気持があった。ロレンス家からこの場に来た者はいなかった——信仰心の篤い兄のジョージは、弟の既婚女性との関係に不快感を抱いていると公言していた。セルウッド・テラスにあるキャンベルの家で結婚式のようなものを挙げて、セレモニーの前後に数枚の写真が撮られた。写真16に見られるように、フリーダの昔の上着は彼女の腰回りには小さすぎて、サッシュ（腰帯）で前身頃をなんとか合わせている。キャサリンは、黒っぽい麦わら帽子をお洒落に被って小奇麗な格好をしていて落ち着いた感じに見える。マリィは隙のない洒落た服装である。彼が脇に本を挟んでいること、そして背景に干されているシーツが見えることから、この写真がざっくばらんなものであることが分かる。ロレンスのカンカン帽は新しそうだが、上着がくたびれていることは明白である。「当代の作家たち」シリーズでのロレンスの分担のことを知っていたエドワード・マーシュは、見事にそして事実上やっと新しく夫婦として認められたカップルに結婚の祝いの品としてハーディの作品集を贈っている。これはフリーダにとっては読む楽しみだったが、ロレンスにとっては仕事であった。ロレンスとフリーダの二年にわたる流浪の旅はこのようにして終わりを告げて、正式に夫婦となったこのふたりは小説の執筆契約で得たお金に支えられて、やっと自分たちが望むように生活を送ることができるようになった。

入籍を済ませてから数日のうちにフリーダは、その前年の裁判所命令を無視して子どもたちに会おうとした。モード・ウィークリーと一緒に登校していた娘たちを捕まえたのである。モードは「小太りで不健康そうな色白の未婚の叔母で、フリーダを目撃すると子どもたちに『走って！　お前たち、早く逃げて』と金切り声を上げた」。[88]フリーダはこのあとも法律を無視した身勝手な行動に出た。ロレンスが知らないうちにフリーダはチズィックにある子どもたちが暮らす家を突き止めた――その家の窓にかかっている、以前にノッティンガムで使っていたカーテンに気づいたのである。ある夕刻に彼女は「裏口からその家に忍び込ん」[89]だ。自分の顔を見たら子どもたちは腕のなかに飛び込んでくるだろうと考えたのであろうが、実際には、バービィの回想によると「彼女が子ども部屋に入ってきて、私たちがお婆さまとモード叔母さんと夕食を食べているところを見つけました。部屋の入口で私たちの目の前に立っているとき、昔の面影がまったく見られなくなったほどに変わってしまったその女性を私たちは恐怖に凍りついて見つめていたのでした」。[90]走り去られるだけでもショックなのに、今度は恐ろしいものでも見るような目で見られたことはフリーダの想像を遥かに超えた衝撃的なことだったろうし、ロレンスからは子どもたちはもはや母親を欲してはいないとことあるごとに言われていたので、どう受け止めたらいいか分からなかったに違いない。

このようなつらい状況のなかでもフリーダがなんとか持ちこたえられたのは、ロレンスとの関係のなかで今までにないような大勢の知人を得たためである。アイヴィー・ロウを介して、ハムステッドでロレンスは作家でもあり批評家でもあるキャサリン・ジャクソン（のちのカーズウェル）や（アイヴィー・ロウの伯母のバーバラのようなフロイト派の）知識人たちと知り合いになった。作家になって初めてロレンスは利用されたり庇護されたりするのではなく、ロンドンで活躍する芸術家たちや文人たちに仲間として受け入れられるようになっていた。マーシュとの永続的な友好関係のおかげで、画家のマーク・ガートラーとも会い、そして詩人のルパート・ブルックと六月の末には昼食を共にしている。七月の終わりにはアメリカの詩人のエイミー・ロウェルと一緒に夕食へ招待されもした。その席で若きイギリスの詩人のリチャード・オールディントンとその妻でアメリカ人の詩人ヒルダ・ドゥーリトル（H・D・）と知己になっている。

ロレンスの作家としての将来はこのときには順風満帆のようにみえた。メシュエン社やダックワース社と契約を結んでいて、しかもハーディについての本を書くことになっていただけでなく、『イングリッシュ・レビュー』誌が「プロシア士官」(ロレンスはこの作品を一九一三年に書いていて出来栄えにとても満足していた）を含む三本の短篇を引き受けてくれていた。またアメリカの『ポエトリー』誌とも契約を結んでいて十二月号には作品のいくつかが掲載されることになっていた。エイミー・ロウェルと会った夕食会の席でロレンスは、そのときの新聞紙上を賑わせてビラでも騒がれていたヨーロッパでの戦争にイングランドもすぐに巻き込まれるだろうというマーシュから事前に聞いていたことを周囲に伝えた。七月三十一日にフリーダをロンドンに残して男たちだけで湖水地方へ一週間の旅行へ出かけたが、そのグループにはルイスと、そしてロレンスにとっての終世の友となるロシア人の翻訳家S・S・コテリアンスキーがいた。

それから数ヶ月後にロレンスは、いつ、どのように戦争の勃発を知ったかを回想している。彼の世代の人たちにとっては決して忘れることのできない経験である。ロレンスの書いたものによって、ひとりの感受性の鋭い、そして不安に駆られた観察者がどのようにそのときを経験したのかを私たちは理解することができる。

帽子に睡蓮の花を飾って、かなり幸せな気持に満たされてぼくはウェストモーランドあたりを歩いていました…そしてみんなで大声で歌い、ぼくは寄席の芸人の真似をしたり、みんなが塀の下で雨を避けてうずくまっているのにハリエニシダの群生するところで雨を気にせずにふざけ回ったりしていました。そしてコテリアンスキーはヘブライ語の歌をうめくような声で歌っていました…この世の生活とは思えませんでした——ぼくたち四人はみんな愉快だったのです。それから一行は、バロウ・イン・ファーネスまで来たときに宣戦布告がなされたことを目撃したのです。そこで、みんな我を忘れてひどく興奮してしまいました。[91]

一行はおそらく八月四日にバロウに到着したのだろう。戦争が起こり得たことに憤懣をぶちまけた者もいれば、自分も入隊して敵を倒すこの機を逃してはなるまいと嬉しさのあまりに興奮した者もいたと思われる。

> ぼくはバロウ駅で兵士たちがお別れのキスをしていたのを、そして汽車が駅を発つときにひとりの女性が恋人に向かって「奴らの前に立ったら、そのときには思い知らせてやって」とけんか腰になって叫んでいたのを想い出すことができます。そしてすべての路面電車には「戦争」のポスターが貼られていました。メセーズ・ヴィカーズ・マキシム社は職人を募集していて——ヴィカーズ社の門には大きな掲示がありました——そして何千もの人たちが橋を越えてぞろぞろ歩いていました。それからぼくは海岸沿いを数マイル歩いて行ったのです。そしてぼくが想い出すのは、平らな砂地と煙る海の向こうに沈んでいく太陽、漁船に乗って風で荒れて波立つ海へと乗り出したこと、帆に風を受けて朝陽のなかを堂々とやって来る一艘のフランスのオニオンボート、至るところで感じられるピリピリした不安、そしてそこここで計り知れない悲嘆によって強調された、ありとあらゆるものの驚嘆するほどに鮮明な、幻想的な美しさ、といったものです。[92]

これはロレンスが目にした世界の最後の安寧である。彼の人生も、そして作品も、今までどおりというわけには決していかなくなる。ロレンスが以後にこのときと同じような成功に伴う喜びの昂揚感とか、仲間との連帯感とか、社会との一体感というような感覚をもつことは二度とない。彼の作品は今後十五年ものあいだこれまでのように世間の耳目を集めるようなことはなくなり、ロレンス自身は生まれ育った国との満たされた関係に身を置くようなことはなくなる。戦争がこういったすべてを終わらせてしまったのだった。[93]

10
戦時下のイングランドで　一九一四—一九一五

ロレンスがロンドンに戻るのには平時より少し時間を要したと思われる。八月三日の月曜日に軍隊の動員が決まったことを受けて翌火曜日に政府はバンクホリデー（と呼ばれる一般公休日）を金曜日まで延長することを発表し、加えて国内の鉄道網では軍事輸送が最優先されて民間人の移動が著しく困難になったからだ。ロレンスがバロウで目撃したように膨大な数の予備兵が招集された。家に戻った（であろう）土曜日にロレンスはありとあらゆることが猛烈なスピードで変化を遂げるさまを目の当たりにした——八月十日の月曜日には出版社から送り返されてきた「結婚指輪」のタイプ原稿を受け取っている。送られて来たほかのほとんどの原稿と同じように、書き直して六ヶ月後にまた改めて送付してもらいたいという言葉が添えられていた。その頃には経済状態や業務状況が元に戻って安定しているであろうとの予測に基づく出版社の判断であった。しかし戦争という非常事態とは別に、メシュエン社はその小説が性的にあからさまであることに苦言を呈した。このことはつまり、ロレンスがあてにしていた原稿料や印税が暫くおあずけになるということを意味していた。六月以降の出費がかさみ、ロレンスとフリーダは受け取っていた前金[1]ですら使い果たしていた。おそらくは借金も抱えていたと思われる——フリーダが家族からお金を受け取っていたのは一度や二度ではないし、ロレンスとしては彼女の家族からの借金などは一日でも早く返済したいと思っていただろう。キャンベル夫妻に会うために予定していた八月のアイルランド行きは沙汰止みとなり、イタリアのフィアスケリーノに戻って安く暮らそうという計画も実現不可能になった——「ぼくたちはこれからどうなってしまうのだろう？」とピンカーに嘆いている。[2]

ロレンスとフリーダはロンドンを出て生活費を余りかけずに暮らせる場所を見つけなければならなかったし、そこでハーディについての本を書きながら戦争が終わるのをじっと待つしかなかった。クリスマスまでには戦争は終わるだろうと誰もが思っていたし、ドイツ皇帝ヴィルヘルム二世は「葉が木から舞い落ちる前には家に戻ることができるだろう」[3]と言っていた。セルウッド・テラスにあるゴードン・キャンベル宅で数日過ごしていると、ロレンスとフリーダはマリィとキャサリンを介して、若手の小説家であり劇作家でもあるギルバート・カナンとその妻のメアリー[4]の知り合いでバッキンガムシァのチェシャム近くにあるコテッジを賃貸ししたがっている人がいることを知った。渡りに船でロレンスとフリーダは、メトロポリタン鉄道を使ってそこへ向かった。ロレンスはそのコテッジを「小ぢんまりとしていて素晴らしい」と前向きに表現しているが、そこを訪れたことのある人物は、「イラクサが生い茂る荒れ果てた果樹園のなかに建つ、深紅色をしたレンガと青いスレート屋根のみすぼらしい小っぽけな建物」[5]と評している。ロレンスはここで、階上部を漆喰で塗って階下の床を磨いてピカピカにすることに見事な手腕を発揮した。ふたりともその出来栄えを気に入っていたが、それでもイタリアの住まいには程遠いものだった——「雨が降って、風に吹き落されたりんごが草のなかで緑の灯火のように光っています。レモンの木が花咲く土地を知っていますか？　ぼくは知っています。でも今いるところで耳に届くのは、朽ち果てた緑色の桶にポツリポツリとテンポよく滴り落ちる雨垂れの音だけです」。[6]

しかし最悪だったのは住居の状態ではなく、国籍の問題だった——「戦争についてぼくたちは暗澹たる気持を抱いています。ぼくの妻はドイツ人です。これがどういうことか分かってもらえるでしょう。」ロレンス家の人間はフリーダが「ドイツ人である」こと[7]や彼女の家族が今や「敵」であることをはっきりと意識していた。その一方でロレンスは、彼女をも短絡的に「敵」だと認識する態度に暗に含まれる憎悪を、この戦争が内包している社会や文明の「退廃した」側面を、或いは瞬く間に蔓延した反ドイツを標榜するプロパガンダを受け入れまいとしていた。ロレンスとフリーダはブラックベリーの収穫期にバッキンガムシァでこのような偏狭な愛国心というものに直面した——「地元の人間が、ロレンスとフリーダが生垣に生えるベリーに毒を塗っているという馬鹿げた、まったく荒唐無稽な話をでっち上げた」[8]のである。

ロレンスは一九一三年にバイエルン地方でドイツ軍隊が軍事行動を展開しているさまを実際に目撃していたので、機械化された現代の戦争がどのようなものであるかを一般人よりもよく分かっていた。このことで一九一四年の八月中頃に『マンチェスター・ガーディアン』紙にそのときの直接的な経験について書いた記事（「銃を持って」）を寄稿したのである。この戦争は「機械が完全に支配するだろう。それはあたかも銃床がライフルの一部であるように、人間が機械と繋がっているようなものだ」とロレンスは自身の意見を述べている。驚くべきことはロレンスの予測の正確さではなく、彼が技術の発達をこのように早い時期に、このように鋭く見通していたことだ。「神よ、なぜぼくは人間なのでしょう。こんなにも機械が辛辣で猛烈な、こんなときに？」ロレンスの結論はこうである——「考えも及ばないくらいに自然に反することだ。でも、ぼくたちは考えなくてはならない。」[9] 今だったらロレンスに異を唱える者はほとんどいないだろう。戦争への準備や軍隊の作戦行動などを知らせる新聞記事を読めば敏感な人間ならば誰でも「戦争のもつゾッとする壮絶な不気味さや、機械化されているのにどこか古臭い、恐ろしいほどの愚かさ」[10] を認識することができたかもしれないが、大衆の大半はそのような考えをもつことはなかった。バニー・ガーネットは入隊する直前までいったし（「この戦争はぼくが逃してはならない、ひとつの大きな人間的な体験であると感じている」）、マリィは実際に入隊した（だが健康上の理由から除隊している）。[11] 国内のそこかしこで人々は熱狂していた。宣戦布告がされた日の午後と夕方のロンドンは「歓呼の声を上げる民衆で溢れていた」し、出征する兵士たちに向かって大勢の人が「叫び、歌い、ハンカチを振り、そして砂糖菓子やタバコを投げている」のをロレンスは見ているが、「そここにある計り知れない苦悶」しか感じ取っていない。宣戦布告後暫くしてから、「この戦争は地獄そのものです。どうしてこれほどまでに心をかき乱されるのかその訳を見つけることができませんが、でも実際に懊悩しているのです。一分たりとも戦争から逃れることができない、ある種の金縛りにあった悪夢を見ているような、昏睡状態のなかを生きているようです」[12] と書いている。

戦争が始まってからの二週間のあいだになぜここまで深い影響を受けたのだろう。一九一五年一月になってロレンスは次のように明らかにしている——「あの戦争がぼくの息の根を止めました。槍のようにあらゆる悲しみといかなる希望をも貫いたのです」。[13] 戦争が勃発したことで、イタリアへ戻ってフリーダと幸せに暮らしながら小説を書くという夢が霧消しただけでなく、故国に対してと、同じ世代を生きる人びとに対する信念が瓦解したのだった。このような状況でもロレスには先を読む能力があったようだ——戦争が生み出すこのような邪悪さや大量殺戮の責任を負う文明は果たして信頼に値するのだろうか？ロレンスは塹壕戦が始まるかなり前、戦闘が本格化する前の八月十八日頃[14] に残虐行為のニュースが世の中に広まるよりもだいぶ前に自分の考えを構築していた。それまでに自分の身に起こった個人的なことに対して以上に、戦争というより全体的なものに反応していた。そして本物の「戦争とその恐怖」[15] が目の前に迫ってくると、自分が初めから感じていたことを自ら再確認せずにはいられなかった。

一九一四年に自分に降りかかった火の粉を咀嚼するのに数年を要したが、ロレンスはこの戦争が文化的に、そして現代人の記憶のなかでどれほど異常な瞬間だったかを勃発当初からしっかりと把握していた人間のひとりだった。ロレンスは『アーロンの杖』のなかで戦争を大々的に描出し、そして一九二二年の夏には自身の戦争体験を脚色して『カンガルー』という作品のなかに書き加えることになる。だから一九一四年八月の時点でロレンスはあらゆることを明晰に頭で整理することができていたと考えるのは間違いである。そのときにはただ絶望的になっていたということを認識していたにすぎない。言い方を変えれば、最も危険に曝されていたものはイングランドの文明に対する彼自身の信念そのものだったように思える。成長期にあったロレンスは（そのほかの大勢と同じように）ホイットマン流の「偉大な行列がおおむね然るべき方向へ進んでいる」という確信を胸に納めていて、「その気になりさえすれば、ぼくはその行列が進むのに一役買うことができると思うのです。このことは信用していただいて構いません」[16]という自信を胸に畳んでいた。一九一四年までロレンスは、声高に宣言していたわけではないが多くの点で十九世紀的な自惚れで、自分が執筆しているものは社会の根底に淀んでいる要求に直接応えるようなものだと書いていたし、そのような自分は反体制的な視点をもっているということでユニークだと感じていた。一九一三年の初めに次のように述べている――「分かりますか、ぼくは自分の内部に今の時代に欠落しているものはなんなのかについての答えを持っているのです――つまり、イングランド人の心の奥底に実際に欠けているものです」。ときとしてロレンスは一九一二年のように同国人に対して「ぼくは思い切り殴りつけてでも自分たちの自我に気づかせてやりたい」とか、一九一三年にはもっと軽い調子で「ぼくは人びとに――イングランドの人みんなに――変わってもらいたい、そしてもっと分別をもってもらいたいから書くのです」と明言したときのように自分の信じるところをはっきりと表明することがあった。戦争によって最終的に損なわれてしまったのは、イングランドの人びとが変わることに自分が一役買えるという自信、そしてそのような変化は実現可能なのだという確信である。一九一五年の年の瀬あたりから、「人間性の全一性、完結性について昔から抱いていた強い確信」は「永遠に木端微塵に消し飛ばされた」のだ。[17]

「信じることだけが…魂の受けた傷を癒してくれる」と信じていた者がどのような結末に至るのかは想像できる。[18] 魂が受けた傷を癒すことに自分が役に立つことがあるのだろうか、或いは経験における身体の中心的存在感を認めさせることが自分には再びできるのだろうか、またはイングランド社会のための作者にぼくはなれるのだろうかという諸々のことをロレンスは懐疑し始めた。彼にとっては創造性と宗教性は密接につながっていて、かつては「本質的に宗教的或いは創造的な動機」について言及したことがある――執筆をとおして自分が目的をもった存在だと証明することであった。だが今や故国のエネルギーが憎悪、戦争というメカニズム、そして個人的ではなく人種間の野蛮性に向かっていることを目の当たりにしたのである。『連中に向き合ったら、思い知らせてやって。』『よし分ったよ、任せとけ』[19]というやり取りは、ロレンスがバロウで叫ばれているのを耳にした言葉であった。このときまで「自分の内部に少し芽生えている、偉大な民族意識または人類意識」の進化を信じ、自分の作品を読んだ人びとに「生き生きと活気づいて」[20]もらってそれぞれの人間関係を変えて、自分たちの願望を認識してもらいたいと願っていたこの作家は、自分の作家としての存在意義を疑問視せざるを得ないことを認めるに至ったのだ。ロレンスはまたそれまでよりも鋭敏に、文学界においてだけでなく、円滑に職分を果たしている政治や政府にかかわる中流、上流階級の人間たちのなかにおいても自分はアウトサイダーであることを認識し始めていた。のちにロレンスは「イングランドよ、ぼくのイングランド」と引用して、そのすぐあとに「どれがぼくのイングランドだ？」[21]と自問している。「世の中」についての信念、または個人的なことを超越したものへの信念を失ってしまっては、あとに残るものは個々の男性や女性についての個人的な関心しかなかった。

　ロレンスの不幸は「銃を持って」、そしてハーディについての本に直截に現われている。彼はこの本をバッキンガムシア滞在中に執筆していたのだろう。「当代の作家たち」シリーズは作家の「生涯」と「作品」に光を当てるという伝統的な形式をもつ新しい続編もので、一冊は一万五千語程度の長さだった。[22]この仕事の前金として十五ポンドを手にしたのだろうが、おそらく最終的にはもっと稼いだだろう——この金額は「プロシア士官」という長めの短篇を雑誌に寄稿して得た原稿料とほぼ同額である。おそらく一ヶ月ほどで書き上げることができると思っていたのだろう——「それはたいした仕事じゃない」。[23]マーシュから結婚祝いにハーディ全集をもらったことを考えると、ロレンスは予定していたよりも身を入れてハーディの作品を読んだのかもしれない。九月から十一月末までハーディ本に取り組み、さらに十二月中旬になってもまだタイプしていたというのが事実である。書いているうちに、当初予定していたたんなる文学批評的且つ伝記的な本という路線からおおきく逸脱していった。結局その本は五万語にも及ぶ自分の思想を探究するものになった——「トマス・ハーディについてのもの」のはずが「ハーディとはなんのかかわりもないテーマについてになったようです」。[24]「当代の作家たち」シリーズにとってはまったく的外れな本になってしまった。しかしこの本を書いているうちにロレンスは人間が従来内包している二元性についての洞察を深めて、これをメシュエン社に送る本の書き直しに応用した。そのためにこの小説は今までにない、過激で従来の形式に囚われることを拒否するものとして際立ったものになった。「糊口の道を絶たれ」そうになりながら、「この冬には、いったいどこからいくらのお金が入ってくるのか」[25]分らなくて不安だったけれども、ロレンスはそれまで以上に自分の著作をとおして自分自身と同じ社会に生きる人間が本当になにを欲して、なにを必要としているのかを見つけ出さなくてはならないという気持に駆りたてられていた。しかし、孤絶感を感じ始めていた社会にどうすれば与することができるだろうか。ロレンスはここで初めてそのような社会から意識的に距離を置いた。そして同時に、その社会に良かれと思うことを夢見ていた。

　一九一四年十一月下旬に「結婚指輪」に再び取り組み始めた——頭のなかには六ヶ月以内に書き直して送り返すようにとメシュエン社から言われたことがあったのだろう。この小説はまったく違った新しい方向へと向かった。最後の書き直しで「結婚指輪」はその小説自体を、そしてロレンスの作家としてのキャリアをも取り返しのつかないほどに変えた――ロレンス自身、メシュエン社がこの作品を一読したらおそらく「なんという姿形が変わった子どもを押しつけられたのだと思うだろう」[26]と不安を漏らしている。第一に「結婚指輪」は二巻本に分かれた――もともとの「姉妹」のための題材は一巻本の小説では手に余るものになっていた。『虹』というタイトルが付けられることになる一巻目では主人公の姉妹の祖父母のトムとリディア・ブラングウェン、両親のウィルとアナ・ブラングウェン、そして年若の兵士アントン・スクレベンスキーとの最初の、でも不幸な結果に終わってしまう恋愛を含んだ（アーシュラと名づけられた）姉の若い頃の話が描かれることになった。そして二巻目ではアーシュラとグドゥルン・ブラングウェン姉妹のその後の人生模様が描出されることになった――ルパート・バーキンと実を結ぶアーシュラと、ジェラルド・クライチと不幸な関係に終わるグドゥルンである。『虹』は三代にわたるブラングウェン家の人間が充足を見出そうとする闘いを題材にした大河小説でもある。この小説に見られる、登場人物にとっての概念的なゴールとしての「超越」は書き直し後に新たに見られる特徴であり、ロレンスが戦時下で声高に訴えなければならないと考えていたものと直接の繋がりをもつ。恐れを抱いて一歩退きながらも現代社会においてひとりの女性として自立しようとするテーマを深く掘り下げていくにつれて、この小説は性的にあからさまなだけでなく、身体とその経験について さらに赤裸々に長々と語るものになった――メシュエン社はこの夏、どうしたものかと実際にこのことに頭を抱えていた。

この時期ロレンスは没頭できる小説のお蔭で戦争のことを思い煩わずに済み、そして強い不信感をもつ社会のなかで自分の役割が見つかったことで満ち足りていた。バッキンガムシァに隠棲していたにもかかわらず多くの人と会って触発されたり、刺激を与えたりした。ロンドンに出たときにはバニー・ガーネット（このときにはインペリアル・コレッジで動物学を専攻していて、単細胞生物のゾウリムシの研究に取り組んでいた）と会い、そのことでロレンスは、自己達成について考えながら単細胞生物を調べているアーシュラが実験室の顕微鏡をとおしてなにを悟るかについての新しいアイデアを得ている。[27]レディ・オットリン・モレルと知り合いになったのもバニーを介してである。彼女は芸術家や作家、そして知識人たちにとって理解力のあるホステス的存在であり、彼女の屋敷は戦争に異を唱える者が次々に訪れるサロン的な場所になっていた。そこでオットリンはロレンスを小説家のE・M・フォースターや、哲学者で数学者でもあるバートランド・ラッセルに引き合わせた。一九一三年に出会ったシンシア・アスキスとの関係は、彼女のような立場にいる女性への戦争に伴う重圧や強制をものともしないでずっと継続していた――彼女は首相の義理の娘で、夫はすでに従軍していた。このような人脈からアイデアや書きたいと思うことについてのインスピレーションを得られたのだが、結局のところこのような人物たちの多くからも隔絶してしまうのである。

冬になるとバッキンガムシァのコテッジは手狭で息が詰まるようになりジメジメと湿っぽくなってきた。そして十月に近所に移り住んできたマリィとキャサリンとの交友も、そのコテッジに今後も住みつづけようという気にさせることには役に立たなかった。フリーダは次のように回想している――「陰鬱な月夜を腐ったキャベツの臭いが立ち込めるぬかるんだ原っぱを歩いてふたりの家に夕食を食べに行きました。そんなことくらいしか楽しみがなかったのです！」[28]この冬は一九一一年に肺炎で倒れて以来イングランドで過ごす初めての冬で、ロレンスは寝たり起きたりをくり返していた。おそらくこのときに初めてフリーダは、ロレンスの身体の弱さに気がついたのだろう。三年間アルプス地方を徒歩で旅行したロレンスの姿からはかけ離れた印象を彼女に与えていたに違いない。バッキンガムシァで昔の病弱さが出てからロレンスは髭を剃らなくなった――「赤い顎髭を伸ばしています。そのおかげでぼくは今後できるだけ隠れることができます。茂みに身を潜める生き物と同じです。この秋のぼくは本当に惨めなものです。」[29]ほとんどの男性が従来に見られないほど髭を剃っていた時代では――軍隊では兵隊の口髭だけは許していた――ロレンスの顎髭は周囲との差異とか区別というものを暗示していた。

マリィやキャサリンの残した回想記や日記によって、ロレンス夫妻のお家事情とそのストレスを窺い知ることができる。「休戦」は明らかに終焉を迎えていた――マリィによれば、一九一四年十一月初旬のある日の夕方ぼくたちは陽気に話をしていた。そのときフリーダの子どもたちのことが話題に上り、彼女は突然に泣き出した。ロレンスは青ざめていた。すると、恐ろしいほどの感情の爆発があった。不気味だったが、肉体的な暴力はなかった。ロレンスは感情的に怒ってはいたが、自分をコントロールしていた。そのことがさらに恐怖だった。もうたくさんだ、出て行ってくれ。お前はぼくから生命力を吸い取るんだ。出て行ってくれ、もう姿を見せないでくれ、と彼は言った。フリーダにはロレンスがお金をいくら持っているかが分かっていたので、自分には自分の取り分を渡してくれるだろう、自分の取り分以上を渡してくれるかもしれないと考えていた。ロレンスは二階へ上がり下りてきた。そして声を出して数えながら十六枚の一ポンド金貨をテーブルに置いた。フリーダは泣きながら、帽子とコートを身につけて出ていく身支度で入口のところに立っていた。しかし彼女はどこへ行けるというのか？[30]

子どもを慕うフリーダの気持へのロレンスの同情は、一九一四年の夏に彼女がチズィックの子ども部屋から駆逐されたときに底をついたようである。しかしイングランドに滞在することを余儀なくされていたので、同じ国に住む子どもに会おうと思えば会えるのだという希望的観測がフリーダの内で耐えがたいほどに大きくなっていた。ハムステッドで知り合いになったキャサリン・カーズウェルは「フリーダと子どもたちとのつながりが（正確に言えば子どもへの思慕が）再び燃え始めていた」ことに気づいていた。九月のある週末、ロンドンでフリーダは身を隠して待ちながら「アーネストと子どもたちの姿を見ることに成功した（言葉を交わすことはありませんでしたが）」[31]のだった。この週末の出来事のときに、おそらくキャンベルの妻ビアトリスはドアのところでフリーダの姿を見たのだと思われる。

彼女の顔は涙で汚れて赤かった。彼女はつばの広い麦わら帽子を被っていて、それが涙でクシャクシャになった顔全体を覆っていた。髪の毛は濡れて乱れていた――そんな彼女は常軌を逸したようにも見えた。反対側の生け垣の側に立って、学校から帰って来るであろう子どもたちを待っていたのだった。雨が容赦なく彼女に降り注いでいたに違いない――彼女は傘をさしていなかった。やっと子どもたちが帰宅して家のなかへと姿を消すと彼女は泣きじゃくり、涙のせいで子どもたちの姿をほとんど見られないのではないかと思うほどだった。[32]

一九一四年に見られたフリーダの子どもたちに対する行動は、偽名を使って十二月にノッティンガムでウィークリーに会うことができたときに決定的な局面を迎えた。ロレンスはそのときのフリーダの話をドラマ仕立てに書いている。

「お前は…」、とかつての夫は後ずさりながら言った――「私はお前になど二度とは会いたくはなかった」
フリーダ：「ええ、分ってるわ」
元夫：「それでお前はこの町でなにをしているんだ」
フリーダ：「子どものことで会いに来たんです」
元夫：「顔が知られているところにノコノコ姿を現わして、恥ずかしくないのか？　下劣な売春婦だって、お前よりも分別はあるんじゃないのかね？」
フリーダ：「なんてことを…ただ、子どものことであなたと話がしたいんです」
元夫：「子どもたちをお前に渡すつもりはない。子どもたちはお前に会いたがってはいないのだ」[33]

ウィークリーが最後に言った台詞は不幸にも正しいものだった――一九一四年の出来事をバービィが語っているように、フリーダはずっと「知らない女性」のままだったのだ。結局フリーダは一九一五年の八月、一九一七年の四月、そして一九一八年の四月と八月に三十分間だけ弁護士の事務所で子どもたちに会えただけだった。[34]

子どもたちをめぐるロレンスとの衝突はその後もつづいたことは言うまでもない。ロレンスの彼女への同情――フリーダはロレンスの「神経過敏で、感情移入しすぎる性質」[35]をよく知っていた――、それにフリーダを今のような状況に陥れてしまったのはほかならぬ自分だとする自責の念が強かったのでその状況から目を逸らすことができなかった。ロレンスにはこの状況を何食わぬ顔でやり過ごすことができなかったために、彼女にしてみれば子どものことは話題に上げないか、或いはロレンスのもとを去るしかなかった。一九二〇年代、子どもたちのことはふたりのあいだではタブーになっていた。ふたりの友人のクヌード・メリルドは、一九二二年の冬にフリーダが「ロレンスは私に子どもたちの話をさせてくれないの。あの子たちの名前を口にすることすら許してくれないわ」[36]と語ったことを憶えている。子どもたちのことは触れてはならない話題だったけれども、ふたりは絶えずそのことに戻っていった。マリィとキャサリンが同席していたときに子どものことが話題になったということは、とくべつに興味を引くことだ。フリーダは同情してもらいたかったのかもしれないし、ロレンスが冷血漢であることを知らしめて恥をかかせたかったのかもしれない――両方がその理由だったとも考えられる。彼女は晩年に、ふたりは「第三者がその場にいたときには必ずと言っていいほど言い争いをした」[37]ことを想い出している。ふたりとも観客の前でそれぞれの役を演じていた――ロレンスが金貨の枚数を数えながらテーブルに置いたというエピソードなどは芝居がかっているではないか。一九一二年の十月に書かれた『バーバラを巡る闘い』には「バーバラ」が帽子を被って身支度をして家を出ていこうとしている（が結局は出ていかない）ところで、ほとんど同じように所持金を分け合うシーンがある。[38]財産を分配すること、そして家を出て行こうとする素振りはこのふたりにとって幾度となくくり返し演じられたシナリオだったのだろう――そして一九一四年にフリーダは帽子とコートを身につけはしたが出て行きはしなかった。彼女には歩いて出ていくことなどできっこなかった――彼女には行くところなどありはしなかったのだ。マリィはこのような場に居合わせたときにはふたりを宥めるために「思い立ったように突然に芝居じみた熱弁をふるい始め」た。すると「当事者のふたりは、私たちが家を辞するときにはもう一緒に笑っていた」[39]のだった。仲直りするためにマリィが欠かせなかったというわけではないだろう――喧嘩して、そして仲直りするということはこれ以前にもあった。ロレンスとフリーダの言い争いはヘトヘトに疲れさせるようなものだったが、それでもイングランドの冬に陰鬱なコテッジに閉じ込められて暮らす情熱的なふたりには不可欠だったのかもしれない。フリーダにはふたりの関係におけるガス抜きのやり方がちゃんと分かっていて、それを彼女はただ実行していたのである。そんなことをしながらフリーダはロレンスにはどれだけ他人を思い遣る気持があるかを測っていたのだ。そんな彼女の不幸や怒りにロレンスは図らずもつき合っていた。ロレンスの態度はときとして論理的なもの（子どもたちを取り戻すことと自分と一緒に暮らすことは両立し得ないことを言って聴かせる）であり、そしてまたあるときには怒りにまかせて感情的なものになった。

　マリィの日記に書かれていることはいつも一方的で、ことフリーダについては情け容赦がない。ロレンスが欲したときにフリーダには「まったく」その気がなかったと書いたあとに、マリィは「正直に言って、ぼくには彼女がロレンスを本当に愛していたとはまったく信じられない」[40]と結んでいる。キャサリンはある昔馴染みの男性との浮気を計画して一九一五年の春にその男のところで数日間過ごしたことがあるが、結局はマリィのところへ戻って来た。このようなことがあってもふたりは「仲睦まじかった」とマリィは書いている。[41] 一九一四年の七月にロレンスは、イタリアのラスペツィア領事であるトマス・ダンロップに愛と結婚について正鵠を得たアドバイスをしている。彼は夫婦生活でなにかトラブルを抱えていたようだ。妻を「完全に」愛することで「平穏と内的な安らぎがもたらされます」[42] とロレンスは言った――一九一二年以来ロレンスはこれを信条としてきた。しかしダンロップに伝えた言葉はそのような信条が潰えていたことを暗示する――一九一四年の秋までにロレンスは「相互的且つ平和的な愛」から「対立と衝突を経ての成長」を信じるようになっていた。フリーダは、「Lと私は根っこのところでは互いに愛し合っています」と確信していたがしかしそう言いながらも、「このことのために、ときどき彼は私に猛り狂ったのです」と回想している。このことには真実が含まれている。ロレンスには人に頼ること、或いは人から頼られることが容易なことではないと分かっていた。ロレンスの死後にフリーダが言っているように「彼は限度を超えて周囲に対して多感で敏感だった」。[43] ふたりが幸せで満ち足りていたときもあったが、しかし暴力的ともいえる言い争いは生きる上での不可欠な要素のひとつで、その場に居合わせた者には理解できなかったことだが、当のふたりには楽しみですらあった。一九一五年の初夏までに、子どもについての見解の相違からロレンスとフリーダは互いに離れて暮らすこともあった[44] ――しかし離れ離れであっても、それはたんにふたりの関係においては休息の機会で、夫婦関係が終わることには繋がらない。ある友人などは、ロレンスに怒鳴られたあとでフリーダが、ロレンスは「乱暴で、猛々しい」ことを誇らしげに語っていたのを憶えている。同時に彼が「とても優しく、寛大で、熱烈である」[45] ことを手紙で賞讃している。フリーダは――子どもたちとの関係の修復は望めず、ウィークリー家ともドイツにいる家族や親類との関係も切れてしまっていて理屈の上では「身寄りのない」立場にいた――従属的な立場に追い込まれない限りロレンスとの生活ではより陽気に、そしてより気楽に見えた。ロレンスのもとを去ったのは一度や二度ではないが、しかしそのたびに別段反省することもなく、許しを請うこともせずに戻って元の鞘へ収まっている。一九一四年の晩秋に自信を失って脆い精神状態にいたのはロレンスの方であり、作家としての自分自身に絶対的に自信が持てずにいた。キャサリン・カーズウェルは、そんなロレンスが「憂鬱に抗いながらなんとか踏みとどまっていた」[46] ようすに気づいている。

この年の冬のこの上ない陰惨な時期をロレンスが乗り越えることができたのは、バッキンガムシァのコテッジを新年を祝うために訪れたマリィ、カナン夫妻、マーク・ガートラー、そしてコテリアンスキーらと一緒に考えた夢物語があったためである。コット（コテリアンスキー）が「主を喜ばせよう、おお汝は立派だ」[47] と歌ったあとで、みんなでラナニム或いは「島」

を考案した――イングランドから離れたどこか、文字通りにどこかの孤島で生きていくうえでの目的や目標、そして法規を考えたのだ。ロレンスの長期的なゴールとしてのラナニム――「ロレンスが建設しようと目論んだ理想的な運命共同体」――についてあまりにも多くのことが書かれてきているが、実際にはそのようなものではなく、いくつかの家族がロレンス夫妻を訪れた二、三日のあいだに四、五人の人間のお祭り気分に浮かれた面白おかしい絵空事であると知るのはショッキングことかもしれない。フリーダはそのときのことを「それから数年のうちで、私たちが一番陽気だった頃」[48]と回想している。新年を祝う会に出席していた全員がこの話に加わったわけではない。例えばキャサリン・マンスフィールドなどは「この話全体に相反していた」。このちに似たような計画が持ち上がったときにフリーダが「あらゆることに面白がっていた」という事実から、彼女はこのラナニム話を真剣に受け止めていなかったことが分かる。しかしロレンスにとってこのアイデア、そしてこのような新世界は文字には書かれないが、それでも強く想像力を掻き立てる作り話だった。気心の知れた友人と因襲的な社会の力の及ばない、より好ましい方法で暮らしていける――ロレンスは「性悪説ではなく性善説の上に成り立つ」[49]コミュニティが欲しかった。友人との自由な共同体としてのラナニムを思い描くこと――そして、ときとして新たに友人となる他者をも巻き込むこと――は、実際に着手するよりももっと大事なことだった。事実、その計画を実現させようとする者はいなかった。この画餅《がべい》はロレンス独自のパワフルな想像力だけでなく、他者と暮らして額に汗して労働したいという幻想をも内包していた――このとりとめもない幻想的な計画はフリーダとの生活をおおきく超える、ロレンスを囲む情緒的な人間関係を膨らませることになった。

一月末にロレンスとフリーダはこの湿気が多くてジメジメとして手狭なコテッジを出て、サセックスのグレタムにあるコテッジに移り住むことになった――キャサリン・カーズウェルの友人であるヴァイオラ・メイネルが家賃を取らずにふたりに貸してくれることになったのだ。この新しい住処には友人を泊まらせることができた。フリーダはここでやっとオットリン・モレルやシンシア・アスキスやバートランド・ラッセルといったイングランド社会の高い身分の人間たちとつき合いができるようになることを大喜びしていたようだ。ロレンスはロレンスで、そのような人間関係のなかで真摯に受け入れられていたようで、このことはこの時期にはとくに重要なことだった。

バートランド・ラッセルは積極的に反戦運動とのかかわり合いを深めていったためにケンブリッジ大学のトリニティ・コレッジでの職を失い一九一七年には投獄された。社会やそこに存在する病弊についてロレンスと話し合ったときに、ラッセルはおおいに影響された。ロレンスの情熱と感情的な態度には目を見張るものがあった――ラッセルの眼にロレンスは「まったく誤ることのない人間であり、旧約聖書に出てくるエゼキエルかほかの預言者のようであり…あらゆるものを見ていて、それでいていつでも正しい」[50]と映った。とは言うものの初めて会ったときの印象はもっと複雑な反応を伴うものだったが、それからの数ヶ月間ラッセルの眼にはロレンスは驚くべき洞察力を具えた人物として映るようになった。そこでラッセルはロレンスをトリニティ・コレッジに招待して、ロレンスのようにチャレンジを必要としているとラッセルが感じていた者たちにこの才能ある人物を引合わせた。しかし三月のロレンスのケンブリッジ訪問はうまくいかず、ひとりかふたりの教員と仲良くなっただけだった。このときに経済学者のJ・メイナード・ケインズと出会ったのであるが、ロレンスはひどい目に遭った（このことについては後に記す）。春の終わりから初夏にかけて、ラッセルとロレンスのふたりは一緒に仕事をする計画を立てた――「ラッセルは倫理学について、ぼくは不死について」の共同講義をしようというものだった。講義テーマのこの差異は興味深い。ロレンスは人びとにとって真の意味で必要なものや信条について語りたかった――「不死」という言葉でロレンスが言わんとしていたことは欲望を充足させることである。[51]ラッセルは戦時下のイングランドでなにが為されるべきかについて議論をしたかった。結局ふたりは「社会の復興についての哲学」というラッセルの講義内容をめぐって折り合いをつけることができなかった。ロレンスにしてみればその講義はあまりにも過激なものだった。同時に彼特有の洞察力をもって、ラッセルの矛盾した性質を見抜いていた。[52]共同講義の話はこのようなわけで沙汰止みになった。

一九一五年の春に書かれた手紙は、それまでにロレンスが書いたもののなかでももっとも注目に値する。『虹』と同様に、それら一連の手紙には人間の意識や社会、そして自己責任についての歴史的発達をどのように捉えるかについての今までにない新しい理解が展開されているのだ――例えば「ぼくたちは個々の人生を営んでいるちっぽけな個人なのではなくて本質的に人類全体なのであり、一人ひとりの運命はそのまま人類全体の運命でもあるのです」[53]というようなものである。このような思想は『虹』の根幹を形成するものであり、この小説はふたりの姉妹がそれぞれどのように人間的に成長していくかを扱っているが、やがてはヒロインの（ブラングウェン家でももっとも「現代的な」人間である）アーシュラが高度に発達した個人となり、そのためにどのようにして一般的且つ通俗的社会の辺境に存在するようになってしまったかが描かれていて、これは新たに書き直された最終稿の顕著な特徴となっている。戦争が始まった最初の一年間にロレンスが書いたものは、その基盤となる部分で社会と個人とのかかわり合いに触れているものが多い。一九一五年三月二日にロレンスは嬉々としてこの小説を書き上げた――「しっかりと束ねて梱包しました。さあ、虹の麓にあると言われる金の壺を見つけ出してもらいましょう。」[54]糊口を凌ぐことができると確信できるような作品を仕上げたと自覚したあとで（分割払いの前金の最後が支払われることになっていた）、すぐさまロレンスはハーディについての本で描出していた自分の哲学のつづきを書き始めた。『虹』を完成させたことでロレンスは自分の思想を明確に言い表わすことができると感じていた。そしてそれは六ヶ月の時間を要して六本の連作エッセイに結実した。そのなかのひとつが「王冠」で、ロレンスはここで戦争を始めてしまったイングランドの問題点を明らかにして、どのようにすればこの国に目的と信念が再び蘇るかについて烈しい理論を披歴している。

　しかし『虹』が完全にロレンスの手を離れたというわけにはいかなかった。タイプ原稿を受け取って読み返してみると大幅な改稿を施す必要があることが分かった――ゲラ刷がその夏の終わりに上がって来るとさらに書き直しをすることになる。結末部を自身の哲学が探るような新しく生まれ変わった社会の姿を模索するようなものにしたのである。この小説に取り組んでいる一方で、ロレンスは時折中断しながらも自分の思想について書き進めた。その中断のなかで、六月の初旬には「イングランドよ、我がイングランド」の初稿を書き上げた。この作品は人間がなぜ闘いたがるのかということについての洞察を端的に要約するものになった。主要な登場人物であるイーヴリン・ドートリーは結婚生活に失望している男性で、従軍するときに「愛と人生の創造的な面」を断念する。ドートリー――初期の作品に共通して登場するような、無力で自己意識が強く、芸術家肌で知的な人間の典型――は戦争体験をとおして完全な「破壊活動に積極的に加担する破壊主義的な人物」[55]になってしまう。ロレンスはサセックスにいた頃の隣人パーシー・ルーカスのことを念頭に置いていたが、（忠誠心と愛国心に篤い）ベブ・アスキスも脳裏に浮かんでいたことだろう――そしてバートランド・ラッセルのことも。このような創作の世界で戦争に、そして戦争が作りだす精神といったものに根本的に反対する態度を表明した。戦争に熱心に反対していたラッセルのような人間でも、手紙に書いているように「ぎっしり詰まった悪魔的な欲望を溢れないように抑えつけているために欲情に溺れて残酷になるしかない」ということがロレンスには分かっていた――「貴兄は欲情と敵意に満たされた全人類の敵なのです」。ロレンスには自分が「人類が包まれている無という覆い、成就した自我という覆い、過去の時代の子宮」[56]と呼ぶものと折り合いをつけるような人物とは誰ともつき合いたくなかった。ロレンスの手紙は最終的にラッセルを遠ざけるものだった――ラッセルが印象的な洞察力だと見なしたものは近づいて触れるには恐ろしいものだった。ラッセルにとってロレンスはひどく馬鹿げていて、現実に即した考えができず、変化を望む点においては気が狂っているように非現実的だった――「思考は支離滅裂で、現実に望む希望について思い違いをしている」とラッセルには思えたのだ。[57]

　ロレンスの反戦思想は、自分が生きている社会の本質を見つめ直そうという態度に向かった。「覆い」のなかにいる人類にとっては「分解と腐敗だけが起こり得る…そして戦争というものが大抵或いはほとんどの場合において、分解へと向かう大きな不断の変化の一部分なのです。」[58]覆い尽くすものと不断の変化ともいえる「完結した過去」にまつわるこれらのイメージには悪夢的なものがある。ロレンスはイングランド社会がいかに恐ろしく独善的で腐敗に向かっているかを直感していて、そのことを表現しようと言葉を必死になって探していた。一九一五年に、過去に完全に封じ込められてしまったと感じられる社会、そしてそんな社会に抵抗している別の社会や個々人を破壊するためならば手段を選ばないような社会から自分自身を切り離そうとする眼識や必要性に誠実であろうとしていた。「王冠」というエッセイでロレンスはこのような自分の立場を明らかにしている——そのなかで一九一五年四月に西部戦線で初めて開始されて夏のあいだずっとつづいた毒ガス攻撃に言及している。死に直面した社会では人びとは「肺をズタズタに傷つけて台無しにしてしまうガス煙」を非常に意識している、と結んでいる。そんな社会の「崩壊した囲み」から逃れることがこのときにロレンスができると感じていたことだった——「このことについて知っている人は、ほとんどいない。」[59]一九一五年を通して、社会という概念について、そしてそれがどのように変わり得るのかについて熱に浮かされたように考えつづけていたことは、自分が周りの人間とは異なっていて、だからこそ自分に押しつけられたと感じていたアウトサイダーとしての立場とは無関係に、ロレンスが作家としての社会的使命についての自分なりの考えを確立しようともがいていたことの証左である。「王冠」のようなエッセイを読むとロレンスがどれだけ物事を突きつめて考えていたか、そしてきわめて繊細で独創的な思考能力を駆使して次から次へと多くのアナロジーを使って表現しているかが分かる。ロレンスのこのような思考方法は個人的な資質に由るものであり、他者を恍惚とさせるものであり、そしてジェシー・チェインバーズが賞讃していた忘我状態で発揮される感情の奔出に通じるものである。そしてそれはまたのちにロレンスが「完全に燃え尽きる」[60]という表現で言い表しているものであった。フリーダがそうしたように、ロレンスの作品は彼自身に対立を認識させるもので、だからこそ創作することは彼にとって大切なことだったのだ。

ロレンスが自身に課していた善か悪かという究極の選択は多くの友人とのあいだに軋轢を生みだすことになった。一九一二年にイッキングで会ったときからロレンスもフリーダもバニー・ガーネットをとても気に入っていたのだが、一九一五年の四月にそのバニーが抜き差しならぬ状況に陥っていると確信した。彼がふたりに宛てて書いた手紙の筆跡が乱れていて、それを見たロレンス夫妻はバニーがなにかに苦しんでいると考えた。ロレンスはその原因をバニーが同性愛にはまってしまったことだと判断した。ラッセルと会うためにケンブリッジに行ったときにロレンスはトラウマとして傷痕を残してしまうようなことを経験した——それは閉鎖的で利己的な同性愛だった。昼日中にケインズがパジャマ姿で立っているのを目撃したロレンスは、「ある閃きがぼくの内部に稲妻のように射し込んできた。そのとき以来ずっと、ぼくはちょっとした狂気に襲われています」と書いている。ロレンスはそのときのことを振り返って「気の狂った」とか「正気でない」という言葉を使っているが、おそらくケンブリッジの連中があまりにも強要したのでひどく情緒を乱したのだろう――「この上なく嫌悪を抱かせるような感じ――腐った肉のような感覚――猛禽類を連想させるような感じ」[61]ということに気づいていた。自分のこのような気持は同性愛を道徳的に受け入れまいとすることとは無関係だとロレンスは強調している。そうではなくて、ハゲタカが獲物を食らうように、孤立した自我を、脆い或いは罪のない自我を食い物にしてしまうことに対する生理的な嫌悪感、そしてケインズから連想された閉ざされた扉のあちら側の臭いへの反発である――「これ以上ないほど厭わしく、胸がムカムカする感じ」。ロレンスはこの感覚を知っていた。だからこそ、どうしてそれが自分を揺さぶるのかを理解できた。このようにしてロレンスは自分自身がホモセクシャルかも知れないということに気がついたのだ。だからこそ、そうではなければいいと望んだのである。[62]

一九一五年の晩春にロレンスはこの利己的な同性愛を、知的でひどくお喋り好きなバニーの友人フランキー・ビレルに看破したものと結びつけている。

この若者たちが話しているのを聞くと、ぼくの胸はドス黒い私憤に満たされます。彼らは絶え間なく、際限なく喋りつづけるだけで、決して本当のことが語られることはありません…だれもが自分の小さな堅い殻に閉じこもっていて、そのなかから言葉を発しているだけなのです…そんな彼らのせいで、ぼくは夜にサソリのような、噛みつく甲虫の夢を見ました…ぼくが我慢できないのは、こんなちっぽけでくだらない連中がもたらす恐怖なのです――ビレルのような、D・グラントのような、はたまたケインズのような連中のことです。[63]

ビレルはバニーを愛していて、画家のダンカン・グラントはバニーと一緒に寝ていたのだ。ロレンスとフリーダは心配していることを告げる手紙を何通もバニーに書いて、彼を食い物にしているとふたりが信じている連中からバニーを遠ざけようとした。とくにロレンスの手紙は極度の優しさに満ち溢れている。しかしそれは同時に根本的にはお節介でもあった――手紙にはどの男友だちや女友だちとのつき合いをやめろと書かれていたのだ。このような手紙を受け取った人間は、そんなに自分のことを気にかけてくれる書き手を大好きになるか、或いはそんなに不条理なことを言って首を突っ込んでくるということで差出人を憎むようになるかのどちらかだろう。バニーの場合は後者で、ロレンスを憎んだ。彼はロレンスの心配を余計な干渉と受け止め、ロレンスから提供された愛情を袖にした。こうしてロレンスはひとりの良き友を失ったのだった。

フリーダとロレンスは些か首を突っ込みすぎたという気持を抱いて一九一五年の夏に自分たちが居るべき処のロンドン、ハムステッドへと戻った。そこには自分たちの友人がいた――詩人であり劇作家でもあるドリー・ラドフォードがそのひとりであり、サセックスで初めて会ったとても高潔な精神の持ち主だった。フリーダはこのような状況下ではできるだけ多くの友人に囲まれたいと思っていた。五月にはその友人が一緒にいてあげられるからという理由と、彼女をロレンスからちょっと遠ざけたほうがいいと考えて、フリーダのためにロンドンにフラットを借りてあげようとさえした――「Lはとっても私をウンザリさせるし、私は私で登下校途中の子どもたちの姿を見たいのよ。」新しい友人ができたにもかかわらずロレンスは孤絶していた――一、二回しか知人を訪問したりせずに、してもせいぜいオールディントンの妻であるH・D・をロンドンに訪ねたくらいである。赤ん坊を流産で亡くしていた彼女にとってロレンスは心情を理解してくれる唯一の人物であったようだ。ふたりのあいだにはこのとき以降に特別な感情が横たわることになった。[64] ロレンスはロンドンにいなければならないと感じていたのだが、これは秋に『虹』が出版されるとなれば今までになく衆目を集めることだろうし、前金の最後が支払われることになるからである。

　ロレンスには、かなり真剣に自分の生きる社会に対してなにかをしたいという強い気持があった。出版に向けてイタリアで書いたエッセイを書き直し、「王冠」で追究した思想をある程度具体的にまとめた新しいエッセイもいくつか書いた（効果的ではなかったが）。ラッセルに批評されたことでロレンスはただ考えるだけではなく、直接的な行動に出る方法を見つけようという気になったと考えられる。マリィと組んで自分たちの書いたものと、キャサリンの著作などを掲載する小規模な雑誌を創刊しないかという計画も持ち上がった――このような刊行物によってロレンスは戦時下に暮らす国民に伝えるべきだと信じていたことを伝播しようと考えていた。ウィリアム・ブレイクのように（ロレンスはブレイクの絵画を賞賛していた）相剋や軋轢といった衝突の存在を認めていたので平和主義者になることはなかった。一九一六年にロレンスは平和主義を訴えるパンフレットのことを「まったくお粗末」[65] と評している。それでもロレンスは自分たちが生きている社会の本質を理解してもらいたかった。そこで小規模の集会を計画し、雑誌のなかで喧伝し、賛同する人びとを集めようとした。このようなこと――自分の著作、雑誌、そして集会など――をとおして多くの人びと接して彼らの考え方を変えようとしたことは、この時期の作家としての立場を考えると特徴的である。積極的に社会とのかかわりを持とうとしていたのであり、三月に言っていたように自分には人びとを「生き生きと活気づける」[66] ことができる力があると信じていたのである。

　しかしながら一九一五年の秋には災難に立てつづけに見舞われた。まず（『シグネチャー』という名前の）雑誌が、マリィとロレンスが新旧を問わずにすべての知人に定期購読の案内を送ったにもかかわらず、財政上の問題から終刊を余儀なくされた。当初計画していた第六号までの刊行予定を大きく下回って第三号を出すだけの資金しか集まらなかったのだ。その結果、その雑誌のために六つに分けて書き直した「王冠」は三つのパートしか印刷されなかった。集会も大失敗に終わった――二回しか開催されなかったらしく、しかも「十数人の人間」が集まっただけだった。[67] しかしこんなことよりも大打撃だったのは『虹』への攻撃だった。メシュエン社は校正段階で問題となる箇所の書き換えと字句の削除を要請した。ロレンスはいくつかの些細な改訂を受け入れなければならなかったが、出版社の苦労のほとんどを巧みに回避した。最初のレビューが出てから、この作品はほとんどすべての読者によって悪意に満ちた扱いを受けた。ある批評家（キャサリン・カーズウェル）はこの小説のなかに賞讃すべき点を見出したために『グラスゴー・ヘラルド』紙の書評担当の職を失い、別の好意的な評論は掲載されるはずだった新聞から削除された。[68] ふたりの批評家がこの小説は差押え処分にするべきだと言い出したことが決定打となった――国家の危機的状況において国民の道徳心に火を焚きつけることぐらいは容易いことだっだ。ひとりの評論家は『虹』のような作品は戦争の真っ只中に存在する権利を持たないことは明白である…この小説は公衆衛生上いかなる蔓延する病魔よりもひどい脅威である」と書き、さらには「自由のために死んでいく若者こそが道徳的で善良な人間なのである。『虹』の登場人物は病よりもさらに恐ろしい大脳の腫瘍、精神の堕落という病魔に冒されている」と主張した。[69]

十月下旬までにはロースでの勝利を祝う雰囲気が国民のあいだに拡がっていた一方で戦争犠牲者を知らせる暗いニュースは後を絶たなかった。加えてこの戦争は長引くだろう、だから銃後をしっかりと守らなければならないという暗い見通しが一般的だった。性的な中身のために『虹』は一般の図書館で購入されず、また書店でも扱ってもらえなかった。メシュエン社は自社の広告からこの小説を削除した。そして十一月三日に公訴局長官の命令で（おそらく批評家からの、そして当然のことながら公共的道徳のための全国協議会からの進言を受けて）、警視庁犯罪調査課の刑事が出版社から在庫の全冊を、二日後の五日には未製本分すべてを押収した。十一月十三日にボウ・ストリートにある中央刑事裁判所は、一八五七年に制定された猥褻印刷物文書取締法に基づいてこの公訴をめぐる審理を行った。メシュエン社は法廷に弁護士を連れて来ていたにもかかわらず、この小説を擁護することはなかった。彼らの唯一の重要な主張は、「われわれはこの小説を出版したことを悔いている」[70] というものだった――出版社は罰金を科せられることを避けたかったのだ。印刷所からの押収分も含めてこの小説をすべて廃棄する判決が下った――被告人のメシュエン社が罰金を科せられることはなく、十ポンドの裁判費用を負担するだけだった。作者であるロレンスは、誇りに思いながら二年半の歳月を費やしてきたこの小説が数分間で潰されることから護るためになにもできなかったし、プロの作家としての名声が損なわれ生計を立てる道を閉ざされてしまうことから自分を守ることもできなかった。ロレンスは周囲の人間が「自分から自由を剥奪しようとしている」[71] と思えてならなかった――自分が気に入ったものを出版する自由だけでなく、執筆で独立した生活を営む自由さえも。オットリン・モレルの夫フィリップ（議会議員）は十二月十四日にこの問題を下院で取り上げたもののなにもできなかった。文壇のロレンスの友人は（あとで判明したのだが）ひとりとして『虹』を救おうと立ち上がらず、検閲に対して異議を申し立てただけだった――マリィとキャサリンですらこの小説を完全に嫌っていた。ロレンスは次のように感じていた――「ふたりには分からないだろうけど、気分が悪く、ヘトヘトに疲れきっている」。この小説が押収されたことで耐えがたい怒りを覚えたかどうか十年後に訊ねられたときにロレンスは否定しているのだが、一九一五年当時の態度をみれば自作に向けられた攻撃に対してロレンスがどれほど感情的になっていたかは明らかである。しかし不条理な扱いを受けたからといってロレンスが常軌を逸したわけではない――「それほど動揺しているわけではないし、今ではもうなんともありません。ただ、連中をみんな呪い、あいつらの身体と魂が、根と枝と葉のすべてが永遠に呪われてしまえと願うばかりです。」[72]

『シグネチャー』誌が失敗に終わったあとの、そして『虹』の運命がはっきりする前の十月にロレンスは外国へ行こうかと考えていた。向かう先はアメリカ合衆国――まだ戦争に巻き込まれておらず、イングランド人作家の作品が出版される国であり、ロレンスが自分の著作を受け入れてもらえると信じていた国だった。『プロシア士官及び他の短篇』を除けば他のすべての作品の米国版が印刷されていた。十月中旬から十二月中旬にかけて、ロレンス夫妻はフロリダへ行くためにパスポートを取得しようとしていた。『虹』が差押え処分を受けてからは、この行動はいっそうスピードを増したようである――周囲から金を無心したり、贈り物をされたりして結局ふたりは百ポンドくらいを手にすることができた。ロレンスには新しい知人や友人がいた――若い作曲家のフィリップ・ヘゼルタインと大学生で作家のオルダス・ハックスリィなどはロレンスに感銘を受けて、一緒にフロリダへ行くことに同意すらしていた。ロレンスは再び持ち上がったこの共同プラン、希望に溢れた移民団という考えをおおいに気に入っていたが、[73]取らぬ狸の皮算用で行動するほど浮薄ではなかった。バッキンガムシァで持ち上がったラナニムのときのように、何人かの気の置けない仲間で団結して前向きに計画を立てること自体が実際の行動に移すことよりも重要な意味をもっていたのだった。

十一月から十二月にかけてロレンスとフリーダはガーシントン荘を訪れた。オックスフォードシァにあるこの屋敷は十六世紀に建てられたもので、暫く前にオットリンとフィリップ・モレル夫妻が引っ越していた。ロレンスはこの邸宅を抒情詩風の散文詩のなかで讃えてオットリンに献上している。

空に突き出す窓が外と内を隔てている古の屋敷、石が完璧に重なり合って見事な線を描いている柱。波間に沈みかけている静かなこの魂は、最後の瞬間にこの尖った窓の外に夜明けの黎明をはっきりと目撃する。すると、これまでの記憶のなかにあるイングランドのありとあらゆるものが目を覚まそうとする…それがぼくです。何十年にもわたるぼく自身の姿で、錯綜し、閃光を放っているぼくのあらゆる細胞、存在しようとするぼくのありとあらゆる純粋な心の苦しみなのです。神よ、ぼくには耐えることができません。でも、時のこの最後の波間に、この突然の洪水に溺れかけているのは、このぼくではないのです。[74]

ガーシントン荘に重ね合わせたイングランドへの想いは故国を去る覚悟だけでなく、儀式的な別れの挨拶をも匂わせている。イングランドは文明の終焉を思わせる今までにない終末的な洪水のなかに沈み去ろうとしているのだとロレンスには思えた。この詩にはスウィンバーン的な調子を読み取ることができるが(ロレンスはこの屋敷に滞在中に、来客の前でスウィンバーンの詩を暗唱してみせたのかもしれない)、それは「王冠」や『虹』などとはまったく異なるものである。ロレンスは実際にほかの貴族階級のように「何十年にもわたって」イングランドに生きてきたと感じていたのだろうか。この問いに対する答えは「イエス」以外にない。振り返ってこの年の三月にロレンスは「ひとりの個人が負っている責務は全人類の責務なのです」[75]と感じていることを言葉で表現しようとしていたし、一九一五年の十二月に根本的に危険に曝されていると感じていたものは、まさにこの責任感だといえる。というのも、イングランドは過去に属しているがロレンス自身にはそんなイングランドと共に沈んでいく気はさらさらなかった。ロレンスにはなにが起こりつつあるのかをしっかりと見極めることができていたのであり、その一方で大勢の人びとは盲目的に同国人にならって戦場へと出かけていくか、或いは「過去の子宮」[76]のなかに留まりながら「完結した」自我で平和運動をしていただけなのである。

戦争によってロレンスの過去に対する考え方や感じ方が大きく変わった――「美しく、そして素晴らしい過去」についての力強いノスタルジックな感覚は戦争によって強調されるが、それはロレンスの心を苦しめるものだった。[77]自分が帰属していて不滅だと思っていた共同体への愛着を感じるとともに、今の自分は孤絶した個的存在にすぎないという認識をもつに至った。とりわけこの理由から一九一五年の十月にロレンスはアメリカへ渡りたいと思った――自分の著作が出版される国としてだけではなく、自分が信じられると思う民衆、そして自分が帰属できるかもしれない場所をも提供してくれると考えたのである。そんなロレンスが決定的な局面に遭遇したのは、国外へ出るためにパスポートを取得しようと十二月十二日に列に加わって宣誓しなければならなかったときだった――祖国への忠誠の証として応召の意志があることを宣言し、招集されたときには速やかに軍事行動に参加する覚悟があることを示すために登録しなければならなかった。一九一五年十月二十五日から十二月中旬までのあいだに二百万にも上る数の男性が「ダービィ・スキーム」[78]と呼ばれる制度のもとに宣誓して入隊した。祖国への忠誠などロレンスはそう簡単に信じることができなかったが、言うまでもなくパスポートを取得するためにロレンスはウェストミンスターから国会議事堂の側を通ってテムズ川を渡ってバタシー・タウンホールへ出向き、そこで列に加わった。

> 二時間近く待たされたことを心底後悔しました。しかし列に加わって順番を待っていると、男たちがとてもまっとうであり、そんな彼らの内の眠れる獅子が目を覚まそうとしているのだと感じました——ドイツ人に向かってその牙を剝くのではなく、この人生における最大の虚偽に対してです…最終的にはぼくが勝利を収めるでしょう。列に並んでいる男たちに対して、川向うにうっすらと幽霊のように霞んで見える陽の光にあたって立っている尖塔に対して、そして来たるべき世界に対しての勝利をです。[79]

列を外れてしまったのでロレンスはパスポートを発行してはもらえなかったと思われる。フロリダ行きは夢のまた夢となった。しかしロレンスが述べていることは楽観的でさえある。このような楽観主義がときおり見られるものの、それが列に並ぶ男たちの姿を目の当たりにして喚起されたということは興味深い——孤絶した状況のなかにいるときのロレンスの労働者階級への潜在的な忠誠を想起させる。フロリダに行けないとしたら、戻るところはイングランドのミッドランズになるのだろうか。フリーダと連れだって一九一五年のクリスマスにその地を訪れているが、そこで滞在中に自分がその土地についてどう感じているか心の葛藤を吐露するような手紙を書いている。

> ここに暮らす人たちはとても情熱的で、感覚的で暗黒の存在です——ああ神よ、ぼくの少年時代の記憶が戻ってきます——かくも荒々しく、かくも暗黒で、精神は常に未知のもので理解力がなく、感覚だけが荒々しく息衝いていたのです。少年時代を想い出すとぼくは言葉で表現できないくらい悲しみに襲われます。ぼくがとても愛するこのような人たち——そしてその人たちの生はぼくに大きな力をもっているのです——彼らは理知的にとても恐ろしいほどに理解しているのです——産業主義、賃金、金そして機械のことを。それ以外のことを考えることができないのです…暗闇に包まれた不可思議な感覚的な生。それは根本のところでは荒々しい絶望感に蝕まれて、恐ろしいほどの知的貧弱さと物質主義に支配されているのです。このような感覚的な生を目の当たりにすると、ぼくはとても悲しくなり叫び声を上げたくなります。彼らはまだそれでも生き生きとして繊細で、深く暗い情熱に満たされています。兄弟のように、ぼくは彼らを愛しています——と同時に、ああ、ぼくは彼らを憎んでもいるのです…[80]

自分の気持を理知的に表白しようとしているが、ロレンスにこのような孤絶感を与えたものは炭坑夫たちの物質主義的な考え方だけではない。ありのままの彼らこそが強烈に魅力的だった——労働者はロレンスが著作のなかで鼓舞してきたような男性的な官能的肉体と自我そのものだった。しかしそんな彼らはまた救いようのないほど遊離していて、偏狭で、希望に見放され、そして不完全だった。では、このときロレンスにはいったいなにが信じられたのだろうか？　彼の忠誠心はどこに向かっていて、どこが彼にとってのホームだったのだろうか？　少なくともミッドランズではなかった。

次にロレンスがどこへ向かうかについての地理的な問いには幸運ながら答えることができる。小説も書く文筆家のJ・D・ベレスフォードがコーンウォール地方の北に休暇を過ごすための家を所有していて、それを一九一四年にキャサリンとマリィに間貸ししていたことがあった。そしてこの家を今度はロレンス夫妻に二、三ヶ月のあいだ貸そう提案したのである。コーンウォールは少なくとも戦争一色に染まったロンドンからできるだけ遠ざかって、大西洋を越えてアメリカに思いを馳せることができる場所だった。ふたりは手持ちの百ポンド以外には収入の見込みがまったくなかったので、可能な限り生活費を切り詰める必要があった。一九一五年の晦日にロレンスとフリーダはこれからどうやって食べていくのかも、最終的にはなにができるのかも分らないままポースコーサンへ向けて旅立った。しかし、ロレンスがいみじくもその独特のやり方で外に目を向けて自由になることを楽観的にイメージしたように、その旅は「窓辺に立ってイングランドを背にして遥かに彼方の外の世界を眺めているような気になります。これは外にある新しい人生に向かっての最初の一歩」のようなものだった。ロレンスは自分が「鳥」[81]になったように感じていると言ったが、これはおそらく「鳥のように自由」でありたいということを意味していたのだろう。だがそれは「住所不定」と解釈したほうが実際の状況に合致する。遥か彼方を眺めながら執筆に励みつつコーンウォールで暮らすことは、象徴的にロレンスが望んでいたことである。「漂うしかない」とは『カンガルー』に登場する主人公リチャード・ラヴァット・ソマーズが、自分の戦争体験を想い返したあとで自分自身が今どこにいるのかを確認するために出した結論である。[82] 一九一五年十二月の時点でロレンスはまだそのような結論に至ってはいなかったが、コーンウォールという土地に暮らし始めるということが今後の行き先を暗示している——端っこ、今まで生きてきた世界の辺境に向かうのである。

11

ゼナー

一九一六―一九一七

コーンウォールという土地はロレンスとフリーダに、かつてないほどの変化をもたらした。ポースコーサンへ行くということはガルダ湖へ行くようなもので、つまりこれは困窮した状況のなかで孤立して暮らすことだった。ふたりは「とても、ひどく貧しく」なるだろうということがロレンスには分かっていた――フロリダへ行くために融通したお金が全財産だった。[1] 一冊の本が出版を控えていたが、それはイタリアでのエッセイを集めたもので、一九一六年一月にはゲラ刷だったものが最終的に書き直されて六月に『イタリアの薄明』というタイトルで上梓されることになる本である。そしてダックワース社が出版を予定していた二冊目の詩集（『愛』）のほかにはなんの出版予定もなかった。この二冊の本から得られた収入は多く見積もっても五十ポンドで、おそらくはそれ以下だったろう。

写真17――これは一九一五年の夏に撮影された写真である――は作家としてのロレンスの名声の絶頂期――そしてその最後――を切り取ったものである。このようなポーズで撮影されているロレンスの写真は、これ一枚きりである。スタジオで撮影される場合、足元に鳥籠が置かれていたり、または植木鉢に植えられたヤシの木が背景に置かれていたりするものだが、ロレンスにはそのようなものではなく一冊の本が渡されて、「その本の著者」であるかのようなポーズを取らされている。[2] 撮影された日付を考慮すると、ロレンスが手にしているこの本は世に出たばかりの『虹』だと思えるように仕向けられたのだろう。あたかもその本を読んでいるかのように一方の手は机上に置かれて、もう一方の手はページを繰ろうとしている。しかし、ロレンスが読んでいるふりをしているその本は『虹』ではない。理由のひとつとして、読み書きをするときに欠かせなかった眼鏡をかけていないことが挙げられる――一九〇八年から眼鏡を使うようになっていたが、眼鏡をかけて写された写真は一枚も存在しない。[3] もうひとつの理由は、この本の背綴が緩んでいて、ページ角が少しばかり折れているということである――つまりこれはスタジオで使用される小道具なのである。

この写真が撮られてからわずか数週間後に『虹』は差押え処分を受けて廃棄されるという憂き目に遭い、このことによってくだんの写真で伝えようとしていた小説家としてのイメージは地に落ちる。コーンウォールにやって来たロレンスはもはや作家として食べていくことができないのであり、そして写真に写っているような気取った作家ではいられなくなってしまうのである。

一九一六年の初めの数ヶ月間、ロレンスは大学時代に使っていたノートブックを漁って、「二十歳から二十六歳までの人生で自分はなにを考えて、どんなことを感じていたのかを振り返るために」[4]そこに書き込んであった詩を書き直して過ごした——この詩集は七月に出版されることになる。小説を書いても意味がないことは分かっていたが、それでもロレンスは「忘却の彼方の真冬の物語」——おそらくは「博労の娘」の前身である「奇跡」[5]を書いた。このこと以外にロレンスにはいったいなにができたというのだろうか？　作家生命は絶たれたも同然だったし、戦争のせいで出版業界は厳しい状況に追い込まれていた。戦争の勃発に伴い賃金カットが敢行され、一九一六年までには多くの男性が入隊を志願したり（六月以降は）徴兵に取られたりするなかで従業員を雇うことも困難になっていた。紙の価格が急騰するにつれて出版される書籍の数は減少の一途を辿り、出版社は当たり障りのないものを出版するようになっていた。このような時期にロレンスは自分のことを、「終わりの見えない坂道を手押し車を押しながら登りつづける男」[6]というように見ていた。ロレンスとフリーダはピンカーからの前払いや、ときおり入ってくる雑誌の原稿料や王立文学基金のような組織からの義捐金《ぎえん》にすがって、そしてまた（ロレンスはそうしなければならないことをひどく嫌がっていたが）友人や家族に頼って暮らしていかなければならなかった。しかも一九一五年から一九一六年にかけての冬に再び病に倒れた。そして今回の病状は前回よりもなお悪かった。

それでもロレンスとフリーダはコーンウォールを気に入っていた。ポースコーサンの家からは海岸線に転がっているゴツゴツした岩や小さな入り江などを見下ろすことができて、そんな景色はふたりをイングランドではないどこか違うところにいるような気にさせた——「フロリダへ向かっての第一歩」のようなものだった。過去の柵から完全に抜け出すことができたような、世の中で起こっている諸々のことが「昨晩のカフェレストランでのくだらない喧騒」のように思えることがロレンスには嬉しかった。そして一九一六年一月六日に今までにも何回かくり返し言ってきたように、自分は「この世に生きている人びとのことなど知ったことではない」[7]ということを明言した。

だがロレンスの手紙（その多くは素晴らしいものだが）を読んだとしても、彼の思想のすべてが分かるわけではない。手紙だって一種の創作物で、正直な告白などということはありえない。そのときに感じていたことをすぐさま文字で表そうとするための機会と手段にすぎず、しかもロレンスの場合は誰に宛てたかによって言葉遣いを相手に一番合うものにしようとしているのだ。世の中の人類のことなど知ったことではないと告白したかと思えば、その一方で妻と睦まじく暮らしていて、ひとりの友人が転がり込んできていて、やがてさらにふたりの友人がコーンウォールでの生活に合流することになっていた。ロレンスは数多くの人びとと幅広く手紙のやり取りをしていた。世の人びとを見捨てる気になったということはつまり、『虹』のような作品をとおして人類を啓蒙しようとしていたこと（そしてそれが失敗に終わったということ）をとても強く意識していたことの顕れだと考えられる。別の手紙ではこのように述べている――「ぼくが望むような人たちにどうして彼らがならなくてはいけないのだろう」。ロレンスは「もう説き伏せたり、強制したり」[8]したくはないと主張していたが、予約販売によって『虹』を秘密裏に再び出版するという計画が解決策として持ちあがった。この計画をロレンスにほのめかしたのはフィリップ・ヘゼルタインという一月の初めにロレンスとフリーダと一緒に暮らそうとやって来た人物である。ヘゼルタインのガールフレンドの（「ピューマ」の名で通っていた）ミニー・チャニングと、友人でアルメニア生まれの作家ディクラン・クーユムジアーンもやって来たが、彼らは二月の終わりにはロンドンへ戻っていった。クーユムジアーンは一緒に過ごすうちにどんどん不快な男になっていったようで、三月に『ニュー・エイジ』誌に「霊魂のこもった目をした赤い髭の秀逸な作家」について悪意に満ちた風刺文を投稿し、そこにはその作家の「偉大な哲学は…活字にするにはあまりにも高尚すぎる」[9]と書いている。しかしヘゼルタインは「虹と音楽」という計画を打ち立てて購読者を募った。

ロレンスは、ただ黙って泣き寝入りをするようなことはなかった。彼が書いたあらゆるものがそうであるように、手紙を読むと当時の彼の身に起こっていたことの直接の結果を窺い知ることができる。一九一五年にロレンスに会ったある女性は次のようにコメントしている――「誰も…ロレンスが引き起こした恥ずかしいことなど気にかけやしなかった。」[10]手紙というものは特定の人に特定の時期に書かれるもので、後代のために書かれるのではない。そして（さまざまな人に多くの手紙を書くことの）結果として起こってしまう食い違いや矛盾などといったものはロレンスにとってはさほど重要なことではなく、大事なことは彼の身に降りかかっていたことから目を逸らすことなく直視しようとすることなのであり、それを把握して、言葉で表わして、そして手紙を書いた相手とそれを共有することなのである。ロレンス自身（そして彼の作品の登場人物）は、あらゆる矛盾した考え方をとことんまで突き詰めて想像力を駆使して認識しようとする――例えば男性は女性との関係において「主人」である（或いはそうあるべきである）[11]とか、男女は互いに均衡のとれたパートナーシップを求めるべきとか、女性のことなど気にかけないで男性は己の道を邁進するべきであるとか、男性は女性に支えられて初めて行動できるとか、女性は性的な自由を必要とするとか、性の問題に関してはつねに男性が主導権を握らなければならないということなどである。自分自身が、そして他人がなにを考えなにを感じるのかを把握することが作家としての自分の仕事だとロレンスは固く信じていて、このような仕事は絶え間なく想像力を働かせることにほかならない。重要な点は、ロレンスは思想家として絶えず前に進んでいたということである。ロレンスは一度も、なにか最終的な結論を導き出そうなどという大それた意識をもったことはない。彼は教師でもなければ哲学者でもない。ブレイクやホイットマンが彼らなりにそうであったように、ロレンスもいろいろな矛盾や撞着、或いは相剋といったものに真摯に取り組んだ――「人間は誰しも同じではないし、一貫しているわけでもない。一人ひとりが二元論的存在であり対立している」と考えることが楽しかったのだ。[12]

人間のことなど「知ったことではない」とくり返し書いていたわりには、他人(とくにマリィとキャサリン)と一緒に暮らすという考えには傾倒していた。ふたりに次のような手紙を書いている――「もう二年間もあなたたちを待っています。あなたたちがぼくに対してよりも、ぼくの方があなたたちにとってずっと誠実でいました――或いはこれからもずっと。」[13] 最後の言葉は冗談かもしれないが、しかしまた恐ろしい予言ともいえる。ロレンスは何度も孤独を渇望していると言葉にしていたが、その反対に誰かと一緒に住みたいという強い願望をもつこともしばしばあった。断固たる自恃をもち合わせていたにもかかわらず、或いはそのことのためにロレンスは孤絶感を抱いていた。ガルダ湖畔またはフィアスケリーノでの生活と、コーンウォールでの暮らしとの違いのひとつに、一九一六年のロレンスはフリーダひとりさえいてくれれば満足するという情態にはなかったということが挙げられる。フリーダに熱烈に惹かれていた最初の頃は彼女がいるだけで満たされていたが、しかし自分に欠けている部分を補ってくれる人間であると同時にパートナーでもあるフリーダは、なくてはならない正反対のタイプの人間でもあった。そしてまさにこのことのために、フリーダとは築くことのできない関係をもつことのできる相手をロレンスは求めていた。

親密になれるような男性をロレンスはとくに望んでいた。一九一六年までにロレンスは、人間関係において女性と同じように男性も必要であると思う傾向が自分にはあることを意識し始めている。四年近くフリーダと暮らしてきたロレンスは情緒的にも性的にも満たされていたが、それでもなにか満たされない部分があるように感じていた――『恋する女たち』でバーキンが言うように、「別の種類の愛情」[14] があってもいいのではないかと思っていた。つまり、なにかに一緒に熱中して打ち込んだり、散歩したり、労働したり話をしたりする、そして悩みを打ち明けたりすることのできる男性への愛情のことである――セックスの相手としての男性ではなく、兄弟のようにつき合える男性である。ロレンスが初めてこのような愛情を懐いた相手は、ハッグス農場にいたジェシーの兄アランである。アラン以外には、イーストウッドに住んでいたジョージ・ネヴィル、クロイドンのアーサー・マクラウド、一九一二年からはバニー・

ガーネット、一九一三年からはマリィなどがいる。一九一五年の秋に書かれた『イタリアの薄明』に登場する「イル・デューロ」のような人物の存在は、ロレンスがとくに男性の肉体に魅力を感じていたことを示す——「イル・デューロはとてもハンサム、というよりむしろ美男子といえる、歳のころは三十二か三十三の男性である。澄んだ黄金色をした肌に、非の打ちどころのない、どことなく神を思わせるような顔つきをしています」——「彼の明確な、完璧なまでの美しさがぼくを魅了したのです。」[15] そして『恋する女たち』のなかのジェラルド・クライチにバーキンが魅せられるというエピソードでロレンスは、このようなアイデアをさらに掘り下げていくことになる。

　上述した男性たちは、実物だろうが創作物だろうがバニーを除けば女性を愛することができた。ということはつまり、ロレンスはホモセクシュアルな関係を描いていたわけでも、望んでいたわけでもないのだ。ケンブリッジでのエピソードで分かるようにロレンスはある種の同性愛に対してはかなりの嫌悪感を抱いていて、彼にとってはホモセクシュアリティとは閉塞的で、性的に相手を捕食するもののように思えたのである（このような性質をロレンスは自身の内に認めていた）。男性を必要とするその気持には、その男性の肉体に惹かれるという感情も確かにあるということに気がつくのにしばらく時間がかかった。しかし惹かれるということは性的な欲望の対象とすることとは違っていた。ロレンスが男性とセックスしたいと思っていた傾向は微塵も見られない。もしそのような機会があったとしても、彼はそんな関係に陥らないようにと気をつけた。性的関係にはその相手との衝突や対立が不可欠であるとロレンスは論理的に理解していたので、男性へと向かう感情は性的な満足感とは無縁だったといえる。ロレンスにとって同性に感情を動かされるということは、しかしながら「自我における早い時期に形成されてしまった不安や分裂を鎮めようとする」[16] ことだった。そんなロレンスが望んだものは、共に語り合うことができて対立することのない友愛の対象となりうる男性との仲間意識であり、フリーダとのあいだにあるような複雑に対立する関係ではない。二十世紀初めにロレンスはこのように、今世紀末までにイングランド人が感じ始めていたことを明確にしようとしていた——つまり男女関係とは別の形態の愛——同性間の誠実な関係——が必要だということである。遡ること一九一二年にロレンスはマクラウドにこのように書いている——「お分りでしょうが、貴兄はぼくのことをあまり好いてはいなかったでしょう。ぼくはとても好きだったのですが。でも…他人に自分の弱点を見つけられるのが怖くて、他人から好かれないように仕向けていたのです。たとえそれが男友だちであっても。」[17]

　コーンウォールにマリィを呼び寄せたいと強く思っていたが、それは自分が気に入っている人びとと一緒に生活したいという考えを持ち合わせていたからだ。ロレンスはいつも満たされずにいて、このことは人前では殊更に陽気に振る舞おうとする彼の性向から窺い知ることができる。仮に先導的な立場に立ちたくても、他人と一緒に楽しんだり働いたりすることでロレンスは充足していた。集団で行動することによってロレンスの能力は引き出されていた――思春期のハッグス農場しかり、一九一〇年にブラックプールでジョージ・ネヴィルと過ごした楽しいひと時しかり、一九一二年にマイヤーホーフェンとイッキングでバニーとフリーダと一緒だった時しかり、一九一三年にフィアスケリーノで農民の結婚式に参列した時しかり、そして一九一七年にメッケンバーグ・スクウェアでジェスチャーゲームに興じていた時しかりである。一九一二年の夏には、「文壇の獅子たちに庇護される内気でのろまなロレンスを、下宿先の女主人を魅了する愛嬌のあるロレンスを、女主人の娘に泣き落される感傷的なロレンスを、なんでもないことでフリーダと言い争う気むずかしく甲高い声を発するロレンス」を演じている。それを観ていたフリーダとバニーは「息ができなくなるほど大笑いをした」――彼らはみんなで「馬鹿げたジェスチャーゲーム」に興じていたのであり、みんな「一緒にすこぶる楽しく」[18]過ごしていた。一九一六年一月のコーンウォールでは、ロレンスが病に罹る前に思い描いていた集団生活がひとつの戯曲を書くという形で現実となった――「ぼくたちはみんなでヘゼルタインと彼のガールフレンドのピューマなどについての舞台用の喜劇を書こうとしています。」[19]これは、気の置けない仲間で寄り集まってそのとき直面していたやり切れなさに取り組むという意味で、バッキンガムシァで持ち上がったラナニムの話のコミック版ともいえる。ロレンスはこのようなときに我を忘れることができ、そのようなことは充足感を与えてくれるものだと知ったのである。しかし自分は落伍者であるという自意識はロレンスのこのような社交的な資質に影響を与えて、その結果数年が経つとより慎重に、より用心深く、そしてより自分の殻に閉じこもるようになる。これはかなり不気味なことであるが、自分の家族と一緒に暮らすようになっていた一九一八年にロレンスは、「ぼくはかなり強い気持で、独りになりたいと思っています」[20]と言うようになる。

　結婚して、そして友だちに囲まれて過ごしていたにもかかわらず、（ロレンスにとって）戦争勃発という悲劇（と警察当局による『虹』の押収）によって自分はその一部に組み込まれてしまっていることを認識しながら本当の憂鬱と故国イングランドへの激しい憎悪を心に抱くようになった。こうなったロレンスは、ほかになんのための作家になることができたというのだろうか。父親は本能的に権威というものにいつも抗っていたし、ロレンス自身の思想乃至行動パターンも、対象がキリスト教的信仰であろうと親であろうと、哲学や文学であろうとも、それらのものに手当たり次第に反発するというものだった。彼は威光というものに強く抵抗した（「ぼくたちは目の前の先達を憎まなければなりません。過去の権威から自由の身となるために」とロレンスは書いたことがある）。[21]ロレンスはコーンウォールを気に入っていたが、それはここに住んでいると一切合切の世事が自分とは無縁のものであるような気がすること、そしてなにが起こってもたいして気にならなかったからだが、このことで精彩を欠くこともあった。一月中旬までにロレンスは「何週間も体調が優れなく」て良くなったり悪くなったりのくり返しだった。しかも「病に罹った者にありがちの、なにか自分が死滅するような気分」にさえ襲われていた。ロレンスが「ほんのわずかな心の動揺」と呼んだもののために、気分が塞ぎ込むこともあった。マリィに「また病に負けそうな気がする」と言っていて、一九一六年の春にマリィは「ロレンスの無頓着さは自暴自棄になっていることが原因のようだ」[22]と考えている。ヘゼルタインとの仲は最終的に好ましくない方向へ転がった。彼に良かれと思った女性と紹介したり（ロレンスとフリーダにとって、このことは常に気にかかっていたことだった）、オットリンにガールフレンドのピューマのことを進言してオットリンが面倒を見ていた若い女性との出会いの機会を台無しにしてしまったりした。[23]ロンドンに戻ったヘゼルタインはロレンスのこのようなお節介を公然と非難した。

『虹』を出版しようとしていた計画も暗礁に乗り上げた――六百通の宣伝用パンフレットを送付しても反応があったのは三十通だけだった。加えて戦況は容赦のないものになっていた。三月の初めにフリーダはキャサリンに漏らしている――「ロレンスは今、大変な時期なのよ。この世の中全体に彼は不信感を抱いているわ。」彼には誰かが、信じられるものが必要だったのであり、とりわけ没頭できる仕事が欲しいと切実に思っていた。四年後に元気をなくした夫のドナルドのことでキャサリン・カーズウェルを労わってこう言っている――「虚しさと闘うこと、これはもう死にそうなくらいひどいものだとぼくには分かっているのです。ご主人が打ちひしがれるのを、ぼくは身に沁みて感じることができます。」[24]虚しさと対峙することと鬱屈とすることがどのようなものかロレンスには十分すぎるほど分かっていた。しかしフリーダはそのような孤立した環境にうまく順応することができていたようだ――仕事に就いた経験がない彼女は、ふたりが暮らしていたような辺鄙な場所ではもっとつらい思いをするかもしれないと予想していたのかもしれない。しかも彼女にとってロレンスとふたりきりでいられる状況は願ってもないものだったようだ。あとになってフリーダは、他人に干渉されることのない土地でロレンスとふたりでどれほど充実して楽しい日々を過ごしたかを回想している――「静かで穏やかな数ヶ月の暮らし」。[25]しかしそれまでのように、ロレンスが必要とする人びとの存在には我慢しなければならないことは覚悟していた。

一九一六年三月の初めにいくらか健康状態が好転したので、ロレンスとフリーダは揃って西にあるゼナーへ出かけた。そこで二軒のコテッジが「ムーアの下方に、海辺までつづく石がゴロゴロしている野原の端っこに」並んで建っているのを見つけた。ハイァ・トレガーセン農場がすぐ下にあり、そこに住むホッキング一家はフレンドリーでなにかにつけて助けてくれた。二軒のうちもう一軒はマリィとキャサリンが住めばいい、とすぐにロレンスは決めた。そしてふたりにすぐに来てほしいと手紙を書いた。[26]賃貸料は年たったの五ポンドだった（これほど安かったのは大家がイタリア人だったからだろう）――ロレンスとフリーダは一方のコテッジにペンキを塗って装飾するあいだ近くの宿屋に泊まり、そのコテッジに合う古家具を買った。それが済むとふたりはそこに移り住んで、ふたりの友人の到着を心待ちにしていた。マリィとキャサリンはフランスの南のバンドルで幸せに暮らしていた――そんなふたりにとってイングランドへ戻ることはなんだか間違った方向へ一歩を踏み出すように思えたが、ロレンスからの申し出を断るわけにはいかなかった。フリーダはこのような手紙を書いている――「私たちは友だちです。だから込み入ったことにはこれ以上首を突っ込むつもりはありません。そんなことは大丈夫よ。野原に咲いているユリみたいに暮らしましょうよ。」マリィとキャサリンは四月初旬に到着して、ロレンスたちと同じようにコテッジをペイントしたり模様替えをしたりして「猛烈に働いた」[27]のだった――その姿はユリにはほど遠いものだった。

ロレンスは新しくやって来たふたりに陰日向なく尽くし、マリィたちが一緒に過ごしているあいだは創作にも打ち込んでいた。「奇跡」を除けば、ほとんど十八ヶ月ものあいだロレンスは新作をなにも書いていなかったのだが、ドイツから二百ページの手書き原稿を取り戻そうとしていた。それは「姉妹」を書き始めた一九一三年に断念したものだった。戦時中のドイツから原稿を取り返そうなどとは無理な話だったが、コテッジの模様替えが終わる前の四月の終わりの十日間にロレンスは『虹』の後半部に取り掛かっていたのだった。

何ヶ月振りかでロレンスは集中して取り組むことのできるものを手にして、トレガーセンでの生活の様子や緊張感がその小説のなかに描かれるようになった。例えば派手な色のストッキングを履いて付近を歩いていたフリーダは、同じように人目を引くような色の服を着て異彩を放つアーシュラやグドゥルンとなって描かれた。また（ガーシントン荘のような建物が体現するような）「完成された」――それゆえにウンザリさせるような――荘重な[28]過去への態度などがそうである。ロレンスの矛盾する願望、つまりひとりのパートナーと社会的に隔絶した状態で（あわよくばバーキンがアーシュラとそうしたいと望むように）外国で暮らすということ、そしてふたりの男性のあいだの友愛（バーキンと炭坑を所有するジェラルド・クライチ）という相反するアイデアがこの小説の中心的なテーマとなった。この作品は最初からハイペースで快調に進んだのでロレンスは誇らしげに思い、安心もしていた――なぜならばこのような主題の小説を書くことは結局は彼自身の人生でもあったからである。「心揺さぶられると人は非現実のなかに現実を見つけようとします。このような態度が今書いている小説に反映されています。外の世界は耐えるために存在しているのであって現実などではありません。外面的な人生もまた同様です」。出版できないような作品を書いている余裕などなかったはずなのだが、そのように考えることはなかったようだ――「芸術作品を生み出すということは信仰上の行為そのものであり、芸術家は見えない目撃者に向けて作品を書きつづけるのです。」[29]そして六月下旬までに初稿を書き終えた。小説ではバーキンとアーシュラ、彼女の妹のグドゥルンとジェラルドはアルプスへ行く。グドゥルンとの関係を構築できず、そして彼女に怒りを込めた嫉妬を抱きながらジェラルドは雪のなかで凍死する。グドゥルンは芸術家（一九一三年にロレンスとフリーダが出会った彫刻家がモデル）[30]と出立してしまう。バーキンが自分の愛した男の死を嘆き悲しむ一方で、自分の愛には望みがないことを認めようとしないバーキンをアーシュラは非難する。

コーンウォールで四人で落ちついて創造的な生活をするということは現実にはうまく行かなかった。このことは少なからず小説にも影響を及ぼしている。フリーダは、マリィとキャサリンが彼女にとっての大事なロレンスを独占しているとふたりに嫉妬しているし、その一方でキャサリンはマリィとの安寧な生活を欲していた。その生活とは友人との共同的なものではなかった（数年後にフリーダは「Kは四人での生活がうまくいかないように望んでいたわ！」と書いている）。マリィとキャサリンはオットリン・モレルに手紙を書いて、心配なくらいにロレンスが心のバランスを欠いていると知らせている。けれどもふたりはオットリンにおもねって彼女が知りたがっていることを書いて知らせようとしていたのだ。キャサリンは「ロレンスは少しばかり気がおかしくなってしまった」と思い、マリィはロレンスのあらゆる言動にその傾向を認めていた——「病気からくるヒステリー症気味なところがある」。しかしロレンスの手紙からは正気ぶりが窺える——このときに二対二の仲間割れが起きていたのだ。ロレンスはマリィが自分のことをひどく嫌っていると感じ始めていて、彼が望んでいるのは「たんなる親愛の情からくる温かさと安心」だと考えるようになっていた。[31]だがロレンスが友人に望んでいたのはそれ以上のものだった——まず献身から始まって、アイデアや目的を受け入れたりすることで、これこそアラン・チェインバーズとのあいだではできたことだった。だがマリィはこのようなことをすることが得意ではなかった。彼にできたことは、ロレンスが自分から聞きたいと思っていることを表面的に繕うだけだった。挙げ句の果てにはマリィとキャサリンはフリーダを憎むようにさえなっていった。そして殊更に、ロレンスとフリーダの悪意に満ちた言葉の応酬に、時折見られる暴力に、そのあとに訪れる仲直りに、そして新たにくり返される衝突に我慢できなくなっていた。このようなことをくり返すふたりの結婚生活は、当人たちも分かっていたことだが他人には堪えられるようなものではなかった。一月にロレンスは「ぼくたちが烈しく衝突しているために、皆がぼくたちは実際にはうまくいっていないと信じてしまうのでしょう」と書いている。同じ頃にフリーダは、もし自分がロレンスにとって性悪女でロレンスが自分のことを気にかけていないと思うような人がいたら、それは「彼と私の互いへの態度が愚かにもそのような印象を与えてしまうからでしょう」と書いている。ロレンスのことを非常に高く評価していたエレノア・ファージョンのような敏感で中産階級的な人物は、「フリーダに向かって胸がむかつくような感情の爆発を見せる」ロレンスのことをおおいに嫌っていた。[32]

強い絆で結ばれていないマリィやキャサリンのような人間は、ロレンスとフリーダの互いに対する接し方に頭を抱えたことだろう。子どもと会えなくなってしまったことがフリーダの怒りの根本だが、それ以外にもなんでもありだった。例えばお茶を飲んでいるときに何気なく口をついたシェリーへの意見がロレンスが日頃考えていたことへの非難と受け止められたことで、ふたりのあいだに喧嘩が勃発することもあった。キャサリンが唯一の目撃者であり、彼女の視点からロレンスとフリーダの暴力的な衝突が語られていることを忘れてはならない。[33] ロレンスとフリーダが大きな声で言い合いを始めると（キャサリンに言わせると「怒鳴り合い」となる）、フリーダが最後には「私の家から出ていってちょうだい、このちっぽけな自惚れ屋。もうあなたにはウンザリだわ。口を閉じていられないの」と感情を昂ぶらせて声を張り上げた。ロレンスの口にする方言をキャサリンは聴き取っている――「頬を叩いて黙らせてやるぞ、この薄汚いあばずれ女。」こうなるとキャサリンはすぐさま戸外へ逃げ出したのだが、ふたりの罵り合う騒ぎ声はキャサリンが自分の小屋へ戻ってからも二、三時間は聞こえてきたようだ。ふたりは、このような喧嘩をわざと実演して見せていたのだ。フリーダはその晩にマリィとキャサリンのところへ行き、ふたりに「彼とは終わりにするわ。もうこれっきりよ」と言った。そしてロレンスは、フリーダが期待していたように彼女のあとを追うようなことはしなかった。そこでフリーダはマリィたちの家から外へ出て暗闇のなかをブラブラしていてロレンスに行き合うと（おそらくフリーダの計画通りだったのだろう）、ふたりは懲りずに罵り合い、取っ組み合いを始めた。[34] キャサリンは「ロレンスがフリーダの頭を、顔を、胸部を殴り――死ぬほど殴打し――髪の毛を引き抜いた」と追記している。しかし一連の行為は戸外の暗闇のなかで起こったことなので彼女には仔細が見えたはずはなく、フリーダが死にそうなくらいに殴られたなどとんでもない。「ずっとフリーダは大声でマリィに助けを求めた。やがてふたりが台所に駆け込んで来てテーブルの周りを追いかけ回り始めた。私にはこのときのロレンスの顔つきを忘れることはできない。怒りのあまりに顔面蒼白で――ほとんど緑色と言ってもいいくらいで――大柄で肉付きの良い女性を殴っていた。やがてロレンスは椅子に座りこみ、フリーダも別の椅子に身を沈めた。」[35] 徐々にふたりはマリィに話し始め、そして互いに口をきくようになって、そしてついには出て行ったのだった。

ロレンスは自分にとって都合の悪いことならどんな些細なことを言われても腹を立てるような精神状態にいた。しかしとりわけ「ぼくは…誇示されるのが我慢ならない」。誇示されることとは「吐き気を催すような侮辱」にほかならなかった。しかしロレンスもフリーダもお互いに自分たちの気持に徹底的に正直だったということに疑いの余地はないようだ。フリーダはこの頃にロレンスの頭に皿を打ちつけて割ったことがあった――今回はストーンウェア（備前焼のようなもの――訳者註）[36] だった。ロレンスは生来の感情を抑える性癖を意識していたために、このときは（一九二〇年に言っているが）「相手の平和よりも自分の闘争の方をおおいに優先する」ことにしていた。ふたりともこのことに気づいていた――フリーダはオットリンに「ロレンスが、そして私がどのように成長してきたか、そして私たちのあいだの喧嘩が実際に起こっているもの」だと伝えている。しかし互いに高圧的で、相手に出過ぎた真似はさせないという気持が強く、「非現実的な」手段を使って友人たちを辟易とさせる一方で自分たちは困憊していた。十年近く経って、ロレンスは共通の友人であるドロシー・ブレットに「ブレット、女性に手を上げるってことがどれだけ恥ずべき行為か、君には分かってない。そんなことをしたら、そのあとで自己嫌悪に陥るだけだ」と言っている。[37]人前で恥をかくことも、密かに自分自身を恥じ入ることも、ロレンスにとってはどうでもいいことだった。それ以上に大事なことは、自己を抑制してコントロールする気持を棄てることの方だった。

マリィとキャサリンはロレンスとフリーダのそんな乱暴さに度肝を抜かれたが、その後のふたりの態度の豹変ぶりの方がもっと衝撃的だった。ロレンスがフリーダの帽子に花やリボンで飾りつけをしている姿をふたりは喧嘩の翌日に目の当たりにしている――まさに「昨日の敵は今日の友」である。キャサリンにしてみればこのようなことは「品位のない」ものだった。キャサリンにとって、そんなことをするのは暴力よりも始末が悪く、ロレンスの「恥辱的な従属」と見なせる行為に「腸が煮えくりかえる」思いだった。[38]自分がどうしようもなく感情的にロレンスに似ていることをキャサリンが認めるにはその後数年必要とした――「実際のところ、あり得ないほど似ている」。ロレンスもキャサリンも、自意識過剰で、抑制が効いて、完璧主義者の怒りに一旦火が点くとどうなるかをよく知っていた。そして同時にふたりとも、そのように怒りを爆発させたあとの自己嫌悪ということもよく分かっていた。実際に、ロレンスはマリィよりもキャサリンに近いと感じたことは一度や二度ではなかった――「ぼくはマリィよりも彼女の方が好きです。」[39]

六月中旬になるとマリィとキャサリンはコーンウォールを出て行った。注意深く選んだ家具や油絵、床に拵えたシミと水彩画、そして共同生活を送りたいというロレンスの希望すらを置き去りにして。自分はマリィを誤解していたのではないかという自責の念にロレンスは苛まれた――ふたりは「本当の意味での仲間ではないし、ぼくは自分を欺いています」[40]とロレンスは思っていた。ふたりが去ったことは言うまでもなく大打撃だった。このことである意味でのサポートを突然に失ったことになる。マリィとキャサリンは互いにロレンスたちとはもうつき合えない、とくにフリーダとは今後もやっていくのは無理だと言い合っていた――フリーダについてこのように言うのはこのふたりだけではなかった。オットリン・モレルはフリーダから刺々しい手紙を受け取っていて、そのために彼女を憎むようにさえなっていたし、ラッセルも彼女のことを嫌うようになっていたし、コテリアンスキーは彼女のことが我慢できなかった。このような憎しみはたいていの場合、フリーダがロレンスを独り占めているという妬みから出ていた。ロレンスを支配しているフリーダを目の当たりにしたのはマリィとキャサリンだけではなかった。そしてこのように悪感情をフリーダに抱いていた人びとは、フリーダは声が大きく、攻撃的で、デブだと思っていた(キャサリンなどはフリーダを「特大のドイツ製クリスマスプディング」[41]呼ばわりした)。彼女は中流の人間に対して貴族階級的な軽蔑を抱いていたし、家事もほとんどしなかったし、座るときには脚を広げるし、煙草は吸うし、思ったことをズケズケ言うし、誰かがいつでも自分の世話をしてくれると期待するような女性だった。またどのような場合においてでも、伝統的にチャーミングでいようとか「女性らしく」振る舞おうなどとはしなかった。愛想笑いをすることもないし、愛嬌を振り撒くこともなかった。ウィークリーと別れてブルジョワ的なノッティンガムを出てからは、彼女のこのような性癖にさらに拍車がかかった。彼女の生来の無頓着さは信念にまで高められ、自分の気儘さを追求する飽くなき欲望は無尽蔵だった(一九一二年に浮気相手だったエルンスト・フリックは警察に留置されてからも、彼女の「自由の過剰評価」[42]に気をつけるようにと警告していた)。彼女に惹かれたら、その眼には彼女は驚くべき率直で、放埓で、肉感的で、怖れを知らず、バニー・ガーネットのように彼女が望むものをなんでも差し出してしまっただろう。反対に彼女と相容れなかった場合には、そんな人物には彼女は粗野で、不躾で、品がない自己顕示欲の塊のように映っただろう。一九一六年のマリィはフリーダの「究極的な下品さ」にゾッとして、彼女を(ラテン語で)「怪物のような、おぞましい、無様な、バカでかい」と評した。しかし一九二三年と一九三〇年には、そんなマリィはフリーダと身体を重ねたくってしょうがなかったのだ。[43]皆が口を揃えて、フリーダは「多弁だ」ったと言っている——彼女はロレンスの考えをただくり返し、そして時々に軽んじていた。その考えのなかには、確かにフリーダによって触発され発展したものもあったので、このようなことからロレンスはフリーダの言い成りになっているという印象をもった人たちもいた。[44]

しかしフリーダがどれだけイラつかせるような人物であっても、ロレンスには彼女の言うことに耳を傾ける必要があった。一九一六年のフリーダにとって耐えがたかったのは戦争である。戦争が一九一四年の夏に勃発したことによって、彼女へ悪意がぶつけられることになった。一九一三年にコンスタンス・ガーネットはフリーダとロレンスが言い争いをするのを嫌っていたが、それでもふたりに同情する余裕があった(だから一九一四年にはレーリチに出向いてふたりの近くに滞在している)し、キングスゲイトでのちょっとした知り合いはフリーダのことを「一流の詩人の奥方」[45]だと思っていた。フリーダは戦争が起こったことによって、自分の生き方をすっかり変えなければならなくなった。強制収容を恐れ、イングランドでの嫁ぎ先の家族との縁が切れ、子どもたちとも会えなくなって日も浅いのに、今度はドイツの自分の家族との関係すらを断ち切られてしまったのだ。一九一二年の五月初旬にはフリーダの愛情の向かう先には三人の子ども、最愛の乳母、夫、舅と姑、敬愛していた父親、母親と姉と妹、そして甥や姪がいたのだが、一九一二年の五月に一夜にしてイングランドの家族七人を失い、そして残りの血縁者を一九一四年の夏に失ったことになる（ドイツからの郵便物はそのほとんどがイングランドに届かなくなり、配達されるにしてもスイスを経由しなければならなかった）。一九一五年に父親が他界し、その知らせがやっとフリーダに届いたときには彼女はドイツへ馳せ参じることも母親や姉に会うことすらできなかったし、書いた手紙が必ず先方に着くという確信をもって手紙をしたためることもできなかった。彼女の適応力は高いのだが、それにしても戦時中に味わった感情的な苦痛は計り知れない。そんな彼女にはロレンスしかいなかったのだ。だから彼に八つ当たりするほかはなかったのだろう。ありのままに率直で、肉感的で自立した女性になり変わることで、フリーダはときとして自分自身を意図的に演じていたといえる。自分がドイツ人であることを明言して憚らず、遠い血縁で空軍のエースと目されて「赤い男爵《レッド・バロン》」の勇名を馳せていたマンフレッド・フォン・リヒトホーフェンの活躍を誇らしく思っていた。驚くほどの無神経さで一九一七年にフリーダは紹介された近衛騎兵隊のひとりに「近衛連隊よりもプロイセンの近衛兵のほうがどれだけ賢い」かを話して聴かせているし、一九一五年の春には「あの汚らわしいベルギー人！　誰が連中のことなんか気にするっていうの？」[46]とコメントしている。このような言葉はポースコーサンやゼナーの住人たちを腐したとしても、彼女のこのような心情がレディ・オットリンやラッセル、マリィやキャサリン、そしてコットの気分を害したとは考えられない。彼らの目に余ったのは、彼女が態度や言葉で顕わにした対抗心と頑迷さと下品さが合わさったものである。フリーダは容易に自分が「取るに足らない人間」[47]として片付けられてしまうことに気がついていたし、そうならないように振舞うことでいっそう周りから浮いてしまうことがあった。

以下のようなことは、一九一三年の夏以来ロレンスがもっとも気落ちしていたときに起こった。マリィとキャサリンとの関係に亀裂が生じたことはたしかに痛手だった。六月の末には軍隊とのゴタゴタがあった。このときにロレンスはボドミンでのメディカルチェックを受けなければならなかった。その結果兵役を完全免除されることになったのだが、このときの体験を「不面目で堕落的なこと」として過激に反応している。軍人用のベッドに置かれている枕は「萎んだペポカボチャをひとつの袋に詰め込んで紐で縛ったもの」のようだった。[48]戦争は新しい局面を迎えていた。一九一六年のソンムの戦い（連合軍側に六十万人を超える死傷者を出したにもかかわらず、十キロメートルほどしか前進できなかった）は、第一次世界大戦での激戦のひとつに挙げられる。この戦いでは初日だけでイギリス軍は歴史上最高に上る六万人の死傷者を出した。七月十六日に「今は冬です」[49]とロレンスは書いている。ロレンスは今まで以上に小説に没頭するようになっていて（フリーダに対して不快感や横柄さを抱くようになっていた理由である――彼女はアーシュラに自分の姿を映していたのだ)、そしてさらに活力の減退を感じていた。無駄なお金を使わないようにと前半部を自分で原稿をタイプしながら推敲していたが、ロレンスはタイプが得意ではなく(小説をタイプするのに何ヶ月もかかっている)、タイプすることはまるで「慢性的に病に罹っているというか、気がおかしくなったように感じ」[50]させることだった。秋口になるとロレンスはタイプすることを断念して手書きで小説を書き進めた。そして誰かにタイプしてもらおうと考えていた。一九一六年の十月になる頃には「人生の半分、いや半分以上がベッドに縛り付けられています。イングランド特有のひどい湿気のせいではないかと思います。来る日も来る日も雨が降って、今日で九日目です」[51]と愚痴を漏らしている。このような天候、ロレンスが自分の仕事に没頭していること、そして彼の健康状態が優れないことでフリーダも機嫌が悪かった。彼女はめったに身体の調子を崩すようなことはなく、自分こそが人から給仕される立場にあると常日頃から感じていた。コーンウォールでの寂しい暮らしは、彼女はそのなかでうまく立ち回ることができていても、徐々に彼女に精神的な苦痛をもたらしていた。一九一六年の九月中旬、ふたりには無駄遣いできるお金などなかったのだが、それでもフリーダは一週間のあいだロンドンへ気晴らしに出かけた(旅費は二ポンド五シリングだった)。

十月の下旬についに『恋する女たち』が完成した。独創的な作品だと彼自身が信じていたものだったが、その反面で「(ぼく以外の)誰もかれもこの小説を嫌悪するだろう」と恐れてもいた。だがこの新作は、戦時下のイングランドとその暴力性と狂気について考えられないような勇ましい最後の言葉を提供している——「戦争の悲惨さが当然の事実として登場人物のなかに認められる」[52]とロレンスはのちに書いている。この小説が示唆しているものは、そのような世界には背を向けて自分たちで独自の世界を創りだせということである。作中でバーキンは「人間は世界のなかにあるそれぞれの一定の場所から歩き去って、自分自身の無何有《むかゆう》の郷へ辿り着こうとしているんだ」と言い、グドゥルン・ブラングウェンはバーキンのそんな言葉を茶化して「最上の幸福な航海は『至福なルパート島』を探究することね」と言っている。六年後にロレンスはバーキンの心持(そしておそらくは彼自身のものでもあっただろう)を総括しているが、このときにロレンスが書いていたものはハーマン・メルヴィルについてだった——「意識の次元において彼は楽園を探し求めていた。無意識の次元では、現実世界への憎悪で満たされていた」。このように憎悪で満ち満ちていたとしても——「ぼくは人類を心底憎んでいます。生きている人類が憎いあまりに死者にしか友情を感じられないほどです」——ロレンスはメルヴィルのように「その核心においてはひとりの神秘家であり、また理想家」[53]でもあった。

一九一六年にロレンスは自分が必要だと考える社会へ近づける生き方を模索して、それについての執筆をつづけていた。戦争状態にある世界への憎悪(「ぼくは人類に敵対する」)はこのような態度とは相反するようなものだった。このために妙な気分になったり、ときには正気を失うようなこともあったようだ。そのようなロレンスの不安定な精神状態は九月初旬に書かれた手紙に散見される。例えば、「ゼナーの野原を通って遠くに人が歩いている姿を目撃したりすると、ぼくは茂みに隠れて目に見えない死の矢を彼らに向かって音も立てずに放ちたくなる」というものである。『恋する女たち』のなかの「正気を失ったように徘徊する」バーキンは、「日常の正気さよりも、今の彼自身の狂気の方を受け入れたがっている」[54]のだ。ロレンスにとってこの小説は苛烈な敵愾心という感情を掘り下げたものであり（「唯一の正義は人類を滅亡させることだ」）、その一方では「ぼくが受け入れたり認めたり、或いは足を踏み入れることすら躊躇うこの薄汚れた世界から遠ざかって生きていくことができる」空想の世界を描いている。十月三十一日にはこの小説の最終章の原稿をピンカーに送っている――「身の毛が弥立つような恐ろしい小説ですが、素晴らしいものです。きっとあなたは気に入らないでしょうし、誰もこれを出版しようなどとは思わないでしょう。でも、この小説には人智を超越したものがあるのです」。フリーダはこの小説を『ディエス・イレ』（「怒りの日」）と呼びたかった――彼女にはこの小説が啓示的に思えたのである。[55]

そうはいっても心のどこかではもちろんロレンスはこの小説がいつかは出版されるであろうことを望んでいたに違いない。だからこそ、この内容のままでは出版は叶わないと判断して（男性に魅力を感じるバーキンが描かれていた）プロローグ部を削除したのである。[56]そして、イングランド用とアメリカ用のふたつのタイプ原稿を用意した。また、これがベストな出来栄えの作品であるとも感じていた。最初にメシュエン社に伺いを立てたが拒絶された。「お上品な」[57]ダックワース社も同様だった。ピンカーは他社も当たってみたが、全部に断られた。完璧な敗北であり、ロレンスの作家としての終わりを思わせるものでもあった。ふたつのタイプ原稿のうちのひとつがロレンスの友人のあいだで回し読みされたが、このことですでに悪い方向へ向かっていたオットリン・モレルとの関係が完全に破局した。彼女は作中人物のハーマイオニに自分が投影されていると看破したのだ（ロレンスの作中人物の創作については第十三章で触れる）。ロレンスは必死になってオットリンとハーマイオニの繋がりを否定したが、結局はまたひとつ有益な人脈を失ってしまった。誰からどれだけ拒絶されようとも「武士は食わねど高楊枝」を決め込んでいた――「それがなんだっていうのですか？　もういつまでも昔のことにかかずらってなんかいられないのです。」[58]しかしこのような態度は所詮は空威張りであり、ほかの繊細な人たちと同じように、自分が傷つけられたら倍返しをするもののまったく気にしていないという態度を取りつづけた。

『恋する女たち』が断られたことは、前年に『虹』が差押えられたことと同じく大打撃だった。読者に幾ばくかの影響を与える作品を書いている作家だと思っていたから、ロレンスは「芸術が描出し得る極限」[59]というものを強く信じていた。このときすでに十年以上も作家としてやってきていたロレンスにとってプロの作家になって七年という時間が経っていた。しかしこのとき、そのキャリアが危険に曝されていた。『虹』の発売禁止から第一次世界大戦の終結のあいだにロレンスが出版できたものはたった二作の短篇小説だけだった。しかもアメリカでしか出版されなかった。新しい作品を書いていきたいという気持が強い作家にとってこのようなことは到底受け入れがたいことだったろう。『恋する女たち』の初稿を書き終えてからロレンスは出版される見込みのない原稿に手を加えつづけ、結局は三年間のあいだにオリジナルの十パーセントを書き直すことになった。修正し改稿することでロレンスはその作品に没頭することができたのであり、その結果一九一六年の十月に手紙に書いているように、「ぼくの小説の世界は広くて恐怖のないものです――だからぼくはこの小説をおおいに気に入っています。熱烈に気に入っていると言ってもいい」[60]と言えるだけの小説が完成したのである。

書き直しているうちに、それまでにはなかったような深遠なテーマを『恋する女たち』は含有するようになったのだが、それは従来の思想に代わるようなものだった。いったい誰が自分の作品を出版し、そして誰が読むのか――ロレンスは自分のしたいようにできるようになっていた。神智学にヒントを得て、宇宙のエネルギーにかかわるもの――ヒンドゥー教におけるクンダリニーという「生の核やエネルギーを象徴するとされるとぐろを巻く蛇――が小説のテーマに加わった。このことに関係することだが、バーキンが車を運転する様子が妙な調子で描かれている――彼はファラオのようで、腕も胸も頭も「ギリシア人のよう」[61]なのである。似たようなことがロレンスの次の著作(これは一九一六年から一九一七年にかけての冬に初めて思いついたものだった)にも認められる。これはアメリカ文学についてのつづきもののエッセイをまとめるというもので、これが六年後には驚くべき深い洞察力をもって完成する『アメリカ古典文学研究』という本にまとまることになる。もともとは稼ぎを目的とされた計画だったが、アメリカで本を出版した方がイングランドに比べて収入が良かった。だからロレンスは益々アメリカへ行きたいと思うようになっていった――「この遥か彼方への撤退は、ぼくにとっては新しい未来なのです」。[62]この願望はふたりのアメリカ人――ロバート・モントシーアとエスター・アンドリューズ――と知り合ったことによってより現実味を帯びるようになった。イングランドに滞在しながら大戦の影響についてアメリカの雑誌に寄稿していたモントシーアは一九一五年にロレンスと会っていた。この男が、駆け出しのジャーナリストだったエスターと一緒にコーンウォールを訪れたのだ。ふたりはクリスマスから一九一六年の年明けにかけて滞在して、とても陽気に過したようだ。近くの農場に住むスタンリー・ホッキングは「自分のアコーディオンを持ち込んで演奏して、皆で歌って楽しんだ」ことを憶えていた。この場がこれほどまでに盛り上がったのは「ジャンク」[63](ヘロイン或いはなんらかの麻薬)のせいであったようだ。モントシーアはロレンスをとても気に入っていたが、ロレンスはモントシーアのことが苦手だったようだ。モントシーアはロレンスがアメリカ文学についてのエッセイを書くことにおおいに手を貸し、ふたりはアメリカ合衆国への旅の話で盛り上がった。ポーやホーソーン、メルヴィルやホイットマンについてエッセイを書くことは、将来のアメリカ人読者に名前を売っておくという意味では意義があることだった。ロレンスは「すぐにでも行く」ことを決めてパスポートの申請をした――エージェントには「肉体的よりも精神的な健康の方がどれだけ重要か」を説いた。キャサリン・カーズウェルには「今みたいにぼくの心がくだらないことで沈んだことはありません」[64]と書いている。だが一九一七年の初頭にロレンスは再び体調を崩して病臥の人となってしまった。

一九一一年にロレンスが教職を辞した理由のひとつには「肺病」を患うかもしれないという可能性があり、一九二四年以前には（色白で赤い髭を生やしていた）ロレンスの顔色が青白かったり、痩せぎすだったり、胸部になにか病を抱えているとすぐさま結核と結びつけられていた。[65]一九二五年にロレンスは結核に罹っていると診断されたが、一九一六年の時点ではまだそうではなかった。[66]ヨーロッパの総人口の八十パーセントの人びとがそうであったようにロレンスの肺にも結節があったと考えられる。しかしだからと言って誰もが結核になるわけではない。ロレンスは「弱い胸」のせいでよく風邪をひいたし咳もしたし、熱を出して気管支炎を起こしもした。「ぼくは生まれて十四日目からずっと気管支が悪いんです」[67]とロレンスは嘆息している。眺望が良いところ、つまり高地や、海や湖の近くに住みたいと常々思っていたのは、そのような場所だと空気が良かったりオゾンが濃かったりして自分の肺には良いと思っていたのかもしれない。ロレンスはやがて空気とかオゾンを身体的というよりも精神的な負荷を与えるもの、或いは息が詰まるような気にさせるものを仄めかすときに比喩としても使うようになる。例えば申請したパスポートが認可されるかどうかを心配していた一九一七年一月十六日には、「この辺り一帯から酸素が消滅してしまったようで、みんな消えかかっている蝋燭のようにチロチロと心もとない焔しか出していません。新鮮な空気が必要です」と書いているし、その三日後には「もうこれ以上イングランドで暮らすことはできません。肺が圧迫されて呼吸ができないのです」とも嘆いている。パスポートは認可されないことが判明した翌日、「この国の空気は恐ろしいほどに毒されていると少なくともぼくにはそう感じられます。イングランド人が放つ有毒ガスのなかでぼくは窒息死するでしょう。だからぼくは脱出し**なければならない**んです」[68]と書いている。ロレンスとフリーダにできることはじっと頭を低くして大人しく忍耐強くコーンウォールで暮らすことだった――ロレンスは「あらゆることにピリピリと神経を尖らせていた」し、また「裏切られ、踏みにじられて挫かれた」と感じていた。前年の十二月に自由党党首のアスキス首相（ロレンスにとっては「古くて安定した、**控えめ**でまともなイングランド」を象徴していた）は、盟友デイヴィッド・ロイド・ジョージや連立を組んでいた保守党によって辞職に追い込まれていて（「この男の言うことには意味などありません――彼は空き缶みたいに中身が空っぽです」）、その二日後にロイド・ジョージが戦時内閣の設立を目指した連立内閣総理大臣に就任した。[69]

現実逃避の意味もあってロレンスはアメリカ文学のエッセイに没頭した。鋭敏で記憶力が優れ、懐疑的な精神があり、他人だったら馬鹿らしいと読み過ごしてしまう本から自分が欲しいものを手に入れる術にロレンスは長けていた。ロレンスが気に入っていたのは「学術的な」本で、「自分のなかに取り込めるくらいのあまり長くないもの」[70]だった。ロレンスの読書の幅は広く、戦時中はとくに読書の時間をたっぷりと確保することができた。『アメリカ古典文学研究』に収録するエッセイは『恋する女たち』同様にひどく難解なもので、読者を精神分析学、宗教、文化人類学、神智学、そして魔術などからのアイデアに触れさせるものとなる。ロレンスはいつでも宗教とか信仰だけでなく深遠で難解な神秘主義思想的なものに興味を示し、有名な神智学に関する書物（ブラヴァツキー夫人の『秘密教義』）を「多くの点で退屈で、ほとんどが事実ではない。だが素晴らしいことをこの本から拾い集めることができて、理解力を飛躍的に深めることができます」[71]と評している。そして『アメリカ古典文学研究』に含む十二本のエッセイを書くのに二年近くを費やした。このエッセイには根本的に惹きつけられた抽象概念が顕われているにもかかわらず、ロレンスのなかには強い実際的な傾向があったために神秘主義に傾注することはなかった。一九一七年の五月初旬にロレンスは昔から抱いていた思想を考え直していたのだが、「自分が突然に気がふれたような感じがしました」と言っている。そこで、ロレンスは実際に一度、神秘主義思想を「絶った」こともある。「素晴らしく啓蒙的なもの」であるにせよ、神智学的書物で発見した「素晴らしいこと」はまた、ロレンスにとっては「過去に属するもので過去の自我の一部であり、過去に遡ることに良いことはない」と感じられるものだった。ロレンスはこのパラドックスを翌年にこのように総括している――オカルトとは「非常に興味深いもので大事なものです――でも、ぼくに反感を抱かせるものなのです。」[72]執筆に役に立つ象徴などを学ぶことはできたが、そこに真理を看破することはなかった。ロレンスのなかには頑固に自分自身であるべきで、年齢に相応しいものを書くべきだという信条があったと同時に、とくに戦時中に自作品を出版するなどということは無駄なことだという意識が常にあった。アメリカ文学についてのエッセイは不可解な部分を削除すればいずれ一冊の本にまとめて出版できるものになるだろうが、その時期はまだだった。そして一九一七年四月六日にアメリカ合衆国がドイツに対して宣戦布告してからは、ロレンスのアメリカ行きの計画はほとんど霧消しそうだった。

一九一七年四月下旬にロレンスを悩ます事態が起こった。それは、モントシーアが自分のジャーナリストとしての仕事をまっとうするためにイングランドを去ってヨーロッパ大陸に渡ったあとで、コーンウォールに戻って来たエスター・アンドリューズにかかわることだった。彼女はマリィとキャサリンが去ってからは、ロレンスとフリーダが自由に使っていた空き家に寝泊まりしていた。アメリカ人で芸術のパトロンだったメイベル・スターン・ルーハンはのちに、エスターとロレンスは身体を重ねたと言い出した。しかしメイベルは勘違いをしていたのだ。[73] フリーダは珍しいことに体調を崩して臥せていて、このためにロレンスは自分に強く魅了されている若い女性と一緒に過ごすことが多かったに違いない。[74] ロレンスはエスターにとって崇拝する対象だったことを考えれば然もありなんであるが、ロレンスが塞ぎ込んでいたというエスター自身の話から、彼女がロレンスと一緒にいて楽しむようにはロレンスは楽しんでいなかったのではないかと考えられる。[75] モントシーアとエスターの関係が――それがどんなものであれ――不安定だったことで彼女は些か情緒不安定になっていたようだ。快復してベッドから出られるようになったフリーダは「出ていくようにとドアを指し」て、彼女はロンドンへ帰っていった。八月にロレンスが彼女に書いた長くてとても陽気な手紙は、彼女とのあいだには後ろめたいことはなにもなかったことを窺がわせるが、それでもロレンスは「どうしてフリーダの手紙に返事を書かなかったのか」[76] とエスターに訊ねている。ロレンスとエスターのあいだにはなにも起こらなかったと確信させるもうひとつのことがある。ロレンスの小説には実際の生活に起こったことがなんらかの形で描出される、つまり物語のなかに現実に起こったことが脚色されて描かれるという特徴があるのだが、エスターに関する痕跡は見当たらないのである。

出版できるようなものはないかと書き溜めていたものを漁ってみると、書き直した哲学的なエッセイがふたつあった。一九一七年の春にロレンスはこれを（戦争に真っ向から反対する意味で）「平和の実現」と呼んでいて、このエッセイは夏の終わりには短めの一冊本になるくらいになっていたが、これは現存していない。『イングリッシュ・レビュー』誌はロレンスの窮状にそれなりに支援をつづけていて、オースティン・ハリソンに「平和の実現」を出版したいと思っているが「これを出版することで経済的な困窮から抜け出ることができるとは到底思えない」と四月に伝えたときには殊更に温かい支援の手を差し伸べた。四本のエッセイ[77] の掲載料として二十ギニーを受け取ったが、戦争が起こる前ならば作品一本に対して十ポンド乃至十五ポンドの掲載料が支払われていたのだった。「門のところで」は多くの出版社によってその出版の可否が考慮されたが、結局はすべてが見送った。こうなるとロレンスにできることは野菜を栽培することくらいだった――ロレンスとフリーダにとってこのことは「人生の勝利」[78] と見做せることだった。ハイァ・トレガーセンの農場で額に汗して土を相手に働いたり、読書をしたり、折を見てはアメリカ文学のエッセイや『恋する女たち』のタイプ原稿に修正を加えたりしていた。この結果この小説のエンディングが大きく変更されて、ロレンスの小説によく見られるようにオープンエンディングの形をとるようになった――そこではひとつの主張（バーキンが考える男と女への愛情なんて「嘘っぱちで、あり得ない」とアーシュラが言い）が別の主張（それに対してバーキンが「ぼくはそうは思わない」と応える）と衝突する。そして物語の結末としてのひとつの結論を提示するのではなく、ふたつの相反する視点のあいだで結論は宙ぶらりんとなるのである。[79]

一九一七年にロレンスが唯一本として出版できたものは『どうだ！　ぼくらは生き抜いてきた！』というちょっとした詩集（これで二十ポンド稼いだ）であり、ここに収録されている詩は一九一二年から一九一三年のあいだに書いたものを修正したもので詩の中心的なテーマはフリーダへの愛である。ロレンスには「とても感情的で、同時に痛々しくもある」これらの詩を出版する気はなく、またここに郷愁さえ感じていた――「これを読むと、なによりも泣けてきます」。その詩集に収められているものはロレンスにとって「最善且つ最後のもので、別の詩集を出版しようという気を起こさせない」もので、この詩集は「ぼくのなかにある遠い過去の清算のようなもの」[80]だった。一九一六年の十月（この頃にロレンスは『恋する女たち』の結末部を執筆していた）にマリィに「フリーダとぼくは長く血生臭い闘いをやっと終わらせた。そしてひとつになった。だれもが経験しなくてはならない闘いで、ぼくのなかのアダムと彼女のなかのイヴは殺されなければならずに、そしてそのあとに新しいアダムとイヴが生まれる。そんな闘いを終わらせるための闘いこそが高貴なものなのです」[81]と書いている。このときになって初めてロレンスは、今までの愛に対する考え方が間違っていたと考えるようになっていた。この詩集以前のものにはそれぞれ『愛の詩集』や『愛』というタイトルがつけられていたのだが、バーキンは「あの身の毛も弥立つような馴れ合い、いちゃつき、自己放棄の愛」を公然と非難して憚らず、それに呼応するようにロレンスは新しい形態の男女関係を定義づけようとして懊悩していた。そのような新しい形態の関係においては個々人が混淆することなく、「純粋な独自性を保ちながら分離孤立して混態から免れて」「ふたつの星が天体に別個に輝くように」存在する。このような考え方は、フリーダへの愛に対する強い信念と、孤絶感への昔ながらの憧憬を同時に満たす道だった。ロレンスはまったく新しい形の、愛に依存することのないパートナーシップを欲していた――『どうだ！　ぼくらは生き抜いてきた！』のなかの詩を読むとロレンスの一九一二年当時の気持を知ることができるのだが、しかしその気持は一九一七年になるとまったく異なる声を生みだすことになった。[82]

一九一七年も大体において一九一六年と同じように過ぎていった。短期間だけロレンスはコーンウォールから出て小旅行をして、ミッドランズの家族を訪れたり、ロンドンへ行って医者の診断を受けたりした。徴兵制度が近づきつつあったのは戦争での負傷者の数が増えつづけていたために、新たな徴兵が急務だったからだ。ロレンスはボドミンで一九一七年の六月に再び身体検査を受けることになったが、このときにC3という格付けになった（これは不合格に次ぐ最低のランクだった）。コーンウォールに住む人びとは自分たちの近くにこのような反戦的な人物が（しかもドイツ人を妻として）呑気に暮らしていることに決して良い気持をもっていなかった。いろいろな噂が立った――海岸線沿いをスカーフをヒラヒラさせながら走っているのは潜水艦に合図を送っているからだとか、ロレンス夫妻が住んでいる小屋が建つ崖の下にはドイツ船舶用の燃料が密かに備蓄されているとかである。大西洋における輸送船団のルートはコーンウォール北の海岸に沿っていて、一九一七年にはその船舶に対する攻撃が著しく増えた――一九一四年の八月から一九一六年の十二月までの期間にはたった十四隻の船舶が潜水艦に沈められただけだったが、ドイツ軍の戦略の変更に伴って一九一七年の一年間には四十九隻もの船が海の藻屑となった。二月初旬にフリーダは次のように記録している――「三隻の船がここで魚雷の攻撃を受けたのよ。海に放り出された人たちが数分間助けを求めていたわ（スタンリーも彼らを目撃している）。とてもひどい光景だった。」[83] 住んでいた小屋の煙突にタールを塗って補修していただけでも、それがなにかの合図だろうと解釈された。ロレンスとフリーダは見張られていてドイツの歌を歌っているのを盗み聞きされたこともあるし、憲兵に職務質問された上に荷物を検査されたこともある（包まれていたパンの塊がカメラだと疑われたのだ）。[84] ロレンスとフリーダを取り巻いていた環境は、近隣に住みつく徴兵されることのない芸術家たちの存在によってますます悪くなっていった。フィリップ・ヘゼルタインは時折近くにある家に遊びにやって来ていたし、友人で音楽家のセシル・グレイはすでに海岸沿いに五キロほど南に行ったところにあるボウズイグランにやって来て住んでいた。ロレンスとフリーダは、マリィとキャサリンにそうしたようにグレイの引越しにも手を貸した。ロレンスとグレイはどのように戦争が終結すべきかについて話し合ったりもしたし（このときロレンスは、産業地域での分裂破壊や平和主義キャンペーンという考えを気に入っていたようだ）、三人でドイツ歌曲や、音楽的な発見と見做されていたヘブリディーズ諸島の歌（いくつかはゲール語）を歌っているのを盗み聞きされた。[85]

その一方でロレンスはハイァ・トレガーセンに住むホッキング家と良くつき合うようになっていた。一九一七年には「干し草作りでも収穫の手伝いでも」ロレンスは屋外でホッキング家の人たちと一緒に「家族の一員のようになって」働いた。このようなことができるようになって「トレガーセンで楽しく暮らせる」と感じるようになったことは、ハッグス農場でのことを想起させる。ホッキングにしてみれば、ロレンスは「よく働いてくれるけれども、俺たちみたいに一日中ってのは無理」だった。ある日の食事の休憩中にハンサムな長男のウィリアム・ヘンリー・ホッキングはロレンスに「『ロレンスさん、こんな風に過ごしているとあなたは私たち家族の一員みたいですね』と言って笑った」。[86]

ロレンスはこのときに三十五歳だったホッキング、つまり「深く、厳しく物事を考える」男性と過すようになった。そこで当時三十二歳だったロレンスは彼との会話に自分が読んだ神秘主義についての話を加えるようになった。するとこのコーンウォール出身のこの男はその話に理解を示した。一九一六年の十月にロレンスは彼のことを「もっとも知性のある」男性として特別視していた。一九一七年の夏にはロレンスは益々ウィリアムと過すようになっていたので、フリーダは疎外感を感じるようになっていた。彼女にはふたりの関係は、ロレンス特有の「無軌道な親しさ」[87]だと見えていて、そのような関係ではロレンスの方が知的に勝っていた。ホッキングはロレンスのほかの男性仲間との関係と同じように、ホモセクシュアルなどではなく（翌年に彼は結婚して、一九二〇年には二児の父親になっている）、男性間で愛情を交わすなどということはおそらくタブー視していた男性だろう。ロレンスとホッキングの間柄は近しいものだったので、そのお蔭でロレンスは寂しさを随分と紛らわすことができたようだ。性的な寂しさなどではなく情緒的な孤独であり、このことのためにフリーダは嫉んでいただろうが、それはなにもホッキングとの関係だけでなく、ロレンスがほかの人物と仲良くなると決まってフリーダが蚊帳の外に置かれることになったからだった。[88]ホッキングとのつき合いはアラン・チェインバーズとのものに酷似しているように思える。控えめだが要求が多く、仲間づき合いと温かな対応を欲していた知的なロレンスと、直覚的で自分の必要なことをわきまえているようなホッキングはバランスのとれたペアだった。彼の「なんだか奇妙な、ものを掴むような動きをしながら」胸に片方の手を当てる仕草をロレンスはずっと憶えていた。そのような仕草をしながらホッキングは、「皆が欲しがるものが確かにある…ぼくにはそれが欠けていると、ここで感じる。それにしてもいつかはぼくにもそれを手に入れることができるんだろう？」[89]と訊ねている。ロレンスはホッキングが懇意にしているほかの農夫たちとも仲良くなった。ロレンスはそんな仲間たちを「夕方になると自分の小屋に呼んで仲の良い仲間でひと時を過ごすことがあった。いつでも皆に語るような話に事欠くことなく、どんな質問をされても答えていた。それからぼくらで彼を楽しい気分にさせることもあったし、同じように彼もまたぼくらを退屈させたりはしなかった。」[90]農夫たちがロレンスのことをホモだとは思っていなかったから、この男同士のつき合いが生まれたのだと考えられる。そうでなかったらこのような関係は実現しはしなかっただろう。

それから三年後にマルタ島で、ロレンスの知人で同性愛者のモーリス・マグナスは、ロレンスが「偶然にも私に対して彼の『心中』（！）を披歴した」と書いた。これはフリーダが「無軌道な親しさ」と見做していたもので、彼女はこれを不快に思っていた。

ロレンスは自分自身のためにバイセクシュアルな男を欲していて、「薄明」や「イル・デューロ」を書いていたときには己の無垢さについて語っていた。しかし明らかに無垢などではない。マルタ島を嫌っていた理由は、そこでの宗教とかなにかのせいで自分の性的な表出を妨げられたからだと思っていたからだ！　私はロレンスに説明してやる（知らせてやる）ことをしなかった。数日間滞在したあとだったらできたかもしれない。ロレンスは手の届かないところにあるものに夢中になっているのであって、そういったものをすべて手に入れたがっている。到着するのが遅すぎた――そのことを後悔している。ここでカナン夫人や自分の細君といった女性に辟易しないかぎり、そのことについて語ることはない。[91]

これが書かれたのが三年後であるということ、そして強調されるべきはマグナスが信頼のおけないレポーターであるということだ。絶えずスキャンダルに耳を欹《そばだ》てて、噂好きで美少年愛好家の友人ノーマン・ダグラスに手紙を書いて報告していた。そしてダグラスはロレンスに関するこのようなことを聴き知ることに至上の喜びを感じていたような人物である。そのたぐいの人びとに興味を示したことは事実だが（ダグラスもマグナスも既婚のホモで、ロレンスはこんなふたりと一緒にいて楽しんでいたことは本当だが）、ロレンスが「バイセクシュアルな男」を探していたことを裏付けるような事実は見当たらない。しかし一九二〇年までにはロレンスは自分が男性に魅力を感じていたと認めることを否定するのに長すぎる時間を要してしまったことを後悔しているようだった。一九一七年のホッキングとのつき合いのことを考慮すれば、そのことが分かる。

　マグナスの手紙を読むと、一九二〇年にはロレンスが「性的な表出」は同性愛者の権利と同じように異性を愛する者の権利でもあると信じるようになっていたことが分かる。ロレンスとしてはただ自分がしたいと思うことをすることになんの躊躇いもなく、強く望んだとしたらそのときの気分に従って行動しただけなのだろう。もしロレンスが男性に対して性的なアプローチをしなかったのだとすれば、それはおそらくロレンスにそれに見合うだけの強い欲求がなかったということだ。彼の場合は男性に抗いきれないほどの魅力を感じたとしても、それがその人物への性的な気持に発展することはなかったと考えるべきだ。

　マグナスの書いたことで注目に値することは、知性で理解できる範囲を超えた経験や感情といったものにロレンスが根本的に惹きつけられていたということである。誰と友人関係になろうともフリーダとの結婚においても極度に孤絶した人物で、男性に魅力を感じることにおいて少なくとも彼は三度失望したか或いは傷ついた――バニー・ガーネットは一九一五年にロレンスの情愛の深い友情を頭ごなしに拒絶したし、マリィとは仲違いに終わり、ホッキングはロレンスの手紙に返事を書かなくなった。『カンガルー』でソマーズはジョン・トーマス・ビュリアンの弱みにつけ込んでいるような気がしているし、ロレンスはホッキングに踊らされているように感じるようになっていた。そしてやがてはマグナスにも同じような気持を抱くようになったのは当然なのかもしれない。そのマグナスはロレンスが自分に関心があることを逆手に取って彼に取り入ろうとしていた。男性とのあいだに情愛に基づく友好関係を構築することはおそらくロレンスにとっては、それがどんなに手に入れたいと望むものであったとしても絵に描いた餅だったのだろう。ロレンスの人生において男性との触れ合いを仄めかすような唯一の出来事は、一九一五年二月にマリィをベッドに「寝かせた」ときである。このときマリィはインフルエンザに罹っていて体調がひどく悪く、ロレンスはそんな状態のマリィを「子どもの面倒を見るように看病した」[92]のだった。マグナスが黙殺したことは作家としてのロレンスが理解の範疇の外にある人間の生や感情といったものを創作で描出すること、そしてそれがどんなものであるのかを探って理解しようとしていた態度である。例えば『アーロンの杖』のなかでロードン・リリーはインフルエンザに罹患したアーロン・シソンの世話を焼くだけでなく、オイルを塗ってマッサージをしたりもする。『恋する女たち』の初稿では女性よりもむしろ男性に愛情を抱き、親しく感じているその男性と裸でレスリングをしてその肉体に魅力を感じる「男性の肉体を欲し、所有したい」[93]と望むバーキンを描いている。ロレンスはこのように、著作のなかで自分の感情を洞察して、その結果を言語化したのである。ロレンスにとって物語を書くことは、そのような感情を、そしてそんな人びとを理解するための手段だったといえる。

一九一七年の秋を迎える頃には、大戦はベルギーのパッセンダーレの激戦に見られるように凄まじい様相を呈するようになっていた。連合軍側には最初の二ヶ月間で九万を超す死傷者が出ていた。スタンリー・ホッキングによれば、ゼナーの主任司祭でもあったデイヴィッド・レカーブ・ヴォーン牧師はロレンスとフリーダのことを嫌っていて、警察や軍によってふたりが取り調べを受けることに対しての「全権が与えられて」いた（ロレンスが本当にイングランド人であるかどうかも調査している）。軍隊に徴集されなかったロレンスの知人も当然のことながらこのようなバッシングの対象となった――セシル・グレイは一九一七年の九月に、灯火管制違反をして海に面した窓から灯りが漏れていたことで二十ポンドの罰金を課せられた（この夜にロレンスとフリーダと一緒に過していた）。[94]モントシーアとの交際も名誉を傷つけるものとなった――モントシーアは一九一七年の一月にコーンウォールから大陸へ戻る途中でドイツのスパイだと見做されて逮捕され、あまつさえ丸裸にされて所持品の検査を受けた。[95]結局のところ警察や軍にとっては、ロレンスとその関係者のスパイ活動などを突き止めるよりも実力行使のほうが手っ取り早かったのだろう。ドイツ人を妻としているこの作家は、明らかにその対象と目されていた。ロレンスはもちろん抗議した――「ぼくらは野原を駆け回るウサギのようで平和主義運動などにはかかわっていないしスパイ活動とも無関係です」。しかし遂に公的な措置が取られることになった。十月十一日木曜日にふたりが外出しているあいだに家探しされて、ヘブリディーズ歌曲（暗号と見做されて？）やロレンスの住所録や「ドイツ語で書かれた古い手紙」[96]を含む書類などが押収された。翌日にふたりは改めて家宅捜索を受けて、今度はロレンスが大学時代から使って詩を書き留めていた古いノートの一冊――そこには植物の茎の断面図が描かれていたのだが、これが砲床や砲弾の断面図だと思われたのだろうか――が詳細に調べられた。そうして遂にふたりは国土防衛法に従ってコーンウォールを退去すべしとの命令を受け、コーンウォールをはじめとするいかなる沿岸地域にも住むことを禁じられた。三日以内に退去しなければならなかった。一九一七年十月十五日の月曜日にホッキングがふたりをセント・アイヴズにある駅まで送り届けてロレンスとフリーダはそこからロンドン行きの列車に乗ったのだが、「そこにも警察が来てふたりの動向を監視していた」。[97]

　ロンドンではシンシア・アスキスが責任ある立場からことの成行きを見守り、日記に「結局はあの女性がドイツ人であることを考慮すれば…今回の退去措置は妥当だと思われる」[98]と書いている。『虹』と『恋する女たち』が拒絶されたこと、そしてこの強制退去によって作家としての将来が台無しにされたことにロレンスは神経過敏になっていた。しかも戦時下の嘘八百やプロパガンダ（「新聞紙上に書かれているような世界はすべて意味のない悪夢のなかで踊り跳ねているだけです」）の本質を見抜いていて、今回のコーンウォールからの放逐という処遇はマスメディアの恐るべき影響力に踊らされている大衆の結果だと感じていた。すでにドイツへの悪感情は新聞各紙で喧伝されていて、『ジョン・ブル』誌ではドイツ人は「バイキン・ハンス」と揶揄され、『デイリー・ニューズ』紙は他紙に倣って自国の優位性を吹聴していた。このような状況下で自由なイングランド人などはもはや存在しないとロレンスは感じていた。コーンウォールから追放されるという憂き目に会ったことで、ロレンスは永久に変わってしまったのである。[99]

12 ホームレスな暮らしと、乖離する二人　一九一七―一九一九

取る物も取り敢えずにロレンスとフリーダは「根を下ろしていた」コーンウォールから退去しなくてはならなかったが、これは経済的な大打撃だった。賃借していた小屋の家賃は破格に安く、しかも一九一八年の三月分まで前払いしてあったのだ。[1] そして農場の隣に住んでいたものだから自給自足することで食費も安く済ませることができていたのだった。ロンドンで暮らしていけるような経済力はまったくなく、ふたりで暮らすようになって初めてホームレスとなった。H・D・やドリー・ラドフォード、そしてセシル・グレイの母親といった友人に頼るしかなかった。

コーンウォール退去後も警察による尾行はつづいていた。住居転移の際には滞りなく最寄りの警察署に報告することと申し渡してあったにもかかわらず、警察はふたりの動向を追尾するために警官を張りつけていた。そして警察当局の監視は厳しいものになっていった。十一月にリチャード・オールディントンはふたりを尾行する刑事を見かけているし、ロレンスはH・D・の住むアパートの入口のドアで盗み聴きをしているふたりの私服警官を目撃している。十二月に母親を訪ねたグレイは、ロンドン警視庁の犯罪捜査課の刑事に「ロレンスについて、自分とロレンスとの関係についてあれこれと厳しく訊ねられた」こともあった。アーネスト・ウィークリーでさえも尋問を受けた。[2] 一九一八年という年はロレンスたちのみならず近隣の住人も「警察の聴取」を受け、あまつさえ一九一九年の四月までロレンス宛の郵便物は開封され中身を調べられた。ロレンスはこういった一連のことを「唾棄すべきことで、屈辱的で不名誉なこと」だと受け止めていた。[3]

しかしながらコーンウォールを追放されたことによって、ロレンスの暮らしが陽気さを纏うようになったことも事実である。ゼナーでの暮らしぶりはいたく孤立していて、「ありとあらゆるものに敵愾心を抱いて」いて、精神的に追い詰められるようなものだった。[4] そのような状況で暮らしていたロレンスの精神状態は異常をきたすようになり、一九一七年の五月には

なんの前触れもなく「普通の精神状態でなくなる」瞬間があると書いているし、九月になると「ぼくは正気でなんかいたくない。周りの人間と同じ正気には」[5]と訴えている。ウィリアム・ヘンリー・ホッキングとの関係は、ロレンスが今までの殻をどこまで破れるかやってみようと覚悟していたことと、フリーダの存在や彼女からの要求を黙殺しようとする気持があったことを示している。だがこれはホッキングとの関係が性的なものであったからではなく、この男同士の関係が今までのものとは明らかに異なっていたからである。そこには知的なものはなく、気楽なものだった。一九一七年十月のロンドンで、ロレンスはゼナーでの生活やそこでの自由をひどく懐かしんでいるが、ロンドンに暮らすようになって早々にロレンスもフリーダも風邪をひいてしまったので（「ロンドンではよくあること」）、身の回りの世話をしてくれる知人との人間関係に目を向けることによっていくぶんその郷愁が薄らいだことは確かだろう。十月末にはグレイに「今のところコーンウォールに戻りたいとは思わない」と告げている。その後の十二ヶ月間でホッキングとの繋がりは消滅していき、一九一九年一月を迎える頃にはロレンスたちが住んでいたコテッジの荷物整理に関する手紙すら届かなくなった。[6]

頻繁に会う人たちがロレンスとフリーダにとっては大切な存在になり、ことにフリーダには慰めともなった。H・D・はとてもストレスが多い時期を過していたし、リチャード・オールディントンは入隊してはいたがどれだけもつか分からなかっただけでなく、新しい女性ができていた——アラベラ・ヨークという女性で「エレガントだけども貧しく…たいていはパリに住んで」いた。「天使のような」[7]H・D・はもちろんのことロレンスとフリーダをメッケンバーグ・スクウェアの狭いアパートで六週間ものあいだ面倒を見た。そこにはすでにアラベラが同居していたし、また時折翻訳家のジョン・コーノスもやって来た。しかもオールディントンもたまに泊りにやって来ることがあり、そんなときにはロレンスとフリーダはなるべく目につかないように身を潜めていた。H・D・は明らかにロレンスに惹かれていた。一九三四年には、フロイトの精神分析学に触れていたこともあって、ロレンスとの関係の意味を深く掘り下げる必要を感じたH・D・はふたりの関係を中心に据えた小説を書いた。[8]H・D・はエスター・アンドリューズのように自分にとって大切な「女性のひとり」であると十一月にロレンスはグレイに対して認めているが、これは男女の関係を指しているのではなく、自分のことを「恋人以上に真摯な態度で」受け止めてくれる女性という意味である。「面倒なことは確かにありますが、深い現実味もある」[9]とロレンスは感じていた。フリーダはこのことに敏感に反応して、魂の融合と呼んだかもしれない。彼女はほかの知人、例えばユング心理学派のデイヴィッド・エダー博士やその妻と一緒にいるとき、或いはグレイがコーンウォールからやって来たときにはもっと幸せで穏やかに過ごせただろう（少なくともこの年の秋に一度、グレイは姿を見せている）。

ロレンスもフリーダもコーンウォールでは実現できなかったようなことで時折楽しい時間を過した。ふたりは「自分たちが置かれた状況とは関係なく本当に楽しく賑やかに」[10]過すことができた。メッケンバーグ・スクウェアでのある晩がとくに想い出深い——オールディントンとアラベラがそれぞれアダムとイヴ役を演じ(オールディントンは菊の花をイチジクの葉として持っていた)、蛇を演じたフリーダは(オットー・グロスが知ったらたいそう喜んだことだろう)カーペットの上を腹這いになって動いていた。H・D・は生命の木をやり、グレイは門番の天使役(傘を剣の代わりに持って)、ロレンスは神の役を当てられて、演出とナレーターの役割もこなしていた。このようなエデンの園ごっこで、実生活においていろいろな問題を孕む関係をドラマ化した。ロレンスが居住地を知らせていた地元警察は思いのほか好感のもてる連中で、同情さえ示してくれた。[11]

このように楽しいときもあったが、ロレンスとフリーダは住処を転々としなければならなかった。グレイの母親のアパート(ふたりにはここの中産階級的臭さをおおいに嫌った)で二週間ほど過すと、またH・D・のアパートに戻って数日過した。「この冬は今まで以上に厳しい、不満に満ちた冬」[12]だとロレンスは感じていた。このような気持になっていたまさにこのときに「島」構想をまた考えついたことは驚きに当たらない。ロレンスはこのときに自分にとって大切な仲間を一堂に集めて、小説家らしく新しい舞台を設定してそれに耽溺することができた。「今度はアンデス山脈にあるぼくたちの『島』を目指して出帆しよう」ということになったのは、エダーが「そこについての詳細をよく知っている」という理由からだった。島の住人はロレンスが毎日会っている協調性のない人びとで、実際に協調できないからこそ虚構の世界のなかで共同体を作り上げる人物を演じるには適していた。自分たちがどの程度その計画に関係しているのか知らない者もいた——グレイは千ポンドを拠出することになっていた(彼はこんな金額を持ってはいなかったが)し、ウィリアム・ヘンリー・ホッキングの名前も島に移り住むメンバーのなかに加えられていた。彼の農場での技術は役に立つものと見做されていたのだが、当の本人にはこのような計画は一切知らせてはいなかった(知らされていたとしても彼が計画に加わるとは考えにくい。ホッキングは度重なる招待にもかかわらずにロンドンにやって来たことすら一度もなかった)。数日間ロレンスが小説を書くこととは違うことに没頭することができたのは、それを夢想することが孤独な作業ではなかったからだ。この計画を実行に移すために信頼のおける、一緒にいたいと切望する人たちと詳細を話し合い、協働する必要性をロレンスは感じていた——「この計画でぼくの心は満たされているようです。」[13]

ふたりの人間が実質的にロレンス夫妻を救った。ドリー・ラドフォードが、「島」、自分や娘が使わないときに限ってバークシァのハーミティッジにあるチャペル・ファーム・コテッジを使わせてくれることになった。そしてロレンスの妹エイダが一九一八年五月からミッドランズにある家を一軒、兄夫婦のために借りてくれた。この二件の家が今後の二年にわたってロレンスとフリーダの主な住処となる。ロンドンではほかの人が同じ部屋にいても執筆することに支障を来すことがなかったロレンスでさえ、ものを書くことができなかった――「ここにいると集中して本を読むことさえできないし、なにもできないのでイライラしてしまう」と書いている。[14]

『どうだ！ ぼくらは生き抜いてきた！』が一九一七年の十一月の終わりに出版されていたが、当のふたりは住むところを転々としていた。まるでイッキングやガルダ湖畔を彷徨っていたときを想い出させるような状態であるが、このようなときのロレンスのフリーダへの愛情が人生においてもっとも重要な意味をもつものだった。ロレンスはこのとき、作家としての自分の仕事は対立するものの闘いについて、とりわけ一年後に「貪り喰う母親」と呼ぶようになるものから逃げおおすために男はいかにして抗うかについて探究する必要があると感じていた。この時点から作家としてのロレンスは新たな方向へ舵を切ることになる――つまり、「女性は男性に対してある程度の優越を譲渡しなければならないし、男性は自分の優位性を受け入れなければならない。男性は絶対的に女性の先達となり、許可や同意を得ようとして振り返ることなどしないでただ前を向いて進まなければならない」という考え方をするようになる。フリーダに言わせれば男性のこのような態度は馬鹿げたものだったし、そんな彼女はロレンスのことを「ノアの大洪水以前の人間」[15]と呼んだ。一九一七年のロレンスにはこの新しい男女間のパートナシップのことを知覚していたにすぎないが、しかし女性に愛情を抱くことによって、そして女性から愛情を受けることでどれだけ苦しい思いをしてきたか（そして同時にどれだけ痛い思いをしてきたか）を思惟し始めていた。このことは、女性嫌いはもとより偏見以外の何物でもないと思われる反面、ロレンスにとっては本質的なものだといえる。なぜならば、ロレンス自身が成長してきたそのプロセス全体についての懸念を包含するからである。もしかしたら自分は人を愛する気持が強すぎたんじゃないか、自分を押し殺しすぎたんじゃないか、母親に対してとまったく同じように、愛されたいというフリーダの要求にあまりにも素直に応えすぎたんじゃないかなどと思いめぐらせていたのだ。まさにフリーダが「貪り喰う母親」だった――フリーダ相手にロレンスは今までにしてきたことをくり返していただけだった。（今後の四年間にロレンスが執筆する思索的なものの大半は親と子どもとの関係についてのもので、一九二一年に『無意識の幻想』として出版される著作のもともとのタイトルは「子どもと無意識」というものだった。）

一九一七年の秋のロンドンで取り憑かれていたこのような考えを進めていくうちに、ロレンスはおそらく新しい小説の着想を得たのだろう[16]――それはいつものように、新しいアイデアは小説という虚構世界のなかでの人間関係を描いていくなかで熟成されていくという兆候を示していた。今度の話は、因襲的な婚姻関係に背を向けて新たなる人生を見つけるために歩み出す男の話だった。そしてこの男にとっては、愛で自分が抱える問題のすべてが解決できるというものではなかった。しかし『アーロンの杖』は、それほど新奇なものとはならなかった。知人の家を渡り歩く住所不定の暮らしぶりのなかでは、ロレンスはそんなに大それた小説を落ち着いて書くことができなかったし、まだ出版できていない大作を抱えたまま次作に着手することが（自然な欲求だとしても）あまりにも馬鹿げたことのように思えたのである。アメリカ文学についてのエッセイがどう考えてもこのときのロレンスが傾注すべきものだったし（これらのエッセイには一九一八年の一月から取り組んできていた）、詩集を上梓した。しかしこの詩集『入江』は十ポンドにしかならなかった。「ぼくは書きつづけています。この行為のみが許されていることだからで、したいからではありません」[17]とロレンスは断言している。書くという行為と書きたいという気持の関連が分かっていたのだ。ただこのときにはそれを認めなかっただけだ。

　一九一八年二月になる頃には、ハーミティッジのチャペル・ファーム・コテッジでの「寒く、いくらか侘しい」生活はウンザリするものになっていた。ふたりは燃料となる材木を森のなかを歩き回って探し、専門の樵《きこり》が残していった黄色くなった木屑を袋に詰めて集めた。ピンカーに「あと二週間もすればパンやマーガリンを買う金もなくなります」と窮状を訴えると、そのエージェントはロレンスのほかの友人（コテリアンスキー、シンシア・アスキス、アーノルド・ベネット、妹のエイダなど）と同様に、いくらかのお金を用立てた（王立文芸基金からも五十ポンドの支援があった）。ロレンスにはアメリカ文学のエッセイを仕上げることくらいしかやるべきことはなく、それを書くことで「魂が悦んだ」ことがたまにあったけれども、それでもやはり「ぼくには退屈なもの」[18]のようだった。ある意味ではこのときまでに書き上がっていた『アメリカ古典文学研究』がロレンスの往時の気持を象徴するものである――鋭敏に分析的で、おおいに抽象的で客観的。そこに書かれていることの多くが純粋に観念的なものになる恐れがあったのは、そのエッセイが「自己」と「他者」というパターンを保持しながら書かれているからである。これらのエッセイは難解で、深遠で、内省的であり、ロレンスにとってみれば「鬱憤を晴らす」ようなものである。ほとんどいつでも私憤を感じていたロレンスは、自分のことを「燻った憤怒を抱えて歩く幽霊」[19]と称していた。しかしながら同時にこのエッセイは言及している作家や作品についての深い洞察も備えていた。ロレンスは八月までこの一連のエッセイに手を加えつづけた。日々の暮らしの緊張感に囚われて、そのことで偏執狂的になって怒りを絶えず感じていた――「近頃では誰もが自分の背後で誰がひどいことをしているのかと眼を後ろに向けること以外なにもやっていない」、または「ぼくと周りの人間とのあいだには現在のところ不可解な障害が生じている、とぼくは考えている。」[20]とロレンスは書き送っている。

　ひとつの場所に腰を落ち着けることは、そう簡単なことではなかった。一九一八年の春にロレンスは、ひとつの場所に釘づけにされることで、誰かと一緒に或いは誰かの近くにいることで一種のパニック障害を起こすような気がしていた。ひとりで、孤立していたいという願望があまりにも強いものとなっていた。「最近ぼくが我慢できそうにないことは自分以外の人間の存在です――時々フリーダを締め出すこともあるくらいです。」[21]（ちょうどこの頃にこれほど孤立を欲していたロレンスが「ぼくたち皆」というタイトルを暫定的につけた詩集を出版しようとしていたことは皮肉なことである。）「ぼくはいかなる形態の社会にも取り込まれることを嫌悪し、憎悪しています」とロレンスは明言している――「誰もが今正気を保っていると考えるのは間違ったことでしょう。」そう言いながらも自分の書いた本を出版することのできない作家はいつもの明晰な頭脳で執筆をつづけていた――「昨日、雪が積もるほど降りました。でも木々には花が咲いています。雪に覆われた景色のなかの花を満開にさせた梅の木や桜の木というのは奇妙なものに見えます。花の愛らしいふくよかな輪郭は単調な色で覆われて、雪はその冷たい白さのなかで邪悪なものに見えます。」[22] ハーミティッジに暮らし、隣に住む家族以外には会う人もほとんどないというのがロレンスが望んだものだった――庭いじりをして過ごし、隣に住む十歳になるヒルダ・ブラウンの算数の宿題を手伝っていた。妹の援助を断る余裕はなかった――四月初めにミッドランズへ行ってみて、そのときにワークスワース近くのミドルトンという村にあるマウンテン・コテッジを見つけた――「険しい崖の上に建つバンガロー」。ロレンスとフリーダは五月初旬にここへ移った。ロレンスの気持は「トラキアのオウィディウスのように不安定で陰鬱」だった――つまりは追放の身ということである。その場所は「まさしくイングランドの臍で、そんな場所だと感じる」し、そして「苦難の日々の末に故郷に戻って来た」とさえ感じている。その場所は存外に眺望が素晴らしく「コテッジも思ったよりも快適」[23] だった。ミッドランズという「故郷」に帰って来たことはロレンスとフリーダにとっては挫折だと感じられたに違いない――ふたりは一九一二年に、まさにそのような故郷から逃れるために旅立ったのだから。

マウンテン・コテッジは険しい崖の上に建っているせいで眺望が見事な場所だったが、だからと言ってふたりがそれぞれの自由を謳歌できる場所とはならなかった。ロレンスは家族やイーストウッドの古い友人（「ぼくがロンドンで暮らすようになる前に交際していた人びと」）と会うことを避けられなかった。そしてそのような旧知との交わりに「違和感を覚える――家族とまた一緒に過ごすことは少しばかり神経に障る」[24] と書いているし、フリーダにとってはロレンスの家族との交わりはまったく今までにない経験だった。エミリーもエイダも子どもたちを連れて頻繁にやって来たし、父親も顔を出した（ここで初めてフリーダと会うことになった）。イーストウッドのクーパー家やホプキン家の面々とも会った。

人に頼らなければならない自分の立場にロレンスは憤りを感

じていた――「ぼくたちはエミリーやエイダに縋《すが》って生きている。こんなことはとてもつらいことです」――が、同時に「皆と一緒にいたり、家族団欒というのもたまにはぼくにとっては良いものです。一種の薬、麻酔或いは恵みのようなもので救われます。」このときの人との温かな交わりは、今までの苦労の埋合せといえる。とりわけロレンスは姪や甥（エミリーの九歳になる娘のペギー、エイダの三歳の息子のジャック――「とても感じの良い男の子」）と楽しく過ごしていた。ロレンスは「ライオンのように躾に厳しい、そして口うるさくて子どもに対していつもカリカリしている」母親たちから「いつも子どもたちを救い出していた」。[25]ペギーとジャックは六月から七月にかけて数週間ロレンスとフリーダと一緒に生活しているし、ロレンスは「ふたりの子どもが遊びに来てとても喜んでいた」。ロレンスはまたこの時期、キャサリン・カーズウェルの息子ジョンの誕生に合わせて「戦時下の赤ん坊」を出版した――「ご出産、おめでとうございます。坊やに神様の御加護がありますように。」[26]おそらくロレンスにとって子どもというものは、戦争に突き進んだ故国の狂気から除外されるべき存在だったのだろう。子どもと一緒にいたときの話はいずれも、子どもが好きで、子どもを理解し、子どもと仲良くし、子どもに教え、子どもと一緒に遊ぶロレンスの姿が語られている。だがしかし一九二〇年に彼が表明した子どもに対する態度――子どもは放っておくべきだ――は驚くべきものである（「ルール一は子どもを放っておくこと。ルール二は子どもの好きにさせておくこと。ルール三は子どもに手を出さないこと」）。[27]この「放っておく」という姿勢は決して子どもをネグレクトせよという意味ではない。子どもを躾けることは義務であると理解していたロレンスは一九一五年には両親がいないも同然で我儘し放題の十歳のメアリー・サリービィに躾を教えたし（「ぼくは好きだからメアリーの面倒を見ているのではない！　でも誰かがやらなくてはならないんです」とロレンスは訴えている）、一九一八年にはヒルダ・ブラウンに算数の計算の簡単なやり方を教えているし、一九一九年には五歳になるブリジェット・ベインズに、彼女がロレンスにしたように接している（彼女がアザミで叩くと同じくらいの強さでロレンスは叩き返し、このことは「そんな風に扱われたことのないこの娘をビビらせた」）し、またゴヤの絵画（闘牛ものや暴力的なものではなく）を八歳のマヴァンウィ・トマスに見せたうえでそれらの絵について話して聴かせ、それだけで終わらずに翌朝に同じことを初めからくり返したりしたこともあった。[28]ロレンスはあるがままの子どもを尊重し、繊細で明るい態度で実直に子どもに接した。そうすると子どももロレンスに応えたのであった。フリーダは一九一二年の春に自分の娘たちにロレンスがこのような態度で接しているのを目撃していた。だからこそ、子どもに対するロレンスの態度を目の当たりにすることで、会えなくなった自分の子どもたちのことをきっと想い出したことだろう。

一九一八年の夏の終わり頃には、まだ草稿の段階ではあったがアメリカ文学のエッセイをひとまず仕上げていた。そして今まで書き留めてきた詩を一冊にまとめて――これは誤って『新詩集』と呼ばれたが――新しい出版社マーティン・セッカーに送った。この人物は作家としてのロレンスを考えるときにとても重要な人物となる。しかし当面はロレンスの生活にも執筆活動にも大きな変化はなかった。「ウンザリしています。イライラさえしています。心がささくれだっていると言ってもいいでしょう。こんな状態では、売れる作品を書くなんてできっこありません。」ロレンスはエネルギッシュで才能があったのでいつでも執筆することができたのだが、一九一五年からこの時期までを俯瞰してみると彼の才能がまったく使われていなかったことが分かる。フリーダはこのような状況をよく理解していて、一九一九年の年頭に「ひどいことだわ。今の世の中はまったくひどいわ。ロレンスになにか少しでもチャンスを与えてくれれば彼は喜んで書くのに！」[29]と言っている。やがて終わるだろうと言われていたが戦争はまだつづいていた。訪問客が来ては去り、ロレンスはますます自棄になっていった――「時間の経過を見る限りなにか変化があってしかるべきだとぼくは思うんです。」眼下に深く落ち込んでいく谷の上に建つマウンテン・コテッジからの眺めですら、絶望を映すようになっていった――「まるで自分が断崖絶壁の端っこに立っているようです。」ロレンスの眼に映っていた景色は転がり落ちていくような斜面であり、決して登って行くようなものではなかった。ロレンスが望んでいたのは「この状況から抜け出すこと。そしてこのように閉じ込められているのではなく、もっと自由にもっと元気になにかをする」[30]ことだった。しかしロレンスとフリーダにできたことといえば一九一八年の八月に一週間だけフォレスト・オブ・ディーンで、キャサリンとドナルド・カーズウェル夫妻と彼らの赤ん坊と一緒に過ごしたことだけだった。滞在した現地の家は無料で借りることができて、しかもそこまでの交通費はキャサリンが出してくれた。ロレンスはこの費用を遠慮がちに受け取った。(お金を用立ててくれた友人にロレンスは「お金が少しでもあったら返すのに」と語っている。)日中は散歩して、夜は歌ったりなどして楽しく過ごした。ロレンスはドナルドに「とても楽しい想い出ができました。これからもずっと忘れないでいたい想い出です。赤ん坊が一緒だったことがとても嬉しかった。言ってみれば、未来をこの腕に抱いていたようなものですから」[31]と礼状を送っている。ロレンスが抱いていたものは赤ん坊だけではなく、短篇小説――「盲目の男」の着想も得ていたのだった。

数日後の九月十一日(ロレンスの三十三回目の誕生日)に、イングランドの現代作家についての講義をアメリカですることになっている知人から自分の伝記的詳細を訊ねられた際に、ロレンスは「一文無しでこの世に嫌気が差し、敵愾心を抱きながら死にたがっている作家」と皮肉たっぷりに結ぶ情報を伝えている。そして同日、ロレンスは三回目の身体検査への召喚状を受け取った――戦争のこのときの状況を鑑みればもはや誰も不合格にされるはずはなかった。写真20はホプキンの娘のイーニッドが撮影したものであるが、一九一八年の夏のロレンスの様子が分かる。ボドミンのバラックに呼びだされたひとりの若者は髭について「明日にはきれいサッパリになるな――ゾリ、ゾリだ」と「顎のあたりを指で二回撫でて」[32]言った。髭だけではなかった。モジャモジャの髪の毛も短く切られるのは必須だった。『カンガルー』のソマーズはロレンスと同じように自分の風変わりさを意識していた――「髭を生やした若者というのは見てくれが妙だった」。異議を唱えたのは軍隊だけではなかった。ロレンスは一九一七年に警察官に後を付け回されたことと「髭を生やしていることで普通の若者に見えない」ことを結びつけて考えていた。リチャード・オールディントンは一九一九年十一月のロンドンの劇場に来る観客はロレンスに向かって敵意を剝き出しにしていたことを認識している――「ロレンスの赤い髭を笑い物にする者、嘲る者がいた…自分たちとは異なる人間に向けられる唾棄すべき群集心理からの嫌悪感というやつだ」。[33]だがその場にいた大勢が気づいたことはたんなる違いだけではなかった。ロレンスは公然と自分は非戦闘員であることを顕示していたのだ。

九月二十六日にダービィで三度目の検査を受けた。この検査は前回に比べると比較にならないくらいに屈辱的だった――自分が嫌悪している人間の手によって、そして自分のことを忌み嫌っていると信じている人間の手による検査だった。自分は肺炎持ちであるという自己申告は嫌疑を持たれたが受け入れられた（とロレンスには思えた）。そしてこのときの検査では「非軍事的な軽い任務に適する」[34]という格付けをされた。戦場ではもっと多くの人間が、自分が経験するよりももっとつらい体験をしているということは頭では分かっていた――だから自分も検査くらいは受けなくてはならない。「もちろん、ああしたことは全部必要なことだった――徴兵とか身体検査とか、呪うべき連中に性器をいじられたり肛門を覗かれたりすることは。そんなことは俺だって百も承知している。」しかしロレンスが感じた屈辱や憤怒は、理性で抑制できるようなものではなかった。社会はロレンスを駆逐し、罪人扱いしたのだ。そしてその手を緩めることなく彼に触れ、彼を辱めたのである。『カンガルー』のソマーズにロレンス自身が感じた同じ怒りを疑似体験させている――「二度と御免だ。もう絶対に俺に触れさせない。俺の性器をいじくったり覗きこんだりした奴らの眼は潰れ、手は朽ち果て、心臓は腐ってしまうがいい。彼は待っているあいだずっと心の底から、身体全体で呪いつづけた。」[35]ロレンスが徴兵されることはなかったが、ダービィでの屈辱的体験がひとつの明確な転機となった。ロレンスはもはや理性的に、頭で社会やイングランドという国を拒否したり否定したりすることはやめにしたのだ。彼の本能が、感情がそのような嫌悪感を燻らせて烈しく燃焼させようとしていて、知性で説き伏せることは不可能だった。そしてこのような鬱積した憤怒が心頭に発するのは接触によってであった。ロレンスの身体は「凌辱」されたのだ。「奴らにはぼくの身体に二度と、金輪際いっさい触れさせません。あんな下衆な連中には。」「今日のこの日からぼくは自分の新しい立場を明確にします。社会も、そして人類もどうにでもなれ、です。労働党も軍隊も、同じように地獄に落ちればいいんです。今この瞬間からぼくは自分自身のために、ぼくひとりのための人生を生きていきます。」[36]故国への怒り、そんな国の社会を拒絶する態度が固まった瞬間である。

このような態度は作家として書きたいことにも影響した。「コテッジのなかでただ蹲って、あの連中の気持を慮らなければいけないのでしょうか？　そんなことをしたって自分が間抜けに見えるだけなのに。」[37]ロレンスが作家としての自分の使命をこれほどまでに明確に表出することは稀である。しかしなにがロレンスをここまでの故国嫌いにさせたかを考えるならば、まさにこの時期に着目することは有意義なことである。マウンテン・コテッジを借りていたにもかかわらずにロレンスとフリーダは、十月と十一月いっぱいのあいだミッドランズから遠ざかっている。そして十月七日からロンドンの知り合いのところを泊まり歩いて過ごすことになる。ふたりのこのような行動の理由には、マウンテン・コテッジに滞在しつづけて軍隊からの召喚を避けようとしていたことも挙げられる。コットには「今のような状況に耐えつづけなければならないのならば、絞首刑になるか収監される方がましだ」と手紙に書いている。グレイなどは、もし仮に徴兵されることが決まったならばどこかへ雲隠れするつもりだった。ロレンスとフリーダはロンドンと、バークシァにあるラドフォードのコテッジを行ったり来たりしていた――「大きくて黄色く色づいた林が今ほど美しく思えることはこれまでにありませんでした」[38]と当時の心情を吐露している。イングランドの南で過ごしていた十一月十一日に、四年以上つづいていた大戦に終止符が打たれた。この記念すべき日の午後にロレンスとフリーダは友人知人らと共にロンドンで開かれていたパーティ会場にいた。戦争は本当の意味ではまだ終わっていないし、このように一旦野放しになった暴力は再燃するし、ドイツがこのまま黙っていることはないだろうなどと言ってその場の不興を買った。ロレンスは憤怒を溜め込んでいたのだ――遡ること一九一六年の四月に「今年中には戦争は終わるに違いないような気がします。しかしそれでも、形を変えて戦争というやつはこれからもずっとつづくでしょうね」[39]と言っている。夕刻にはふたりはハーミティッジに戻り、暖炉の側に腰かけてドイツの民謡を何曲も歌っているときにフリーダは眼に涙を浮かべていた。

一九一八年の秋から冬にかけてロレンスが書いていたものをひとつにまとめてみると、当時直面していた作家人生にかかわる諸問題が明確になる。それらはまるで「地下生活者の手記」のようなものである。一九一八年の十月には劇をひとつ一気呵成に仕上げていた――『一触即発』はこのとき未だに出版されていなかった『恋する女たち』的な主題をある程度引き継いでいたが、場面設定はミッドランズにおける産業界となっている。ロレンスはこの戯曲をことのほか気に入っていて、「内奥に潜む真摯な自我によって書かれたもので…ちょっとだけ後押ししてやれば世界が好転する可能性がまだあると信じています」[40]と言っていた。ダービィでの身体検査を受けてからというもの、ロレンスは世間の人間と同じ穴の狢になることを拒否して孤絶するようになる。この戯曲は満足のいく出来ではなかったものの、終わり近くには対決の瞬間が見事に演じられるのだが、その場面では炭坑夫たちが炭鉱経営者のジェラルド・バーロウを吊るし上げて集団リンチを加える。しかしこのシーンは些か非現実的と言わざるを得ない。暴力でなにかが変わるとロレンスは考えていたのだろうか。一九一二年の春に書いたジャーナリスティックなエッセイや、最後に「産業界の実情」を真っ向から取り扱った時期の一九一三年一月に書いた戯曲『義理の娘』に比べると、『一触即発』は（バーキン的な人物のオリヴァー・タートンが結末で経営者と労働者とのあいだに横たわる問題についての解決法を唱道するために）イデオロギー的な側面が非常に強く、緊密な構成を欠いて一貫性がないものの意味深長な作品だといえる。このような特徴は、劇作家としての修練を怠ったことに加えてロレンス自身の人間嫌いに端を発している。

　次にロレンスが手掛けたもの純粋に金儲けのためということで特徴的である。オックスフォード大学出版局からグラマー・スクールの下級生か小学校の上級生を対象とするような学校で読まれるのに適した歴史のちょっとした本を書いてくれないかという依頼を受けて『ヨーロッパの歴史における諸運動』というタイトルの本を書いて、執筆料五十ポンドを得た。一九一八年の四月から八月にかけてエドワード・ギボン著『ローマ帝国衰亡史』の全編を楽しみながら読んでいて印象が強く残っていたためであった――「皇帝というのは、どいつもこいつも例外なく悪人です」。ロレンスはこの仕事に真摯な態度で取り組んで、執筆のためのリサーチも怠らなかった。「歴史上の重要な発展の糸口」をひとたび掴んだときにはその執筆を存外に楽しんだときもあったが、ロレンスはその仕事のほとんどが「毒のようで」好きにはなれなかったようだ。しかしこのときに学校の生徒向けに「壊れた瓶のような歴史的事実の断片」[41]を調べたりして書くことにかかずらっていたことは、作家としてのロレンスにとってはまったくの無駄であったように思える。

　ロレンスは『タイムズ教育附録』に「うまく仕上げた」エッセイを寄稿した。私たちがこの四本のエッセイについて知ることができるのは一九二〇年にロレンスが手を加えて書き直して一冊の「民衆の教育」という本に仕上げたためだが、この本は存命中には出版されなかった。改稿されたものから分かることは、これらのエッセイは物議を醸し出すものだったのではないかということである――「平等という古い観念ではもう立ちゆかない」と書かれているし、明確に実践的である（「七歳の時点で始めるべきで、五歳では早すぎる」）し、教育に対して「進んだ」考えを提案することを目的としているものだからである。[42]おそらくここに展開されている思想は、一九一九年の秋に書かれた「民主主義」についてのエッセイに見られるものと同じような社会分析及び理想主義に立脚して導き出されたものだと考えられ、一九一八年時にロレンスが「もっとも革新的である」としていた内容を含んだエッセイだったのだろう。しかし、ロレンスはこれらを新聞に掲載してもらうほど魅力のあるものにすることはできなかったようだ――『タイムズ』紙に見合うようなものはぼくには書けない。不甲斐なさに歯ぎしりをするほどです。」そして結局これらの一連のエッセイが採用されることはなかった。編集者は「とても興味を示したのだが、なにについて書かれているのか今ひとつはっきりと把握することができなくて…この四本のエッセイは結局一冊の本に仕上げるようなものだと思ったのです」。[43] 結局一般向けに書き直すことができたのは一九二〇年代後半になってからであった。

十一月十一日に停戦が報じられたのとほとんど時期を同じくしてロレンスは二年半ぶりに短篇に着手した。「盲目の男」、「乗車券を拝見」、そして「狐」の初稿という優れた作品をつづけざまに脱稿していった。このように架空の世界を創りだすことを再び始めたことは、戦時中のロレンスがしようとはしなかったことだった。戦争の時期に書いたような哲学的なものを書くことは朝飯前だった。「これらの短篇が売れることを切に願っています。でないと生きていけません」とピンカーに書いているが、このときには「乗車券を拝見」しか出版の手筈を整えることができなかった。数年後にロレンスは自分にとってフィクションを書くことの必要性を説いている――「こんな本を書くことで…ぼくは自分の本を書くことで自分が直面している問題を解決することができるんです。言ってみれば創作はぼくにとってさまざまな現実の問題を含んで重たくなった翼みたいなもので、実生活の問題点をフィクションのなかに登場させ、それらについて書くことをとおしてぼくの魂はそんな悩みごとから解放されて自由になることができるのです。本を書くことで自分自身が自由になることができるのです。」[44] フィクションの起草と時を同じくして、ロレンスはロンドンでキャサリン・マンスフィールドやマリィとの交際をまた始めた。彼女は肺結核と診断されていたにもかかわらずマリィは「そんな病に冒されている彼女を前にしても結構元気そうだ――胸糞悪い。」ロレンスのこの言葉は、まるで彼とフリーダの立場を置き換えたもののように聞こえる。ロレンスは病み衰えたキャサリンを目の当たりにして同情を寄せている、というかかつてのような親近感を覚えている。一九一八年の十二月にロレンスは自分の正直な気持を彼女に吐露している――「ぼくは人間関係に完全に幻滅し始めています」。「一匹狼」的なロレンスの立場は今までも主張されてきた――「本当に、ぼくは安心できるようななんらかの確信が欲しいのです」。[45] 病に鬱ぐキャサリンに宛てた手紙を読むと、ロレンスがそのような気持を彼女に伝えようとしていた姿が窺い知れる。ロレンスは手紙を書くことが大好きだったし、その一方でキャサリンは日々の生活を書き綴った手紙を書いてもらうことに大いなる喜びを感じていた。そんな手紙をロレンスは一九一九年の二月初めにマウンテン・コテッジから書き送るようになっていた――

昨日ぼくは久しぶりにまともな散歩に出ました。今まで性質の悪い風邪をこじらせて寝込んでいたのです。姪と一緒に裸んぼうの丘のてっぺんまで登りました。雪の上にくっきりと残ったぼくたちの足跡、崖っぷちを越えて向こうまでつづくロープのように美しく繋がったアナウサギの足跡、どっしりとした野ウサギの足跡、サッと優雅に障害を飛び越えていく狐、二足で跳ねるように歩く鳥、雉が見事に脇目も振らずに真直ぐに歩いている様子、群れをなして不器用に歩いている山鳩、果実の実で作った首飾りの鎖のように点々と痕を残している鼬《いたち》の見事に跳ぶような足跡、野鼠の細線細工のような小さな足跡、土竜の通った痕跡――雪に覆われた丘で、こんな風に自分の周りには生きている野生動物たちの驚くべき世界があることを見ることができることはまったくの驚きです。

この手紙は作家ロレンスに世界がどのように見えているかを伝えてくれるもので、次のように締め括られている――「そうです、命あることそれ自体が生活なのです。窓いっぱいに張り付いた素晴らしい氷結した木の葉でさえも。命ある限り、生きて活動しようではありませんか――」[46]

しかしながらロレンスのように不幸で、そして身体的にも虚弱な人間がこのような手紙を書いた数週間後に「性質の悪いインフルエンザ」で命を落とすことは当たり前のように起こり得たことだった。この「スペイン風邪」は第一次世界大戦終結後の年の冬から翌年の春にかけてヨーロッパで猛威を振るって数百万もの人間の命を奪った。一九一九年の二月に風邪をひいたときにロレンスはリプリーにある妹エイダの家に滞在していたので幸運にも救われたのだろう。これがもしマウンテン・コテッジに住んでいたときで、病に罹ったロレンスの看病をするのが気紛れなフリーダひとりだけという状況で、そして雪に邪魔されて医者の往診がままならないという環境だったならば、ロレンスは命を落としていたのではないだろうか。事実、彼を診察したエイダの掛かりつけの医者も「ぼくが切り抜けるとは思えなかったと言った」[47]という。完治するのに数週間ではなく数ヶ月を要した――「こんなに苦しんで、もう駄目じゃないかと思ったことは今までにありません。」見舞いに来た友人からワインやら酒やら食料をもらったがロレンスの気持は一向に晴れることはなく、新しい春はもうめぐっては来ないのではないかとすら思えた。ロレンスはリプリーから出たがっていて（「ここではひどく気分が塞いでしまう」）、三月十七日にはマウンテン・コテッジに戻っている。しかし三月末になってもコテッジ周辺の雪は深かった――「ぼくは病んだ猿みたいに、馬鹿みたいにただボーっと窓の外を眺めています。」[48] 四月に入っても完治はしていなかった。病気のせいで気分が腐って投げ遣りになり、抑制があまり利かずにトゲトゲしくなったロレンスは、エイダの家を出るちょっと前にフリーダについて辛辣なことをコットへの手紙に書いている――

妹のエイダがぼくたちと一緒にミドルトンへ行くことになりました。病気が快復するまでぼくはフリーダの優しい慈愛に身を任せるつもりがないからです。本当にあの女は悪魔です。金輪際、未来永劫あいつとは別れます。彼女をひとりでドイツに行かせて、ぼくはぼくで生きていく、というように。実際、ぼくはもう十分というほどにあの女に虐め抜かれてきたんです。今ならば本当に、良心の呵責を感じないで彼女と別れられると思います。いずれにせよ、なんらかの形でふたりの関係に決着をつけるときが来たのです。[49]

ロレンスがこれを書いたときの気持を、病気で気分を腐していたことのせいにできるだろう。しかしこの時期のロレンスについての記録を漁ってみても、この時期にフリーダとの仲が剣呑になったということを示すようなものはほとんど見当たらない。しかもビアトリス・キャンベルにこの三日前に書いたこと——「ふつうの夫が妻にするように、フリーダの顔にパンチを食らわせてやれるくらいにすぐにまた元気になりますよ。でも今のところは言葉で応酬することくらいしかできないのです」——にはいつものロレンスが顔を出している。これに対してフリーダの態度はキャサリン・マンスフィールドに宛てた手紙から知ることができる。そこには自分が「ロレンスよりも少しばかり強くなって、彼を御しやすくなった気がする」[50]と書いているのだが、自分勝手な態度はなにもフリーダだけに見られることではなく、ロレンスにもそのような点があったことは否めない。一九二一年にロレンスはメイベル・スターンに、フリーダにはドイツ兵のような堅牢な魂が具わっています、つまり「理解力に乏しいがゆえに強情なのです——愚かで頑迷なんです！」[51]フリーダには無頓着なところがあったのでどんなことがあっても大体においては陽気に暮らすことができたのだが、子どもを失った生活を余儀なくされたことでそのような無神経さが増長されたのだと考えられる。いずれにせよ、ロレンスは病臥することがたびたびだったけれども彼が「気分を腐す」のはとどのつまりは病気のせいではなかったということ、そしてそんなロレンスを病魔から本当に救ったのはフリーダその人だったということは、このふたりの繋がりを考えると不可思議としか思えない。結局のところは、この論理的に理解できないことを深く考えようとしても解決の糸口すら見つからない。しかしこのような不可思議な繋がりがあってこそ、ふたりは今回のような些細な難局を乗り越えることができたのである。自分が剛健であることでフリーダはロレンスを癒すことができたので、彼女がロレンスのかいがいしい看護師役を引き受けることは通常は必要なかった。フリーダがロレンスの面倒を見なくてはならないとき、そんなときには双方ともに惨めな思いをしていたのである。

先ほどのコテリアンスキーへ宛てた手紙に書いてある、フリーダと別れて彼女に頼ることなく独力で生きていくという考えはロレンスがコットとのあいだで共有して楽しむことができた夢物語のようなものだった。そのコットはもう何年もフリーダに対して怒りを抱いていた。戦争が終わった今となっては、ドイツへ帰って自分の家族の庇護の下で暮らすという選択肢もフリーダにはあったはずなのだ。とすればこの夢物語は実行可能だった。しかし私たちの目の前にあるのは、病や気持の浮き沈みに影響されながらも執筆活動をとおして男性と女性の関係を模索しつづけるロレンスの姿なのである。ロレンスが探究しようとしていたものは（「愛情のもうひとつの形」としての男性同士の友愛を伴う）理想的なバランスを保った男女関係ではなくなっていて、その代わりにまったく自分の非を認めようとしない態度で自分らしくあろうと闘いつづける男の姿なのである——女性との性的関係をもちながらも愛とか依存とか、またはどんな形であれ「許可や同意」などを得ようとしないで自分自身の道を突き進む男なのである。一九一八年の十二月にキャサリン・マンスフィールド宛ての手紙に書いた「貪り喰う母親」としての女性像のことを考えると、ロレンスの思想の方向転換の傍証となることが分かる。[52]母親のリディアの内に存在していた愛すべき母親から自由の身となった一九一二年以来ロレンスは女性に焦点を当ててきたのであり、女性との関係において均衡を保とうと闘ってきた。しかし今や、ロレンスは対等なパートナーとしての、そして一方的に依存するようなことはしない自分自身でありたいと思っていた。このような考えの変動が露呈してきたことは（フリーダがかつて呼んだような）「ノアの大洪水以前の人間」への振り戻りでもなければ、十九世紀型の男性——アーサー・ロレンスのような男性像——への懐古趣味でもない。この変化は、男女の関係を考えることにかつて非常に進歩的だった人間がひとつの可能性を追究する姿勢の現われであり、考え抜いた挙げ句どのような男女関係ができ上がるのかを実践してみようとした結果だとみることができる。ロレンスはこの命題を十分に掘り下げてこなかったと感じたのであり、フリーダというパワフルな女性の前で余りにも卑屈になって拝跪してきたのであった。

どう見ても気が腐るようなことばかりのダービシァでの一年（「考えたくもないほどこの冬には辟易しています」と一九一九年三月の終わりにロレンスは書いている）が終わりつつあったのでロレンスもフリーダもホッとしたことだろう。しかし妹のエイダの兄を崇拝するその態度や、病弱の兄にとっては掛け替えのない「面倒見の良い看護師」[53]としての彼女のお節介にフリーダは殊更に苛立っていた。責任感が強くしっかり者のエイダとしては兄の面倒を見るだけでなく、リプリーの自宅での商売を切り盛りして子どももちゃんと育てるという肝っ玉母さんぶりを見せつけていた。（フリーダはいったいどのように過ごしていたのだろうか？）四月初めになってやっと執筆できるまでに快復していたロレンスは、インフルエンザで寝込む前に書き上げていた『ヨーロッパの歴史における諸運動』に手を加えることから始めた。月末には——「ぼくは自由の身だ」[54]と嬉々として書いているが——出版社に送る段階にまで進んでいた。こうしてロレンスとフリーダは、ドリー・ラドフォードのコテッジへ戻る準備を始めることができたのだった。

出版業界の活動もそうこうするうちに元通りになったことでロレンスは作家としての仕事を始めなくてはならなくなった。一九一九年に出版したものは『入江』という小規模の詩集ただ一作だけだった。マリィが（自らが編集長を務める）『アセニーアム』誌への執筆依頼をロレンスにしている一方で、ピンカーは短篇小説だったらアメリカの雑誌に買い手がつくかもしれないということを伝えていた。それを受けてロレンスは今後六週間のあいだは短篇以外は書かない――「もし短篇が求められているなら」[55]――と約束した。そして「ファニーとアニー」、「南京豆」、（「貴女がぼくに触った」というタイトルで出版された）「ヘイドリアン」の三篇が書き上げられた。しかし一九一九年七月の時点について特筆すべきことは「狐」が出版されることになりまとまった稼ぎに繋がったことと、別の出版社が『一触即発』の出版を引き受けてくれたことだ。作家としてのロレンスのキャリアが少しずつではあるが元に戻ってきた。寄稿の依頼をしてきたマリィに対してロレンスは「愉しい気持で、そしていくらか古風な感じで」ベストを尽くして過去の淡い記憶のなかの小動物を主題にした「アドルフ」と「レックス」を含む幾つかの小品を書いたのだがすげなく掲載を断られて、採用されたのはただひとつだった。ロレンスはこのことにひどく立腹した――「さらばです、ジャッキー。君のことは先刻承知ですよ。」人生の隆盛期にいたマリィの姿を見て、自分は社会に受け入れられないアウトサイダーなのだということを改めてロレンスは思い知らされた。[56]

　ロレンスが時々エージェントの目を掠めてうまく立ち回り始めたのはこの頃であり、ピンカーが出版社との契約にこぎつけた作品ごとに支払うべき十パーセントの手数料を袖にしたこともあったようだ。マリィが採用した作品などはペンネームで掲載された。『一触即発』はロレンス自身が出版社に渡りをつけたのであって、こんなこともあってエージェントが本当に必要なのかどうか訝り始めていた。確かにエージェントのピンカーをおおいに儲けさせたことはなかったが、そんなことを言えばピンカーだって自分のために粉骨砕身して事に当たったとは言えないとロレンスは感じていた。一九一八年の十一月頃にロレンスはピンカーとの契約を打ち切るという考えを表明していたことがあった（十一月五日付のピンカー宛の手紙）が、一九一九年の中頃になるとエージェントの働きぶりに強く幻滅を感じるようになっていた。とくにアメリカ市場におけるピンカーの怠惰ぶりにはガッカリしていた。ふたりの関係は『恋する女たち』をめぐって山場を迎えたのだが、それはピンカーがこの小説の原稿をベンジャミン・ヒュプシュに送っていなかったことが明らかになったからだった。ヒュプシュは一九一四年以来アメリカでロレンスの著作を一手に引き受けて印刷販売していた出版社であるにもかかわらずにである。[57]ピンカーのこの不手際をロレンスは、（ピンカーに頼らずに）トマス・セルツァーというアメリカの出版社に『恋する女たち』を出版してもらう段取りをつけたあとになって発見したのだった。セルツァーはロレンスに五十ポンドの前金を支払った。ヒュプシュは頭を抱えた（『恋する女たち』がアメリカできちんと扱われていれば戦時中の不毛の時期でもロレンスは収入を手にする可能性がおおいにあったのである）が、ロレンスにできたことはピンカーを腐すことだけだった。いずれにせよロレンスは「この小説はまずアメリカで出版したい。ぼくは『虹』のことで決してイングランドを許すことはない」[58]という気持だった。九月にはセルツァーが出版できるようにと若干の修正と前書を書き加える一方で、イングランドではマーティン・セッカーがこの小説に興味を示した。

フリーダと一緒に外国へ行くためにロレンスは持てる体力と精神力をイングランドでの諸事を片付けることに注いだ。フリーダはひどくドイツにいる自分の家族に会いたがっていたし、もともとは彼女だけ一九一九年の三月にはイングランドを発つつもりでいた。しかしパスポートの申請がなかなか認められなかった（戦争国間での平和条約が批准されるまでは公式に発行されることはなかった）。ロレンスも冬の訪れを待つことなくイングランドを出る心積もりをしていたのだが、パスポートを手に入れるまで何ヶ月も待たされた。当初の計画ではフリーダはドイツへ向かいロレンスはアメリカへ向かう、そしてアメリカで合流するということになっていた。アメリカでの生活を考えたロレンスは、入国してからは各地で講演をしながら生計を立てようなどと思っていたようだ。そんなことに思いを馳せているあいだにもロレンスとフリーダは住居を転々としなければならなかった——ロンドンへ行ったり、ハーミティッジへ移動したり、それからバークシァのパンボーンにある借家などである。一九一五年以来、詩人で作家のエレノア・ファージョンと交際があった。弟のハーバートがジョーン・ソーニクロフトと結婚していて、ジョーンの妹のロザリンドは一九一三年に結婚した夫（医師のゴッドウィン・ベインズ）と離婚して別居していた。ロザリンドは子どもを連れてイタリアへ行く計画を立てていた。ハーミティッジに住んでいたときにロレンスとフリーダはロザリンドやその子どもたちと、またはハーバート・ファージョン夫妻と一緒にピクニックへ出かけたりした。八月になると、ロザリンドが姉ジョーンと義兄のハーバートの留守宅を任されているあいだにロレンスとフリーダにバークシァのパンボーンにあるザ・マートルズを使ってもらいたいという話を持ちかけた。この年の八月は「猛暑」だったけれども、南イングランドの川の傍の家で夏の休暇を過ごすという計画はロレンスの姉妹のエミリーやエイダとその子どもたちに受け入れられて、それぞれの家族が時期をずらして遊びにやって来た。このコテッジは「住み心地の良い家」だったけれども、ロレンスは「パンボーン自体を気に入ってはいなかった」ことを明言している。アールズコートのグレイ夫人のアパートのように「中産階級の白漆喰の醜悪さが神経を逆撫でする」というのがその理由だった。パンボーンにあるロザリンドの家で暫く暮らしたあとは、さらにハーミティッジの付近の二箇所に移り住んだ。このような状況下でもロレンスは執筆していたのだからまったくの驚きである。「いったい何度引越しのために箱詰めをしたことだろう」と不平を洩らしながらも、それでもロレンスは「ひとつのところに定住して一軒家などは持ちたくはない」ということを公言していた。ロレンスのこの態度はフリーダとは正反対で、彼女は「一箇所に腰を落ち着けたい」[59]と切に願っていた。ロレンスはコットが翻訳していたロシア人作家レオ・シェストフの『無重力の哲学』(ロレンスは『あらゆることは可能である』と呼びたかった)の手直しを終えた。そしていつまでも終わらない『入江』の編集にイライラしながらもアメリカのヒュプシュに送るための『アメリカ古典文学研究』に収録する未発表のエッセイを何本か書き上げていた。さらにはハーグに拠点を置く多言語雑誌に掲載する予定の「民主主義」についてのエッセイを書き上げなければならなかった。

この頃になるとロレンスとフリーダはイングランドを離れたくてウズウズし始めていた。「やるべきことは実行に移すことです」とロレンスは書いている(旧友のマーク・ガートラーは八月のロレンスの「気落ちした」様子に同情している)。[60] アメリカ行きは断念していたので、その代わりにイタリアへ戻ろうと考えていた。ふたりはロザリンド・ベインズが自分と子どもたちのためにと考えていたアブルッツィ州にある家を予め見に行こうという目論見を立てていた(ゴドウィンとの離婚協議が進行中に彼女はイングランドを離れていたかった)。しかしロレンスとフリーダは十月までパスポートが交付されるのを待たねばならなかった。フリーダのパスポートは十月八日に交付された(写真19参照)が、それでもまだオランダへ入るためのビザが必要だった。それでもなんとかやっと十五日にはバーデン・バーデンにいる母親に会いに単身で旅立った。

ロレンスはさらに一ヶ月長くイングランドに留まって雑誌の仕事や出版社との打合せなどで忙しくしていたのだが、本音のところでは、戦争が終わってそんなに急いでドイツへ行きたいとは思っていなかったこともあるし、またフリーダとは暫く離れ離れになっていたかったという気持もあったようだ。オールディントンは(ロンドンで会ったのだが)、ロレンスは「フリーダにもう二度と会えないとしてもそんなに気にしていないように見えた」[61] と思った。大戦終結から一年が経過していたが、ルイ・バロウズとの恋を育みながらクロイドンから毎週末にイーストウッドに戻って来て病床の母親の看病をしていた二十四歳のときからは十一年しか経っていなかった。そしてロレンスは「生涯の女性」に出会い、そのことで人生が大きく変わった。初めは順風満帆に見えた作家活動はまた大きく損なわれて、故国から物理的に隔絶して、そして心情的に故国を憎むという立ち位置にいた。そして故国へのこのような感情は妻フリーダに、そして自分と彼女との繋がりに対しても抱くようになった。

一九一九年十一月十四日にロンドンのチェリング・クロス駅でカーズウェル夫妻とコットに見送られ(ふたりのスコットランド人とひとりのロシア人がイングランドを離れるロレンスに別れを告げた)、ついにやっとロレンスはドーヴァーからヨーロッパ大陸へ向けて出帆した。このとき以来死去するまでの十年半のあいだで、ロレンスが故国イングランドの土を踏んだのは三回(一九二三年、一九二五年そして一九二六年)で、滞在日数は全部合わせても十二週間にも満たない。少なくとも二回、ロレンスは創作のなかでこのときの彼の別離の気持を描出している。このときの六ヶ月後に（『ロスト・ガール』のなかで）書いたものには力強さが見受けられる――「あの向こうに、明るい陽射しの向こうにイングランドがあったからだ。波の向こう、火葬の灰のような、死人の灰色をした断崖があり、その頂の丘陵には残雪を冠したイングランドが水平線に浮かんでいる。そのイングランドが、長い灰色の棺のようにゆっくりと海中に没しかけている。怯え、茫然として彼女（アルヴァイナ・ホフトン）はそれを凝視している…放心状態でアルヴァイナは、明るい陽射しと海の果てに、灰色の雪を残したイングランドの実体がゆっくりと遠のき、沈み、消えていくのをじっと見つめていた。」[62] このときのロレンスの心境は、ただ自分が故国イングランドから遠ざかって行くというものではなかっただろう。この描写を読む限り、ロレンスにとってイングランドは文字通り死滅していた――沈んでいく棺桶だったのである。イングランドを離れて暮らすことに首肯できる理由もある。イングランドの冬はロレンスの身体にとっては毒だったし、『虹』の一件でイングランドを容赦することができなかった」のだが、これもまたひとつの理由にすぎない。イングランドに住みつづけることのできないその理由は九月二十六日にダービィで味わった屈辱、恥辱に対してと同じように、理性で論理的に説明できるものではなかった。「いつでもあらゆることを信じていきた」（しかしもう信じてはいない）人間の傷みや怒りは想像を遥かに超えて深いものだった。[63] ロレンスは意識的に、そして象徴的に故国を拒絶しようとしていた――自分とそれとのあいだのいかなる繋がりをも水に流してしまおうとしていたのだった。

一九一三年八月にドーヴァーから船出したときもフリーダに会いに行くためにロレンスは独りだった。そのときフリーダはメスにいる家族のところへ行くために一足先に発っていた。独りだったけれどもそのときのロレンスの眼の前には刺激的な人生が描かれていく真っ白なページがあったのであり、イーストウッドでの友との輝く想い出が鮮明にその痕跡を心に残していたし、イーストウッドについてのあれやこれを書こうという気に心が浮き立っていた。そしてまた一九一三年にはイーストウッドを離れることができる嬉しさを感じていたし、同時に「祖国の人たちのことが大好きです」ということを認めてもいた。そのときから六年が経過した今となると『カンガルー』に登場するソマーズのように、ロレンスは「難破船の板片のように海面をユラユラと漂っている。仲間もいないし、故国もない。なるようになれ。切り離されてしまったのだから、ただもう近づかずに漂うしかない」と感じていた。ロレンスのこのような調子は割り引いて受け止めたいと思うし、このような描写はいたずらに大袈裟に言っただけだと思いたい。だが故国を離れたいというロレンスの気持は誇張でもなんでもない――「どこへ行こうが構わない。イングランドに永遠に背を向けていられるのならば。」[64]

『ロスト・ガール』や『カンガルー』のような小説は、このような距離感をドラマチックに、そして一方的に語っている。

フィクションを書くことで実生活における明確な立ち位置を決めることができたのだろう。だが言うまでもなく、ロレンスの態度は実人生においては常になにかをきっかけにして変わるものだった。それでもこの距離感は、ロレンスの人生、キャリア、信条に合致していた本質的な方向性を示すものである。五年ものあいだロレンスは、(『アーロンの杖』に登場するアーロン・シソンが感じるように)、「自分を取り巻く森羅万象への訳の解からない切迫した敵愾心」を感じていたのであり、「自分自身を摩耗させても自己を堅守しようとする、理性では到底説明がつかない堅い核のような感情」を意識していた。ロレンスの内に昔から巣食っていた孤絶感や乖離感を受け入れる能力は戦争がつづいているあいだにときとして唯我論とも見紛う「自己を堅守しようとする」態度へと硬化していっていた。『カンガルー』のソマーズは「偉大な鍵——自分自身が自らの裁判官として独りで、自分の脚で立つということ。自らの足場を自分の判断基準にすること」[65]に気がつく。身の回りの状況へのソマーズのこのような固い決意は、ロレンス自身の味わった悲痛で不明瞭な感情(「ぼくたちは侮辱されて幻滅させられたのです」)を形にしたものだといえる。実生活においてロレンスはシソンが至ったような断固たる決意を持ち合わせることはなかったものの、それでもそのような決意に魅力は感じていた。作家としても人間としても、ロレンスには人間が必要だったのであり、そして周囲の人びとへの深すぎる理解を示していた。アーロンのように「彼はそれでもまだ自分を放棄してしまいたい」[66]という気持があり、作家としてのロレンスはとくにそのような態度を貫く必要性を感じていた。このような昔からの欲求は過去の五年半のあいだで培われてしまった周囲のすべてのことやすべての人間への頑迷で孤独な敵愾心と矛盾するものだが、社会を好意的に眺める以前の姿勢は今や社会に対する冷めた怒りに取って代わったのだった。その冷たい怒りには、社会とは距離を置き、自分の気持を曝け出すことはしないで独善的に判断を下すという態度が含まれていた。

　ロレンスのこのような態度は小説を書く行為に悪い影響を及ぼすことになり、一九二〇年代前半に書かれた作品はチグハグで語り手の声が大き過ぎて、ともすれば読者を説諭するようなものが多い。ときにはこの三つの欠点をすべて備えたものもある。とは言うものの、ロレンスはそのときそのときで身を寄せていた様々な国のための作家になったということはなく、自分がイングランド人であることを痛感していて、「苦しくて胸が張り裂けそうな痛みを伴ったとしても」祖国を大切に思っていた。一九一五年には「ぼくはイングランド人です。そして自分はイングランド人であるという意識が、紛れもなくぼくのものの見方を作り上げています」と明言して、同じように故国のことを考え自分の言葉で書きつづけたのである。ロレンスは情熱的でありつづけ、殊更に人間同士の繋がりに、そしてこの繋がりがどのように良いものに変わるのか(或いは変えられるのか)ということに関心があった。だがこのときのロレンスは祖国の民衆や仕組み自体を軽蔑していて、その姿勢は(ソマーズみたいに）時折彼の顔から「なんの感慨も感じていないように、あらゆる感情をも剝ぎ取って」しまうまでになっていた。祖国に完璧に幻滅しないためにもそこを離れて暮らさなければならないと信じ込んでいたのだ。一九二一年の六月には「イングランドへ戻りたいという気持は更々ありません。戻ったらきっとやるせない気持になるから。そしてぼくはイングランドでは書けません」[67]と書いている。一九一九年十一月の昼過ぎにイギリス海峡を進む蒸気船から祖国を振り返ると、それは「太陽の陽射しを拒絶しているためにボンヤリとしか見えないし、残雪のために長く灰色で生気を失っているように見えた。でも、まさしくそれがイングランドだった！」[68]ロレンスがなにを感じていようと、またどう感じていたかったにせよ一九一九年の十一月のこのときの出帆がイングランドとの今生の別離とはならなかった。ロレンスは祖国を想って書きつづけたのである。

13

イタリアとシチリア島

一九一九―一九二〇

ロレンスはヨーロッパ大陸を目指して祖国を去ったが、そこではストレンジャー、しかも貧しいという立場に身を置くことになる。一九一二年には十一ポンドの所持金しかなかったが、一九一九年にはたった九ポンドがポケットに入っているだけだった（だが銀行預金がロンドンから送金されてくることになっていた）。鉄道は「牛のように遅く、ノロノロとして移動にはおそろしく時間を要した」[1]――パリを出発してトリノに到着するのに二十一時間もかかって、しかもその列車には食堂車がなかった。トリノで途中下車して二晩逗留したのはラスペツィアの駐英領事を務めたこともある知り合いのトマス・ダンロップの計らいで、裕福な船主でもあり慈善家でもあったウォルター・ベッカー卿の邸宅で豪勢なもてなしを受けたからである。この人物はロレンスがやって来たときのことを記憶していた――「垢抜けない服装をした人物が、旅行鞄のようなものを携えてやって来た。」ここから判明することはふたつある。ひとつめは紳士というものは荷物を自分では運ばないこと、ふたつめはこのときのロレンスはパスポートの写真と同じツイードの上着を着ていたか、或いはかなりくたびれた茶色のスーツ（写真22と27参照）[2]のどちらかを着ていたということである。豪奢な夕食が並べられた席でロレンスと「おおいに語り合った」ことを、そしてふたりは「共鳴して互いへの友情さえ感じられた」とベッカーは回想している。しかしロレンスにしてみればそんな「裕福な」暮らしを外国で送っている英国人のベッカーを気の合った相手とは受け止めずに（そんな連中は「ぼくを萎えさせる」）、数日後にはウォルター卿とは「率直だが表面的でどうでもいい議論」を交わしただけだと述べている――「彼は安寧に暮らすことや銀行の預金残高や権力を擁護する持論を展開し、ぼくはといえば際限のない自由について喋った」。[3]のちにウォルター卿は、自分の屋敷、訪問客、そして自分自身とロレンスとの会話が長々と『アーロンの杖』のなかに再現されていることを知り腹を立てることになる。ロレンスを歓待してやったとご満悦だったウォルター卿にしてみれば、フィクションのなかとはいえ揶揄されたのだから侮辱されたと受け止めたのも当然だろう。[4]

　ロレンスは、このような素材の扱い方に良心の呵責を感じることはなかった。実在の人物や実際の出来事をフィクションに活用することはロレンスがよくやっていたことであり、アメリカ人作家でジャーナリストでもあったモーリス・マグナスが外人部隊での生活を描いた「クズ」に寄せた、傑作のひとつに数えられるが、それほど世間では知られていない序文でも同じようなことをしている（写真21参照）。ロレンスはこの『回想録』を一九一九年十一月十九日に自分がフィレンツェに到着したときの描写から始めているが、このときに評判の良くない、小説家でエッセイも書くノーマン・ダグラスと再会をしている。ダグラスはイングランドでは暮らせずに一九一七年からずっと海外を放浪していた。[5] このときダグラスと一緒にいたのがマグナスだった。生活する金にも困っていたマグナスは他人に巧く取り入って金を出させて生きている寄生虫のような男で、「ヨーロッパの大都市の隅から隅まで知り尽くしている」[6] ような人物だった。ダグラスは自分の立場から、『回想録』のなかでロレンスが披歴した自分の友人知人に関する話は事実無根でロレンスのでっち上げだと見做した。ダグラスがもっとも強調したのは、そのようなものを書くロレンスにこそモラルが欠如しているという点であり、これはダグラスにとっては許されざる犯罪だった。しかしダグラスはロレンスに白紙委任状を渡して『回想録』のなかで好きなことを書いてもいいと許可を与えていたのだ――「ぼくのことを君の序文に登場させてくれたまえ――酔払いと書いてもらっても構わないし、あるがままを好きなように正直に記述してくれ。自分が周りからどう見られているかなどということは、もうどうでもいいことなのだ。」「ダグラスは、ぼくを決して見殺しにはしない男」として登場している――事実、フィレンツェでダグラスはロレンスの世話をよくしていたようだ。ロレンスは安い部屋を見つけてくれるように頼んであり、それに応えたダグラスは旅行会社のトマス・クック社にその旨を伝えるメモを残しておくなど面倒見の良いところがあった。そんなダグラスは『アーロンの杖』にジェイムズ・アーガイルとして登場しているが本人はこれを認めはしなかったことで、自分はもしかしてダグラスの機嫌を損ねてしまったのではないかとロレンスは気を揉んだ。[7] そしてマグナスは『回想録』だけではなく、『ロスト・ガール』にもミスター・メイとして登場している。

　作家としてのロレンスは実在の人物を好きなように脚色して自分の著作にたびたび登場させている。ダグラスも含めてロレンスにかかわった人間のほとんどが知るところだったことは、彼が「観察力の鋭い男」だったということだ。著作から数年経ってみてみると、登場人物があくまでも架空の人物だとしても実在した複数の人物の複合形だったり、またはその人物に限りなく近い人物像を醸し出すものだったり、或いはそのままの人物像で作品に登場したりしているのが判る。ロレンスは実在した人物や実際の出来事を作品のなかに描き出すことに情容赦なかった。ひとつの例を挙げてみると、小説家のコンプトン・マッケンジーの妻フェイスが浅はかにもロレンスにそのようなチャンスを与えてしまった。フェイスは「心のなかの秘め事」をロレンスに話して聴かせてしまい、その結果としてロレンスは「島を愛した男」を書き、またマッケンジー夫妻は「二羽の青い鳥」に登場することとなった。[8] ロレンスには自分の魅力をその気になれば十二分に脚色して描き出すことができた。若い頃の手紙を読むと、彼がタイプの違うさまざまな人間の歓心を買うことができたことが分かる。他人の気心を推し量って理解を示すことができただけでなく、観察力や洞察力も鋭かったのでロレンスは誰とでもすぐに打ち解けることができた。その結果、周りの人間はロレンスに「大胆にも憚りなく」自分自身を曝け出すこととなったのである。自分のこのような長所をロレンスは本質的に女性的なものだと考えていた。彼の前で女性たちは「共感的な感情の流れを引き起こし、相手が気づかないうちにいつの間にか正体を曝け出すことができた」[9] のである。女性が自分に話して聴かせたことをロレンスはほとんど記憶していたし、なによりも重要なのは、そういった話をやがて自分の著作のなかで翻案することができたということである。ロレンスの全人生において、彼となんらかの接点をもった人はこの宿命的な仕打ちに頭を抱え、またときには喜びもした。最初の小説『白孔雀』ではイーストウッドの旧友のビアトリス・ホールがアリス・ゴールとして描かれていて、作家として脂が乗ってきた頃では『恋する女たち』に登場するジュリアス・ハリデイと「プッサム」(フィリップ・ヘゼルタインと「ピューマ」の愛称で知られていたミニー・チャニングをモデルにしている)、一九二七年にはマイケル・アーラン(元の名はディクラン・クーユムジアーン)は自分が『チャタレー夫人の恋人』に人気劇作家のミカエリスとして登場していることに「有頂天になっている」と気持を表明している。[10] もしこのようなことで名誉毀損で訴えられたとしても(実際にはビアトリス・ホールの結婚相手のホワイト・ホールディッチやヘゼルタインからそのような動きがあった)、ロレンスは登場人物の名前を変えることを提案するか(ロレンスはホールディッチに実際に提案している)、或いはそのような申し立てを真っ向から否認するだけだっただろう(「馬鹿げています。チェルシーにはプッサムみたいな人間がたくさんいるし、またハリデイのような輩なんてどこにでもいるじゃないですか」)。ホールディッチはロレンスを訴えるようなことをしなかったが、ヘゼルタインはそうする恐れがあったので出版社が和解金を支払った(このことにロレンスはとても強い不快感を顕わにした)。ロレンスは内々では尊大に振る舞っていた――「人の気持なんてどこかへ行ってしまえば良い。読んだときには誰もそれが自分だとは気づきはしません。だったら、どうしてそんなことを心配する必要があるんです?」しかし彼は『『白孔雀』のアリスの件」を認めて、そして「ハリデイはヘゼルタインが、そしてプッサムはピューマと呼ばれていた人物がモデルとなっています。このふたりは現実に存在する人物です」[11] と告白している。

その描写から特定できる実在の人物をモデルにした作中の登場人物が問題となった例はほかにもある。細かな点では食い違ってはいるものの、『恋する女たち』のハーマイオニ・ロディスはオットリン・モレルがモデルになって造形されたと気がついていた人物は（オットリン自身も含めて）大勢いた。オットリンの憮然とした不快感は解消されることなく、彼女が訴訟を起こす気配を見せていたことからも明らかなようにその感情は増幅されたといえる。『アーロンの杖』はロレンスが一九一七年から一九二二年のあいだに書いた小説だが、ここで作者は今までにないほどの悪魔的な態度を露呈している。おそらく祖国への彼自身の嫌悪感がその原因だと考えられるが、くだんの小説に登場する人物のほとんどがこの時期にロレンスと交流のあった人物だと特定できる。[12] 姉のエミリーやキャサリン・カーズウェル、そしてコットなどのきわめて少数（ロレンスに本当に近しい人たち）はこのようなモデリングを免れたようである。[13] 作品に登場させたことでこのような人びとがずっと傷を負いつづけるだろうことは、ロレンスにも分かっていたことだろう。

しかしロレンスの作品を読んでこれは自分ではないかと思い当たる場合、つまりここに描かれている登場人物や出来事は自分がモデルになっていると思われたり、自分がロレンスに話して聴かせた実話の焼き直しではないかと思えるふしがあったとしても、書かれてしまったら仕方のないことだと諦めるほかはなかっただろう。実在の人物や実話をフィクションの素材として扱うことにまつわる倫理的な問題は時の経過によって溜飲を下げるしかないことであり、そうすることによって例えばハリデイという人物を創造する際にロレンスにどんな悪意（正確には腹黒い喜び）があったとしても、モデルとなった当の本人は良い気分ではなかったかもしれないが、時が経てば誰ももう怒ってもいないし、不愉快な気分になることもないし、悩むこともないだろう。私たち読者の特権は小説のなかで描かれていることを楽しむことであるが、同時に「実際のことを脚色してフィクションに利用すること」は作家ならば誰でもやっていることだし、それは案外に難しいことだということを知っておくべきである。ロレンスは「文学界のハイエナ」[14] と呼ばれたことがあるが、彼は実在した人間の生きざまを素材としてたんに利用していただけではなく、描出したものにおいて真にクリエイティブだったといえる。日々の生活の断片を繋ぎ合わせただけでは興味深い物語にはなり得ず、ロレンスはその素材を自分なりに咀嚼して昇華させて独自の創作物に仕立て上げたのだ。

ロレンスの小説に登場する人物が命の息吹を吹き込まれて生き生きとしてくるのは、彼らの言葉遣いであり、ほかの登場人物との会話においてである。（ロレンス自身も得意だったように）話し方を真似ることで声の調子だけでなく、その声が聴き手になっている相手にどのように伝わるかも計算して設定することができた。明らかにダグラスがモデルとなっている（が本人は強く否定していた）と分かる『アーロンの杖』に登場する架空の人物ジェイムズ・アーガイルは、アルジー・コンスタブル（ジャーナリストであり小説家でもあるレジー・ターナーがモデル）を夜のカフェで笑いものにしている。アルジーが帰宅してしまうとアーガイルは次のように言う——

「でもね、あなたもご存知の通り、あのような連中を見ているとイライラしてくるんですよ。小柄で薄っぺらのオールドミスみたいな奴らは。連中がぼくみたいな人間にじっと耐えているなんてまったくの驚きですよ。しかしあまり我慢されると、唾を吐きかけたくなるもんじゃないですか。そうじゃありませんか？　はっ、はっ、はっ。憐れな老いぼれアルジー。今夜はあいつに一発喰らわすことができましたかね、それとも失敗したかな？」

「懲らしめたと思いますよ」と、アーロンは言った。

「あいつは私のことを許しはしないでしょうな。賭けてもいい、絶対に許そうとはしないでしょう。はっ、はっ。私も別に許してもらおうなどと思っちゃいませんけどね。自分のことを許しはしないと分かっているほど、そんな連中とつき合うことには熱が入りますね。」[15]

ダグラスの嫌みたっぷりな喋り口調をこんな風に書けた作家は、ダグラス本人はユーモアの欠片も持ち合わせていない奴だと腐したロレンス以外にはいない[16]——「ダグラスにはとても笑える」とロレンスは白状している。上述の場面には確かに人間が生きていて、その人物の言葉が存在している。お気に入りのフレーズのくり返し、古めかしいものの言い方（「まったくの驚きですよ」とか「賭けてもいい」）、「熱」という言葉を発するときのいくらか音を伸ばす発音の仕方、警句的な結び方、悪意のある言い回し（「一発喰らわす」とは「追い詰める、獲物がいる場所への痕跡を辿る」という意味に「仕留める」の意味が合わさったもの）などが好例である。[17] ロレンスは一九二〇年から一九二一年にかけてダグラスとどのような言葉を交わしたかを正確に記憶していたわけではなかったかもしれないが、それでもアーガイルという架空の人物をダグラスの言葉遣いや喋り方から創造したのである。

ロレンスは妻のフリーダをこのようなやり方で作中のモデルにすることに躊躇ったことはない。自分自身を造形したことは一度や二度では済まず、しかもたいていの場合はありがたい姿に造形してはいない。一九二一年にロレンスはメイベル・スターンに自伝的小説の書き方についてアドバイスをしている——「想い出したいとは思わない事柄でも想い出さなくてはいけません。」[18]『虹』と『恋する女たち』はどちらにもロレンスとフリーダの結婚生活を扱っているところがあるが、その扱い方はそれぞれにおいて異なっている。一九二〇年の中頃に一旦は書き始めたものの一九二一年に頓挫した小説『ミスター・ヌーン』は、一九一二年の五月から九月にかけてのロレンス夫妻の姿や暮らしぶりを脚色したものとなっているし、『アーロンの杖』はその後の夫婦生活の様子を、そして『カンガルー』はさらにその後のふたりの結びつきを描いている。

人間の感情のあり方というものをロレンスは自身の執筆活

動、とくに創作を通して探究しようとしていた。だからこそ書くことが重要だったのであり、逆に創作をほとんどしなかった時期というのは不毛だった。このような期間にロレンスはきわめて高度な知的思考に埋没して、自分は取り囲まれているという閉塞感から抑えがたい怒りをしばしば覚えた。この怒りは自分が暮らす土地や周囲の人々、気候やその日の天気に向けられた。このようなものに彼は囚われて閉じ込められて、だからこそそこからの脱出を欲した。創作をすることでロレンスはこの感情のどん詰まりから解放されることができたのと同時に、書くことで自分が経験していることを整理し理解することができたのだろう。短篇や中編を含めて物語を書くことで初めてロレンスは自分の経験を実体験として見据えることができたと言ってもいいのかもしれない。だからこそ、再創造するということに固執していたともいえる。実際に会った人びとをロレンスは理解することもできたし、また彼がそのような人物の真似が上手だったということは、彼らの話し方や立ち振る舞いを正確に記憶していたということだ。このような意味で、実在の人びとをロレンスは作中で造形し登場させて（内面的にも、外面的にも）[19]命を与えることができたのである。実在の人物をモデルにすることでロレンスが好かれたことはないが、新しい表現方法を駆使して造形することで人びとの感情や感情的欲求をそれまでにないくらいの深い洞察をもって自ら経験することができたのだろう。創作して新たに描出した感情が登場人物にとってホンモノだとすれば、描き出したロレンス本人にとってもそのような他者の感情は嘘偽りのないものだったといえる。

ヨーロッパ大陸、なかんずくイタリアへ戻ることはロレンスにとって象徴的な意味をもつ。イタリアで、厳密に言うならばガルダ湖畔やフィアスケリーノで、ロレンスは初めて（フリーダをとおして）愛すること、感じること、そして自分自身であることを学んだだけでなく、閉ざされた自分から自己を解放することとはどんなことなのかを知り始めたのであった。一九一九年十一月にロレンスにとってかなり異例なことに、トリノからフィレンツェへ向かう途中でラスペツィアとフィアスケリーノへ立ち戻った。この行動は過去への郷愁の顕われのように思えるが、ロレンスは二晩をそこで過して「知り合いのほとんど」[20]との再会を果たしている。ふたりのお気に入りのお手伝いだったエリーデは一九一四年に他界していた（フリーダは自分の住所録の彼女のところにドイツ式に大きな×印をつけていた）が、ロレンスはこのときの訪問で母親のフェリーチェ・フィオーリに会っている。彼女はそのほかのフィアスケリーノでの知り合いと同様に一九三〇年まで生きた。

イタリアへ来たものの以前とは違う場所に腰を落ち着けようと考えていたロレンスは、フリーダと落ち合う前にフィレンツェにちょっと逗留した。知り合いがいたためにここを選んだのだ。ダグラスとマグナスはトリノの家の住人以上に同情的であることが分かったのだが、ダグラスとの会話はふたりの不調和を刺激しただけだった。（フリーダはふたりの会話から発せられる「花火のように火花を散らすような機智の応酬」に夢中になっていた。）マグナスはロレンスに魅了されていた――「ぼくがこれまでに会ったことのないタイプの人間です。荒れ果てた世界に生きるちょっとした賢い男」です。そしてロレンスはマグナスの口振りをすぐさま真似している――「ご明察、分かっていらっしゃる。」[21]短い期間だがロレンスはイングランドを離れて気心の知れた人間と一緒にいることに楽しみを見出していた。イタリアは雨が多く、そのためにアルノ川はよく「膨れ上がって轟々と勢いよく音を立てて」流れていたことには閉口したが魅惑的な場所だったし、フィレンツェは同国の友人もいたせいか「とても良い場所で、土着の文化が町中にいまだにしっかりと根づいている」とも感じられた。フリーダがフィレンツェに到着したときに彼女はかなり痩せてほっそりしていた（戦後の食糧難に直面していたドイツで彼女が口にしていたもののほとんどが人参だった）。朝四時の列車でスイス経由でドイツから到着した彼女を駅で迎えたロレンスは屋根のない馬車に乗ってすぐに町中の見物に駆り出した。フリーダはこのときのことを「蒼白く佇む大聖堂、月光に照らされたジョットの塔はその尖端が濃い霧のなかに溶け込んでいた」[22]と回想している。

しかしふたりがフィレンツェにいたのは一週間だけだった。フィレンツェを出てからピチニスコというアブルッツィ山脈のなかの二千メートル級の高地にある村へ向かった。そこには彫刻家の父親が昔モデルにした人物のひとり（オラツィオ・チェルヴィ）の家があり、そこに娘のロザリンド・ベインズが子どもと一緒に住もうと考えていた。そこでロレンスは落ちついてちょっと仕事ができればいいと考えていた。[23]そうできれば旅費の工面をつける必要がないだけでなく、イタリアという場所は創作にはうってつけの場所であり、しかもロレンスには新しく進行中のプロジェクトがあったからだ。『息子と恋人』を執筆して以来ロレンスはフロイトの思想に関心を持っていたし、一九〇七年に精神分析学者のオットー・グロスと関係があったフリーダから影響を受けたこともあってロレンスの関心はますます高まっていた。ロレンスは当時の誰よりも精神分析学的アイデアに接近していたといってもいいくらいだった。一九一四年からロレンスにはイギリス人のフロイト研究者バーバラ・ロウとアーネスト・ジョーンズと交流があり、デイヴィッド・エダー博士（彼はもともとフロイト派だったが、ユングの研究への関心が一九一七年までにはかなり進んでまとまっていた）との交流のおかげでこの方面への興味がさらに刺激されていた。こんなこともあってロレンスは自分自身でこのテーマについて考えをまとめたいと思っていた。一九一九年当時では精神分析学はとてももてはやされていた高度な学問分野で専門家や医師に支配されていたが、ロレンスの場合には精神分析学が自分にとっての主な関心事だった自我とかセクシュアリティというテーマと直結した。ロレンスは一九一九年十二月初旬に書いた手紙でこの分野についての著作に初めて言及している。『アメリカ古典文学研究』で扱っていたことの発展型になるだろうと思っていて、雑誌を念頭に置いて多くの人びとに読まれるようなエッセイを考えていた。イドやエゴという無意識の領域を重要視するようなものではなく、代わりに身体、無意識で思考力の及ばない、理性や意志によって抑制されることのない自発的な身体に重きを置くような精神分析学を確立しようとしていた。そんな彼が書いたエッセイはほかの専門家の考えを頑なに拒絶するもので、実際の身体的な経験についての明晰な理論と難解な語彙を併せもつものに仕上がった。子どもの頃の経験を考察するというような分野にロレンスほど足を突っ込んだ作家はほかに例を見ない。

ピチニスコへの旅はローマからモンテカッシーノへの鉄道の旅から始まり、次いでアッティーナまで山中の曲がりくねった道を行くバスでの移動だった。ピチニスコまでの道のりの前半を二輪の荷馬車で、後半は徒歩で「足場もない径を登り、背後から荷物を背負わされたロバが息も絶え絶えについて来る」ような山道を登って行くというものだった。日がとっぷりと暮れてからようやくふたりが到着した家には

洞窟にも似た台所が階下にあり、ほかの部屋にはワイン絞り器があったり、ワインを貯蔵するための、そして穀物を保管したりするためのスペースがあります。二階には三つの部屋と穀物をしまっておく半ば納屋のような部屋があって、ベッドもありますが床は板剝き出し状態です。スプーンが一本、ソーサーが一枚、カップがふたつ、皿が一枚、グラスがふたつ——これらが食器のすべてです。調理するときにはジプシーのように、生木を燃やさなければなりません。鶏は彷徨い込んでくるし、ロバは玄関脇の柱に繋がれていますが、戸口に遠慮なく糞をするかと思えば騒々しく嘶きます。[24]

ロレンスとフリーダは必要に迫られてなんとか住むことができたのだろう——それほどまでにピチニスコは「目眩がするほど原始的」で、冬の到来が状況を悪化させた。食料を調達するために八キロ離れたアッティーナの市場まで行かねばならなかったし、「ワインはほとんどなく、家には家事をしてくれる女性はおらず、ぼくたちは生木を燃やして調理をして、膝の上に食べ物を置いて食べなければならないありさまです」。郵便は岩肌が露出する「斜面を山羊のように登って一時間以上はかかる」ような「神にも見捨てられたような村」まで受け取りに行かなければならなかった。寝室のひとつに小さな炉をつくったものの（階上の部屋には暖をとれるようなものはなにもなかった）、それでも「原始的でとても寒かった」ので執筆に専念することのみならず、この地で暮らしていくことなど到底無理な話だった。[25]しかし眺望は素晴らしく景色は見事だった——「煌めく雪山の峰に囲まれて、地獄のように反射してキラキラ光っています」。しかしこのような場所にロザリンドと三人の子ども、そして子守りの女性が住むことは不可能だったろう。ロレンスとフリーダはここで忘れることのできない一週間を過ごした——雪に閉じ込められる寸前で、窓下でバグパイプを吹き鳴らし「クリスマスのセレナーデ」を唸るように歌うという騒ぎ

が毎朝くり返された。ピチニスコのような土地は書くには値すると思ったのだろうが、それでもロザリンドには来るべきではないと手紙で知らせている。子どもが住めるような場所ではなかった——風呂といえるようなものはなにもないので、子どもたちの身体を洗ってやるときには「豚の餌をこしらえるための大きな銅鍋」[26]を使わなければならなかった。雪が本格的に降り出す前にロレンスとフリーダは這這《ほうほう》の体で自ら荷物を抱えて山を越えてピチニスコから八キロほどの山道を歩いてアッティーナへ逃げ出した。

ふたりはモンテカッシーノから鉄道でナポリに向かい、そこから「暖かいであろう」[27]カプリ島を目指した。ここでは(一九一四年にバッキンガムシァで知り合った)作家として成功していたコンプトン・マッケンジーがもし必要ならば部屋を探すと約束してくれていた。十二月二十五日にはそのお蔭で古くからある広場にあるアパートに落ちつくことができた。その部屋からはその小ぢんまりとした広場を見下ろすことができて、寺院のドーム部分(「ありがたいけど、目の上の瘤」)をちょうど窓の向かい側に見ることができた。ナポリ、噴煙をたなびかせるヴェスヴィウス山を一方に、他方に眼をやると地中海を眺めることができた。ふたりは台所をお喋りなルーマニア人と共有し、そのアパート全体の面倒を見ている「ハンサムで、ジャムを食べる」使用人がいた。[28]

しかしそんなイタリアは、ふたりにまったく異なる様相を呈するようになる。そこには祖国を離れた人間たちが暮らしていて、なかんずく英国からこの地にやって来た連中はいつもいつも他人のことをああでもないこうでもないと中傷誹謗しながら生きていた。マッケンジーとその友人のほかに、古くから交友のあったメアリー・カナン(彼女と最後に会ったのは一九一四年から翌年の冬にかけてのバッキンガムシァで、このときには夫のギルバートは別居していた。「彼女はとてもまっとうな人で、ぼくたちにバターを届けてくれる」)もカプリ島に逗留していた。ほかには小説家に転身した元医者のフランシス・ブレット・ヤングが妻ジェシカと一緒に当地に住んでいた。ロレンスはこのような人びとを遠くから面白そうに眺めていて、暫くはこの愚かな人間たちを観察することを気に入っていた。例えばマッケンジーは「自分の眼の色と合う淡い青色のスーツを着込んで、髪の毛にマッチする女性用の茶色のビロードの帽子を被って歩いて」いた。ロレンスは通俗的なことに飽き飽きしてくるとカプリ島のことを「生半可な文学者たちが集うシチュー鍋」または「陰口をきく人間で溢れているクランフォード」[29]と呼んだ。

人とのつき合いが多すぎて著作に集中できないと時折不満を洩らしているが、実際のところロレンスは仕事に没頭していた。一九一八年の秋に書いた教育についての数本のエッセイを引っ張り出してきて、それらを一冊の本にまとめた。さらに重要なものは精神分析について書いた六本のエッセイである。これらはのちに『精神分析と無意識』というタイトルで出版されることになるが、ロレンスの哲学をさらに一歩進めることになる。これらのエッセイは、人間の無意識の根幹は「偉大なる神経系の神経節や中枢にある」とするもともとロレンス独自の新しい無意識についての考察をまとめたもので、ロレンスはこのように考えることで自分にとっての無意識というものを精神分析学的な袋小路である「精神的意識」と見做すものとは一線を画そうとしていた。この一連のエッセイはフロイトへの活字になった最初の一撃となった。三月下旬までには出版社へ送れる準備が整っていて、[30]一九一九年の十二月に『アセニーアム』誌用にひとつかふたつをマリィに送っていたと考えられる。前年にロレンスはユングを読んでキャサリン・マンスフィールドとこの精神分析学者についての議論を交わしていた。[31]

一九一九年の年の瀬にエージェントのJ・B・ピンカーに彼との契約を終わらせる旨を手紙に書いて翌年の一月にこの決定を確認したことは、作家としての自分の将来について新たな確固たる決意をもったことの顕われと見做すことができる。ロレンスは「どの出版社にどの作品を扱ってもらうか——ぼくが自分で決めたいのです。貴兄にはたいした価値のあることだとは思えないのです…貴兄にとってぼくはきっと扱いづらいお荷物だったことでしょう。申し訳なかったと思っています」[32]と書いている。こうして一九一四年六月三十日に交わした契約に幕を引いた——ひとつの世界が遠のいたのである。このことでロレンスは自分で著作の売れ口を探し、自ら作品をどの程度の対価で供給するかを自分で出版社と交渉する立場に立つことになった。ロバート・モントシーアが（その道のプロではなかったが）アメリカでのエージェント役を買って出てくれたので、イングランドでは自分がエージェント役も務めることにした。ピンカーのアメリカでのエージェントとしての仕事ぶりがロレンスの態度を決めさせたといえる。『恋する女たち』をめぐる諸問題は未だ解決されずに燻っていた。ヒュプシュが版権を取りたがっていたので（彼にはその権利があると感じていた）ロレンスはセルツァーに手紙を書いてオリジナルのタイプ原稿を返送してくれるように頼んでいて、あまつさえ前金として支払われていた五十ポンドを返金するとも言っていた。だがセルツァーはこの原稿を容易には手放そうとはせず、ロレンスのアメリカでの出版社になる機会を逃すまいという姿勢を崩さなかった。その一方で精神分析についての六本のエッセイを任せるという申し出ではヒュプシュの気持を宥《なだ》めることはできそうになかった。

このような経緯があってロレンスはヒュプシュには別の新しい小説を任せることを約束したが、イタリアにいてこのようなビジネスを展開することには煩雑なことが多く生じた。鉄道ストライキにつづいて郵便ストライキが起こったためにロレンスへのクリスマス小包ひとつを含む郵便物の配達が聖金曜日まで滞っただけでなく、[33]一九一三年に着手していた長編小説「ホフトン嬢の反逆」の二百ページにも及ぶ草稿の配達も大幅に遅延した。ロレンスは一九一六年にこの原稿の所在を確かめようとし、このまま書き終えるか或いは売れる小説に書き直すかをしようと考えていた。やっとそれが届き、ロレンスは取りかかることができた。ロレンスはふたつの出版計画を同時進行させようとしていた。短篇または長編（あわよくば売れるもの）を書き上げて契約している出版社に送ることと、当時関心を持っていた事柄についてのエッセイを書いて雑誌などに掲載してもらい、そののちにしかるべく本として世に送り出すことである。イングランドで『恋する女たち』をセッカー社から売り出すという交渉は遅々として進まなかった。だが出版社とのこのような交渉に関してマッケンジーから有益なアドバイスや助力を得ることができた。マッケンジーはセッカー社から本を出していて、この意味では出版社にとっては「ドル箱」のようなもので、しかもセッカー社の非公式のビジネス・パートナーも務めていた。この交渉で改めて明らかになったことは、マッケンジーが成功している作家であり（戦後でも彼の小説は三万部売れていた）、ロレンスはそうではない作家ということだった。実際のところセッカーにしてみればロレンスの小説などは「金儲けという点からみればマッケンジーの足元にも及ばない」ものだった。セッカーは（印税支払方式ではなく）すべての利益と権利を二百ポンドで譲渡すれば『虹』を再版して売ること（買取方式）を提案したが、ロレンスはこれを一蹴した――「ぼくは自分が書いた本を、そしてその本には未来があることを信じています。」[34]ロレンスには印税を手放す気はなかった。ロレンスの名前をお抱えの作家リストにそのまま載せておきたいと思っていたセッカーもロレンスと縁を切ろうとは考えていなかった。出版社に儲けをもたらすような作家ではなかったけれども。

遅延した郵便物は過去とのもうひとつの決別をもたらした。それは、マリィとキャサリンとの痛ましくもあり怒りをも含んだ別れだった。ロレンスは自分の著作を出版しようとしていた（或いは出版し損なっていた）人間に対してすでに不信感を募らせていた。シリル・ボーモントは詩集『入江』に関して大きな失態を演じていた。ボーモントはこの小詩集を出版するのに二年という時間を費やしたばかりか、刊行本からシンシア・アスキスへの献辞と収録予定だった二編の詩を脱落させ、あまつさえ木版画のひとつを上下逆さまに印刷したのだった。さらに一月二十九日には、ピンカーが『恋する女たち』のタイプ原稿をアメリカに送らずに死蔵していたことが判明してロレンスをいたく落胆させた。翌日にはロレンスが『アセニーアム』誌用にと送っていた原稿がマリィからの執筆依頼に応えて書き送ったにもかかわらず掲載拒否を伝える彼の手紙と共に返却されてきた。この結果、ロレンスはマリィからの申し出には一切もう応えるまいと再び臍を固めた。ロレンスは冷ややかな敵意を含んだ返事を出した――「実際のところ、君が汚らわしい小っぽけな芋虫であって、汚らわしい小っぽけな芋虫に相応しい振る舞いをしているということが明るみになったということです。」[35]さらに悪いことには、ロレンスの原稿がイタリアのキャサリンの住所（ロレンスには知らされていなかったのだが、十二月の終わりと一月の初めにマリィはこの住所のところに逗留していた）から転送されてきたということだった。ふたりのカプリ島への到着は、（ストライキのために配達が遅れていた）キャサリンからの一通の手紙と時期を同じにする。そこで彼女はロレンスの原稿には言及せずに、自分の惨めさについて書き綴っている——「ゾッとするような孤独」や「自分は肺を病んでいて、ここで死んでいくのです」。ここことは「私の病気のせいでメイドを置くことも儘ならない家」[36]を指している。彼女はフランスへ移ろうとしていた。ロレンスは、キャサリンがマリィと結託して自分の原稿をボツにしたにもかかわらずに、まだ自分に同情を求めていると早合点した。ロレンスはキャサリンにこれ以上ないといえるほどの惨《むご》い手紙を書いている——「貴女のことを考えると胸がムカムカしてきます。貴女には愛想が尽きました。病気に負けて憐れみを求めているだけです。イタリア人が貴女とかかわらないようにしようというのももっともです。」一九一八年の十二月に「キャサリン、なるがままです。でもぼくはこう言い変えたい——人は死にません…運命に甘んじてはいけない」[37]と書いたことがあるが、彼女の生来の勇気、強さはどうしてしまったのだろうか？　ロレンスの言葉は狙い通りに確実に、キャサリンの一番弱いところを突いている。友人に別れを告げるにしても、これはひどく残酷な別れではなかろうか。あれだけキャサリンとの良好な関係をつづけてきたロレンスのこの残忍さには眼を見張ってしまう。このエピソードから、一旦復讐心に燃えるとロレンスがどんな人間に豹変するかが分かる。感じたことを口に出すことを憚らないだけでなく、きっちり計算して非情になることもできるのだ。そして一九二一年の十一月にはキャサリンのことを皮肉たっぷりに「朽ち果てそうでなかなか枯死しない花」[38]と呼んでいる。

この手紙がキャサリンにとって大打撃となったのは、一九二〇年から一九二一年にかけての冬にマリィとのあいだにトラウマとなるような別れを経験していたからだ。イタリアへやって来たときにふたりは（いつもとは違って）寝室を別にしているし、一九二〇年の一月と二月に書かれた日記と手紙には彼女の心の苦しみが綴られている。彼女はロレンスからの手紙のことをマリィに話し、二月六日付の日記にはただ、「ロレンスからの最後の手紙とJからの返信を受け取った」[39]と書かれているのみである。彼女は惨めな状態にいたのだが、それはロレンスが彼女を傷つけたからではない。

ロレンスがキャサリンにどんな手紙を書いたのかを考える前に、マリィはロレンスからの手紙に「彼にはどこか爬虫類っぽいところがあって、ぼくを見て涎を垂らしているような気がする」というコメントをつけて二月六日にキャサリンに転送していた。二月十日にキャサリンはマリィに返事を書いている——「偶然だわ。私もロレンスに手紙を書いたのよ。『これまでのあらゆる出来事のなかに、胸の悪くなる爬虫類を引き摺りこんだ貴方に強い嫌悪感を感じます』ってね。彼からの手紙を受け取ったとき、私には一匹の爬虫類が見えたわ。爬虫類が歩き回っている気がしたのよ。」[40]この調子は普通ではない。どうしてふたりが別々に、そして偶然にも、ロレンスに対して「爬虫類」という言葉を用いたのだろうか。おそらくマリィとキャサリンは、以前にもロレンスのことをこの言葉で言い表わしたことがあるのではないだろうか。十二年後にマリィは（一九三二年七月十一日付の）自分の日記に、ロレンスがキャサリンに宛てた手紙のなかの記憶にあった一節――「貴女は胸をむかつかせる爬虫類だ――死んでしまえばいいのに」[41]――を引用している。これはキャサリンから届いた手紙に書いてあった「私には一匹の爬虫類が見えたわ。爬虫類が歩き回っている気がしたのよ」という文言を裏付けるのだが、それにしてもこの「爬虫類」という言葉が偶然に使用されたことが妙なことではある。（もしかしたらこれは実際に用いられた言葉の引用ではなく、キャサリンが感じたこととロレンスが書いたことをマリィが曖昧な記憶のなかで混一したのではないだろうか。）

ロレンスはマリィを侮辱して彼を「芋虫」呼ばわりした（「汚らわしい小ちっぽけな芋虫に相応しい振る舞いをしている」）が、ロレンスは特別な意味を込めてこの単語を選んだといえる。「芋虫」とはマリィとキャサリンが何年ものあいだ互いに対して使っていた「子どもじみた言葉」に含まれていた（実際にマリィがマンスフィールドの愛称に「芋虫」を用いていた）。「芋虫ちゃん、ぼくの芋虫ちゃん」と二月十日付のキャサリン宛の手紙にマリィは使っていて、自分の彼女に対する愛情を伝えようとしている。だから、この単語はふたりのあいだの深い親密さを表わすために頻繁に使われていたのだ。[42] このように考えると、ロレンスがマリィにこの言葉を使ったことはたんなる偶然だとはいえない（コットからロレンスがこのことを聞き及んでいた可能性を完全に否定することができない）。

ロレンスが許しがたいことをしたとマリィもキャサリンも思い込んでいたとしても、ふたりともロレンスのことを許した。一九二一年の十二月にキャサリンは「誰もが『彼が存在するだけで』ロレンスのことを好きにならずにはいられない」と書いているし、一九二二年の夏には「誰よりも私がロレンスに近いと感じている」[43]と告白している。一九二三年になるとマリィが『アデルフィ』誌を創刊して、その雑誌にロレンスの原稿を掲載できるように取り計らっている。しかし当のロレンスは被害者というよりも加害者に見えてしまうのだが、マリィのこともキャサリンのことも許さなかった。

この三人のあいだになにがあったのかを論理的に解明しようとする場合にロレンスがなにをしたのかが重要であり、彼の発言だけに過剰に反応するわけにはいかない。それにしてもロレンスがそれほどまでに嫌悪した（キャサリンの或いはロレンス自身の）自己憐憫とはなんだったのだろうか。ロレンスはあとになってそのことを「自分を可哀想な同情される立場において、そこに身を潜めること」、「心の平衡感覚を失った完璧に唾棄すべき放埒な鬱状態」と呼んだ。キャサリンの自分の殻に閉じこもる姿を見て、ロレンスは彼女に対して冷酷に、惨く対応したのである。彼女は「過去と深くかかわる無意識的欲求」[44]と呼ばれていたものとの過激な遭遇をロレンスに経験させたのである。これはロレンスもまた克服しなければならないものだった。

一九二〇年の二月中旬に、ドイツから「ホフトン嬢の反逆」の草稿が届くのを今か今かと首を長くして待ちながらロレンスはカプリ島を出立してモンテカッシーノへ数日間出かけて行って、そこの修道院に逗留しているマグナスに会っている。是非とも訪れてほしいとマグナスから言われていたからだ。ロレンスはマグナスが身を隠していた修道院に惹かれるものを感じて、強烈な印象を受けたし、またカプリ島でのマリィとキャサリンとをめぐって感情を昂ぶらせていたので、そんな俗世の喧騒から暫くのあいだでも離れることができて落ち着くことができただろう。遡ること一月にロレンスは金銭的に困窮していたマグナスに向う見ずにも五ポンドを送ってやっていた（ちょうどこの頃ロレンスはヒュプシュ社から百ドル（約二十五ポンド）という高額の小切手を受け取っていたので気前良くすることができた）。マグナスはロレンスを守護天使と仰ぐほどに感謝した。マグナスが修道院に身を寄せていたのは警察の追手を逃れて逃亡中だったからだが、彼はアンツィオのホテルでの数週間分の支払いを踏み倒そうとしたのだった。[45]ロレンスがこの修道院を訪れたことは『回想録』にも書かれているし、過去と現在のあいだに挟まれてモンテカッシーノでどのような感情を持ったかについても描写されている。彼は「過去、完全に死に絶えてはいない過去の痛切さ」を修道院に昔から受け継がれているミサや習慣のなかに感知している。その一方で眼下に目を向けると谷を縫うようにして鉄道が敷かれ道路が走っているという現代の脆弱で不毛な生活がそこには存在していた――「どちらの世界もぼくにとっては憐れを催すものです…まるでぼくの胸が今一度張り裂けるようです。なぜだか分かりませんが。」[46]ロレンスの人生において戦争はひとつの裂け目のようなもので、戦争を境目にして信じているが取り返すことのできない愛おしい過去と、信じるべきものをひとつとして見つけることのできない現在とのあいだで板挟みになっているような気がしていた。モンテカッシーノへの訪問で毎日の生活の表面下に秘かに横たわっていたギャップを意識するようになったのだ。

マグナスとの交流がロレンスにこのような気分をもたらしたのだと考えられる。マグナスは同性愛者だった。フィレンツェで初めて会ったときのお喋りのなかでロレンスはそのことを察知していた――「あなたの髪の毛はとても素敵ですね――色がとっても素敵です！　なにを使って染めてるんですか？」[47]しかしマグナスは一九一五年にケインズに感じたような捕食性を伴うようなホモでもなかったし、バニー・ガーネットのときのように自分がそんな関係に巻き込まれるんじゃないかと心配しなくてはならないようなタイプでもなかった。『回想録』にはマグナスの熱望が、優しさが、脆弱さが描出されている――マグナスはロレンスが「胸襟を開くことができる」タイプの人間だったし、そのような場面に一度は遭遇している。モンテカッシーノに向かったロレンスはおそらくこの新しい知人の歓待を受けるだろうと期待していたのだが、事実はそれに反して、打ちひしがれて過敏になっていたマグナスに会うことになった。そんなマグナスを目の当たりにしてロレンスはどうしようもない孤独感に襲われ（出版社やエージェントに翻弄された自分の姿を看破したのかもしれない）、そしてマグナスに同情はするがホモセクシュアルの愛情は自分が取るべき道ではないことを明確に悟った。いつものロレンスだったら「たいていの人間に近づくことに我慢ができない」と感じていたが、マグナスが「ぼくにくっつくようにして歩く」[48]ことには抵抗を感じていなかった。このことで自分の「心」は、自分の全感情は母親への愛慕に属し、そしてフリーダへの愛情に帰属していることを知る。しかし今やこの過去の愛は失われていた、そのような感情をもつ心は永遠に壊れていたのだった。数年後にとくに母親のことを想い出して、ロレンスは「愛という感情が過去の世界のもの」であることを書いている。一九二一年の十月にはヨーロッパは「自分の眼の前で死につつある」と感じながら、意味深長に「誰かが死につつあるようです。例えば誰かの母親が」[49]と書いている。このときのロレンスにできたことは自制して勇気を持って、「ぼくたちは元に戻ることはできない」と主張することだった。一九二〇年二月にモンテカッシーノでロレンスはマグナスに「だれもがこの世界で生きて行かなければならない。それを越えた先へ向かって」というようなことを言った。自分を甘やかせてくれる過去へ戻ることは不可能なのだ。そうではなくて、「ぼくたちはテントを畳んで、荷物を詰めて、先へ進まなくてはいけない」と感じていた。自分自身のこれからの人生が「痛みや失敗を感じつつも孤軍奮闘しながら前へ進んでいくこと」[50]のように思えていたのだろう。

モンテカッシーノへの旅は、現存するロレンスのどの手紙でも一切触れられていない。おそらくなにか「隠しておきたい」[51]ものだったのだろう。二月二十一日にカプリ島に戻ると、書きかけていた小説（「ホフトン嬢の反逆」）の草稿が届いていたので彼はそれに手をつけた。書き始めた一九一三年という過去を念頭におきながら時系列に沿って主人公の置かれた状況もそのままにして中断したところからまた始めようと思っていたが、結局まったく新しく書き直した。「過去へ戻る」ことについてのロレンスの否定的な姿勢を考慮すれば、この書き直しは驚くに当たらない

カプリ島に戻って二週間も経たないうちにロレンスはまた住処を変えた。「テオクリトスの時代からロレンスの到来を待ち望んでいる」と言って、マグナスがシチリア島へ行くことを勧めていたのだ。カプリ島は快適ではあったが、「生半可な文学者たちの溜まり場」と化していた（そのほとんどが英国人だった）。「ぼくの同胞、イングランド人たちよ。どこで君たちに会おうとも、ぼくは君たちのことが嫌でたまらない！」ロレンスもフリーダも、周囲にはイタリア人しかいないような環境で生活するとか、あまり他人に煩わされることなく静かに暮らしたいと思っていた（このときでもまだふたりはカプリ島のアパートのキッチンを共同で使っていたのだ）。[52]ふたりはまた町中を歩いている姿が頻繁に知人に目撃されるようなカプリ島でのプライバシーのない日々に辟易していた。カプリ島は小さな島で、この島に在住していた英国人の好奇の目にいつでも曝され

ていたのだった。この島にやってきた当初ロレンスはこのような一体感に夢中になったのだが、やがてはウンザリするようになった——独りでいられることを切望するようになったのである。

一九二〇年二月二十六日頃、ロレンスはナポリから船に乗ってシチリア島へ家探しに向かったが、ブレット・ヤング夫妻が彼に同行していた。[53]島の南西部にある海岸付近の町アグリジェントまで足を伸ばしてかなり精力的に探し回った（この古代ギリシア・ローマの遺跡で有名な町をマグナスが勧めていたのだ）結果、メアリー・カナンが土地鑑に明るいタオルミーナでフォンターナ・ヴェッキアという一軒の魅力的な家を見つけた。その家は町の外の野原や野菜畑として使われている土地のなかにポツンと建っていて、階下に家主の家族が住み、二階が貸間となっていた。東に面した急斜面の上にあるためにメッシーナ海峡とイオニア海を眺めることができた。そこはヨーロッパのなかでロレンスとフリーダが行けた最南端の場所で、実際に「イングランドに永遠に背を向けて」暮らしているような気がロレンスにはしていた。一九二〇年三月八日にふたりはフォンターナ・ヴェッキアに移り住んだ——「ぼくたちが住んでいる階はまるで要塞のようです…もう十万年も生きているような気がします。」ロレンスもフリーダもフォンターナ・ヴェッキアをたいそう気に入って、ロレンスなどは庭をブラブラしているときや山羊に囲まれて丘に登ったりすると」[54]この上なく寛いだ気分になれた。そしてこのような自然に囲まれた環境を「蛇」や「雌ヤギ」や「裸のアーモンドの木」といった詩のなかで美しく描写している。この屋敷で過した最初の春にロレンスはうっとりするような筆致でここでの夜明けを描いている——

五時になるとぼくは瞼を開けます。さあ、いよいよです。五時三十分になると空は黄色っぽく輝き、六時を迎える頃には桃色と煙った藍色に変色します。そして六時十五分には愛らしいオレンジ色の光が燃えるように煌めいて、澄んだ陽光がぼくの眼のなかにまっすぐに飛び込んでくるのです。そうこうしているとベッドから出る時間になり、そんなときにぼくは毛布の端っこで射し込んでくる太陽光を避けながら、宇宙が抱えている問題について頭を廻らします。こんなふうに一日の始まりの陽射しを躱《かわ》しながら宇宙のことに思いを馳せるなんて、この上なく甘美な贅沢だと思います。太陽から届く光はとても暖かいのです。初めて接吻を交わしたときのような温かさです。[55]

ロレンスに十分な収入が入らなければ旅をつづけることができなかったから、ロレンスとフリーダはひとつの場所にいなければならなかった。

金銭だけが問題ではなかった。ロレンスはシチリア島に移って来て間もない頃に書いたマッケンジー宛の手紙で自分が抱える問題について正直に書いている。「執筆が順調であることを祈っています——ぼくもここでなにか書こうと思っています

——その気になれば、ですが」。[56]イングランドからうまく離れることができたからといって、それでロレンスの創作意欲に火がつくというものではなかった。ひとつの側面では、ロレンスは周りのことを気にしないでいられて幸せだった。自分は自分の望む生き方をするというようなことを一九二一年の一月に真面目に書いている——「ぼくがなにも気にかけないことを知っていてくれればいいのですが。」南太平洋へ行って、一隻の船でも手に入れてなにか商売でもしながら暮らせればいい、そうすれば「最後の、根深い陸地との繋がりが、そして社会との繋がりが本質的に断ち切れるのに」などと夢についてロレンスはしばしば書くようになる。ラナニム或いは「島を愛した男」に描かれている世界のように、ロレンスは船というものにギリギリ現実的な架空の幻想を見出していた。あとになってフリーダが船に対するロレンスの固執に「怖気立つ」のであるが、このことはその幻想にあまりにも彼が囚われすぎていたからだろう。ロレンス自身も船に拘泥しすぎることに不安を感じていた。ロレンスはキャサリン・カーズウェルに、シチリア島では「なぜだか分かりませんが世事にまったく関心が持てません…南の国にいると暖かくて快適で、イングランドが遠くに感じられてすべてのことはもうどうでもよく思えます」[57]と書き送っている。この春の精神分析についてのエッセイと教育について考察した本は人びとの考え方を変える目的で書かれたが、このためにこれらはひどく奇妙なものに仕上がった。このふたつは因襲的な態度や進歩的な姿勢の両方を踏みにじることに喜びを見出すようなものだった。このような著作は読者を啓蒙しようとすると同時にそんな役割を放棄しようとするもので、この点で今までとは異なる質を具えたものとなっている。すべてはロレンスの「ぼくは自分が望むように生きたいし、言いたいことを言いたいのです」という主張を前景化したものだといえる。読者を意識しての正直な発言である。一九二〇年の三月には「世間や民衆に関心はありません」と述べているが、その十八ヶ月後には今度は「世間や民衆に絶望しています」と書くようになる。しかしこのような言葉は逆にロレンスは希望をもっていたことを仄めかす。このあとに「だからといってぼくは民衆のことを気にかけないということではありません」[58]という言葉がつづいているからである。フォンターナ・ヴェッキアで暮らすことで周囲の人間とのあいだに距離を置いたからといって、ロレンスがその環境にどっぷりと浸かって満足していたとは思えない。独りでいることを欲していて、だから周りのことには関心がないなどとどれほど言っていても、その言葉がロレンスの本心を語っているとは思えないのである。

14 愛という絆と性的な関係を越えて

一九二〇―一九二一

ロレンスは眼の前にある著作に取り組んでいた。この小説の舞台はイングランドである。三月九日から五月五日のあいだに精魂を注いで『ロスト・ガール』を書いた。一九一三年に書き始めていたものが結局はこの小説になったのだった。ヒロインのアルヴァイナ・ホフトンというひとりの女性が「ウッドハウス」という小さな炭鉱町の価値観や習慣などから解放されるというコミカルなところもあるストーリーとなっている。ロレンスはカプリ島で書いていたものを棄てて、初めから書き直した。執筆中にフリーダとカプリ島から来た友人と一緒に五日間の旅行にシラクーザやエトナまで出かけたことを考えれば、随分と一気呵成に書き上げたものだ。『ロスト・ガール』は『虹』や『恋する女たち』とは違って読みやすく、ロレンス自身も「面白くて、多くの読者に読まれるかもしれない」[1]と思っていた。この言葉はこの小説の売り口であるマーティン・セッカーに伝えられたものである。（アルヴァイナが新しい夫チッチョとイタリアへと向かう）結末にはピチニスコが美しく再現されているが、これはロレンス夫妻が実際に経験した真冬の景色のなかに春の到来が感じられる架空の場所として描出されている。

シラクーザから戻るとロレンスは思いもよらずにマグナスにまつわる厄介事にかかわることになってしまった。マグナスはモンテカッシーノから逃れて、ロレンスに金と住む場所を無心しようとタオルミーナに姿を現わしたのである。ロレンスが戻るのを待つあいだにマグナスはタオルミーナの最高級ホテルのサン・ドミニコ・パレス・ホテルに滞在していた。マグナスはダグラスに、ロレンスは初めのうちは「同情を寄せてくれて、快くぼくを助けてくれようとした」と伝える一方で、フォンターナ・ヴェッキアに居候させてくれないし、自分のことをまったく気にかけてもくれないフリーダのことを腐していた（「嫌な女」と呼んだ）。ロレンスは次のように回想している

「じゃあ、ぼくはいったいどうすればいいのです？」とマグナスはまくしたてた…「貴方が助けてくれるだろうと期待してここまでやって来たのに、そんなに邪慳にされたら」…彼は自分の手をぼくの腕に置いて、そして溢れんばかりの涙を湛えている瞳でぼくをじっと見上げた。それから彼は顔を背けて泣き顔を見せまいとした。ぼくはイオニア海の方角へ眼をやり、もうこんなことはまっぴらだと思った。こんなことにかかずらうのは御免だった。[2]

ロレンスはもっと手頃なところに居を移して金を使わないようにと諭した。そして彼のホテル代を肩代わりして、あまつさえ金をいくらか融通してやることを承知した。しかしロレンスはイライラして腹も立てていた。ロレンス自身はとても倹約家で、住むことと食べることにはとくに神経質だった。にもかかわらず、図らずも浪費癖のある他人のために金を使わなければならない羽目になったのである。[3] 面の皮の厚いマグナスは、ロレンスにモンテカッシーノの修道院に置いてきた荷物を取って来て欲しいと頼むことさえしたのだが、ロレンスはこの申し出は断った。十日間が過ぎたのちマグナスはマルタ島へ行くといってタオルミーナを発った。

　五月中旬、メアリー・カナンがロレンスとフリーダの旅費を出すから一緒にマルタ島まで旅行しないかと誘ってきた。ストライキの影響で郵便業務がうまく機能していなかったためにロレンスは出版社やタイピストと定期的に連絡を取ることがほとんどできない状態にいたので、仕事のことは忘れて羽を伸ばすのも得策だと思った。だがシラクーザでは船会社のストライキのために足止めを食らい、そんなときにひどく落ち込んだマグナスが現われた。性懲りもなくまたロレンスにホテル代を無心して、同じ船に乗り込んだ。船上ではロレンス夫妻は怒りと驚きをもって、二等席のチケットしか持っていないのに一等船室デッキで葉巻を燻らせながら乗客たちと談笑するマグナスの姿を眺めていた。[4] マルタ島からの帰路に就こうという段になって（マグナスはそこに腰を落ち着けると言っていた）、メアリーとロレンス夫妻の一行はまた船会社のストライキに巻き込まれた。また足止めを食ったせいで、ロレンスはマグナスと行き合う機会が増えてしまった。このためロレンスはマグナスの原稿の引き受け先について話し合い、彼の友人のふたりのマルタ人の若者にも紹介された。こんなことをしているうちにロレンスは六ポンドもするインド絹（タッサーシルク）のスーツを誂《あつら》える羽目に陥った。メアリー・カナンのようなエレガントな人間と一緒に旅をすること、また「仕立ての良い白い帆布スーツを着込んで、白いスカーフを巻いた」マグナスと一緒に町中を歩くことの代償のようなものだった。ロレンスはマグナスの性的嗜好を打ち明けられた――マグナスは「深く恥辱を感じるような質問について十分に深く理解していたようだ…彼はあまりにも知的で、そして傷つきやすく繊細だった」。[5]

　マグナスはすでに二十三ポンド近い借金をロレンスにしていて、その上に六十ポンドをマルタ人の友人にも借りていた。一行がシチリア島に戻ったとき、これでもうマグナスとかかわり合わなくて済むとロレンスは胸を撫で下ろしたことだろう。マグナスはロレンスを頼り、なぜかロレンスに彼を助けてやらなくてはならないという責任感を起こさせていた。同時にロレンスは彼の世間での臨機応変の才を賞讃していた。この責任感と賞讃は、マグナスがホテルでの無銭宿泊のかどで警察に逮捕されてイタリアへ連行される前に服毒自殺した一九二〇年の十一月以降も長くロレンスの心のなかに残っていた。

セッカーもセルツァーも『ロスト・ガール』には好意的だった。セッカーは「これで貴方の将来も大丈夫だろうと確信した」と返事を書いている。これをしてロレンスに「どのヤハウェが金切り声を上げているのでしょう」[6]と言わしめている。しかしこの長編小説はロレンスやセッカーが期待していたような成功を収めることはなかった(セッカーは大胆にも四千部も刷った)。しかしロレンスは『ロスト・ガール』を書き終えるとすぐさま次の作品『ミスター・ヌーン』に着手していた。この小説の前半の舞台設定はイングランドのミッドランズを想起させる場所なのだが、内容的には一九一二年にフリーダとロレンスとが経験したことと大部分がオーバーラップしている。

一九二〇年の夏にロレンスが手がけていたのは『ミスター・ヌーン』だけでなく、そのほかには『アーロンの杖』もあった。『ロスト・ガール』と合わせてこの三作品はイングランド社会、結婚、そして愛への幻滅を扱ったコミカルな要素も含んだトリロジーとも呼べる。なかでも『アーロンの杖』がこのときのフリーダとロレンスの関係を一番忠実に描出しているといえる。人間関係についてのロレンスのシニカルな考えが九月に書き始められたものに色濃く描き出されることになる。

ふたりは暑さから逃れるために北へ移動した。五月も末になるとシチリア島はすでに「草木は黄色く枯れて、土は太陽の光に干上がり、エトナ山はギラギラする陽光のなかに霞んで」いた。七月の末になると「葉が落ち始め」て、「朝と夕方を除いて、暑くてなにもやる気が起こらない」状態になる。「一日中パジャマ姿で素足で暮らしています…床を洗わなければならないとか、或いは自分のパジャマを桶に浸けて洗濯しなければならないときには、ぼくが生まれたままの一糸纏わぬ真っ裸な姿で下賤な仕事をするのが見れます」。それでふたりは逃げ出したのだった——フリーダは母親のいるバーデン・バーデンへ、そしてロレンスはミラノ経由でコモ湖とヴェニスへ——「ヴェニスを見ることは大好きですが、臭いには閉口します。住みたいとは思いません。退屈な過去の遺物のラグーンには気分が塞ぎます」[7]——それからロレンスはフィレンツェへ向かった。そこには三人の子どもたちと子守りを連れてロザリンド・ベインズ(写真23参照)が滞在していた。

一九一九年の十一月以来、ロレンスはロザリンドに度々手紙を書いて旅行に役立つアドバイスだとかイタリアの物価とか暮らしぶりについて知らせていた。ロレンスと同じようにロザリンドはイタリアに到着したときにバレストリ旅館に宿を取った。彼女の到着後まもなくしてロレンスは知人に手紙を書いて彼女に気を払ってもらいたいと依頼している――「彼女は少しばかり心細い思いをしている。」[8] ロザリンド一行はフィレンツェの郊外の、フィエーゾレに至る小路に建つカノヴァイア荘に移っていた。だが、八月にちょっとした事故が起こった。彼女たちが住む部屋の窓がすぐ近くにある練兵場の武器弾薬庫が爆発したために粉々に吹き飛んだのだ（「イタリアではしょっちゅう火薬が爆発している」とロレンスは書いている）。このためにロザリンドたちは今度はフィエーゾレのベルヴェデーレ荘を借りることになった。カノヴァイア荘――「巨大な、傾いた古い建物」[9]――は、裏手に住む庭師の家族を除いて空き家と化した。フィレンツェの住まいに不満があったロレンスは独りで十一もの部屋を独占してここに逗留することにした。一九二〇年九月三日頃のことである。

　この頃にロレンスはロザリンドと束の間の不倫関係をもった。デイヴィッド・ガーネットは戦前のロンドンで彼女と知り合いになっていた――「可愛らしい女性です。頬はほんのり赤味がかって、落ち着いて繊細でいて、そして自分の意見をきちんともっている女性です」。彼女の笑い方は「おとなしく、周りを憚るよう」で、まるで「陶磁器のカップにスプーンが当たるよう」[10]だった。九月十日の金曜日（ロレンスの三十五回目の誕生日の前日）頃に散歩をしながらロレンスとロザリンドがセックスについて話をしたときにふたりが「あまりにも慎重だった」というのはロザリンドの言葉である。そうこうするうちにロレンスが、ふたりは「セックスするような関係になるかもしれない」ということを口にしたときに彼女は驚いている。「外からやって来る不思議な力としての愛について考えてみましょう。それはぼくたちの手には負えない力で、いわば神です。」ロザリンドは仰天したが、それでもとても嬉しくて答えた――「ええ、本当に。私も望んでいることですわ。」しかし彼女はロレンスにこう問いている――「愛し合うのに互いの人格が関係ないとすれば、私たちが語り合ってきた慎重さを貴方はどう説明なさるのですか？」個人という考えに批判的な人間にはいい質問である（「人間が個人的であるということは、自我の意識を持っているということである」）。[11] ロレンスは些か慌てた様子で巧妙にこの問いに答えている――「『ああ、そうですね。神を一緒に経験しなければならないですね』と彼は言いました。」彼女は回想している――家に戻ると「私たちは抱き合って、ふたりの約束をキスで確かめ合ったのです」。翌日はなにも起こらずに過ぎた。日曜日の九月十二日、ロレンスはカノヴァイア荘から歩いて出かけて（一時間かそこらかかったはず）、ロザリンドと楽しく昼食をとり、午後も夕刻も一緒に過ごした。散歩に出かけて、「ブラックグレープや雄の七面鳥、欧州ナナカマドの実」を眺めて過ごし、夕食の準備のために家に戻った。ロレンスは「『ここにいると気分が良いですね。この瞬間、この場所、最愛の人は特別で愛らしい』と言ったのです。」ふたりは夕闇のなかで一緒に腰かけて、「私たちの手はひとつに握られていました。そしてベッドへと向かったのです。」[12] ロザリンドの話だと、ふたりの関係は優しさに満ちて決して一方的で強引なものではなかったように聞こえる。しかしながらふたりは節度をもたねばならなかったのだろう——家には三人の子どもと子守りがいたのだから。

いつものようにロレンスの実体験は創作へと持ち込まれた。一九二〇年の九月以前にこのときほど詩作に没頭したことはなかった——果実を、木々を、そして動物を擬人化したり、或いは語り手として使ったりした機智に富んで強烈で、そしてまた一気呵成に書かれた（いくつかの詩は修正を必要としなかったくらいだ）。[13] 九月に書き起こした詩のいくつかは「糸杉」や「雄の七面鳥」のように明快で写実的であり、また「石榴」、「桃」、「葡萄」などのように浮ついたものもあり、「無花果」のように性的にハレンチなものは（「葡萄」のように）勇敢で冒険好きな（ロザリンドを仄めかす）「薔薇」を想起させたり、「花にある棘（ソーン）」を絶賛したりしている（ロザリンドの旧姓はソーニクロフトであることと連関する）」。果実を扱った詩のなかでもっとも風変わりな「西洋花梨とナナカマドの実」[14] はホロリとさせるところもあり、優しくもあり、別れを思わせるものでもある。その果実は秋と別離を想起させるだけでなく、その実の甘美さは腐って初めて最高度に達する。これらの詩の多くはロレンスが手直しを加えたあとの形で現存しているのだが、この「西洋花梨とナナカマドの実」だけは一九二〇年の九月に書かれたままで、なんの手も加えられずに残っている。この詩は十六日には書き上がっていた——カップルが互いに離れ離れになることが中心のテーマとなっている——「それぞれの魂は各々の本性を抱えたまま出発し／その本性に今までに気づいたことはなかった。」この詩に詠われているような性的な関係は、ロレンスが今までに言葉で書き表わしてきたものとはかなり異なっている。そこにはセックスのあとの一抹の孤独が感じられる——「別離の申し分のない香」。その関係は果実が朽ち果てるように、そして一年が暮れて行くように、終わる。

一度だけ交わす口づけ、後ろ髪を引かれる思い、引き裂かれる一瞬の快楽
そうして独りぬかるんだ道を、次の曲がり角まで歩いて行くと
そこには新たな相手がいて、新たな別れがあって、また新たにふたりに分離する
さらに孤独が深まったことに改めて驚いて息が詰まる
朽ち果てていく霜枯れの葉のなかに、孤独になることへの新たな陶酔を見出す
ひとつひとつの出会いを終えて、さらに強くなる孤独感のなか道を進んでいく
心臓の筋がひとつひとつと削げ落ちていく
でも魂は素足のまま歩き続け、やがてはもっと生き生きとした肉体を持ち
別れをくり返すことで純化され鍛えられて、ますます素晴らしいものになる[15]

「申し分なさ」は甘美な経験にだけ存在するのではなく、確実に終わるという諦めの気持のなかにも存在している。ロザリンドとロレンスが初めて身体を重ねてから四日後くらいにこの詩は書かれた。

カノヴァイア荘の庭に生息していた亀を詠った六編の「亀」が登場する詩は、写実的であるにもかかわらずに自然界についての洞察というよりも人間性の表象を詠っているといえる。最初の三編は雄亀の寂しい個的存在性に焦点を当てているが、残りの三編では性愛が分断されたことについて、そして茶番めいた雄亀が「我慢できないほどに愚弄される運命にある」[16]ことについて詠われている。雌亀は雄のしつこさに辟易し、亀の甲羅に刻まれている十字架のように、セックスが個的存在を磔状態にするのだ。行為の最中の性的欲望のどうにもならない強烈さについて書いていることは注目に値する――「セックスの相手を求める／自らを曝け出し、恐ろしいほどの屈辱を味わいながら、相手の雌亀と自分自身が交尾しなければならない抑えがたい欲望」。ロザリンドがどのような優しさを発見してどのような想い出にしようとも、ロレンスにとってのこのときの経験は彼女の記憶に残ったものとはかなり違っていたようだ。[17]

一連の詩に登場する大型の雌亀を追い回す雄亀の矮小さはフリーダとロレンスの姿に繋がる。ロレンスによれば「果実」関係の詩や、「亀」の詩、そしてそのほかの数編を含む詩集の草稿をフリーダは気に入っていなかった。[18]彼女はそれらの詩の背後にあるロザリンドの影を見透かしのだろう。そうして彼女は当然のごとく腹を立てた。「果実」にまつわる詩や、「亀」の詩を読めばロレンスがなにをしたのかを見破ることは容易いことだった。そんなフリーダは一九二二年にメイベル・スターンに、ロレンスは「私が母親に会いに出かけて留守のあいだに『自分を裏切って』誰かと浮気をした」と話した。ドイツから戻ってロレンスと会ったときに「なにかが違っていた」というのだ。メイベルによれば、フリーダが「ロレンスになにがあったのかを白状させた」ということになっているが、メイベルはここで思い違いをしている。メイベルはエスター・アンドリューズがロレンスをおおいに尊敬していたことは知っているが、ロザリンド・ベインズという女性についてはなにも知らなかった。だからメイベルは、一九一七年にコーンウォールでフリーダが「コテッジの入口を指して出て行くように言った」女性と、一九二〇年にロレンスが身体を重ねた女性は同一人物だと思ってしまったのだ。[19]

ロザリンドとの関係が始まってからたった五日かそこらが経過してからロレンスはカプリ島にいる友人に手紙を書いて、フリーダがドイツから戻って来るのを待つのではなく、自分のほうから赴くと伝えている――「フィレンツェで彼女が戻って来るのを待っているつもりはありません。」[20]そして実際に予定より十日も早くヴェニスに向かってフィレンツェを発った。ロレンスのこの行動はメイベルの話の詳細に信憑性を与えるかもしれない。つまり彼女の回想にある、ロザリンドとの関係は「いずれにせよ、惨めな失敗だった」[21]とロレンスが自ら語った、ということにである。

ロレンスがヴェニスに向かうときにロザリンドは道中で食べるようにとお菓子（パンフォルテ）を持たせている。そのお礼にロレンスが彼女に送った絵葉書には、ふたりのあいだに起こったことについてはもちろんのこと、今後のことについても一切触れられていない。そしてロレンスがその後ロザリンドに再び会うことはなかった。会うことはなかったけれども手紙のやり取りはつづいた。しかしどの手紙をさらっても、ふたりのあいだに起こったことを仄めかすような記述はひとつも見当らない。[22] 醜聞に尾ひれがつくフィレンツェでは、彼女が離婚調停中であるという微妙な立場に細心の注意を払う必要があったのだろう。同時にロレンスは周囲の人間との関係から一歩退いて距離を置き、自らの結婚生活へ引きこもったようだ——十月になるとフリーダは「またふたり一緒にいられて幸せだわ」[23] と言っている。一九二一年三月に離婚話の進み具合をロレンスはロザリンドに訊ねているが、四月にすべてが片付いていたことを八月になって初めて知った。この時間差は、ふたりのあいだの気持的な距離を物語る。一九二一年の三月に突如フリーダがまたバーデン・バーデンに戻っているあいだ、ロレンスはイタリアを旅して回るが、このときにロザリンドとの再会を果たす機会をつくれたのにもかかわらずこの旅行について彼女にはなにも伝えなかったようだ。そしてフィレンツェよりもカプリ島で多くの時間を過した。[24] しかし一九二一年の初夏に『アーロンの杖』のなかでアーロン・シソンとマルケーザとの関係を創造していたときに、ロレンスはロザリンドとのあいだに起こったことを脚色してストーリーのなかに織り込んだ。

予定よりも早く一九二〇年九月二十八日にフィレンツェを出発したので、ロレンスはフリーダと合流するまでヴェニスでブラブラと過ごすことになった。自分がいないあいだになにをしていたのか強引に白状させられたということがロレンスの内に憤怒を覚醒させたのだろうと思われ、結婚とはなんぞやをテーマにした『アーロンの杖』には（「顔を紅潮させて涙に濡れ、意固地になって嘆き悲しんでいる美しい」）妻が不貞を働いた夫を卑怯者呼ばわりして非難する場面がある——「言ってちょうだい…お願いだから教えてちょうだいよ！　私がなにをしたのか言ってよ。私のどこが気に入らないのかはっきり言って。」[25] ロレンスとフリーダはシチリア島に十月の半ばに戻った。ロレンスが「島に戻って仕事を進めたいと」強く希望したからだ。夏中で彼がしたことといえば「無韻詩を集めた」本の草稿を完成させたことで、この詩集には『鳥と獣と花』というタイトルが十月の中旬につけられた。シチリア島に戻ってロレンスは寛げたようだ——「安寧があり、静けさもあり清潔で、花が咲き誇り、雨が降り、小川が流れ、鳥が囀る。霞んだ海が鳴く。谷にはシクラメンが咲いている。こんな環境は詩にはうってつけです」[26]。暫くしてセッカー社が刊行した『ロスト・ガール』が一冊届き、これと一緒に（やっと）イングランド版『恋する女たち』のゲラ刷も届いた。

しかしまたもやロレンスはいつものように災難に見舞われ

た。貸本屋がそのままの『ロスト・ガール』の取り扱いを拒否したのだ。セッカーはロレンスに修正を懇願した。そこでロレンスは性的な場面にひとつの大規模な変更を施した（この修正は、すでに製本してしまった本から当該ページを切り取って、新しいページを「差し挟む」という方法で行なわれた）。セッカーはこれだけでなくほかの三箇所も独断で削除した。[27]十一月の末には今度は『恋する女たち』にも修正をしてくれないかと言ってきて、手直しを聞き入れてくれたら七十五ポンドの前金を払うというエサもつけられた（セッカーはもともと五十ポンドという金額を提示していた）。セッカーにしてみれば、この内容のままだと図書館が扱いを拒否してくるだろうということは明白だった。このような条件が、ロレンスが「心の内でもっとも大事に思っていた本」に対してつけられたのだ。「書評用献本を送ったりしないでこのままの内容で出版してしまって、あとは成り行きに任せようか」とロレンスは迷った。『虹』の一件以来ロレンスを取り巻くイングランドの出版状況も、出版界がロレンスをどのように扱うかも変わっていなかった――「連中は毒をもった芋虫どもです」とロレンスは悪口を書いている。このとき彼の念頭に浮かんだのはマリィとキャサリンという二匹の「芋虫」[28]だったのかもしれない。

　一九二〇年十二月の初めに『ミスター・ヌーン』を書き始めたのは、このような背景に抗うものだった。ロレンスのイングランド読者に対する嫌悪は『ロスト・ガール』を受け入れてもらえなかったために鋭利なものとなっていた。例えばヴァージニア・ウルフの書評は「肉体が伴う諸問題に固執し、それが重要であると考えている作家」だと言っていたし、ロレンスにとってセックスは「私たち読者も探究しなければならないと不安にさせるようなもの」だと書いている。ロレンスは侮辱されたような気がして（「そんな連中の言うことは取り合わなければいい――あんぽんたんの戯言だから」）、イングランドのお上品さを攻撃して、読者と批評家に一矢を報いるべくスキャンダラスな文章をしたためた――

だから、いい子だから、こんなつまらない本など読むのはやめなさい。ほらほら、いい子だからね。泣かないで、私の愛しい子。
　批評家のお偉い先生方の御背中をこんなにも必死に、でも優しく叩いて差し上げる小説家は私のほかにはいないだろう。なのに、私をあれやこれやと批評してくれる皆様方は息をするのも一苦労のようだ。

このような「読者諸氏」に向けられた慇懃な呼びかけは、この小説の最後のページあるように常に作中のそこここに埋もれている――「作者である私が認めた愛すべき、でも臆病で愚鈍としか思えない読者の皆様」[29]というように。『ミスター・ヌーン』を読むと、一九一二年の往時と比べて小説家としての、パートナーとしての、そして思索家としてのロレンスがどれだけ変わったかが明らかになる。八年前の喜ばしい関係と愛情がここには愛すべき優しさをもって再創造されていると同時に、辛辣な当て擦りや皮肉などもふんだんに添えられている。他人の実体験を著作のなかで脚色するように、ロレンスは自身の体験を描出することによって自分が直面していた諸問題を解決する道筋を探っていたといえる。そして『ミスター・ヌーン』の場合では、諸々のことを過去のものとして清算しようとしていた。ロレンスはマグナスの『回想録』で前向きな発言をしている――「ぼくたちはまず認めなければならない。そうしてから乗り越えることができるのです。」『ミスター・ヌーン』でロレンスが「乗り越え」ようとしていたことは、一九一二年の時点でのロレンスにとって大問題であった愛というものについての理想論だった。愛を乗り越えなければならないものとして真っ向から扱ったのは、おそらくこの小説が初めてだろう。[30] このことのために過去を穿り返さなくてはならなかったのだが、一九一二年に実際に起こったことを甘美なものとして脚色する際に齟齬が生じてしまった。その結果、過去がオブラートに包まれ、当事者がコミカルに描かれ、一九一二年にフリーダとロレンスが互いに歩んでいた方向とは食い違う理想的な愛を描出することになった。[31]

同時にこの小説を書くことによって、ロレンスはそれまでにあまりしたことがなかったほどに自分自身をも探究することになった。自らを直視したことはあまりなかったのだが、伝記的記録として認めることができるような己自身の側面が描出された。ギルバート・ヌーンが草を刈る農夫たちを眺めている場面で彼は「農夫たちのひとりでいられればいいのに」と願う――

> 「肉体労働に汗を流す男たちと同じ生活を送ることができたらどんなに満たされるだろう。それができないってことはないだろう？　自分にはヨハンナ（フリーダを指す）との暮らしと、やりかけているほんの少しの仕事しかないんだから。」
>
> ヨハンナと一緒にいることが今の自分の生活のすべてで、自分のやるべきことは二の次になっている。自分がやるべき仕事は常に孤独で、個人的なものだった。自分と他者とを結びつけるようなものではなかった。
>
> どうしてほかの男たちと一緒に過ごすことができないのだろう？　それは単純に、自分にはそれができないからだ。もともとは好きなように気楽に他人と慣れ合うことができる性格なのだが、でもいざ人と親密に交わるとか協働してなにかをやるという段になると、いつも心のなかでそんな気持を抑えようとする力が働いて自分をがんじがらめにする。その結果、仲間も親友もいない。表面的につき合うことのできる知り合いならたくさんいるし、そこそこ好かれてもいる。ぼくのことを好きだと手紙に書いて来てくれる友だちがいなくもないが、そんな手紙を読むとぼくの心は罠のようにパタンとその扉を閉じて、頑なに再びその扉を開こうとはしないのだった。[32]

一九一七年にトレガーセンの農場で働いていたときにはロレンスは周りの男たちと「好きなように気楽に慣れ合う」ことができた。そのようなことは彼にとっては容易に馴染むことができることだったが、本当に親しい友人関係となるとそう簡単にはいかなかった。ウィリアム・ヘンリー・ホッキングとは（性的な関係ではなく）「本当に親しく」なろうとしたのだった。しかし一九二〇年の時点までには、「親密に交わること」は友人関係においても愛情関係においても間違っていると確信するようになっていた。

『ミスター・ヌーン』を書くことでロレンスは若い頃の自分を振り返って精査することができた。それだけでなく、自分がどのように生きてきたかを辿ることによって一九二〇年の自分に至った道筋を俯瞰することもできたといえる。その結果として気づいたことは、「自分が他人から切り離された存在であることにそれなりに気がついて」いて、だからこそ野原で草刈り鎌を振る農夫たちに「羨望を抱いていた」のだけれど、ロレンスはいつでも意識して自らそんな集団と同化したいという強い願望から距離を置いていたのだった——「でも違うのだ。本当にそんな親密な関係に憧れているのかと考えれば、自信をもって完全に肯定することはできない。」一九二二年のロレンスはこの自家撞着を厳然と捉えることはできなかったのだが、一九二〇年になるとこの矛盾は火を見るよりも明らかになっていたのである。[33]

『ミスター・ヌーン』は、ヨハンナ（フリーダ）の衣裳が彼女のもとに到着して、ギルバートと彼女をリーヴァに置き去りにしたまま終わっている。リーヴァでギルバートが相手に対して感じる官能的な経験は、ロレンスが一九一五年頃に実際に経験したことと一致する。このときにロレンスは愛の理想像からの逃避のひとつの段階にいた。[34]（ヨハンナと一緒に暮らすようになっていた）ギルバートには、なにが起こっているのかを理解することは当然のごとくできなかった——ギルバートには「読者諸氏よ、あなたたちができないように、人間が官能的な魂を持ち得るなどとは思いも及ばなかったのである」。作家としてのロレンスにはガルニャーノでフリーダと過ごしたその年の冬を創作のなかで再現するのは到底不可能であると分かったのだろう。知ったかぶりで居丈高の、そしてコミカルな『ミスター・ヌーン』の文体では、その想い出を読者にとって同情的なものにすることは不可能である。とどのつまりは、ロレンスは己の過去を完全に再現することができなかった、ということなのである。この小説を書くことが「いくらか緊張するもの」[35]であったことは驚くに当たらない。一九二一年の二月にこの小説を書くのをロレンスはやめた。これはおそらく『ミスター・ヌーン』は、このときのロレンスには追究し切れないものを孕んだ実験的な作品だったということなのだろうし、あからさまな性的な描写のために出版することはできなかったからだろう。

アメリカでついに『恋する女たち』が出版された。この版にはセッカーが懇願していた削除や修正がまったく施されてはいなかった（しかしセルツァーはロレンスに無断で明らかに性的な文章からちょっとした削除をしていた）。このときロレンスはセルツァーに、「これからも一緒にやって行きたいと思います。出版社と作家の関係で」と書いている。だがそのセルツアーの商売は大規模なものではなく、市場の嵐をくぐり抜けるには体力が不足していた。モントシーアは当初から「ドーラン出版社のような大規模な会社」と仕事をすることを好んでいたと思われるが、ロレンスはイングランドでもアメリカでも小規模で献身的で「芸術を解する」出版社を好んだ。大きな商業的出版社との仕事はロレンスにとって災厄となるものだったのだ――「ああいった連中は古い帽子を売ることには長けていますが、新しいものを売る才はまったく持ち合わせていません。メシュエン社と『虹』のことは忘れられません」。生計を立てるだけの収入があればロレンスには十分で、別に金持ちになりたいとか有名になりたいという野望は持ち合わせていなかった。彼には単純明快な信条があった――それは「金にがんじがらめにされてはいけません。たとえ生きるためのお金を稼いでいるとしても、です」。清貧状態での暮らしを余儀なくされてもロレンスはこのことをずっと護りとおした。しかし作家としてはアメリカでの自分の作品の市場を開拓したかったのでセルツァーにすべてを任せ、そのセルツァーは一九二〇年から一九二三年のあいだに十二作品を出版した。ロレンスは一九二二年九月に次のような手紙をセッカーに送っている――「イングランドが一年間でぼくにもたらせてくれたのは百二十ポンドでした…この金額がぼくの著作には妥当だと思うのならば、この国でぼくの作品が出版されなくなったとしても知ったことじゃありません。」[36] こうしてプロの作家になって初めてロレンスは、自らの意志でイングランドでの出版よりもアメリカ国内での自分の著作の出版を優先した。セルツァーから出版されたロレンスの十二タイトル中の九タイトルは、イギリスの初版よりも早く刊行されたか或いはイングランドでは出版されていなかった。例えばモントシーアには『鳥と獣と花』に収録するつもりの詩をイングランドへ送るつもりはないことを伝えている。そうしてセッカーから『恋する女たち』へのさらなる削除を求められると、ロレンスはイングランドの出版社に対する態度をさらに硬化させた。セルツァーは一九二一年に『精神分析と無意識』のようなマイナーな著作でも二千部の初版を発行したのに対して、セッカーは英国版『恋する女たち』の初版を千五百部しか刷らなかった。加えてロレンスはセッカー社の「みすぼらしい」体裁の本よりもセルツァー社のより大きめでエレガントな装丁の方を気に入っていた。(「汚らしい紙を使っている」セッカー社版の『恋する女たち』を眼にしたときにロレンスは「唾を吐きかけた」ほどである。[37]

だからロレンスが再びアメリカ合衆国行きを夢見出したのは不思議なことではないだろう。一九二〇年の十二月初めにコットに「ぼくはあの『長い旅』に出ます…その資金ができたらすぐに」と言っていたし、一九二一年二月の上旬にモントシーアには「アメリカへは是が非でも行かなければならないという気がしています」[38] と伝えている。一時期のことではあるが、ロレンスはカーロッタ・デイヴィス・スラッシャー(一九二〇年の九月にフィレンツェで知り合いになっていた)が所有するコネティカットにある見棄てられた農場を借りないかという話を持ちかけられたことがあり、ロレンスはその話に関心を示していた。彼の性癖として、そのような場合を想定してかなり詳しい計画などを立ててみた――「ぼくたちが計画を立てているときの浮かれぶりを想像してみてください。」[39] このように計画を立てて、その想像に耽ることはロレンスにとって必要なことだったようだ。

　でもどうしてロレンスは別の場所へ行くことにそれほどこだわっていたのだろうか。九ヶ月間ものあいだフォンターナ・ヴェッキアでホッとして満たされた暮らしをしていて、夏になればイタリアへもドイツへも楽々と行くことができたというのに。ロレンスにとってみれば新天地で幸せに暮らせる保証などないことは十分に分かっていたはずだし、なによりフォンターナ・ヴェッキアでの暮らしを気に入っていたのだ――雨が降ったあとではカラブリアが「朝靄のなかで碧い宝石となり、それを見るぼくの眼には涙が浮かぶ」ほどで、また「朝陽が毎朝ラッパのような光輝に満ちて昇り、ぼくはそんな夜明けに、暁に、生命の黎明を目の当たりにして気が違ったように歓喜する。この夜明けはギリシアであり、ぼく自身なのだ」と感じていたくらいなのに。[40]

　ロレンス自身が取り憑かれていた「大いなる不安」という表現では彼のこのときの精神状態を的確に言い表わせないだろう――「あまりにも長時間座りっぱなしなので、ぼくの臀部は火がついたように熱くなっています。なにがぼくを苦しめているのかは定かではありませんが、ぼくを苦しめつづけています。」[41] アメリカの出版社や編集者を知り、そして知られることによってロレンスの作家生命は救われた。そしてこのような状況において一九二〇年から一九二一年にかけてイタリアで起こっていた郵便ストライキに帰因する彼のストレスを過小評価することは間違っているだろう。このストライキによって外国との郵便でのやりとりが順調にいかずにイライラしたり、なんらかの誤解が生じたりしたことは明らかである。だからこそ、今後自分の作品を売り出すその国にいるだけで不安が解消されるであろうことは非常に魅力的なことだったに違いない。住むための理想的な場所を見つけたいという気持ももちろんあっただろうが、アメリカを多くの面でひどい国だと受け止めるだろうということがロレンスには実は分かっていた。[42] そしてロレンスは根本的に理想を追い求める人間だったけれども常に理想主義を嫌悪していた――「理想というものが大っ嫌いです。ありとあらゆる理想が。」ヨーロッパでは思っていた以上の好条件の下で生活することができていたのだが、これに勝る暮らしを実現させるということは、シチリア島でよりもさらにもっと気儘で窮屈さを感じないで、産業も蔓延っていない非文明的な場所を見つけることを意味していたし（「シチリア島では文明社会の端っこにいる気がしています」）、過去の呪縛から自由で、社会の「不毛さと無能な法」の制約を受けない場所を求めていたということなのである。[43] 労働者階級の出自のロレンスはイングランドの中流階級の社会構造に対して敏感になっていたし、しかも戦後にロレンスはイングランドが「すべてのものが不毛であると感じさせるようになった」こと、イタリアのファシストやコミュニストの闘争に潜む「下品さや無秩序」、そしてドイツの「昔堅気の秩序の終焉」を認識していた――「ホーエンツォレルンやニーチェや諸々。それらと一緒に愛と平和と民主主義の時代も終わったのです。」[44]

　自由を希求する自分の態度にも懐疑的になった。『アメリカ古典文学研究』に記すことになるように、「もっとも不自由な魂が西へ向かい、自由を叫ぶ。人間がもっとも自由でいられるのは、もっとも自由を意識しないときなのです。自由の叫びなどというものは自分の身を縛りつけている鎖のジャラジャラいう音なのであって、昔からそうだったのです。」[45]イングランド人はどのような場所に住み、そしてどのように生きるべきかについて考える場合に、ロレンスは多くの中流階級の人間に比べて「お上品であろうとする抑制心」というものを持ち合わせていなかった（つまり、周りを憚らずに我が道を行く、という人間だった）。彼が強くコミュニズムに魅力を感じたのは、それが世界を変えて、そして自分をあんなにも苦しめた過去の亡霊から自由にしてくれると信じたからである。一九二一年の一月には「どうすればいいのか知っていたら、ぼくは今すぐにでも革命的な共産主義に傾注するでしょう」[46]と述べている。このときイタリアでは共産党員たちが権力を振るっていた。

　そう言うロレンスはしかしながら、どんな政治的な運動も世界を根本的に変えることはないだろうと思っていた。だからこそときとして控え目ではあるが、ひとりの独立した作家として自分自身の世界を変えるしかないという気持に駆られたのだ。そのような自分自身のためだけの世界ではベストな状態で暮らせて執筆することができるのだった。シチリア島がどれだけ住み安くても、自分は「古い生活には決別しなければならない」と信じていて、そして同時に「十分に苦渋を味わったこの年のヨーロッパ」[47]に別れを告げるべきだと感じていた。作家であろうとする欲求がロレンスを駆り立てたようである。

　より質素に暮らせて、外国人で溢れているようなことはなく、「文明に取り込まれていない」[48]ような家をサルディニアで探そうという計画は、一九二一年の一月にその地を電撃的に訪れたことで終決した。この訪問によってロレンスは本を書きたいという気持を刺激されて三月の上旬には書き終わった。ジャン・ジュータによる挿絵が加えられたこの本は『海とサルディニア』として一九二三年に出版されたのだが、これは散文で書かれた著作のなかでも魅力があって手軽に楽しめるものだといえる。機知とユーモアに富む筆使いで日常がコミカルに生き生きと描出されている紀行文で、溌剌とした文体はロレンスの著作のなかでも屈指のものだ。ソルゴノで鄙びた宿に泊まらざるを得なくなったこと（宿はほかになく、翌朝までバスも来なかった）へのロレンスの腹立ちを描いた部分を例にとってみよう。なににロレンスが業腹だったのかといえば、宿屋の主人の着ているシャツに無数のワインの滲みがあったことだ。それだけでなく、気がつくと土地の人間が公衆便所として使っている路地に行き着いたときには怒り心頭に発している。くだんの宿屋ではロレンスは猛然と「こんなみすぼらしい宿屋を平気で営んでいる、胸の汚れた主人」に「ミルクはありますか？」と訊ねている――

いいや。一時間もしたらミルクが届くかもしれん。届かないかもしれん。
なにか食べるものはあるんですか？
いいや。七時半になれば食べものが届くかもしれん。
火は起こしてあるんですか？
いいや。――あの男は火を起こすことすらしていなかったのだ。

獰猛な詰問者と、のんべんだらりとした主人とのやりとりは万事こんな塩梅である。ブツブツ文句を言いつづける夫を見ていた女王蜂（フリーダのこと）は、「なにをそんなにプリプリ腹を立てているのよ？…どうしてあなたは杓子定規に考えるの？宿のあの主人ったら、あなたの噛みつくような物言いにビクビクしてたわよ。あんなにひどい言い方をしなくったって！　どうしてありのままを受け入れようとしないの？　それもこれも人生じゃないの。」[49] 確かにその通りである。こんな風にしてロレンスは笑いを誘うような、そして美しい描写で溢れている本を書いた。そこにはロレンス流の逆上する短気と忍耐強い理解力が溢れている。

『ミスター・ヌーン』を放り出してから[50] ロレンスは、思い通りに捗らないが魅力のある『アーロンの杖』をまた書き始めた。この作品はロレンスのそれまでのキャリアのなかでは珍しく発展途上にあって絶えず変化するアイデアや経験を積め込んだ一種の記録のような出来栄えになっていて、エージェントのカーティス・ブラウンにイングランドでのこの作品の取り扱いを依頼していた（「彼と一緒に仕事をしていこうと思います。彼がきちんと、そして精力的に仕事に取り組んでくれるならば」）。[51] このペアは、ロレンスが死去するまでつづくことになる。独りですべてをこなしたいという気持はあったものの、実際問題として厄介なことが多かったし、多産性（と仕事にかかわる新たな興味）を考慮すれば独りでなんでも背負い込むことは得策ではなかった。

三月に入るとフリーダの母親が心臓を患い、彼女はドイツへ急いで戻ることになったためにアメリカでの農場にまつわる一切合財の話は沙汰止みとなった。ロレンスは「行く準備を整えはしたのですが、やはり行けない気がします」と書いている。それからひと月後に北へ向かうのだが、出発する前にフォンターナ・ヴェッキアをもう一年間賃貸する契約を交わしてアメリカ行きを延期する手筈を整えた。友人には、「色々なことがあって、計画を実行に移すことができない」と説明している。[52] ロレンスが意味したことは、アメリカへ行くという理想を形にしたいと思う気持と、行かない方がいいという実際的な感覚とが鬩ぎ合っているということだったのだろう。経済的な不安を解消できずにいたし、アメリカ行きを実行する前に期待していた『ロスト・ガール』の売れ行きが芳しくなく大きな収入に繋がらなかったのだ。ロバート・モントシーアには「費用のことを考えると怖くなります」とか「お金を人から借りることを考えると恐ろしくてたまりません」とそのときの心情を吐露している。スラッシャーの農場は確かに魅力的ではあったが、持ち金全部をアメリカ行きにつぎ込むことはリスクを伴うものであり、しかもロレンスもフリーダも観光ビザしか手に入れることができなかった。ロレンスは「その農場はぼくを怯えさせます。なぜならば、あらゆることを自分でやらなければならないからです」[53]と書いている。フリーダの母親の健康状態も懸念材料で、そんな状態にある母親を放って外国へ行くことなど論外だった。モントシーアがロレンスのアメリカ訪問が暗礁に乗り上げたことにガッカリしたことは言うまでもない。もう一歩のところでロレンスを夢の実現に向けて動かすことができたのだから彼の落胆も当然だろう。

カプリ島を北へ向かって旅をしていると、ロレンスはアメリカ人家族と行き合った――アールとアクサ・ブルースター夫婦と九歳になるハーウッドという娘である。ブルースター夫妻は四十代の画家で、教養のある仏教徒だった。偶然にもこの夫婦が新婚旅行をフォンターナ・ヴェッキアで過したことが分かったことで打ち解けるようになり、これ以降ロレンスにとって良い友人となる。彼らは東洋のことやセイロンのことなどロレンスに話して聴かせて興味を駆り立てた。自分たちの信仰についてロレンスに熱く語った数日後にロレンスは陽気な絵葉書を送っている。そしてそこにブルースター夫妻の考えは間違っていると書いた――「おふたりの涅槃の捉え方は余りにも独り善がりで、独善的な思考へと通じるものです。本当の涅槃は花が咲き誇る一本の木で、その根は情熱であり、欲望であり、憎悪であり、また愛情なのです。あなた方の考える涅槃は一輪の切り取られた花です。絵葉書でこんなことを書いたことをお許しください。」[54]絵葉書だから当然短い文章だが、これはロレンスの話し相手としての、そして話し手としての快活さを示すものだ。フィレンツェで数日過したあとで四月二十六日にはドイツへ到着している。そこで戦争勃発以来初めてフリーダと母親と三人で過すことになる。このときフリーダの母親は「シュティフト」という貴族階級の老齢者が住む施設に暮らしていた。

エバーシュタインブルクの「農家の宿屋」に部屋を借り、「古い城が聳え建ち、彼方にはライン地溝帯やヴォージュを望む白と黒の村」で気候はシチリア島に比べればずっと穏やかで、日中は（とても大規模で美しく、とても広い場所の背の高い木々が鬱蒼と茂っている）森のなかへ出かけていって執筆をして過ごして、ロレンスは『アーロンの杖』を書き上げた。望んでいた「花が開くような」結末が突然にロレンスに降臨した。[55]この小説は、『ミスター・ヌーン』では捨て去られたが、一九一二年からのロレンスとフリーダに起こったことをロレンスの目線で描き切っているという点でとくに重要なものである。この小説の終わり近くで語り手が「自分自身に宛てて手紙を書きたいと思うのに、それを誰かほかの人間に宛てるというのはいかにも残念なことだ。おそらくは一冊の本の場合にも同じことが言えるだろう」[56]と言っている。

この小説はアーロン・シソンがロッティとの結婚生活を棄てるところから始まっているが、このふたりの結婚生活はロレンスのものとは似ても似つかない。アーロンとロッティは結婚して十二年で、ふたりの子宝に恵まれている。アーロンはこのときの英断以前にはイングランドの中部地方から出たことがないし、労働者階級のままだ。しかしストーリーが進むにつれてこの小説はロレンス夫妻の結婚の実相に似てくる。アーロンの「論理的で醒めた精神」はひとつの洞察に至る――

行き詰った男と女についてぼくがいつも思うのは、一方だけが全面的に悪いということはない、ということだ。ふたりとも、双方が悪いということだってあるに違いない。論理的で醒めた精神を持ち合わせているから、ぼくはこの真理を忘れ去ることは決してない。ロッティのことを考えてみろ！　ぼくはロッティをずっと愛してきた…そしてぼくたちの愛はやがては一種の闘いにまで発展していった…ぼくも彼女も、自分が一番大切な人間だと考えるように育てられた。結婚したての頃は、ぼくは当然この若妻を甘やかしていた。でもだからって、どんな関係のなかでもぼくの生まれつきの、自分のことを第一に、しかも独立した存在として見做す事実が変わることはなかった。ぼくは自分のことをまず最初に、そして唯一無二の存在だと考えて、またそのような態度で振る舞ってきた。[57]

アーロンには「自分自身を相手の女性に譲ろうとはしない男の傲慢さ」が具わっているのだが、同時に妻を愛してもいる。しかし妻へのこの愛は随分と長いあいだ彼女を騙している。妻は夫を愛せるし、夫も妻のことを愛することができて、あらゆることはうまく行くと考えている。しかしロッティはやがて気がつくようになる――夫が譲ろうとしないことに対してなんだか腹が立つ、と。だからアーロンの傲慢な態度に触れると、ロッティは憤懣やる方ない。「ぼくは決して自分を明け渡そうとはしなかった。一度だってそんなことをしたことはない。ぼくが見せたきちがいじみた愛情は努力の結果にすぎない。だからそんなことをしたって長続きはしないで、ぼくはやがては前にも増して恐ろしいほどに頑なだった。」妻が情熱、エクスタシー、自己を喪失することを信じる一方で、「ずっとぼくの内にある中心部分は彼女から離れたところに存在して傍観している。」[58]仮にこのようなことが半分でも真実だとしたら、この態度は勇気ある自己分析といえるだろう。このようなことを書いているロレンスは実は想い出したくもないことを記憶の奥底から引っ張り出してきているのかもしれないが、たんに想い出しているという以上の効果がある。ここにはフリーダが長年にわたってロレンスに言いつづけてきたことが記録されているのだ。一九一二年にフリーダは、自分には人を愛することができると言って、でも「あなたにはできない」と言っていた。しかし一九一三年に書いた短篇「新しいエバと古いアダム」では、フリーダの発言はポーラ・モーストによる夫への非難に置き換えられている――「あなたはという人は、あなたは他人を愛することのない人なのよ。私はなんとかしてあなたの内に入って行くけど、でもそこにはなんにもない。あなたの気持、根幹すらそこには存在していないのよ。」一九〇七年にまで遡るが、この時点ですでにロレンスは他者を傍観するという自分のこの性向に気がついていた――「自分自身が自分を凝然と見つめているんです」。そして一九一三年になると今度はホイットマンの書いていることを自己欺瞞に対する真摯な態度として「生きることのできなかった男だからこそ、自分のことを書かずにはいられなかった男の告白」だと断言している。[59] 一九二〇年代の初めの頃には、ロレンスはアーロンの結婚を創作して描き切ることで自分が直面していた難局に思い切って処することができるようになっていた。

『アーロンの杖』に描かれているのは、アーロンが直面するもうひとりの中心的人物ロードン・リリーとの相剋である。ロードンは異なってはいるがロレンスと酷似している点をもつ。この自家撞着に陥った登場人物はまさにかつてのロレンスを髣髴とさせるが、この小説に描かれているほどに彼の自己矛盾ぶりはあからさまではなかった。リリーは言ってみればアーロンの分身である――既婚者で、妻との関係はロレンスがフリーダとのあいだで理想的と考えていた形が実践されているように見える。つまり、夫と妻は必要に応じて一緒にいたり離れていたりするのだ。概してリリーは結婚生活を維持しながらも自分自身の独自の人生を生きているようなのだが、そんな彼は精神分析医の診断を受けたということになっている。[60] 彼にとって個として存在することは当然認められるべきものなのである。(彼の妻のタニーは、夫がこんなことを正当化するときにはその場にいない。)リリーの抱える矛盾はまだほかにもある。やがて彼はひとつの理論を言明する――個々人は、男性も女性も、自分よりも優位だと思う存在に従属することを是としなければならないというのだ。心の声に耳を傾ければ誰に従うべきかは分かるし、その誰かとはたったひとりの人物であり、それは自分自身なのだとリリーはアーロンに言う。だがアーロンは「深く、計り知れない服従」というものをにわかには信じられずに「『そんなものを手に入れることは決してない』」[61] と言う。リリーという人物は「たまたま知り合いになった人間にもほとんど敬意ともいえる丁寧な、心のこもった態度で接する。すると相手は誰であれ、この賢人は自分に本来具わっている不思議と素晴らしいところを見つけてくれるのだと思った。」するとやがては、そんな彼らのことは忘れ去るのである。リリーが立ち去って初めて「あの男は自分たちに対して根本的にはまったく関心を払わなかったし、彼の沈黙は傲慢の顕われだと感じることになる。」[62] このようなリリーが体現しているのは、ロレンス的な自己を洞察する能力にほかならない。フリーダはいつでもロレンスが「人に対して優しく、おべんちゃらを言い過ぎること」に批判的だったが、これは「気軽に他人と意気投合して」いたわけではない。事実は正反対で、ロレンスはいつでも誰にでも「とくに女性」に「まるでその人たちがゴシック様式の大聖堂であるかのように興味津津に近づくけど、たんなる小っぽけな家にすぎないことが分かるとそれを理由に相手のことが嫌いになるのよ！」[63]とフリーダが自らの感想を書いている。

『アーロンの杖』の結末部でロレンスがフィレンツェでのアーロンとマルケーザに用意した関係は、前年の九月に彼とロザリンドとのあいだに起こったことについてのロレンスの印象を示唆するものである。ふたりの関係が始まるときにアーロンは自分のフルート（'Aaron's Rod'）を見つめて微笑む――「それで君は花を咲かせるだろうし、棘も出すことだろう」。[64]この台詞には言わずとも分かるソーニクロフトのライトモチーフが「無花果」や「葡萄」といった詩と同様に与えられている。ずっと長いあいだアーロンは「誰も、なにも欲しいとは思わなかった」が、欲しがるという欲望が戻って来る――「不死鳥が火に包まれながら再び灰のなかから蘇ったのだ。」掻き立てられる感情には関心がないマルケーザは、「私はそんなものは欲しくはないわ」と言うのだが、この台詞はセックスしたいとさり気なく深刻にならずに、愛だの恋だのと情熱に浮かされるような七面倒臭いことを交えずにロレンスが言ったときのその言い方をロザリンドがとても気に入っていたことを想い出させる。オルガスムスを迎えたときのアーロンは、マルケーザは「自分の女ではなかった」という感じを抱いていて、「自分の力の及ばないところで難破したような」気になっている。家を出るとアーロンは「萎え果てた」とか「炎とか電気などが自分の身体を突き抜けて生命組織が焦がされて焦燥感に駆られた」とか「焦げついて怯んだ」と感じている。これは『恋する女たち』でジェラルド・クライチがグドゥルンと身体を重ねたあとで雷に打たれでもしたように潤んでしまったと感じている経験と同じである。[65]アーロンやジェラルドがこのような思いを味わうのは相手の女性がどうこうというのではなく、性的な欲望に衝き動かされてしまった男が事後に省察する際に甘んじなければならない己の内で生じた不調和に対する悔悟の念がその理由なのである。

翌日アーロンは「独りでいたいという欲求が依然として自分にとってもっとも強い」ことを感じて、このような直感でマルケーザに対する義憤を感じている。しかし、「あの夫人も自分の運命と闘っているのだ。そう考えるとアーロンは夫人に心からの共感を覚えた。だから、彼女のことを憎むようなことはしないでおこうと思った」という認識に至る。アーロンは郊外の田園地帯を独りで歩きまわって一日を過ごしながら夫人には「二度と会うまい」と覚悟を決めるが、それでもアーロンは翻意する――「そんな自分の頑なな態度は宜しくない。だって彼女は自分を優しくもてなしてくれたじゃないか。あの態度はたんに優しいというもの以上だったじゃないか。」マルケーザに会ったときにアーロンは自分が妻帯者であることを告げる――「十年も結婚生活を送っていると、ぼくは妻をかつては愛したこともありましたが、するとある種の繋がりというか、そのようなものが生まれてくるのです。」[66]これを聴いてマルケーザは包み込むような寛大さで、恋人同士のではなく友人としての関係をアーロンとつづけることを受け入れるのである。

ふたりっきりになるチャンスには恵まれずにそれから時間が経過するのだが、アーロンとマルケーザが一週間後に会ったとき彼女は「泊っていらっしゃいませんか?」とアーロンを誘う。アーロンはその誘いに応えるが、このときの経験は恐るべきものになる。このときのセックスは「拷問にかけられているような、それでいて強烈な愉悦感を与えてくれるもの」だった。アーロンは何度もマルケーザと身体を重ねるが、その行為は「アーロン自身の真ん中にある生命を萎えさせるだけで、彼自身をも枯らすだけだった。」「アーロンはそんなものを欲してはいなかった。まったく望んでもいないことだった。」(ロレンスはあとでアーロンのこのときの経験を「もっとも根源的で、深いもの」と描いている。)マルケーザはアーロンの胸に身体を預けて丸くなり、「彼女の乱れた髪は彼に纏わりついている」。このときのセックスはあたかも鳥が獲物を狙うような暴力的なものと感じられて、ふたりとも相手に対して腐肉になってしまったような感じを味わっている。朝になるとアーロンはマルケーザのもとを去らねばならないと感じる。外に出るときに錠や留め金を外すのに手こずり、「イライラと腹立たしくなって、自分が閉じ込められた囚人であるかのような気がしてきた」。漸く外に出られたアーロンは「もう彼女に会うことは二度とないだろう。深い溝ができてしまい、自分は彼岸に独り取り残された」[67]気がしながらその日を独りで過ごす。

ロザリンドとロレンスの一件がこの一連のエピソードの基になっていることを証明するものはなにもない。ロレンスの傾向としては、具体的な経験をより抽象的で曖昧なものに脚色して置き換えるということがあるので、日記のように実際の日々の出来事が作中で再現されるようなことはない。とは言ってもロレンスの作品のなかの男性から見た性的な行為はどれも彼自身の実体験に基づいているので、とくに『アーロンの杖』をどのように終わらせるかを悩んでいたことを考えれば、ロザリンドとの情事も同様になんらかの形で作中に組み込まれていることは十分に考えられる。場所、付随的な事柄、そして女性のもとを去る決意をする男性で物語が終わっていること、さらにはロレンスとフリーダの結婚生活は九年に及んでいたことなどすべてを考慮するならば、この虚構の物語は現実と密接に結びついていると言わざるを得ない。[68]『アーロンの杖』と同じ頃に執筆していた『ミスター・ヌーン』において一九一二年のフリーダとハロルド・ホブソンとの情事を描いたことを考えれば、ロレンスは自分が経験した似たようなことを素材として扱っても悪くはないだろうと考えたのかもしれない。[69]六年後に『チャタレー夫人の恋人』でコンスタンス・チャタレーを創り上げたときにロレンスはロザリンドの人物背景を利用しているし、マルケーザがアーロンに抱きつく様子や彼の腕に抱かれた彼女がまるで小さな子どものように感じるという特徴をくり返し使っている。[70]

ロザリンドとのあいだに起こったことで、ロレンスは女性との性的な関係をこれ以上持ちたくはないという気になったようだ。彼は独りになって自己を見つめることを欲した。性的な欲求は、ギルバート・ヌーンがヨハンナに魅力を感じたあまりに「十五分で三回」も射精する[71]ような調和した状態から自己を剥奪するもので、ロレンスを「萎える」ような気持にさせたようだし、加えてロレンスは他者に触れられることを嫌がるようになった。このことに気がついたことで一九二一年の夏にロレンスは『アーロンの杖』を書き上げることができたのだろう。書き上げる直前にロレンスはアール・ブルースターに「掴まないこと──第一に棘があるからで、第二には掴まれることは(悲しいのではなく腸が煮えくりかえるように)怖気立つようなことだから」だと書いている。アーロンが恐れて嫌悪しているのはこのような接触である──マルケーザが自分の身体に身を寄せてくると、彼はもう彼女から離れなければいられなくなる。(数ヶ月前にロレンスはイエス・キリストの復活について触れて、「『ノリ・メ・タンゲレ』には偽りが潜んでいる」と言っていた。)[72]

ロザリンドと刹那の関係をもってしまったことでロレンスの内に目覚めた気持は、自分には妻がいるのだということであり、このことはマルケーザと一時の情事を経験したことによって自分が既婚者であることを再認識するアーロンと同じである──「ぼくは夫なんです。だから生きているあいだに二度も恋人になることはないんです。相手がどんな人でも、恋人にはなり得ません。ぼくはもう恋人としての男じゃないんです…ぼくはもう恋人にはなれないんです。」[73]ロレンスがこの小説を書いていた頃のフリーダとの関係を見てみると、それは長年連れ添ったことによって慣れ合っている夫婦というものではなく、以前に比べて奇妙でそしてよそよそしくなっているような間柄になっていたようである。見知らぬ世界で怯えて肩を寄せ合っている子どもたちなどではなく、互いのことをよく知った上で適度な距離を保っているカップルのようなものだった。夫婦としてふたりでする共同作業のようなものは当然あったが、その反面でふたりは別々に離れたところでかなり気楽に暮らすことにも平気だった。それでも彼らなりに、ロレンスとフリーダは互いに相手を必要としていた。その証拠に一九二一年の春にフリーダがドイツへ行ってしまったときにロレンスは、「Fがいなくなると家が空っぽになった感じがする」などと書いている。一九二〇年の夏にロレンスが書いていたことは夫婦関係についての彼の洞察のひとつの帰着点を示している──「双方は決してひとつになることはなく、互いの自己を保持している。相手を知ることで絆ができはするが、両者のあいだに一体感は存在しない。空間をあいだに挟んで、淵なしの闇黒の底を挟んで相手を識る。ふたつの存在が深淵を挟んで互いに相手を識り、時折その深淵を飛び越えて焼けるような情熱的接触を伴って出会い、それが終わると必ずいつも互いに引き下がって両者を隔てている越え難い深淵を前にして、暗い微かな光を放つ互いの顔にちらりと目をやる。」[74]このような関係をロレンスは当時欲していたのかもしれない。言ってみればこれは自分を解放することだが、フリーダがロレンスのこのような意見を聞き入れたとは考えにくく、彼女に言わせれば、ロレンスはどうしたって自分を必要としていたと言い張るだろう。

　ロレンスとフリーダのあいだに定期的にセックスがあったかどうかは不明である。コーンウォールで暮らしていたときに自分が女性よりも男性に肉体的な魅力を感じることにロレンスは気がついていたのだが、彼自身はそのことをずっと否定してきたし、またパートナーには女性のほうが相応しいとも思っていた。ロレンスはまた性的欲求が男を萎えさせ腐食させるものであると考えていて、ジェラルドやアーロンにこのような経験をさせている。相手となる女性が「とても美しくて、申し分なく素晴らしいとする。するとそのことで君を絹のように引き裂いてしまうんだ。ちょとした一撃が、ほんの一打が深く傷つけるんだ。あの隙のない完璧さ。途端に君は君自身を萎えさせてしまうんだ！…まったく凄まじい体験だよ。究極的な体験だといえるね。そのあとで君は電気に撃たれでもしたように凋んでしまうのさ」。[75]一九二〇年の七月、ロレンスはコンプトン・マッケンジーとセックスのときに男と女が同時にオルガスムスを感じることは滅多にないことについて話し合ったようだ。なぜこのようなことが話題に上ったのかは、ロレンスにとってこれを実現させることがなかなかできなかったからではないだろうか。こう考えると、だからこそロレンスはセックスしつづけたとも考えられるのだが、ふたりで同時にオルガスムスを感じるどころか、セックスをつづけることでますます相手を悦ばすことができないで自分ばかりがイッてしまうどうしようもない「萎えるような」経験にしかならなかったのではないかとも考えられる。[76]一九一九年の八月にまで遡ってみると、フリーダは夫婦でも別々の寝室を欲していた（「夫婦でも、彼女は四六時中ベタベタするようなのは嫌がっていた」）が、これはもちろん中流階級の慣習だと考えられるのだが、彼女は型に嵌ったような中流階級的慣習を受け入れなどはしなかった。ふたりの生活ぶりを眺めてみると「互いに孤絶した場所で独りでいることが多い」ようで、「誰か他人と一緒の場所に閉じ込められたりするのがとても厭なんです」ということも手紙に書いている。しかしロレンスとフリーダは他人と一緒にいることだけでなく、ふたりでいることにも不快感や窮屈を感じてもいたのだ。ロレンスの言葉によると、「ぼくたちは互いに十分な物理的距離を欲しがっているんです」[77]ということである。そうはいってもふたりは時々セックスしていただろうと思えるし、だがセックスがふたりの夫婦関係の中心ではなくなっていたと十分に考えられる。このような状態は、ロレンスが次に書く小説『カンガルー』のハリエットとソマーズの夫婦関係のようである。ソマーズは次のように言う――「もう愛なんていらないし、セックスもいらない…でもセックスを棄て去りたいとか、もうまったくしなくてもいいという訳じゃないんだ。セックスをぼくの魂のなかに生きている男性的なパワーに付随するものにしたいんだ。」こんなことを言うからハリエットは、そしてフリーダも、自分の夫が「セックスを越えるなにか」を強く望んでいるのではないかと当然のように訝るのである。[78]

『アーロンの杖』を読んで明らかになることは、ロレンス自身が変わったということだけではなく、彼のすべての著作に言えるように彼がその時々に人間関係を、そして結婚というものをどのように捉えていたかが解るということである。マルケーザとの情事があってアーロンは愛という感情やセックスが介入しない関係を欲するようになる――この小説は「エクスタシーを忌み嫌っている」[79]のだ。ロレンスがこの小説を書き終えるちょうど二週間前にアクサ・ブルースターに、「愛という言葉はぼくにとっては気泡と化しました――もう、なにもありません」。「女性を愛したい、女性とセックスしたいという魔術的な欲求に駆られる苦しみ」さえなければ男は「自分自身を無傷のままに保てるのです」。[80]

ロレンスは一九二一年十月にセルツァーに「これはぼくの真面目なイングランド小説の最後です――つまり『虹』、『恋する女たち』とつづいた流れがこれで終わります。書かなければならなかった小説であり、このような形で決着をつける必要があったのです」[81]と書いている。『アーロンの杖』が提供しているような男女関係に対する解決策をロレンスが究極的に信じていたわけではないが、書き終えた彼自身が言っているように、この作品は「現在のところぼくが考えていて、言いたいことであり、「あるひとつの方向に関するぼくの最後の言葉なのです。」多くの読者がこの小説を受け入れることを拒絶したのだが、ロレンスはこのことを大袈裟に「誰もが『アーロンの杖』を嫌いました。フリーダでさえもです」と言っている。セルツァーはこの作品は「素晴らしい出来栄えだし、圧巻だ」と思って「出版社を代表してお礼を申し上げます」という内容の電報を打ったが、この出版業界の常套句に対してのロレンスの反応は「そう言っていただいて、恐悦至極です」[82]とそっけない。フリーダにしてみればこの小説で書かれているような愛とセックスを否定するような態度は到底受け入れがたかっただろうが、しかしこの作品はフリーダに、そして一九一二年来彼女とロレンスが育んできたふたりの関係にその照準を合わせている。厳密な言い方をすれば、『アーロンの杖』にはロザリンド・ベインズとの出来事とそれに伴う結末が包含されてはいるものの、ロザリンドとロレンスの関係にではなくフリーダとの関係におけるロレンスの在り方に肉薄しているといえることから、この小説が描いているものはロレンスとロザリンドとの男女関係ではなく、フリーダとロレンスの関係なのだといえる。

『アーロンの杖』で展開してみせた愛や男女関係やセックスをめぐる考えをロレンスは、『無意識の幻想』という精神分析を扱った二冊目の本でさらに掘り下げている。この本は『アーロンの杖』を描き終えてすぐにドイツで書き始められたもので、ここには「私たちは愛だの、労わりだの、優しさだの、ベタベタするといった悪徳を抱えている…そんな悪徳を抱えている自分たちは素敵だなどと考えている」[83]と書かれている。この理論は（ロレンスがそうなって欲しいと願ったように）ものを書くということ、創作に専念するという熱情的な経験から立ち上がってきた。こう考えると、このような理論は著作におけるテーマの再確認であると同時に、著作から発展してきたものであるともいえる。しかし創作と理論の双方が明らかにすることは、「悪徳としての愛」を探究する道の終わりに至ったという確信である。八ヶ月後に『無意識の幻想』を書き直したとき、ロレンスはさらにこの考えを進めている――愛とは「精神的な意志による尾籠なペテンである。妻が愛を口にしたら、すぐさま夫は妻の頬を引っ叩いてやらなければならない。愛のような崇高な感情は言葉で言い得るものではないので、そのような感情を口にして語るということは、弱い者を虐める下衆な意志の顕われなのである。」[84] これが一九一二年には自分のことを「愛の司祭」と呼び、生涯の自分の仕事は「男性と女性とのあいだの愛を護ることになるでしょう」と公言していた人物から発せられた言葉だと思うと驚いてしまう。ロレンスは今や自由をつかさどる司祭となった――「私たちは己の道を闘いながら切り拓いて進み、やがて純粋な存在になる。自意識と性観念は僅かずつではあるが私たちの内から焼灼し尽くされて、私たちは完璧で純粋な自我となり、終には自由となる」。[85] 本当にこんなふうにことが運べば良いのだが。

15 懐古するのではなく未来を見据えて

一九二一―一九二三

フリーダはバーデン・バーデンに「夏の間ずっと」留まっていたかったが、ここに来て八週間も経つとロレンスの方は落ち着かなくなってきた。『アーロンの杖』を脱稿し『無意識の幻想』の草稿もひとまず書き終えていた彼は義理の母親との良好な関係を保っていたにもかかわらず、「人間関係に食傷している」[1]と感じていた。ヨーロッパに滞在していたロバート・モントシーアとも会っていたが、このときロレンスは彼と仲違いした。モントシーアと船で旅に出るとかアメリカの農場へ移るという計画は――「ぼくたちはなんとか生活できるでしょう」とロレンスは二月に彼に書き送っていた――唐突に沙汰止みとなった。ロレンスとモントシーアは手紙のやり取りは頻繁にしていたが、ふたりが実際に顔を合わせた機会は驚くほど少ないという事実を忘れてはならない――ロンドンでちょっと会って、そのほかは一九一六年から一九一七年にかけての冬にコーンウォールで数日間を一緒に過ごしただけである。ロレンスにとってモントシーアは「例えばユダヤ人とかドイツ人とか、ボルシェヴィストに対する自分の個人的な好悪感情を一般論化するような無神経でイライラさせる人間のひとりで、自分の考えを持たずに長いものに巻かれるタイプの人間」[2]だった。つけ加えるならば、モントシーアにしてみれば彼はロレンスのこの頃の作品を気に入ってはいなかった――『アーロンの杖』の前半部を読んでロレンスにわざわざ訓示を垂れ、そしてロレンスが無意識について書いていることなどは歯牙にもかけなかった。エージェントとして会社ではなく個人を選んだことがこの期に及んで問題化してきたのは明らかで、その多くはモントシーアがニューヨークを離れていることが多く、そのためにロレンスが自分のエージェントの居所が分からないということがたびたびあった。一九二一年の七月初めにロレンスとフリーダはオーストリアのツェル・アム・ゼーにいる妹のヨハナのところへ遊びに出かけた。ヨハナはふたりの子どもを（このときアニータは二十歳で、ハドゥは十六歳）を連れて夫のマックス・フォン・シュライバーショーフェンと一緒に休暇を楽しんでいた（ヨハナは間もなくして銀行家のエミール・フォン・クルークと一緒になるためにこの夫を棄てることになる）。ロレンス夫妻はオーストリアでモントシーアと再会しているが、このときもこのエージェントの言動はロレンスの「神経をひどく逆撫でした」[3]のだった。

その一方でこの時期はロレンスの創造力が活発な時期だった。オーストリアへ行ったことで（秋に完成する）中編の「大尉の人形」の後半部と多くの詩へのインスピレーションを得たようである。このような恩恵に浴したにもかかわらずに、バーデン・バーデンでと同じようにロレンスはさらに別の場所へ移動したがった。「ぼくたちにとてもよくしてくれた」義理の妹の家族の歓待を受けてもなお、ロレンスの心には昔ながらの感情が去来していた――「あらゆることが自由に、完全に容易にできるようになっていますが、それでもぼくは呼吸ができないのです。」フリーダは「ぼくがほかの土地へ行きたいと言うと苦虫を噛みつぶしたような顔をしますが、仕方がありません。ぼくはそうしたいのですから。」[4]近くのカーリンガー氷河へ物見遊山に出かけたあとで、ロレンスとフリーダはフィレンツェに戻り、そこで九月中に『鳥と獣と花』に収録される出色の詩をいくつか書き上げた。これには「コウモリ」や「人間とコウモリ」が含まれる。そしてふたりはシチリア島へ戻った。やっとフォンターナ・ヴェッキアへ戻って来てロレンスは今までに感じたことのないその土地への溢れ出る愛着を感じた――「ここはなんて素晴らしい場所なんだ！…東の空、海に面した大きな窓。イタリアのほかのどの場所と比べても、ぼくはここが一番気に入っています。」[5]

落ち着ける場所に戻っては来たが、結局はそこを去ることになる。「なにがぼくを苦しめるのか分かりませんが、この苦悶はつづくのです」――まるでなにかの病気のようだと思わざるを得ない。彼はついにキャサリン・マンスフィールドと（一九一八年の十二月の終わりに）交わした約束を果たすことになる――自分は「イングランドから――実際にはヨーロッパから出て行くことになるでしょう。」[6]。オーストリア滞在中にロレンスは新しいパスポートを申請していて、冬の到来までに着古してきた茶色のスーツを「裏表をひっくり返してあつらえ直し」[7]てもらっていた。シチリア島はずっとヨーロッパの辺境の地のような気がしていた――「シチリア島にいると、あらゆることが遠くのことのように思えます――ここはまるで別世界です。イオニア海を越えて東方の遥か彼方を眺望できる窓から外を眺めていると、自分の背後、つまり北西の方角で起こっていることがどうでもよく思えてきます。」このときに自分は「もうヨーロッパには属することができない」と感じていただけでなく、「ぼくの心――そしてぼくの魂はヨーロッパで死に絶えてしまいました。なにをやっても無駄なことです。結ばれていた糸がプッツリと切れてしまったのですから」[8]という自覚もあった。ロレンスはこのような言い方をして自分とヨーロッパの繋がりを、そして自分がどれだけ孤絶を感じていたかを表現しようとしている。このときのロレンスが真摯な眼を向けようとしていたものは、ほかでもなく彼が感じていた孤絶感だといえる。ロレンスは自身の孤絶感と『アーロンの杖』の脱稿とを結びつけていたようだ——「ぼくはヨーロッパにウンザリしています——ヨーロッパはぼくにとって終わってしまったのです——『アーロンの杖』が書き上がったのと同時に潰えてしまいました。これまでです。」ロレンスはこれまでにも一般社会に波紋を投ずるような長編小説や物語を書いてきたし、また『アーロンの杖』がアーロンとリリーをそのような状況に置いたのと同様に自分自身をも自己完結型の人間であろうとしてきた。そんなロレンスにとっては生きる場所を変えることが今や「次の一歩を踏み出すこと」[9]だった。

　イングランドのことを想うと業腹だった。十月末にこう書いている——「あらゆる人間、とくにイングランドに棲みついているコンコンチキどもに憤懣やる方ない状態でひと月が経ちました。」[10]八月にはイングランドでの『恋する女たち』への書評を見たが、これにはマリィによる復讐心に満ちたものも含まれる。それによればこの小説は「意図的に、直ちに、猛烈に、字義通りに猥褻である」ことを断言するものだった。このような書評によって、当該小説が告発されることになる可能性もあった。ひと月後にマリィは異なる書評でロレンスのことに触れ、この作家は「絶頂期に到達する前に作家としての全盛期を終えてしまったような小説家のひとり」[11]だとしている。タオルミーナに戻ったロレンスは、セッカーが『恋する女たち』を名誉棄損で訴えるというフィリップ・ヘゼルタインの脅しに降伏したこと、そして小説のなかのハリデイとプッサムの描写を変えてもらいたいと要求してきていることを知った。しぶしぶ（「あらゆることがナンセンスだ」）ロレンスは要求された箇所の修正を行ない、このことを日記に書いている——「ハリデイを黒髪にして、プッサムは黄色の髪にしてやって、書き直したページを送り返す。」[12]セッカーはまたヘゼルタインに五十ポンドの示談金を支払い、訴訟費用も肩代わりした。これを知ったロレンスは「義憤に駆られている」——「実際、こんなバカげたことに屈するべきじゃないのです。」ヘゼルタインはこれで溜飲を下げたわけではなく、さらに『恋する女たち』にダメージを与える行動に出た。弁護士に「もしかりに同性愛を讃美するかどで起訴されるような本がこの世に存在するとするならば、それはまさにこの本である」という手紙を送りつけたのだ。このような悪質な風評が広まることをセッカーはまさに危惧していたのであったが、幸いにしてヘゼルタインは自分で起こした訴訟を維持できる経済力を持ち合わせてはいなかった。『ジョン・ブル』誌に掲載された書評がロレンスに送られてきたが、そこには愛し合っている男性が登場する理由で発禁にするべきであると書かれていた——「十代の少年がこの本を手にしたら、世のなかの公序良俗の崩壊を招くだろう。」これに対してロレンスは、「イカレポンチの言うことに耳を貸す必要などありはしません」[13]とコメントしている。

　このようなことがあってロレンスが確信したことは、自分も自分の著作もイングランドではもうダメだろうというものだった。そしてセルツァーが右肩下がりの出版事情をものともしないでアメリカ合衆国で次から次へと自作を出版する様子を目の当たりにして、「近頃では自分の作家人生をアメリカに賭けている」という意識をいっそう強くもつようになっていて、作家として自分のことを「半分以上アメリカ人で、アメリカに向かって作品を書いている気がしています。そこにはぼくの言うことに耳を傾けてくれる読者がいるのです」と思うようになっていた。今一度、北米が自分にとっての未来の土地だと確信に近い気持を抱き、だからこそヨーロッパとは手を切りたいとますます強く感じていた。[14] ロレンスは未発表の作品、とくに短篇小説を整理し始めて必要に応じて手直しをしたりした（例えば一九一六年の「奇跡」はこの時点で「博労の娘」となった）──出版に向けての準備を着々と進めていたといえる。一九二二年の十月から一九二三年の二月にかけてのこのような忙しさのなかで『無意識の幻想』を脱稿し、十篇の短篇を収録した『イングランドよ、我がイングランド及び他の短篇』と、中編を集めた作品集『てんとう虫』（ここには「狐」と「大尉の人形」が収録された）が上梓された。「てんとう虫」はまったく新しい作品で十二月に書き上がったばかりだった。「大尉の人形」は結婚を諦めたロマンチックだが愛のない男女関係の行く末を模索している。アレキサンダー・ヘップバーンは、自分が結婚生活に望むことは英国国教会の祈祷書に記されているあの約束の成就であると言い切る──自分のことを尊敬してくれて自分の言うことに従ってくれる相手を欲していて、そのような相手ならば自分は愛せるだろうし大切にもするだろう。ハネレ──アレキサンダーが愛する女性で、彼女もまたアレキサンダーを愛している──はそんなアレキサンダーのことを「堅物のロバ」呼ばわりして、自分は結婚という儀式の前にはなにひとつ約束なんかしないと断言する。物語は、自分の言いたいことを言ったあとでヘップバーンが唐突に「すっと暗闇のなかに姿を消す」[15] ところで終わっている。この中編作品はヘップバーンが新しいタイプの男女関係を渇望している様子と、彼自身とハネレの内にあるものとの対立を見事に浮き彫りにしている。

ロレンスはまた非常に長いモーリス・マグナスの『回想録』も執筆した。同性愛を中心に据えたもので、この意味で結婚の枠外の話となるものである。一九二〇年十一月四日にマルタ島でマグナスが自殺を図ったのち、マイケル・ボーグ（マグナスはこの人物から六十ポンド借りていた）がロレンスに「クズ」のタイプ原稿を送ってきたが、これは外人部隊に入隊していたときのマグナス自身の生活を描いたものだった。ボーグはノーマン・ダグラス（マグナスの遺著管理者）がマグナスの借金を整理するために積極的に骨を折ってくれるとは信頼していなかったし、ロレンスは自分が書く『回想録』を付してこの原稿を出版できたらマグナスの借金をすべて（自分の貸しも含めて）返済できるのではないかと考えて出版に向けてダグラスの許可を得た。『回想録』を書くための時間と、それを出版してくれる出版社を探すための十分な時間を確保することができたおかげで、その『回想録』はそれまでに書いたもののなかで「生気溢れる筆づかいで書かれたものとしてベストの部類に入る傑作」になったとロレンスは思っていた。[16]『回想録』は結局のところ、マグナスが自分のことをどのようにロレンスに話していたかが分かるように書かれたものである。一九一六年から一九二〇年のあいだロレンスは男性との友情関係を構築したいと言っていた。しかしモンテカッシーノに着いてみたら、ロレンスは結局そんな男同士の友情などはいらないという結論に至った。そしてロレンスとマグナスの関係がタオルミーナとシラクーザでの金や宿を無心される者と無心する者へと姿を変えると、ロレンスは目眩を覚えた。だがそれでもロレンスはマルタ島でマグナスと過ごし、その後も彼との手紙のやり取りはつづけていた。『カンガルー』のソマーズについてロレンスはこう書いている――「彼はほかの男たちとのなんらかの仲間意識を欲しがっていた。まるで自分自身がたった独りで存在しているかのようだったからだ。」ロレンス自身も同じ穴の狢になる危険性を孕んでいた。マグナスの自殺について聞き知ったときロレンスには「迫害されて、自棄になった男」がどのようなものであるのかが身に滲みたのだろうが、マグナスのことを讃えてこう書いている――「彼には自分自身が直面している恐怖に立ち向かう勇気があった」[17]と。

『回想録』にまつわる結末はこうだ――マグナスは「ならず者」で、ボーグのような人物を利用したり、ロレンスのように思い遣りをもって接する人たちをガッカリさせたりするようなことをしたのだ。マグナスは人間をつぶさに観察したのであり、外人部隊においては周りの連中に流されることがなかった。そんなマグナスはロレンスに「末永い」忠誠を要求した。この言葉はロレンスが友情を顕すには珍妙な言い方のひとつである。[18]外人部隊での経験は結局のところマグナスの語りではそれほどまでに興味を引くようなものになってはいなかったので、ロレンスはこの冬にこの『回想録』をおもしろいものに仕上げようという気に駆られたようだ。アウトサイダーとしてのマグナスのポジションがロレンスにとって興味深いものであったことは確かだ――ダグラスとマグナスのことを話し合ったことがあったが、その際にふたりは「人づき合いがうまくない人間が、仲間に溶け込むこともできなくて疎外感を感じている人間に対して抱くような同病相憐れむような気持」[19]を共有していたようだ。

ロレンスのアメリカ行きを予想外に困難なものにしていたのは、実はこのときの彼が西ではなく東へ向かって旅をしたいという強い気持に駆られていたことである。ブルースター一家との関係はずっと良好で、ロレンスとフリーダに一緒にセイロンへ行こうと誘うほどだった。そこでアールは寺にこもって真剣に仏教を学ぼうと考えていた。ロレンスは興味をそそられた――「ぼくにとっては場所というよりも人間のほうが魅力的です。」[20]しかしロレンスにはセイロンに長居をするつもりはなく、行ってどのように暮らすのかの目処さえ立っていなかったがやはりアメリカ合衆国へ行きたがっていた。決定的なきっかけとなったのは十一月初めて思いがけずに届いたメイベル・スターンからの一通の手紙だった。その手紙にはニューメキシコ州のタオスへ来ませんかということが書かれていた。メイベルは裕福な女性で、芸術に興味があり、『海とサルディニア』を読み齧っていて、ロレンスならば新しい視点でニューメキシコを描出してくれるだろうと確信していた。彼女はタオスにあるアメリカ先住民の部落の近くに建つアドービ煉瓦でできた小ぢんまりとした家を一軒提供すると言ってきて、ロレンスの関心を引くような品物を贈ってきた。「ぼくは…インディアンの匂いがして、薬らしきものをちょっと齧ってみました。薬草は甘草の根っこみたいで、匂いは控えめで乾燥したハーブのようです。」[21] ロレンスは強烈に惹かれて、質問事項のリスト付きですぐさま返事を書いた。北米大陸へ行ける千載一遇のチャンスがめぐってきた——農場での暮らしよりも、講義をして各地を転々とすることよりも、そして出版社へ顔を出して回ることよりもずっと好ましい条件である。

ヨーロッパについての辛辣な言葉を吐いていることとは裏腹に、ロレンスは新たな関心を抱きつつあった。それは例えば、シチリア人作家ジョヴァンニ・ヴェルガの小説や物語の翻訳である。「彼の作品を翻訳するのはとてつもなく骨が折れる作業です。だからこそやってみたいと思うのです。」[22] マグナスの『回想録』を書くにあたってロレンスはイタリアや過去への郷愁といった気持を再び掘り下げなければならなかったが、その一方で自分は北アメリカを気に入ることはないだろうという確信に近い気持を抱いていた。タオスですら「ニューヨーク出の芸術家たちの溜まり場」になっていて、「自分は芸術家でござるというような輩とは会いたくない」と思っていて、あまつさえ「どこもかしこも邪な連中で溢れて」いると思い込んでいた。それでも、「行きたいのです——行ってみたいのです」[23] と書いている。

十一月下旬にロレンスは図らずもセルツァーと初めて衝突することになった。『アーロンの杖』を「一般読者」向けの読みやすいものに書き直して欲しいと言ってきたのだ。とどのつまりセルツァーは仕事を転がしていかねばならない出版社であり、イングランドのカーティス・ブラウンも同じような意見で、『アーロンの杖』のなかの性にかかわる解剖学的に詳細な部分を削除する必要があるだろう」と感じていた。もちろんこの小説には「解剖学的」な詳しい描写などありはしない。あるのはセックスに関する多くの文言だ。初めのうちはロレンスも協力的でもの分かりの良い態度を見せて、セルツァーに一文か二文だったら削除しても構わないと告げた。だがやがてこの出版社がさらに根幹にかかわるところを無難なものに書き直してもらえないかと言ってくると、これにはさすがのロレンスも業腹だった。セルツァーに「あなたが決めることですよ。もうこれ以上のことを頼まないでください。無意味なことに大袈裟に大騒ぎをするこの惨めな世界にぼくは死ぬほどウンザリしているのです」[24] と言い放った。北アメリカの出版社はヨーロッパの出版社同様に肝っ玉が小さかったのか？　アメリカの読者への期待が大きかっただけに、『精神分析と無意識』の書評には落胆も小さくはなかった。こんな気持でロレンスは『無意識の幻想』の「序文」でアメリカの読者を念頭に置いて自分自身の考えを披歴した――「私は読者諸氏に改めて申し上げる。あなた方が手にしておられる本書は、前作『精神分析と無意識』に比べるとさらに言葉を書き連ねてなにを言っているのかさっぱり分からないし、また嫌悪感を覚えるようなものであろうということ。私は批評家の先生方にも謹んでご忠告を申し上げたい。ガタガタ言わないで今すぐこの『無意識の幻想』をゴミ箱に放り込んでおしまいなさいと」と言いながらもロレンスは、批評家の質問にひとつひとつ丹念に答えている。こんな文言が印刷されたらどうなるか分かったものではないと怖気たセルツァーはくだんの文章を削除することで、ロレンス（そして批評家）を護った。[25]

一九二二年の一月にはロレンスはついに臍を決めた――タオスに向かうことにしたのだ。（このときは諸々の「最後の」ことに取り組まなくはならない時期だった――十一月には「自分自身に最後の覚悟を意識させるために」[26]遺書を残すことすら考えていたようだ。）しかしその年の冬、精力的に執筆をつづけていたロレンスは疲弊していた。七週間で三冊の本を書き上げ、そのあいだに風邪かインフルエンザに罹患したりもした。シチリア島の一部では風土病とされるマラリアのようなものにも罹ったこともあったようだ。このようなことから旅発ちの日は先延ばしになり、「ぼくはまだタオルミーナが大好きだ」なんて気持を吐露したりした。旅立つことを決めたことに反するようなことではあるが、なんとなくロレンスは「日々の生活をブラブラと過ごしていた。」『回想録』のなかに書き込んだシチリア島への愛着や楽しみを満喫しているようなものだった――「美しい夜明けを見せてくれるシチリア島とイオニア海。」[27]イングランドでの懐かしい想い出にも取り憑かれていた――バッキンガムシァでのクリスマスのときにラナニムについて友人たちとおおいに語り合ったこと――「あわよくばあのときの不可思議な精神の一部でもこの世に残っていれば！」ロレンスの脳裏に浮かんでいたものは冬に閉ざされ戦争という暗い影に覆われた状況で気の置けない数少ない仲間たちとまだ見ぬ未来に思いを馳せていた姿だったのだろう。「あのときに比べれば八年も歳を取ったし、千倍もの周囲との関係が途切れたし、そのためにずっとフラストレーションが溜まっています。」[28]憤懣といえばロレンスは姉と妹にも私憤を抱いていた（彼女たちはセルツァーが出版した一連の「亀」の詩を収録した詩集に木で鼻を括ったような態度しか見せなかった）――「彼女たちと金輪際連絡を取り合うことはないでしょうし、もうぼくの著作を送ることもありません」とまで書いている。一九二二年初めにロレンスはロザリンド・ベインズに「カノヴァイア荘の『亀』を扱った詩」のコピーを一冊送ると、そこに掲載されている詩のいくつかの完成前のものを彼女は目の当たりにしていたかもしれないが、一連の詩が揃ってみるとそれらの詩が彼女に与える印象はまったく違ったものだったようだ。[29]ロレンスはさらに周囲の人間との、そして過去との、自分が属しているかもしれないと思われるものすべてとのかかわり合いを断ち切ろうとしていた。

一九二〇年の三月から一九二二年の二月にかけてロレンスとフリーダは一九一二年以来で一番長くタオルミーナというひとつの場所に腰を落ち着けていたことになる。このあいだにロレンスは猛烈に執筆に励んだ——合計八冊の本を書き上げた（精神分析に関する本を二冊、長編を二冊、短篇集を一冊、三本の中編小説を収録した作品集を一冊、紀行本を一冊、詩集を一冊）。このようなわけでロレンスがそれまでに書き始めていたにもかかわらずにまだ書き終わっていないものは『アメリカ古典文学研究』（シチリア島を離れる少し前にロレンスは契約している出版社にこの原稿を送っていたのでこれも仕上がったと思いこんでいた）、ヴェルガの『マストロ・ドン・ジェズアルド』の翻訳（だがロレンスはこれをセイロンへ向かう船の上で終わらせる）、それから完全版の詩集『鳥と獣と花』（のうちの三分の二ほどができ上がっていた）だった。加えてこれも未完のまま放っておいた『ミスター・ヌーン』を十万語ほどを書いていた。不幸に見舞われたときもあっただろうが、ロレンスはフォンターナ・ヴェッキアを本当に気に入っていて、そこでプロの作家としての自覚をしっかりもって自分の仕事に励んだのだった。執筆をとおして、自分とフリーダとの生きざまに対しての新しい見方などが可能になることもあった——ふたりの結婚は時折ロレンスが逃走したくなるような状態に陥り、フリーダは相変わらず新しいアイデアをめぐって議論する相手だった。[30] シチリア島にいたときのロレンスにとっての幸せなイメージのひとつは、主人が「大きなテラコッタの水差し」を持って井戸まで水を汲みに行くのには僅かな時間しかかからないがロレンスが時折これをすると「何時間も」かかるという話のなかに垣間見ることができる。どうしてロレンスがこんなにも時間を要したかというと、それは「彼が道すがらブラブラ歩いたり、或いは貯水池を囲んでいる低い壁に腰を降ろして行き交う人びとをぼんやりと眺めていたりしたから」だった。ロレンスが眺めていたものは、人間だけではなかったようだ。彼が書いた詩のなかでもよく知られている「蛇」はフォンターナ・ヴェッキアで書かれたものである——詩の語り手は「暑さのためにパジャマ姿」でいる（真夏にロレンスがしていた格好と同じである）が、この詩そのものは冬の真っ只中に書かれたと考えられる。

そいつは薄暗がりのなかの土塀の亀裂からスルスルと這い出てきて
石でできた水場の縁に、黄褐色をしたヌルヌルとした腹でゆったりと降りてきて
そしてその鎌首を石の底に置いて、
呑口からポタポタ滴って少しばかり下に溜まった澄んだ水を、首をまっすぐに伸ばして啜った…[31]

タオルミーナでの生活はふたりに「静かで穏やかな数ヶ月の暮らし」をもたらしてくれた。それはまるでフリーダが書いた、一九一九年のバークシアでの数ヶ月にわたるふたりの波長が合っていた生活のようなものだった。しかしながら一九二一年の十一月には、タオルミーナが退屈だとフリーダは言い出している――「そろそろロレンスはここから出るべき頃よ。男にとって、或いは本物を欲する男の生き方ができる場所ではないわ。」[32]一月下旬近くなるとロレンスは重大局面を迎えたようで、「西へ行こうか東へ行こうか、どちらへ行くべきか決められずにいます。まるで馬鹿みたいですが、ぼくはアメリカへは行かないでしょう」と書いている。タオスにいるというメイベルの友人――「頭でっかちで、お節介好きの輩」や「例の『芸術家気取り』で『学者ぶった』連中」――のことを思うと心が萎えたのだ。またここでアメリカ行きのことを「ぼくの運命だ」などと言うようになっているが、半ば自棄になっているようにも思える。というのもロレンスはヨーロッパを離れることに精神的な苦痛を覚えていた――「離れることに悲痛な思いを感じます」。前年の三月にはなんと言っていたかというと「ぼくは昔の生活と、そしてヨーロッパと切り離されなければならないのです」であり、まさに言うは易し行なうは難しを体現しているような感じである。ロレンスは「巧く言い包められて」[33]アメリカを夢見ただけなのだろうか。

ロレンスは先ずは東へ向かうという結論を出した――「最終的には西へ向かいます」。セイロンに行けば「穏やかで、平和的な内面」を得ることができるかもしれないし、ブルースター一家と共に行動することによって「人里を離れたところでの労働」の機会をも得られるかもしれなかった。セイロンに行ったとして、もしまだその気だったらそこからアメリカ合衆国の西海岸へ行くことも可能だった。こうすることで恐れていたものをやり過すこともできるのだった――それは「あの怖気立つニューヨーク」[34]と密接に結びつけて考えるようになっていたダイナミックな資本主義文化である。西海岸から米国に入ることになれば、もしかしたらロレンスはヨーロッパにいるときに感じていたような身の回りのものすべて、あらゆることに対しての敵愾心をもたずにすむと考えたのだ。落ち着いた心持でいることがロレンスにとっては重要なことだった。「ぼくは世界にもうウンザリしています。そしてぼくが今望んでいるものは、流れる川のような安寧なのです」とキャサリン・カーズウェルに書いている。ロレンスがヨーロッパを離れる船上でもっとも望んでいたことはロザリンド・ベインズにかつて手紙で書いたように、「イングランドで感じていたような厄介なプレッシャーや頭を抑えつけられるような圧迫感を今後は感じる」ことがなくなることだった。ロレンスはそれまでずっとそんなプレッシャーを抱えながら生きてきたし、そして「抑えつけられる感じ」とは（「イングランド流に」）自分を抑えることを当然のように感じている人間が具えているもので、だからこそ「そんなものから解放されたい！」[35]と望んだのだった。ロレンスは人一倍にこの抑圧力を自覚していたので、それから解放されたいという欲求も人一倍強かった。どの意味で解放されるのか――心理的にか、または生理学的にかは不明だった（本人にも厳密な区別がついていたわけではなかった）。

フォンターナ・ヴェッキアの庭にある古代ローマ時代の噴水、シチリア島で目にしたギリシア時代の彫刻といったように過去と現在が複雑に人知れずない交ぜになっているヨーロッパを離れることは、最終的にロレンスにとって必要なことだった。なぜならば物理的に離れることで、彼のヨーロッパに対する信念といったものを実際に放棄することになるからである。ロレンスのこの態度は一九一四年から社会に対して感じてきたことの結果だといえる。プロの作家を目指した当初からロレンスはヨーロッパ社会に向かってメッセージを発信してきたが、「ぼくはもう行ってしまいたい」と感じたのだった。三十六歳になっていて、「今まで通りの清貧で」、読者層は限られているので世間的に成功している作家ともいえず（「数少ない読者からは支持されている」）、「一般的な人気を博すような性質のものではない本」を書いていた。しかし実際のところは、ほとんどの場合において正反対である。ロレンスにとってみれば、とくにこの頃の書評は「ほとんど誹謗」[36]とすら思えた。ロレンスの評判ははっきり言って芳しいものではなかったが、彼はあまりそんなことは気にしなかった。彼は文学界に幻滅すると同時に憤懣やる方なかった。そしてヨーロッパ以外のところでどんな経験ができるのかに期待していた。ロレンスにとって執筆することは感じ取ることと密接に繋がっていて、だからこそたんに旅をしたいからというのではなく書くために新天地へ向かおうとしていた。そして、あわよくば「未来の尻尾」を掴まえることができればいいと思っていた。一九一九年からはこのような意識を忘れ去っていた。そのときロレンスは人生とは不確かなものだと感じていて、そこには「痕跡たる過去も、不安の元凶としての将来も存在しない」と感じていた。ただただロレンスは「世界のこんな意気消沈した状況から抜き出して、新しい時代へ」と足を踏み入れたかったのだ。「先住民の、或いはその土地固有の感情的なダイナミズム」[37]に触発される未来像をロレンスは感じ取りたかったのだろう。同時に自分が抱える複雑な本質と欲求を満たしてくれる生の在り方をも模索しようとしていた。そのような生き方を見つけることができれば、従来のように消沈や怒りに翻弄されたり、目にするもの耳にすること、或いは手に触れるものすべてに反感を覚えたりするような精神状態に陥らずにすむのではないかと期待していたのである。あまつさえ自分の人生を共有できるような人たちとの出会いすら望んでいた――だがこれは今のところは到底叶わぬ希望のように思えていた。

ロレンスとフリーダが蒸気船オスタリー号でナポリをあとにしたのは一九二二年二月二十六日のことである。ふたりの荷物は、「洋服などを詰め込んだトランクと本や書類などを入れてあるトランク。フリーダとぼくのが一セットずつ（つまりトランクは全部で四つ）。それから手提げのスーツケースがそれぞれにひとつずつ、帽子を入れた箱、そして細々としたものを入れた鞄がふたつ」だった。このほかにもこの地に住んだ記念にと美しい彩色が施されたシチリアンカート（シチリア島で有名な荷車）に使われる側版を一枚携えていた。その板の表面には馬上槍試合の様子が、裏面には聖ジュヌヴィエーヴが描かれていた。ふたりを乗せた蒸気船がメッシーナ海峡を進む際に、エトナ山とタオルミーナを最後にもう一度目にすることができた。ロレンスは「別離の傷みに心のなかで涙を流して」いた――一時期とはいえ住み慣れた土地やそこに住む人びとと別離るときに決まって自分の心のなかに生じる痛み、そしてそのようなものと切り離されてしまうという孤絶感といったものをロレンスは常に感じていた。ある場所を物理的に去ることは、ロレンスにとってはその土地で築き上げてきた「過去」との精神的且つ心情的な決別を意味していた。しかしロレンス自身が「離れた状態になる」ことを望んでいたのは事実である――「ぼくはこれからのことに眼を向けなければならないのです。今までのことを懐かしんでなんかいられません。」[38]

16 先へ、前へ進むだけ

一九二二

ヨーロッパを去る折にロレンスの心にあったことは世界の未知の部分をもっと知りたいという願望と、「新たなスタートを切りたい」というものだった。現実主義者として彼はロザリンド・ベインズに書いているが、「終わりにすること」[1] の方がずっと容易いことを知っていた。新しい門出に際してロレンスがどのような準備をしたかは一九二一年九月十九日に撮影されたパスポート用の写真を見ればわかる（写真22参照）。そこには「今までの着古した灰色の上着」を着てネクタイを締めているロレンスが写っている。[2] ハンカチは上着の胸ポケットのなかでくしゃくしゃに丸まって外にはみ出していて、そのポケットにはいつもペンを挿しているからその痕が付いている。シャツは昔から愛用しているイングランド製のものではない――髭は綺麗に切り揃えられているが、これはおそらく一九一九年当時には行くのが厭だと言っていた「外国人の床屋」による仕業だと考えられる。ロレンスはどちらかというと、髭はそのまま伸ばして「モジャモジャで粗い」[3] ままにしておきたかったようだ。二年近くを外国で暮らして初めてロレンスはイングランド人っぽくなく見える――パスポート用の写真に撮影用の小道具と思われる円柱または角柱のようなものが写り込んでいることもそのことに一役買っている。

セイロンへの旅を決定づけたものは、なにもヨーロッパに対する怒りの示威行動ばかりではなかっただろう。たんなる怒りだけが原動力だとするならば、どれほどのものを犠牲にするか考えたはずだ。蒸気船のチケットはそれまでに購入したどのものよりも高価だった。幸運にもセイロンへ旅立つちょっと前に『ロスト・ガール』がジェイムズ・テイト・ブラック賞の栄誉にあずかって百ポンドの賞金を手にしたが、これがひとり七十ポンドの船賃のふたり分の支出の足しになった。しかも目的地までの航海はたったの二週間だった。その土地が気に入って、ロレンスがそこで執筆できるようならばセイロンでの長逗留も考えられるし、或いはアメリカへ向かってもいいし、「可能ならばオーストラリアまで行ってもいい」くらいの気持でいた。

この「オーストラリア行き」というのはオスタリー号上で思いついたことだった。なぜかというと「数人の感じのいいオーストラリア人と同船し」、ロレンスは彼らのことをおおいに気に入ったのだ。[4] そのなかにはアナ・ジェンキンズという裕福なオーストラリア人の未亡人がいて、彼女は船上で読もうと『息子と恋人』を所持していたのである。ロレンスは船旅を殊更に気に入ったようだが、それはなにもスエズ運河を航行する際に目の当たりにしたシナイ半島の砂漠と山々の素晴らしい景色――「シナイ山はゴツゴツして尖っていて短剣のように見えて、遠い昔に復讐の血に染まったような赤みを帯びています」――のせいだけではなく、気持のいい道連れに恵まれたためもある。船上でのほかの乗客とのつき合いは、それぞれが異なる関心をもっていたために愉快なもので、ロレンスもそんな人びとのなかにあっていつもの度を越した非難・説教癖は影を潜めていたので上手に振る舞うことができたようだ。その結果としてその船旅中にロレンスが腹を立てたことはなかった――「ぼくの癇癪は、広大な海に飲み込まれてしまったようです」。[5] その一方でこの船旅をただのんびりと寛いで満喫していたのではなく、ちゃんと仕事をして収入に結びつけようとしていたところはさすがである――ヴェルガの『マストロ・ドン・ジェズアルド』の翻訳を船上でもつづけていて、コロンボに到着する前に終わらせてしまった――「オスタリー号は今後ずっとぼくの黒い染みを纏《まと》いつづけることでしょう」（ロレンスは甲板でインクボトルをひっくり返してしまった）。[6] 何週間、何ヶ月と迷った挙句の船旅は快適そのものだった――「この旅を実行に移してよかったと思っています。しかしお金がどうなるのかまったく見当がつきません。お金に関しては神のみぞ知る、です。」[7]

　セイロンに到着後すぐにロレンスとフリーダはペラヘラ祭を見物する僥倖に恵まれた。当時の英国皇太子、二十八歳になるエドワード――「可哀想なくらいに痩せ細って、神経質そうだった」――が、「仏歯」を祝うこの祭事を観るためにキャンディを訪問していたのだ。この異教の祭儀の夜の部には半裸体のダンサーや装束に身を包んだ首長や象が参加していた。ロレンスは多くの手紙でこのことに触れているが、「象」というタイトルの詩も書いている――

> 数え切れないほどの多くの影の列が揺らめく炎の中を行進する
> 椰子の実の油が煙る中、じっとりと汗ばむ熱帯の夜の帳が下りて
> からトムトムの音と歌い手たちの喧騒の中
> 巨大な影と化した象が次から次へと鼻を巻き上げて、何頭かが雄叫びを上げる
> 松明の滴る炎の下で参加者たちが前に進み出て額手礼を行なうと、
> 上の方にいるのは今や蒼白い断片にしか見えない皇太子、その紋章には我奉仕す《イッヒディーン》。[8]

しかしロレンスがこのあとにセイロンについて書くことはほとんどなかった。これは珍しいことで、ましてや彼自身が言って

いたこの旅に向けての「新たなスタート」のことを考えると尚更である。セイロンの風土がロレンスには合わなかったようだ――「セイロンでは一行すら書こうという気が起こりません――少なくともこの高温多湿の地帯にいるあいだは。」これはロレンスにとっては死活問題だった――この気温の高さがである。ブルースター家族が住んでいたバンガローはキャンディの郊外にあり、森の端っこに建っていた――

このバンガローに来て一週間になります…ここのベランダに座って、木々や竹藪のなかにシマリスやカメレオン、トカゲや熱帯地方に棲む鳥の姿を眺めています。家の周囲にある空間は三メートル弱ほどです。四人の召使――男性二人とひとりの女性と、十五歳の少年――がいますが、彼らは食事の用意をするほかはなにもしません。日向はとても暑いので帽子を被って白い服を着ていますが、じっと座っているぶんにはとても心地いいです。ちょっとでも動くと、汗が出てきます。バンガローの内部は広々としていて、椅子とテーブルがひとつ、ふたつあるだけです。かなり魅力的な生活ですが、それでも、いつまでここにいることになるかは分かりません。[9]

姉のエミリーに「請け合いますが、ここでは人びとはたいしたことはしていません」と書き送っているが、ロレンスのこのコメントには働くことを当り前のこととして受け止めている人間の落胆と苛立ちが混在している――誰もたいした仕事をしていないし、自分は自分で思った通りの仕事ができないのだった。ここは「見ているぶんには美しかった」けれども、ロレンスは「頭上から烈しく照りつける恐ろしいまでの太陽」[10]にただただ圧倒されていた。バンガローが森のすぐ近くに建っていたので、全員が「椰子の木の金属的な感じや、鳥やほかの生物が立てる不愉快な音。この生き物が昼間は物を叩いたり、揺すったり、金属をぶつけ合わせたり爆発させたりするような音を絶えず発していますし、夜は夜で小さな機械が動いているような音がずっと響いています。」夜になっても気温は下がらず辺りが静かになることもなかったので心地良い眠りに落ちるなんてことはなかった――「夜でさえ数メートルも歩くと滝のように汗が流れてきます。」ブルースター夫妻はいつものように親切で献身的でさえいてくれて、彼らの子どものハーウッドをロレンスもフリーダも大好きだったのだが、ロレンスはセイロンにこのまま留まるという考えに確信が持てずにいた。ブルースター夫妻は入るときには靴と帽子を脱ぐような石窟寺院を回っていたが、ロレンスは同行することを拒んだ――寺院から「出てくるとロレンスが立っていました、靴を履いて帽子を被ってね。ここは自分が属する場所じゃないし、ここにいることに意味はないと態度で表現しているようでした。」「ぼくのいるところではないし、いるべき場所だとも思えません」[11]とロレンス自身も言っている。しかしこのセイロン滞在で、物真似のレパートリーを増やしていた。四年後に友人のロフル・ガーディナーはロレンスが「シンハラ人の修行者または邪神的なダンサー」の真似をして躍っているのを目撃している。ステップを真似ただけではなく、ガーディナーが仰天したのだが、「悪魔に憑依されたように、スリッパを履いてコブラのように身をよじり顔を右や左に向けながら青い眼球が眼窩から飛び出さんばかりの鋭い目つきで威嚇するように、ゾッとさせるように真似をして躍っていた」ロレンスを目撃したこともあった。一九二〇年代後半にリチャード・オールディントンは森の生き物をロレンスが再現したのを聴いている──「ロレンスは私に、熱帯のジャングルが立てる音を聞いたことがあるかと訊ねたことがあります。そして彼は身の毛が弥立つようないろいろな叫び声、ギャーギャーいう声、震える声、遠吠えするような声、動物の『助けを求めるような』金切り声を出してみせたのです。」ロレンスはこのようにセイロンでの身の回りの環境に注意を払っていたのであり、アクサ・ブルースターが回想しているように、暑さや汗や喧騒などに悩まされはしたけれどもやるべきことをしていたのだ──夜になると「昼間書いたものを声に出して読んでいました」──たぶんヴェルガの短篇の翻訳で、これに加えて「象」という詩も書き進めていたのだろう。[12]

出版社には「セイロンを舞台にした小説」が書ければいいと思っていると伝えてはいたが、詩を除けばロレンスはセイロンで執筆はしなかった。この理由のひとつにはセイロンに到着した早々にウィルス性の胃腸炎に罹ってしまい、それからずっと胃の調子が悪く下痢にも悩まされていた──「生まれてこのかた三十六年になりますが、この三週間ほど内臓が痛んだことはありません。」[13] このように体調に恵まれなかったことが、セイロンでの体験の受け止め方に影響を及ぼしたことは事実だろう。万全な体調でなかったせいで、「自分が受けた印象を信用できない」とブルースターに言っているし、滞在中ほとんどロレンスは不機嫌だった。彼がセイロンで体験したことは肉体的な嫌悪だったようだ──

気分が悪くなるような臭いが辺りに立ち籠めています。絶えず吐気をもよおす椰子の実の油の臭い、甘ったるい熱帯の果実には血と汗を思わせるようなものがあります。仏教徒の僧の意地の悪そうな顔、彼らが纏っている黄色の衣。むさ苦しく不潔な洞穴のような寺院。こういったものが、ぼくにとってのセイロンです。そしてぼくはこういうったものに我慢ができないのです。[14]

やがて以前にもあった息が詰まる、窒息しそうな気がするという表現が手紙に現われるようになる。「熱帯のジャングルを見ていると息苦しくなる」とか「セイロンはぼくにとって牢獄です。重圧的で、ぼくはここから逃れたい」──ついに一週間後には「あらゆるものが覆い尽くされているような気がします」と書くようになり、ロレンスとフリーダは涼を求めて「この覆いから抜け出るべく」海抜およそ千八百メートルの夏季駐在地へ行ったのだが、結果は「ダメです。ここでのほうが圧迫感が強く感じられます」[15]というものだった。

仏教の受容の仕方のせいでロレンスはブルースター一家、とくにアールに余り良い印象を持たれていなかった。そのアールは四年後に『仏陀の生涯』を出版する。「立ち上がってくれればいいのに！」というのが釈迦像へのロレンスのコメントだが、彼の考えでは仏教は生をまっとうしていないというのだった。言葉を慎重に選んではいるが、ロレンスに言わせれば仏教は「不毛で死滅したもの」で、「底なしの泥沼のようにぼくの思惑を超越している」とも腐している。寛大なブルースター一家でも、自分たちが傾注しているものをこれほどまでに悪し様に言うロレンスを招待なんかしなければ良かったと後悔したこともあったに違いない。初めは一年ほどセイロンに滞在しようと考えていたが、それを「長くても半年」と短く変更したロレンスとフリーダだが、それでもブルースター一家が四月の終わりにセイロンを発ったあとに滞在しつづけるつもりはなかった。[16]

初めてヨーロッパから足を踏み出したことでロレンスは「異なる世界のなかで自分自身を見つめ直して」みたが、その結果は予想に反するものだった。セイロンについて悪く言えば言うほど、イングランドやヨーロッパを棄てたことを後悔するようになった――「ここにきてイングランドを思い焦がれています。」フリーダは、ロレンスがどのくらいに「イングランド人っぽくなっていたか」を憶えている――「全世界を敵に回すイングランド人は、故国イングランドにさえ牙を剥いています」とはロレンスの言い方である。「今のように外国にいるといっそう明確に分かるのですが、イングランドを棄てて生の周縁部に移り住むのは間違いだと思うのです。」この「周縁部」にはタオルミーナだけでなく、「セイロン、アフリカ、アメリカ」[17]も含まれている。セイロンについて手紙でロレンスが悪口を並べ立てているのを知ると、落胆したからこそ安直に植民地や人種への偏見に満ちた雑言を書くようになったことが分かる。（このような反応は疑問視され、アメリカでの経験則によってすっかり変えられることになる。）海外で暮らすほかのイングランド人との手紙では、「関心を払うこと」、責任を持つこと、故国のために執筆することに唐突に覚醒している。セイロンでは「ぼくたちの考えに従えば、なにも実際に大事なことはなかった」――そして『カンガルー』のソマーズのように、ロレンスは「有象無象の無責任な輩が存在する一方で、自分が社会の責任ある一員であることを自覚している。」セイロンでは「自分がいるべき場所から敗走している」と感じて、そのために「夏のうちにはイングランドへ戻ろうかと考えています」[18]と書いている。しかしロレンスは晩年の七年間に、ここで考えたり言ったりしたことを実行に移したわけではないが、確信を持っていそうに見えるときでも、ロレンスが抱えていた自家撞着を、そしてロレンスという人間がいかに矛盾する考えを抱いていたかを記憶しておくべきである。ロレンスは手紙のなかで相矛盾する考えや感情を披歴するのが常であるが、その態度は旅行中にも垣間見ることができる。セイロン滞在中のロレンスの次の行動が好例のひとつである。メイベル・スターンに書いている――自分は民主主義というものを信じてはいないが、その代わりに「実際的で、神聖で、霊感的な権力、つまり神授王権のようなものを、ぼくは君主が人民の同意ではなくて神から直接に授けられた権力・支配力といったものを信じます。」陽に照らされながら丘を登らなければならないときに、ロレンスは人力車を利用することを頑として拒否した。身体の調子が悪くてもロレンスは「人力車を引っ張る少年に自分の身体を運ばせようとはせずに自分の脚で歩いた」。[19]ロレンスは植民地で目の当たりにした人種間の違和や、ヨーロッパを見棄ててしまったという自分の愚行に気がつかないような鈍感な人間ではなかったし、故国の外を放浪しながら経験する失望に次ぐ失望を看過するには自意識が勝りすぎていた。

　たった六週間滞在しただけで、ロレンスとフリーダは再び船上の人となった。コロンボまで同船した客がふたりをオーストラリアへ招待したのだった。そしてこのときに晩秋を迎えていた南半球に位置する西オーストラリアは、郷愁の念に駆られていたロレンスにとってイングランドを連想させたことだろう。ふたりは綿密な計画などなくその地へ向かった――「一旦足を踏み出したら歩きつづけるしかないでしょう。どんなことが待ち受けているか、そんなに気になりません。」無計画に行動するロレンスの姿が認められる。糸が切れたら漂いつづけるだけ――「転がって行くような感覚を気に入っています。」その一方で、ただ旅をするだけというのは無意味なことで、一九二二年の五月に「無駄なことをしているという感覚が強くなっています」と書いている。このときのロレンスには「大なり小なり確信が持てるまで先に進むしかない」という気持があった――これは、イングランドやヨーロッパ以上に好ましい場所などありはしないということを確信していた証左である。五月には次のようなことを書いている――「いろいろなことを試してみて、そういったことが全部気に入らないことだと発見することが好きです」。[20]しかしそうはいってもどこかに腰を落ち着けて執筆しなければならなかった。オーストラリアまでの船賃がひとり六十六ポンドだったということが「発見」したことのひとつである。一九二〇年に南太平洋へ船で旅に出るという計画を立てたことがあって、ロレンスはそのとき「この忌々しい本で船を満載にしなければならない」[21]と暗澹たる気持だったが、オーストラリアに向かうときに実際にしなければならなかったことは、まさにこのことだった。

　ふたりがオーストラリアで過ごしたのは三ヶ月ちょっとの期間だった。「碧い大海原をイルカが飛び跳ねるのを眺めながら進んだ」航海の末に一九二二年五月四日に西オーストラリアに位置するパースに上陸したが、ここには二週間ほどしか滞在しなかった。ふたりはジェンキンズ家族やその友人から想像以上の歓待を受け、セイロンの酷暑のあとで切望していたようなマイルドな気候のなかで快適だった。空は「高く、そして青く新鮮だった。まるで誰もまだ息を吸い込んだり吐き出したりしたことがないかのようだった。」このような環境のなかでロレンスは圧迫感など微塵も感じなかった。西オーストラリアでロレンスにとって一番素晴らしかったものはダーリントンの近くで初めて目にした叢林《ブッシュ》で、ロレンスは魅せられもし畏れを抱きもした――「神々しく、果てしなく、音もなく静まりかえって、ゴムの木の白い幹は例外なくいくらか焦げている…森というよりも原始林のようで、いまだに陽の光が射したことのないような薄明のなかの森」[22]といった印象だった。セイロンでの息が詰まるようなむせ返るジャングルとこの静寂さのコントラストをこれ以上には明確にはできないだろう。この地でロレンスにとってもっとも有意義だった人間関係は、ジェンキンズ夫人を介して行き合ったモリー・スキナーとのものだった。彼女はリースデイルという名の保養所で働く看護師で小説を書いていた。彼女はロレンスのことを、痩せぎすで唇は赤く、色白の顔のわりには頬骨には「熱をもったように赤みが射していた」と観察している。[23]この女性は、自分がオーストラリアの移民について知っていることについて書いてみませんかというロレンスのアドバイスに触発された――こうして彼女は筆を取ることになったのだが、この物語は翌年にロレンスがふたりの共同作品『叢林の少年』として完成させるものである。この作品のなかでロレンスは、ジャック・グラントが叢林のなかで迷子になって危うく死にかける経験について書いている。

パースでもダーリントンでも腰を落ち着けたいと思えるような場所にめぐり合うことはなく、ロレンスとフリーダはシドニーへ向かうことにして五月十八日にはニューサウスウェールズを目指して出発した。シドニーは物価が高かった――そこで「仮にもある国のことを知りたいと欲すれば」私たちは「その国の主要な都市で暫く過ごさなくてはならない」[24]という自分の蘊蓄にもかかわらずに、ロレンスとフリーダはシドニーから六十五キロほど海岸沿いを南下したところにあるリゾート地サールールで汽車を降りて、そこでタスマン海に面した美しい「ワイアーク」という名のバンガロー風の貸家に落ち着いた――「庭先に太平洋を眺めることができるとても素敵なバンガロー」で、「テーブルについていると、波がうねりながらぼくたちのすぐ足下にまで打ち寄せてきます」。知り合いは誰ひとりとしていなかった――「大陸のこちら側には、ぼくたちのことを知る人はひとりもいません」――そしてロレンスは胸を撫で下ろしたのだが、詮索好きの近隣の住人たちの好奇心に悩まされるようなこともなく、ロレンスとフリーダはふたりきりの世界に浸りきることができた。とくにロレンスは、知っている人間が誰もいないことをこの上なく幸せなことだと実感していた――「でもかつてはここにも口さがない人たちで溢れていたのでしょう。」[25]見知らぬ土地で執筆することに不安はあったものの、そして最近まで取り組んでいた小説のひとつの『アーロンの杖』が「二年間も動きがないこと」ともうひとつの『ミスター・ヌーン』がまだ完結していなかったけれども、[26]ロレンスは新しい小説を起稿して一日に三千語以上を書くというペースを六週間つづけた。このあいだに一回だけ中断している。セイロンではそれなりに価値のある経験をしたようだが執筆はしなかった一方で、オーストラリアへの期待は薄かったものの、ここでは著述に専念したのだった。

もともとロレンスには読まれやすいものを書くつもりがあっ

たようだ――「ここにいるあいだ、そしてふたりが誰にも邪魔されないあいだにロマンスでも書こう」[27]かという気があった。しかし、『カンガルー』はどう見てもロマンスなどではない。この小説はひとりのヨーロッパ人が旅の途中でしたためた思想史のようなもので、ここには個人と社会とのかかわり合い方の最善の形についての考えが表白されている。オーストラリアへ来たことでロレンスは触発されると同時に、他方ではひどく用心深くなった。彼はオーストラリアで目の当たりにした無頓着な民衆を気に入ったが、それでもこの国を今までに足を踏み入れたことがないほどに民主的な場所だと見て取った。ロレンスはすでに民主主義によってありとあらゆることが平等になることについて反対の意見をもつに至っていたし、そしてイタリアで体験したファシズムを嫌悪していた。今度のオーストラリアでは、社会はどのように変化し得るのかについて考えさせられた。『カンガルー』ではロレンスが危惧していたヨーロッパでの諸問題が取り沙汰されるようになった――誰が支配する立場にいる者で、誰が従うのか。或いは、権力を行使するとはどのようなことなのか。社会のどの部分が変わるのか、個々人はどうすれば自分自身でありながら社会的存在となり得るのか――などの諸問題を、あらゆる問題が表面化しているようなこの新旧が同居する世界で追究したのだ。オーストラリアでは社会主義が現実的に権威主義やファシズムの対極をなすだけでなく、昔ながらの文明の枠組みのなかの愛とか信頼とか信念などの捉え方が個としての存在をどのように受け入れるかという本質的な考えと真っ向から衝突していた。どの小説でもそうだが、このようなアイデアは支持されもするが、絵空事として軽んじられもする。オーストラリアで実際に目撃したその国の政治情勢に不満を抱く退役軍人の態度やイタリアで目撃した社会主義者やファシストを、そしてイーストウッドでの若かりし日々に端を発する社会主義についての考えなどをロレンスは作中で活かした。シドニーで結成されたばかりの右翼の秘密の軍隊による革命運動についての詳しい情報をロレンスが知っていたのは、たぶん船で出会ったオーストラリア人の復員兵から聞き知ったからだろう。このような話をもとにしてロレンスが考えて想像したものをディガーズという虚構の団体に結実させたのは彼のひとつの特徴といえる。通称「カンガルー」という物語の中心となる人物――ベン・クーリーという弁護士で、ファシストでもありホイットマン的人物でもあり、独り善がりな愛の提唱者として登場する――は現実味のある生き生きとした登場人物である。この男の感情の烈しさや弁が立つところ、そしてソマーズの彼への反応は、作者であるロレンスがそれまでの実生活で考えたことや経験したことがもとになっていることに疑う余地はない。社会主義者のウィリー・ストラザーズについても同じことが言える。ロレンスは自分のそれまでの生きざま、そして自分の知的活動の歴史を追体験しながら、新しい国や社会の可能性を洞察しようとしていた。しかしソマーズは最終的に過去というものはその一切合財が、政治や「権威」や「愛」や「民主主義」といったものを膠着させてしまうと共に、「腐乱した死体…私たちをかき乱し窒息させる言葉、愛、そして意味」[28]にすぎないという認識に至る。余りにも陰鬱な結論である。ロレンス自身も認識していたのだろうが、オーストラリアは新しく且つ太古からつづく世界を包含していたにもかかわらず、『カンガルー』という小説（そしてそれを書いた作家）に出口を提供してはくれなかった。与えてくれたのは叢林のもつ畏れ多い美と孤立感、そして海岸線を当てもなく彷徨いながら海の生物や貝殻を見つめるソマーズの孤独な態度である。

『アーロンの杖』のなかのタニーとリリーの夫婦関係に比べれば、リチャードとハリエットの夫婦生活における夫と妻の繋がりは脆弱である。ソマーズ夫妻は男性の指導性、女性の愛、そしてたんなる仲間づき合いのあいだを絶えず流動する。『カンガルー』で示されているものは新しいロレンスの夫婦像であり、そこには今まで以上に指導者や支配者として追従されるべき夫の姿と、夫のそのような役割に今まで以上に軽蔑的な態度をとる妻の姿が描出されている――「あの人が亭主関白ですって！　自分の食べるパンやバターを手に入れることすらできないのに。来年にはふたりともきっと飢え死にするわ。」[29]結婚はソマーズにとってはもはや副次的なもので、そんな彼は社会の様々な要求、そんな社会で膠着状態にある昔ながらの愛や結婚や責任という概念をいろいろと考えてしまう結果、それまでのロレンスが創作したどの男性よりも孤立した一匹狼の役割を担っている。『アーロンの杖』でアーロンは「いったい自分は誰に従えばいいのだ？」と自問自答していた。そして『カンガルー』でソマーズが実際に導き出した答えは「誰に従うのでもない」というものである。

ロレンスが書いた小説のなかで初めて、人間関係においてではなく非人間的世界において自分は自分であるという根本的な感覚が唯一重要な信条として主張されている。二十世紀を生きる人類がどのように自分たちが生きる社会を変革する道を探っていくのかを提供する一方で、完全に政治的な小説になるはずだったものがその代わりに社会のいかなる制約にも囚われることのない世界観を打ち出している。このような思想を言語化するのにうってつけの環境をオーストラリアは提供してくれたといえる――「オーストラリアの穏やかで青い、人間の存在など微塵も感じさせることのない空。文字などが刻み込まれたことのないような蒼白いオーストラリアの大気。まっさらな状態。世界はまだ始まったばかりで、真新しい白紙の最初のページ。ひとつの滲みもなく、書き留められたものもない。」オーストラリアの魅力に取り憑かれていたロレンスは、「ヨーロッパの世界とはひどくかけ離れて、まったく無縁で、徹底的に異質な印象を与えるこの場所を満喫することができたら、そしてここで自分自身を見失うことになればこの国に留まりたいと思うことでしょう。良心、あまつさえ自分自身をも失う場所としてオーストラリアは絶好の場所です」とコメントしている。[30]

確かにロレンスは「オーストラリアの大いなる魅力」に惹きつけられていて、「その魅力に取り憑かれることに抗おうとする気持がなければ、ここでずっと暮らすでしょう」と言っている。つまりロレンスにはこの大陸で自棄になる可能性があったことを仄めかしている。そんなロレンスは『恋する女たち』のバーキンのように、人間として作家として自らが信じるものを追究する（そして抗う）という昔から抱え込んでいる古臭い試練に「縛りつけられている」と感じていた。[31] だから『カンガルー』における「悪夢」という章がロレンスにとって第一次世界大戦とは実際にはどのようなものであったのかを詳細に描出する場となった。「悪夢」はコーンウォールやダービィでのロレンスの実体験を物語り、こうすることで自分がどのように祖国に裏切られたかを解明することができた。これはおそらく（ロレンスには確信はなかったかもしれないが）ヨーロッパ人としてのロレンスがオーストラリアという異質な国で過ごしたことと無縁ではないだろう――オーストラリアの茫漠とした広さが、ロレンスの内にずっと潜在していた関心事を顕在化させたといえるかもしれない。地平線まで果てしなくつづく空漠としたこの風景を、ロレンスは「空が薄らと青くなってくると木々はその空を背景として黒々と聳え立ち、その光景は近づきがたい妖しい魅力をもつのです！」[32]と言い表わしている。

　西オーストラリア上陸時には大勢の人びと（やや過度に）親しく交わったもののニューサウスウェールズでは付近を眺めながら散歩したり、沈思黙考したり執筆したりしたほかは人との接触はほとんどなかったようである。「穏やかに」という言葉は住んでいた場所でどのように時間を過ごしたかを描写するのにロレンスが使った特徴的なものである。ここで起稿された『カンガルー』は往時のオーストラリアでロレンスが嗅ぎ取った状況を描いた出色の出来栄えとなっている。六月二十一日頃に「若干筆の進みが遅くなった」あとでは一気呵成に書き進めたようで、[33] 終わりが見えてきた頃にロレンスとフリーダはアメリカ合衆国行きのチケットを予約している。モントシーアへあらかじめ手書き原稿を送ったのは自分がアメリカへ着く頃にはタイプ原稿に起こしておいてもらいたかったからで、ロレンスにはこれに手を加えたいという気持があったと考えられる。アメリカへ向けての出発はもうすぐだった。ロレンスにとってその国は「理由はわかりませんが、思い浮かべるだけで身がすくみ、行くのだと思うと気が進まない唯一の国」[34] だった。ロレンスはセルツァー、メイベル・スターン、そしてモントシーアにタヒチ号がサンフランシスコに到着したら会わないかと訊ねていたが、結局は誰とも会うことはなかった。一九二二年八月十一日、フリーダの四十三回目の誕生日にニュージーランドのウェリントン、クック諸島のラロトンガ、フランス領ポリネシアのタヒチ島を経由してサンフランシスコへ向かうためにシドニーを発った。

　『カンガルー』の手書き原稿に書かれたロレンスの最後の言葉は「皆さん、お別れです。さようなら。ぼくはこちら側ではすべてをやり終えました」というものだった。向こう側、つまりアメリカに到着するとロレンスはほかに三種類の結末を考えた。ひとつは船とシドニー港とのあいだに白く泡立って弾けて消える波頭を描いている――「途切れた繋がり。ぼくを繋げていたものが断ち切られた」――が、それはソマーズの心情を明らかにしている。これよりも長めの結末はそれほどもの悲しくはないが、船上のソマーズとハリエットが出港するところを描いている――「冷たく黒く、愛想のない海を進んで行けばニュージーランドまではたったの四日だ。」一番長いエンディングはどうなっているかというと、船はタヒチまですでに到達していてアメリカへ向けて抜錨するところである――「日没に向かう夕焼けで辺り一面黄金色に輝いている」。ソマーズは若いアメリカ人と長く話しこんでいるが、やがてふたりは夕食のために着替えにそれぞれの部屋に戻る――「一言も言葉を交わさなかったかのように、ふたりはプイッと別れた。」この三種類のエンディングはそれぞれに異なる種類の孤独を醸し出している。「彼は切り離されてしまったと感じた。こうなったら懸け隔てられたままでいるしかない」という言葉にこれら三つのエンディングが凝縮されている。[35]

とくにイングランド国外を放浪していたときに執筆したものを読んでみると、ロレンスが自分の考えをさらに深めようとしていた傾向がこのようなエンディングには見受けられる。旅をすることで自分が孤絶していることを知的に確認するだけでなく、その孤絶感を滞在したその土地その土地で実際に身体で体験しもしたのだった。しかしまた旅をとおしてそれまでにない新しい、異なった経験をすることもあった。メルヴィルを読み、そして『アメリカ古典文学研究』において『タイピー』について論じたこともあって、ロレンスは太平洋に浮かぶ島々を訪問したいと思っていたし、マッケンジーが購入する予定だった船でモントシーアも誘って太平洋を周航する夢を膨らませていたこともあった。ロレンスはまた自身が影響を受けた作家のひとりであるロバート・ルイス・スティーヴンソン（痩せぎすでエネルギッシュで病弱の小説家であり詩人でもありエッセイストでもあり、彼のイニシャルは『カンガルー』の主人公R・L・ソマーズに引き継がれている）がどこで地上の楽園を見つけたのかを知りたかった。だがロレンスは「地上の楽園」なるものが存在するとは信じられなくなっていた――「そんなものが欲しければ、どうぞ勝手に探して手に入れてください。ぼくは御免蒙ります。」タヒチ島の首都であるパペエテは「みすぼらしく、つまらない、近代的な場所」であることが分かった。ラロトンガは「南太平洋の島はこうあるべきだという期待を裏切らない素敵な場所」だったけれども、セイロンでの経験を語ったのと同じような言葉を使って言い表わしている――「南太平洋では人びとの魂は真空状態にあるようです。」[36]彼は切り離されて漂っていると感じ、話す相手もいなければ注意を払う対象も見当たらなかった。だからこそタヒチ号に乗船してきたサンフランシスコへ向かう途中の映画関係の人びとと楽しく過ごしたようである。彼の手紙にはこの映画産業にかかわる人びとを軽視している態度が現われているが、フリーダが書いた手紙にはロレンスは「執筆をしていません。乗り合せた人たちと楽しく過ごしています」と書かれている。彼らは「今までに交わったことのないタイプの人たち」で、ロレンスは彼らについて次のようにつづけている――

> 彼らの放縦で、粗野で無頓着な人前での愛情の表現はロレンスを面白がらせると同時に、彼にとっては業腹だった。彼はそのグループのなかの数人と仲良くなった。そんな彼らはロレンスがそれまでに出会ったことがないようなたぐいの人間だった。ロレンスは彼らの一挙手一投足をじっと観察して記録していた…ロレンスは私たちにその船を見るように言った――青い海原に残る長くゆったりとした航路を、そして船上の無謀で煽情的な群衆を…[37]

孤立感とは無縁な人びとの勝手気ままに振る舞う自由さはロレンスの怒りの対象だったが、彼を惹きつけもした。船がやっとサンフランシスコに投錨するとロレンスとフリーダは「船で知り合いになった連中」に会いに行っただけでなく[38]――上陸後数日間は彼らと「仲良くつき合って」いた――実際に映画を観にも出かけてアメリカの西海岸で育まれた映画技術がどれほど進んでいるのかを見てみたりもした。

だが映画は、いわゆる「留まることのないハデス」のような「路面電車が立てる鉄がぶつかり合う騒々しい音のする」物価の高い町と同じように、ロレンスにとっては興趣に欠けていたようだ。ロレンス書いた文章が彼の困惑を控えめに語っている――「映画を観に出かけました。ジャズオーケストラやバカでかいオルガンもあります。あらゆるものがクレイジーで、ぼくの気も変になりそうです。」九月八日金曜日の夕方、都会での生活を五日間体験したロレンスとフリーダは鉄道を利用してニューメキシコへ向かった。目的地までの道程は「汽車で二日、そのあとさらに車で百キロ走る」[39]ものだった。メイベル・スターンと彼女の恋人でネイティヴ・アメリカンのトニー・ルーハンが日曜日にラミー駅でふたりを出迎えてくれた。駅での昼食を終えてからメイベルはロレンスとフリーダをサンタフェまで連れて行った。そこでメイベルの友人であるウィッター・ビナーと彼のパートナーのウィラード・「スパッド」・ジョンソンと一緒に一晩過ごした。翌日に一行はメイベルとトニーの車に同乗して長く、ごつごつとした岩が転がっていて、峡谷を縫うように走る道を約九十キロ先のタオスへ向かった。この日はちょうど九月十一日で、ロレンスの三十七歳の誕生日だった。

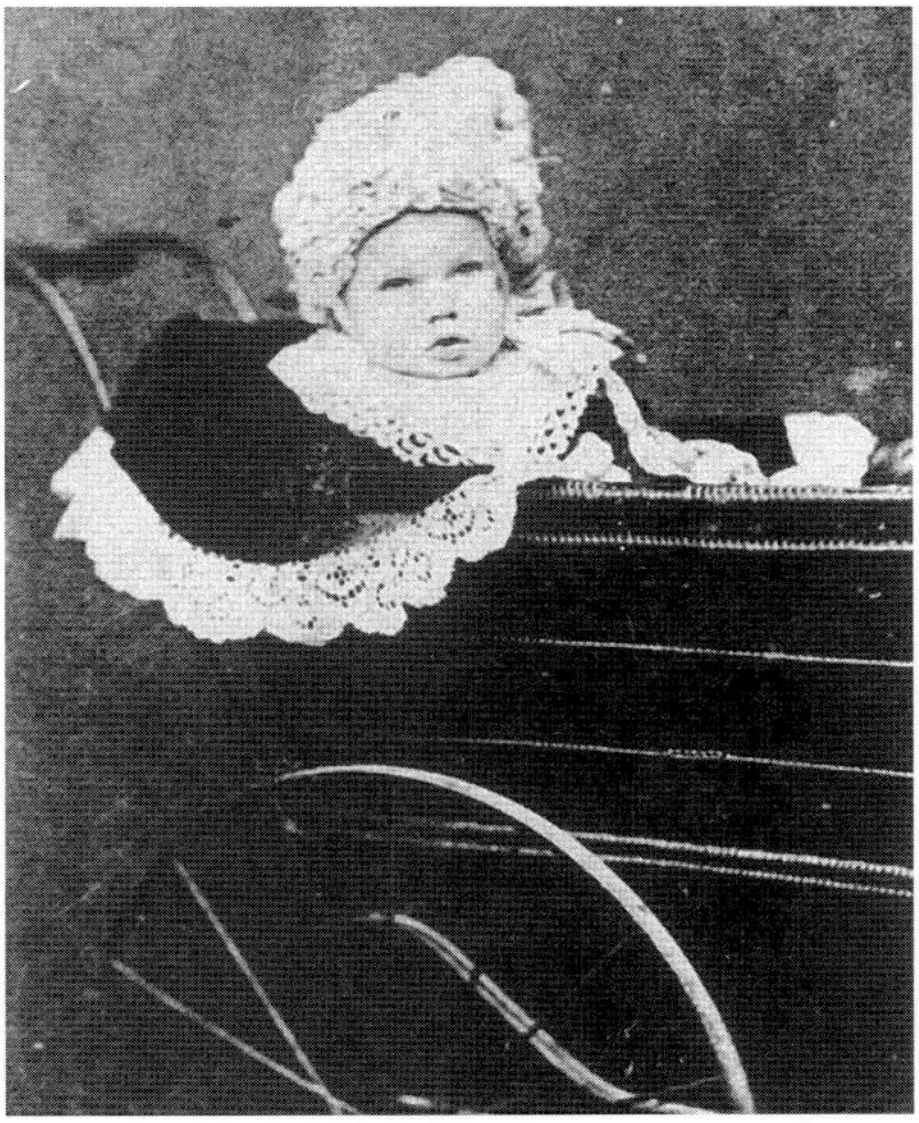

1. D. H. ロレンス。イーストウッドにて撮影。1886 年頃。

2. ロレンス一家。ノッティンガムにて撮影。1895 年頃。後列左からエミリー、ジョージ、アーネスト。前列左からエイダ、リディア、D. H. ロレンス、アーサー。

3. ボーヴェイル小学校、グリースリィ、ボーイズ・グループ 3。1894 年撮影。「鼻デカ」ブラッドリーは後から 2 列目の一番左。D. H. ロレンスは後から 3 列目の左から 2 人目。ジョージ・ネヴィルは後から 4 列目の左から 2 人目。

4. リディア・ロレンス。イーストウッドにて撮影。1895 年頃。

5. D. H. ロレンス。ノッティンガム・ハイスクール。1899 年または 1900 年に撮影。

6. チェインバーズ一家。ハッグス農場にて 1899 年 6 月 29 日に撮影。メイ、バーナード、モリー、エドマンド、アン、デイヴィッド、ジェシー、ヒューバート、アラン。

7. ジェシー・チェインバーズ。ノッティンガムにて撮影。1907年頃。

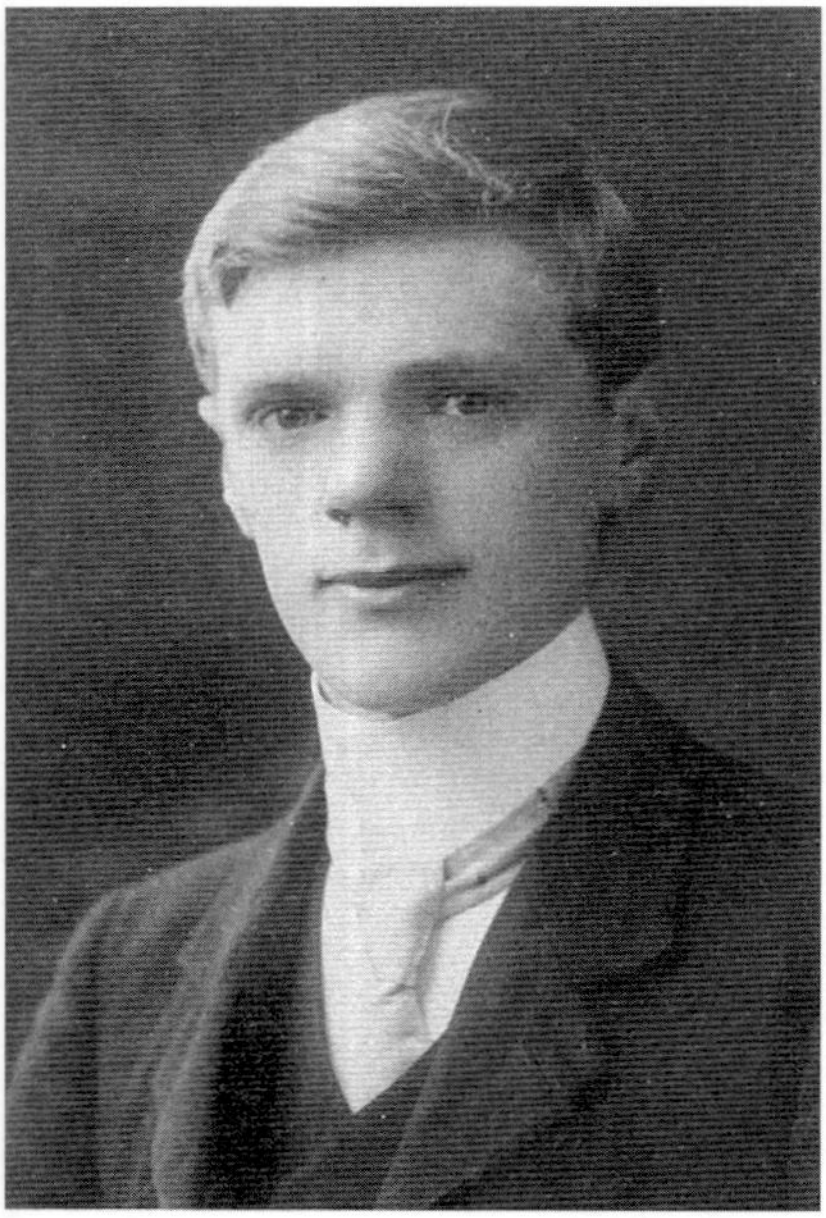

8. D. H. ロレンス。ノッティンガムにて撮影。1906 年 9 月 11 日。

9. ヘレン・コーク。クロイドンにて撮影。1903 年頃。

10. ルイ・バロウズ。レスターにて撮影。1909年2月13日頃。

11. D. H. ロレンス。クロイドンにて撮影。1908年12月12日頃。

12. アリスとフィリス・ダックス。シャイアブルックにて撮影。1915年頃。

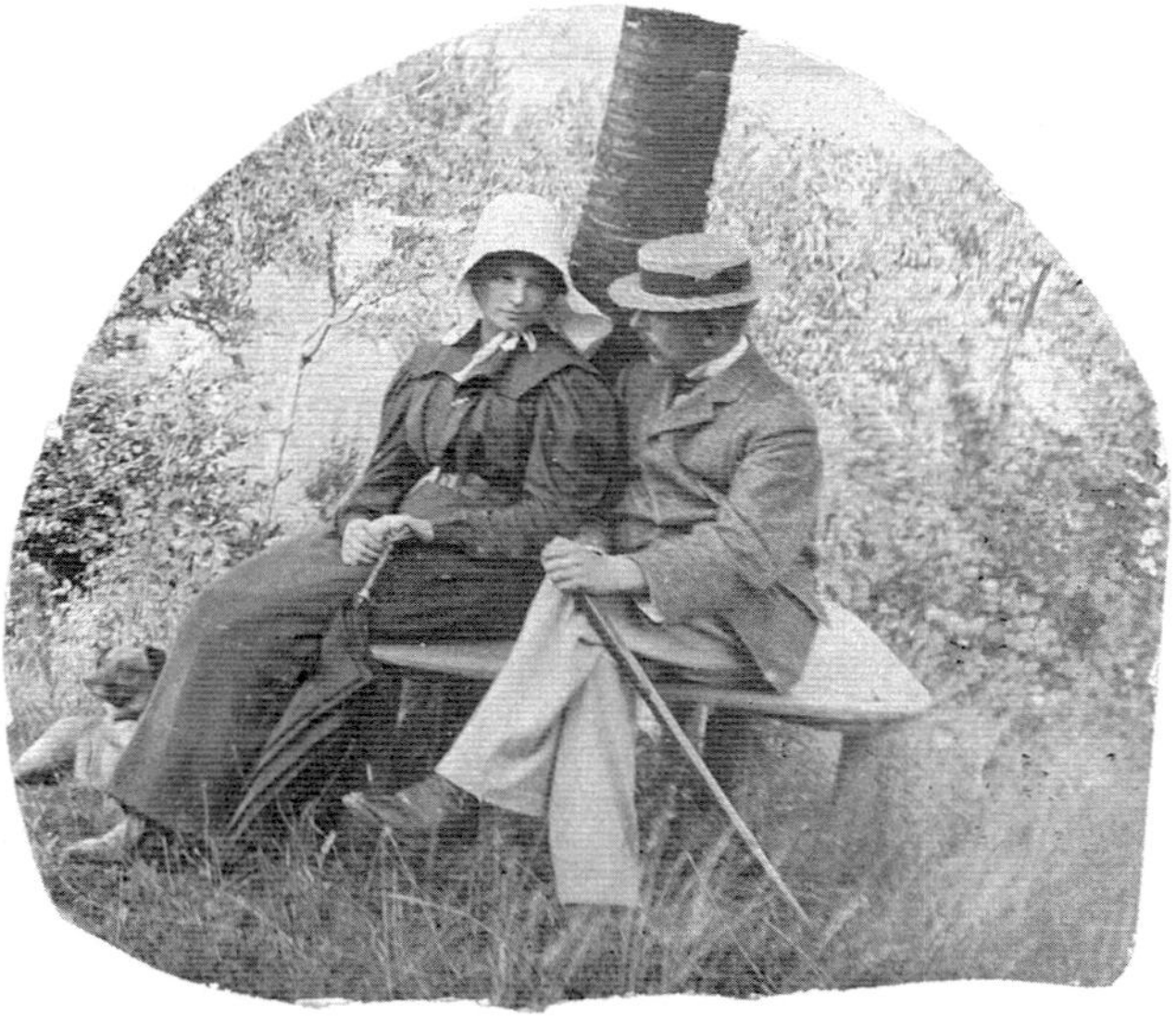

13. フリーダとアーネスト・ウィークリー。フライブルクにて撮影。1901 年頃。懐中時計かロケットペンダントに合うようにアーネスト・ウィークリーによって切り取られた写真。

15. D. H. ロレンス。ロンドンにて撮影。1913 年 6 月 26 日。

14. モンティ、フリーダ、バーバラ・ウィークリー。ノッティンガムにて撮影。1905 年頃。

16. D. H. ロレンス、キャサリン・マンスフィールド、フリーダとジョン・ミドルトン・マリィ。サウス・ケンジントンにて撮影。1914 年 7 月 13 日（ロレンスとフリーダの結婚の日）。

17. D. H. ロレンス。ロンドンにて撮影。1915 年の晩夏。

19. フリーダ・ロレンス。ロンドンにて撮影。1919 年 10 月。

18. ウィリアム・ヘンリー・ホッキング。コーンウォールにて撮影。1917 年頃。

20. D. H. ロレンス。ダービシァにて撮影。1918 年 6 月頃。

21. モーリス・マグナス。1920年頃。

22. D. H. ロレンス。フィレンツェにて撮影。1921年9月19日。

23. ロザリンド・ベインズと娘のブリジェット。1914年。

24. メイベルとトニー・ルーハン。ニューメキシコにて撮影。1925 年頃。

25. D. H. ロレンス、ビブルズとフリーダ。タオスのデルモンテ牧場にて撮影。1923 年 2 月から 3 月にかけてのある日。

26. フリーダ・ロレンス。メキシコのグァダラハラにて撮影。1923 年 5 月から 6 月にかけてのある日。

27. D. H. ロレンス。サンタフェにて撮影。1923 年 3 月 19 日または 20 日。

28. D. H. ロレンスとフリーダ。ニューヨーク港、レゾルート号船上にて撮影。1925 年 9 月 21 日。

29. 後列にハーウッド・ブルースターとアール・ブルースター。前列にドロシー・ブレット、アクサ・ブルースターと D. H. ロレンス。カプリ島にて撮影。1926 年 2 月下旬または 3 月上旬。

31. エイダ・ロレンスとD. H. ロレンス。メイブルソープにて撮影。1926年8月21日から26日のいずれか。

30. 狙撃隊の制服を着たアンジェロ・ラヴァリ。1926年頃。

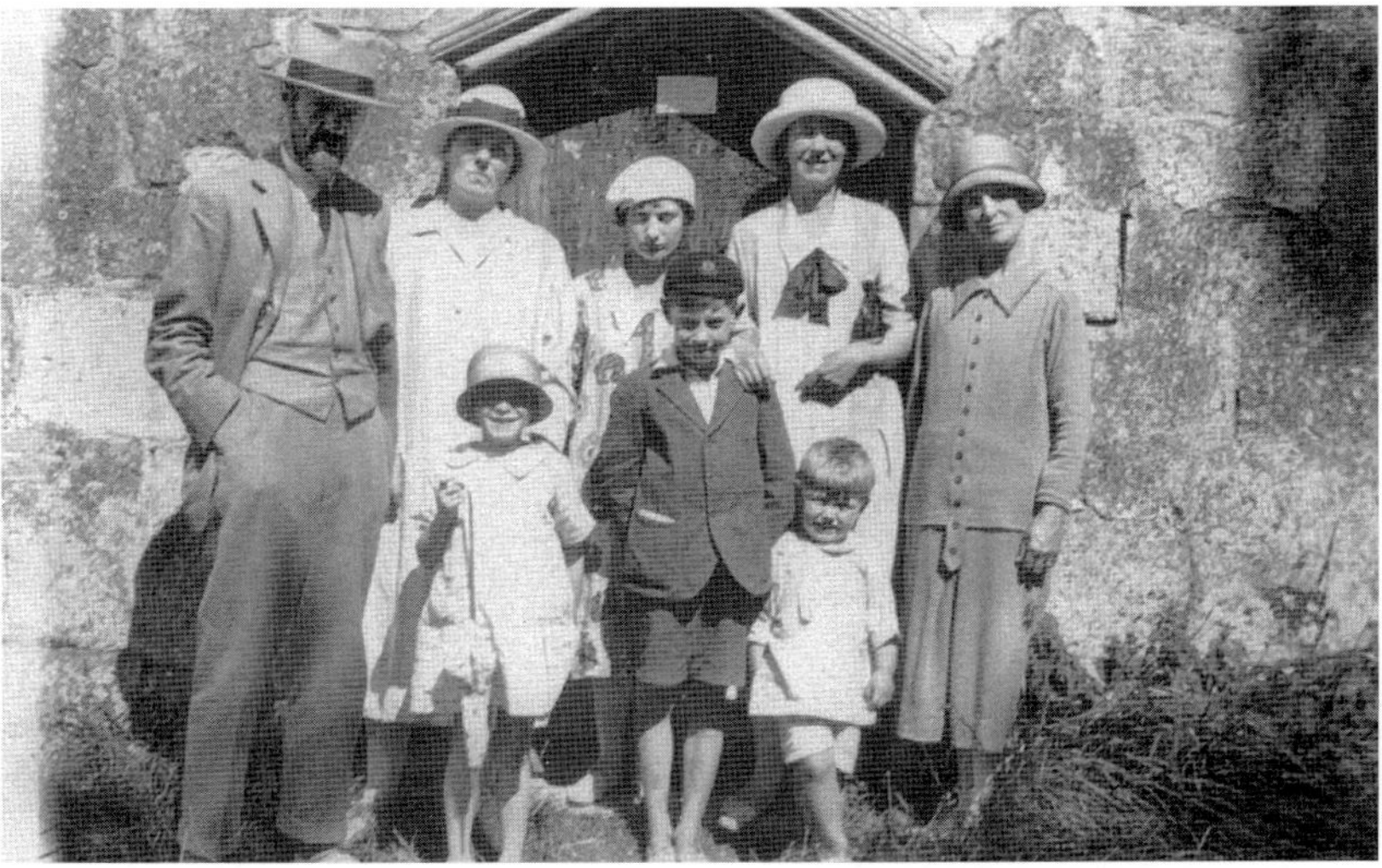

32. 後列左からD. H. ロレンス、エミリー・キング、モード・ビアゾル、エイダ・クラーク、ガートルード・クーパー。前列左からジョーン・キング、ジャック・クラーク、バート・クラーク。リンカンシァ、マークビィの聖ピーター教会にて撮影。1926年8月21日から26日のいずれか。

33. D. H. ロレンス。サンポロモシアーノにあるミレンダ荘にて撮影。1926 年から 1927 年にかけてのある日。

34.「ピノ」・オリオリ、フリーダと D. H. ロレンス。フィレンツェのサンタ・トリニタ橋上にて撮影。1928 年 5 月頃。

35と36. D. H. ロレンス。フィレンツェのルンガルノにあるデイヴィス・アンド・オリオリ書店にて撮影。1928年5月。

37.『ベランダの家族』。1928 年 4 月下旬に描かれた。

38. D. H. ロレンス。ヴァンスのアド・アストラ・サナトリウムにて。1930 年 2 月 26 日。ジョー・デイヴィッドソンによって作成されたクレー・ヘッド。

17 ニューメキシコ　一九二二―一九二三

ニューメキシコはロレンスが生涯探し求めてきた場所であることが分かった。この場所がある種の天啓をもたらしてくれたとすれば、それはそこに住む人びとが一緒にいたいと思わせるような人びとだったからというわけではなく、ニューメキシコに生き残っていた土着の宗教を思いもよらずに経験することができたからだといえる。タオスからおよそ三十キロ離れたところにあるカイオワ牧場で自然を相手に暮らすことになったのだが、思ったほど干渉されずに、そして満たされた生活を送ることになった。ある人物が「タオス近くの牧場でロレンスが思い描いていた生活が実現した」[1]と書いている。

しかしタオスに到着したとたんにロレンスがインスピレーションを感じたということではなかった。一九二八年の十二月に書かれたエッセイ「ニューメキシコ」には、ロレンスが一九二二年に体験したことが記憶をたどりながら綴られている。彼は「ニューメキシコでの生活は今までに経験したことのないようなものをぼくに与えてくれました。確かにそこでの経験によってぼくは大きく変わったのです…サンタフェの砂漠の上に誇らしげに輝く太陽が昇るのを見た瞬間にぼくの魂のなかで得体の知れないなにかが静かに立ち上がったのです。そうしてぼくは目覚め始めました。高々と昇る太陽は荘厳で、威厳に満ちて猛々しくもありました。オーストラリアの朝日と同じように純粋で華々しいところもありましたが、まったく異質のものでした」[2]と書いている。これはおそらく当時のことを想い起しての描写だろうが、ロレンスがタオスに到着して強く心を揺さぶられたのはそこでの人為的なこと、つまり生活に実体が感じられないことだった。到着した三日後にメイベルはトニーにロレンスをアリゾナ州のアパッチ族の祭事を見物しに連れ出させて、戻って来たロレンスはすぐさまその祭りの感想を「インディアンとひとりのイングランド人」というエッセイにまとめた。そこで目撃したものは子どもの頃に見たサーカス、笑劇或いはコミック・オペラのように思えた――「孤独で寄る辺ないイングランド人であるぼくが大英帝国として知られている世界からこの舞台へ転がり出てきて、今ここにこうして生きています。というのも、この地はまるで舞台のようで、ぼくにとって正常な世界にはどうしても思えないのです。」タオスに戻るとロレンスはモントシーアに「メイベルタウン」での生活の問題点を匂わせつつ「ここでの暮らしがぼくに合わなければ、ひと月以上もこの地に逗留することはないでしょう」[3]と書いている。そしてその三日後にはアール・ブルースターに「自由なる土地」について、「ここでは十分に自由です。もし自由というものが素足で、馬に乗って、車に乗って砂漠を、そして峡谷を好きなように動くこと以外に意味を持たないとすれば、です。こういったことは外部の生、生きることの外側です。ぼくに言わせれば本当の人生ではありません。」ロレンスが「外側」以外を体験することはなかった。彼の心の琴線が「ここの景色にも、インディアンにも、アメリカ人すらにも触れられることはなかった。」タオスに暮らしていたプエブロ族のことを「黒人よりも隔絶している」と見て、一九二二年の十二月には「とてもアメリカ的で、内なる生が感じられません」[4]と断じている。九月の終わりには同じようなことをキャサリン・カーズウェルへの手紙に書いている。タオスで暮らしながらまったく新しい体験をしているロレンスやフリーダのことをキャサリンは羨むだろうとロレンスは想像していたのだ――「ぼくの外側だけが刺激されていて、内側は今まで以上に孤立して冷静な状態にあります。そんな感じです。この西部の辺境地帯も奇妙なオーストラリアも、あらゆることが自分自身から流れ出て遠ざかって行くようです。」そしてロレンスはこの地から出たいと思うようになる――「どのくらいここにいられるか分かりません。自分自身への教訓的体験として春ぐらいまででしょうか。そうしたらぼくはどこかへ行きます。耐えきれなくなったらすぐにでも旅立つでしょう。」[5]

ロレンスはメイベル・ガンソン・エヴァンズ・ドッジ・スターン・ルーハンに反発を感じていた――トニーは一九二三年四月に彼女にとっての四人目の夫になることになっていた（写真24参照）。ロレンスがブルースターに書いた手紙を読むと、彼女が目の上の瘤だったことが分かる。彼女の親切心と寛大さに糊塗された独占欲や虚栄心、そして自己顕示欲などの「意志」を感じ始めいていた――

あなたがアメリカで嫌いなことはぼくにとっても嫌悪すべきもののようです。誰もが、男も女も、自分の意志を相手に行使して、それに追従させることができるかどうか試しているようです…ぼくにとってこのようなことは忌むべきことです。そのようなことを嫌悪します。自分たちの我を立てる必要性を感じるようなときには、個々人は内部では不十分で弱く、そしてなにかが欠けているに違いありません。[6]

今までにない体験、そしてヨーロッパ的ではない世界を求めてアメリカにやって来たのだが、ロレンスがここで目にしたのは完全に孤絶したアパッチ族やプエブロ族のインディアンであり、そして白人の意志の力が渦巻く支配的な世界だった。ロレンスにもフリーダにも、この地に足を踏み入れるまでは自分たちがどのような世界に巻き込まれるのか思いも寄らなかった。ふたりが最初の数週間を住むことになった四つの部屋とひとつのキッチンがある家（プエブロ族の土地に建っていたので理論的にはトニーの所有物だった）は、約二百メートル離れたところに建つ巨大な家の支配下にあった。ロレンスをニューメキシコへ招待したメイベルが望んでいたことは、何時間も自分の話を聴かせること、自分の計画や企ての片棒を担がせること、寛大さをありがたく享受させること、客として見世物にすること、そしてとりわけ、サルディニアについてロレンスが書いていたように自分の半生を描いた小説を書かせることだった――「私のために、ロレンスにいろいろなことを理解してもらいたかった。私の体験、私の題材、私のタオスを知ってもらって、それらすべてをひとつにまとめ上げて、素晴らしい創造物に仕立て上げてくれることを願っていました。そのために私はロレンスにここに来てもらいたかったのです。」[7] 十年が経過してからロレンスについて書いたものからメイベルの性格が明らかになる――それは、エネルギッシュで断固としていて、自己愛が極端に強いために自分の欲求以外のことには目もくれないというものである。このような彼女は、自分自身の必要性に耳を傾けるべきであるというロレンスの信条を究極的に体現したような人物である。

メイベルが「干渉してこなければいい」とか彼女には「宿屋の主人」みたいに振る舞わないでもらいたいと願っていたにもかかわらず、そしてメイベルがふたりを「まるで従僕か弟子を扱うみたいに」接していたことが業腹だったけれども、ロレンスもフリーダも彼女の招待をありがたく受け入れて、食事に招かれたり無償で住まわせてもらうことに感謝の気持をもちつづけた。タオスに暮らすことになって数ヶ月も経過するとロレンスは、タオスの中心街に住むネイティヴ・アメリカンが自分の想像力を触発することに気がつき、この土地を今まで以上に堪能するようになった。メイベルが玉に瑕だったが、彼女の援助があってこそのタオスでの日々の生活に魅力を感じ始めていた。興味を引かれる人びとが大勢メイベルの屋敷を訪れたし、ロレンスもフリーダも楽しみながら乗馬を覚えた。ロレンスの乗り方は決して上手ではなかったが、向う見ずなくらいに馬を早く走らせることができた。馬の背中で絶えず「動いて腰の落ち着かなかった」ロレンスは最後には「人びとがいるところから離れて、陽の光に照らされながら誰のものでもない土地をひとりで遠乗りに出かけること」が大好きになった――「これには病みつきになります。」[8] ロレンスはまた執筆をつづけることもできた――二月以降でロレンスが書いたものは『カンガルー』くらいしかなかったが、これを書き直して新しい章を最後に付け加えて、二編の詩――「アメリカでの初めてのこと」――を書き、ニューメキシコについてのエッセイと寄稿記事を書いた。これに加えてスパッド・ジョンソンがかかわっていた学童向けの雑誌『笑う馬』用に書評をひとつ書いたりもした。

またロレンスはベン・ヘクトの前衛的な小説『謎の誓』を手にする機会を得た――これにはこの頃にはあからさますぎる表現が多用されていた。その主人公が「太腿を撫で、自分の男根をその滑稽な目的地へと操る」のである。これを読んだロレンスは率直な表現にはもっといろいろなやり方があるのではと模索し始めた。「ペニスや睾丸や女性の陰部なんていう言葉にいちいち驚きません。どうしてそんな言葉にショックを受けるというのでしょうか。ぼくも一人前の男ですから、自分の生殖器のことを興奮したりしないで何気なく考えることくらいできます。」[9] しかし雑誌の編集者は傍点の言葉を引用符のなかの棒線に置き換えたので、結果的には読者の想像を刺激する効果をもつに至ってしまった（そのためにロレンスの意図を台無しにした）。しかしこの書評の無削除版には『チャタレー夫人の恋人』に結実する肉体的な経験を表現するための言語への信念の発露のようなものを垣間見ることができる。

　メイベルからの圧力を受けてロレンスは「この土地でのM・スターンの小説：彼女の恋人のインディアンと共に：彼女はぼくに覚書をつくってくれた」も書き始めたが、数ページほど書き進んだところで彼女の希望に沿うような「素晴らしい創作物」を書くのをやめた。書きつづけていればアメリカ大陸を舞台にした小説になった可能性がある。途中で棄てられたこの数ページは「我儘な女」として知られている短篇の断片という形で現存していて、ここにはメイベルを想起させる精力と実直さと性的魅力を併せ持つ主人公が登場する――

彼女はがっしりとした体格で、顔立ちは丸い。まるで十四歳の頑迷な娘のようだ…濃く太い眉は天真爛漫な顔に曲がった角のようにくっついている。彼女の明るく、灰色がかった眼は、ちょっと見てみると抑えることのできない率直さを感じさせるが、よく見てみると邪悪さを現わす灰色のなかに黄色がかったものがあってオパールのようであり、若さで溌剌とした素直さが、夜間に自分に向かって放射されている大きな機械のヘッドライトのように危険なもののなかに溶け込んでいるような印象を与える。[10]

「我儘な女」を読んでフリーダは「ロレンスの才能はいつでも自分に捧げられているものと思っていた」ということを改めて思い知った。彼女はこの作品を気に入っていた――「書き出しがとっても巧いのよ。でもだんだんと嘲笑的になって来るんだろうけど！」――けれども、ロレンスがメイベルと一緒に執筆することを許すわけにはいかなかった。それはロレンスにとっても気分の良いものではなかった――「あまりにもできない相談だと思います。ぼく自身も気分が悪くなります。」このような状況に対しての反応と確信を言葉にしたあとで、ロレンスは「呼吸ができる場所」が必要だと感じていることを告白している――「ぼくたちは息を吸い込もうと口を開けて喘いでいます」と書いたり、「ぼくは自由に呼吸をすることができていません」[11] とも書いている。「我儘な女」の執筆をつづける代わりにロレンスは十月中旬に『アメリカ古典文学研究』を書き進め始めて、二ヶ月を要してここに収録されているエッセイをすべて書き直した。このことによってこの一連のエッセイは、ロレンスが北アメリカに相応しいと思えるようなものに新しく生まれ変わり、迫力があって力強いものとなった。アメリカへ向けての初めての実際的なこの著作はロレンスがアメリカという国に対してなにかを感じたことの証左であり、「今までにアメリカ文化に関して書かれたもののなかでもっとも興味深い著作」[12]となっている。だが、これらのエッセイには揶揄と嘲笑が散見される——

> 白人のアメリカ人は知的な人間になるべく必死に努力を重ねる。とくに白人のアメリカ人女性がそうだ。そしてその最新の目立つ行為が、再び「野蛮人」に戻るかのように見せる芸当である。
> 　自動車もある、電話もある、収入もあれば理想もある白き野蛮人！機械にがっちりと取り囲まれた野蛮人。機械に囲まれていようとも野蛮性に不足はない。汝、白き神たちよ！[13]

メイベルがここに書かれているような白人女性の代表だったのだろう。

　これら一連のエッセイが書き始められた場所であるヨーロッパはすでに遠くに感じられたのではないだろうかと推測できるが、新年を迎えた頃に三十二歳という若さで結核でこの世を去ったキャサリン・マンスフィールドのことを聞き知ったときにはヨーロッパのことを心に痛みを感じながら想い出したことだろう。一九二三年二月初旬、ロレンスは三年近く音信不通だったマリィに手紙を書いている——「いつでも絆があることが心では分かっていました」。結核を患っていたときのキャサリンの態度に烈しい嫌悪感と怒りを抱いていたときでさえ、そのような絆をロレンスは感じていたのだ。キャサリンの訃報を聞いたロレンスは、郷愁の念や悔悟の情に流されることはほとんどなかったのだが、「ありとあらゆることが、こんなふうにならなければいいのにと願わずにはいられません。本当にそう願うのです」[14]と書いている。その一方で五十五歳で鬼籍に入ったイーストウッドの友人のサリー・ホプキンの死に際してはより敏感に反応を示している。タオスに到着して六週間が過ぎた頃にこの知らせを受け取ったロレンスはホプキンに優しさ溢れる悔みの手紙を書いている。この手紙は次のように結ばれている——

> サリーには素晴らしい勇気があり、そのために素晴らしく大胆な人生を送りました。大事なことは危険を顧みずに進むことで、成功という結果ではありません…今まできっと目一杯の無理をして自分の脚で歩いて来たのですから、これからは客としてぼくたちと一緒に道中を楽しんでもらいたいものです。
> 　…チャーチ・ストリートを下ったところにある墓地に墓石がひとつ増えるのですね。そんなことを考えると、自分が年を取ってきていると思えてしまいます。
> 　気に病まないことです。生きているぼくたちはテントを畳んで、荷物をまとめて進まなければならないのです。

愛をこめて。この愛は遠い昔の人生へのものです。

D・H・ロレンス

なんだかイングランドが墓石でいっぱいになっているみたいです。[15]

チャーチ・ストリートにある墓地には、ロレンスの母親も兄も埋葬されている。ロレンスは「西に呼ばれる精霊たち」という詩を書いたが、この詩は一九二二年十月二十五日付のウィリアム・ホプキン宛のくだんの手紙の追伸の一行で始まるもので、自分の母親の死をサリー・ホプキンの死と結びつけている。このふたりの女性——母親と愛しい女性——はこの詩のなかで再び「処女」として讃えられている。それぞれの結婚という絆、「男という重荷」から解放されて、ロレンスの呼びかけに応えるように彼女たちはロレンスに引き寄せられる——母親やサリーとは別れがたく、ロレンスは彼女たちを愛している。

さあ、ぼくのところへ戻っておいで、
ふたつに割かれた思慕はもう終わったのだから…
だから戻っておいで、妻であり母親でもあり
そして永遠に見過ごされた処女だった
あなたたちよ。

…ぼくのところへおいで、恋人よ、恋人たちよ、たくさんの愛した人たちよ、
ぼくのいる西へおいで。[16]

このような哀訴はロレンスの生涯のなかでは目新しいものではない。例えば一九一〇年にはリディア・ロレンスの死後に「聖母」という詩を書いているし、[17]『息子と恋人』を書き終えてからでもロレンスはこのような感情を整理することができてはいなかった。一九二二年に書かれたこの詩のなかに登場する「優しさゆえに愛した」性的欲望とは無縁の女性にまつわる不思議さを理解するために、私たちはフリーダがこの新しい詩にどのようにかかわっているかを考える必要がある。母親であり、処女からは遠い存在だったフリーダは、いかに自分のセクシュアリティが自分自身のアイデンティティであるかを理解していた。この詩はセクシュアリティとはほとんど無縁だと感じさせる女性（「妻」や「母親」、そして「永遠の処女」だからこそ「ぼくが愛した女性」）と、その正反対にセクシュアリティを全身に纏っているような女性との対比を念頭に置いているようである。ロレンスはこのような二種類の女性像を対比させるためにフリーダのような女性を必要としていた——

ぼくのところへ来て、そしてじっとしていてもらいたい…
見逃された処女よ、
ぼくの最愛の人。[18]

一九一二年にフリーダはロレンスが母親のことを詠った詩のひとつに怒り心頭に発して侮辱的な言葉を投げつけたことがあった。[19]ロレンスは自分の想像力を駆使して満足することで良しとしていたのだが、フリーダはそのような想像がもたらす結果を是とすることを撥ねつけたのだ。

この詩の根底にあるものは、性的なものにかかわる嫉妬であることにロレンスが気づいたということだったのかもしれない。フリーダに敵愾心を燃やしたメイベルは干渉することでロレンスを魅了しようとしたのだが、だからと言ってメイベルはロレンスを愛していたというわけではなく、ロレンスの注意を惹きたいという気持を抑えられなかっただけだ。メイベルは、フリーダは「もうずっとロレンスの著作の母親でありつづけてきた。あなたには新しい母親が必要なのよ！」と言ったことがある。母親のように世話をされることはロレンスが御免蒙りたかったことだが、それにもかかわらずにメイベルがこのようなことを口にしたことで、彼女にはロレンスのことを理解できていなかったことが分かる。だがフリーダはメイベルに嫉妬心を燃やし始めた――今までにほかの女性に対して燃やした以上の嫉妬心をメイベルに抱いた。八年後に彼女は自分の態度を自ら非難している――「自分がいかに愚かで、どうしてあのときの状況に巧く対処することができなかったのか分からないわ。なぜ彼が私を愛していることに疑念を抱いてしまったのかしら？」[20]この問いに答えることは簡単なことだ。そのときのロレンスは今までのようにはフリーダのことを愛してはいなかったのだ。無私無欲の精神で自分を押し殺して母親に尽くすようなロマンチックな愛で満足していた「古い生き方」は「チャーチ・ストリートを下ったところ」で死に絶えて、ロレンスがかつて母親やフリーダのことを愛したように自分のことを愛してくれた女性と一緒に埋葬されたのである。一九二三年の二月に当時の小説の主題について考察しているエッセイでロレンスは次のように書いている――「ぼくはあの娘を愛しているのかいないのか…母親はぼくのことをどう思っていたのか…などとそんなことにぼくは興味はない…昔は気になって仕方がなかったけれど」。ロレンスは今や「純粋に感情的で自己分析的な行為はぼくのなかから消え失せてしまった。ぼくはそんなものを卒業してしまった」[21]のだった。フィクションを書くことの意義はなにが大事なことかを見極めることで、ロレンスは実生活でも同じことを望んでいた。

「我儘な女」にあるように、ロレンスはメイベルに反発を感じる一方で彼女の魅力に惹かれていた。と言ってもセックスの相手として見ていたわけではない。彼女は生きて行くうえで直面するさまざまな問題に、周囲の人間よりも強い意志をもって対処していく女性だと思われた。だから「周りに対して自分の意志を強要しようとすることはやめた方がいい」とロレンスはくり返し言っていた――「やめなければ自分自身が破壊されることになります」。メイベルはそんなロレンスとの共通点を指摘されて、「あなたはその域に達しているけれども、私はもっと先まで到達しているのよ」[22]と言った。ロレンスには執筆があって架空の世界を創り上げてそこに生きることができた一方で、メイベルには一万四千ドルの年収があり、溢れんばかりの精力と魅力、人脈、潤沢な財産と広大な所有地があって自分の欲求を満たすために架空の世界ではなく実際の世界を築き上げようとする野心があった。

ふたりの関係は十一月を迎える頃には危機的状況にあった。ロレンスはメイベルからの番号を付した問題についてひとつひとつ応えている。以下に記すのは十項目のうちの三項目である――

一．あなたが「万事を知りつくしている」女性であるとは思いません。

二．あなたが「善良な」女性であるとは思いません。「善良な」女性が暴君のように振る舞いサディストであるはずはありませんから。つまり、あなたの「性根」をまったく信用していません。

……

七．あなたがぼくの方に伸ばしてきた「影響力」に対してそれなりの十分なお返しをしてきたし、そして「善良さ」には返礼以上の態度で応えてきたと考えると驚いてしまいます。ぼくはまだ虐待や悪戯にも耐えなければならないのです。[23]

ロレンスはこのようにメイベルに自分の考えを率直に述べていて、そこには些かの悪意や無礼さは感じられない。理解力や同情を示すと同時に、明晰な批評態度が伝わるこのような手紙をメイベルに書くことができた。独占欲や自己顕示欲が強いメイベルと嫉妬深いフリーダの板挟みになって窮屈な思いをしていたであろう状況を考えると、そのようなときにこのような明瞭で腹蔵のない手紙を書いたということは天晴れである。そうしてロレンスは例えばメイベルに「ものごとを『知ろうとする』ことをやめた方がいいです…なぜならばそこには終わりがないからです。底なし沼のようなものです。そのなかにはあらゆる人間の繋がりが飲み込まれてしまいます」[24]と忠告をしている。これはロレンス自身が気づき始めていたことで、『アメリカ古典文学研究』で展開される独自の見解でもある。

メイベルの邪な庇護から逃れるためにはタオスを離れることが必要だった。しかしここに来るまでにすでにロレンスは大金を使っていて、アメリカでなにか作品を書きたいという気持があり、しかもこの場所を気に入っていた――ロレンスは「誰のものでもない土地」と呼んでいた。「平原にどっしりと構える」[25]山々を一望することができる土地からの一本の逃げ道は明らかだった。十月の末にメイベルに連れられて、ロレンスとフリーダは約三十キロ離れたロボ山中にある廃れた牧場に行ったことがあった。メイベルの息子ジョン・エヴァンズがこの農場を所有していたのだが、ロレンスとフリーダはこの農場をたいへん気に入ったようだ――「ここには自由があります。タオス以上です」。この農場に建つ小屋は廃屋同然だったので冬を越すことは難しく思われたが、ひとりの若いメキシコ人の手を借りてふたりは四日ほど試しにここに住んでみた。[26]メイベルは、この小屋は息子が自由に使えるようにしておきたいのでロレンスたちに貸すことはできないと意地悪なことを言ってきたが、ロレンスもフリーダもやすやすとやられっぱなしというわけではなかった。三キロほど離れたところにホーク一家が所有するデルモンテ牧場があり、ここでロレンスたちは二軒の小屋を借りることができた。ホーク家族が住む母屋から歩いて五分ほどの距離のところに建つキャビンだったので、ここに住むことになれば完全に孤立した環境ということにもならなかった。

タオスで三ヶ月ほどを過ごすうちにロレンスは「アメリカ人に幻滅」[27]を感じるようになっていたが、そんなときに彼とフリーダはふたりの若いデンマーク人の画家（カイ・ゴッチェとクヌード・メリルド）と知り合いになった。このふたりも住む場所を探していた。生活必需品を買い、賃貸料を払うだけの現金があったロレンスはゴッチェとメリルドに牧場で一緒に冬を越そうと提案し、ふたりのデンマーク人はそれに賛同した。彼らには一台の車と、必要な体力があった。メリルドなどは一九二〇年のデンマーク代表のオリンピック水泳チームメンバーの資格を保持していたくらいである。冬になると牧場は文字通り雪に閉ざされることがあったので、薪をこしらえるために木々を切り倒して大量の木材を運搬しなければならなかった。トニーから馬を何頭か借りていたので、生まれて初めてロレンスはカウボーイブーツとカウボーイハット、そして羊の皮でできたコートと乗馬用のコーデュロイのズボンを購入した。一九二二年の十二月初旬、一行はデルモンテ牧場へ向けて出発した。メイベルからは水を運搬するための容器と毛布を数枚だけ借り受けた。ロレンス夫妻はメイベルと袂を分かったわけでも和解したわけでもなく――「ぼくらはメイベルとは今まで通りに『友だち』です」――、また彼女の手は一切借りないというような頑なな態度を取るようになっていたわけでもなかった。ただ、彼らはメイベルの庇護の下にはいられなかったのだ――「メイベルに必要以上に近づくことは良いことではありません。」彼女にしてみればロレンスたちの行動は気分の良いものではなかったし、このために両者の関係は暫くのあいだはギクシャクしたものになった。ジョン・エヴァンズは、ロレンスたちがメイベルを食い物にしていたから「お母さんはふたりに出て行ってくれと頭を下げなくてはならなかった」という話をまことしやかに言いふらしたが、このことがロレンスには業腹だった。[28]

ふたりのデンマーク人のことをよく知っていたというわけではなかったが、ロレンス夫妻はそれでも他人との共同生活で幸せを味わうことができたので今まで何度も夢見たような共同体を実感することができた。四人は力を合わせて三ヶ月半共に働き暮らした。一緒に遠乗りへ出かけ、四人で食事を取ることもあって夜になると一緒にゲームをしたり歌ったりして過ごした。四人でのこのような共同生活が首尾よく行ったということが、その後数年間のロレンスとフリーダの関係に大きな影響を及ぼしたと考えられる。デルモンテ牧場での生活は一九一六年にキャサリンとマリィとやってみたかったものだった。何年も人が住んでいなかったから丸太小屋には当初からいろいろな肉体労働が不可欠だった――「屋根葺き、大工仕事、漆喰作り、ガラスの取り付け、壁紙張り、ペンキ塗り、水漆喰塗りなどなど」。みんなで揃って荒野に出かけることも頻繁にあったのだが、この四人のあいだに性的な問題は生じなかった。デンマーク人はそれぞれ二十八歳と三十六歳で、フリーダの彼らに向けられた感情は母親のもののようだった。メリルドはゴッチェとロレンスの三人でマンビーの温泉に出かけたときのことを書き残しているが、その際にメリルドはロレンスを仔細に観察して「彼はぼくと同じように健全で、そうだと噂されているような性倒錯者などではなかった」と結論づけている。誰かがメリルドにロレンスはホモだと耳打ちしたに違いない。タオスでのこの噂話は、ロレンスがサンタフェでビナーやジョンソンとつき合っていたことに端を発していたのかもしれない。[29] 次の旅行の同伴者にロレンスとフリーダはビナーとジョンソンに白羽の矢を立て、翌年の冬にロレンスはもっと知り合いをデルモンテ牧場に招待しようといろいろ手立てを講じたらしい。昔であればロレンス夫妻のあいだに他者が存在することが夫婦間の諍いの種となることもあったが、この時期になると逆だったようだ。ふたりは仲間を欲していた。うまく行っていたデルモンテ牧場での共同生活のなかでロレンスは『アメリカ古典文学研究』を書き終え、タイプ原稿を読んで大幅な改訂とその後の徹底的な修正をも終えている。ロレンスはアメリカの読者と対峙していたのであり、一連のエッセイを「ニューメキシコのロボにて」と誇らしげに書いて結んでいる。[30] これは正真正銘のアメリカについての著作であることをアメリカ読者に向けて宣言しているようなものだ。またヴェルガの翻訳もいくつか終えて、『鳥と獣と花』に収録するための詩を何編も書いた。

セルツァー夫妻、そしてモントシーアが訪れてホーク家の牧場に滞在した。セルツァー夫妻は一九二三年の年明け頃に、モントシーアはその暫くあとに来訪した。モントシーアはタオスにも逗留したが、ロレンスとの関係は順調とはいえなかった。このエージェントは『アーロンの杖』を気に入っておらず、『カンガルー』にも好意的ではなかった。ロレンスにしてみれば、このエージェントと仕事をつづけていくことにやりにくさを感じ始めていた。モントシーアはセルツァーとのあいだになにかと波風を立てていたが、これはロレンスが著作の扱いとそれに伴う収入に関してセルツァーにますます依存するようになっていたからだ。(セルツァーはモントシーアが一九二二年に書いた『私たちの百十億ドル』の多くを売り切れずに、モントシーアはこのことを根に持っていた。) 遂にロレンスは一九二三年二月にモントシーアとの契約を打ち切った。そしてアメリカでのビジネスを、イングランドでのと同じように、カーティス・ブラウンに任せることにした。

ふたりのデンマーク人はセイロンでのブルースター一家のようにロレンス夫妻との生活を書く機会を与えられることになって、一九三八年にメリルドは一冊の本『ひとりの詩人とふたりの画家――D・H・ロレンスの想い出』を出版した。そこではロレンスは肉体労働を厭わない魅力的な人物として登場している——誠実で、思い遣りがあり、公正で、役に立つ、なにをしていても自分の分担はキッチリとこなす責任感のある、いつでも世界を違ったふうに見る見方を教えてくれて、気取った態度を決して取ることのない人物として描かれている。「彼と一緒にいると退屈することがありません。反対に、何度彼と会っていようとも、その都度に新しい発見があります。」しかしロレンスにはボス面を発揮するようなことがあった。メリルドが「自分の絵筆を取り返すためにロレンスと取っ組み合いをした」[31]ことが一度あった。メリルドが描いていた絵のつづきをロレンスが描くと言いだしたときのことだった。ロレンスの沸騰点はきわめて低かったが、ゴッチェとメリルドに対しては腹を立てるようなことはめったになかった。しかしロレンスとフリーダのあいだには烈しい喧嘩が何回か起こり、ふたりになついていた子犬のビブルズに対してロレンスが我を忘れてカンカンに怒って、ひどく蹴りつけたこともあったようだ。

ロレンスは動物好きだったが、ふたりは旅行中にペットを飼ったことは一度もない。しかし動物の面倒を短期間だけ見るようになったことは一度ならずある——一九二九年のバンドルでは一匹のオレンジ色の猫がふたりの家に棲みついたことがあった。牧場では犬や猫といった動物は日常生活の一部だった。一九二五年には一匹の猫（「ミス・ティムシー・ウィームズ」）がお気に入りだった。[32]一九二二年にはロレンスはメイベルのブルテリアの雌の黒い子犬をもらいうけている——「子どもの頃の耳の垂れさがったウサギ以来、初めて生き物を『所有』することになりました」。写真25はデルモンテ牧場の丸太小屋のポーチにいるふたりと一匹を写した写真である。フリーダは「ロレンスとピップスと私が写っているこの写真をとても気に入っているのよ」とコメントしている。ロレンスは犬が大好きだったが、その犬の名前はコロコロと変わったようだ——ビブルズ、ビムジー、バンビーノ、ビブジー、バジー、ブバスティス、バブルズ、ペブルズ、ピップス、ピプシー、オムニピップなどである。一九二三年の春にはメキシコへ一緒に連れて行こうと考えていたが翻意して置いていくことになった。理由は「ホテルからホテルへと連れて歩くわけにはいきません。一軒家を借りることができるのであれば、確実に連れて行きます。」七月になってもロレンスはその雌犬の夢を見ている。[33]

ロレンスは自分が犬の主人であると言い張った。死んだ牛の肉を食べそうになったときはやめさせたのだが、それでも食べてしまって具合を悪くしたときなどにその雌犬は「ひどく叩かれて、デンマーク人が住むキャビンへ逃げて行ってしまった」[34]ことがあった。犬は忠実であってしかるべきで、同時に愚かなことをしないように躾られるべきだというのがロレンスの考えだった。メリルドの回想録にはひとつの忘れられないエピソードが書かれている。ビブルズが一匹のエアデールテリアと一緒に姿をくらましてしまい（発情期だった）、戻ってきてからはデンマーク人のキャビンにいついてしまった。そのときにロレンスは彼らのキャビンにブーツを履いたままドカドカと入って来て、犬を追いかけまわしてドアから外へ追い出し、雪の吹き溜まりに姿を隠してビクビクしているところへ蹴りを入れて、それから拾い上げてその犬を放り投げた。そんなに遠くへ投げたわけではないだろうが、犬は別の雪の塊のなかに着地したので事なきを得た。アスリートのメリルドはロレンスが犬に対して同じ仕打ちをくり返さないように身体を張って抗議しようとした。メリルドの回想録はつづくのだが、このときロレンスは「喘いでいた」けれども──雪のなかで犬を追いかけ回すのは人間にとってはかなりしんどいことである──メリルドのことを恐れてはいなかった。喘いではいても「彼の眼は私に挑もうとしていることを語っていた。」[35]

フリーダによるとロレンスはこの一件のことを「悪いとは思っていなかった」[36]し、謝りもしなかった。しかし友好的な関係を復活させる術には長けていたようで、この気まずい出来事があった翌朝には自分が焼いたパンとケーキをデンマーク人に届けた。共同生活は元の鞘に収まり、ロレンスは変わらずにその子犬を可愛がり、ゴッチェとメリルドともうまくつき合った。

ひとりの人間が正気で、分別があり、思い遣りと優しさを具え、多くの点で明晰で、「自制の大切さを重んじる」と言って虐待を嫌悪しておきながら、どうかすると子犬を足蹴にするとはどういうことだろうか。原因はゴッチェやメリルドがその犬を、エアデールテリアを、そしてロレンスが非難すべき人物を盲目的に愛するその態度にあった。だがもともとの発端はロレンスのビブルズへの過度の愛情にあるともいえる──「愛はいつでもその人物が無能であることを顕わにするのです。」[37]人間の欠点をあげつらっている「動物の詩」のように、ロレンスとその子犬の関係は「レックス」との関係にまで遡るような痛しい必要性を暴露している。子どもだった頃にロレンスの家族が飼っていた犬が「レックス」であり、その後には叔父に飼われたのだが、甘やかされた結果「ダメ犬」(とその叔父は言っていた)になってしまっていたのだった。「行き過ぎた愛が生み出す危険ほど致命的なものはありません。叔父は正しかった。ぼくたちがあの犬をダメにしてしまったのです」とロレンスはコメントしている。とは言え「それでも、ぼくの叔父は愚か者です」[38]と「レックス」は結ばれている。ロレンスは人間との感情的な繋がりというものについてずっと考えてきていたので、他者を愛することに失敗して最終的に彼自身がひどく傷つくことはなかった。愛という概念は「昔ながらの生」に属するもので、自分はそんな感情を超越した心持で生きているとかつては宣言していた。しかしロレンスはビブルズを愛し過ぎてしまった──この子犬が雌だったことがおおいに関係していた──からこそ、その犬とのかかわり合いのなかで怒りに我を忘れてしまったのだ。

暴力が顕在化したということを見過ごすことはできない。一九二三年の一月にロレンスはデルモンテ牧場は素晴らしく美しい場所で──「申し分なく、生きて行くうえでの空間も十分にあります」──友好関係も盤石だが、それでも「人間的には空虚です」と述べている。ロレンスは自ら他者との関係を断ち切ったために外縁に存在することになり、たった三人の人間が彼にとっては世界のすべてだった。二月になるとマリィに「この四年間は野蛮な巡礼と言えます」[39]と書いている。絶望した理想家が皮肉屋になると考えれば、人間嫌いというのは己の社会的な欲求がことごとく満たされることのない人間のなれの果てということになるだろう。アメリカという新しい世界はいまだロレンスにとってそれほど重要な意味をもってはいなかったが、アメリカに滞在しているあいだに一回だけだとしてもロレンスの激怒の矛先がフリーダ以外の存在（ビブルズという子犬）に向けられたことは特筆すべき事柄である。メリルドは、雪のなかをビブルズを追い回していたときのロレンスの表情を憶えていた――「燃えるような、突き通すような鋭い眼があれほどの力強さを湛えているのを私はそれまでに見たことがなかった。髭に隠れてよく見えなかったが、血の気を失って青白くなった、でもちょっとだけピンクっぽい唇に気づくことができただけです」。このときのロレンスは完璧に怒りに我を忘れていたが、それはまるで今までの人生ずっとそうであったようにである――「十三歳の少年」だったときの怒りもちょうどこのようなものだった。子犬を攻撃した獰猛さでロレンスはメリルドをも迎え撃とうとしていたのである。[40]

メイベル・ルーハンは彼女の著作のなかで、一九二二年の夏にマンビーの温泉に出かけたときにフリーダの身体に痣があったのを目撃したと書いている――「彼女の色白の肌に黒や青い大きな痣があった」。彼女の書き方はその痣はロレンスがつくったものだと読者に思わせるようなものだが、メイベルはロレンス夫妻が乗馬を習っていたときにフリーダが自ら痣をこしらえていたという事実を無視している（少なくとも一回、フリーダは落馬している――「頭が下になって笑いを誘うくらいぶざまに鞍から宙吊りになったのよ」）。メイベルはまた、ロレンスが「フリーダに降伏して身体のなかに倒れ込む」ときはいつでも――おそらくフリーダとのセックスを意味しているのだろう――「それが済むとロレンスはフリーダを叩いた」と断言している。だがしかし、どうしてメイベルがこのようなことを知り得たというのだろうか。ロレンスは確かにフリーダに手を上げたことがあるが、それはフリーダがロレンスに手を出したのと同じくらいの頻度でしかない。しかもこんなことがあってもフリーダは「ロレンスとふたりっきりになりたいと思っていた。隣の部屋ではロレンスが執筆して、自分は静かに家事をしているというような」[41]環境を望んでいたのである。ふたりのあいだの烈しさや猛烈さというものは結婚生活をうまく転がしていくためには不可欠なものだとロレンスもフリーダも考えていたのではないだろうか。フリーダがロレンスの憤怒を目の当たりにして怯えたのはほんの数秒間のことであり、ロレンスがフリーダに長時間にわたって怖れを抱いたという事実は見当たらない。

春の到来に伴いふたりでメキシコへ行くことをロレンスは決めた。タオスの標高では冬が長く辛すぎたのだ。そしてなによりロレンスは執筆したかった。ふたりが所持していたのは六ヶ月間有効の観光ビザだったので、すぐにでも出発しなければならなかった。だがロレンスは「アメリカ合衆国はあまりにも不毛です。敵対的でさえあります。いいですか、ここには血が流れているような生が存在しないのです。血がちゃんと適切に流れることができていないのです」とまで思うようになっていた。『アメリカ古典文学研究』を書き終えて、七編のアメリカにかかわる詩（ひとつはビブルズについて、さらには「西に呼ばれる精霊たち」があり、これらを収録することで『鳥と獣と花』が完成することになる）も書いていたが、ロレンスには小説が書きたいという気持が初めからあった――「向こうでは小説を書こうと思います。」[42]だが失敗に終わったメイベルの半生を扱ったもののほかは、なにも書いてはいなかった。血がちゃんと適切に流れなかったように、インクが消費されることもなかった。小説を書くことはロレンスの生活においては特別な意味があった。小説を執筆することをとおして彼はそのときのもっとも身近な関心事を突き詰めて考えることができたのであり、また自分の想像力を実際に体験したことに突き合わせることができたのである。だが、「感情を超越した」小説とはどんなものになるのだろうか？

18 信義と背信 一九二三

ロレンスとフリーダは一九二三年の三月に先ずサンタフェへ向かい、そこでウィッター・ビナーとスパッド・ジョンソンと過ごしたのちにふたりでメキシコへ出発した。ロレンスとフリーダはゴッチェとメリルドと一緒に旅行したかったのだが、このふたりには往復の旅費を出す金銭的な余裕がなかった。「ビナー夫妻（ロレンスはちょっとばかり悪ふざけをしてこのように呼んでいた）」がメキシコ旅行に同行することになったので、じゃあまた四人でメキシコシティーで合流しようということになった。オーストラリアでと比べるとこの頃のロレンスとフリーダはふたりだけで過ごす時間が明らかに少なくなっていたし、このようなことは一九二二年からのふたりを見ても顕著だった。他人がふたりのあいだに入り込んで緩衝材の役割を果たしていたようである。メキシコシティーではビナーとジョンソンを加えた四人で郊外の観光地などを見物してひと月を過ごした。ロレンスはとくにテオティワカンの「月のピラミッド」と「太陽のピラミッド」、ケツァルコアトルの神殿におおいに興味をもった。そこでは「歯を剥き出して咬み鳴らす巨大な顔がピラミッドの壁面から突き出ていて…巨大な石で造られた顔が歯を剥いて咬みつこうとしています。」おそらくこのときにロレンスは古代メキシコの神々が祀られる遺跡に初めて強く魅せられたのだろう。ケツァルコアトルを「羽の生えた蛇みたいなもの」くらいにしか初めは受け止めなかったのだが、そのうちにメキシコに腰を落ち着けて小説を書きたいと思うようになった。[1]

一九二三年の四月はずっとロレンスのご機嫌は斜めで始終イライラしていたが、それはこれから小説を書き始めようとするときにしばしば見られる傾向だった。文部大臣のホセ・ヴァスコンセロスとの昼食が設定されたのだが、大臣に急用が入ったために土壇場になってキャンセルになった。ロレンスはこれを侮辱されたとして日程を再調整することを拒否した。ロレンスと一緒に行動していた人びとはロレンスのこのときの腹の立て具合に驚いた。[2] 父親のアーサーと同じように、ロレンスも権力の座にある人間を軽蔑し歯牙にもかけなかった。ビナーがホテルでの食事のあとのロレンスの様子を記録している。このときフリーダは煙草をくゆらせていた——

私はロレンスの眼が煙草を吸っているフリーダに注がれているのを見ていた。咥えた煙草を大きく吸って、涙が流れ落ちないように彼女は顔を上に向けた。食堂は客で一杯だったが、ロレンスは突然に立ち上がって大声で「そいつを口から外せ！」と叫んだのであった。フリーダはなにも言わずに目を見開いてロレンスを睨み返していた。「煙草を口から出せと言ってるんだ、この臭い雌犬！」フリーダは三角テーブルの向こう側に座っていたのだが、彼女はテーブルクロスで皆から半ば隠れるようにしていた。ロレンスはさらに言葉をつづけた——「お前という女はそんなものを口に咥え、この部屋にいる男連中に脚を開いてみせるんだろう！　普通の慎みのあるイングランド女性がそんなお前とかかわりをもちたいと思うなんてありえないだろう！」[3]

ビナーがこの話を出版したのは四十年も経ってからなのでロレンスが実際に発した言葉は眉唾物だが、このときの彼の怒り心頭ぶりはそれほど見当外れではないだろう。ロレンスはいつも唇に挟まれてダラリと垂れ下がっている煙草を嫌っていたが、このことを咎められることはフリーダにとってはこのときが初めてではなかったのでロレンスの怒りを黙殺したと考えられる。一九五五年に彼女はマリィに「ロレンスが私のことをなんと呼んでいたか、あなた憶えている？」「腹を引っ込めろ、このバカデカ売女」だったわと書き送っている。ロレンスがこんなことを言うことを聞いてショックを受けた人物もいる。この出来事のあとでフリーダがビナーに言ったことは「私は彼が癇癪玉を爆発させることに耐えなくてはならないのよ。ただ黙って耐えて、言い返したりしないわ」というものだが、しかしこれは本当ではない。彼女はたいがいロレンスにやり返している——「なによ、この間抜け！」などと言い返したこともあったし、或いは「黙りなさいよ。じゃないとあなたのことをみんなに言いふらすわよ」というものは、腹を引っこめろというロレンスの売り言葉に対するフリーダの狡賢い買い言葉である。彼女の言葉はロレンスのものに比べると雄弁とはいえないが、それでも相手の痛いところを突くには十分だった。[4]　しかしながらフリーダがビナーとジョンソンに話して聴かせていたように、ロレンスはこのときにはまだ小説に着手してはいなかった。ロレンスが「愛想の良い」ときには、それは彼が「そのときにいくらか筆を走らせている」ときだとビナーは気がついていた。しかしメキシコシティーに着いてからの最初のひと月にロレンスが書いたものといえばジョンソンの『笑う馬』誌用にテオティワカンで見物した彫刻についてのエッセイ一本だけだった。[5]

この土地に幻滅を感じ、そしてアメリカで創作することを断念——「この大陸で小説を書くことはできません」——してヨーロッパへ戻ろうかという考えが頭に浮かび始めてからちょうど一週間が過ぎた頃にロレンスは、メキシコに留まるかどうかを決める最後の試みにある場所へ行ってみようと思い立った。そこは、メキシコ最大の湖であるチャパラ湖である。ヨーロッパへ戻って自分の家族に会える気にすでになっていたフリーダのところへ単身で先発していたロレンスから電報が届いた――「チャパラハ　テンゴク。ヤコウレッシャニ　ノレ。」「ロレンスはそこでならば小説を書くだろう」とビナーはフリーダに報告している――「きっとそこでなら満足できる。」[6]ビナーとジョンソンもフリーダに同行し、ふたりは湖を見下ろすホテルに滞在した。ロレンス夫妻はサラゴサ通りにある家に入居してロレンスは直ちに執筆にかかった。それはまるで、ガルダ湖畔で『息子と恋人』を、フィアスケリーノの沿岸で「姉妹」を、コーンウォールで海を見下ろしながら『恋する女たち』を、メッシーナ海峡を眺めながら『ロスト・ガール』と『ミスター・ヌーン』を、そしてオーストラリアで太平洋に抱かれながら『カンガルー』を書いたときのようである。「ケツァルコアトル」とは『羽鱗の蛇』の初稿である――「とても面白い小説になっています。今までのどの作品よりもぼくにとって意味をもつものです。これはぼくにとって、本当の意味でアメリカについての小説です」とロレンスは書いている。ニューメキシコでは白人アメリカ人の不穏で凶悪な空気だけが印象に残ったのだが、メキシコで発見したと感じたのは「ある種の北アメリカの太陽神経叢」――腹部の窪みにある自律神経中枢だった。[7]

小説を書くという行為はそれ自体が希望をもつことである――「小説を書くことによって、身の回りの実際の事柄が異なっていたらということを想像できる。」[8]初稿の「ケツァルコアトル」とその後継作はとどまることのない幻想に基づいている――ヨーロッパ人女性がメキシコを訪れて、キリスト教教義に古代メキシコの宗教のそれが取って代わるという宗教的な革命を体験するという筋立てである。カリスマ的存在である教祖ドン・ラモンの支配下で社会は大きな宗教的変化を経験する。「ケツァルコアトル」の女主人公ケイト・レズリーは寡婦（彼女の亡き夫はロレンスを髣髴とさせる）で、彼女はドン・シプリアーノというラモンの改革を軍事面から支持する指導者に魅了される。書き直しによって前景化されたものは暴力なのだが、なんら論理的な説明がつけられるようなものではない。ビナーは進歩的な社会主義というものを信じていたが、ロレンスの改稿には暴力的な衝突とそれにつづく処刑が織り込まれた――ラモン殺害を目論んだ三人の男が処刑される場面である。四人が捕らえられたのだが、彼らは自分の運を試される。シプリアーノが手のなかに握る黒い羽または葉のなかにひとつだけ下半分が緑色のものがあり、これを引き当てた者だけが命を救われるというものである。この「くじ引き」は、人間の行為のなかには非論理的で運次第ということがあるという現実を強く示していると解釈することができる。この小説は『アーロンの杖』や『カンガルー』をとおしてロレンスが行き着いた個的、政治的、社会的失意に対する答えを提供しようとしているもので、前作で浮き彫りになった問題点を次回作で取り上げるというロレンスの執筆の特徴をよく表わしている。社会が孕む根源的な問題への解答を見つけようとする試みは壮大なもので、そんなものは存在しないという結論に至ることは火を見るよりも明らかである。だがロレンスは八月にはかなり大袈裟に、自分に興味があるのは「世界の運命を切り開く人たち」[9]だけだと言っていて、この初稿でさえこのような方向性を内包していた。

ロレンスはチャパラ湖畔で執筆をしていた――「たいていは湖に突き出たところで、水辺に木々が生えているところを好んで、木を背もたれにして座って書いていました。時折目を上げて遠くを眺めるようにしていました。おそらく小説のなかに描く景色を頭のなかで思い浮かべていたのでしょう。」[10]ビナーの元教え子のイデラ・パーネルがグァダラハラに住んでいて(ロレンス夫妻は彼女や彼女の家族のところへ遊びに行ったこともあり、ビナーがそこでフリーダの写真を撮った――写真26参照)、一九二三年の四月にチャパラ湖で会ったロレンスの印象を次のように書いている――

身体は細く、弱々しく見えました。でも動きは俊敏でした。髭は燃えるような赤で、キラキラと輝く、悪戯っ子のような大きな青い目をしていました。その目をまるで猫のように細めるときがありました。髪はいつも乱れていて、櫛で梳いたことがないみたいでした。でも、痩せぎすの彼の身なりはいつもきちんとしていました。彼が蓄えている精力のすべてが御しがたい髪の毛と、ごわごわとしてエネルギッシュな髭に注がれているようでした。

「エネルギッシュな」という言葉は的を射たものである。よく喋るロレンスの顔は表情が豊かだった。彼の写真の多くはまじめくさったお堅い雰囲気を伝えるものなので、イデラの彼に対するこのような印象を紹介しておくことは意味のあることだと思われる。[11]例えば写真27は三月に撮影されたものであるが、アドービ粘土でできたビナーの家の外壁の前に立つロレンスが片手をポケットに入れ、もう一方の手を後ろの壁にあてている。フォーマルな雰囲気とカジュアルな空気が混ざっている写真である。以前に比べるとそれほど痩身には見えず、ベストは些か窮屈そうでさえある。着用しているスーツは「昔からきている茶色のスーツ」で、これよりも一年前に「裏返して」仕立て直しをしてもらったものだ。だからよく見るとズボンの前開きの部分が左右逆になっているし、上着の胸ポケットも男性用の上着としては逆側にきてしまっている。靴ひもは左右で違う結ばれ方になっている。フリーダは彼に「物事をやるときには完ぺきにやり過ぎてはダメよ」と忠告していた。額を見ると、皺が深いという印象を得る。まるで太陽を見上げるときに眩しくて顔をしかめているようだ。[12]

チャパラ湖畔で書き始めてからかなり早い段階で、自分が書いているのは「初稿」[13]だと考えていた。一九一四年以来初めてロレンスは出版する前にすでに書いたものを大幅に書き直すことを考えていた。急いで本を書き上げて出版する必要はなく、時間をかけることができたからだ。セルツァーはアメリカで次から次へとロレンスの著作を刊行していたし、そのことで一九一四年以来初めてロレンスは収入の心配をする必要がなかった。ひとつの長編小説を仕上げるには時間もかかるし労力も要する。ましてやそれが、まったく隔絶された社会を新しいものに創造し直そうとする場合や、また宗教とのかかわり合いのなかで完全にその姿を変えてしまうような社会を描き切ろうとする場合には尚更のことである。『恋する女たち』以降、ここまでロレンスにとって意味のある作品はなかったといえる。

六月の下旬には一区切りがついたようだ。ビナーやジョンソンと一緒に過ごすことは実りの多いものだった反面、穏やかなものではなかった。ビナーの書いたものを読むと、ロレンスが新しいものに心を奪われるということがあげつらって書かれている。ビナーのサンタフェでの暮らしは長かったが、彼はスペイン語を学ぼうとはしなかった。その一方でロレンスは今後の旅のことを考えて、タオスでスペイン語を習った。ふたりが一緒に旅をしていたことに触れるならば、出発する前に行く先々の歴史や考古学に関するものを読んだりメモを取ったりするのはいつもロレンスで、自分なりにメキシコ人の暮らしぶりを身につけようとしていたのもロレンスだった——ただ座って眺めていただけだったが。チャパラ湖について七週間もしないうちに書かれた「ケツァルコアトル」は、言ってみれば前年のオーストラリアでと同じように、三ヶ月半しか暮らさなかったけれども、その土地への彼なりの執着を示しているといえる。

ロレンスとフリーダは七月九日にチャパラでビナーとジョンソンと別れ、アメリカ合衆国に再入国してニューヨークを目指した。セルツァーがふたりにニュージャージー州に住居と、ロレンスが仕事に専念できる場所を提供した。そこでロレンスは、フリーダと一緒にヨーロッパへ戻るまでセルツァーが出版しようとしていた作品の校正を長距離走者さながらに集中してやりながら過ごした。ふたりともタオスの牧場へ戻りたかったが、そこでの長い冬のことを思うとその考えを断念せざるを得なかった。フリーダにとってヨーロッパへ戻ることが大事に思えた理由は、息子のモンティが二十一歳になっていて、上の娘のエルザもやがて九月十二日にその年齢になることだった。二十一歳になることで、ふたりはフリーダに会うことを自分たちで決定できるようになるのだった。あまつさえドイツに住む家族とは二年近く会っていなかったので、とくに母親に会いたいという気持が強かった。マリィがイングランドで新しい雑誌(『アデルフィ』誌)をスタートさせていて、ロレンスの寄稿を喉から手が出るほど欲しがっていた——ロレンスのことを「現代のイングランドで根本的に新しい意見を言える唯一の作家」と考えていた。マリィとは今後一切かかわり合いをもたないという決心を翻してロレンスはその雑誌への関心を示した[14]のは、ロレンスが誰かと「なにか新しいこと」を始めたいという考えをまだ棄てきれずにいたからだろう。そこでロレンスはこの雑誌にかかわってみるべきだという心の声に従った。マリィは編集者として創刊号に「自分は、自分よりも優れた人材の代理人にすぎない」と書いていて、ロレンスのエッセイや詩がこの雑誌に六回にもわたって掲載されることになる。しかし実際に『アデルフィ』誌を六月に初めて目の当たりにしたロレンスは怖気立った。原因はおそらくマリィの感情溢れんばかりの文章の調子だったのだろう（「この雑誌は…生命における信条に従って生み出される」）。――「実に弱々しい、そして言い訳じみていて媚びすぎている！　神様、ぼくはこんなことのためにヨーロッパへ戻るのでしょうか？」[15] しかしロレンスはヨーロッパへ戻るだろうということを疑ってはいなかった。フリーダとて同様に戻ることを確信していた。

しかしニューヨークから船が出る二週間ほど前、ヨーロッパに戻るのは嫌だと言いつづけながらもふたりはチケットを買ってしまっていたのだが、ロレンスはフリーダと一緒にはイングランドへは戻らないことを決める。「イングランドや故郷や知り合い」のことを想い出すと辟易とするというようなことをマリィに言っていて、あまつさえあれほど気に入っていたフォンターナ・ヴェッキアでさえ想い出したくもないという始末である。遡ること四月にロレンスは、イングランドが「ぼくを古いものに縛りつける」ということに不安を覚えているがまるで郷愁を恐れているかのようでもある。「昔の生活に属している」[16] 愛をロレンスは撥ねつけようとしていたのだろう。一九一二年に故国を出てからロレンスは家族との繋がりを最小限のものにしていた（マウンテン・コテッジで隠遁生活をしていたことは別にして）のだが、妹のエイダはいつも兄に献身的で、ロレンスもエミリーのところの娘ペギーとエイダの息子ジャックのことは大好きだった。エミリーにはふたりめの娘ジョーンがいて、このとき三歳になったばかりだったがロレンスはまだ会ったことはなかった。ニューヨークを出帆する頃にはエイダもふたりめの子どもの出産を間近に控えていた（この男の子はバートと呼ばれるようになる）。だがロレンスにとっては、フリーダが彼女の子どもに固執するのと同じように自分の「知人や肉親」に応えるということは受け入れることのできることではなかった。「彼らのことを考えるだけで竦んでしまいます。ぼくの正気を動顛させて、ここに留まった方がいいのではないかとさえ考えてしまいます。」ロレンスは自分が窮地に陥っていることに気がついていた――「戻らないことにぼくはいたく失望しているのです。」だからといってアメリカに居つづけたいということではなかった――「アメリカはぼくにとってなんの意味もありません。こんなに空虚なところでなければ良かったのですが」[17] と書いている。

いつの時点か明確ではないが、ロレンスとフリーダのあいだに大波が立ったようだ。キャサリン・カーズウェルの記憶では、それは八月十八日にニューヨークの埠頭でのことだったということになっている。ロレンスがフリーダと一緒に船に乗ることを拒んだことだけが原因ではないようである。船上からフリーダはアデル・セルツァーに手紙を書いている――

ロレンスには本当に腹が立つわ。とくにあの人が誠実さについて語り出すと、もう我慢ができないわ。自分のことしか頭にないのよ。ひとりになれて嬉しいし、もうあの人の顔を見るのも嫌だし、あの人に永遠に頼られるのもうんざりだわ。恥辱よ！　また会うことになったって、あの人の癇癪を大目に見たりしないわ。手紙にも書いてやったわ。勝手に怒るがいいわ。私はもうまっぴら。一寸の虫にも五分の魂ってやつよ――[18]

このときの諍いはフリーダのなかで燻りつづけ、しかも自分にではなくロレンスに非があると考えると楽しくさえあったようだ。この手紙でフリーダはふたつの点を明らかにしている――ひとつめはロレンスは誠実ではなかったということ、ふたつめは彼女自身がロレンスにあれやこれやとやかましく指図されていると感じていたということである。確かにロレンスがフリーダに主導権を与えたことはなく、いつでも彼女には応えることだけを要求していた。ロレンスがいかに「最後には自分を彼の言うことに従わせたか」[19]をフリーダは憶えていた。ロレンスは常になにかに追い立てられているようなところがあった。フリーダが子どもたちとのつき合いを再び始めようとしているのが分かると、彼女を背信のかどで非難したりもした――フリーダと一緒にヨーロッパへは向かわないと決めたその日にロレンスはマリィに「ウィークリー家の子どもたちのお尻を追いかけ回すことには我慢ならない」ということを伝えている。ロレンスから見れば彼らはもはやフリーダの子どもではなく、フリーダとはなんのかかわりも望んでいるはずもなかった。そしてもしフリーダが己の気持に正直でいるならば、彼女にはこのようなことは分かるはずだというのがロレンスの考えだった。このような姿勢が一緒に船に乗らなかったこと、そして出国直前の喧嘩の根本の原因だったのではないだろうか。三人の子どもはフリーダとロレンスのあいだでは一九一二年からずっとあたかも「鞘から引き抜かれた剣」だった。[20]デルモンテ牧場でも、子どもに書いた手紙を郵便配達人に渡してほしいとメリルドがフリーダに頼まれたことがあったが、フリーダはそのような手紙をロレンスには隠そうとしていたのだ。メイベル・ルーハンも、同じようにフリーダが子ども宛の手紙を投函するのに手を貸している。[21]子どもたちの年齢的なこともあってフリーダはまた彼らを自分の手に取り戻そうとし始めていて、そのような彼女の行動がロレンスにとっては不快極まりないものだったのである。子どもの存在がふたりの関係をすっかり変えてしまうのではないかとロレンスは恐れを抱いていた――ふたり一緒にいながらもそれぞれが個として生きていけるような関係が崩壊することを。このような考えに襲われたからこそ、一九一二年からずっとそうであったようにロレンスは子どもが絡んできたときのフリーダの背信をなじったのではないだろうか。しかし彼女にしてみればそこまで考えていたわけではなく、自分の腹を痛めて産んだ子どもたちへの愛情があっただけだったのだろう。

　口論のあとでロレンスがフリーダを見送ることはなかった。

おそらくはセルツァーがお膳立てをした『ニューヨーク・イヴニング・ポスト』紙の記者のインタビューに応えていたのだろう。その最中にロレンスは懐中時計を取り出して、フリーダを乗せた船が「三十分後にはイングランドへ向けて出港するだろう」と発言している。しかしマリィは、フリーダはとうとう「ロレンスと別れた。だから彼女にはロレンスに対してもうなんの義理もなくなった」[22]と思い込んでいたようだ——子どもたちとの生活を取り戻そうと、あまりにも長いあいだ奪い去られていたものを自分の手に取り返そうと彼女はひとりで果敢に歩み出した。「私はイングランドを気に入るわ」とフリーダは信じていたが、実際にもそうだった。末っ子のバービィはまだ十九歳だったけれども、フリーダは三人全員に会うことができた。そして三人との関係をまた始めるためのスタートを切ったのである。加えてフリーダはこのときコットやマリィととてもうまくつき合うことができた。それはロレンスも一緒だったとき以上の良好の関係だったといえる。彼女はモンティがマリィと初めて対面したときに、自分の愛息子が古くからの知り合いに「強い印象」を与えたことを知って誇らしく思った。[23]ロレンスはそんなフリーダへの経済的援助を惜しまなかった——八月二十七日には二十五ポンドの小切手を受取人をフリーダにして切っているし、九月十日にはもう一枚の小切手を彼女に送っている。そして十一月には彼女に宛てて百ポンドの送金の手続きをしている。[24]

ひとりになったロレンスはアメリカを旅することになる。シカゴへ向かい、そこから西海岸へ、そして南下してメキシコに入った。この三ヶ月を寂しく過ごすことになったのだが、西海岸ではゴッチェやメリルドとも一緒に過ごしている。カリフォルニアでは映画産業との接触があった。ハリウッドのパーティーでのこと、白い乗馬ズボンを履いて乗馬用の鞭をもったひとりの俳優が「なみなみと注いだウィスキーのソーダ水割」をロレンスの手に渡した。タオスでの暮らしぶりが彼にとって「外から眺めているだけ」の経験だったとしたら、西海岸での人びとの生活とロレンスとのあいだには途方もない距離があった。「予期しないことに仰天する——これがカリフォルニアです」。結局ゴッチェと一緒にメキシコへ行くことになる（メリルドは同行を断った）のだが、ロレンスは「まるで存在の瀬戸際を彷徨い歩いているようです」[25]と感じている。

当初ロレンスは子どもたちの顔を見たらフリーダはまたアメリカに戻って来るだろうと高を括っていたのだが、九月に書かれた彼女宛ての絵葉書には戻って来るのを首を長くして待っているといった気持などはいっさい書かれていない——「もし嫌だったら、ヨーロッパに留まる必要はない」とか「その気になったら西に来ればいい」くらいのことしか書かなかった。だがロレンスはフリーダとの合流を信じて疑わなかった。九月下旬には自分の船のチケットを「払い戻した」とフリーダに書いているが、このことで合流するのならばフリーダがアメリカ大陸へ来なければならないことになった。[26]だがフリーダはといえば、ヨーロッパでの生活を愉しく過ごしていて、北アメリカ大陸でとやかく口うるさいロレンスとまた一緒に暮らそうという気はさらさらなかったようだ。

ロサンゼルス滞在中のロレンスの頭にあったのは、モリー・スキナーがオーストラリアから送ってきた彼女の新作を書き直すということだった——これがアメリカ大陸で執筆される二作目の小説になる。書き直しは一気呵成に進んだようで、ロレンスはこれによって人間関係に対する洞察を発展させることができた。おそらくスキナーのオリジナルのアイデアが相当に使えるものだったのだろうが、ロレンスはモリー・スキナーの執筆した『エリスの家』を『叢林の少年』として完成させ、独立心旺盛な主人公が自分のやりたいように生きるために他者との感情的な繋がりや社会的な義務を一切拒絶するような人間になっていくようすを描いている。例えば、主人公ジャック・グラントは結婚はするが、もし自分が一夫多妻制も良いじゃないかと思うならば自分の欲求に従って妻をふたりもっても構わないのではないかと考える人物である。彼はまた、自分の妻が「ぼくのことを許すことができないことを知っている。だから暗闇に潜むサソリみたいに、眼の隅で彼女はぼくを憎んでいる」[27]ことを自覚している。そしてジャックは大勢の妻をもち、牛や土地を所有してある種の貴族的階級の一員になることに思いを馳せる。モリー・スキナーは、ロレンスの改稿に戸惑い、傷ついたことだろう。とくにエンディングの変更がひどかった。だが、この小説はロレンスが書きたかったことなのだ。ジャックとロレンスを同一視することは誤りであるが、それでもこの小説を書いた人物は、架空の世界に生きる登場人物の内に己のものに限りなく近い感情や反応を探究していたのである。ジャックは迫害されると感じている——「なぜならぼくが彼らとは違うからだ…連中はぼくのことを破壊したがっている」。[28]彼は確かに周囲の人間とはおおきく隔たっている。ロレンスは周囲と隔たるということ、周りの世界のなかで孤絶するということについて創作においてと同じように現実の世界でも真摯に考えていて、そのようなことの結果はどうなるのかを探っていた。メキシコの景色が作中のオーストラリアの未開拓の奥地の描写に彩りを添えたようだ——ナボホアからマサトランへ向かう途中で立ち寄った牧場などは、ロレンスに「荒々しくて薄気味悪く、退廃した残虐性を漂わせている」といった印象を与えている。

ところで九月初旬に書いた書評でロレンスは、作家というものは時間を無駄にするようなタイプの人間ではないということを書いている——「人間はキャンプファイアーの周りで言葉遊びに興じているばかりでそこに到達することは今までにはなかった。道化さながらに、誰かが広大な蒼穹に浮いている青い輪をくぐり抜けなければならないのだ。」ロレンスは自分が「キャンプファイアーの周りで言葉遊びに興じて」などはいない作家だと言っているのだろう（彼の脳裏に浮かんでいたのは、ジェイムズ・ジョイスのような作家だったのかもしれない）。ロレンスにとって創作とは、彼自身が実生活において経験したり、見つけだしたり感じたりした問題を解決するための研究所のようなものだった。そしてロレンスは書評で道化を引き合いに出して、作家たるもの道化に扮する危険を冒さなければならない、或いは道化として世間に受け止められることを覚悟しなければならないと言っているのではないだろうか。蒼穹の青い輪をくぐり抜けてジャンプするくらいの思い切りをもって作家は高みを目指さなければならないし、結果はさておき人生において、この世の中において、生きていくことにおいて偉大で大切なことにかかずらっていかなければいけない——このような意味で『叢林の少年』は意味のある作品であり、そしてその意味がまっとうに受け止められないかもしれないという危険性も孕んでいる。この『叢林の少年』は荒々しく危険で、抱え込んでいる問題への解決策の糸口を死に物狂いになって見つけ出そうと切迫した雰囲気をもつものになった。この小説のなかでジャックや彼の考えや思惟がなにものかの反対にあうとか、ほかのものと対峙するとか、対極的な価値観との衝突という洗礼を受けることはない。結末でこの主人公はひとり満足して、誰からも問い質されることがない——ジャックを非難できるのはジャック本人だけなのだ。「ケツァルコアトル」で提示されたような前途に立ちこめる暗雲のように不安を抱かせるテーマは手の届かないところにあるものではなくなっている——ジャックは小説の結末で、「死のなかの支配者」になることを思い描き、「生の運命が訪れるように権力を振るう」[29]ことができることを夢想する。忘れてはならないことは、この小説にはフリーダの反応が不在であるということである。彼女がいないときにロレンスは独りでこれを書き上げたのだ。

『叢林の少年』を書いていた頃のロレンスがフリーダと離れることになってどれだけ解放されてノビノビしているように見えたかではなく、彼女がいなくて独りになって数ヶ月過ごしているあいだに彼がどれだけ苦悶していたかを目の当たりにしてゴッチェはビックリしている。このデンマーク人はロレンスの悪魔ぶりをメリルドに書き送っている。一九二三年十月下旬のメキシコのグァダラハラという町でのことである——

私はなるべくLに近づかないようにしている。なぜならば、いろいろなことを考えてみると、今現在のような状態の彼はほんとうに気がおかしくなっているのだ…彼と話ができて、彼と楽しくやっていけるような人間が誰も側にいないということがとても残念でならない。彼の流儀、彼の仕草、彼の癖を君もよく憶えているだろう。話しかけられるたびに胸に髭がくっつくほど上体を曲げて頭を下げて(笑ってもいないのに)「ヒー、ヒー、ヒー」という声を出すのだ。彼があれをやると怖気立ってしまう。彼にはどこか狂気的なところがある、と私には思える。Lのような人間と一緒に暮らすなんてことは簡単なことではないことがようやくわかった。少なくとも緩衝材としてのフリーダの存在は欠かせない。彼女が今にも自分を棄てて遠くへ行ってしまうのではないかという怖れをロレンスは抱いているのだと私には思える。そして彼は、独りでいることに耐えられないのだ。[30]

周りの人間に気を遣わせていたかもしれないが、ロレンスは自分自身でも労苦を背負いこんでいた。それにしても、フリーダと離れたロレンスへ向けられたゴッチェの観察眼は鋭い。彼はフリーダとの結婚生活もここまでかと思っていたのかもしれない。このような態度が、『叢林の少年』のなかの放縦や自棄から窺い知れる。ロレンスが独りになって耽っていた世界観というものはあまりにも複雑で、そしてあまりにも破壊的である。

それでもロレンスはイングランドへ戻ることに首を縦に振らなかった。義理の母親には、フリーダは「ぼくのことを愛しているると思って手紙に書いてきたり口で言ったりしますが、そんなことは馬鹿げたことです。ぼくは母親の膝の上のキリストなんかではないのです」と不満をぶちまけて、このような言い方で、自分へのフリーダの愛情をお門違いな母親の愛情に置き換えている。十一月十日にはフリーダに思い遣りはあるが気持がこもっていない手紙を書いて、お金のことを心配する必要はないと言っている――フリーダのために年に四百ポンドを用意するつもりがあったようだ――「もし望むのであれば、定期的に入金されるように手続きをする」。また「子どもたちとのフラットでの暮らしを楽しんでもらいたい」とも書き送っている。[31]

一方のフリーダはロレンスを愛していると言いつづけていた――「私の信条は皆が愛することができることを望むこと…そして私には愛することができると分かっているわ」。そしてロレンスにイングランドへ戻って来るように哀願している。マリィもロレンスに戻って来て欲しかった。作品が書き上がったとはいえ、『アデルフィ』誌にはこの作家が必要だったからだ。作品が書き上がったとはいえ、フリーダと離れ離れになった八月以降の北アメリカでの生活や経験は思ったほどに満足するようなものではなく、ロレンスは不毛な月日を過ごしていた。メキシコの西部は「チャパラに比べるとずっと荒涼としていて空虚で絶望的です」と、ロレンスは十月初旬にビナーに書き送っていた――「まるで目の前で扉が閉まって内に閉じ込められてしまっていると感じます。」イングランドへ戻る決心をしたのは、もうほかに行きたいと思う場所がなかったからだ。十一月二十日にはそのときの気持を次のように記している――「ぼくはどうしてもイングランドへ戻りたいわけではないんです。でも今イングランドへ戻ることは、決して終わることのない闘い、そしてぼくが勝つことは絶対にあり得ない闘いのなかでの次の一手なんだと思います」。[32] ロレンスは自ら闘いを挑もうとしていた、小説を書くことにおいても、結婚生活をつづけることや生きることにおいても――ロレンスはこのようなことを自分が生きて行くうえでの信念だと捉えていた。しかし今回の場合においては、好敵手であるフリーダにこの闘いをつづける心積もりがあるのかないのか、或いは自分自身が彼女との闘いをつづけたいと思っているのかどうかロレンス本人にも分かっていなかった。

過去との繋がりを思い通りにきれいサッパリ断ち切るなんてことは簡単にできることではなかった。フリーダがいない暮らしを三ヶ月過ごしたのちに、ロレンスはフリーダのところへ、イングランドへと戻って行った。ゴッチェとロレンスは十一月二十一日にベラクルスを発つ船に乗った。未完に終わった「飛び魚」という短篇のなかにこのときの航海でロレンスが目にしたり考えたり、そして感じたりしたことが織り込まれているが、ここには微塵の揺るぎも感じさせないスピードで海面を進むイルカを見ながら非人間的な世界に魅了されるようすが描かれている――

これは完璧な喜びだ――人間たちはこの喜びを失ってしまったのか、或いは一度たりともこの境地に至ったことがないのか。この世のなかでこのイルカに次いで頭の良い運動家はフクロウだ。そして、軽快に泳ぎながら海面下で一緒になって戯れているイルカの調和に比べれば、愛などという概念によって一体になろうなどとすることは無に等しい行為だ。このイルカたちが味わっているような喜びを知ることができたら、きっとそれは素晴らしいことだろう。海中の深いところでの生活は、地上での人間の生活に勝っている。そこでのイルカの生活には完全な一体感、そして完璧な喜びというものが存在しているのだ。我々人間は、これまでにそのような境地に到達したことがないのだ――[33]

だがこのようなことを経験させてくれたロレンスが乗った船は、皮肉なことに人間の、あまりにも人間的な世界へ、家族のもとへ、そして自分の結婚生活へとロレンスを連れ戻そうとしていた。戻る先には完璧な喜びなどありはしなかった。イングランドにいるフリーダに送った手紙にはロレンスのこのような暗い気持が記されていて、それを読んだフリーダは「どうしてあの人は私に会えるのが嬉しいって言えないのかしら？　いっつもジメジメと暗いことばっかり書いて！　まったく、こっちがウンザリするわ！」[34]と語気を荒くしている。

イングランドですらも、ロレンスがメキシコで独り過ごしていた生活とそれほど変わったようにはロレンスには思えなかった。四年ぶりに戻ってきた故国でロレンスが感じたことは、閉塞感と窒息するような感じだった。ロンドンへ向かう列車のなかでさえそうだった――「窮屈だ。なにかを粉々に破壊したい衝動に駆られる。目を外に向けると、せせこましい風景が車窓の外を流れて行く。ただただ、信じられない。陽射しは弱く儚く青白く、地平線は歩いて行けるくらいのところにある。そしてなにより隙間や酸素が欲しくて大口を開けて呼吸をしなければならないほど、あらゆるものがゴタゴタとすぐ顔の近くまで迫っている。」[35]ロンドンは輪をかけてひどかった――「ロンドンを忌み嫌い、イングランドを憎んでさえいます。まるで罠にかかった動物にでもなったような気分です。あらゆるものが死に絶え、暗闇に包まれ、埋葬されてしまっているかのようです。」ロレンスは風邪で体調を崩してすぐに寝込んでしまった――「もうここにいたくはありません。昔の自分の亡霊のなかにいるようです。」これらに共通するイメージは、死、埋葬、閉塞感である。ロレンスは「黄色い空気と蔓延る虚脱感の下に生き埋めになっている」と感じていた――「みんな、舗道の敷石のような空の下を這いずっているようです」または「墓穴のなかにいるようです」。そしてロレンスは辛辣な調子でマリィの『アデルフィ』誌用に「帰国して感じること」を書き始めた――「ここにはせいぜい裏庭くらいの大きさの島しかないのに、そこに大勢の人間がひしめき合いながら生きていて、裏庭の外にはいったいなにがあるのかと考えようともしない。そのくせ自分たちが世界の運命を導いているのだと図々しく思い込んでいる。痛ましく、そして滑稽なことだ。」編集者のマリィがこのエッセイに眉をしかめたのは当然であり、彼はこのエッセイの不採用を決めた――「駄目だロレンゾ。敵をつくるだけだ。」このような調子だったので、イングランドに戻って来るや否やロレンスはすぐにフリーダと一緒にアメリカへ戻る計画を立て始めた――「誰のせいでぼくがここに戻ってきたと思ってるんだ、とフリーダを恨めしく思っています。」[36]

　ロンドンに幻滅したのはほかにも理由があった。友人たちとのあいだで居心地の悪い状況に陥ってしまったのである。フリーダと一緒にはイングランドに戻らないと決めたあとの八月に、ロレンスはマリィに二通の手紙を書いて「ちょっとFの面倒を見てもらいたい」と頼んだ。だがイングランドに戻ったロレンスが知ったことは、フリーダとマリィの関係が「ちょっと」どころかずいぶんと親密なものになっていたことだった。彼女はマリィに、自分の恋人にならないかと誘惑していたのだ――「どうして私たちが結婚しちゃいけないの」とマリィに「声高に詰め寄っている」のを聞かれたこともある。これは性質の悪い冗談だったかもしれないが、それでも十月の初旬にフリーダはマリィと一緒にドイツへ出かけている。それはバーデン・バーデンにいる母親に会うためだったのだが、彼女はフライブルクで数日一緒に過ごしましょうとマリィを誘ったのだ。[37]マリィとの情事は、ロレンスにとってはフリーダのほかのどんな背信行為よりも許されざるもので業腹だった。このようなことが起こったからには、ロレンスとフリーダの結婚生活は破綻する可能性が大だった。

　ロレンスがマリィのことをどう考えていたかということ、そしてマリィがこのときにフリーダのことをどのように思っていたかを考慮に入れれば、彼女のこの鉄面皮ぶりには驚愕するほかはない。しかしこのときのフリーダはフリーで、したいことをしたいときにできる状況にいたのだ。マリィとの一件は、フリーダにとってはロレンスに対しての気楽なしっぺ返しくらいのことだったのかもしれない。このときのマリィはフリーダとのセックスを渇望していたが、友人への不実は許されないという理由から「フリーダの相手をすることを思い止まった」。彼にはロレンスの顔に泥を塗るようなことはできなかったのだ。しかし当のロレンスは、マリィの「友情を裏切るようなことはできないという偽善的な態度」に我慢ならなかった――十一月初旬までにはフリーダの「ちょっとした出来心の愛の運命《さだめ》」の悦びは終わっていた。[38]

　ロレンスがイングランドに到着してからは、フリーダとふたりでハムステッドにあるキャサリンとドナルド・カーズウェル夫妻の厄介になった。そこからたった八百メートルしか離れていないところにはポンド・ストリートのキャサリン・マンスフィールドがかつて住んでいたフラットがあったが、そこでフリーダはロレンスがイギリスに到着するまで暮らしていたのだった。今やこのフラットには、ロレンスとフリーダにとってのもうひとりの過去からの生き残りがいた。この人物こそが三十九歳の画家で貴族の血を継ぐドロシー・ブレットで、ふたりは遡ること一九一五年に彼女との出会いを果たしていた。ブレットはオットリン・モレルと一緒にガーシントン荘で何年ものあいだ暮らしていたこともあったが、彼女との関係にひびが入るとガーシントン荘から遠ざかって今度はマリィやキャサリンと懇意な間柄になった。ブレットとマリィはキャサリンが死去した一九二三年の前年の四月頃から男女の関係になっていた。きっかけはブレットがキャサリンに「私の代わりにあの人の面倒を見てね、ブレット」と言われたと思い込んだことである。彼女にとってはマリィが最初の男性経験の相手であり、そのマリィは自分とのことを決して口外しないようにとブレットに強く言い渡していた。ロレンスはこのふたりの関係を知る由もなかったし、フリーダも同様である。マリィはブレットとの関係を終わらせようとしていた（フリーダがイングランドに戻って来てからマリィはブレットと身体を重ねることを避けていた）が、一九二三年のボクシングデー（十二月二十六日）頃にブレットは、自分とマリィは「いまだ恋人関係にあり…私は彼を拒んだりしません」[39]ということを認めている。

一九二四年の四月までロレンスはマリィとブレットの仲についてはなにも知らずにいたが、一九二三年十二月十二日にイングランドに到着したときにロレンスが肌身で感じたのはロンドンに対する嫌悪感だけではなく、そこにいた人間のあいだ、とくにマリィとフリーダのあいだに漂っていた雰囲気に対する憂慮でもあったといえる。自分がマリィに好意をもっていることをフリーダはロレンスに悟られまいとしていたのは確かである。彼女はウィークリーとの最初の結婚生活でも、一連の自分の不倫関係を夫に気づかせないことに成功していた。

イングランドに戻って一週間も過ぎないうちに、ロレンスは今までにやったことのないようなことをした――十二月二十二日或いは二十三日にカフェ・ロイヤルにロンドンにいる知人を集めて夕食会を開くために部屋の予約をしたり、そのための準備をしたりしたのだ。ひとつの見方をすれば、これは長年にわたって精神的または経済的に自分を支えてくれた友人たちに感謝をし、帰国の報告をすることが目的だったといえるだろう。このような会を開くことができたくらいにこのときのロレンスには経済力があったから、場所には自宅ではなく高級レストランのカフェ・ロイヤルが選ばれたのだ。しかしこのパーティーは、自分はまたすぐにでもイングランドを離れてニューメキシコへ行くつもりなので、自分に同行して新しい生活を新しい場所で始める気があるかどうかを一人ひとりに訊ねるためのものでもあった。おそらくロレンスの念頭には一九一四年から一九一五年にかけての頃のことがあったのだろう。九年前のバッキンガムシァの家で、ラナニムについて懇意の仲間と盛り上がった記憶が鮮明にロレンスの脳裏に焼きついていたと考えられる。このような目的のための人選で、カフェ・ロイヤルでのそのパーティーに出席したのはロレンスとフリーダを含むメアリー・カナン、マーク・ガートラー、マリィ、コテリアンスキーの六名で、もちろんキャサリン・マンスフィールドはおらず、メアリー・カナンの夫ギルバートもいなかった。彼は発作を起こしてからずっと療養所に入っていたのだ。ロレンスはここにキャサリンとドナルド・カーズウェル夫妻を加えた。このふたりのところに身を寄せていたこともあっただろうし、バッキンガムシァでの一九一五年の新年を祝う場には結婚の準備で忙しかったこのふたりがいなかったからだ。そしてカフェ・ロイヤルでの夕食会にロレンスはブレットを加えた。彼女だけが一九一五年のバッキンガムシァとは無縁だったが、ロレンスもフリーダもこの頃には毎日のように彼女と顔を合わせていたので、招待するのは当然だと思ったのだった。

この夕食会についての記録はマリィとキャサリン・カーズウェルの手によるものが現存しているが、[40]それらを読むとこの場でロレンスは自分と一緒にニューメキシコへ行くつもりがあるかどうかを訊ねるためにみんなをここに招待したのだと言った、ということになっている。自分の考えをみんなに聴いてもらって、みんなの反応を知りたいからこのような場を設けたと思われてきたのだが、実際にはおそらく同行するだろうと思われた四名はすでに訊ねられていて、それぞれの返答をロレンスに伝えていたのだ。ブレットとマリィのふたりは同行することに同意していた(マリィが行くと言ったからブレットも同調したと考えられる)が、カーズウェル夫妻は残念だが行くことは叶わないと答えていた。このようにカフェ・ロイヤルでの夕食会の前にすでに友人たちからの答えを得ていたにもかかわらずに、この場で改めてロレンスは一人ひとりに一緒にニューメキシコへ行かないかと感情的になって訴えたのである。そして全員が個別に答えをロレンスに伝えた。十一月にロレンスは「ぼくには自分を支えてくれる、自分と一緒に行動してくれる人が必要なんです」[41]とメイベルに書き送っている。このときのロレンスの頭に浮かんでいたことは永続的な共同体をつくりたいという荒唐無稽なアイデアではなく、「少しのあいだ」、短いあいだだけでいいから一緒にいられる仲間が彼は欲しかったのだ。どのみちロレンスにしたって、この仲間にしたって観光ビザではアメリカ合衆国には六ヶ月以上滞在することはできなかったのだから。その期間が過ぎて時が来ればみんな自分の家に帰って行ったり、ロレンス夫妻のようにメキシコやカナダへ行けばいいというくらいに考えていたのだろう。しかしロレンスがこれほどまでの率直な行動に出た背景には、彼にとって根幹だったフリーダとの関係(それはあたかもふたりが互いにとっての世界のすべてであり、自分たち以外の人間はそのふたりだけの世界から排除されるような恋人たちの関係である)が終わったと思い込んでいたことがあるのではないだろうか。もし彼女が自分の子どもたちにとって誠実でありたいと思うのならば、同じように仲間だったら裏切ったりしないでもらいたいという願いがロレンスにもあったのだ。
フリーダにしてみればロレンスが自分だけではもの足りないと公言したこと、或いは自分との生活に第三者を巻き込もうとしている態度に腹を立てたことだろう。自己憐憫に駆られて感傷的になったロレンスが精神的な繋がりをもつことができる他者との関係をこのように構築しようとしたことは今までにも何度かあり、フリーダはそのたびにその後始末をしなければならなくなったこともあった。行く末が案じられたのでフリーダはそのパーティーの場では静観するだけで深入りしないようにしていた。キャサリン・カーズウェルの言葉では、フリーダは「無関心で嘲笑的で――除外されて」いた。彼女はロレンスとの人生を欲していたが、アメリカへ戻るならば仲間がいた方が賢明だという考えを受け入れていたようである。[42]
ロレンスにはもう二度とイングランドの土は踏むまいという強い覚悟があったのだろうが、ロンドンで囚われ閉じ込められたという意識があったにせよ、故国に別れを告げることはそう簡単なことではなかった。どれだけ懐疑的であろうとも、ロレンスは愛情を、親密な仲間意識や友情を渇望していた。牧場で暮らしたいのは山々だが、そうするには仲間が必要だった。仲間と共同生活を送るというのは十年近くもロレンスの頭のなかにあったアイデアであるが、このときのロレンスには実際にみんなを呼び寄せることのできる場所の目処が立っていた、という点が今までのたんなる絵空事とは違っていたところだった。

前の年の冬の牧場での仲間との生活はうまく行ったし、十月にはアール・ブルースターにどのように暮らすかについての青写真を描いている――「ここに小さな牧場をもち、あなたとアクサと娘さんは野原をふたつ隔てたところの家に住み、それほど遠くないところにほかの友人たちも住んで、馬に乗って行き来することができれば、こんなに嬉しいことはありません。」[43]
カフェ・ロイヤルでの夕食会では各人がそれぞれの返答をしたが、メアリー・カナンだけがストレートに拒絶の返事をした――彼女が牧場暮らしで都会のような生活を維持することは到底できることではなかっただろう。ドロシー・ブレットは明確な口調で同行する意志を表明した――実のところ彼女はすでにロレンスからの申し出を快諾していたのだが、その理由はマリィも行くだろうと信じていたからだし、あまつさえ彼女には年ごとに渡される五百ポンドの遺産があった。ガートラーとコットは行くつもりはあると答えたが、それは確信しているというような強い調子ではなかった。ロンドンから出ることすら滅多にないコットがアメリカ合衆国に行くなんてことはあり得ないだろうということは、その場にいた全員が知るところだった。カーズウェル夫妻の反応は時期が整えば行くというものだった。ロレンスと一緒に暮らすということには大賛成だったが、彼らには育てなければならない子どもがいて、金銭的な余裕がなかった。マリィは行くつもりだと言い、ロレンスを含めてその場のほとんどの人間が彼のその言葉を信じただろう。
カフェ・ロイヤルでの夕食会に出席していた顔ぶれが知り得

なかったことは、マリィがヴァイオレット・ル・メイストルという若い女性との結婚を考えていたということだ。前年の四月にふたりは会っていた。そしてイングランドで刊行される『アデルフィ』誌の編集にかかわる一切の作業をアメリカで行なうなどということは不可能なことだった。マリィとキャサリンとの結婚生活で絶えず同じように障害となっていたことは、マリィがロンドンでの仕事を辞めてキャサリンの故郷ニュージーランドへ行くという覚悟ができないということだった。[44] ロレンスに「行くよ」と言うことでマリィは、自分が誠実で友好的な人物であることを示していたのだろうが、その彼の脳裏にはフリーダからのプロポーズのことがあったに違いない。九年後にマリィは、自分がもしあのときにアメリカへ行っていたらフリーダは「自分の妻」[45] になっていたと確信している。その一方でフリーダとの仲がうまく行かなければ、その代わりにはブレットがいると打算を働かせていたのだろう。このように考えると、マリィがカフェ・ロイヤルでロレンスに「イエス」と返答したのも当然のように思える。どのようなことが出来しても、自分にはどちらかの女性が残ると踏んでいたのだ。こんなことを思い描きながらマリィはヴァイオレット・ル・メイストルとの結婚話がどのように進展するかをじっと見守っていた。

カフェ・ロイヤルでは、みんなが鯨飲した。そして宴たけなわという頃にコテリアンスキーがふいに立ち上がって、一文を喋り終わる毎にグラスを叩き割りながら感情を込めてロレンスへの讃美と友愛の情を示すスピーチを始めた。それが終わるとロレンスは「テーブルに置いた両手に突っ伏して泣き出した」。[46] 愛情を正面切って表明されることはロレンスにとってアキレス腱だった。マリィが席を立ってロレンスに近づき、その頬にキスをして「ロレンゾ、ぼくは君を愛してはいるが、君のことを裏切らないとは約束できない」とはっきりと言った。この言葉はマリィがまだフリーダと男女の関係をつづけていたのかもしれないということを仄めかす酔った席での発言だったかもしれないが、ロレンスと一緒にアメリカへ行くと宣言した人間から発せられた言葉だと考えると、とても興味深いものである。それを聞いたロレンスがマリィの首に片腕を回して、（マリィによれば）「もう金輪際、ぼくのことを裏切ってくれるな！」と言ったという事実から、マリィとフリーダの仲にロレンスは気がついていた可能性があったことが分かる。[47]

カフェ・ロイヤルでの夕食会は、酔っ払いたちの感情のはけ口の場と化した。ロレンスも例外ではなかった。酒を飲むとロレンスはいつも悪酔いしていた。タオルミーナでは来客との酒が進んで「ひどく陽気になって」、客に持って帰ってもらうアカシアを取って来ると言って登った木から落っこちたことがある。[48] 大量のアルコールを摂取したことによって誰もが理性のブレーキが利かなくなっていたカフェ・ロイヤルでの話に戻ると、ロレンスはポートワインの大杯をずっと傾けていたためにテーブルで嘔吐し、そのまま人事不省に至った。決して愉快なものとはいえない状態で、このパーティーの幕は閉じた。ガートラーとメアリー・カナンは帰り、ドナルド・カーズウェルは酔い潰れているロレンスの代わりに支払いを済ませなければならなかった。汚した部屋を掃除するウェイターにはチップが渡され、ロレンスはタクシーに乗せられてヒース・ストリートのカーズウェル夫妻の家まで連れて戻された。家についてもまだ自分の脚で歩くこともできなかったので、コットとマリィが両側から抱えながら二階までロレンスを運んだ。ロレンスは「あの破滅的な晩」のことを想い出すと激しい自己嫌悪に陥った――「イングランドへ戻るということは、ぼくにあのような影響を与えるのです。神に誓いますが、二度とあんなことにはなりません。」[49]カフェ・ロイヤルでの夜の六週間後、ロレンスはマリィに手紙を書いてこの厚顔な男の見せかけの友情を糾弾している――「君がぼくのことをどう思おうと知ったことではない…感情に流されるのはやめてくれないか。」（このような手紙を送りつけられてもマリィは蛙の面に水だった。ロレンスについての本を一九三一年に書いたときにマリィはその「はしがき」に、ロレンスは「理性で判断できるタイプの人間ではなく、ただただ愛されるべき男」だったと書いている。）[50]

　ドロシー・ブレットがアメリカの牧場に同行するということがくだんの夜に明確になったことだった。とは言ってもロレンス夫妻はその夜以前に彼女の同意を得ていたのだ。ブレットは「四十歳になる聴覚障害をもつ画家で、エシャー子爵の娘で、とても感じのいい」女性で、大人になってからは次から次へと他人に自分自身を捧げるように生きてきていた。しかし同時に自立した女性でなんでもできた――絵を描くことやバンジョーを弾くこととは別に、（貴族の生まれだったから）乗馬はもちろんのこと、魚釣り、射撃など。そして彼女の順応性は高かった。ロレンスはそんなブレットに「好奇心を掻き立てられ」て、彼女のような女性こそが自分とフリーダと一緒にいられるタイプの「変わり者」[51]だと思った。彼女はまたタイプライターを打つこともできたのだが、このことは未開の地にいる作家にとってはこの上ない幸運だったといえる。彼女は周囲の音を拾うために金属製のラッパ形補聴器を持ち歩いていて、みんなそれを「トビー」と呼んでいた。彼女の聴力障害はロレンスとフリーダにとっては好都合だったかもしれない。なぜならば彼女が傍にいても、ふたりはプライバシーを保つことができると考えたからだ。ロレンスはブレットの同行を歓迎した――彼女はフリーダとのあいだの、或いはほかの人間と自分とのあいだの緩衝材になってくれるだろうと考えたのである。

　ブレットの献身ぶりと、そしてロレンスの関心を惹くという点でフリーダと彼女が雌雄を決しようとすればどのような結果になるかを熟知していた部外者にとっては、ブレットのアメリカ行きはすぐにでもなんとかしなければならない問題だったろう。マリィとブレットのふたりと懇意の間柄だったコテリアンスキーは、ロレンスにくっついてアメリカへ行くというブレットを翻意させようとした。[52]ロレンスがアメリカ行きにブレットを迎え入れたその理由は、一九二四年にロレンスが書き加えた『叢林の少年』の結末部から推測ができる。そこには初稿ではあまり重要でなかった登場人物のヒルダ・ブレッシントンが北アメリカ大陸へ「逃れたい」という強い欲望をもって登場している。この人物の肉体的な特徴、そして意志の強さと遠慮がちな性格がブレットのものと一致するのだ。ジャック・グラントは自分と妻に合流するように彼女を誘うと、ヒルダは男性や結婚という概念は大嫌いだけれども、「もし私以外のふたりの妻が生きているのならば」ひとりの男性の三番目の妻になっても構わないというようなことを言うのである。ジャックはヒルダに性的魅力を感じているわけではないが、それでも彼女の肉体をとても意識している――「彼女はスリムで軽快に動くが、離れたところにじっと独りで引っ込んでいるような癖がある。」ジャックがとりわけ強い印象を受けるのは、ヒルダが「誰とも交わらない、或いは交われないでひとり孤絶して、いつでもなにか不思議な明るい復讐の光を放っている」ところである。もしロレンスがブレットのことをこのように見ていたとしたら、ロレンス自身も自分の内奥に似たようなものがあることに感づいていたといえる。[53]

　ブレットのフラットでクリスマスを過ごしたあと、ロレンスはひとりで家族を訪れた。肉親に会うという機会をロレンスは先延ばしにしていた。「過去の死せる手に捕まるようなものです」と暗い気持を顕わにしている。それからシュロップシアに住む作家のフレデリック・カーターに会いに出向いている。この人物はかつて黙示録のなかにみられる占星術、オカルト、象徴性についての本を執筆していて、ロレンスはカーターと一年ほど手紙のやり取りをしていた。ウェールズとイングランドの境界辺りを一緒に散策したことがこの年に書くことになる『セント・マゥア』でのイングランドの風景を描出するのに役に立った。ウェールズを眺望できるスティパーストーンズに登ると、ふたりには遠くの方に細く立ち昇る一筋の煙が見えた。カーターは、ロレンスが鼻をクンクンさせると「『この国には新鮮な空気がどこにもありません。ここでさえもぼくには煙の臭いがします。そう思いませんか?』遥か多くに、何キロも先に見える青白く細い煙と、ウェールズの荒々しい風景が私たちの目の前に広がっていました。彼はありとあらゆることに挑戦したように、この景色にも敵愾心を抱いたのでした。」[54]ロンドンに戻ると『アデルフィ』誌に寄稿するエッセイを書き始めた――「宗教的であること」が二月号に掲載された。また「最後の笑い」の初稿も書き始めた。この短篇にはブレットとマリィを思わせる人物が登場する。「ふたりは二年近くも友だちだった。恋人同士ということは決してなかった。そんなものでは決してなかった」という文章は、ロレンスがブレットとマリィの隠蔽された関係をまだ知らなかったことを裏付ける。一月中と二月初めの数日が過ぎるまで、ブレットもロレンスもマリィがアメリカへ一緒に行くだろうと信じていた――仮に一緒に行けなくて少し遅れたとしても必ず来るだろうと思い込んでいたのだ――「ぼくたちはニューヨークで君が到着するのを待つよ」[55]とロレンスは書いている。

　一九二四年の一月、ロレンスとフリーダはドイツにいるフリーダの母親に会いに行く前にパリへ向かった。フリーダは九月にパリに来ていて、この都市をとても気に入っていた。ドイツに滞在中にロレンスは「境界線」を書き始めた。この短篇ではシンシアという未亡人の胸にとうの昔に死んだ夫との想い出が蘇えってきて、そのイメージが現実的にジャックという名前の現在の夫を凌駕してしまう。これを執筆していた頃にロレンスは、フリーダがマリィと一緒にドイツへ旅行をしたことを知ってしまっていたのだろう[56]——おそらくフリーダ自身がバーデン・バーデンで、或いは道中でロレンスに話したと思われる。冬のストラスブルクが鮮明に描かれ、そしてここで主人公の未亡人は他界した夫を感知するのだ。オルダス・ハックスリィは、ロレンスはたいていフリーダの「セックス旅行」に気づいていて「それについて怒り心頭に発することもあった」[57]とのちに書き残しているが、マリィとの旅行にロレンスは腹を立てなかった。ただいつものように、その怒りの矛先はフリーダではなく相手、この場合はマリィに向けられた。それ以外はまったく気にしていないという態度を装った。振り返ること一九一二年にフリーダがハロルド・ホブソンと関係をもったときにロレンスはこのことを気にするまいとしたのだったが、一九二四年の二月九日あたりから、ロレンスはマリィにタオスへ来るように勧めるのをやめて、同時にこの短篇を書き始めたのである。ふたりがバーデン・バーデンに到着したその日にロレンスはマリィに手紙を書いている——「もうおふざけはやめようじゃないか。ぼくには君が必要ではありません。正直に言おう。ぼくは誰も必要としていないし、君もぼくを必要とはしていません。もしぼくが必要だという見せかけを君がつづけるのならば、そのことで君はぼくのことを憎むようになるだろう。」マリィに来てくれるなと告げることがあろうとは夢にも思わなかっただろうが、コットには「彼には来てもらいたくないんだ、正直に言って」[58]と書いて知らせている。しかしもし「境界線」のシンシアのようにフリーダがふたりの男性をパートナーとして考えていたとしたら、ロレンスもまた（『叢林の少年』のなかでブレットを使って）「妻をふたりもつこと」がどんなことかを考えていたのである。このようなわけでマリィは好きにすることができるようになって、二月に入ると彼がロレンスたちに同行して渡米することはないだろうということがますます明らかになった。めでたしめでたしである。

バーデン・バーデンから戻る道中でロレンスは「ドイツからの手紙」というエッセイを書くことになる。ここではその国の古い価値観の崩壊と、それに代わる「かつての中世ドイツを髣髴とさせる亡霊へと向かって流れている若い社会主義者という奇妙な一団」[59]の台頭に言及している。政治についてこの頃のロレンスが書いたものはとくに深遠な洞察力に富んだものとはいえないかもしれないが、彼は本能的にドイツにおける国家社会主義というものに反応している——ロレンスはそれに戦慄している。ロレンスはとにもかくにもアメリカへ戻りたいという気持に駆られていたのだが、ふたりは一週間だけ一旦ロンドンへ戻って出版社と必要な話し合いをし、ブレットと合流して彼女の絵画道具を梱包して発送の手筈を整えた。このあいだにロレンスはマリィの性懲りもない女性問題の解決に手を貸して彼を窮地から救い出してやった。このときのマリィの相手となった女性をロレンスはのちに「ジミーと無茶な女」という短篇に登場させている。このようなことを経て、ロレンス、フリーダ、ブレットの三人は一九二四年三月五日、サウサンプトン港からアメリカに向けて出帆するアクウィタニア号に乗船した。

ロレンスはこの年のイングランドへの一時帰国のあいだに、ヨーロッパは「疲弊し、さらに退屈な」ところになってしまったと感じていた――「気が塞ぐことが時々あります。かなり鬱気を感じます。」[60]その一方でロレンスは自分を魅惑してやまない土地へ、もしかしたら失ってしまっていたかもしれない妻と、そしてとても誠実な仲間と一緒に戻って行ったのである。今後メキシコでロレンスは自分にとってもっとも意味があると思う小説を書き直すようになる。フリーダとマリィの一件があり、秋には意味がなくなんの成果を生み出すことのない行動をとってしまい、そしてカフェ・ロイヤルでの恥辱まみれの一晩があったけれども、心が折れそうだったそんな一九二三年をロレンスはなんとか切り抜けることができたといえるだろう。

19

再びアメリカで

一九二四

何ヶ月ものあいだ音信が途絶えていたのでロレンスは心配していたが、ニューヨーク港の埠頭にはロレンス一行を出迎えに来ていたトマス・セルツァーの友好的な姿があった。しかし自社の出版業が暗礁に乗り上げていることを隠し通すことはできなかった。ロレンスには自分の稼ぎ（一九二三年には四千百ドルを超える）を支払ってくれるまではなんとかもってくれと祈ることくらいしかできなかった。しかもロレンスは銀行の自分の口座につねに二千ドルを入れておくという条件でビジネスに役立ててほしいといくらかの金をセルツァーに援助していたのだが、この預金も危なかった。将来に向けてのロレンスの計画には、このような経済的な問題によって暗雲が立ち込めてきた。実際にセルツァーはロレンスに金を返すことはできなかった。ビジネスが徐々に傾いていくにつれてロレンスのアメリカでの（八千ドルを超える）稼ぎも泡と消えつつあった。一九二三年の九月以降にセルツァーがロレンスに支払ったのは千二百ドル余がすべてだった。このときにはこれだけだったけれども、二年間は定期的に少額ではあるが金が支払われることになる。これはひとえにロレンスのエージェントの働きによるものだ。[1] それでもロレンスは、かつかつの状態でのその日暮らしを強いられることになってしまった。

約二週間のニューヨーク滞在のあとフリーダ、ロレンス、そしてブレットの三人は鉄道でタオスを目指した。再びメイベル・ルーハンの庇護の下での生活を始めるためである。三人の人間関係にはブレットの存在があったために変化があったものの、ロレンス夫妻は事前にメイベルに自分たちの到着について知らせていた。二月にフリーダがメイベルに、ロレンスに似た調子で手紙を書いていた――「また仲良く暮らせないということはないでしょう…世のなかのことを憂うのは私たちの共通点なのだから、一緒にもっと先まで行かなくてはならないのよ。私たち以外でこんなことをする人はいやしないわ」。フリーダとロレンス、そしてブレットは別々の家に入ることになったが「食事をするのは大きな家で一緒」だった。一九二二年のときに比べるとロレンスとメイベルの関係は良好なものだった——「今のところはとくに問題はなく順調です」とロレンスはコメントしている。[2] ロレンスたちは夜にはジェスチャーゲームや読書やダンスやロレンスの喜劇「海抜」などで楽しく遊んで過ごした。しかしメイベルにはブレットの存在と彼女が持ち歩いていた補聴器が気になっていたようだ——「あのラッパがロレンゾが私に話してくれることを全部吸い込んでいると思うと良い気持がしないのよ。なんてことなの！　フリーダの存在よりも気に障るわね！」ブレットのことを「麻痺したウサギのように、口を少しばかり開けて入口のところに座っている」[3] 存在として、メイベルは彼女のことを嫌うようになっていった。

　ロレンスはすでにエッセイを書き始めていた——「インディアンと娯楽」と「トウモロコシの生長を祝うダンス」で、当時のロレンスにとってネイティヴ・アメリカンの生活様式や文化、とくに彼らの宗教とその祭式としての踊りが大きな意味をもつようになっていたことを伝えている。メキシコで暮らすようになってロレンスのものを見る眼、そしてものの考え方に変化があった。アドルフ・バンデリアが書いているようなものは、「インディアンの意識の働きはぼくたちのものとは明らかに途方もなく異なっている」[4] という事実に眼を向けようとしていないから誤解を招くのだとロレンスは確信するようになる。この違和を明らかにすることに使命を感じたロレンスが解明しようとしていたことは、本能的な行動とはどのようなものであるかを考えることではなく、本能というものがどのように成り立っているのかということだった。このことのためにロレンスは五感を研ぎ澄ませて、インディアンが感じるように自分にも同じ感じ方ができないものかいろいろ試した。例えば神を中心に据えない宗教がどんなものであるかを伝えるための言葉を見つけようとしていた。インディアンの古いアニミズム的な宗教は根本のところで観念的でないだけ、キリスト教の教義やギリシア文化に勝っているようにロレンスには思えた。

厳密な意味で神は存在しない。インディアンは自分が創られた存在だとは思っていないので、神或いは神の創造物には縁遠い存在なのである。インディアンは神を明確に規定することはない。大きな流れ、愛らしく、それでいて畏怖を抱かせるような波が創造の原点なのだ。森羅万象のなかに生まれ出るものが蠢き、被創造物が絶えることはない…ありとあらゆるものに誕生の萌芽があり、その煌めきは雷や熊の眼に宿る怒りにも似て儚く、動き回る熊の如く美しく、そして雪の重みに耐えかねて積もった雪を降り落とすときの松の木の小枝の微動のようでもある…ぼくたち西洋人にとっての神はここには存在しないのだ。それでいて、身の回りには神々の存在を感じ取ることができる。[5]

このようなことが「ケツァルコアトル」のなかで宗教についてロレンスが言いたかったことに結びついている。同時に彼が体験した初めての社会、初めて足を踏み入れた土地への反応であり、このために自分が生まれ育ったキリスト教世界の価値観が転覆したのだった。キリスト教的な過去の世界から自由になること、このことこそがロレンスが根本的に切望していたことだった。

タオスに到着してからだいたいひと月が経った頃に、メイベルがロボ山にある半ば放棄されたままになっていた牧場をフリーダに「贈与した」。[6] 一九二二年の十月にデルモンテ牧場に落ち着く前にロレンス夫妻が滞在しようと思っていた牧場である。この行為はメイベルの賢く、そして寛大な行動といえる。彼女はロレンスにニューメキシコを舞台にした小説を書いてもらいたいという夢を諦めてはいなかったし、贈与されたふたりにしてみれば、このことでメイベルに借りをつくることになるのではないかと心配していた。偶然にもこの頃にフリーダの姉エルゼが、『息子と恋人』の自筆草稿を発見してロレンスに送ってきていた。そこでフリーダは牧場のお礼にとこの原稿をメイベルに献上してしまう。とても貴重で価値のある贈り物であったにもかかわらず、メイベルにはその「お宝」の価値がてんで分からなかったようである。

五月五日、住むための基礎的で最低限の補修が終わったということでロレンスとフリーダ、そしてブレットの三人はこの牧場へ移った。彼らはここを「ロボ牧場」と命名した。ロレンス夫妻が三つの部屋をもつ丸太小屋を使用することになり、ブレットは近くに建つ、それよりもずっと小さな小屋に住むことになった。アドービ煉瓦での煙突を備えた住むための丸太小屋がその修理を終えて完成し、そして二棟の小屋の屋根の付け替えが終わったのは六月に入ってからだった。ロレンスもネイティヴ・アメリカンの労働者やメキシコ人の大工と一緒になって同じように肉体労働に加わって額に汗して働いた。口と鼻を濡らしたハンカチで覆いながら太陽の光が照りつける日にオーブンのように熱くなったトタン屋根の下に潜り込んでネズミの巣を駆除しなくてはならないときには、ロレンスが自ら率先してその仕事を引き受けた。ブレットも「力仕事に音をあげることなく立派に取り組んだ。」[7] メイベルとトニーが何回か進捗状況を見物しにやって来ては、ネイティヴ・アメリカンがするように丘の斜面に設置したティピーのなかで寝泊まりした。一日の仕事が終わるとみんなが一堂に会して食事をして歌ったりして翌日の計画を立てた。タオスに戻ったメイベルに宛てた手紙に、丸太小屋を建てる作業が終わったら次にはなにが必要かを詳細に記していた――ロレンスたちは、アドービ粘土をつくるための道具、漆喰、白色と碧青色のペンキ、刷毛、ブリキ製の鋲、パテ、戸棚に使える蝶番、ねじ釘、砥石などを貸して欲しいと頼んだ。このあいだにロレンスはほとんど執筆はしなかったが、それでも「アメリカのパン神」というエッセイは書き上げたようだ――しかし「大工仕事のために汗を流して働いているあいだは、ぼくは当然のことながらなにも書きません。」[8] ロレンス、フリーダ、ブレット、メイベルにトニーの五人は気分転換に小旅行にも出かけた。馬に乗ってタオスへ向かっているときに、メイベルとトニーは三人をアロヨセコにある「遠い昔には儀式のために使われていた」洞窟へ案内した――翌月に書くことになる「馬で去った女」の設定にロレンスはこの洞窟を使うことになる。夏には洞窟の入り口部には水が絶えず滴るが、それが冬になると凍結して長い氷の牙のようになるので、これが短篇にあるような重要な役割を果たしたのだろうと考えられる。メイベルはこの場所に対して感じる畏怖の念をロレンスに伝えたうえで、この付近でキャンプを張ろうとするような愚かなネイティヴ・アメリカンはいないことを伝えた。そのようなことを聴き知ったロレンスは人身御供のための神聖な場所という発想を得たのだろう。[9]

音沙汰がなかったマリィから五月に入って手紙を受け取った——「自己弁護の御宅を並べていて、もうウンザリです。」しかしブレットにはまったく違う手紙が届いていた。四月の下旬にマリィはヴァイオレット・ル・メイストルと結婚したという報告だった。ほんの七週間前にウォータールー駅で別れを告げながらすぐにあとを追うからと約束していたのにである。ロレンスは祝いの手紙をしたためたが、そこには棘があった——「君にとっては最善の選択だと思っている」というのが結婚についての言葉のすべてで、それから「君が言うとおり、別の大陸で得る当てもないものを探し追い求めるよりずっとマシなことです」と書いているが、これはおそらくロレンス夫妻とブレットのあいだで繰り広げられていたことに対するマリィの言葉をそのまま使ったのだろう。そしてたぶんこの頃にブレットは昔の柵から解放されたと感じて、ロレンスにマリィとの過去を語り明かしたと思われる。それほど物理的にロレンスの近くで暮らしながら「彼を裏切っているという自責の念に耐えられなくなった」というのがその理由だったが、その話を聴いたロレンスはセックスの相手を求めたのはマリィではなくブレットの方だったのだという印象を抱いた。ロレンスはあとになってブレットがマリィとの関係に「セックスを引き摺り込んだ」と指摘するが、ブレットが他界したキャサリンの代わりを務めたいと思っていたことを考えれば然もありなんである。[10]

ロボ牧場での大工仕事という肉体労働に五週間もかかわったということは驚くべきことだといえる。結局はここに六ヶ月以上ずっと連続して住みつづけることはなかったけれども、ロレンスはこの土地に並々ならぬ愛着をもっていたことが窺い知れる。プロの作家とはいえ彼の著作がおおいに売れたことはなかった。なかったからこそロレンスは著作が出版されることをおおいに願い、書くということにこだわりつづけた。ロボ牧場は人里離れていて、そこでの生活は苦労が多かった。ウィッター・ビナーがやって来ようとしたときには「キャンプのような生活をしなければなりません。いろいろな雑事を自分でこなさなければなりませんし、快適な生活からはほど遠いですよ」[11]と書き送っている。

それでもロレンスとフリーダは自分たちの場所をやっと手に入れることができたことに諸手を挙げて喜んでいた。フリーダは一九一八年からずっと一軒家に暮らすことを強く望んでいたし、ロレンスの脳裏には一九〇二年から一九〇八年まで足繁く通ったハッグス農場の面影が浮かんでいただろうし、一九一三年に暮らしていたサンガウデンツィーノも記憶に残っていたことだろう。ロボ牧場――ロレンス夫妻はこの牧場の名前をプエブロ族がこの辺りのことをそう呼んでいたことから「カイオワ」という名前に変更した――はふたりが賃貸料のことを心配したり、家主の顔色を窺がったりする必要のない、正真正銘の彼らが所有する場所となった。ロレンスは賃貸をめぐる厄介事に昔からいい気がしていなかった――生まれてこのかたロレンスはずっと家賃というものを払ってきたし、それは彼の家族も同様だった。このような理由があって、メイベルはフリーダに牧場の所有権を完全に譲渡したのではないかと考えられる。そしてロレンスは家事というものに専念するようになった。このことで今までに経験したことのなかった分野への探究心が焚きつけられ、それに精通していくに従って新しいスキルを習得していった。料理をしたり、パンを焼いたり、掃除をしたりといったようなことはロレンスがいつでも引き受けていた――ほかにも柵の補修の仕方、アドービ煉瓦や、椅子や棚や食器棚や、(肉類を蓄えておくための金網張りの)はえ張なども作れるようになっていった。あまつさえ馬の世話をしたり牛の乳搾りも自分でやった(一九一九年にバークシアにいた頃には羊の乳を搾っていた)。ロレンスは「必要なことを自らの手ですることが大好きだった」[12]し、カイオワ牧場ではそうしなければならなかった。

　この牧場は今までに住んだなかでもっとも美しく、そしてもっとも過酷な土地だった。「快適な暮らしを望むべくもありませんが、それでもぼくを取り囲む雄大で、遮られることなくどこまでもつづく空間がとても気に入っています」とキャサリン・カーズウェルに書き送り、マリィには「誰もへこたれてなんかいない」と書いている。野生の動物たちは人間の存在など歯牙にもかけなかったようだ――モリネズミは夜中になると「カバのように」天井の上で跳ね回り、そこら辺に放っておくとなんでも齧ってしまうので、住人が長期にわたって家を空けるときには家具を縄で吊っておかなくてはならなかった。クロアリがキッチンに入り込んできて、家畜は病気に罹った――つねに「ネズミのように汚い、際限なく身の毛が弥立つような未開の生活のなかでの闘い」[13]があった。水は泉から汲んで運んで来なくてはならなかったし、翌年にはパイプを通して水を引くことができたが、それは飲用水ではなく灌漑のための水だった。木材は森から切りだす必要があった――そして毎晩の夕食にはミルクがあり郵便物が届き、そして時々はバターや卵などもあったが、これは三キロほど離れたデルモンテ牧場まで馬に跨って買いに行き、そして日が完全に落ちるまでに戻って来たことの結果だった。馬の面倒も自分たちで見なければならなかったし、メインの丸太小屋が完成しても次から次へとひっきりなしの肉体労働があった。ロレンスとブレットはキャビンに木製のポーチを作り、フリーダは編み物をし、調理をし、バターを作り、そして(一九二五年には)鶏の世話をしていた。その結果に卵がいつでも食べられた。ブレットが腕前を発揮しホンド川で魚を釣り、そしてライフルを使ってウサギを捕らえたりもした。[14]アロヨホンドにある最寄りの店までは十六キロあり、馬で出かけても半日を要した。

苦労は多かったものの、その苦労が報われる夏となった——牧場での暮らしも、そしてロレンスの執筆も。『セント・マウア』の結末部のセッティングを書き直した——「その風景は生きていた。穢れもわだかまりもない、神々の世界として生きていた。大きな円を描くようなこの風景は限りなく壮麗で、そこに住む人間には冷淡に、それだけで息衝いていた。」三百メートルも先の荒野を見下ろすことができて、プエブロ・インディアンの住居が水晶のように見えて、三十キロ以上も離れているリオ・グランデ・キャニオンにまでその荒野はつづいていた。その向こうの遥か先には「海面から先端を突き出している氷山」のような山々を眺望することができた。ロレンスはドイツにいる義理の母親に「自分以外の人間は誰もいない、木や山やシマリスに囲まれて荒野のなかにいると大気のなかからなにかを得られるような、感じ取ることができるような気がします。野生の猛々しく残忍で、誇り高い、美しくありながらも邪なにかです。これが白人のアメリカなどではなく、本当のアメリカです」[15]と書き送っている。危険に満ちて、そして変化を遂げるにはすでに成熟してしまった人間世界をロレンスに見せつけたメキシコとは違って、カイオワはほとんど手がつけられていない自然のなかの生活をロレンスに与えた——「この土地の生命の原動力には野蛮で残忍なものが感じられます」。ロレンスはこの土地で、生きていくことにおいて本当に欲しかったものを感じさせてくれるような感覚を味わっていたようだ——「土地本来の姿や雰囲気を残す、人間の手が入っていない土地に住んでいるとこの上ない満足感を覚えます。」[16]『セント・マウア』はイングランドで幕が明ける物語だが、北アメリカを描いたロレンスにとっての初めての作品となった。作中人物のルーが初めて牧場を見たときには、

その瞬間に彼女の心はそのなかに躍り込んだ。自動車が停まるとルーは、グラグラしているフェンスの内側に建つ二棟の丸太小屋を見た。その向こうにはさらにひどく壊れた柵があり、さらにその向こうには背の高い青く茂るバルサムマツや、頂上が丸くなった丘や、山肌が剝き出しになっている山脈が見えた。車から降りると、紫色や黄金色に見える空き地の向こうの方の低くなった所に…じっと横たわっている荒野が眺望できた…「これこそが私が望んでいた場所よ」とルーはひとりごちた。[17]

カイオワで暮らすようになってロレンスたちは「来る日も来る日も、丘や木々に囲まれたそこの環境に応じて暮らす」ことになった。人間は苦労をして、労働をして、疲れて、でもやりたいことができた——なかんずく彼らは、ロレンスが言うような便利な文明とは無縁の「人間社会から外れた」暮らしを体験していたのだった。「この土地は素晴らしいです。一所懸命に働いて、なるべくお金を使わないようにしています。ぼくたちは

この土地を自由にできるのです。馬も同じです。誰にも邪魔をされない、そして自分たちで責任を負うということはいいことです。でもまた、容赦なく牙を剥いてくるロッキー山脈に挑みながら暮らすことはとても骨が折れることでもあります。」[18]

「誰にも邪魔をされない、そして自分たちで責任を負う」からといって、諍いや怒りを抱くことがなかったというわけではない。予想に違わずブレットはロレンスにくっついて回っていたので、フリーダはそんな彼女に嫌悪感を募らせていった。そして板挟み状態にあったロレンスは、このふたりの女性のあいだで巧く立ち回ろうと最善を尽くした。『セント・マゥア』（ブレットがタイプすることになる）を執筆中に起こったふたつの出来事に着目すると、作家としてのロレンスの側面を垣間見ることができる。フリーダがアズールという自分の馬に乗りながら「素晴らしいわ、この馬の脚が躍動するのを、この力強い脚を感じることができるっていうのは素晴らしいことだわ！」と声を上げて言ったときのことだが、それを耳にしたロレンスが『馬鹿を言うな、フリーダ！』と言い返しました。『そんな言葉遣いをするな。お前はぼくの本に書いてあることを口にしているだけだ』」と、自分の文言が真似されることを嫌ったようだ。フリーダは自分なりに「生き生きとした肉体をもった」[19]経験をしていたのだった。ブレットはまたロレンスが『セント・マゥア』を書き始めてからのある日の一日のことを書き留めている。彼女が目で見て耳で聴いたものの記録はロレンスに視点が向けられていて彼のことを「あなた」と呼ぶ二人称が使われているので、その文章はまるでロレンスに話しかけているようだ――

私はホイッスルをずっと吹きつづけましたが、あなたの姿は見えません…昼食ができて湯気を上げています。あなたを待たずにフリーダと一緒に食べようということになり、ポーチに座りました。そのポーチは完全に完成していて、そこに食べ物を全部持ち出しました。

やっとあなたは戻って来ました。あなたにはホイッスルが聞こえなかったみたいです。本当のことを言うと、あなたにはホイッスルの音は決して聞こえないのです。あなたの頭は新しい作品のことでいっぱいです…自分の席に着くと、食べながらあなたはそれまでに書いたものを私たちに読んで聴かせてくれます。あなたの眼は楽しそうにキラキラ輝いていて、私たちと一緒にいるときよりも、物語について喋っているときの方が生き生きとしています…登場人物に合わせてあなたは声の調子や態度を変えました。そんなあなたは物語を読むというよりも演じていたといったほうが正確です。そして私たちはそんなあなたを聴き見て夢中になったり、怖気立ったり、楽しくなったりしました。その一方で、あなたのランチはお皿の上で少しずつ冷めていったのです。

あなたが声に出してなにかを読むということはめったにありませんでしたね…[20]

最後の一文はロレンスに対して私たちが勝手に抱いているイメージを覆すものである。驚くべきことだが、このように人前で演技を交えながら自分の作品を読み聴かせるということをロレンスは常日頃からやっていたわけではないのだ。おそらくは通常は自分が書いているものは自分の内だけに閉まっておくという習慣に、誰かに読んで聴かせたい聴いてもらいたいという気持が勝った瞬間的な出来事だったのだろう。普段だったら、リスやシマリスだけがロレンスのこのようなパフォーマンスの観客になっていたのかもしれない。

『セント・マウア』を書き始める前に、もう一作の北アメリカを舞台にした物語を書き出していた。おそらくアロヨセコを見物してからずっとアイデアを温めていた物語「馬で去った女」である。ロレンスはこれを一気呵成に書き上げ（そしてブレットがタイプした）、六月の末にタオスに戻っていたメイベル・ルーハンに見せた。『セント・マウア』と「馬で去った女」は、北アメリカを扱った最初の作品となった。どちらの作品も二十世紀を生きる白人の意識にとってアメリカが内包する危険性を印象的に描いているもので、そしてふたつとも現代を生きる男性も女性も、土地の歴史にかかわる怪しげな魔力だけでなく、別の種類の意識からの挑戦にどのように立ち向かわなければならないかを探究している。「馬で去った女」には孤立して生活をしているネイティヴ・アメリカンの部族を見に出かけるひとりの白人女性が登場するが、そんなインディアンは彼女にとっては観光客のための見世物のひとつに過ぎなく、彼女は盲目的に自分を彼らに捧げしまう。彼らは彼女のセクシュアリティには興味はなく、アメリカの白人に復讐をして自分たちの失われたパワーを取り戻す手段として彼女を捉える。これを書いたロレンスは宗教としてのアニミズムに惹かれていたのかもしれない。そしてその宗教の役割を想像すると、それがキリスト教について知っているもののどれとも異なって脅威的であることに気がついた。物語のなかではその女性は冬至の日に洞窟のなかに連れて行かれて太陽への生贄として捧げられる。物語はその儀式が行なわれる直前に沈み行く太陽の光が洞窟の入り口にできた大きな氷の牙を通って射し込んで来つつあるところで終わっている。[21] このような創作を読むと、ロレンスが白人社会で失われてしまったことがなんであるのかに気がついていたのだということが分かる。つまり、自然界と宇宙との密接な繋がりのなかで誕生した宗教への感覚である。同時に、ネイティヴ・アメリカンが白人社会に対してどれだけ敵意を抱き、憎んでいたかをロレンスは感じ取っていたのだということも分かる。「馬で去った女」は『セント・マウア』と同じように、そこに描かれた文化の衝突について曖昧な態度を呈しているといえる。

七月にロレンスが受け取ったE・M・フォースターの『インドへの道』を読んだことで、ほかの作家もヨーロッパ人がまったく異なる世界に足を踏み入れたときにどのように対峙するのかを描くことに想像力を使っていることを知った――「ぼくたち白人が支配する日は終わるのです。そしてぼくたちが支配してきた日に闇が訪れるまで、新しい日がやって来ることはないのです。」[22] とはいってもロレンスはフォースターのこの小説にはかなり批判的だった。ロレンスから見ればこの小説は西洋社会とインディアンの社会のあいだの乖離や齟齬が諷刺的に強調されているだけであって、ロレンスが目指していたのは非ヨーロッパ的な考え方や感じ方の内部に入って行くことだった。

カイオワ牧場ではそれまでの肉体労働の甲斐もあって、比較的快適な生活を送ることができていた。そこでの夏を『セント・マゥア』の執筆に使ったのだが、それでもロレンスは「ここは執筆には向かない場所です――ほかにやらなくてはならないことが山積みになっています」とぼやいている。そして八月の中旬にやっと書き上げた――「仕上げるのに随分と疲れました。」でも、この作品をロレンスは「素晴らしい出来栄えです。ぼくが人気作家でなければもっとずっといいのですが」と思っていた。セルツァーの後悔は深いものだったろうがどうしようもなく、『セント・マゥア』はロレンスと新たに契約をしたアルフレッド・クノプフ社からのデビュー作となった。[23]

ロレンスが『セント・マゥア』を書き終えるちょっと前に平和な暮らしを乱すことが出来した。ロレンスの健康状態は二ヶ月ほどはずっと良好だったのだが、八月二日頃に風邪をひいたときに血の混ざった唾を吐いた。気管支からの出血だった。フリーダは牧場まで医者に往診してもらい、このことでロレンスを「激怒させ」た。ロレンスはいつもゆで卵を立てるのに使っていた金属製の輪をフリーダに投げつけた。[24]医師は、この患者は精密検査を受けるのにじっと耐えることはないだろうと判断して、気管支炎という診断を下してカラシ湿布で治るだろうと言った。身体を休めたことも手伝って、この治療は少しのあいだだけ効き目があったように思われたのだが、実際にはこのときの喀血は肺結核が第三ステージまで進行していたことを示していた。そしてこの病は今後の五年間のロレンスの生活を脅かすことになる。血を吐くということに直面してもロレンスが医者に診てもらおうとはしなかったことは注目に値する。彼のプライドと自分自身への信頼が肉体の健康面でも発揮されていたのだ。八年前にロレンスは『恋する女たち』のなかにバーキンという男性を登場させているが、この男は「ときどき病気になってゆっくりと寝ていたい。なぜならば、そうすれば病気はたちどころに治癒し、いろいろなことを明確に、そして確実に理解することができるからだ」[25]と考えている。ロレンスにとって病気とは一九一二年来、彼とフリーダがふたりだけで一緒に立ち向かってきたものである。ふたり以外の誰もそこに介入してくることはなかった。

一九二四年の八月には、ロレンスは二、三日で起き上がって歩けるまでに快復した。そして『セント・マゥア』を脱稿して、ホウトヴィラに住むホピ族の儀式「蛇踊り」を見物しに出かけた。その踊りでは僧侶たちがガラガラ蛇を口で咥えて運ぶのである。ロレンスとフリーダはトニーとメイベルと出かけて、このときはブレットを残していった――五人が相乗りできるほどの大きな車ではなかったからだ。この踊りを見たロレンスの印象は、ふたつのエッセイに素晴らしく見事に描出されている。ひとつめは、メイベルを困惑させたものだが（「こんなふうに蛇踊りを描写してもらいたくてロレンスを連れていったのではない」と彼女は不平を漏らしている）、「蛇踊りから戻ったところ――疲労困憊」と名づけたものである。白人相手のショーとしての蛇踊りをルポルタージュ風に描いている――「見世物です。そして南西部はアメリカ白人にとっての大きな遊園地です。」ふたつめのエッセイは「ホピ族の蛇踊り」という数日後に書かれたもので、アメリカについてロレンスが書いたもののなかでも深い洞察力に満ちているという点で一、二を争うものである――「このエッセイはぼくの立ち位置を明確にしてくれています」とマリィに書いている[26]――

ぼくたちはナイル川にダムを造り、アメリカを横断する鉄道を敷く。ホピ族のインディアンはガラガラヘビを宥めすかして口に咥えて、大地の暗闇に包まれた場所へと送り返してやる。蛇は内に潜んでいる大いなる力へ遣わされる使者なのです…アメリカの土着民たちは生まれながらにして徹底的に宗教的です。彼らの生活の仕組みは宗教的です。でも彼らの宗教はアニミズム的で、彼らの拠り所は暗闇に包まれて不可思議で、非人格的でさえあります。彼らにとっての「神々」との衝突はゆっくりとしていて、そして留まることを知りません。[27]

部外者の立場から率直に書かれた「蛇踊りから戻ったところ――疲労困憊」はあくまでも表層的且つアイロニカルで、そして「ホピ族の蛇踊り」においては未知の文化と宗教に真摯に近づいて見極めようとしている態度が感じられるが、このようなロレンスの矛盾ともいえる相反する姿勢はこれらふたつのエッセイ以外ではそう見られるものではない。

メイベルたちとのこの小旅行は、彼女が抱える個人的な問題で台無しになってしまった。彼女はノイローゼに罹っていて、やがて有名なアメリカ人でフロイト派の分析学者のA・J・ブリルに自分の診療を任せることになる。そして彼女は自分の治療費として『息子と恋人』の手書き原稿を充ててしまう――如才ない行動といえるかもしれないが、ロレンスとフリーダに対しては失礼極まりない。初めのうちはロレンスも精神分析というものを信用していなかったが、それでもメイベルを慮ってあれやこれやと手を尽くして助けた。手紙を書いて元気づけようともした。そのメイベルは、この時点ではもうロレンスを自分の愛人にしようという考えを棄て去っていたようである。ロレンスが自分のことを「どうしようもない」、「悪意に満ちている」、「危険極まりない」などと陰口を利いていたということを人伝に聞き知ったメイベルは腹を立てた。そして、これが最後になった――「ロレンスとのこと、私はどんな希望すらも諦めました。」[28]実際にロレンスはこのようなことを初対面のときから彼女に直接言ったことがあったのに、である。それで、ロレンス夫妻は一九二五年の九月までアメリカ大陸に暮らしていたにもかかわらず、ロレンスとメイベルがこの後にまた顔を合わせることは二度となかった。

牧場で暮らすロレンス夫妻とブレットには、やがてやって来る冬を避けるためにほかの場所へ移動するまでにひと月しか残されていなかった。ロレンスにしてみれば「ケツァルコアトル」を完成させるためにもう一度メキシコへ行きたかった――書き終えるためにはその場所に行ってそこで生きる必要があったのだ。そんなときにイングランドからまったく予期しない連絡が届いた――父親が七十八歳で突然に九月に他界したというのだ。「ただ無為に命永らえるよりも、いっそのこと逝ってしまう方がましでしょう」とロレンスは姉のエミリーに書き送った。おそらく脳裏には一九一〇年の母親のことが浮かんでいたのだろう。「それでももちろん気持が動転して、なにかが断ち切られたような奇妙な感じになっています」[29]とも書いている。ロレンスと父親アーサーの関係が睦まじいものであったためしは一度もないが、それでも子どもの頃や青年期に抱いていた父親に対する憎悪はもう感じなくなっていた。父親の死はひとつの終わりを意味していた――ロレンスは自分だけが取り残されて、独り法師になってしまったように感じていた。そんなロレンスは、父親の訃報を受け取った三週間後に書いたマリィ宛の手紙のなかにアーサーの死と秋の訪れに触れて次のような哀愁が漂うようなことを書いている――

> ここは今が一番うっとりとするほどに美しいです。山々の高いところに植わっているポプラの木々は黄金の羊毛のようです。金羊毛を求めたあのイアソンはどこにいるのでしょうか？　低木のオークは濃い赤に染まり、野鳥が荒野に舞い降りて来ています。南へ飛んでいく時期なのです。ぼくの父親が九月十日、ぼくの誕生日の前日に亡くなったことを知らせましたっけ。秋になると辺り一面の景色が色づくせいか、いつも憂鬱になってしまいます。ぼくも南へ行きたいと思っています。そこには秋という季節もないでしょうし、ユキヒョウが飛びかかるように、寒さがその牙を剥いて待ち構えているなんてこともないでしょうから。[30]

辺り一面の景色が色づく秋は、もちろん秋に不治の病の冒されて死に向かっていた母親のことを想い出させたことだろう。[31]このような記憶は遠い過去のものであると同時に忘れ去ることができないもので、そしてロレンスが苦労して逃げ出そうとしているにもかかわらずに、それでも離れることのできない昔の世界に属するものだった。

　ロレンスは終生、父親の独立心、動物や自然を愛する態度、ダンスが上手なところ、（お茶に使えるハーブを集めることができるような）アウトドアの知識が豊富だったところが好きだった。[32]小言を言う女性には耳を貸そうともしないところは言わずもがなだった。一九一二年にロレンスがイングランドを出てからのこの父親と息子の関係についてはなにも知られていない。ただ時々にロレンスが誰かの前で父親のことに触れることがあったくらいである――一九二二年にはアクサ・ブルースターに、セイロンの労働者は「自分の父親に似ている。明確で溢れんばかりの精力があり、本当の異教徒です。そして彼はこうも言いました。自分は『息子と恋人』では父親に悪いことをしたと。だからできれば書き直したい」[33]と語った。エミリーがアーサーの写真を一九二五年の一月に弟に送っている――「とても良い写真です。自分と似たところが結構あるんです」とロレンスはコメントした。晩年になるとロレンスは著作のなかで、温かみがあって言葉にできないが親しみを持てる男性として、そして「昔ながらの男っぽいイングランド」に属している人物としてのアーサー・ロレンスを想起させるような登場人物を生み出すようになる。そのような特徴を具えた父親をモデルとした登場人物は『処女とジプシー』のジプシーだったり、『チャタレー夫人の恋人』に出てくる森番である。父親のアーサーはロレンスにとって踏むべき轍ではなかったけれども、それでもその背中を見つめつづけた存在だった。

一九二四年にロレンスはもうひとつの作品を書き上げた――それは「プリンセス」という中編小説だった。この物語でも「馬で去った女」と同じように、白人女性がアメリカ南西部を探険しようと出かける。「プリンセス」と身内から呼ばれるドリー・ウァカートは母親の死後に父親の手によってふたりだけの排他的な環境のなかで育てられた結果、父親の過度の庇護の犠牲者であり、このことで狭い世界しか知らないまま世間で孤立する立場に立たされてしまう。山中へと向かう旅の途中で彼女は夜のどうしようもない寒さに襲われて、耐えきれずに（控えめに魅力的な）メキシコ人ガイドのロメーロを寝床へ招いてしまう。しかし朝になると彼女は彼を憎悪し、彼にそのことが分かるようなあからさまな態度をとる。土足で踏み込んできた白人たちの植民地を建設しようとする力によって過去のすべてを奪われた男にとって、白人に嫌われることは先がないも同然だった。自棄になったロメーロはドリーの衣服を剥ぎ取り、彼女を凌辱し、彼女を救いにやって来た男を撃ち殺す。そして最後にはロメーロは自分自身をも撃ってしまう。[34]「プリンセス」は、白人の植民者的意識では自己の囲まれた状態を理解することができないということを扱った物語である。ブレットを知ることがなければ、おそらくロレンスはこの話を書くことはなかったのではないだろうか。この物語のなかに描かれている本質的な経験はロレンス自身のものである。自己充足的であること、意志の力でなんでもかんでも自制すること、そしてドリー・ウァカートのように自分の理性的で自制の利く白人的自我の外側に存在する現実を受け入れるのを拒絶することがどんなことかを、ロレンス自身よく分かっていたのだ。

ロレンスは一九二四年の夏を実りの多い時期だったと振り返ることができたのではないだろうか――北アメリカがかかわる作品を三つ仕上げることができて、カイオワ牧場にきちんとした足場を設置することができたのだ。そして一九一二年以来ずっと自問自答してきた疑問への満足のいく答えを見つけることができたのである――この一九二四年にロレンスはどこで、そしてどのように生きたいのかが分かったのだ。しかし、また出発する時期がやって来た。この年に書いたエッセイやフィクションはいってみれば次の長編小説を書くための準備運動のようなもので、メキシコへ戻ることがロレンスには必要だった。

十月十一日、ブレット、フリーダ、そしてロレンスの三人はタオスを目指して南下した——そして二十三日にはメキシコシティーに到着していた。

20 廃滅してしまったメキシコの深淵

一九二四―一九二五

一九二四年十月にはまだ三十九歳だったがロレンスの顔つきはかなり老けて見えた。[1] 体つきはそれほどでもなかったのだが、そんな彼はブレットとフリーダを連れてメキシコに入国する際のエルパソのパスポート検査所の係員を驚かせた。係員はブレットを指差して「あんたの奥さん？」とロレンスに訊ねた。「違う」と答えると、今度は「じゃあ、妹？」とさらに訊いてきた。友人だと分かると、彼は今度はフリーダを指して「愛想良く微笑みながら」、「あんたの母親か？」と質問した。この会話をもし聴くことができたら、ブレットはきっとこのやり取りを楽しんだことだろう。[2]

「ケツァルコアトル」を書き直すために、ロレンスがメキシコにいたいと思ったことは決して看過することはできない。『カンガルー』に最後の章を書き加えたり『叢林の少年』を書くためにオーストラリアに戻ったりしたこともなければ、ましてや『息子と恋人』、『ロスト・ガール』、『アーロンの杖』、『ミスター・ヌーン』という小説をイタリアで書き上げていたし、あまつさえ完全にイングランドを舞台にした『チャタレー夫人の恋人』をもイタリアで書き上げるのである。『羽鱗の蛇』（「ケツァルコアトル」の完成稿）には、激しく魅力的でありながらもロレンスにとってはまったく未知の社会が描かれている。これを完成させるために、正確に言うならばその描写に奥行きを持たせるためにメキシコに直接触れていることが必要だったのだ。そしてこの時期にメキシコを訪れたことは、この小説にとって大きな意義のあることだった。十二月には労働運動と反カトリック教主義者によって後押しされて、プルタルコ・エリアス・カイエスが第四十八代メキシコ大統領に就任することになっていた。メキシコにおける政府の転覆（とカトリック教義の喪失）について書こうとしていた人物にとってこの時期にメキシコにいられたということは、まさに千載一遇のチャンスだったろう。

メキシコに入ったロレンスがチャパラへは出向かなかったのは、おそらく小説の背景に使えるだけの十分に鮮明な記憶が残っていたからだろう。そんな彼が腰を落ちつけたかった場所は観光客がほとんど訪れることのない、土着の人間が多く住んでいる場所だった。それならばオアハカの南にある町が「気候も申し分ない」ので最適だと、メキシコシティーの英国領事に薦められた。その町には領事の弟のエドワード・リカーズが司祭として働いていた。[3]メキシコシティーで暫く過したロレンス、フリーダ、ブレットの三人は五六〇キロ南にあるオアハカに向けて旅立った。そこに到達するのに「なんの説明もなく絶えず停車をくり返す」汽車に乗って丸二日を要した。フランシア・ホテルで旅の疲れをとってから、一行はリカーズ神父のいくらか荒廃したアドービ煉瓦の家の北半分に間借りすることになった。この家の建物はバナナとオレンジの木々が茂る中庭を挟むようにして建てられていた。ブレットはホテルに残った。ロレンスは姉のエミリーに「よそ者といつも一緒にいると疲れてくる」と書き送っている。フリーダはもっと直截にブレットに、「私たちみんなに」十分なスペースがないと伝えた。[4]

オアハカは一九二三年のチャパラに比べて僻地であると同時に、政治的に不安定でもあった。一九二四年の初頭にはオアハカ州の前州知事ガルシア・ヴィジルが連邦政府を牛耳っていたが、降伏したあとで銃殺されていた。オアハカと外の世界を結ぶ「糸のような狭軌間の鉄道」を破壊するのは容易なことで、四年の歳月を経てようやく復旧していた。一九二三年の四月にロレンスが腹を立てたホセ・ヴァスコンセロスが再び州知事の候補に名乗りを上げていたが、不正が横行していると訴えていた選挙で敗北した。彼の対抗馬だったオノフレ・ヒメネス（ロレンスは怒りを込めてこの人物のことを「丘から下って来たインディアン」と呼んでいた）が、ロレンスたちがオアハカに着いてからまもなくして、カイエスが大統領になったのと同じ日に州知事の座に納まった。このような流れの真っ只中にあった「メキシコという国の闇黒で危険に満ちた」オアハカは、政治的且つ宗教的な大変革を扱う小説を書こうとしていたロレンスにとっては格好の場所だった。[5]メキシコに住むべきかどうかを迷っていたが、まったく別のものにその姿を変える可能性を秘めた社会についての物語を紡ぎ出そうとしていたロレンスはこのチャンスを逃すべきではないということを自覚していた。

「ケツァルコアトル」の改稿は一九二四年十一月十九日に始まった――「中庭の木々を眺めることのできる日陰になったベランダで、縞大理石のテーブルがあり、ロッキングチェアが三脚、木の椅子がひとつ、カーネーションが咲いている鉢がひとつに、ペンを握った人間がひとり」。[6]十一月中旬から一月の終わりまでほとんど中断することなく六週間書きつづけた。ただ一回だけクリスマスの祝祭週頃には小説から離れてオアハカでの生活についてのエッセイを書いたが、この四本のエッセイはのちに『メキシコの朝』に収録されることになる。ここには日々の生活が描かれているが、その場に居合わせているかのように思えてしまうほどの素晴らしい筆致の産物である。「ケツァルコアトル」を改稿していたとはいえ、同じように六週間程度で書き上げた『カンガルー』や、のちに書くことになる

『チャタレー夫人の恋人』と比べるとこの改稿はかなり骨の折れるものだったようだ。フリーダは絶えずブレットに腹を立てていたし、ロレンスの結核もまた悪さをし始めたようで、そのためにロレンスは頻繁に熱を出し、そしてひどく体力を消耗していた。書き直しもそうそう順風満帆というわけにも行かなかった。改稿に着手するちょっと前にはアメリカに「少しばかりウンザリして」いて、「この悪意に満ちた大陸の感触には業腹です」と書いている。年が明けた一九二五年一月初旬に容態を崩し、そのために怒りっぽくもなっていたロレンスは今後の凶兆を示すようなことを書いている――「ここにいるとなんだか気分が変です…なんだか取り囲まれているようで、閉じ込められているような感じがしています。こんな気分になるなんて、まったく厭になります。破裂しそうな気分です。」オアハカは気候的には熱帯地域で、そこに育っている植物もロレンスがセイロンで味わって目の当たりにしたものを想起させるものだった――「この瞬間にもぼくがいるこの中庭は甘ったるい熱帯の花の匂いで満ちています。あの厭な熱帯植物です。」[7]ロレンス夫妻とブレットは、歩いて郊外の遠くまで出かけたりしないように、昼も夜も窓は閉めておくように、ドアにも鍵をきちんとかけておくようにと言われていた。強盗に入られたとか、ちょっと離れたところに住んでいる白人が襲われたなどという噂が立っていた。「自由に歩き回れないし、身の危険も感じる」結果、ロレンスは郊外の木陰で執筆する代わりに家で書くようになった。書き直し中の小説は次第に大作になって、ついにはもとの「ケツァルコアトル」の二倍の長さにまでなった――「出来は良いです。でもちょっと怖くもあります」とロレンスは書いている。一日に二千語から三千語を進めていたのだろうが、このスピードはロレンスにとってはまったく普通だった。しかしフリーダに言わせれば、ロレンスは「かなり疲れている」[8]ようだった。しかもただ執筆するだけではなく、ロレンスはケツァルコアトルという宗教に必要な聖歌や詩なども自分で創作していたのである。ものを書くこと、そして詩を書き直すことにロレンスはいつも全身全霊で打ち込んでいた。

この小説を書いているあいだロレンスは客観的で批評的な感情は脇に置いていた――自分の頭のなかで創り上げたメキシコについて熱に浮かされたように書き進めた。『羽鱗の蛇』が多くの読者にとって難解なのはこの小説が抱える暴力性のため（多くの優れた小説はもっと暴力的である）でも宗教的な信条を強引に伝道しようとしているためでもなく、この小説とロレンスが通常得意としていた無骨で俗っぽい日常的な世界との関係があまりにも希薄であることにその原因がある。登場人物が話す言葉などはどこかよその言葉の翻訳を読んでいるように聞こえる。例えばラモンは「私はしっかりと自分自身を維持しなければならない。今この時点に自分が存在している中心の場所に」と言うし、またシプリアーノがケイトに「社会的秩序に則った結婚をしませんか」と堅苦しく訊ねると、彼女は「私たちのあいだに星が昇れば、それを私たちは見ることになるでしょう」[9]と答える。『羽鱗の蛇』のなかで起こること、そして登場人物の発言は、そのほとんどがひどく象徴的且つ宗教的で、そして重大な意味を示唆するものである。ほとんどの読者の記憶に残るようなエピソードは、小説のプロットやテーマと切っても切れない関係にある――冒頭の闘牛、湖へと向かうケイト、そしてアヒルの子を虐める子どもなど。

このような緊張感とプレッシャーを持続させながらこの小説を書きつづけることはさぞ疲弊する作業だったろう。新しい宗教に伴う儀式などを考え出すことなどは多くの人間にできるようなことではないが、ロレンスはこの機会を存分に活用した。また自分の内でまだ解決できない暴力的な、アステカ族の影響を色濃く引き継いだ世界をどのように昇華させればいいのか決めかねている自己の感情を見つめつづけることも忘れなかった。知人に宛てた手紙で『マクベス』を引き合いに出している――「男になるためのことだったら、なんだってやってやると誰かが言ってましたよね。ぼくもそうです。」[10]ロレンスが直面していた難問は人間らしくいることの難しさではなく、登場人物たちを極限状態に至らせること、そして同時に共鳴できるような現実感をもたせることだった。ドン・ラモンとドン・シプリアーノという中心的な男性の登場人物はとても現実的とはいえない――非常に観念的で弱みというものがほとんどなく、自分の役割に徹していてそこから逸脱することもない。女性の登場人物のケイトはどうかといえば、「ケツァルコアトル」のなかでの彼女はフリーダに共通するような男性特有の理想主義に敵愾心を抱くような女性である――もしロレンスが闘う相手としてのフリーダの抵抗を経験しなければ、彼は自分自身でそれを創作しなければならなかったのだ。『羽鱗の蛇』におけるケイトはアーシュラ・ブラングウェンのように独特な鋭敏さを具えているわけでもなければ、ソマーズみたいな作中人物に見られるようにロレンス本人の自伝的な要素を豊富に与えられているわけでもなく、彼女はメキシコについてのロレンスの多くの感触を経験し、そして克服していく。ロレンスの頭にあったのはケイトのそんな経験に対しての反対や嫌悪ではなく、ラモンやシプリアーノが考える新しい宗教のメカニズムや儀式を詳細に想像することだった。大事なことは結末でケイトはシプリアーノと結婚するだけでなく、彼と一緒にメキシコに残ることを決心することである。「ケツァルコアトル」では彼女はその土地を離れなければならないと感じていた――自分では信じることのできない、「憎しみに満ちた幻想や心象」をもった「神秘的な」男たちによって動かされている世界を知ったのだった。[11]しかし『羽鱗の蛇』のケイトは、そのような人智を超えた神秘性や心象に屈服するのである。

すでに創作についていくつもの難問を抱えていたところに新たな問題が生じた。これは小説のなかに持ち込むことができるようなものではなかった――ブレットとフリーダの軋轢がますます強まってきたのだった。ブレットはホテルから毎日ロレンスのところへやって来たことで、そして「彼女が私たちの生活に大きく介入し過ぎていると感じていて、そのことが厭でたまらなかった」とフリーダがロレンスに言ったことでブレットとフリーダのあいだに喧嘩が生じた――するとロレンスは「お前はやきもち焼きの馬鹿だ」[12]とフリーダに言った。小説に集中したかったのにこんな揉め事に巻き込まれて、しかもどう収拾していいのか分からなかったので、この状況はさらに悪化したと考えられる。一日分の執筆が終わったらロレンスは自分だけの相手をして、ブレットはホテルに戻るべきだとフリーダは感じていた。しかしブレットは自分が招かれざる存在であることになかなか気づかなかった。一九二五年が明ける頃になると三人のあいだの緊張はますます張り詰めたものになった。フリーダにとっては珍しいことだが、彼女はロレンスに「彼女が出ていくか、それとも私か…」[13]という最後通牒を突きつけた。それだけフリーダも精神的に追い込まれていたのだろう。

ブレットのところにロレンスからの手紙が届いた。「なにもかもを大声で言うことができないので」と始まっているこの手紙は、会話による彼女との意志の疎通が困難であったことを示す。ブレットはこの手紙を読んで仰天したと書いている――『じゃあ、フリーダは私のことを気に入ってつき合ってくれていると思っていたのは勘違いで、ずっと彼女は私のことを嫌っていたのね?』『もちろん彼女は君のことが嫌いだった。』[14]ブレットは騒ぎ立てることなく荷物をまとめて独りでオアハカからメキシコシティーに、そしてエルパソを経由して最後にはタオスのホーク一家のデルモンテ牧場へと戻っていった。そしてここでロレンス夫妻がやって来るまで滞在することになる。ブレットを独りでこのような長旅に送り出すとは人の道を外れた行為だといえるが、しかしロレンスには書き進めなければならない小説があり、フリーダはフリーダで確かに嫉妬に駆られてはいたが同時にロレンスのことが心配だったのでひとりで放っておくわけにはいかなかった。健康状態が悪化していた彼にはできるだけ平穏な日々を送らせる必要があった。一月の最終週には「肉体的に参ってしまった」――「あの小説をずっと書いてきたんだから、フラフラになるのが当然じゃない」とフリーダはロレンスに言った――がしかし、ロレンスが言うにはブレットが自分に寄りかかっていたこと(「君のぼくへの友愛」)で具合が悪くなったということだった。[15]

ロレンスが『羽鱗の蛇』を書き上げたのは一九二五年一月二十九日頃である。脱稿とほとんど時を同じくしてロレンスは力尽きて病の床に就いた。それはあたかも『羽鱗の蛇』の執筆中は宿主の精神力で病魔が暴れられないように頭上から抑えつけていたのだが、無理が祟って書き上げた途端に気が緩んだことでそれが牙を剝いたようなものだった。ロレンスはいつでも身体的な病については「病は気から」という態度を保ってきたのだが、今回に限ってはそのようなことにその原因があると判断しようとはしなかった。その代わりに自分の健康不良をほかのもののせいにした――「物事を感じ過ぎるからぼくの具合も悪くなったのです。痛みや辛さは、どんなにそういったものを精神力で撥ねつけようとしてもやって来るのです。」[16]数日後にはロレンスはほとんど死にかけた。高熱を出して、内臓が炎症を起こして「その苦しさは体内で拷問を受けているようでした」

——インフルエンザにも罹患して、結核の症状も出ていたのだ。あまつさえ地震までもがロレンスを襲った。このときばかりはさすがのロレンスも生きた心地がしなかったようで、フリーダもロレンスはこの地で死んでしまうだろうと考えた——「生き永らえるとも、持ち直すだろうとも思えなかった。」「ぼくが死んだらここの共同墓地に埋葬するんだろう」とロレンスはフリーダに言った。立ち上がることもままならない容態でロレンスはフランシア・ホテルまで連れられて行った。こんなことになってしまって、フリーダはオアハカへやって来たことを悔いていた——「こんなところへ私は来たくなかったのよ。でもロレンスが、彼のメキシコ像に引き寄せられたみたいだったから。」[17]『羽鱗の蛇』と同様にオアハカという土地はロレンスにとって不可思議な魔力を持っていたらしく、ロレンスを未知なるものへの探究に駆り立てたのだった。二月終わりにメキシコシティーまで戻る汽車の旅は「地獄からの帰還のように死ぬ思いの旅だった。」[18]ふたりはベラクルスからヨーロッパへ戻ろうという計画を立てていたのだったが、メキシコシティーに到着するとふたりはロレンスの体力回復が先決だということでホテルで暫く過すことにした。そこでロレンスの容態は再度悪化して、それからひと月ほどは絶対安静にしていなければならなかった。

メキシコシティーへ向かう道中で、フリーダもまた絶望を味わったようだ——彼女は「私の内でなにかがグシャッと壊れたのです。『この人がすっかり良くなるということは決してないのだ。病に冒されて、この先の運命は定まってしまっているのだ。私がどんなに愛しても、どれほど力を尽くしても、元のように戻ることはないのだ。』そうして私は気がおかしくなったみたいに一晩中泣き通したのです。」「フリーダがそんなことをするのが気に入らなかった」というのはいかにもロレンスらしい。一九二〇年にキャサリン・マンスフィールドが自分を憐れんでいた姿を嫌悪したように、ロレンスはフリーダの絶望や、自分が打ち萎れることを拒絶したのだ。メキシコシティーに滞在しているあいだに往診してもらった医者はロレンスのレントゲン写真を撮って検査して、フリーダに「残酷にも…『旦那さんは結核です』と告げた。それから私を見たロレンスの眼を忘れることはできません。」さらに医者はフリーダに「第三期に入っている結核です」と言葉を重ねた。違う言い方をすればそれは「進行中である」ということであり、医者はフリーダに「牧場へ連れて戻りなさい。ほかに手立てはありません…せいぜいあと一、二年というところでしょう」[19]と言った。

この時点でロレンスは書きかけていた新しい作品「飛び魚」の初めの数ページ分をフリーダに口述筆記してもらったのだが、こんなことは今までに一度もなかった。[20]診てもらった医者は口々に仕事をするなんてとんでもない、「植物のようにじっとして動いてはいけない」(手術を受けない場合の結核患者に対する唯一の対症療法だった)と告げたのだが、書き進めたいという気持を抑え込むことはできなかったようだ。『羽鱗の蛇』を書き上げるのに文字通り命を削ったにもかかわらず、である。「飛び魚」はメキシコで病に罹っている中心的登場人物のゲシン・デイの描写で始まっている。この短篇には一九二三年のゴッチェとの旅が素材として使われていて、「偉大なる日」を日常の生活の隅々に感知している様子が描出されている。（第十八章で引用した）船の前を泳ぐイルカのエピソードなどは純粋な生きる喜びに満たされていて十分に魅力的である。だがフリーダに書き取ってもらった箇所には「廃滅してしまったメキシコの深淵」[21]への嫌悪感が、そしてそれに呼応するようなイングランドのミッドランズへの強烈な郷愁が鮮明に蔓延している。デイは「帰国したかった。イングランドがどれだけ小っぽけで、息が詰まるようなところに大勢の人間がひしめき合いながら生きていても、ましてや家具だらけのところであったとしても、今ではそんなことはまったく気にならなかった。若い頃には窒息してしまうのではないかと思ったデイブルックの奇妙に深閑とした雰囲気も、今ではまったく気にならなかった。」ロレンスはつづけて「故郷こそが自分がいるべき場所だと感じる」[22]と書くことで自分が死を免れない運命にあることを匂わせているが、このことは明らかに強い愛着を感じていたイングランドをこの短篇で神話の世界のような牧歌的な場所として描いていることとおおいに関係があるのだろう。

だがベラクルスからヨーロッパに戻ろうという計画は、医者から高地に行ったほうがいいと忠告されたことで沙汰止みとなった。「ヨーロッパに思いを馳せていた」にもかかわらずにふたりはヨーロッパ行きを延期しなければならなかった。三月中にロレンスは快復したように見えたので月末にふたりは北へ向かうことにした――そのためにアメリカとの国境のメキシコ側にあるファレスのアメリカ領事館で六ヶ月間のビザを交付してもらった。だがこの国境越えは簡単にはいかなかった。移民局の役人にさんざん嫌がらせをされた――ロレンスの健康状態は万全というには程遠く、メキシコシティーでロレンスは顔色をごまかすために頰に口紅を塗っていた。顔色がそれほど悪く、道で行き合う人びとは彼の顔をジロジロと見るほどだった。ロレンスは口紅を「ニューメキシコに到着するまで――エルパソの医者の許可をもらうまで」塗りつづけた。一方でアメリカ側の医者はロレンスを見て結核の兆候を認めたので、口紅などでごまかされるはずもなく米国への入国を許可しなかった。ロレンスは裸になることを強要されて「裸のまま」診察を受けなければならなかった――「尊厳をブチ壊すような恥辱！」[23]ダービィで受けた徴兵のための身体検査のくり返しだった。アメリカ領事館の助けを借りて、エルパソに二日間足止めされたのちにふたりはようやく入国を許可された。なんとかサンタフェまでたどり着いて、そこで一九二四年に知り合った女優のアイダ・ラウとパートナーのアンドリュー・ダスバーグの厄介になった。カイオワ牧場まで戻ることができれば自分の身体は快復するのではないかとロレンスは考えていて、四月初旬にはデルモンテ牧場まで戻ることができた。そこではブレットがふたりを出迎えた。

ロレンスの衰弱はひどいものだったが、それでもロレンスとフリーダは最後の力を振り絞って三キロほど北に行ったところにある牧場に向かった。すると、カイオワ牧場がある土地の春でさえも病気の人間の身体にとって好ましい場所ではなかったにもかかわらずに、道中はほとんど眠りっぱなしだったロレンスは快復の兆しを見せ始めた。ふたりは身の回りの世話を若いネイティヴ・アメリカンのトリニダッドとルフィーナ・アクリータ夫妻に頼み、フリーダはいつも以上に家事に精を出した。そんなフリーダは、「シェフの腕前に近づいている」と公言している。夏が終わる頃になると状況は普通に戻りつつあった――「彼がいいと言ってくれると私が料理をするけど、大体はロレンスがやって、そのほうがずっとおいしかった。」なにか実際面で役に立つことがあったかもしれないのに、ふたりはブレットにはデルモンテ牧場にいるように申し渡した。フリーダは以前ブレットに、彼女が「待っていたり、じっと見つめたりしていると」感じることに耐えられないと言ったことがあったが、そのような気持はこのときに増幅されていた――「こんなことを言うとあなたは私を憎むかもしれないけど、私にも生きたいように生きる権利と責任があるのよ。」[24] フリーダはロレンスの面倒は自分が見なくてはならないと思っていて、このことが彼女にとって今までにない優先課題となった。

驚くべきことにロレンスは快方に向かった。フリーダは「私たちは静かに穏やかに暮らしています。信じられないですが、このような平穏は絶対にないだろうと思っていました」と書いている。ロレンスは「暖かい昼下がりにはポーチで横になっています。周りには松の木があり、眼下には荒野が見えます。彼方には青白く雪を冠したサングリ・デ・クリスト山脈が聳えて、その先は見えません」[25] と書き送っている。体力の回復に伴ってロレンスは執筆を始めた――書くこと、それはすなわち彼にとって生きることだった。三月に書き始めた「飛び魚」に描出したような別世界が彼にとっては必要だった。創造力と想像力が互いに支え合うことができれば、「活力があれば生きていけるということを示すことができる」ようなものだった。またこの年の夏が終わる頃には「小説を書くということについてぼくはこう思うんです。つまり、創作したり書き留めたりする作中人物や彼らの経験と共に強く生きることができる、と。これこそが生きるということなのではないでしょうか。そしてこのような生き方は、たいていの人たちが生と呼ぶ卑俗なものよりもずっと素晴らしいものなんです。」[26]

メキシコシティーで書き始めた「ノアの洪水」という戯曲(これは断片しか残存していない)を途中でやめて、ロレンスはアイダ・ラウと何ヶ月も前から書くと約束していた新しい戯曲に取り組み始めた。この『ダビデ』では、自意識と洪水前の古い世代の宗教的自我とはどのようなものだったのかについて現代人が思い悩んでいる。ロレンスはここで、鋭敏で自意識的な、現代的で知的な現代人の若いダビデでもあり、同時に作中で創り上げようとしていた(この場合だったらネイティヴ・アメリカンの)より古い世代の世界を代表する老王サウルでもある。この戯曲でロレンスは自分の初期の哲学を強く支配していた人類の進歩と発展について別の可能な神話を提供している。『ダビデ』は古い世界でのアニミズム的宗教の、現実の神の天啓の終焉を劇化している。結末でサウルは死に、彼と共に古い秩序も崩壊するのだが、このようにして聖書のなかの話が根本的に覆っている。

五月初旬に戯曲は完成して牧場での生活はかつてのリズムを取り戻したが、昔通りでなかったのはロレンスである――彼は以前ほど活発ではなくなっていた。泉の水を畝の灌漑に利用しようとしたり、馬に引かせようと軽装馬車を購入もした。六月になると鶏を手に入れてフリーダが世話をし、スーザンと名づけた乳牛はロレンスが担当した。スーザンの世話や乳搾りには手間がかかったものの、このおかげでふたりは毎日デルモンテ牧場へ行く厄介から解放された。デルモンテ牧場では相変わらずブレットがロレンスの手書き原稿をタイプしていて、そのことでフリーダはご機嫌斜めだった――「あなたはロレンスのためだったらなんでもするけど、私にはなにもしてくれないわね。私のことを見下して馬鹿にしてるのよ」[27]と食ってかかったこともある。牧場を訪れるような客はほとんどいなかったが、フリーダのドイツ人の甥のフリーデル・ヤッフェがやって来てしばらく逗留して日々の雑事によく手を貸したようだ。若いアメリカ人ジャーナリストのカイル・クライトンが細君を伴ってやって来たこともあった。ブレットも交えてみんなでとても陽気に過ごした。このときのことをブレットは「あなたはとてもおおらかに笑って、思ったことをよく喋っていました」と憶えている。クライトンはロレンスのことを「痩せていて、身長は百七十二センチくらい、濃い赤色の髭をたくわえ、どの写真にも映っているあの小さないぼが顔の右側にあって…唇は厚みがあって赤味がっていた、眼は小さいもののビックリするほど輝いて青かった。そして話すときには相手の方をじっと見つめた」と観察している。客が辞したあとのロレンスの様子を見てブレットは「あなたは疲れていましたね。お客の相手をすることで体力をずいぶんと消耗したのでしょう」[28]と書いている。アイダ・ラウが、ロレンスが『ダビデ』を声に出して読むのを聴きにやって来たこともあった。

ロレンスは『ヤマアラシの死をめぐる随想及び他のエッセイ』という一冊にまとめられるようにエッセイを編集した。一九一五年に書いた「王冠」の改訂版をここに収録したが、この本に納められたエッセイは七月から八月にかけて書かれた未発表のものである。これらのエッセイは晩年の数年間にロレンスが主張していたことと一致している。「人間にとって必要で偉大な関係といえば、それは男と女の関係ということになる。親と子ども…などの関係は付随的なものになるだろう」[29]と述べていたが、このことは『息子と恋人』の作者が認めた結論だったのだろうし、一九二五年の夏の時点でのロレンスはこのことをくり返し主張していたようだ。しかし別のエッセイでは「芸術たるもの常に『時代』に先んじていなければならない。そしてその時代というやつは、生きている瞬間より遥かに遅れを取っているのだ」と持論を展開している。「生きている瞬間」に対するロレンスの誠実さは、彼が今後の四年間に書くことになる、「万物との」関係は人間同士の結びつきと同様に必要なものであるという信条に端を発しているといえる――「人間の生は石、土、木、花、水、昆虫、魚、鳥、動物、太陽、虹、子ども、女、ほかの男といったありとあらゆる万物との関係において存在するのだ」。しかしこの関係よりもさらに重要なのは「太陽、つまり太陽のなかの太陽、そして月と暗闇と星からなる夜」との関係だとロレンスは言う。要するに、私たちを取り巻いている天地万物が、人間の生活にとってのリアルな関係を築いているというのだ――「ギリシア人は健全だったので汎神論者であり多元論者でもあった。ぼくもまたそうなのである。」[30]

ブレットはロレンスの原稿をタイプしつづけていて、時折カイオワ牧場へやって来た。フリーダはそんなブレットに嫌味を言った――「あなたの健康をお祈りするけど、私の生活に踏み込んで欲しくないわね」とか「簡単なことよ、私たちは私たちだけでいたいのよ」。言われたブレットは如才なく対応していたようだが、『羽鱗の蛇』のタイプ原稿はブレットが持参するのではなくロレンスに郵送されてくるようになった。だが当のロレンスはその原稿を見ようともしなかった――「メキシコのことを考えると吐き気がするんです」とコメントしている。やっとの思いで校正を済ますと、『侵入者』や『恋する女たち』に感じたことと同じ感触をもっていることが分かった――「ぼくはこれを出版社に渡したくないのです。ぼくのほかのどの本とも違っています。でもぼくにとって一番意義深い作品となりました。」[31]ロレンスはまだ『羽鱗の蛇』を書いていたときの高揚した精神状態の烈しさを忘れられずにいた。この小説にはロレンスが一番に言いたかったことが書かれていた――なにかを成し遂げるために感情や理性を異質なものにする必要があるという究極の決意を明らかにする作品だった。[32]カイル・クライトンがあるときに、作家はどうして創作をするのか訊ねたことがあった。この問いに対してフリーダが挑発的に「自己吹聴癖よ」と答えたのだが、これにはロレンスをあまりまじめ臭くさせないためのフリーダの意図があった。しかしロレンスはこれに異を唱えた――「いいや、違いますね…そういうことじゃありませんね。誰のために書くわけではありません。自分の奥底に潜んでいるモラルに従って書くのです――いわば人種のために。」[33]こう言うロレンスは『羽鱗の蛇』を彼の同時代人のために――そして同時代人に抗して――書いたのだった。

数週間が何事もなく過ぎた。「ぼくたちはじっと座って、夏中ユリのことを考えています」[34]とロレンスは洩らしているが、体力的に随分と快復していたので執筆に関して活動的になっていた――戯曲があり、エッセイ集があり、さらに書くべきエッセイがあった。そのほかには牧場での仕事やスーザンの世話があり、軽装馬車に乗ってサンクリストバルやアロヨセコへ出かけて行ったりもした。四十歳の誕生日を目前に控えて、このように馬車に乗って探索に出ているときにロレンスは一九一〇年にオースティン・ハリソンがリディア・ロレンスに宛てて息子について書いた手紙のことを想い出した――

「四十歳になる頃には、彼は自分の車に乗るような身分になっているのでしょうね」…でもぼくは四十歳になっても自分の自動車になんか乗ってやしない。自分の所有する軽装馬車に二頭の馬をつけて…コーデュロイのズボンを穿いて青いシャツを着て御者台に座って「アーロン、さあ！　アンブローズ、行け！」と大声を出している。そしてこのときにオースティン・ハリソンの予言のことを突如として想い出した…「行け、アンブローズ！」馬車がドシンと岩に乗り上げた。そして松の針葉がぼくの顔をサッとひっ掻いた。四十歳になって馬車を駆っている彼を見てごらんよ！——しかも下手くそに！　ブレーキをかけろ！[35]

自分が実際にそうなっていた一匹狼のアウトサイダー像と、ジェシー・チェインバーズに話して聴かせた将来の夢（「ぼくは一年に二千ポンド稼ぐよ！」[36]）のあいだに横たわるアイロニーをロレンスはうまく指摘している。成功例としてコンプトン・マッケンジーを思い浮かべればいいだろう——この作家は一九一三年に処女作を世に出してからというもの一九二〇年代半ばには年に千ポンド以上をコンスタントに稼ぎ、秘書を雇い、ボンド・ストリートで服をあつらえて、サヴィル・クラブの会員でもあった。ロレンスは「千人もの友を得られなかったことも、イングランドで脚光を浴びるような人たちのなかに居場所を得られなかったことも、すべては自分のせい」[37]だと自覚していた。だがそんなロレンスは、自分が書きたいと思ったことを書いてきたし、行きたいと思った場所へ自由に旅行することができたのだ。そうしながらなんとか糊口を凌いでやってきた。フリーダはこのことをロレンスに忘れさせようとはしなかった——彼女は一度「ロレンゾ、あなたは天才だけれど、可哀想な人だわ」と言ったことがある。一九二五年の九月十一日にロレンスは四十歳になった。ふたりがカイオワ牧場を去った直後のことである——「ここの秋は本当に美しい。去るのがとても残念です。」[38]しかしビザが有効な六ヶ月が過ぎようとしていた。鉄道を使ってデンバー経由でニューヨークに着いた。そして九月二十一日にはヨーロッパへ向かう汽船リゾルート号の船上の人になっていた。ブレットは同行しないでデルモンテ牧場に残った。

一九二五年にアメリカ合衆国を去ったことはロレンスとフリーダにとって、三年前にヨーロッパを脱出してセイロンに向かったときと同じように象徴的な旅だった。ロレンスはいつもアメリカを夢見ていたし、アメリカについて大きな本も書いたし、それまでに住んだことのあるどの場所をも凌駕するような住処を探すとともに、書くという行為をとおしてその国に存在することの意味を考察もした。そして望んでいたような体験をすることもできた。カイオワ牧場で暮らすことは『セント・マゥア』でも書いたように、「この国の油断のならない、厭うべき悪意」に抗することを意味していたのかもしれないが、行く先々のほとんどの場所で閉じ込められて牢屋のなかにいるような圧迫感を覚えたにもかかわらず、ロレンスはカイオワ牧場ではそのような重圧感を感じることはなかった。「外へ向かって広がる」ような、そして「そこを越えて遥か向こうを見渡せる」ような素晴らしい景色に抱かれながら生きて、そして生活することができたカイオワ牧場は俗世間や塵挨、つまりこの世界の外側にある究極の場所だった——つまり「生半可な隠遁者」[39]になるためには理想的な場所だった。

しかしその牧場はアメリカ合衆国にあった。つまり、もしロレンスの結核が寛解する兆しを見せていなければ、彼の出国が許可されることはなかったのである。そうなった場合のことを考えれば、ロレンスもフリーダも神経質にならざるを得なかっただろう。ロレンスがヨーロッパに戻れないという可能性を受け入れることは、すなわち結核は彼の身体を絶えず蝕みつづけているということにほかならなかったし、このことはふたりにとって受け入れがたいことだったろう。そしてもうひとつ、そのようなことになった場合には結核が進行して衰弱していくロレンスが牧場での生活を余儀なくされるということでもあったが、これはあまりにも非現実的なことだった。もしそうなれば身の回りの世話をしてくれるトリニダッドやルフィーナのような人たちの手を借りる必要があり、そのような他者の介入をロレンスもフリーダも望んではいなかった。そして冬の雪と寒さがさらに深刻な問題となっただろう。素晴らしい場所に違いはなかったが、それでもカイオワ牧場での暮らしは一九二五年以降、ロレンスにとっては神経に障るものとなっていた。そこの未開ぶりと野生の生物は人間を疲弊させていくものだった——自然のなかでの生活は人間に活力を与えてもくれたが、そのような環境で暮らすことは「いつ終わるとも分からない苦行」[40]でもあった。カイオワ牧場で暮らしながら執筆することを決めて、一九二四年の夏には金と体力を使って住みやすい場所にしたにもかかわらずにロレンスは今やこの場所を手放さなくてはならなかった。

四十歳になったロレンスはヨーロッパへ戻ろうとしていた。ニューメキシコはロレンスにとって夢のなかの空想上の土地になりつつあった——そこはロレンスにとって非アメリカ的で、「アメリカとはおおきく違って、実際にはメキシコっぽく」なっていた場所だった。この牧場は、死を間近にしたロレンスが最後にもう一度訪れたいと思う場所になる。ロレンスが晩年に書いたエッセイのなかでも出色の出来栄えのもののひとつはニューメキシコについて書いた一編のエッセイであり、これは一九二八年の真冬に一九二五年の夏への郷愁を文字にしたものである——「美しさの偉大さという点において、ニューメキシコに匹敵するものを今までに体験したことがない」。エッセイのなかでカイオワ牧場で慣れ親しんだ「荒野の遥か彼方に望むアリゾナの青い山々」の雄大な景色に触れるとき、ロレンスはただ「黄褐色の鷲だけがこの雄大さのなかに滑るように飛び出して行ける」とだけ書いている——その雄大な景観のなかを自由に飛び回ることができるのは、その鷲を思い描いている人物の想像力のほかには鷲だけ、ということである。[41]

21 ヨーロッパへ戻る 一九二五―一九二六

ロレンスとフリーダは一九二三年のときとは異なる理由でヨーロッパへ戻ることになった。フリーダはとくに二十一歳になった下の娘のバービィの姿を間近に見たかったのだろうし、ロレンスはイングランドを見たかったのだ――ホーク家の人びとにいくぶん不本意ながら、「故郷というものは抗いがたい魅力を有しています、離れているときにはとくに」[1]と語っている。しかしこのとき、どこに自身の拠り所を見出していたのだろう。戻るということはたんに「家に帰る」ということではないと言っていた――「家という単語は使いたくない。家ではないのだから。」一九二五年の六月にイングランドでも桜が咲き始めたことを耳にして、ロレンスはニューメキシコとヨーロッパを比べている――「ここの土地は粗すぎて花が醸し出す柔らかさに欠けます。ぼくはちょっとばかりヨーロッパを懐かしんでい」て、また「アメリカ大陸から離れることができたら、それはぼくにとって良いことだろう」と感じて地中海の美しさに再び強く惹きつけられていた。「ぼくたち――少なくともぼくは――イングランドに長逗留はしないでしょう。冬籠りに南――イタリア、シチリア島、エジプト――へ行くことを考えています。」[2]

リゾルート号に乗り合せた新聞社のカメラマンが出航前のロレンスとフリーダを写真に納めているが、このことはロレンスがそれだけ今でいう「セレブ」になっていたことを裏付ける。[3]ちょっと見ではメキシコであんなことがあったにもかかわらず病気の影響は見られないが、肩はますます細くなり、胸のあたりは縮んでいる（写真28参照）。「痩身で虚弱なようす」は、隣に立つぽっちゃりしたフリーダと比べると際立って見える――一九二五年の夏には彼女はロレンスに比べると九キログラムほど重かった。着ている服は手づくりのようだ――「裁断の仕方はいつも決まっていて型はいつも同じだった――肩からまっすぐにストンと落ちるようなラインで、腰のところをベルトや飾り帯でちょっと締めるもの」だった。自分の外見にはなんの不満もなかった――「ウエストラインは楽だし、ほっそりとエレガントになろうなんてこれっぽっちも思わないわ！」[4]ロレンスは片手をポケットに入れてまっすぐ前を見据えていて、ふたりは寄り添って立っているわりにはもう片方の手でフリーダに触れているようには見えない。ロレンスがニューヨークを訪れたことで、セルツァーとの仕事が「安全ピンで留められているような盤石なものではない」ことが窺がえる。ロレンスは自分を取り囲む状況が一九二二年と同様に経済的に不安定であることを十分に認識していた。[5]

ロレンスがイングランドに足を踏み入れたのは一九二四年の三月が最後だった。父親はすでに他界していたが、エイダやエミリーとその家族がいたしイーストウッドにはホプキン家の人びともいた。一週間ほど故郷で過したのちに「平和的な牧場、馬、そして太陽」が自分にとってどれほど愛おしいものだったかを語っているが、そこには「彼の知人たち」は含まれていなかった。これは「生まれ故郷で」昔からの知り合いがまだ自分にとって大切で愛おしいものであるかどうかを確認しようとしていたからなのかもしれない。[6]

ロンドンに滞在中、フリーダとロレンスは友人宅に厄介になるのではなく初めてホテルに部屋を取った。つまりお金よりも休息と静けさの方が優先されたということである。二、三の書評を書いただけでコテリアンスキーにも会おうとしなかった――「これ以上堪えられない。」これはおそらくコテリアンスキーとマリィが仲違いしていたためだろうが、ロレンスはマリィにすら会おうとはしなかった。ガートラーはノーフォークにあるサナトリウムにいて肺結核の治療中だった。ロレンスが会ったのはエダー夫妻とカーズウェル夫妻だった。カーズウェル夫妻はバッキンガムシァに居を構えていてロレンスはひとりで一晩を過ごしただけだった。キャサリンは「ロレンスはロンドンではまったくの孤独みたいだった」と書いているが、それは「故国に戻って来たことをロレンスは誰にも知らせていなかったし、そうする気もなかった」からだと認めている。[7]

天候も悪影響を及ぼした。「太陽はほんのちょっとだけ弱々しくその姿を見せただけ」で、あとは「霧が深く、そのために咳が出」た。[8]昔の抑えつけられるような、閉じ込められるような圧迫感や閉塞感を感じ始めていた。雨だけのせいでマリィに次のように書いたわけではない――「今回はウンザリするのではなく驚いています。まるで水族館のなかにいるみたいで、人びとは直立して泳いでいる魚のようです。イングランドが『不思議の国のアリス』的な国になってしまったのも当然です。」ロレンス独特の言い回しだが、これはあらゆることがあまりにも非現実的で、イングランドが変わるほどのことはまだ「なにも起こってはいない」ということを指している。ロレンスにイングランドを変えることはできなかったし、彼の著作にもそれはできなかった。彼はイングランドとは無縁だった。自分自身が「風変わりで、異質である」ことをただ感じていたのだった。[9]

ロンドンでの一週間のホテル暮らしのあとでふたりは二週間近くをミッドランズで、まずエミリーとそして次にエイダと過した。しかしロレンスはノッティンガムに到着するや否や風邪をひいて寝込んでしまい、「天候がひどくて、それを憎んでさえいます」と文句を言っている。旅をつづけながらロレンスは『羽鱗の蛇』のゲラ刷をチェックしていたのだが、自分が創造したメキシコと「イングランドの雨と暗さと陰鬱さ」の顕著な差異に殊更に気づいていた。ロレンスは「この小説が今まで書いたもののうちで一番重要な作品」だと述べているが、彼はよくこのような言い方をするのであまり鵜呑みにはできない。エイダとエディ・クラークは順調な家庭生活を送っていて、リプリーでロレンスは「相対的な豊かさがここにはある——もちろん相対的ですが」[10]ということに気づいている。天候がちょっとばかり好転すると、みんなでエディの新車に乗ってドライブして回ったり、ロレンスはイーストウッド付近を散歩したりした。しかしそのことでさえも苦痛を伴った。イーストウッド周辺は「地球上で一番よく見知っている景観」であるにもかかわらず「故郷に戻ること、生まれた場所に再び足を踏み入れることほど憂鬱なことはない」とロレンスは書いている。死のイメージが彼を捕らえていた——「自分の過去の実態が見られない、魂がどこかに飛んで行ってしまったようだ」、「イングランドはぼくを落胆させるだけです。いつまでもつづく葬式みたいに。」[11]

どうしてロレンスはこれほどまでに不幸だったのだろうか、あれだけ戻りたいという気持を強く持っていたのに？　天候のせいだけではない。ロレンスは腹を立てながら、ミッドランズのそこらじゅうで見つけてしまった「卑劣さ、狭量さ、下劣さ、底知れない醜悪さが生み出していたもの」について書いた。[12]と同時にその場所と、そこに住む人びとと自分とのあいだには完璧な絶縁があることにも気づいた。まずロンドンで、そしてミッドランズで自分があまりにも長いあいだ故国から離れ過ぎていたことを思い知った。イーストウッドに知った人はほかに誰がいただろう。クーパー姉妹の最後の生き残りのガーティがいた。ロレンスの昔からのイーストウッドの友人であり同じ時期を生きてきた仲間でもあり、肺結核を患っていたがエイダと同じリプリーで暮らしていた。ほかのイーストウッドの旧友は、ウィリー・ホプキンだった。[13]スネントンには姉のエミリーとその家族が、リプリーにはエイダの家族が住んでいた。これがせいぜいで、あとは過去のものであり想い出のなかに埋もれてしまっていた。エイダのところで厄介になりながらロレンスは語気強くこう述べている——「故郷みたいな過去の一切合財には我慢できない——そういったものを眼にしたくないのです。」「飛び魚」のなかで、もっともらしく見えるものの背後に隠れている本質的な「偉大なる日」の天啓に導かれた者にとって、何気ない日々がどのようにそのリアリティを失うのかそのさまを考えている。

ゲシン・デイはしかしながら、「まるで自分を世間と、そして外界に暮らす人びとの日常と結びつけていた皮膜が、臍の奥の方の身体の中心部のどこかで破れてしまったような」[14]気分を味わい始める。この一節は、あたかも母親と拠り所の両方を失いつつあることを実感しているような表現ではないか（この短篇で、ゲシンが故国のイングランドへ帰らねばならないその理由が姉の死であり、その姉の名前はリディアという）。一九二五年のロレンスの故国帰還に伴う本質的な苦悩はキャサリン・カーズウェルが記憶していたのだが、どれほど「この際に子ども時代のゾッとするような恐怖が洪水のようにロレンスを呑み込んでしまうのか」というものだった。だから「ぼくの生まれ故郷は死よりもずっと重苦しい」[15]のだ。このときのロレンスの脳裏に浮かんでいた幼少期の恐ろしい記憶は、母親へ向けられた父親の暴力やそんな父親の孤絶感を凌ぐものだった。ロレンスはこのとき、母親が絶えず自分の子どもたちに与えつづけた道徳的価値観を、そして母親へ向けられた子どもたちのひたむきな愛情を殊更に意識していた。その結果、ロレンスは愛というものを根本的に嫌悪するようになっていて、そして故郷と呼びたいと感じる場所への感慨をも失くしてしまっていた。ロレンスは解き放たれたかったと同時に、傷跡が残って束縛されているとも感じてもいた。

　リプリーにあるエイダの家で過したある晩の出来事によってロレンスにはもはや帰属意識がなかったということが分かる。フリーダの娘のバービィは、リプリーを訪問してそこで一晩厄介になろうと思っていたときのことを憶えていた。この晩、ノッティンガムに残してきた父親の友人が電話をかけてきて戻ってくるように懇願してきた——彼らは、バービィが「ロレンスと同じ屋根の下で一晩を過ごすことに慄いた」のだ。

ロレンスは怒りに顔色を失って急に立ち上がったのです。
「君のお母さんは、このような不快極まる侮辱に何年も堪えてきているんだ！」ロレンスは吐き出すように言って肩で息をしていた…なにか罪人のような気分になって、私は暗闇のなかをノッティンガムにいる知り合いのもとへと落胆してすごすごと戻って行ったのです。[16]

これはロレンスが、家族や友人を失って尊敬すらされなくなったフリーダに同情していたようすを示す数少ない場面のひとつであるが、このような激昂をもたらしたものはフリーダへの同情というよりもむしろミッドランズの「教会通いをする人びとの醸し出すある種のお上品な雰囲気」というか、子ども時代を窮屈なものにしていた「驕慢とも独善ともいえるような、自分はいつだって正しいという意識」だったといえる。ロレンスは二十年近くもそんなことに抗いつづけてきたのだった。肩で息をするくらい呼吸を乱していたことで、イングランドがいかに大きな害をロレンスにもたらしたか、そして彼自身がそのような窮屈な雰囲気に否応なく包まれて抑え込まれているとどれほど強く感じていたかが分かる——「ぼくはその薄汚れて不快な空気に曝されて死ぬほど咳きこんだのです。」[17]

　バービィはリプリーの家でのもうひとつの緊張感を敏感に感じ取っていた——彼女は妹のエイダが兄ロレンスに向けていた兄妹愛を「不幸なまでの敬慕」と呼び、エイダの前では妻のフリーダすらも「蚊帳の外」に置かれていると見て取り「エイダが母を気に入っていたとは思えませんし、大好きなお兄さんと駆け落ちしたことを決して許してはいなかった」と結論づけている。「飛び魚」に登場する主人公ゲシン・デイの姉の名前に「リディア」を選んだことは、ロレンスが成長しつつある妹の姿に、よく知っている支配的で抑圧的で、どうしようもなく愛情に満ちた、それだからこそ今でも逃れなければならない母親を重ね合わせていたことを示唆する。兄は妹との関係にこんなことを看破していた――「こんなふうに道徳的に責任感の強い母親からはいったいどんな娘が生まれてくるのだろう？　期待に違わず、娘たちも道徳的に頑迷である…そして、その結果として『自分は正しい』という意識から逃れることができない。」[18]エイダは兄に似ていたが、彼女は母親から逃れることはしなかったのだった。

　フリーダが子どもたちに会いたがったこと――ロレンスはその子どもたちには「田舎者特有のケチくさい拗ねたところと自惚れがあってぼくを避けるのです」[19]と十一月にコメントしている――やひどい天気のせいもあって、ミッドランズにひと月滞在するというもともとの計画を変更して海辺の一軒家でも借りて暫く過してからイングランドを去るということになったのだろう。パリやダルマチアのラグーザなどに行こうと考えていたが、結局はドイツに、それからイタリアに落ち着くことになる――ロレンスは「広い空間と、そして太陽のあるところへ行けるのならあらゆるものを犠牲にすることを厭わなかった」のだろう。ロンドンに戻ると「雨が降りつづいていて、死を思わせるように陰鬱」だった。このとき古くからの知人と会った――ロンドンの文壇で活躍する若者たちのほかに、マリィやシンシアとベブ・アスキスである（が悲しい再会で、会うんじゃなかったという気さえした）。[20]気づかないうちにロレンスは文壇では古参の部類に入っていて、もう面と向かって社会に牙を剥くような若者たちのグループには属してはいなかった。その若者のひとりにウィリアム・ガハーディなる人物がいてロレンスに「あなたこそがぼくたち若者が師と仰ぐ唯一の方です」と歯の浮くような言葉をかけた。そしてロレンスは「そのお世辞を真に受けてしまった」とのちに苦々しく語っている。ロレンスはガハーディなど歯牙にもかけていなかった――「傑出したものはなにもないし、特筆すべき才能もない。ここにいてもたいした意味はありません」。翌六月に言っているが、「ロンドンには知った人間がもうひとりもいなくなったようです」[21]という強い自覚だけが残った。

　イタリアへ移ったロレンスとフリーダは、マーティン・セッカーの妻リーナの家族がイタリアのリビエラに位置するスポトルノに暮らしていることを知った。スポトルノには無案内だったふたりは、フリーダの母親の顔を見たあとでこの地を目指すことにした。イングランドを去る前にマリィに会って別れを告げることができなかったことは、今回のイングランドへの帰還の不幸な側面を特徴づける。このときには結婚していて一児の父親となっていたマリィは一晩過ごそうとロンドンに来ていたのだが、ロレンスはドーセットへ帰る彼への土産にとひと籠の果物を買いに出てしまっていて戻るのが遅れた。そしてロレンスが果物を抱えて戻ってくる前に、マリィはすでにタクシーで駅へ向かってしまっていたのである。マリィは「とても物静かで感じ良かった」にもかかわらず、ロレンスは「ふたりのあいだには共通するものはなにもない」[22]と決めつけてしまっていた。そしてロレンスは、『アデルフィ』誌を一緒にやらないかというマリィからの度重なる誘いを断った——「親愛なる友よ、世間は君とぼくの『パンチとジュディー・ショー』なんか観たがらないよ」。こう言って断ったときのマリィの反応をロレンスは「彼から一度も受けたことのないくらいの強い悪意と無礼さで満ちていた」と回想している。マリィへの助言は雑誌を出すなどという考えは棄てて、そして自惚れるのはやめた方がいいというものだった——「ジャーナリズムでささやかに稼いで、ほかにはなにもしないことです。君はおそらくJCよりもJMMのほうが重要だと頭のなかで考えているのでしょう」（マリィ——ジョン・ミドルトン・マリィ（John Middleton Murry）——はイエス・キリスト（Jesus Christ）にかかわる本を執筆中だった）。ついにマリィは「男対男」としてロレンスに原稿料なしで『アデルフィ』誌にエッセイを書いてくれと頼んできたのだが、「君とぼくが、男と男のつき合いができているのならば喜んでエッセイを書かせてもらう。しかしお互いの作家としての立場を考えると、そのような行為は自らを裏切ることになる気がする」[23]とロレンスは書いている。一九二五年の十月から翌年の二月にかけて昔からの人交わりは完全に解れてしまい、マリィとの関係もこのようにして失われた。

バーデン・バーデンでの二週間にロレンスは「年取った男爵夫人たち、伯爵夫人たち、そして高官夫人たちと交わって、その態度は可愛らしいスパニエル犬のようだった。」男爵令嬢と結婚したこの文人に相応しい肩書を考えあぐねた「シュティフト」の入居者たちは、ロレンスのことを「博士」と呼んだが、当のロレンスは「（イングランドの田舎の労働者階級出身の）自分が（ドイツの貴族階級を相手にドイツ語で）閣下、それは間違ったカードですよ！ と言っているのが聞こえる自分の耳が信じられな」かった。二、三の書評を書き、フリーダは美容院で髪を流行りに合わせて「短く切ってもらい、フワフワするようにパーマをかけてもらった」。そんなバーデン・バーデンはロレンスにイングランドにいたときのように苦痛を感じさせることはなかったけれども現実的でなかった——「デジャ・ヴのようなもので、現実感がなく存在感もなかった」。だからスポトルノへ行けることをとても喜んでいた。[24]

到着して三日と経たないうちにふたりはベルナルダ荘を四ヶ月間借りることにした。いつものようにそこからの景色は素晴らしく——「村と海を眼下に臨むことができて、太陽が燦々と輝き、永遠の地中海はどこまでも青く清新で、庭のブドウの木からは最後の葉が舞い落ちています。」しかも安い賃借料はありがたいことだった。ロレンスはお金に振り回されないようにすることと、用心して倹しく暮らすことの区別をつけていた。タオスではブレットが店の主人に不渡りになると知っていながら小切手を渡してしまったと聞いて、ロレンスはショックを受けた――「君は支出と収入をきちんと記録したほうが良い…ぼくなら換金されないだろうと知っていたらそんな小切手は切らない。そんなことをするのは不誠実なことです。」[25]

住む場所を変えて解放感を味わえるときにはいつでもそうだったように、ロレンスは執筆に専念することができた――スポトルノでは、オアハカで『羽鱗の蛇』、そしてメキシコシティーで「飛び魚」を書いた以来のフィクションを書いた。「微笑」という小作は一九二三年から一九二四年にかけて書いた三つの反マリィ的作品の最後のもので、「嬉しい幽霊たち」はシンシア・アスキスに依頼を受けて書いたものだが、怪談のはずが「肉体と血を持った生きた人間であることがどれだけ驚きに値することか」[26]を強調するような、肉体を讃美するものになっている。三つめの作品の『太陽』はスポトルノでの日々の生活からインスピレーションを得て書かれたもので、この物語では神経を病み、都会での子育てに疲弊したジュリエットが、灰色のスーツに身を包んだ夫のモーリスが彼女のもとへとニューヨークから迎えに来るまで生命力を回復しようと日光浴をつづける。セッカーの妻リーナは神経質で生後二十ヶ月になる息子を抱えていて、イングランドから夫が到着するのを待ち望んでいた。ロレンスは物語の場所をシチリア島のフォンターナ・ヴェッキアに設定して、人間を取り巻く自然環境とのかかわり合いを洞察するいつものテーマの物語に仕上げた。しかし今回のこの作品では、この新しい関係は成功裏に終わらない――ヒロインは問題を孕んだもともとの都会生活に戻るのだ。ジュリエットはその地での農民との情事を夢想するが、「言うまでもなく、彼女のふたりめの子どもはモーリスとのあいだに産まれてくるだろう。断ち切ることのできない鎖がそうさせるのである」ということがジュリエットにはよく分かっているのである。[27]

現実に目の当たりにしたことをそっくりそのまま創作に持ち込むことはロレンスにはできなかっただろう――リーナは「飽くなき欲求を抱えたまま生きて」いて、夫のセッカーは「刺激的でもなく、可もなく不可もない男」[28]である。そんなセッカーは十二月の初旬に到着し、ロレンスはタイプ原稿を作ってもらうために十二日に原稿を投函した。そしてこの作品はセッカー社から出版されることになる。でも、このようなことはロレンスが今までにやってきたことである。ロレンスと知り合いになると、こんな羽目に陥ることがあることに気がつく。ロレンスの分析と洞察は恐ろしいほどに鋭敏で、だからこそ羨望或いは怨恨や悪意の結果として容易に片づけることはできないのだ。太陽によって復活するというジュリエットの経験を描出したことは、ロレンスの晩年の創作活動において人間と「コスモスの根源的な精力」との関係を初めて描いたものである。『逃げた雄鶏』、『エトルリアの遺跡についての点描』、『チャタレー夫人の恋人』、そして『黙示録』において、太陽が癒し、再生し、そして新しいものを作りだすというテーマは、とくにニューメキシコでの生活を経験したあとのロレンスを強く捉えていたものだったが、イングランドではこのテーマに気づくことはなかった。人びとの生命がいかに「コスモスの根源的な精力、山の精力、雲の精力、雷鳴の精力、大気の精力、大地の精力、太陽の精力と密接に触れ合っている」のかを分からせることが今や作家としてのロレンスの目的のひとつとなった。一九二六年から一九二七年のあいだに書かれた詩「海辺の十一月」では「終わりに向かって競争をする／ぼくの太陽と偉大な金色の太陽が」と書いている一方で、一九二五年一月に書いた詩「一月の地中海」ではアメリカよりもヨーロッパを好んでこう書いている――「そのときまでは、ぼくはこの海のほうが好きだ、と言おう／この海は、また一日と延びるごとに藍色を増す」。[29]『カンガルー』では非人間的な世界が人間の逃れる先にあるものとして描かれていたが、今やそれがロレンスにとっては最終的な「ホーム」となった。

　スポトルノで暮らすようになったことは、ロレンスとフリーダにもうひとつの、もっと重大な結果をもたらした――賃借していたベルナルダ荘の女主人セラフィーナ・ラヴァリの夫で、イタリアの狙撃隊に属していた将校のアンジェロに出会ったのである（写真30参照）。フリーダは彼のことを「感じのいい小柄な狙撃隊長で…わたしは彼の帽子のコックフェザーにドキドキしちゃうわ。あの人は羽飾りと同じくらいに素敵だわ！」[30]と書いている。ロレンスとフリーダはほとんど毎週末に彼と会っていた。ラヴァリがロレンスから英語を教わることになり、そのお返しに家の周りの雑事をしてくれていたからである。例えばラヴァリは煙突の修理をしたりして、それを見ていたロレンスはフリーダにこんなことを言った――「カイオワ牧場に住むんだったら彼のような人こそ必要だ」。この言葉はロレンスの死後のフリーダの生活を連想させる。ラヴァリは知的好奇心に乏しいタイプだったようで晩年になってこう言っている――「一度は『息子と恋人』を読もうとしたんだ。だが、あの本は重すぎたんだよ。とんでもなく重すぎた。でも、生きる術を知るのに文学なんかいらんだろう。」そうこうするうちに四十六歳のフリーダはこの三十五歳のラヴァリに強く魅力を感じていることを自覚し始めた。この「魅力を感じる」ということはフリーダの場合には肉体関係に直結する。ラヴァリは「しばらくはフリーダの誘惑に抗っていたが、やがてはなんらかの結果に至った」。[31] フリーダの方が彼にゾッコンになって、ラヴァリの方はといえば初めのうちはそれほどその気はなかったようだ。フリーダがどれだけ頻繁にラヴァリに会っていたのかは、イタリア北部のどこに彼が配属されたのか次第だった。いずれにせよ、ふたりはロレンスの最晩年の三、四年のあいだにときどき逢瀬を楽しんだようだ。

　そうこうするあいだにロレンスはふたりの関係に気がついたに違いない。ラヴァリが牧場のような場所では重宝するタイプの人物であることをフリーダに言ったこと自体が、そのことがやがては現実となるであろうことをロレンス自身が予想していたとも考えられる。フォン・ヘニングとの情事、その後の一九一二年のホブソンとの不倫、そして一九一七年にはグレイとのことを白状したことを考えれば、フリーダが自分の口からロレンスに正直に告白したとも考えられる。一九一三年の暑い昼下がりのサーン荘でデイヴィッド・ガーネットがなぜフリーダと肉体関係をもたなかったのかということを考えると、思いつくひとつの理由は、もし関係をもてばそのことをフリーダはロレンスに話すだろうとガーネットが確信していたからである。しかし今度はロレンスがラヴァリのことについては当て推量を言ったのだった——ロレンスの死後にフリーダはメイベル・ルーハンに、「あの人はなんの脈絡も根拠もなく、突然に言ったのよ!」。バービィ・ウィークリーはロレンスがあるとき「誰にでも秘密をもつ権利がある」と口にしたことを憶えているが、これを彼女はロレンスがフリーダとラヴァリの関係を望んでいたことの傍証だと受け止めた。[32] ロレンスとフリーダの結婚生活においてこの時点までにフリーダの情事はいくつもあったが、だからと言ってふたりの間柄が取り立てて変わったということはなかったようだし、ロレンスは絶対的に並はずれた男性であることを厭でも認めざるを得ないフリーダの気持が揺らいだこともなかったようだ。ロレンスはフリーダの周囲にいた誰よりも彼女のことを、そして世間のことをよく理解していた。ロレンスと一緒にいることはいつでも幸せであり快適だった反面、逃れることのできない束縛を感じていた。フリーダとロレンスはどちらも、ときには敢えて苦痛を味わったこともあるだろうが「名誉とは誓いの言葉を守り抜くことではなく、偽りのない感情に誠実に従うことである」[33] という信念のもとで暮らしていた。ふたりのあいだの喧嘩はフリーダ或いはロレンスの不貞をめぐって起こったのではなく、ロレンスがかかわっていた人びと(オットリン、メイベル、ブレット、妹のエイダなど)へ向けられたフリーダの嫉妬、そしてフリーダが自分の人生の大切な一部であると主張した人たち(彼女の子どもや家族)をめぐって起こっていたようだ。ふたりにとって大きな意味をもっていたのは、ふたりの関係や自由に生きようとする生きざまに軋轢を生む脅威となった人びとだったのであり、時折浮気をする相手ではなかった。ロレンスの友人や家族はフリーダが嫌悪するタイプの人間だった——そのような人たちが同席してロレンスの関心を惹くと、フリーダはいつも自分が無視されていると感じていたのだった。

　夫であるロレンスが妻の不貞を快く思わなかった以上に、夫が自立していることや肉体関係の伴わない女性関係をもつことにフリーダは嫉妬心を覚えたようだが、彼女には警戒するだけの理由があった。ウィッター・ビナーに「どうすれば生計を立てられるかしら? 生活費を稼げるようなことを教わったことはないし…お手上げだわね。ひとりじゃなにもできないわ」と愚痴をこぼしたことがあった。しかしロレンスには、もしふたりが別れるようなことになれば彼女を経済的にサポートしようという気が確かにあった。一九一四年に蓄えをふたり分に分けていたし、一九二三年の秋には別々に生きることを考えて彼女に収入の一部を差し出している。だがフリーダはロレンスと別れたくはなかった——「捕らえられていたいのよ。私たちは愛し合ってるの」。[34]ロレンスにしてみればフリーダの浮気は自分への反抗のためだけではなく、したいことをして生きることやアイデアをとことんまで追究すること、そして住む場所を決めたり誰とどんなつき合いをするか（性的なものではなくとも）を決定したりすることの代償だと受け止めていたようだ。フリーダにはこのことがよく分かっていた。彼女はビナーに以下のように言っている――「彼は私の言葉を引用するのよ。そして彼が引き合いに出す私自身の言葉は、彼自身の言ったことに敵対することがよくあるのよ。彼が書いたもののなかで私は一番なのよ…私が役に立つって彼には分かってるのよ。彼自身の考えに私を敵対させるのが好きなのね。たとえそのことで私のことを叱るとしてもね。」[35]

フリーダがラヴァリと関係をもつようになったのはロレンスが性的に不能だったからだと言われている。リチャード・オールディントンは後年にロレンスの伝記を書いたハリー・T・ムアに、フリーダは「仲の良い人たちに…ロレンスは一九二六年からずっと不能なのよ」[36]と話していたと伝えている。フリーダ自身は否定したが、ロレンスの伝記を書いた作家や批評家たちはみんなこのことを事実として扱ってきた。[37]この誤情報はフリーダの証言によって訂正されたとみられる――彼女はプライベートな手紙のなかで「驚いちゃうわ。マリィはロレンスが不能だったと言ってるけど、嘘よ。真っ赤なウソ。私には当然分かってたわ。そんなことありっこないのよ」と書いている。実際のところ、この話を広めたのはオールディントンであり彼にはそうするもっともな理由があった（ロレンスはオールディントンのことを「生まれながらのホモ」と呼んだのである）。しかし実際にオールディントンは同性愛者のことを毛嫌いしていて、自分をホモ呼ばわりしたロレンスをインポテンツにすることで意趣返しをしたのだった。重い結核に冒された者はほとんど（または時々しか）性欲をもつことはないし、ロレンスは自分からその欲望が失われていることを抒情的に手紙に書いたこともある。だがセックスしたくないからといって、それが「性交能力の喪失」[38]にはならないだろう。フリーダには不倫を正当化する言い訳はいっさい必要なかったし、ロレンスとフリーダの実際の性生活は『チャタレー夫人の恋人』の描写から明らかなように複雑なものだったのだろう。

フリーダはラヴァリとの関係をつづけたが、そのことがロレンスとの仲に影響することはなかったようだ。それよりもフリーダの子どもたちにロレンスはしばしば腹を立てていて、その子どもたちの方が厄介で不和の火種にもなった。バービィはスポトルノの近くのアラッシオに一九二五年から一九二六年にかけての冬に滞在していてこの母娘はしょっちゅう会っていたが、これがロレンス夫妻のいつもの口喧嘩の原因になっていたようだ――バービィによると、「やっと娘と一緒になれたのよ。口出しも邪魔もしてもらいたくないわと母はロレンスに言ったのですが、このような言葉がロレンスを激怒させました。」バービィはフリーダとロレンスのあいだで諍いが何回かくり返されたあとで母親にロレンスとの関係について説教したこともあるが、このときに「ロレンスは眼に涙を浮かべていました…とても珍しいことです」。[39]ロレンスとフリーダが互いを必要とし合っている複雑な関係のなかに首を突っ込んでくる者、そしてふたりのあいだに必要な空間でお節介を焼く者は誰でも喧嘩の元凶となった。しかしながらロレンスは次第にバービィへの態度を軟化させ、やがては彼女を気に入るようになった。

ロレンスとフリーダの仲は、上の娘エルザ——バービィは「彼女は私とは違って『喧嘩』が起こるのが大嫌いでした」と語っている——が一九二六年の二月初旬にやって来ると落ち着きを取り戻した。十一月の時点ではロレンスはふたりの娘に打ち解けない態度をとっていたのだが[40]、一九一二年の五月に母親が自分とイングランドを去ってしまってからの暮らしぶりを聴かされると温かく接するようになった。それからというものエルザとバービィは父親のこと、チズィックでの叔母や支配的な祖母との生活のことを洗いざらい話して聴かせ、さらにはエセックスで牧師をしているウィークリィーの弟ブルースのことも話した。これら一連の話が中編小説『処女とジプシー』の素材となった。この作品に登場するイヴェットはバービィだし、セイウェル牧師はウィークリーがモデルである。ほかの登場人物も同様に誰が誰のモデルなのかがわかる。[41]この中編小説を書くことでロレンスはウィークリーのふたりの娘の実生活での状況を自分が嫌悪してやまない支配的な女家長とつなぎ合わせることができた——それは自分の母親のなかに見出していたものであり、些か異なる形ではあるがメイベル・ルーハンのなかに見つけたものでもあり、エルザとバービィの話に出てきた祖母にまつわる話でもある。この物語に十月にダービシアを旅行して回ったときに見た景色と、解放されることを切望する閉鎖的で堅苦しく、お上品なミッドランズの人間をも盛り込むことができた。また中流階級の生活ぶりも食べ物のなかに描出されることとなった——「ローストビーフと水っぽいキャベツ、冷えた羊肉とマッシュポテト、酢漬けのピクルス、許しがたいプディング。」[42]「許しがたい」とは的を射た形容詞を使ったものである。物語の結末に描かれる怒濤の洪水は非の打ちどころのない装置であり、これによってキャベツの臭いの染みこんだ牧師館は洗い清められ、同時に玉座に座していた祖母すらも流されてしまうのである。いつものようにロレンスが執筆に専念しながら想像の世界に耽っている一方で、バービィの絵は着々と描き進んでいた——「ロレンスに纏わりつく創造的な雰囲気は、私には命の風のようでした」と彼女は語っている。書き上げてみると今までの作品とはかなり違ったものに仕上がっていて、ロレンスはこの小説を出版しないことにした。エルザやバービィ、そしてウィークリー家の人びととの今後の関係に影響するだろうと考えたのだ——「結局のところ彼は彼女たちの父親なのですから」。[43]しかしロレンスの死後にフリーダはそんなことにはまったくお構いなしに、すぐさまこの作品を出版したのだった。

二月の初めにフリーダはロレンスの戯曲『ダビデ』をドイツ

語に翻訳した。彼女は「おおいに気に入って、その作品の作者になった気分だったわ。私はコックであり、豪胆なキャプテンであり、ベルナルダ荘の女中よ」。それから数日してロレンスは、また気管支出血に襲われた――「牧場でと同じようでした。ただ今回の方がひどい」。[44]このことは、これから暫くつづく不幸の前兆だった。二月十日にロレンスの妹エイダが結婚後初めて会いにやって来るので、フリーダはふたりの娘をすぐ近くのホテルに泊まらせようとしていた。天候は恐ろしくひどいもので、誰もが誰に対してもイライラしていた。ロレンスはまだ完全に快復してはおらず、「ぼくと血の繋がりのない娘たちがいて、フリーダと眼も合わせようともしない妹もいて、頭は靄に包まれたようではっきりしない。なんて厄介な家族だろう!」[45]フリーダはこの機に乗じてブレットに最後の別れを通達した。ブレットはこのときヨーロッパに戻って来ていて、ブルースター夫妻と一緒にカプリ島に滞在していた。ヨーロッパに戻って来ていたブルースター夫妻は東方諸国へ向かおうとしていたところだった。フリーダは金輪際ブレットとは会わないと決めたが、ロレンスは手紙のやり取りをつづけた。そしてこのことが、ロレンスの言う「もうひとつの騒ぎ」を起こすもともとの引き金となったのだと考えられる――フリーダとエイダとのあいだに勃発した「大喧嘩」のことである。[46]エイダはその場にいたみんなと同じように、フリーダがロレンスの面倒をきちんと見ないことや、ロレンスの病気が感染しないように周囲に気を配ることをまったくしないことにショックを受けていた(ロレンスが使ったティーカップを誰かが使ったりしないようにと気を配ることもなかった)――フリーダとロレンスは口論と仲直りをくり返していたが、フリーダはエイダとひどい言い争いをした。エイダは「あなたのことが心の底から大っ嫌いなんです」とフリーダに言い放ったのだ。そのあとフリーダが階上のロレンスの部屋へ行くと「ドアに鍵がかかっていて、その鍵はエイダが持っている」[47]ことを発見した。こんなふうに夫婦関係から追放されて、フリーダはすごすご家を出てふたりの娘が泊っているホテルへ歩いて行った。「もうどうしようもないと感じました。暫くは独りにならなくてはやってられないとさえ思ったくらいです。さもないと死ぬほかない」と考えたとロレンスは書いている。スポトルノでの騒動から逃れるために――「独りになって頭を冷やすために」――ロレンスはイングランドへの帰途にあるエイダにつき合ってニースとモンテカルロへと出かけた。そしてエイダがイングランドへと戻ってしまうとロレンスはスポトルノへは帰らずに、その足で旅発つ前のブレットとブルースター夫妻に会いにカプリ島へ向かった(写真29ではみんなが勢揃いしている)。ある晩にブルースター家の家具や書物などが運び出された書斎で、みんなでジェスチャーゲームに興じた。ロレンスは躁状態にあったようで、「髪の毛をまっすぐに揃えて撫でつけて、あごの下には真っ赤な蝶ネクタイを結んで靴屋の定員を演じた――空っぽになった書棚には家中からかき集めた靴を並べた。欲しがってもいない客に靴を買わせようとする彼の演技は、どの店員にも見本となっただろう。」ブレットは、ロレンスが「暫くのあいだ、ひとりで南フランスにでも行こうかな」と言っているのを聞いている。あの「大喧嘩」から四週間が経ってフリーダが「ずっと穏やかに」手紙を書くまでに気を落ちつけても、ロレンスは彼女の「まったく受け入れることのできない頑迷な頭ごなしの態度」[48]に憤懣やる方なかった。このこともまた、ふたりの結婚の終焉に繋がるものと考えられる。

このような状況にあったにもかかわらず、ロレンスとブレットはある意味で悲惨な肉体関係をもった。ブルースター夫妻が出帆してからふたりはラヴェッロに行って、画家のミリセント・ベヴェリッジに会った。一九二一年にシチリア島で彼女がロレンスの肖像画を描いたときにふたりは知り合いになったのである。[49]ロレンスが「イギリス人の未亡人に弱い」ことを知っていたので、フリーダはミリセントのことを「ロレンゾの昔の女のひとり」として毛嫌いしていたことだろう。三月十一日にロレンスとブレットはホテル・パルンボの離れの隣り合わせの部屋に落ち着いた。ブレットはすでに二年以上もロレンスに横恋慕していた——彼女によれば、「聖職者やオールドミスのように」振る舞うのはやめて身体をさっさと重ねればいいじゃないとオアハカでフリーダが言ったという。そんなフリーダは「私たちがセックスしないことに憤っている」[50]のだとブレット自身が書いている。そしてまだフリーダへのロレンスの怒りは治まっていなかった。

ラヴェッロでの夜のロレンスとの出来事にまつわるブレットの話は一九七〇年代になってやっと公にされた（書かれたのも同じ頃だろう）が、このときの彼女の年齢は八十を超えていて、彼女はすでにビジネス・パートナーでもあり友人でもあるジョン・マンチェスターと一緒に仕事をするようになっていた。このマンチェスターなる人物が一九七四年に再版した『ロレンスとブレット』にこの話を加えたのだ。それに拠るとこうだ——二晩つづけてロレンスはブレットの部屋にやって来たが、彼女は「なにをどうすればいいのかぜんぜん解らなかった」（マリィとの情事のことを思えば、これはおかしなことだ）。二度目のときにロレンスは「人並みの男としてちゃんと首尾よく果たせるように」あれこれ苦労をした。ブレットが言わんとしていることは、ロレンスが勃起しようと苦労した、或いは勃起を維持しようとあれこれ努力したということだろう。彼女の話によればどちらの晩にもなにも起こらなかった。ひとつの版には「君のマンコが悪いんだ」と言いながらロレンスは部屋を出て行ったと書かれ、別の版では「君のオッパイが悪いんだ」と言ったと書かれている。[51]

ふたつの版にこのような違いがあるということは、この話を第三者が聞き違えたことにその原因があると考えられる。ブレットは聴覚に難があったけれども、ロレンスが実際になんと言ったのかをしっかりと憶えていただろうし、判断もできたと考えられる。だからこのエピソードを聞いた第三者こそが、ブレットが果たして「マンコ」と言ったのかそれとも「オッパイ」と言ったのかを混乱してしまったのではないだろうか。

「オッパイ」という言葉を「愚か者」を意味するものとして『羽鱗の蛇』のなかのケツァルコアトルの聖歌のひとつで使っているロレンスが、一九二六年に「乳房」を指して「オッパイ」という言葉を使ったとは考えにくい。さらに恥毛があるかないかという特殊なこととロレンスを結びつけるには一理あるが、しかし「マンコ」は使うにはあまりにも奇天烈な単語である――しかもロレンスはこの単語をこれ以外のところで使ったことはない。[52]いずれにせよブレットの伝記の再版に「オッパイ」という単語が印刷されたことは些か気が揉めることである。しかも一九七四年ということを考えるとブレットの記憶力も疑わしい――一九三三年版に書かれていることと食い違っていることがほかにも多々あるのだ。したがってマンチェスターによる再版にある、もしふたりが「精神的且つ肉体的な関係をもつことができればフリーダのもとを去ってもいい」とロレンスがブレットに言ったという彼女の談話もまた同様に疑わしいのである。[53]

フリーダは、そのようなことが起こったはずはないと信じていた。一九三二年にコテリアンスキーに宛てた手紙で、ブレットはロレンスの愛人だったとコテリアンスキーが信じていることについてフリーダはこう書いている――「ブレットを抱きたいと思うにはロレンスはあまりにもアーティスト過ぎたのよ。彼はブレットに強い好意を抱いていて、彼女はロレンスのことを敬愛していた。だけど彼女にとってみればロレンスはお釈迦様みたいなものよ。彼には彼女に触るなんてことはできっこなかったわ。あなたには、そのことが分からないの？」オアハカでフリーダは、「あなたみたいな女性を愛するなんてぜったいにありっこないってロレンスは言ってるわ――アスパラガスみたいなあなたじゃあね！」とブレットに言っている。その一方でロレンスは一九二五年の一月に、「君とぼくとのあいだには肉欲的な一致はない」[54]とブレットに言ったことがあった。

とは言いながらも一九三一年にブレットが書いた手紙に拠ると、ラヴェッロでふたりのあいだにはなにか悲惨なことが起こったことは間違いようだ。彼女ははっきりと述べている――「緊張感がピンと張りつめたあの一週間と悲劇が起こった二晩は、彼にとって望ましい唯一絶対の寡婦を与えたのです」。ふたりのあいだにはやはり肉体交渉があったのではないかと思わせる証拠が、その後の三月十八日付のブレットに宛てたロレンスの手紙から読み取ることができる。

ぼくたちは忘れなければいけないし、良いことだけを受け入れなければならない。多かれ少なかれぼくたちは傷つかざるを得ない。ぼくたちがしなければならないことは、ぼくたち自身の、そしてお互いの良いところだけに目を向けることだ。そして、そのことを納得しながらぼくたちの関係をつづけていくことだ。ぼくたちはもっと良い友人関係をきっとつづけられるだろうし、その関係が悪くなるとは思えない。でも、強要することはすべきじゃない。[55]

よくないことが起こった後で取り繕うとしている態度が見て取

れる。これに対するブレットの反応は彼女らしく、ロレンスの言葉を借りると「凹んでいた」というもので、これは自分を憐れんでいるということだ。[56] ロレンスがブレットに強引に出たのではなく、反対に仮にブレットが一九二三年にマリィに対してしたように、積極的な態度でロレンスに身体を預けたとしてもロレンスは同じような調子の手紙を書いただろう。だが今となってしまっては、私たちにはラヴェッロで起こったことを正確に知ることはできない。分かることは、セックスがらみの惨めなことが二度起こったということ、さらにそのことで一度はとても親密な関係になった女性から遠ざかる決心をロレンスがしたということである（ブレットはラヴェッロを直後に出立している）。このようなことはおそらく間違ってはいないだろうが、ロレンスとロザリンドとのあいだに起こったこととよく似ている。[57] ブレットはやがてロレンスに会いたいと言いだしたが、彼は「今ふたりが会うことはいい結果をもたらすとは思えない。お互いに不愉快な思いをするだけだろう」と返事している。ロレンスは彼なりに心を乱していたのであり、それはまさに「島を愛した男」の主人公のようだったのだろう。この物語はラヴェッロでの出来事の三ヶ月後に書かれたもので、主人公のキャスカートは家政婦の娘に心を寄せている――「その気持は彼女に対する憐れみの情のようなものだった」のだが、やがては「機械的なセックス」に駆られる。おそらくラヴェッロではは海の近くに岩礁みたいなところがあったのだろう。そこにロレンスはキャスカートのように何時間も「じっと動かずに、心乱れたままに海をじっと眺めて、自分に向かって『違う！　こんなことを望んだんじゃない！　こんなんじゃない！』[58] と言いながら座っていたのだろう。ブレットの積極的なアプローチに応えていたら、ロレンスはこのようにして反応したのではないだろうか。その一方でロレンスの方から行動を起こしてブレットとセックスすることで自分の欲望を解消しようとしたのだとすれば、おそらくそのあとで自分自身の愚かさを呪ったことだろう。ロレンスは生涯を通して自分自身を他者との近しい交わりから遠ざけてきた――四月にはブルースターに、ブレットについて「彼女がベタベタしてくると、ぼくにはそれが我慢できないのです」[59] と書いている。その後も手紙のやり取りはつづいたが、ロレンスがブレットと会うことはなかった。牧場で暮らしたいと言っていたブレットにロレンスはアメリカ合衆国への割当て移民になることを勧めると、それから数週間と経たないうちにニューメキシコに戻ってカイオワ牧場の管理人のような仕事をつづけた。ブレットはそれ以後もずっとロレンスに心を寄せていて、一九三三年版の『ロレンスとブレット』には彼女なりのロレンスへの思いが強く綴られているが、ラヴェッロでの出来事には触れられていない。

三月十八日にはフリーダはロレンスに「ずっと落ちついた調子で、人間らしく」手紙を書いている――「周りから切り離された状態で生活するんじゃなく、私たちはもっと人びとと交流しながら生活しなくちゃダメなのよ」。ロレンスはブレットへそのような気持を書いて知らせた。しかしフリーダのふたりの娘は母親に忠告していた。娘たちは「母親にとても厳しく、あらゆる手段を使って母親に襲いかかる」――「血の繋がりがある家族だけに、母親と同じような態度でフリーダに振舞って、そして黙らせるのです」とロレンスは書いている。[60] ロレンスとフリーダのあいだの深刻な軋轢はふたりの関係に侵入してくる人たちによって引き起こされた――もしふたりが「もっと人びとと交流しながら」生きる方法を見つけることができて、そしてそんな「人びと」によってロレンスとフリーダのあいだの互いの信頼が損なわれなければ、それは好ましいことだった。

ふたりは生活をリセットしようと試みた。七週間も留守にしていたスポトルノへ戻ったとき、ロレンスは「三人の女性がぼくに会えて喜んでいた」ことを目の当たりにした。けれども彼の胸の奥にはまだ「憤怒が燻っていた」。[61] みんなで少しばかり一緒に過ごしてから――ベルナルダ荘での賃貸契約はもうすぐ切れそうだった――四人はフィレンツェに暫く滞在した。エルザとバービィがロンドンへ帰ると、ロレンスとフリーダは住むところを探さなくてはならなくなった。ロレンスには北イタリアについて書きたいという気持があり、ウンブリアとエトルリア地方がその候補に挙がっていた。だが、このときにはトスカーナに気持が向いていた。そしてすぐにフィレンツェから南西へ十三キロほど行ったところにあるサンポロモシアーノに古い一軒家を見つけ、そこの最上階をとても安く借りることができた。

このことからロレンスにはアメリカへ戻るつもりはなかったと判断できる。カイオワ牧場の自分の小屋に帰っていたブレットはロレンスもやがては戻って来るだろうと待ち焦がれていたのだが、ロレンスはそうしないと決めた。二月の気管支出血以来、ロレンスは自分の身体の具合は良くはなら*ない*だろうと分かっていたのかもしれない。このことでビザが発行されないとか、入国許可が下りないかもしれないという危惧がロレンスの心を占めていたと考えられる。それに、長旅である。ロレンスには容易くその長旅に出かけることはできなかった。しかも「あの牧場でさえも今となっては億劫に思えます。今のぼくにはそんな厄介を背負い込もうという気持なんてない」ということをはっきりと自覚していた。そこで、「アメリカなんかへ行きたくはない。外部の世界にウンザリして、しかも我慢ができなくなってきているんです。外部のじゃなく、内部の世界が欲しい…西へ向かう気はありません。」このときに「イタリアがとても居心地が良く、アメリカにいるよりもここにいる方がのんびりできた」[62] ことは幸運である。この頃のロレンスは今までとは毛色の違うもの――「外部の世界ではなく、内部の世界」――を創作しようとしていたようだけれども、最晩年の四年間における創作活動ほど当時の世間に関心を払うことがなかったものはない。ロレンスには第一線から退こうという気持があったのかもしれないが、同時にそんなことを念頭に置きながらも（大きく矛盾することではあるが）今までにないくらいに世間と直に向き合おうと覚悟を決めたのだ。

ロレンスとフリーダが好んで住んできたいくつもの家に違わ

ずに、「古くてどっしりとして、四角ばった」、「小さな丘の上に王冠のように鎮座する」のはそこの主人に因んで「ミレンダ荘」と呼ばれていた。その家からは遥か「ダルノ渓谷を眺望でき」て、「斜面に茂るブドウの木とオリーブの木」に囲まれて、「辺りの私有地は松林になっていて、塀というものがいっさいなかった」。[63] イギリス人のウィルキンソン夫妻が徒歩で二分のところに住んでいた。そんなミレンダ荘は周りに住む農民の中心であり、ロレンス夫妻は自然と近所に住む人たちとつき合うようになった。とくにピーニ家の人たちとはとても親しくつき合った。牧場のときとは違ってミレンダ荘にある六つの部屋を自分たちで掃除する必要はなかった――その家を「サービス付き」借りていて、しかもそこにはジュイリア・ピーニというハウスキーパーがいたのだ。フィレンツェへ行くのも簡単だった。「外に出ればけっこう独りになれるし、なによりも一時間でフィレンツェまで行けて、もの静かな人たちを眺めることができることが気に入っています。」[64] このミレンダ荘が二年以上にもわたってロレンスとフリーダにとっての拠点となった。

家ではなく、いつのときでも「拠点」或いは「足場」だった。上の階には最低限の家具しかなく、水道もなかった。その分とても賃貸料は安かったし、なによりもふたりは旅をして家を空けることが多かったからそこでの生活に多くのお金を使うことはなかった。暮らし始めてすでに数ヶ月が過ぎた頃、ふたりは近くの城にイングランドの貴族であるジョージ卿とレディ・アイダ・スィットウェルを訪ねた。おそらくフィレンツェで知り合いになったのだろう。しかしふたりが修復することのなかったフィレンツェでの人間関係はノーマン・ダグラスとの仲であった。ダグラスはマグナスの本へのロレンスの序文を扱き下ろし、あまつさえその文章を一九二五年に出版した本に再度掲載した。[65] ダグラスによれば、ロレンスはマグナスについて根拠もない無責任なことを書き、そして遺著管理者としてのダグラスのものである手書き原稿でロレンスは不当に金儲けをしたというのである。セッカーからの強い要請もあってロレンスは、その中傷誹謗への反駁を見事に手紙で披露した。一九二六年六月のフィレンツェでロレンスは心情を吐露している――「カフェでダグラスを見かけた。でも話しかけもしなかった。あの男には我慢ならない。」[66]

そうは言いながらも、ロレンスは落ち着いて仕事ができる環境にあった。フリーダがドイツ語に訳した『ダビデ』をタイプしながら――その作業を嫌っていたが（「このタイプライターが大嫌いだ」）――フィレンツェについてのエッセイを書き、ふたつの短篇を仕上げつつあった。これは三月にカプリ島で会ったコンプトン・マッケンジーの妻フェイスとの会話がもとになっている。ロレンスに言わせると、彼女もまた「夫のことを愛してはいるけれども、一緒に暮らすことができない」[67] 女性だった。ロレンスとフリーダには当て嵌まらないことではあったが、それでも主題は力強いものだった。「二羽の青い鳥」は滑稽な寸劇にすぎないが、「島を愛した男」はロレンスの代表作のひとつとなった。ここには周囲の世界からの隔絶を望む鋭敏な感受性についての深い洞察が描かれている。主人公のキャスカートが所有する第一の島は、ロレンスにとっての昔ながらの島構想（ラナニムに共通するもの）を発展させたひとつの形を体現しているが、その島のアイデアにはハーム島とジェソー島でのマッケンジーの生きざまから得たヒントも活かされている。「主人」であるキャスカートはそこに完璧な共同体をつくり上げるのだが、あらゆることが裏目に出る。住人は彼を騙したり裏切ったりする。飼っていた動物はすべて死に、彼はほとんど文無しになる。キャスカートはその共同体を断念して、最初の島よりも小さなふたつめの島へ移り住んで、そこで数人の人びとたちとだけで暮らす。そこではひとりの未亡人とその娘がキャスカートの身の回りの世話をする。キャスカートは事典の編纂をゆっくりと進める——まるで地上の楽園が現実のものとなったようである。しかしやがてまた周りの状況が良くない方向へ転がり始める。今度の原因はキャスカートが娘を孕ませてしまい、それゆえに彼女と結婚することを義務だと感じることにある。牧歌的生活は終焉を迎える。彼はすべてのものを売り払い、まっすぐに三つめの島へと向かうのであるが、そこで世間から隔絶したキャスカートは完全に独りっきりとなって気が狂ってしまう。彼は「自分のあらゆる感情を表に出すことをやめ」る。身の回りのありとあらゆる文字を、灯油ストーブの真鍮製のラベルでさえも殲滅する。この物語は、キャスカートが自分の島を見渡すのだが季節が夏なのか冬なのかも判別できない狂気的な孤絶感に陥っているところで終わっている。雪が深く積もっているらしいのだが、彼には「夏だ……新緑の季節だ」と思えるのだ。世界がその存在を明らかにする季節の移り変わりでさえもキャスカートの精神の内にしか存在せず、そんな彼は取り返しのつかないほどに独我的である。そんな結末には死の淵を覗きこんでいる彼の姿が提示される。「島を愛した男」はロレンスの生涯と彼の気性に見られる傾向と可能性の多くを醸し出すもので、この小説のもともとのきっかけとなったマッケンジーの生涯における諸要素を遥かに凌ぐものになっている——つまり再創造が創造になったのである。ロレンスは彼本来の個体主義についての哲学がストレスを経験するとどうなるのかを試しているといってもよく、彼自身が言っているように「島を愛した男は背後に潜んでいた哲学に至った」のである。次に執筆しようとしていたものはこの短篇とは正反対の対照を示している。「エトルリア地域について科学的に言えることはほとんどない」とロレンスは言っているが、このことは「想像で自分の考えを自由に述べる」つもりになっていることの証左である。『エトルリアの遺跡についての点描』は、幸せで充足している共同体的生活が最終的にはどのようなものになるかについて十分に且つ詳しく語っている。[68]

一九二六年の六月末には気温はすでに高くなっていて、七月十二日にロレンスとフリーダはバーデン・バーデンへ出発した。フリーダの母親の七十五歳の誕生日を祝うことになっていたのだ。ふたりはそこで二週間過ごしたが、ロレンスは貴族階級出身の年老いた人びとが暮らすこの施設（「シュティフト」）のことを腐している――「ホルバインの描く『死の踊り』のようです。年老いた人たちが勝利を祝う踊りをヨタヨタと倒れそうになりながら真面目くさって舞っています――『俺たちゃまだここにいるぞ、ホップ！　ホップ！　ホップ！』」。しかし同月の終わりにふたりはロンドンに間借りしたフラットにいた。「イングランドのことを思うだけで、これ以上ないくらいに気が塞いでしまう」と言っていたことを考えれば、こんなにも早くまたイングランドを訪れたことには驚きを禁じ得ない。ロレンスはステージ・ソサエティの『ダビデ』のリハーサルを早い段階でどうしても観ておきたかったのだ――「ぼくはその特別なパイに指を突っ込んで味見してみたい」。そしてこのときのイングランド滞在を今までのものとはまったく違ったものにしようと考えていた。[69]ロレンスがミッドランズや北の方へ行っているあいだに、フリーダはロンドンで娘たちと一緒だった。さらにふたりは古くからの友人――コテリアンスキー、リチャード・オールディントン、アラベラ・ヨーク――に会おうとした。アラベラ・ヨークは、オールディントンのパートナーとして一九一七年にメッケンバーグ・スクウェアにあるH・D・のフラットに滞在していたときに紹介された「とても感じのいい」人物だった。ロレンスはまたフリーダの息子のモンテイに初めて会っている。彼はロレンスの喋るノッティンガムシァ＝ダービシァ方言の英語にたまげて、ロレンスが「‘(John Singer) Sargent, such a bad painter’と言うところを‘Sargent, sooch a bad peynter’」[70]と発音したのを憶えていた。十日間の予定でスコットランドへも行き、ミリセント・ベヴェリッジにも会っている。それまでロレンスは湖水地方よりも北へは行ったことがなかったのだが、スコットランドは風光明媚なところで「空気も新鮮だし、イトシャジン（青い鐘形の花を咲かせる各種の植物）はシュヴァルツヴァルト」のように美しかったのだが、観光客には辟易して追い打ちをかけるように降る雨に閉口した。スカイ島は「人里離れていて、北方にあって人が住みつかずに、遥か昔の世界」のように思えたのだが、スコットランドは「ぼくにはあまりにも北にありすぎる」と書いている。「しかし一日だけ完璧な日は青くそして虹色に輝いて、草木の生えていない北方に特有の丘の斜面は緑色にもの悲しく見えて、それでもビロードのように滑らかそうで、凪いでいる碧い海へと流れ込んでいた。」[71]

　スコットランドからの帰りにロレンスはリンカンシァの海岸地に来ていた姉妹とその家族（ガーティ・クーパーも含む）のところへ遊びに寄った（写真32参照）。[72]海沿いのこの地を訪れたことは、ロレンスにとっては存外に楽しかったようだ――「イングランドはぼくの健康には良いようだ。」このときロレンスは一九〇一年にリンカンシァの海辺で過ごしたことを想い出している――そこでの滞在は「元気を与えてくれて、精をつけてくれて、あっという間にぼくは元気を取り戻した」。そして、「この場所にいると故郷と触れ合うことができているような気がして、まったく寛ぐことができた」[73]のだった。こんなことはめったにないことで、ロレンスはこの機会に乗じて滞在を伸ばしたほどだ。彼にとっては健康が一番大事で、気分良くいられるところがロレンスにとっての「家みたいなもの」だった。彼にはユーモアのセンスと人を楽しくさせる気質がもともと具わっていて、こんなときにそれが発揮された――「爽快な笑い」が真面目なお喋りと同じように彼のスタイルだった。写真31には、メイブルソープの波打ち際で子ども用のパラソルを手にしておちゃらけているロレンスとエイダが写っている。子どもだった頃のふたりを憶えているイーストウッドの人間は「ロレンスは滑稽な子どもだったよ。妹のエイダもそうさ。ふたりには笑いこけさせられたよ」[74]と語っている。フリーダは姉妹が帰る少し前にこの一行に合流して、それからロレンスとふたりでサットン・オン・シーで二週間ばかり過した。ステージ・ソサエティが『ダビデ』の問題点の立て直しをするのを待つというのがその目的だったが、それ以上にロレンスは「寛いでのんびりして」いた。フリーダは水泳を楽しんだが、ロレンスは「気管支が心配だった」ので海に入ろうとはしなかった。フリーダはロンドンへ戻り、ロレンスはリプリーのエイダのところへ向かったのだが、ここで目の当たりにした炭坑夫たちの実力行使による結果にロレンスは気分を腐した。五月に起こった九日間にわたる全国的なストライキは終わっていたが、炭坑夫たちはまだ就業を拒否していた。その結果、「至るところに悲惨さが溢れていた――人びとはパンとマーガリンとジャガイモで食いつないでいた。ほかには食べるものはない。」ロレンスは「強い郷愁」と共に「無量の忌避」[75]を感じた。「ぼくにとっての故郷」だったのかもしれないが、実際に生活をする場所としてではなく、作品のなかに創造物として描くときにだけそのような意識をもつことができた。

ロンドンではフリーダのふたりの娘のほかに、「古くからの知人」（コット、イーニッド・ホプキン、マーガレット・ラドフォード、オールディントン）と行き合った。一九一五年以来会っていなかったが作家として成功していたオルダス・ハックスリィとその妻マリアとも再会を果たし、この関係はこのあとずっとつづくことになる――このときから四年以上にわたってふたりはたびたび会うことになる。諸般の事情から『ダビデ』の上演は延期になり、舞台監督と昼食を共にしたあとでロレンスとフリーダは九月二十八日に、ミレンダ荘でのブドウの収穫を祝う祭りに参加したかったのでイングランドを去った。この旅は楽しかったにもかかわらず、体力的には厳しくお金もかかってしまった――「こんなにあちこちに旅していると、お金を無駄にしてしまう」。[76] このときロレンスは収入が明らかに減ってきていることをはっきりと意識し始めていた。新しく契約を交わしたアメリカの出版社クノプフはロレンスの作品をまだそんなに出版していなかった――（彼のペースを考えると）ロレンス自身がこの頃に創作に身を入れていなかったためである。ロレンスは一九二三年から新しい長編小説を書いていなかった。『羽鱗の蛇』の執筆中且つ執筆後の出来事や、この小説への世間の評判のせいで、ロレンスは次の小説を書こうという気を失っていた。例えばT・S・エリオットは翌年に「素晴らしいが、出来栄えの恐ろしくひどい一連の小説――読者が前作を読み終える前に次から次へと垂れ流しのように新作が出版されているが――においては、彼が創造する男や女を引き裂いてしまうような、そして互いを粉砕してしまうような一本調子の『暗黒の情熱』を救済するものはなにもない」と評している。ロレンスは義理の姉エルゼに宛てた十月十八日付の手紙のなかで「もう小説は書きません」[77]と宣言しているが、十月二十二日頃になると馴染みのある場所としてのイングランドを新たに眺めることができたためかロレンスはミッドランズを舞台にした物語を書き始めた。そしてこれはまったく予想だにしない結果を生むことになった――この物語は『チャタレー夫人の恋人』として完成するからである。

22 芸術家のエネルギー

一九二六―一九二七

ロレンスは一九二六年十月の第一稿の起稿から最終稿を一九二八年の夏に出版するまで、さらにはもっとその先まで『チャタレー夫人の恋人』にかかわることになる――一九二九年の春には廉価版の出版の手筈を整えるためにパリまで出向くことにもなる。この小説はロレンスの名声を永遠に変えることになり、それまでもいろいろなジャンルのものを書いてきた有名な作家だったが、『チャタレー夫人の恋人』を書いた作家と認識されるようになり、この小説のために世間から不本意なレッテルを貼られる――「忌まわしいセックスの専門家」。とはいえ、この作品はロレンスの作家生涯でもっとも売れた本となり、それまでの執筆で稼いだ全収入を上回る儲けをもたらした。しかもロレンスがそれをもっとも必要としていたときだった――体力的に衰弱していたため多作を望むべくもなく、病魔に襲われて医者を要し、さらにはサナトリウムに入って治療を受ける必要があり、あまつさえ残されるフリーダのことを考えると自分が死んだあとでもひとりで暮らしていくだけの経済力が必要だった。ロレンス自身も、この小説がこのようなことに役に立つのではないかと考えていたふしがある――なぜなら「ジリ貧」と呼んだ状態にいちばん悩んでいたときにロレンスはこの小説を書いたのだ。[1]

ロレンスは一九二六年十月二十二日の金曜日＊にこの小説を書き始めて、それはフリーダが言うにはこの五年のあいだにロレンスがくり返し書いてきた「短めの長編物語」というものだった。できるときにはいつでも戸外で執筆した――「ペンがサラサラと紙の上を左から右へ移動していく以外に動くものはなく、じっと座って書いていたわ。あまりにも動かないものだから、トカゲが身体の上を走り過ぎたり、鳥がすぐ近くを飛び回っていたりしたのよ。ときどき通りかかる猟師が石のような人物を訝しげにじっと見つめてたわ。」ウィルキンソン家で飼っていた犬が傍をウロチョロしていた――手書き原稿の四十一ページに「一九二六年十月二十六日、サンポロモシアーノの谷懐にある教会の裏手を流れる小川のほとりで犬のジョンがつけたシミ」[2]と書き込みをしている（写真33は陽射しが降り注ぐ午後にミレンダ荘の近くにいるロレンスの写真で、背後が急な坂になっていてそこを下って行くと小川が流れる低地に至る）。ロレンスの日常が書き進められていた小説に散見できる——例えばコンスタンス・チャタレーの部屋の「甘い香りを放つイタリアのイグサで織られたマット」は、ロレンス夫妻がミレンダ荘で実際に使っていたほんのり青色をした厚手のマットと同じである。そして、ロザリンド・ベインズを彷彿とさせる人物が登場する話が、アルノ川が流れる渓谷を超えてフィエーゾレまで見渡すことのできるミレンダ荘で書き始められたというのもたんなる偶然だとは思えない——そこでロレンスは一九二〇年にロザリンドと肉体関係をもったのだった。[3]

十月二十八日付の手紙でフリーダはこの新しい作品を、「これは奇妙な階級的感情という新しい分野を切り開いている」ものだと言っている。彼女が意味していることは二十四日の日曜日にロレンスとのあいだに生じた口論を考えると明らかになる。ふたりはこの日ウィルキンソン家でのお茶に招待されていて、アーサーが日記にこう書いている——「話題はやがて革命にまで及んで白熱した議論がつづいた。私たちは漠然とした話をしていたのだがロレンス氏ひとりはものすごい剣幕で自分の出自の階級が一番だと言い、もうひとつの階級の滅亡を口にして断罪した。彼は上流階級に我慢がならなかった。『やつらは度しがたいほど厄介で、ひどいものです、まったくもってどうしようもなくひどい連中なんですよ（語勢がだんだん荒くなってくる）』」。[4] レディ・オットリン・モレルやレディ・シンシア・アスキスらと深い交友を結び、ドイツの伝統ある貴族階級の血筋の娘と結婚したことを考えれば、ロレンスのこの態度はにわかに理解できるものではない。しかしロレンスは貴族的なものを讃美してきたことを後悔し始めていた——『チャタレー夫人の恋人』のなかでダンカン・フォーブスは「あの戦争以来ぼくは民主主義が大嫌いだ。しかし今となっては、貴族階級は必要だと思っている自分が間違っていることがよくわかる」と発言している。チャタレー家の人間を創造することによって、身分の低い者たちを「上品に、優雅に、思い遣りをもって扱うこと」は「社会的身分が高い人間たちが持ち合わせている人情味に欠けた残虐性を、思い遣る気持のないことを、たんなる野次馬根性を、そして心の内にある尊大さ」[5]を隠してしまうということが新たに分かったのだった。フリーダが上流階級の人

＊　しかしロレンスはこの金曜日には半日外出をしていることから、この日に執筆を始めたとは考えにくい。そして二十四日の日曜日にはウィルキンソン夫妻のいる前で階級意識等について熱く語っているのである。このことから二十三日の土曜日に書き始めたのではないかと予想できる。詳細については Masami Nakabayashi, *The Rhetoric of the Unselfconscious in D. H. Lawrence: Verbalising the Non-Verbal in the Lady Chatterley Novels* (University Press of America, 2011) 参照——訳者註。

間だということで彼女をも攻撃した――

ロレンス氏は夫人に無礼なことを言い、イラついてもいた。そして夫人のほうも存分にやり返していた――「だったらどうして自分と同じ階級の女と結婚しなかったのよ。でもそうしていたら、きっと飽き飽きしてただろうけど」と夫人は言い、これに対してロレンス氏は悲しげにそして辛辣に「ぼくは後悔してるんだ」と言い、夫人は「その気だったら出てってくれても構わないわよ」と言い返す始末。その場の雰囲気はピリピリとしたものだった。私たちは話題を変えることに成功した。ふたりの歯に衣着せない言葉の取っ組み合いはかなり激しいものだったけれども、そのことでふたりは鬱憤を晴らすことができたのだと思う。[6]

「奇妙な階級的感情」というフリーダの言葉は、イングランドでの生活に看破できる根深い分裂が彼女にとっては古風で面白く、そして風変わりなものに過ぎなかったことを示している。この小説の根本的なテーマは、このときにはまだ出版されていない『処女とジプシー』の背景にあるものを受け継いでいるが、同時にロレンスが作家活動を始めた初期の段階ですでに彼の作品の骨格となっていたものでもある――それは、中産階級または上流階級の女性が労働者階級に属する男性とのあいだで階級の壁を越えた関係に乗り出すというものである。『白孔雀』はレティと結婚できなかったジョージの悲劇でもあり、貴族階級の女性と結婚する家畜商人の息子のアナブルの物語をも内包している。『息子と恋人』もまた自分より身分が低い男性と結婚したと感じている母親の家庭での悲劇を描いているし、一九一四年に書き上げられた「牧師の娘たち」には炭坑夫と結婚しようとしている牧師の娘が登場する。しかしながら『処女とジプシー』と『チャタレー夫人の恋人』の第一稿は階級間の壁を「越え難く苛酷なもの」として扱っているので、後者においてはコンスタンスと森番パーキンはふたりの生活を現実のものにすることができていない。『チャタレー夫人の恋人』の第三稿を書く頃までに（一年以上も先のことであるが）ロレンスはこのような関係を可能なものにしようと覚悟を決めたのだが、このためには森番の資質や階級に対して大幅な修正を加える必要があると感じた。このために労働者階級のパーキンは、落ちぶれたメラーズへとその姿を変えたのである。

階級を扱うこと以上に問題となったことがある。『チャタレー夫人の恋人』第一稿では十箇所において「カント」、「ファック」、「ファッカー」、「ファッキング」といった言葉が使用されているが、「ファロス」や「ファリック」という言葉ですら印刷することが憚られた時代――どのような明らかな文脈であれ、「言葉遣いのなかで名状しがたい性的な言葉」[7]を公の場で使用した場合は誰でも起訴されることになった時代――のことを考えるとまさに驚きである。『白孔雀』を発表してからというものロレンスはずっと検閲というものに直面してきたが、『チャタレー夫人の恋人』の第一稿は性的にあからさまな小説ではないとはいえ、通常だったらあり得ないようなことを扱うこととなった。それは、女性が発する「短い、性的興奮に喘ぐ声」を描出したり、オルガスムスはどのように感じられるのかについて書いてみたりしたのである。ロレンスは書いてはけないことに対しての制限をまったくもたない小説を書こうとしていたのだ。[8]

第一稿を書き終えた直後にロレンスは、『チャタレー夫人の恋人』の第二稿に着手している。それはまるで（書き上げるまでにひと月ちょっとしか要していない）第一稿は試作品で、階級を越えた恋愛の話をどこまで発展させられるかを試したようだ。第一稿で試しに書いてみたことをさらに推し進めて、書き直しをする意思をあらかじめもっていたに違いない。その結果として第二稿はロレンスにとっての初めての性的に赤裸々な作品となっただけでなく、それまでに目にしたことのあるどの書物と比べても性的にあけすけな小説になったといえる。[9] セックスそのものを描くだけでなく、パーキンが卑猥な語彙を使用する。ストーリーにはほとんど違いはないにもかかわらずに、この第二稿を書き上げるのにロレンスは第一稿よりも遥かに長い時間をかけて（およそ八十八日——訳者注）、そして長さも倍近く（第一稿は八万七千二百八十四語、第二稿は十四万二千百三十四語を使用している——訳者注）になった。一九二七年二月の下旬に、この第二稿は「良い出来栄えだと自負していますが、些か細かい点を深く掘り下げ過ぎたきらいがあります——まるで底なし沼のようです」[10] と手紙にロレンスは書いている。性衝動に直面した異なる階級に属する男女を扱った小説として書き始められたものは書き直された結果として性的に赤裸々なラブストーリーとなり、そのなかでは階級差というのはほんのひとつの要因にしかすぎなくなった。

このような小説に着手したのはフリーダが（ラヴァリと）不倫関係をもったときであり、ロレンスの体調の衰えが原因で夫婦間のセックスがそれまでに比べていっそう淡白になっていたと予想される時期と一致することは印象的である。フリーダはロレンスが書き進めていた部分を毎日読んでいたことを記憶していて、翌年にやって来た訪問客などは「ときどき」ロレンスがフリーダを自分の部屋（ベッドで執筆をつづけていた）に呼んで彼女に読んで聴かせていたのを耳にしている——「ふたりが一緒になって笑っていたのが聞こえてきたこともありますし、フリーダがビックリして太い濁声で『ロレンゾ、こんなこと書けないわよ』と言っていたこともあります」。[11] このようにフリーダがこの小説の最初の読者となっていたのだ。労働者階級を出自とするロレンスと貴族の家柄のフリーダの関係そのものがこの小説に描かれている男女関係のように不釣り合いなものだったといえるが、それでも一九一二年時において多くの点でロレンスはコンスタンスと似た状況にいた（孤絶した経験不足の傍観者）し、フリーダはパーキンまたはメラーズと同じような境遇にいた（本能的で同情的な、経験豊富な既婚者）。第三稿においてメラーズにジェシー・チェインバーズやヘレン・コークとの苦い体験を語らせたことは、ロレンス自身がふたりに対してどのような感情を抱いていたかよりも、フリーダが望んでいたように、このふたりの女性とのことを整理するための方策だったのだろう。[12] もしこの作品のなかに作者ロレンスが同情を寄せる登場人物がいるとすれば、それは怪我のために意気消沈し、夫が与えることができる以上のものを夫婦生活に望みながら、情夫をもつことに悪びれることのない妻をもつクリフォード・チャタレーだろう。しかしこの小説は女性の視点に立脚し、性的に積極的な女性が性的なことに否定的で文学に造詣の深い知的な夫を棄てて、知的ではない森番へと向かうのである。そしてクリフォードと同じように性的な欲求の喪失に悩んでいた作者だったらそうするだろうと考えられるようには、この夫は同情的には描かれていない。妻のフリーダが自分を棄ててラヴァリを選ぶだろうという考えがロレンスの脳裏に浮かんでいたのかもしれない。でもどうしてロレンスは自分をクリフォード寄りではなく、パーキンやメラーズに似せることができたのだろうか。

その答えは逆説的であるが、この小説を書くことに拠ってであった。小説に描かれているセクシュアリティがフリーダを、そして彼女の感情や経験を称えるものだとするならば、この小説はとりわけ男と女の身体の実態に対する最終的な讃美だと考えられる。生きている身体の実態こそがこのときのロレンスにとって現実的な欲望以上に想像世界のなかでの関心事だったといえる。おそらく『チャタレー夫人の恋人』の第二稿と第三稿はフリーダへの言語的な愛の行為だと言えるだろう――ロレンスが書き進めるたびにフリーダが読み或いは聴かされた言葉のひとつひとつによって紡ぎだされ、そして極度に激しい性的な魅力から始まったひとつの男女関係はこのとき終幕に向かっていたのだ。このふたつのバージョンはロレンスがつねに得意としてきたものを描いているが、それは彼がそれまでに経験してきた重要なことを新たに想像し直して発展させているということであり、人生の性的な側面をロレンスはずっとフリーダと共有してきたのである。この意味で『チャタレー夫人の恋人』は、(今までずっとそうやってきたのだが) フリーダとの強烈なセックスを描くことができないくらいに、そして彼女がなにをどう感じるかを想像して言葉で言い表わすこと (同時に読者としての彼女に感じさせること) ができなくなるくらいに病魔に襲われたために臆病に、脆弱になってしまったわけではないということを主張するためのひとつの方法だった。一九五一年にロレンスを「性的虚弱者」呼ばわりしたエドワード・ギルバートは、フリーダをしてこう言わしめた――「ロレンスを性的な虚弱者なんて呼ぶことは愚かなことだわ。あんな強烈さがある人がそんなことあるわけないじゃない。あの人みたいな男性がどんなか、あなたにはまったく分かってないわ。自分自身を、肉体を魂ですらを差し出すことができたのよ。私はそんな奇跡を目の当たりにしたのよ。」[13] フリーダが指摘しているのは、ロレンスが完全に自己を差し出すことで彼女自身が経験した「強烈さ」である。こんなことができるロレンスを、フリーダは羨望すらしたかもしれない。彼女はホブソンやグレイのような男たちと身体を重ねはしたが、それはあまりにも刹那的で事後の悔恨が残ることがしばしばだった。ロレンスの最後の性的な献身が『チャタレー夫人の恋人』の第二稿と第三稿に結実したといえる。

第一稿を書き始めてからちょうど二年後に作家のブリジット・パトモァに控えめに言っていることがあるのだが、このことからどうして『チャタレー夫人の恋人』が階級問題を扱った短めの物語から、セックスと身体の実態を主に扱った小説に発展したのかのもうひとつの理由を窺い知ることができる。ロレンスは自分の孤独について語り、こうつづけている――「あらゆるものの埋め合わせをするようなものが人生にはあると思っているかもしれませんが、そんなものはありはしないということにあとになって気づくのです。二年前にぼくはそのことにやっと気づいたのです。」[14] ロレンスが意味していることは彼に対するフリーダの操守であるはずはない。そんなものが存在したためしはない。そうではなく、性的パートナーとしてのフリーダのことが念頭にあったのかもしれないが、もっと考えられることは、ロレンスがここで言っていることは（性的な欲求だけではないが、それも含む）欲望を感じることのできる能力のことだったのだろう。

『チャタレー夫人の恋人』はこのようなわけで、身体の実態を再確認し、生きている身体の実態は性的な欲求のなかでこそ発揮されて機能すると考えていたひとりの男によって生み出されたのである。『チャタレー夫人の恋人』を書き終えてからというものロレンスは身体にとっての主たる経験を言い表わすために「ファリック的意識」(phallic consciousness) という表現を好んで使い始めた。極端に男っぽい表現を身体の実態を意識することのために使おうとしていたのであり、そして男性よりもむしろ因襲的に女性に関連づけられてきたものを示唆するために使った。例えば、この小説のことを「素敵で、やさしい、ファリックな小説、温かなファリック的小説」と呼んだのである。この小説に「やさしさ」[15] というタイトルを考えていたときさえあるが、このことからもこの小説が「女性的な」受容性をもったものであるということと、この作品が因襲的に「男性的な」要求と強欲さを否定するような側面をもっていることを明確に打ち出しているのだと理解することができる。またこの小説は、作家としてのロレンスを生涯にわたって悩ませつづけたお上品さや分別といった因襲への最終的で完璧に意図的な攻撃でもあった。一矢を報いたい、意趣返しをして溜飲を下げたいという願望がロレンスの根底にあった――この小説を書き上げることで執筆が新しい方向へ向かうだけでなく、それまで敗北しつづけてきた検閲やお上品さとの闘いに勝利を収めることのできるチャンスをやっと手にしたのである。

ミレンダ荘で初めて迎える冬にロレンスの心を捉えていたもうひとつのものは、絵を描くことだった。これまでにもロレンスは絵を描いてきていた――子どもの頃には、ウォーカー・ストリートの家やハッグス農場で友だちが集まったときなどに「だいたい乾性の水彩絵の具を使って一筆一筆、一度に一インチ四方の半分を描いて、モザイクをつなぎ合わせるように一インチ四方毎に完璧に仕上げていきながら」[16]多くの複製画を描いていた。ロレンスの描いた模写のなかには素晴らしい出来栄えのものが何枚かあるが、そのうちの一枚か二枚をロレンスは旅行する際に携帯していた。クヌード・メリルドは一九二二年にロレンスが模写した『プロクリスの死』を見ているし、ロレンスが模写したマザッチオの『東方三博士の礼拝』がデルモンテ牧場の小屋にある暖炉の上に飾ってあった。一九二九年の四月にしたためた「絵を模写すること」というエッセイでは、絵画を習ったことで分かったことは「ぼくには本当に絵を描くことはできないと決めつけてしまった。たぶん描けないだろう。しかしながら絵を創り上げることはできるのだと信じていて、まさにこの点がぼくにとっては重要なのです」[17]と書いている。ロレンスは絵画の模写をしつづけ、ときにはオリジナルの絵を描いたりもしていた。一九二六年の十月にハックスリィ夫妻が訪ねてきたときなどには、マリアが四、五枚のカンバスをロレンスにプレゼントしている。そのなかの一枚は彼女の兄（ジョージ・M・バルタス）が描き始めたものの途中で放り出したものだった。ロレンスとフリーダは冬になったら使おうと南に面したリビングルームの内装をしていた最中で、真新しく漆喰が塗られた壁には飾りはなにもなかった。ロレンスは壁の色塗りに使ったペイントの余りを使って何枚もの大きなオリジナルの絵を仕上げた。そのほとんどがタブーとされている主題を扱ったもので、一枚の例外もなくどの絵にも肉体の在りさまが表現されて、そのうちの多くの絵には欲情が描かれている。一九二六年の十二月初旬、『チャタレー夫人の恋人』の第二稿の起稿と同時期にロレンスは、半裸の庭師が仰向けに寝ていて、傍を通りかかる修道女の群れが彼の「男の誇り」を見てギョッとしているというオリジナルの構図の『ボッカッチオ物語』を描いた。[18]ロレンスの絵画は決して技術的に優れていることはないが力強さを感じさせるものは多い。絵を描くということは没頭できる行為であり、しかも執筆に比べればエネルギーの消費は少なくてすんだ。加えて絵を描くことで肉体、とくに性的な身体が感知する感情をリアルに描出することができたし、殊更に身体にとって望ましいこと、身体のあるがままの実態とはどのようなものなのかを想像するときの感覚をストレートに描き出すことができた。「完全なる感覚的自己を曝け出すような絵がぼくは好きなのです」[19]とロレンスは述べている。

しかしこのような絵を描くことは簡単なことではないし、ロレンスは困難な主題に取り組んでいた。彼には望むような絵を大雑把に描くだけのテクニックはあったのだが、男と女が吠える狼に囲まれて取っ組み合いをするところとか（『アマゾンとの戦い』）、産業社会から楽園へと逃れていく女とか（『楽園への飛行帰還』）、抱き合う男女とか（『マンゴの木』）、格闘する男たちとか（『春』）、舞い上がる鶴の下で残忍な仕打ちを受ける男たちとか（『白鳥の歌』）、このような一連の絵画に見られるような肉体が互いに絡み合い躍動しているさまを描き切ることはロレンスにとって容易いことではなかった。彼が描いた絵のなかの一枚か二枚は絵画として優れているものであるが、ほとんどのものは有名な作家が描いたということで興味深いものにすぎない。『ベランダの家族』（写真37参照）や『農夫』や『赤い柳の木』や『トカゲ』や『男たちの再生』のなかの静的な人物像はロレンスが熟達していることを示すものであるが、そういったもの——それらの絵に散見される「エネルギーの放射」や「感情の昂揚」[20]とは別の——はロレンスが描きたかったものではないのである。ロレンスには絵画に託した別の野心があった——「世間の人びとの骨抜きになった社会的な精神性に衝撃を与えないような絵は描きません」と、画家で友人のアール・ブルースターに言っている。ブルースター夫妻はまたヨーロッパに戻ってきていて、ロレンスは一九二七年三月に彼らとの再会を果たしている。[21]『チャタレー夫人の恋人』を執筆するのと並行して、社会とくにイングランド社会に対して作家や画家としての自分にどんな役割が与えられているのかを改めて考え直した。絵画をとおして、そしてまた自分の書いた作品によって、自分自身こそが世間の人びとをより良く変えることができる存在だと再び見做すようになっていたのだ。一九二七年の夏、ロレンスは自分が「どこかの学校長になる」ということを強く夢見ている——「それがぼくの運命ではないかと、半ばそう思っているんです！」学校の授業と違うところは、絵を描いたり執筆したりしている限りは人びとにショックを与えることができるということだ。そしてそのショックから立ち直ろうとするときに世間は、『チャタレー夫人の恋人』やロレンスの絵画が包含するセクシュアリティは「どの男の人生にも、そしてどの女の人生にも存在する要素」[22]にすぎないということを認識するだろうと考えたのである。

一九二六年のクリスマスにはロレンスは執筆を一切しないで土地の農夫たちと楽しく過ごした。何年も経ってからフリーダはこのときの様子を想い出している——「トスカーナの人里離れたところに住んでいた私たちのところに農夫が数人集まってきました。彼らは口にこそ出しはしなかったけれど、それまでに訪れた場所では経験したことがないくらいに私たちのことを受け入れてくれました。ロレンスは友好的とはとてもいえず、どちらかと言えば土地の人たちとのあいだに曖昧な距離感を保っていたけれど、彼らは本能的に感じ取っていたようです——この男にはなにか特別なものがあると。土地の人間はよそ者に対して口さがないものですが、ロレンスのことをからかったりはしませんでした。彼らはロレンスのためだったらなんでもしたでしょう。」[23]その土地の子どもたちは、誰一人としてそれまでクリスマスツリーを見たことがなかったから、ツリーを飾っているイギリス人のことをあれこれと噂を立てた——そのなかにジュイリアとは血縁関係のない五歳年上の兄のピエトロ・ピーニ（本名はピエトロ・デグリ・イノセンチ）がいて、ロレンスは彼に牧師館保有の森から盗んでくるのではなく一本の木を金を払って買って来てくれるように頼んだ。ロレンスとフリーダは装飾品や蝋燭や贈り物を下に置いた木を飾りつけ、そうしてお祝いに訪れる男性にはグラス一杯のスウィートワインと一本の葉巻を、女性にはもれなく一杯のワインとビスケットを振る舞った——そして「ふだんの泥や汚れがこの訪問のために洗い落とされてしまって誰が誰だか見分けがつかなくなった」子どもたちのためにナツメヤシの実を使ったお菓子と山積みされた木製のおもちゃを用意していた。みんなで歌って踊って、二十七人もの訪問客を迎え入れて「リビングルームはリプリーのお祭りのような大騒ぎ」だった。客たちが帰ったあとではロレンスとフリーダはクタクタに疲れ果てていたが、この出来事はロレンスが労働者たちへの温かい仲間意識をもっていたことの顕れであり、とくにこの数年でロレンスが強く意識するようになっていたものである。この反面、ロレンスは中産階級への侮辱をはっきりと口に出して言うようになっていた。しかしながらロレンスが土地の農夫たちとのあいだに感じていたものは結束であり、決して彼らと自分を同一視していたわけではない——「彼らが住む小屋で一緒に生活したいとは思いません。そんなことをすれば、それは監獄に暮らすようなものです。」こうは言いながらも、彼らこそが「ぼくが馴染むことのできる雰囲気をつくってくれる…彼らのような人びとに自分の周りにいてもらいたいし、ぼくの家の傍を行き来して欲しい。そして彼らの生気がぼくのものと同じ方向に流れて交じり合ってもらいたい。」「ある種の沈黙の触れ合い」[24]——これこそがこのときのロレンスが自分の身を置く環境に望んでいたことだった。

絵を描くことにロレンスはとても楽しみを見出したが、クリスマスが終わってからも書きつづけた小説は絵画に比べて遥かに野心的で成功したものだった。だいたい三ヶ月間書きつづけて、一九二七年の三月初旬には『チャタレー夫人の恋人』の第二稿を書き終えた。それは「言語的にはとても不道徳な」作品で、ロレンスはその扱いに困った。そのままでは出版できる見込みはほとんどなかったのだ。このことは深刻な問題だった。この頃のロレンスには発表できる作品が少なくなっていて、しかもイタリアでの為替相場はロレンスにとって不利なものになっていた。六月に入ると「真面目な作品を書いて金が入って来るかどうかは神のみぞ知る、です。まだ少しはなんとかやって行けそうですが、それでも少しのあいだだけです」というような窮地に陥ることになる。「道を掃除する人のように」[25]倹しく暮らすことでなんとか生活していた。出版できないものを書いて何ヶ月も無駄にするわけにはいかなかったが、ロレンスはまさにそうしていた——自分が知る、或いは経験したことを最大限に活かそうとするプロの作家としての自分の良識を十分に反映した本を書いていたのだ。書き上げた作品をどうするわけでもなく、ロレンスはそれを温めておくことにした。あとで書き直しをすることを考えたり、出版社へ送るためにタイプ原稿にしてもらうこともしなかった。ロレンスにはこの小説と、そしてこの時期に描いた（今ではミレンダ荘に飾られている）何枚かの絵がいつの日か世間をあっと言わせるだろうことが分かっていたので、まあ暫くのあいだは自分の手元に置いておこうというわけだった。

しかし、生きていくために出版できるものを書く必要があった。ミレンダ荘の家賃が安いからといってても稼がなくてもいいということにはならなかった。小説以外にロレンスが仕上げたものといえば、書評がいくつかと数編の詩だけだった。どうにもできない小説のことは一時忘れて、ロレンスは「可愛らしい淑女」という短篇を書き、エトルリア地方についての本を書こうという考えに再び戻って行った。この古代文明についてであれば、『羽鱗の蛇』でそうなったように泥沼に足を取られることなく再創造することができるとロレンスは考えた。ロレンスはエトルリア人の墓を飾っている絵画のなかに見られるものに眼を向けた——それらの多くを図案として本に掲載しようと考えたのかもしれないし、いずれにしてもエトルリア人の死生観にロレンスは強く魅了された。その魅力の根源を、「あらゆるものに見受けられる、奇妙に身体的或いは肉体的な生き生きとした特質」だと看破したもの、そしてエトルリア的な世界に存在する感情としての「身体自体の自発性」にその端緒を見つけ出した。組織もなければ聖歌もセレモニーない——あるのはただ個人が座り、飲み、踊り、慈愛の情を示して触れるだけ——これらは「ファリック的意識」のなかにあるものだ。「エトルリア人を描いた色褪せた絵のなかには長椅子に座る男と女を結びつけてひとつにするように触れ合いが静かに流れている。背後のはにかんだ少年を、鼻をもち上げている犬を、壁に垂れ下がっている花輪すらも結びつけてひとつにしている。」[26]

エトルリアの文明について執筆するためには多くの書物を読む必要があったがロレンスはすでにこれを始めていたし、そして遺跡を実際に訪ねる必要もあった。ロレンスは「エトルリア人の野蛮で残酷な競技」という学者たちの考えを否定し、ひとつの古代世界を注意深く再創造したがその権力とか残酷さを明らかにする必要性は見出さなかった。エトルリア人にとっての宗教はアメリカ先住民のアニミズムに通じるものがあり、キリスト教的な神というものは存在しないと考えた。この点においてこの紀行本は『羽鱗の蛇』を補完するものだが、多くの点において『エトルリアの遺跡についての点描』はほかのどのロレンスの著作と比べても、「飛び魚」のなかですでに明言していたこと——「人間を再生させる」ということ——を具体的に示せるところまで来ていた。[27] 一九二六年から一九二七年にかけての冬のロレンスの健康状態は決して良好ではなかったが、それでも三月の半ばにフリーダが母親（とラヴァリ）のところへ行っているあいだにロレンスはまずカプリにいたブルースター夫妻と合流してから、アール・ブルースターと連れだってエトルリアの遺跡をめぐる二週間の小旅行へ出かけた。ローマを出立したふたりは、チェルヴェテリ、タルキーナ、ヴルチ、ヴォルテッラを訪れ、その後の三ヶ月間でロレンスはそのときの訪問で感じことをもとにしてエトルリアの遺跡についてのエッセイを書き上げ、その多くはいくつもの雑誌に掲載されることとなった。もともとは一巻本の本にするという考えはなく、エトルリアに関するいくつものエッセイはロレンスの死後に一冊にまとめられた。このときのエトルリアの遺跡訪問で、ロレンスはずっと探し求めていた現代社会がとっくに失ってしまったと感じていたものをモデルにする原始的な社会を創造する機会を得た。この試みを『羽鱗の蛇』や「ノアの洪水」で、或いは『ダビデ』で試してみたことはあったのだが、このエトルリア遺跡を直接眺めて見ることで今までにない素晴らしいインスピレーションを得たのである。だからこそ、このアイデアを広く披歴したくなったのだろう――セッカーに「この本をできるだけ多くの人に読んでもらい。ただし、写真を載せるのでちょっと高くなってしまうかもしれない」[28]と書いている。

「可愛らしい淑女」はシンシア・アスキスからの依頼で書き始められた作品で、アスキスは殺人を扱った物語を編集していた。もしロレンスが殺人を作品に織り込むとしたら、殺される人物に誰を選ぶだろうか？　それは、実年齢は七十二歳だが見た目にはずっと若く、中年にさしかかっている息子とその愛情を支配し、何年も前にもうひとりの息子――「ハンサムで…背が高く、遊戯やゲームにめっぽう強くて、そばかすが結構あるが、髪は母親と同じように赤毛が少し混ざった落ちついた茶色で…誰とでもすぐに打ち解けるけど感情的になることもしばしばで、でも女性みんなから好かれていた」[29]――を事実上殺したことのある女性であった。ロレンスがここに兄のアーネストを引き合いに出していることは疑いない。殺されるべき女性――ポーリーン・アッテンバラは母親リディア・ロレンスの再生といえる。ポーリーンの死顔に息子は、「処女のまま、生を謳歌しないで死んでいった娘の悲哀」を認めている。リディアのことを書いた一九一〇年の詩「聖母」や、一九二二年に書かれた「西に呼ばれる精霊たち」のなかの――「見過ごされた処女／ぼくの最愛の人」――などがこの記述と明らかに、そして強く結びつく。深く愛された母親（リディアのこと）は、まず実際にあの世に召された。そして次に『息子と恋人』という物語のなかで息子たちを「抱きしめる（所有する・拘束する）」そのやり方にいくらかの問題を残しつつその舞台から姿を消すことを宿命づけられた。そしてこの中編に至ってとどめの一撃を喰らうのであった――彼女の「自己の意志の強さがはっきりと浮かぶ、他人の気持に鈍感な表情は…今や硬直して冷たくなっていた」。「可愛らしい淑女」のなかで生き残った息子は結末部にこう述べている――「ぼくたちは知らず知らずのうちに、途方もない間違いを犯してしまうことがあるんだ」[30]。

ロレンスが数ヶ月後に書き始めた「逃げた雄鶏」という短い作品もまた、同じように重要な意味をもつ。『チャタレー夫人の恋人』が性的タブーを侵したのと同様に、そして「可愛らしい淑女」がロレンスのなかに昔からあった気持の上での忠誠心を凌駕した（四月にロレンスは、「古い自我を失って、その一部を失うことでなにか良いことがあるのです」[31]と書いている）のと同様に、この新しい作品は敬虔な宗教心を崩壊させる。この話は磔刑に処せられたあとのキリストを題材にしていて、その存在は神の子として人びとに説教をしたり民衆を癒したりするわけでもなく、聖書に書かれているように昇天するために蘇えるのでもない。そうではなくて、身体に具わる生気或いは肉体の復活のために蘇えるのである。ロレンスはこれと同じアイデアを『復活』という絵画——これはエトルリア遺跡めぐりから帰って描き上げられた——においても褒め称えている。この絵が示すものは新たに復活したキリストがメアリ・マグダレンに身を預けている構図で、彼女は「自分の胸の方へ彼の身を起こしてやって」いて、その彼女の胸はむき出しになっている。[32]この物語には一連の『チャタレー夫人の恋人』小説に共通するものがある——この形而下的世界で身体をとおして生きるという驚嘆に値する現象を探究しているのだ。ロレンスは「逃げた雄鶏」を出版できたが、この作品を掲載した『フォーラム』誌は世間からの非難の矢面に立たされることとなった。

一九二七年の夏の前半、ロレンスは短めのエッセイといくつかの短篇に着手して執筆に精を出していた。「冗談じゃない！」と「もの」がそれなのだが、これはメイベル・ルーハンやウィルキンソン夫妻やブルースター夫妻といった知人を脚色して登場させたものである。可能なときにはいつでも屋外で執筆していた——健康状態は決して良くなかったが、五月には「八時まで森のなか」にいた。冬にはロレンスが言うところの「ちょっとしたマラリアに罹った」のだが、これは発汗、極度の体力の消耗、そして急な発熱といった具合で実際には結核の新たな症状の現われだったようだ。このために二月下旬と、四月に半ばにはベッドから出ることができなかった。このように静養したにもかかわらず四月下旬になっても容態は一向に快復しなかった。五月初めに自作の戯曲『ダビデ』を観にロンドンへ行くことになっていたのだが、「マラリア」に罹っていたせいでロンドン行きを諦めた。[33]冬から春にかけてロレンスは知人で結核に罹っていたガーティ・クーパーと同じ病状に陥っていたが、それでも彼女を気にかけて応援する内容の手紙を書いた。しかし一九二七年の一月にいよいよガーティが肺を切除する手術を受けることになると、これを知ったロレンスは自分にはそのような手術を受ける機会はめぐって来ないだろうと確信したようだ——「心にちょっとした骨が刺さったようで、触れると飛び上がるくらいに痛い」。ガーティの容態はますます悪くなっていった。四月の下旬には肺を切除するだけでなく、肋骨六本とリンパ腺も取らなくてはならなくなった——「酷すぎる、死んだほうがましだ」とロレンスは訴えている。「そんな手術を受けて、あとになにが残る？　クロロフォルムを飲んで永遠に眠ったほうがいいじゃないですか！　そんな怪物じみた人間性なんてまっぴらです！　こんなことをしてまで命を永らえるのですか？」ガーティへの医療処置を忌避していたロレンスは自分の収入のことがひどく気にかかっていたにもかかわらず、もしものときには用立ててもらいたいと五十ポンドの見舞金を妹のエイダに託した。彼はエイダに「誰からのお金かを絶対に告げたりしない」ことを誓わせた——「お金の話をあれこれするのは厭だから」。[34]同じ結核を患っていたロレンスは、ガーティがどのような医療治療を受けたのかを知った上で、自分は絶対に医者の手に自分の身を委ねることはしないと心に決めた。エイダには「そのことについて考えたりしないのが一番だ」と書き、自分の症状についてはただ「気管支が悪いだけだ」と言いつづけた。[35]

五月下旬の『ダビデ』の上演は批評家に扱き下ろされ、ロレンスはそんな批評家連中を「玉なしの腑抜けども」と呼んだ――「若いイングランド人の最悪のところは学者ぶるところだ。男装した女性か、それとも同性愛者じゃないかと思う。」しかし評判の悪さは『ダビデ』が性的なものを思い切って扱っていたからというだけではなかった。演技はお粗末で、上演時間がなにしろ長すぎた。ロレンスの反応に見られる怒りは、彼が不快な思いをしたことを十分に表わしている――ウィルキンソン夫妻は、ロレンスとフリーダが「その劇の上演の出来にどれほどガッカリした」[36]かを目撃している。この舞台が成功していれば、それはロレンスにとってただ好ましいというだけではなく、懐具合を暖かくしてくれるという意味でも大きなものだったのだ。一九二〇年代後半にロレンスの作家としての名声はそのピークに達していたが、世間受けしない小説を何作か書いたあととなっては下降線をたどる一方だった。

ハックスリィ夫妻がフォルテ・デイ・マルミに滞在していた六月半ばにロレンスは海水浴に出かけられるまでに体力を取り戻していたが、一九二七年七月初めにミレンダ荘で最初の深刻な喀血に見舞われた。フリーダはそのときのことを次のように憶えている――

ある暑い日の午後にロレンスは庭で桃をもいでいました。そしてバスケット一杯の果物を私に見せてくれて、そのあとちょっとしてから部屋から私を呼ぶ変にゴロゴロいう声が聞こえたのです。走っていくとベッドの上にロレンスが倒れていました。びっくりしたように眼を見開いて私を見ている彼の口の端から一筋の血が流れ出ていました。「静かに、じっとしてて!」私はそう言って彼の頭を抱えてあげましたが、それでもゆっくりと血は口から溢れ出てきていました。恐かった。じっとして落ちつくようにと彼の身体を抱いていることしかできませんでした。そしてジリオリ医師を呼んで診察してもらいましたが、それからは落ち着かない日々がつづいたのです。[37]

ピーニ家の人たちがあれやこれやと手を貸してくれた――ジュイリアは早朝四時にスキャンディチまで行っておが屑に氷をいれて大きな布にくるんで持って来た。医者は毎日往診してくれて、懇意になったフィレンツェで本屋を営むジュセッペ・オリオリも頻繁に見舞ってくれた。ウィルキンソン夫妻も戻ってきてからはできることをなんでもやってくれた――ロレンスが快方に向かうとリリィは原稿をタイプしてもくれたし、フリーダのために買い物をして料理までしてくれた。ハックスリィ夫妻も暫く滞在した。そうこうするうちに十八日にまたロレンスは喀血した。今度は野外を歩いているときのことだった。医者からは「寝て身体を休めなくてはならないと言われ、ロレンスはそれに従うことにしたようだった」。しかし七月の暑さが問題だった――ロレンスはもっと涼しいところへ行きたがったが旅行するには体力がなさすぎていた。ロレンスの看病の一切合財をやらなければならなかったのはフリーダで、彼女はこのときの自分の奮闘ぶりを「六週間ものあいだ、昼夜を問わずにひとりで彼の世話をしました」と自身の本に記している。フリーダ自身は自分の献身ぶりをこのように感じていたのだろうが、一九三〇年に次のように語って友人の顰蹙を買っている――「危機が去ると…彼女はロレンスがベッドから起き上がることを許して、早朝にコーヒーを淹れさせた」――「まあフリーダ、よくそんなことができたわね？」とてもフリーダらしくもあり、またロレンスらしくもあることを伝える話だ。[38]ウィルキンソン夫妻はとても親身になってくれたのだが、最初の喀血に襲われてから四週間後にロレンスとフリーダが夜行列車でオーストリアのフィラッハにいる妹のヨハナのところへ出かけたときにはホッとしたようだ。ふたりが旅に出たときは「肩の荷が下りました」とアーサーは語っている。ロレンスはオーストリアをたいそう気に入ったようで、こう書いている――「この涼しさのなかにいると生まれ変わるようだ」とか「呼吸ができて動き回れるということは、とても素晴らしいことだ。」[39]

　喀血してからというものロレンスは「誰もそこにいるとは気づかないくらいに、とても気が優しくおとなしく」なったとウィルキンソン夫妻は話している。ハックスリィ夫妻も口をそろえて、ロレンスが「驚くほどに温和になった」ことを指摘している――「とても温和なのだが、それがとても彼らしくない」。[40]いつも烈しく怒りを爆発させていたのは、ロレンス自身が「泣き言を言いたくなるような陰鬱さ」から逃れようと意識的にしていたことだったのである。七月の終わりにハックスリィはロレンスのことをこのように要約している――「情熱的で、女性的なところがあって、狂暴性がある」。そんなロレンスは「むしろ怒ることが好き」なのだとさえ考えていた。[41]ロレンスが苛立ちを爆発させたのは、自分が結核に罹っているのではないかという受け入れがたい事実と向き合いながら生きるための方策だった――ハックスリィは「心の奥底で、自分はもうすぐ結核のために死ぬのではないかということを意識していて、そのことが溢れんばかりの悲しみでロレンスの晩年を充たしていたのではないか…しかしロレンスは、この悲しみを苛立ちとして表に出すことを選択したのだ」と判断している。七月二十九日の二回目の喀血のあとで「症状が快復して、お茶を飲みに起きていた」とき、ロレンスは「自分がどこに暮らしたいかについておおいに語った…それはイングランドだった」のだが、この話は結局のところ「今までと同じようにイングランドとイングランド人へ向けられた狂暴」[42]になってしまった。ロレンスは、この頃から自分の病のことを「臍を噛むような無念さ」のせいだと言うようになった――「ぼくの身体の具合があちこち悪い（例えば咳、虚弱体質、倦怠感、腹の調子の不具合、喀血など――ロレンス自身は決して「結核」という言葉を使わなかった）のは鬱積している無念さに端を発していると思うのです――そんな感情が幼少の頃からぼくのなかに深く広く根を張っていて、血を吐くたびに我慢しきれなくなって身体の外に一緒に溢れ出てくるのではないかと考えています。それ以外には考えようがありません。」[43]ロレンスはいつも、病に対して身体的というよりも精神的なものが原因であると理解していた。そんな彼は、自分の結核は生まれつきのものであり、だから治癒できないのだと考えるようになっていた。そして、腹を立てることはそんな病魔と上手につき合っていく方法だと思っていたのだ。

ロレンスはまたほとんど執筆しない状態に入っていた。ヴェルガの翻訳を少々手がけるだけで、これは小説を書く気にならないときの代わりのようなものだった。八月二十五日になっても完全に快復したわけではなく「自分の三分の一ほどしか元に戻っていない気がするとメイベルに書き送っている。」[44] オーストリアから戻ったロレンスとフリーダはバイエルン地方への長期の旅行へ出かけた。イルシェンハウゼンにあるフリーダの姉エルゼの木造の家に遊びに行くためだった。一九一三年にロレンスはこの家で「プロシア士官」を書き上げた。そしてそこにはまだアナ（この人物は「肉体のなかの刺」で際立った花の小枝柄のドレスを着た登場人物のモデルとなっていた）が働いていた。ある意味でこれは過去への時間旅行ともいえる――「背後には森が茂り、広大な谷の向こうには青い山脈が見えた」。「ぼくはここがとても気に入っています。時間の感覚が失われ、イベントなどはなく、あるのはただ秋らしい強さの光を放射する太陽だけで、日蔭に入るとヒンヤリと涼しいです。」ロレンスはウィルキンソン夫妻に、ふたりが気に入りそうなことを生き生きと詳しく記した手紙を出している――「カケスはとても図々しい鳥で、放っておくとありとあらゆるものを盗み取っていきます。」ここでもロレンスは手紙を書いたり翻訳をしたりはしたが、執筆はほとんどしていない――「仕事をしなくていいというのは、嬉しいことです。今まで根を詰めて書きすぎていました。」[45] ロレンスとフリーダは馴染みの人たちの訪問を受けて快適で静かな日々を送ったようだ。一九一二年に世話になったイッキングの女主人も訪ねてきた。ロレンスの体調も良かった――「壊れかけている気管支のためにと考えて、モルトやビール、ミルクやチョークを飲んでいる」ためにロレンスの体調はまずまずで、しかも詩人でもあり医者でもあるハンス・カロッサの診察も受けている――「好人物です。マッシュポテトみたいにソフトな人です」。この医者の専門分野は結核だった。ロレンスはフリーダの姉エルゼに、カロッサは「肺からの異音はなにも聞こえないので、きっと良くなったんだろうと言っていました。あとは気管支だけです（気管支だけが治癒できていないんです）。」ロレンスは自分の作り話を通そうとしていたし、これによってエルゼを安心させようとしていた。しかしある友人が医師に本当のところはどうなんだと訊ねると、「医者は一瞬間をおいてから、『あんな状態の肺だったら、普通の人間だったらとうの昔に死んでいてもおかしくはない。しかし、芸術家はふつうの診断通りにはいかないものなのだ。普通の人間にはない、芸術家だけがもつエネルギーがある。ロレンスの場合は、もしかしたらあと二年或いは三年生きられるかもしれない。でも今となっては、どんな治療をしても彼が完治することはない』と語った。」[46]

23 『チャタレー夫人の恋人』

一九二七—一九二八

一九二七年の九月には体調が良かったのでロレンスはバイエルンで過ごしたかったのだが、フリーダがイタリアへ戻ることを強く希望した。こんなわけでバーデン・バーデンを経由してふたりは帰途についたのだが、ロレンスが途中で吸引治療を受けなければならなくなった——「フードのついた白いマントを羽織って吸入剤のなかで毎朝一時間過すのです。周りには幽霊のような人影が動いているんです！」それでもサナトリウムに入った方が良いという医者の勧めには従わなかった。その理由は明白だった——「あの可哀想なガーティとサナトリウムのことを考えると、彼女のことを想い出すだけでぼくの心は乱れるんです。あれから一年経った今もです。」自分の病状をロレンスは自己診断していた——「ぼくに関しては精神力の問題だと思われ、そして医者やサナトリウムのことを考えただけで憂鬱になる。でも本当の自分を、そして本能的欲望をいくらか取り戻しつつある。だからこんなぼくがドイツのサナトリウムに入らなくちゃならないことなんてありません。」[1] だがこのときのロレンスは、絶対安静が当時知られていた唯一の治療法である致命的な病に冒されていた。強い精神力を維持することができれば病の進行を実際に遅らせることができたかもしれないが、それでも病状の度合いが偶然に軽くなることだけがロレンスにとってのチャンスだった。しかしロレンスという人物は、そのような病状の小康状態が訪れるという幸運に一縷の望みをかけるような生温い人生を送りはしなかった。

ミレンダ荘に戻ったときには以前とは違う心持になっていた——「ぼくはこの場所への愛着を失ってしまったような気がします」。近所づきあいのあったウィルキンソン夫妻の眼にはロレンスの病状はまだ悪いということが判り、「彼が楽しんだり、喜んだりすることを拒んでいる——そんなことは夢の如くであり、イタリアには生命がありません」と言っていたことを記憶している。なにもしないでいることや孤独でいることにロレンスは過敏になっていた——「なんにもないこんなところに座って、誰もいないところでなにもしないで過すなんてことはできっこない！」同時に彼は惨めな思いもしていたし──「どこかへ出かけるだけの金銭がない」[2]──体力的にも衰弱していた（フィレンツェへ出かけたのはひと月後のことだった）。仕方がないので、さほど気乗りはしなかったがロレンスは細々としたことを手掛け始めた──セッカーに前からせっつかれていた短篇集や詩集の編纂（このためにタイプ原稿を作成して編集することが必要だった）、それに絵を描くことである。[3] このようなあまり気分が良いとはいえないときにロレンスは今までとは違う新しいものを書いた。友人のコテリアンスキーのちょっとしたシリーズものを創りたいという願いに応えたもので、多くの著名な作家の「秘め事」の打ち明け話的なものを収録しようと考えていた。痛烈な「ベストウッドへの帰還」風のエッセイになるかもしれないと思われたものは、とどのつまりは新しい社会はこんな風になるだろうということを描いたファンタジーっぽいものになった──舞台設定はメキシコやエトルリアではなくイーストウッドである。これを書いているとき、ロレンスはある手紙のなかで自分が「故郷の近くに暮らしているような気がします。故郷に戻る潮時だと感じるんです」と書いている。この物語の語り手は千年の眠りに落ちて寝覚めたときにニューソープ（イーストウッドがモデル）がネスラップという町になっていることを知る。そこではロレンスが創作したエトルリアの共同体に似た、自身が経験していたミレンダ荘の周りの作物を収穫して暮らすような農業を中心とした社会が炭鉱社会に取って代わっている。気候も穏やかで、人びとは裸で暮らしている。時空を超えたこの語り手はそんな様子を目の当たりにして「奇妙な悲しみにも似た妬み」を感じる──「自分が熟し切れていない林檎のような気がする。彼らだけが陽の光を存分に享受している」。[4] このような無意識的な態度の描写はロレンス自身の体験に基づくものではなく、彼が切望していた想像的産物であることは明らかである。

ロレンスがこの話を最後まで書くことはなかった。ひとつにはコテリアンスキーのアイデアが計画倒れに終わったこと、そして「飛び魚」みたいに、このような「秘め事」の打ち明け話は「エデンの園での本当の生活」[5] のようなほとんど信じることができない種類のフィクションになりつつあったからだろう。しかしフィレンツェでは、実を結びそうな出版計画に着手しようとしていた。ロレンスはこの頃ノーマン・ダグラスと仲直りをしていた──ふたりが会う機会をオリオリがセッティングして、「気まずい沈黙」のあとでダグラスがロレンスに嗅ぎ煙草を勧めた。

「ちょっとどうだい？」

ロレンスはひとつまみ取った。

「まったく、面白いことだと思わないか？」──フンフン匂いを嗅ぐ──「ノーマンとぼくの父親だけが」──フンフン匂いを嗅ぐ──「ぼくに嗅ぎ煙草をくれたなんて？」[6]

オリオリの助けを借りてダグラスは自分の本を私家出版しよう

としていて、そのことを知ったロレンスは、フィレンツェで印刷させて自らの手で発送することで『チャタレー夫人の恋人』も世に出すことができると確信した。これにはプロの作家としてかなりのリスクが伴うと理解していたが、それでもこのアイデアはとてつもなく魅力的に思えた。自分のようなアウトサイダーにはうってつけだし、この方法だと途中の厄介なプロセスを省くことができた。同じ頃に世間的に成功を収めて人気のあったマイケル・アーラン（ディクラン・クーユムジアーンの別名）と出会っているが、ロレンスは「この拝金主義の世の中は、そこで成功している誰もかれもと同じように憎むべきものですが、そんな連中の後塵を拝すわけにはいきません」と記している。ロレンスは「六百ポンド乃至七百ポンド」の儲けを見込んでいた。「金がかかるんです、病気に罹って治療を受けるとなると。」[7]

しかしこのときロレンスは妙なことをやり始めた――『チャタレー夫人の恋人』を初めから書き直し始めたのだ。これは誰にとってもびっくり仰天することで、ましてやロレンスのように病気に冒されて気持的に塞ぎこんでいるような人物がすることとは思えない。あまつさえその一週間前にロレンスはハックスリィに、自分は「書き言葉であれ話し言葉であれ、ぼくは言葉というものにどうしようもないくらいに幻滅を感じている」[8]と語っていたのである。十四万語を優に超える、完成していた第二稿をそのまま出版することもできたのに、なぜロレンスはそうしなかったのだろう？

第三稿を書き進めるうちにロレンスはその新しい作品にのめり込んでいったのだが、その小説の構成を考え直す必要があった。エンディングを変えたかったからである。コンスタンスが労働者階級を出自にもつ森番を夫とする将来を描くストーリーにしたかったのだ。パーキンはメラーズとして登場することになり、パーキンの悲惨な家庭設定も修正されて、「アイツとかかわり合いをもつなんてまっぴら御免だ」[9]と周囲に言わしめるような人物ではなくなった。またパーキンに比べて肉体的にひ弱になり、絶えず咳をするようになる。メラーズは労働者階級に生まれるが、戦時中には士官にまで取り立てられる。しかしそのあとにまた自ら労働者に身を落とす。やろうと思えば「きちんと標準語で喋る」ことができるし、幅広く読書もしていて世事について議論を交わすこともできる。また、森番の仕事を追われてからは（パーキンのように）鉄鋼工場での仕事に就くのではなく、農場で雇われることになる。『チャタレー夫人の恋人』が抱えていた大きな問題のひとつ――階級を超えた男女関係はどのようにすれば情事以上のものになり得るか――がこのような設定の変更によって解消された。だがその反面でこの小説のリアリズムが損なわれることとなった。その結果、『チャタレー夫人の恋人』は純粋な意味でのロマンスになりつつあった。

今までのようにロレンスは驚くべき精力を傾注して執筆した。一九二七年の十一月下旬から一九二八年の一月初旬にかけて、一日に二千語から四千語のペースで筆を走らせた。そうして性的欲望と階級間の問題を孕んでいた小説を、ひとりの森番がレディ・コンスタンス・チャタレーの未来の夫となるかもしれないという作品に書き換えた。ふたりはイングランドの惨め現状から解放されてふたりだけの世界を創造しようとする。性的にあからさまな描写は第三稿では些かその量を増やしたが、新しい構成になって前作よりもスリムになった最終稿は新しく、よりシンプルな、痛烈な特徴を備えることになった。最終稿は第二稿に比べて二万語分ほど短くなっていて（これはロレンスの書き直しでは珍しいことである）、今までにない課題を背負っていた――伝統や因襲への大胆な反抗的態度を表明しているのである。私家出版という方法で読者の手にこの小説を直接渡すことができることを知ってから、ロレンスは「この小説はちょっとした革命――小っちゃな爆弾です」と言い切るようになる。描いてきた何枚もの絵と同様に、『チャタレー夫人の恋人』はある意味で芸術の分野でのテロ行為を目的としている。[10] クリフォードはさらに同情を買いづらい設定になった――この准男爵に与えられているのは残忍なアイロニーと悪意であり、この性質は以前には『セント・マウァ』のリコや『処女とジプシー』のセイウェル牧師のような登場人物に与えられていたものである。加えて『チャタレー夫人の恋人』にははっきりと読者に聞き取ることのできるメッセージが託されてもいる――このように生きなさい、愛しなさい、と言っているようであり、まるで信仰を伝播するようである。フリーダはいつもの目聡さでこのような特徴に気がついていた――『第一チャタレー夫人』をロレンスは直観的な自我で書き進めました。でも第三稿を書いているときは、自分と同じ時代を生きている人たちのことをとても気にしていました」。[11] こうして『チャタレー夫人の恋人』はロレンス特有の衝突とか拮抗或いは相剋などで終わるのではなく、孤独だけれども自信に満ちた怒りの声で終わっている――世のなかのなにが悪いのかについてメラーズが大上段に構えて声高に訴えている。一九二八年の五月の時点での、この小説を再版するために書き直す可能性の有無についてのロレンスのコメントは、最後のメラーズの独白を書き改めるか、或いはもっと長くするというものである。[12]

第一稿と第二稿でロレンスは、孤絶した個人というアイデアに向けて辛辣な攻撃をしている。この考えは「島を愛した男」において初めて考察を試みたものであった。『チャタレー夫人の恋人』の第一稿でコンスタンスは「自由」になることの善し悪しについて逡巡している――彼女にとってクリフォードとの結婚は牢獄のようなものだからである――「いいえ違うわ、牢獄なんかじゃない！…もし私たちがそれほどまでに限りない自由を欲しいと思うのだったら、蒸発でもして無になってしまわなければならない。周囲から切り離されて、完全な孤絶状態にある個人の取るに足らないちっぽけな自由、そんな自由なんて牢獄よりも悲惨だわ。まるで標本にされた蝶のように、動けないように釘で心臓を刺し貫かれたようなものよ。」[13] 自由に対してのロレンスの考え方の変化は一九二七年の夏――第二稿と第三稿のあいだ――にアメリカ人の精神分析学者であるトリガント・バロウとのあいだで手紙が交わされていた時期と一致している。この学者はロレンスに彼と他者との、そして彼と社会との繋がりを考え直させた人物である。そしてロレンスは次のような結論に至った――

> ぼくを悩ませるのは、ぼくが考える太古の社会的本能への完全なフラストレーションなのです。英雄を夢見ることは個人主義の幻想に起因して、だからこそあらゆる抵抗がそれにつづくのです。社会的本能は性的本能よりいっそう深く――そして社会的抑圧はよりいっそう破壊的だと思います。ぼく自身及びほかのあらゆる人びとの個人的自我による、ぼくの内部の社会的存在の抑圧に匹敵するような性的個人の抑圧などあり得ません。[14]

『チャタレー夫人の恋人』の第三稿はこのような考えは果たして正しいのか否かという不安のなかで書かれたといえる。『恋する女たち』に登場するバーキンのように、メラーズとコンスタンスも社会を恐れて忌避している――そしてこの小説の社会は恐れられ嫌悪される対象としてそこに描かれている。社会とかかわる男（そして女）はほとんど完全な形で抑圧されるだろうと考えて、このカップルの未来は農場で暮らすふたりで一緒に、ふたり以外のものとは一切無縁のなかでつくり上げられるもののように思える。この小説の結末部のメラーズの手紙（のようなもの）は社会についての言及にほとんど終始していて、そこにくり返されているのは、すべてが間違っている、だから変わらなければならない、でも変わらないだろう、だからぼくたちがそれとの接触を避けるしかない、ということである。ふたりで一緒に暮らす寂しい個的存在にしか未来はない。しかしこの小説には、『恋する女たち』で「ねえあなた、私たちはありふれた人間でいるあいだは、与えられた世界をありのままに受け入れるほかはしょうがないのよ。だってこれ以外の世界なんてものはありっこないんだから」と述べるアーシュラのような登場人物は存在しないし、「島を愛した男」でみられるような、人びとが世間から逃れるために創造する完全無欠の世界に起こり得る得体の知れない不吉感もない。ここにあるのはアーシュラのもうひとつの声で、それは「あなたには私がいるじゃない。だったらどうして私以外の他人が必要なの？」[15]である。このように考えると『チャタレー夫人の恋人』はロマンス――ふたりの愛が万難を排して、ふたりっきりで社会から孤絶して幸せに暮らしつづけるというカップルの物語だといえる。

しかし一九二七年の七月にバロウの『意識の社会的基礎』を読んで「久方ぶりに読んだ本のなかでいちばん共感できたもの」と評したことを考えれば奇妙なことである。この頃のロレンスはそれまでにないくらいに自分自身のなかに芽生えていたパートナーシップによって多少は修正されるが孤絶した存在と、共同体への根深い郷愁との乖離に気がついていた。他者と交わることでは決して幸せになることはない、と信じていたのである。「どうして他者に誠実になることができるのかまったくわからない。嘘を言うことは嫌いだから、ぼくはできる限り独りでいたいのです」[16]という意見は、自分をうまく正当化する物言いだといえる。だが一九二五年に故郷のミッドランズでその場所や家族やそこでの過去と自分との繋がりを見出すことができなかったことで、ロレンスは孤絶感を感じるようになっていた。その一方で一九二六年に同じ土地で喜びを感じたのは、海辺のリゾート地で快適に過ごせたことで望んでいた環境を手に入れることができたからである——「生まれ育ったミッドランズに戻って来たいと思う…ここの人たちはお上品じゃないが、生き生きとしている。」[17]一九二七年にバロウに強烈に反応したことは、ロレンスが自分の存在の中心にある孤絶感は誤りだったことを認めたことを証明するものといえる。このことと、一九二七年の晩夏にロンドンで多くの読者を得ている『イヴニング・ニューズ』紙の依頼を受けて寄稿することによってロレンスが初めて世間のメディアとの接触を持ち始めたことはたんなる偶然の一致とはいえない。戦時下のロレンスだったら(もし依頼されたとしても)新聞のような媒体に気楽に文章を書くなどということはしなかっただろうし、それが喉から手が出るくらいに欲しかった収入をもたらしてくれると分かっていてもあり得ないことだった。その一方で『チャタレー夫人の恋人』は、従来のテーマとしての孤独や現存する社会を徹底的に拒絶したらどうなるのかというものに立ち帰っているのだ。

一九二七年の冬から一九二八年の春先にかけて体調が許す限り執筆に勤しんだのだが、これは気分が塞ぎ込んだときのロレンス特有の対処法のひとつである。前年のように近くに住む農民たちを招待してお祭り行事を開くのはもう嫌だと言っていた——「彼らのなかにはホスト役が必要ですが、ホスト役を務めるとヘトヘトになります」——にもかかわらず、ピエトロがまた盗んできた木をロレンスとフリーダは飾り付けした。農夫たちはクリスマスイヴに訪ねて来た。この年は総勢十七名だったが、子どもたちはおもちゃを与えられ、男たちは「トスカーニ、つまり葉巻」を、そして女たちは甘口のワインを振る舞われた。誰もが「ぼくたちのために歌ってくれて、ハッピーだった。」[18]実はロレンスはこの地に暮らすことに苛立ちを感じていたのだが、ミレンダ荘で暮らすことはこの数年で住んだほかのどの場所よりも、どのように暮らしていくか、どんな場所に住むかという問題を解決してくれたのである。ミレンダ荘は独立していた——近くには気の置けない隣人しかおらず、周りにはコミュニティが確立され、しかも主要な町に出るには一時間も要さなかった。普通とはちょっと変わった夫の世話をして独り占めしたいというフリーダの願望は(世間から隔絶された場所ではしばしばそうであったが)、今や病に冒された夫とのふたりっきりの退屈な日々よりも、楽しいことがあって変化に富んだ暮らしがしたいという願望と衝突するようになっていた。一九二七年のクリスマス直後に母親に書いた手紙を読むと、なんの変哲もない日がな一日を事細かに報告している様子からフリーダがロレンスの容態にイライラしていることが窺える。フィレンツェのジリオリ医師は、バーデン・バーデンの医師と同様にロレンスをサナトリウムに入れてはどうかと相談を受けていたのだが、フリーダによると以下のように対応していた。

サナトリウムに入ったとしても、ここで暮らすことと大差はない。どこで住んでもパーフェクトということはないし、サナトリウムよりもここにいた方がロレンスのためには良いだろう、ということです。彼の一日はだいたいこのようなものです――七時半にベッドの脇にあるアルコールストーブを使ってお茶を一杯淹れます。するとジュイリアがやって来て朝食をつくってくれます。ロレンスの気分が良くて天気が良かったら、彼はベッドから起き上がります。そうでなければベッドで食事をします。そのあとは執筆したり読書したり、モルトのエキスを入れたミルクを飲まされます。正午に郵便が届き、十二時を十五分か三十分過ぎると私たちは昼食にします。昼食後には散歩に出かけて、帰ってくるとお茶の時間です。ティータイムにだけ炉火を焚きます。三日間寒い日が続きましたが、今は雨が降っています。恵みの雨です！　そのあとで私はときどきフィレンツェへ出かけます。たまにジュイリアと一緒に。オリオリと、あるいはほかの人と食事をすることもあります。ロレンスは衰弱しているように見えるときがあります。昨日はハックスリィ夫妻がやって来てランチを一緒にしました。ふたりが帰ると、その直後に疲労困憊したロレンスは途端に眠りに落ちたんです。ちょっとした無理でもダメなんです。でも、食欲はあるし、よく眠るし、執筆も順調です。ただ私はロレンスがちょっと快復してくれればいいのにと思っています。そうすればカプリ島へ出かけるでしょうし、私はお母さんに会いに来られるから……[19]

ここに書かれているひとりの病人の暮らしぶりから、ロレンスが『チャタレー夫人の恋人』を一日に三千語のペースで書き進めていたという事実が浮き彫りになる。ハックスリィは、フリーダが母親に書いて知らせた訪問のことを日記にこう記している――「DHLは体調が優れていて、よく話した」。[20] 絵に描いたような健康優良児のフリーダの目にはこの数年のロレンスはなにをしても確かに病人としか見えなかったのだろうが、それでもフリーダが母親に手紙を書いたこの日に『チャタレー夫人の恋人』のその日の分と、手紙を三通と絵葉書を二枚書いている。そうは言っても、十月中旬にミレンダ荘に戻って来たときの状態から快復したというわけではなかった。十二月二十三日にコテリアンスキーに「これが最悪の状態なのだと思う。今まで以上に自分が奈落の底に落ちる瀬戸際にいる気がする」[21] と書いている。病魔に襲われた者がかろうじて務めあげることのできる日課、そしてロレンスの不幸と極度の疲労、そしてここに小説の執筆というさらなる重労働が加わって、フリーダはまさにロレンスとの日常生活のなかに絡め取られていると感じていただろう。

一月初旬に小説を書き上げたロレンスはすぐさま詩の編集に取りかかった。詩集の完成は彼にとって不可欠だった。セッカー社は『詩集』を出版したいと考えていたが、ロレンスはさらに初期の詩の数を増やしたがっていた。若い頃に書いた詩を読み返すことで妙な気持に襲われることがあった――「ああ、亡霊が立ち現われてくる！　でも、ぼくがすることはそのボロ着をキチンと直してやって引きずり込まれないようにするんだ。」若い頃には自分の「悪魔」[22]の声をオブラートに包んでいたという理由から、ロレンスは何篇かの詩を書き直した。だがその結果として生み出された詩はロレンスの若い頃の自我を再創造しただけで、それが率直に、超然として頑固なものとして現われたにすぎなかった。一九一一年に方言を使って書かれた注目すべき「いずれにしても」というタイトルの詩は中心人物に若い女性を据えていて、婚約者の若い警官がずっと年上の地元の女性と不倫した事実に対峙している様子を描いているが、詩の結末部で彼女はフィアンセを許す。これが一九二八年に書き直されると、若者は年増の女性とそして婚約中の女性のどちらも拒絶する――「結婚っていやぁ、おれはやらねぇ／おまえらふたりのどっちともな」。若者は自分の不埒な行ないを反省するどころか、その責任を婚約者に押しつけている。彼女が自分とセックスすることを拒んでいたことが原因だというのだ――「おまえはおれにはおカタすぎんだ」。さらに若者は年増の不倫相手とも手を切ろうとする――「おれはたしかにあの女とおまんこしたけど／おれのもんになったのはそんだけだ」。[23]セッカーはこの長い詩のなかに埋もれている「おまんこ」という単語を見落とした――このようなやり方で『チャタレー夫人の恋人』の作者は昔の作品のなかに自分の痕跡を残した。このことは、若いときに書いておくべきだったとロレンスが感じていたということの証左であるのだが、とはいっても「おまんこ」などと書けたはずはなかった。

　書き終えたら今度は『チャタレー夫人の恋人』を出版することが最大の関心事となった。一月にタイプ原稿が作成され始めたが、ひとりのタイピストが原稿があまりにも赤裸々だということでその作業から手を引いた。このために手書き原稿の一部をロンドンに送るはめになり、この結果二月の終わりまでロレンスの手元に完全なタイプ原稿が揃うことはなかった。ハックスリィの妻のマリアが原稿をタイプすることに手を貸すことになった。夫妻はスイスのル・ディアブルレに一九二八年の一月から三月まで滞在していて、ロレンス夫妻は彼らと合流した。ロレンスは「クラリンダに捧ぐ」という詩のなかで、マリアの献身ぶりを褒め称えている。彼女のタイピストとしての腕は見事に酷いもので、この詩はみんながル・ディアブルレで分かち合った戯れについて触れている。

やがて君は大声を上げる――いいわよ！　しっかりやって、ジョン・トマス！
ピリオドを使うのは止しましょう、コンマを使ってとにかく進みましょう！――
そうして真っ白な雪が陽光に輝いて、その真っ白な世界は陽気だった
ディアブルレのあの高地では。

ぼくたちはただ雪上を滑って君たちはスキーをし、みんなでお茶を飲みに入って
おしゃべりをし、おおいに笑い転げ、そして君はC夫人をタイプした。[24]

ロレンスにはニューメキシコの牧場にまた戻りたいという夢があった——「あの牧場のことを思い焦がれることがたまにあるんです」、だからこのために高地にいることを楽しんだのだと思われる。そこは「とても標高が高くキラキラと眩しく輝いていて、神々しくさえもあって生命の息吹を吹き込んでくれるような」[25]ところだった。ロレンスはハックスリィの幅広い読書や知識から多くの得るものがあったが、同時にハックスリィを科学的合理主義的だと見なしていた。そんなハックスリィに「メキシコで体験したいろいろなこの世のものとは思えない出来事について話して聴かせて、この世のことは全部が科学的且つ論理的に実証することなどできやしないことを教えてやろうとした。」そんなロレンスは一九二五年にそうであったように、ハックスリィの眼には自分とは根本的に異なる精神と人格を具えた人間として映っていた。優雅で美しく、繊細なマリアはロレンスのことをたいそう気に入っていて、それはロレンスも同じだった。ロレンスはこんな風に言っている——「ぼくたちは外見では釣り合わないけれど内面では共振している。そして、このことが大事なことなんです。」[26]オルダスとマリアは、ロレンスがこのとき必要としていたもののほとんどを与えることができた——愛であり賞讃でありサポートでありアドバイスだった。オルダスとマリアはふたりでこの地にいたわけではなく家族が揃っていた——オルダスの兄のジュリアン・ハックスリィとその妻ジュリエット、そしてこの夫婦の子どもたちがその場に居合わせた。ジュリエットはロレンスが「人とは違った笑い方をすることや、首を後ろに傾けて赤いあごひげを人に向けるようにすることや、輝く青い眼がキラキラしていた」ことに気がついていた。また、ロレンスがいるところからは「創造力が放出されること」や、彼がそこでみんなに焼いて振る舞った「おいしい、レモン風味のジャム入りのサクッとしたパイ」のことも憶えていた。だがしかし『チャタレー夫人の恋人』には腹を立てていた——その作品のタイトルは『ジョン・トマスとレディ・ジェイン』にすべきだとロレンスに食ってかかった。「瓢箪から駒が出る」とこれを聞いたロレンスは言っているが、まさにやがて「真が嘘から出た」のである。[27]ここでも活躍したのはフリーダだった。彼女はそこにいた集団が自分の夫のことを崇拝しすぎると感じていて、煽《おだ》てられたロレンスはいい気になって自分のことを蔑にしていると感じていた。そしてフリーダはハックスリィたちと衝突した。オルダスはことに腹を立てたことだろう——「フリーダと一緒にいると、仏陀が大罪のなかに愚かさを加えたのは正しかったのだと改めて思ってしまう。」しかしロレンスの没後にオルダスとマリアはフリーダのことを本当に理解するようになる。ル・ディアブルレでの「休暇」はフリーダが母親のところへ行くことで幕切れを

告げたのだが、ジュリエットだけはフリーダは母親のところではなく本当は「定期的に行なっていた男漁り」[28]としてラヴァリに会いに行くのだろうと疑っていた。

三月の初めに『チャタレー夫人の恋人』の仕上がったタイプ原稿を携えてル・ディアブルレからフィレンツェに戻ったロレンスは、印刷業者と製本屋を見つけなければならなかった――加えて宣伝用のチラシを作成して送付するという仕事もあった。「D・H・ロレンス／新作を無削除版で出版／チャタレー夫人の恋人／または／ジョン・トマスとレディ・ジェイン／千部限定で署名と通し番号入り／正価二ポンド（アメリカ用五百部／正価十ドル）／一九二八年五月十五日出版予定」。オリオリが印刷業者を推薦したが、ロレンスはその英語を理解しない業者には自分の計画を話しておくべきだと思っていた。するとその印刷業者は何食わぬ顔で「ああ！　問題ないよ！　俺たちゃ毎日やってることだから！」[29]と答えた。ティポグラフィア・ジウンティーナは小規模な印刷工場で、そこには一度に本の半分を植字できるほどの活字しかなかった。前半部が印刷され校正されて千二百部分のシートが印刷されて、もう二百部分が予備のために保管された。前半部用に使用された活字は解版されて、それから後半部が同じように印刷された。私家版としては大きめで、驚くほどの重量があった。[30]ロレンスは本のページ用の紙を選び――十分な量を確保するために遅れが出た――そしてカバー用には桑の実のような色（暗紫色）のものを選択した。印刷されたものにロレンスは署名をして通し番号をふった。加えて表紙にはそれまで自分に関係があるとされてきたシンボルである不死鳥の絵を刻印した。そうして一九二九年には、不死鳥について、そして災厄のなかで失われた自己についての一篇の詩を書くことになる。[31]

オリオリは『チャタレー夫人の恋人』を出版するプロジェクトにおいて不可欠な人物だった。ロレンスとフリーダはフィレンツェで彼と会って何時間も共にし、ある春の穏やかな朝にサンタ・トリニタ橋の上で写された写真に三人の姿を見ることができる。二色の皮を使い分けた靴を履き、薄い色のスラックスに濃い色のジャケットに身を包んでステッキを持っているオリオリはダンディだ。フリーダはサンダルを履いて洒落たシルクのドレスを着て、真珠の首飾りをつけている。ロレンスは上品なスーツに帽子、そして胸のポケットにはハンカチーフを挿している（一九二一年に着ていたような生地を裏表逆さにして仕立て直したスーツではない）。写真34からは以上のことが見て取れる。[32]

『チャタレー夫人の恋人』の予約注文が届き始めると、少なくとも出版にかかった費用をカバーできることが分かった。ロレンスには自分が成し遂げたことが誇らしくさえ思えるようになってきた。一冊の本を書き、デザインして、印刷、製本の手配をし、そして今や煩雑な通常の出版にまつわる手続きを回避することができるのだ。その小説の内容は完璧に今までなかったようなものだった――「男と女の完全なる自然な融和、つまりそれは昔ながらのファリックな意識と従来のファリックな無為の生の営みへの回帰」。これはロレンスがオットリン・モレルに伝えた言葉で、彼女が病臥していると聞いて書いた手紙に記されている。病人を元気づけるような手紙だが後悔の念で満ちている。

もしぼくたちに人生が二度あれば、一度目は過ちを犯すためにあるのであって、その過ちとはあたかも犯されなければならなかったものだと思えるのです。そして二度目の人生は、その過ちを役立てるためにあるのです。もしそんなことが可能だったら、ぼくたちはなんて素敵なガーシントン荘を手に入れることができたでしょう、しかもその終わりには苦々しい想い出もないのです！　…ぼくは心の底から願っています、オットリンが昔と同じようにいて、ガーシントンも同じように建っていて、そしてぼくたちが新たに始めることができたらいいのに、と。[33]

言い訳をほとんどしない人間だったけれども、この手紙ではロレンスがどうにかして謝罪を表明しているように読める。

新たに始める、というのは印象深い。なぜならば『チャタレー夫人の恋人』はとどのつまりは性的欲望がロレンスを絡め取って、そのことで人生が大きくその方向を変えたときの頃を想い出させるものだからだ。その小説に登場する人物すべてがロレンスに当て嵌まる。過去をくり返すことを宿命づけられて、自分よりも年上で、性的体験が豊富な相手とのあらゆるものの形を変えた解放的な関係に救済された人間として、ロレンスにはコンスタンスが置かれていた状況がよく理解できていた。同時にロレンスはメラーズでもあった——中産階級の仲間入りをしてしまった労働者階級出身の男、どこにいても自分の拠り所を見つけられず、性的に放縦な女性との結婚から目を逸らそうとする男である。そしてまたロレンスは作家としてのクリフォードでもある。性的欲望をもはや感じなくなってしまった夫、自分のパートナーでいる限りほかの男との妻の情事に目を瞑らなければならない夫なのだった。このように見ると『チャタレー夫人の恋人』の最終稿はロレンスの実像を限りなく忠実に描き出しているといえる。この小説が追究している「ファリックなリアリティ」はとても興味深いもので、描出されている怒りや後悔の念は明明白白である。この小説はまた「今すでにそうである以上に自分自身を完璧なまでに分離してしまうだろう。そしてこれは避けがたい運命なんです」ということがロレンスには分かっていた。しかし実際には運命などではなく、この小説を書いたのはロレンス自身の選択である。出来栄えにとても喜んでいた一方で、これ以上に正当な私憤を呼び起こして表出したり、自分はアウトサイダーなのだという意識をこれ以上に自覚するような作品を生みだすことはできなかっただろう。一九二八年の八月にロレンスは陽気な調子でこう書いている——「世間の人びとがどれほど『チャタレー夫人の恋人』を忌み嫌っているかを知るのは楽しくってしょうがない。残念ながら、ぼくは友人を九割がた失ってしまいました。」[34]この小説を出版できたことで、今やほかの作品も同じ方法で出版できるかどうか試してみようという気になっていた。当時パリに滞在していた裕福なアメリカ人のハリー・クロズビィが「太陽」という作品のオリジナルの手書き原稿を売ってくれと言ってきたのだが、カーティス・ブラウンがその所在を突き止められなかったのでロレンスはクロズビィのために性的な描写を含んだエンディングを加えた新しいバージョンを書いた。そしてこれが一九二八年十月にクロズビィの会社であるパリのブラック・サン・プレス社から出版されるのである。

この年の四月に遡ると、このときにフリーダはアラッシオにいる娘のバービィのところへ姉のエルゼを連れて行きがてらにラヴァリに会いに行く旅行の算段をつけていた。この時期にロレンスはイタリアを去ってミレンダ荘での暮らしも終りにしようと決断していたのだが、そのことでフリーダはかなり落ち込んでいたようだ——「ぼくたちは荷造りを始めたのですが、フリーダがあまりにもガッカリしている様子だったので、ぼくはまた絵を壁にかけて、六ヶ月分の家賃を払ったのです。」[35] フリーダはこの場所を気に入っていたし、家事を引き受けてくれるお手伝いもいた。なによりフリーダには友好的なフィレンツェでのつき合いがあったし、北イタリアの地を去るということはラヴァリとの関係も終わるということを意味していた。アラッシオへの旅行はそれでも、このふたりの関係のターニングポイントとなったようだ。フリーダが旅行から戻ったとき、ロレンスはマリア・ハックスリィに「フリーダはバービィと出かけてから変わった」[36] と話している。一九二八年の四月下旬から五月上旬に母親宛に書かれたフリーダの一通の手紙を読むと、彼女がどのように変わったのかを知ることができる。彼女はこのとき、ロレンスの健康状態のせいでしたいように生きること——つまりラヴァリが中心となる生き方——ができなくなりつつあることを自覚し始めていた。彼女の手紙は、フリーダの伝記やロレンスの手紙から窺い知れるミレンダ荘での当時の多忙な生活に従来とは異なる角度から光を当ててくれる。ロレンスの手紙には、『チャタレー夫人の恋人』を出版するために印刷業者や製本屋、はたまた製紙業者のあいだを行ったり来たり忙しく立ち働き、加えて友人に新作を紹介して回っている男の姿を垣間見ることができる——このときのロレンスはほんとうにやる気と活気に満ち溢れている。しかしフリーダがロレンスの目を盗んで母親に書いた手紙には、ロレンスの病気のために自分の自由が剥奪されていること、やりたいことができない不自由な生活への不平不満が綴られている。

お母さんにはよく分かっていると思うわ。私が旅行に出かけようとすると、Lの具合が悪くなるの…私はまったく健康なのよ。でも仕方なく我慢して、自分のやりたいことをするという気持を抑え気味にしているの。でも、病人とずっと一緒にいなければいけないなんて耐えられないわ。一緒にいて私は自分を彼のために犠牲にしているだけなのよ。こんな生き方なんて、人生とはいえないわ。もう半年間私たちはミレンダ荘に住みつづけることになったわ。だからもしグラディスカからの手紙がお母さんに届いたら（なにか特別なことがあったらそうしてって彼に伝えてあるから）、それをオリオリのところへ送ってください。そうしたら、お母さんがLの容態のことで内緒で私のところへ手紙を書いてくるのよって言うから。[37]

フリーダの母親は娘がラヴァリ――このときにはトリエステの北西に位置するグラディスカにある軍事基地に配置されていた――と連絡を取り合うことに手を貸していた。一九二八年六月、フリーダはバーデン・バーデンからやって来るロレンスと合流するのが大幅に遅れたようだ。このときにロレンスは列車を何本も見送ったのだが、ついにフリーダは二十四時間も遅れて現われた。[38] このことから分かることは、可能ならばいつでもどこでもフリーダはラヴァリとの逢瀬を重ねつづけていたということだ。彼女のこのような放縦な行動は、ロレンスが今度は支払わなければならない代償だった。娘のバービィは母親について語っている――「母はラヴァリのことになるといささか見境を失くしていました。しかし大事なことは、ロレンスとの暮らしのなかでそのときの母は精神的に疲弊していたということです。いつ死んでもおかしくない夫にしがみつかれて。しかも気難しくて扱いづらい男性ですから。」[39] これはフリーダの立場からの意見とまったく同じものである。

「歴史への関心というものは…私たちの脳裏にすでに刻み込まれている出来合いのイメージへの関心にほかならず、私たちはそのイメージを矯めつ眇めつしているのである。その実、真実はまったく別のところ、誰も気がつかずに見つけられもしないどこか他所の片隅にある」[40] とゼーバルトは指摘している。フリーダは一九三〇年に夫ロレンスが死去するまで共に暮らし、夫の死後にマリィと不倫関係になり、一九三一年になってアンジェロ・ラヴァリとアメリカに渡り、一九三四年にロレンスとの生活を綴ったとても感動的な本を出した。そうして一九五六年に天に召されるまでロレンスのことを書き、ロレンスについて話して語りつづけた。だからこそ私たちに植え付けられたイメージは、彼女が最後の瞬間までロレンスにとって誠実な妻であったというものなのである。だが実際には一九二八年を迎えるまでに、フリーダは病に罹った夫との暮らしに倦み疲弊していたのだ。彼女は束縛されていると感じていた、だから自由が欲しかった。だからこそ彼女はラヴァリとの関係をつづけることに意義を見出し、同時にロレンスの妻でありつづけようと決心したのではなかったのか。結局のところフリーダは姉や妹と同じ轍を踏むように、一九一二年にも同じような結婚生活を手に入れようとしていたのではなかったのか――結婚生活を維持しながらも自由を享受して、愛人との関係をつづけるというものである。だが一九一二年に支払った代償は大きく、ふたりめの夫を手に入れつつあったけれども、夫と三人の子どもを失うことになった。一九二三年の秋に彼女は妻という立場に安住しながらも自分のしたいことをして自由を謳歌する人生を生きるということを初めて真剣にやってみたのだったが、一九二八年になってやっとその試みが現実のものになったようである。

24

安住の地を探し求めて

一九二八—一九二九

ロバート・ホバート・デイヴィス[1]は一九二八年の五月にオリオリの店でロレンスの写真を二枚撮っている。人物撮影用のレンズが装着されたカメラは小型だったが六、七秒の露出時間を要すれば自然光のなかで写すことができた。一枚目の写真でロレンスの微笑はその些か長い露出のためにぎこちなく固まって見えるが、その顔立ちは繊細で脆弱、まるで修道僧のようであり、髭はフワフワと柔らかそうに見える。二枚目のときにデイヴィスはロレンスに「退屈そうですね」と言ったところロレンスは「ちょっと笑って唇を軽く舐め」て、そう見えないようにするにはどうすれば良いか訊ねた。「店の外に見えるものをじっと見つめてください。川の向こう岸にあるものをなんでもいいからひとつ決めて、それに注目してください。意識をそこに集中すると、眼にはその表情が現われますから。顔写真を写すときに私はよくそうしてもらいます。」[2]そうして数秒後に二枚目が撮られたのだが、そこには一枚目とは大きく異なるロレンスの顔が見える——ソクラテスを思わせる鼻梁、挑みかかろうとしているような表情、そして荒い髭。ロレンスはこの二枚の写真を「悪くない」と思っていて、フリーダは「どちらもあなたよ。素晴らしいじゃないの。これ以上の自然な写真はないわ。いつもの率直なあなたよ」[3]と言った。この二枚の肖像写真（写真35と36）はまったくの正反対の、だがどちらも特徴を捉えてロレンスの瞬間を上手に切り取っている。

『チャタレー夫人の恋人』を書き上げて出版まで漕ぎつけることは、理想を追い求める気持と実際的な采配が同時に機能しなければならないという点でひとつの大きな先の見えない一大事業といえた。本が完成するまでフィレンツェを離れたくなかったロレンスだが仕上がりが遅れていた。特注の手製の紙の完成に意外に時間がかかっていた。予約注文書に明記した発売日の五月十五日になってもまだ印刷機が回っている段階だった。そこでロレンスは六月上旬までイタリアに留まることにしたのだが、心底では健康状態を按じて一刻も早くフィレンツェの夏の暑さから逃れたいと思っていた。六月二十八日になって、やっと刷り上がってきた一冊を手にすることができた。オリオリは受注と発送のためにフィレンツェを離れることはままならなかった。

その夏のロレンスの計画は、どこか涼しくて金があまりかからない高地で過したいということだけだった。そこでスイスを選んだ――「とくにスイスに行きたいというわけではありませんが。でも、医者からそこへ行くように勧められています。だから言われた通りにするだけです。このひどい咳をなんとかしたい――悪化もしていないから深刻なことはないですが――ほんとうに神経を逆なでします。」不安にさせないように気遣って、姉のエミリーにこのように書いて知らせている。事実は反対で、言うまでもなく病状は決して良いものであるはずはなく、あるホテルでは宿泊を拒否されもした――「ぼくの咳のせいです。咳をするお客様をお泊めするわけにはいかないのです、と言うんです。本当に腹が立ちました。」[4] そうはいっても、ブルースター夫妻とレマン湖の北のシェブル・シュル・ヴェヴェイにあるグランド・ホテルで三週間過ごすとロレンスの体調はかなり快復してきた。

『チャタレー夫人の恋人』の完成本の届くのをスイスで待っているあいだに、彼にとっては珍しいことなのだが、以前に書き上げて出版もしていた作品「逃げた雄鶏」の後半を書き始めた。あたかも『チャタレー夫人の恋人』を世に出すこととタイミングを一致させようとするものだった。そこでは死んだ男は弟子を従えて民衆を変えていくという「救世主」としての自分の使命を放擲するだけでなく、自分に相応しい女性との関係を探し求める。キリストはエジプトの神オシリスとして復活し完全に蘇えり、生と肉欲への復活を遂げる。「素晴らしい出来栄えで、手放すのが惜しいくらいです」とロレンスは述べている。この作品は、ロレンスにとって「自分を丸裸にする」[5] もののひとつだった――彼自身と彼の気持についてほかのどの作品よりも雄弁に語っているからである。この作家はもはや自分がまっとうに住めなくなった世界をも想像してつくり上げることができた――キリストを思わせる登場人物がひとりの女性との完全に肉体的な生に蘇えって、ロレンスがかつて経験したようなことを味わって、その挙句に悟りを開くのである。いうなれば、この「逃げた雄鶏」は実際にロレンス自身の生きざまを逆回しで語っているといえる。死期が近く欲望を失っていた男の状態から生気と肉欲を取り戻していく男の物語である。まさにロレンス自身を曝け出している。

一方でロレンスの日々の暮らしは悲しいほどに現実的だった。一九二八年の六月に会いに来たいと言ってきたアメリカの知人に次のように書いて知らせている――「ぼくはこうして生きています。健康を害した四十二歳の男です。そして妻は忍耐とは無縁の人間で…たいして健康でもなく、それほどのお金を持たない彷徨えるひとりの人間です。」彼自身が感じるようになっていたのだが、ロレンスに欠けていたものは「自分がいる境遇のなかで独自のリズムと習慣をもった」生活だった。「彷徨える」という言葉がこのことを特徴づけている。このような事態はラナニムの夢物語を髣髴とさせ、さらにはカフェ・ロイヤルで友人からの友愛の情にすがっていたことを想起させる。ヨーロッパに戻ってからのこの慢性的な喪失感または不安感は、仲間に囲まれても、自分といることを彼らが喜んでくれたとしても埋まることはなかった。この頃のロレンスの生活を好転させるものがあるとすれば、それは経済力しかなかった。イギリスやアメリカでの著作の売れ行きはまったく芳しくなかった。『羽鱗の蛇』以降には一九二七年の『メキシコの朝』と一九二八年の『馬で去った女及び他の短篇』を出していたくらいで、生計を立てるには決して十分なものではなかった。しかし、『チャタレー夫人の恋人』が首尾良くいきそうだということが判明した――今までの稼ぎ以上の富をもたらしてくれそうだということが分かったのだ。結局この小説は、それまでのすべての著作による収入を全部合わせてもおそらくそれを上回る収入をもたらした。この小説で儲けたお金をロレンスはニューヨークで買った株式投資に回し、その結果一九二九年の十月までには総額六千ドルを超える株を手にした。「それほどのお金を持たない…彷徨えるひとりの人間」[6]としては悪くないことだった。

『チャタレー夫人の恋人』はロレンスの名を、悪い意味ででではあるが世に知らしめることになった。有名な新聞各社が時事問題への寄稿の契約をロレンスと結ぼうと躍起になり、その結果『サンデー・ディスパッチ』紙、『デイリー・エクスプレス』紙、そして『デイリー・クロニクル』紙に記事を書くことになった。新聞に掲載する原稿を書くことなど朝飯前だったようで、楽しみながら寄稿していたようだ。そしてなにより、懐に入って来るものは純文学系の長い物語を書く場合よりも多かった。例えば『サンデー・ディスパッチ』紙などは「一時間半で書き上げられる二千語の記事ひとつに二十五ポンド支払った」――これは「締め出されたセックス」[7]というエッセイである。シェブルで『イヴニング・ニューズ』紙に「お堅すぎる婦人たち」というエッセイを書いてそれが紙面に掲載されたのは七月十二日のことだが、気温の高い物静かな午後の様子とふたりの男がホテルの窓下に見える芝生を刈っている姿を美しく描写している――「神秘的ともいえる鏡面のような湖面、むっつりと押し黙っている山々、眩しい陽射しに色鮮やかな緑、薄い青色のズボンを穿いた若者が軽快に草刈り鎌を振って草を刈り取り、藁のカンカン帽を被った年長の男はひと刈りひと刈り几帳面に草刈り鎌を振るっていて、ふたりとも強烈な光のなかで額に汗して静かに働いている。」

この原稿が掲載される頃には二月のル・ディアブルレでの楽しかった時間が懐かしく思われて、またあのように過ごしたいという気持に駆られたロレンスとフリーダは鉄道を使ってロイトという村へ向かい、そこからバスに乗ってグシュタイクに至った。ここでケッセルマッテ荘をひと夏のあいだ借りることにした。[8] フリーダにとっては「台所に可愛らしいソースパンがいくつかあって、簡素で恐ろしく清潔な」小屋で、「とても内気で若く愛らしいリーナ」というメイドを雇うことにした。彼女は野生のイチゴや「アルペンローズ」をふたりに届けてくれた。滞在していた小屋は標高千二百メートルを超える場所にあった――「この素晴らしい高地には偉大なる日の雰囲気があります」[9]とロレンスはブルースター夫妻に書いているが、彼らに「飛び魚」をシェブルで読んで聴かせていたに違いない。ブルースター夫妻はロレンスたちを追ってグシュタイクまで来ていて、近くのホテルに滞在していた。だがロレンスは孤独を保っていた――小屋から出ることはめったになく、出たとしてもすぐ近くを散策するだけだった。辺りの坂道の勾配があまりにも急で歩くことが彼には困難だったのだ――「どこへ行くにも上ったり下ったりで、坂道を上るときなどは喘いでしまいます」。友人たちはグシュタイクから小屋までの山道を「重い足取りで」苦労しながら歩いた。最初の半月ほどはミレンダ荘にいるときよりも「体力はなく、体調も悪かった。」[10]

そんな状況でも身体のために良いのだと信じてケッセルマッテで九週間を過ごしたのだが、そのあいだにアクサ・ブルースターはロレンスが血を少し吐いてベッドで寝ている場面に遭遇したこともあった。ロレンスはこの時期におおいに絵を描いていて、ブルースターが一緒に描くこともあった。この頃、自分の描いた絵の展覧会を開きたいと考えていた。絵ばかりを描いていたわけではなく、他にもエッセイ、書評、短篇（「青いモカシン」）を執筆して、アメリカとイギリスの本屋や警察や税関による審査や検査を警戒しながらオリオリの協力を得て『チャタレー夫人の恋人』がロンドンやアメリカの友人にきちんと届くように注意と努力を怠らなかった。この小説はイングランドで出版されたわけではないので正式に法的な発売禁止処分を受けることはなかったが（一九六〇年のチャタレー裁判で英国の出版社が敗訴していれば、そのような結果になっただろう）、それでも書評はほとんど現われなかった。しかし人の口に戸は立てられず、ロンドンのウィリアム・ジャクソンという書店主が届いた本の中身を読んだのちに当店ではこの商品を扱わないという決断を下した。ロレンスは怒り心頭に発して、すぐになにか手を打たなければならないと考えた――ロンドンにいる友人たちに七十冊もの本をかき集めて隠してもらった。この迅速な行動がとどのつまりは功を奏した――なぜならばアメリカでもイギリスでも『チャタレー夫人の恋人』はあっと言う間にポルノ出版物としてリストアップされて発見され次第に税関、郵便、警察などによって押収される対象物となっていたからである。フィレンツェから発送されたイングランド向けの商品は個人の発注者の手元へは問題なく届いていたのだが、書店の対応はウィリアム・ジャクソンへ倣うものだった。そこでコテリアンスキー、リチャード・オールディントン、イーニッド・ヒルトンらがロンドン中のくだんの本を集めて隠し、そして配送し直すということに手を貸した。この一連の行動に伴って夥しい数の手紙が交され、オリオリはフィレンツェから本を発送することと手紙の取り扱いなどの手数料として儲けの十パーセントを得ていた一方で、ロレンス自身も配送が終わるまでの数ヶ月間に多くのビジネスレターを書くことに追われた。どのような手紙を書いたかというと例えばロレンスはウィリアム・ジャクソンにフィレンツェからロンドンまでの送料の返金を要求したのだが、代理弁護人から「この薄汚い豚野郎!」[11]と書かれた手紙を受け取って終わった。発売当初から『チャタレー夫人の恋人』は多くの海賊版に悩まされることになったが(イングランドやアメリカでは出版された書物は著作権図書館に納品されることで初めてその作品の著作権が保護されることになる)、ロレンスは手持ちの本をすべて売り切ることができた。健康状態が悪化の一途を辿っていたまさにこのときに『チャタレー夫人の恋人』が売れたことで、ロレンスはおおいに助かったことだろう。お陰でほかの著作も比較的容易に捌けるようになったし、思い通りのペースで執筆をすればいいという恵まれた環境に身を置くことができた。好きなだけホテルに滞在すること、行きたい場所へ行くこと、そして医療行為を受けることもできるようになったのだ。

旅費は負担するからという弟からの申し出に甘えて(ロレンスにはこのような金銭的余裕があった)、八月の終わりに姉のエミリーと十九歳になる姪のペギーがグシュタイクにやって来た。イングランドを去って以来の肉親との対面だった。この訪問によってロレンスとフリーダのあいだに波風が立つことはなかったが、それでも「女性に混ざって男ひとりで孤立している」[12]などと不平を漏らしている。この姉は妹のエイダとは違ってロレンスを束縛するようなことはなかった。仮にエミリーがそうしようとしたとしても、ロレンスはこの姉になら抵抗することができた。彼女は弟のことを「私たちのバート」と呼んでいたが、ロレンスは「ぼくは『私たちのバート』なんかじゃない。考えて見れば、一度だってそうであったためしはない」と反論している。実際には「みんなのバート」だったこともあるが。その一方でロレンスは自分と姉とのあいだの「口をパックリと開けている恐ろしい」溝に落ちていて、そのことで「ひどく気落ちして」いた。過去から、家族から、かつての自己からかけ離れてしまったという意識がここ数年ロレンスを捕らえていた。エミリーやペギーでさえもどれだけ「自分が今しているることから離れたところに存在しているか…『チャタレー夫人の恋人』をふたりの目に触れないように戸棚の奥に隠さなければならない」[13]ということをはっきり自覚していた。しかし結局はエミリーにこの小説を一冊渡したのだが、その際に本の「ページを切らないままでおくように」とわざわざ忠告した。そうしたほうが価値がゆくゆくは上がるからである。もしエミリーが弟の言うことに従っていたならばその一冊には今頃とんでもない高値がついていただろうが、ペギーが復活祭前の金曜日に本のページを切って読んでしまったのだ。だが、このことできっとロレンスはたいそう喜んだことだろう。[14]

ミッドランズでの子ども時代から遠く距離を置いてしまったことを認識することで、ロレンスは私憤さえも覚えている――「ありふれた人びとの生に対する態度が大嫌いだ。ぼくは普通ってやつを憎悪しています。いつでも金銭でものの価値を計ろうとする善良で単純な人びとを魂の底から忌み嫌っているんです。」エミリーとペギーは、「これはイングランドの方が高いわとか、これはイングランドに比べてそんなに高くないわなどと、常にお金でものの価値を表わしていた」のでロレンスはそのような態度に苛立ったようだ。そのような自分に改めて気づくときに、自分がどうして母親の住む世界から外に出てしまったのか、そしてそこからどれだけ遠く隔たってしまったかを思い知った。

自分の作品の文学的な価値を賞讃されたからといって天にも昇るような気持に浮き立つということはなかった。アクサ・ブルースターは、ある日ロレンスが「崇拝者からの一通の熱に浮かされたような内容が長々と書かれた手紙を両手にしっかりと持って、このような堅苦しい手紙を毛嫌いしているのですと言った」[15]ことを記憶している。だったら彼自身がかつてブランチ・ジェニングズやレイチェル・アナンド・テイラーらに宛てた手紙のことをロレンス本人はどう思ったのだろうか？　すっかり別人になってしまった人のような態度だが、ロレンスはかつての自己というテーマを扱うことに殊更に敏感且つ慎重になっていた。

九月半ばまでスイスに滞在したのち咳が止まらずに「ひどく不快」であるにもかかわらずに、ロレンス、フリーダ、そしてブルースター夫妻の一行はバーデン・バーデンへ十日間の予定で向かって、そこでフリーダの母親を訪ねている。フリーダは「有名な内科医」に診てもらうようにロレンスを説得したり、または近くの修道院にいる「手で触れるだけで病を治してしまう」ことで有名な修道女のことを話してみたりした。「行く気はない。その医者に診てもらうつもりはない」とロレンスは内科医の話が出たときに答えて、「ぼくに必要なのは南の国に行って太陽を浴びることだ」と修道女の話が出たときには答えた。[16]

バーデン・バーデンに滞在中、ロレンスはミレンダ荘から出ることを決心した。そこでの暮らしぶりに満足していたのは事実だが、その家は一九二七年の七月に喀血したという忌まわしい過去を想い出させる場所だった。（オアハカやメキシコシティーといった）病気の想い出とつながる場所へロレンスは二度と行きたがらず、今やミレンダ荘を「ぼくの健康状態に合わない」[17]と結論づけたのである。そこでの前年の冬がまたひどく寒く、仲が良かった農夫の一家は他所へ移ってしまい、ウィルキンソン夫妻は三月に発ってしまっていて、あまつさえミレンダ荘はこの頃とくに頼りにしてきた知人たち――ブルースター夫妻やハックスリィ夫妻――から切り離れてしまったという感じを与えるものになっていた。フリーダは引っ越しの荷造りのためにミレンダ荘に戻り、ロレンスはトゥーロンの近くのレ・ラヴァンドゥの港で彼女と落ち合うことにした。ふたりは冬のあいだポール・クロという島に来ないかと誘われていた。そこにはリチャード・オールディントン、アラベラ・ヨーク、ブリジット・パトモア（ロレンスとブリジットは数年来の知り合いで、彼女は『アーロンの杖』では「クラリス・ブラウニング」の役を演じた）らが一軒家を借りきって住んでいた。オールディントンはミレンダ荘からの引っ越しに伴うフリーダの行動を控えめだが意地悪く言っている——「複雑すぎる。どうしてわざわざトリエステまで旅をする必要があるんだ」。[18] 四月以来フリーダはあまりラヴァリに会ってはいなかったのだ——そしてロレンスはそんな彼女をただじっと待つしかなかった。

ラ・ヴィジーはポール・クロ島の頂にある借家だったので眺望は素晴らしかった。しかしロレンスの健康状態はまったくもって良くなかった。一九二六年の十月以来ロレンスに会っていなかったオールディントンは、彼が痩せ細っているのを見てビックリしている。ロレンスはその土地やそこに住む人びとを気に入っていたのだが、彼らと一緒に出かけるには体力がなさすぎたし、また「それほど人里から離れて風が吹き曝す場所では不便を忍ぶしかなかった」。港からラ・ヴィジーまでつづく険しい坂道のせいでロレンスは「ケッセルマッテでのようにどこにも出歩くことなく家のなかでじっとしている」ことを余儀なくされて、仲間が午後になって泳ぎに出かけるときですら一緒に行くことはままならなかった。オールディントンは夜な夜な聞こえてくるロレンスの「ゾッとするような乾いた咳を耳にして、彼の容態が悪くなったらいったいどうすればいいんだと真剣に考えた」——そこでみんなが一日、あるいは午後になって出かけるときには必ず誰かひとりがロレンスと一緒に残るという取り決めをした。フリーダは感冒に罹った状態でイタリアから合流していて、ロレンスは瞬く間にそれに感染した。また「二日連続して喀血」して、「かなり具合が悪かった」——「ミレンダ荘にいたときよりひどいものだった」。[19] ブリジットが毎朝ベッドまで朝食を運んで、起き上がったロレンスの肩に上着を掛けたりしたのだが、そのときに「ロレンスのパジャマが汗でびっしょり濡れているのが分かった。」そんな彼女にロレンスは届いたばかりの、装丁が見事に仕上がった『太陽』に「ブリジットへ／ヴィジーにいるたったひとりの天使」[20] と署名して贈っている。

ラ・ヴィジーでの滞在は順調というわけにはいかなかった。オールディントンがブリジット・パトモアと肉体関係を持ち始めたのだ。ロレンスとフリーダがアラベラの味方をしたのは彼女のことが大好きだったからで、ロレンスはついにオールディントンにひどく腹を立てはじめた。「ぼくはひとりの高貴なイングランド人を知っている」という詩はこの出来事の直後に書かれたもので、そこには「ロナルドは…女を欲しがったりはしない、彼は女が嫌いなんだ」。なぜならば「彼は生まれつきのホモなんだ」[21] と書かれている。みんなが泳ぎに出かけたある日の午後のことをオールディントンは三十年経っても楽しそうに想い出している——みんなで「ポール・クロ島の海岸で毎日全裸で一緒に過ごし、それから日光浴をした」。ロレンスは性的欲求を失ってしまって自分が惨めな思いをしていることを少しばかり話して聞かせた（「みんなには人生をまっとうするようなものがある、でもそんなものは持ち合わせていないことを知るんだ」)。意図的かどうかは定かではないが、そのように放埒に過ごすことでフリーダもブリジットもオールディントンも(そして哀れなアラベラも彼女なりに)、自分たちにとって性的な欲望は必要なものでありつづけるということをロレンスに残酷なくらいにまざまざと見せつけた格好になる。ブリジットはロレンスが「自分が欲するものだけが必要なすべてであると考えてしまうような孤独のなかにいる」ように感じていた。ロレンスの作品は病気になってしまってからの自分を奮い立たせてくれたという点で大きな意味を持っているのだとブリジットは伝えようとしたのだが、結局はふたりの関係をさらにギクシャクするものにしただけだったことに気がついた。ロレンスは「ああ、そうだね。かつては人の役に立つこともできた。でも、もうできないんだ」[22]と言葉を返した。かつては著作でありのままの自分の身体の経験と欲望とを描出することがロレンスにはできたのだが、もはやそれができないと感じていた――かつての描出は今となっては郷愁か懐古趣味でしかなかった。ジェシー・チェインバーズの弟デイヴィッドからラ・ヴィジーにいるロレンスに手紙が届き、本伝記の第三章に引用したようにロレンスは昔日を懐かしむように愛情と郷愁の念に満ちた気持を返事にしたためている――「ぼくが何者であれ、このぼくの一部はハッグス農場へ嬉しそうに駆けて行った頃のバートなんだ。」[23]その農場はロレンスが完全に寛ぐことのできる数少ない場所のひとつだった。だがこの返事では当然のことながらジェシーについてはまったく触れていない。

ロレンスは一日の大半をベッドで過ごしていた。イタリア人のルネサンス期の作家グラッツィーニの『ドクター・マネンテ物語』を翻訳していたのだ。オリオリに翻訳集を出版しないかと持ちかけていたものに含む予定だった一冊である。このほかには'Pansées'とまとめて呼んでいた新しい詩をいくつも書いたのだが、これらは『三色すみれ』という詩集に結実することになる――「ロレンスはとても嬉しそうで、『三色すみれ』をとても気に入っていた。新しく詩を書き上げると大喜びで読んで聞かせてくれた。」[24]ここに収められている詩はとても興味深く実験的でもあり、簡潔で短いもの、腹に据えかねたものへの皮肉の棘を含んだもの、或いはたんに思考を言葉に置き換えたものなどがある。短期間に書き上げられて書き直しもそれほどされてはいないが、これらの詩は衰退しつつあったロレンスの精力を保持するのに必要なことでもあり、身の回りの世界で起こっていることとの衝突へのひとつの解決策でもあった。この年の初めに『詩集』用に時間と労力を費やして紡ぎ上げて書き直して仕上げた初期の一連の詩とたいそうな違いはないと思われるものもある。ある詩を拾い上げて読んでみると、そこからラ・ヴィジーで過ごしていたロレンスの気持の一端が窺い知れる――

ぼくのなかにはもう欲望は残っていない
女にも男にも、鳥にも、獣や家畜や物に対しても

一日中、潮が満ちたり引いたりするのを感じている
その潮はぼくのなかにある
岸辺に押し寄せてくることはない

ただ大海原の真ん中で――[25]

見渡す限りに陸地の見えない大海原の真ん中を漂っていて、煩悩をひとつも持つことがなく、周囲から自分が切り取られてしまっているという気持はロレンスが一九二八年に初めて経験したものではないだろう。一度ならず彼はセックスの相手とのあいだに同じような気持を味わっていたはずである――ドロシー・ブレットとのあいだに、そしてもっと遡ればジェシー・チェインバーズとのあいだにも。そしてその気持が今や痛々しい、悲しげな詩という形にまとまったのである。

ラ・ヴィジーでロレンスが不幸だったからという理由でフリーダがいちばんに心を痛めていただろう――「いつも最悪を被っていたフリーダに投げつけられた数々の辛辣な非難の言葉」をブリジットは記憶している――「ときには私たちにも軽い流れ弾が当たることがありましたが、フリーダは直接その弾丸を真正面から受けていました。」秋から冬にかけて当地で過ごそうというアイデアは霧消した。この場所は寂しすぎた――「嵐、土砂降りの雨、ボートもない、パンもない」という状況はロレンスにはあまりにも過酷だったし、小屋の内に蔓延する不協和音はあまりにも気障りだった。[26]

だったらどこへ行けたというのか？ ラ・ヴィジーではタオスへ行くことも話題に上ったが、これはロレンスがこのときでさえもまだそこへ戻れることを夢描いていたからにほかならない――「君たちもあの場所のことを素晴らしいと思いますよ…（ニュー）メキシコの山なんてそんな大したことはないです。陽射しの強さと眩しさには参ってしまうでしょうが、それだけの価値はあるんです。あの高原にひとたび住めば、ありとあらゆることなんてどうでもよくなりますよ。そうですよ、みんなであそこへ行きましょう。」ひと月後の一九二八年のクリスマスにロレンスはその地をめぐる最後のエッセイを書き上げた――「タオスでのクリスマスのダンスを忘れることはないだろう。夕暮れが迫り雪が降り、暗闇が冬支度をした山々の向こうから静寂に包まれた村落に迫って来る。突如として闇が闇に呼応するように、激しく凄まじく轟く太鼓の周りに集まって歌うインディアンの低い声が響いてくる。闇が深くなる黄昏になると行列が動き始めて突然に歌声が高まる。」ロレンスはしかし書くことによってでしかこの場所に戻ることはできなかった。それはまるで「ロボ（'Lobo' とは狼の意で Lobo Mountain にあった牧場のもともとの名前。その土地のインディアン部族にちなんでのちにカイオワに改名した――訳者註。*L*, vii. 288, 註1参照）に戻ることができないなんて、若さと自由を謳歌する素晴らしさが失われてしまったようなものだ」[27]――ロレンスにはこの牧場を諦めることもできなかったし、この牧場に思いを馳せるのをやめることすらもできなかった。その代わりにロ

レンスとフリーダはラ・ヴィジーからボートでトゥーロンへ行き、そこから海岸線沿いに二、三週間旅をつづけてスペインに向かったのだと思われる。しかしだからといって、地中海沿岸のこの南国のどこに住むという考えがあったのだろうか？

ふたりは結局バンドルにあるボー・リヴァージュ・ホテルに落ちついた。そこは一九一五年に同じくバンドルにあるポーリーン荘に移るまでキャサリン・マンスフィールドが滞在していたホテルである。留まってみるとバンドルは小ぢんまりとしていて、温暖で魅力的な町であり、そしてボー・リヴァージュは心地良いホテルであることが分かった。そこでの食べ物は「結構おいしく創意工夫に富んだもので…とくに魚料理が美味でたいへん気に入っています」。ロレンスはここで、ここ数年では感じられたことのないほど落ちついて過ごすことができて、マリア・ハックスリィにそのことについて手紙を書いている——そこには比較にならないくらいに巧みに日々の暮らしが描出されている。

> 信じられないくらいの好天に恵まれています。ホテルも素敵です。明け方にミルク色に輝く陽の光のなかでの水遊び、白い黄昏時には停泊しているボートが半ば白くその明りに溶け込み、赤みがかった西の方角に目をやれば高いところの椰子の木の葉が風に揺れてシュッシュッと音を立てて、色の濃い太い幹はぼくたちがいる地面近くでは夕闇に包まれ、その周りを大声を上げながら少年たちが走っています。そして夕暮れの暗さのなかの葉の下には小っちゃなオレンジ色のランプが灯っています。そんな風景を眺めながらの散歩から戻り、月が昇っている南の方角を見ながら部屋のなかでお茶を飲んでいます。ジャムのついたケーキを食べているので、指先がベトベトしています。[28]

『三色すみれ』に収録する詩や、まあまあの稼ぎになる新聞へのちょっとした記事を楽しんで書いて過ごしていた。『チャタレー夫人の恋人』のフィレンツェ版はそのほとんどが発送され終わっていた。ロレンスはこの小説の残部の価格を二倍の四ポンドにすることになんら悪気を覚えることはなく、しかしながら対外的にはこれはオリオリの決定に不承不承に従ったのであって自分の考えではないというフリをしていた。ロレンスの手元にあったのは二百部の署名の入っていない廉価版で、もっとたくさん印刷しておけばよかったと後悔していた。

バンドルではロレンスの健康状態が悪化することはなかったために、ふたりはここでの滞在をつづけた。当初は二週間ほどを予定していたのだが、蓋を開けて見るとふたりは五ヶ月もここに逗留したのである。『三色すみれ』と、セッカーが「ロレンスの次作品」として一九二九年の秋に出版を計画していたエトルリアについての紀行記以外には、ロレンスには差し迫って書かなければならないものはなかった。この紀行記を仕上げるためにイタリアへ戻るという可能性もあったわけだが、複数の知人の訪問をバンドルで受けたためにままならなかった——ロレンスがその作品を気に入っていたウェールズ出身の作家リス・デイヴィスは二度ここを訪れた。ほかにはP・R・スティーヴンセンというロンドンで出版社を経営している人物の訪問を受けた。この人物はロレンスの絵画を本にして出版しようとしていて（一九二九年六月に刊行）、数日間滞在していった。「若くて、いささか血気盛んで恐れを知らないような人と会うのは嬉しいことです」とロレンスはこの社長に告げている。逆に訪問客もロレンスと会って話をすることで元気をもらっていたようだ――デイヴィスはロレンスの「神秘的ともいえる茶目っけの才能」を記憶している。だが、ロレンスの体力のなさと咳を心配していた。一九二九年にロレンスを訪れた人物は、彼がどのように病気とつき合っていたかを語っている――「ロレンスはできるだけ咳をするのを我慢して、するときには申し訳なさそうに喉の奥で咳をした。そして一枚の封筒を取り出すと――ロレンスは部屋のなかのいたるところに数多くの使用済みの封筒を置いていた――そこへ咳をした際の痰を吐き出した。上着のポケットにも何枚も入れてあって、ロレンスはそれを使うたびに折り畳んでまたポケットに戻していた。」[29]バービィ・ウィークリーが新年早々に、オルダスとマリアもやって来て数日過ごした。ジュリアンとジュリエット・ハックスリィは一月初旬に新年の挨拶するためにだけちょっと立ち寄り月末に再びやって来て滞在した。カリフォルニアからブルースター・ガイズリンというロレンスのファンもはるばるやって来た。

　ロレンスと実際に会ったことのある人は誰でも、ロレンスの話好きに驚いたことを記録している――今となってはその天賦の才能は手紙のなかでしか見ることができない。リチャード・オールディントンは「ロレンスより上手に話しをする人物を知らない」と言っているし、「外堀から徐々に埋めていって話の『本丸』に行きつくまでのプロセスは見事なものだった。それは辛辣な言葉を自在に操るようであり、次から次へと引きも切らずに言葉を紡いでいく様子はまさに一流の作家の言語運用能力の境地だった。」ロレンスが「美しく話す」のを聴いたことを憶えていたオルダス・ハックスリィはこうつづけている――「私が今までに会ったことのあるたいていの立派な人びとに関して言うならば、私自身だって彼らと同じレベルの人間であると自負することができる。だがロレンスは、この男はレベルではなく種類の点でなにか異なった、卓越したものを具えている。」[30]バンドルで何人かの若い人たちと会ったことはロレンスにとって殊更に喜ばしいことであり、そんな経験もあったからこそバンドルという地に滞在することができた。ロレンスはデイヴィスにこう言っている――「君のような若い作家に会うと、たとえ現状がこのようなものであっても、ぼくは君たちが享受しているどのような自由に対しても感謝の念を禁じ得ない。」[31]妹のエイダも二月中に十日ほど滞在しているが、今回はフリーダとのあいだにどんな波風も立つことはなかった。

　しかしながら姉のエミリーと同じように、このときのエイダもロレンスに「怒りにも似た憂鬱を伴う苦痛」をもたらした。過去への郷愁がまたロレンスを捕らえたのだ――「エイダの背後にミッドランズのありとあらゆることを感じることができた。それなりの絶望の種を伴っていました。」エイダの存在は「ぼくが書いた三色すみれを焼《く》べてしまいたくなり、ぼく自身も一緒に焼かれてしまいたい」という気持にさせた。十二月にエイダが『チャタレー夫人の恋人』を欲しがったためにロレンスは、悪い予感に襲われたが彼女に一冊送ってやった。ロレンスの悪い予感は的中して彼女の対応はひどいもので、兄さんはいつでも私に対しては自己の一部を隠していると言って非難した。[32]ロレンスにとってそんな妹は「あまりにも『無垢』で、頭でっかちで自惚れが強すぎ」た。しかしこの妹がバンドルにやって来て会ってみると、エイダもまた惨めな思いをしていることに気がついて、「なにを言ってやればいいのか、なにをしてやればいいのか分かりませんでした」とそのときの気持を吐露している。エイダは、自分の人生をすべて夫の仕事に捧げるような生き方をしてきたことに悩んでいた――「彼女はミッドランズで苦労して築き上げてきた自分の全人生をかなぐり捨てて、それとはまったく違う場所で新しい人生をやり直したい」と願っていた。そんな彼女に兄としてできたことは同情することだけだった――「いつかぼくたちみんなが触れ合いながら暮らせると良いと思う。あらゆる世間的な事柄から離れたところで、そして今までとは違った幸せを一緒につくり上げることができたら良いと思う。」実際問題として、そのような新しい人生など考えられるものではなかった――ロレンスは、エイダは「密かに月を手に入れたいと願っているんです」[33]とマリア・ハックスリィに話している。とはいってもこのような妹への兄としてのロレンスの気持は、自分の過去から完全に解き放たれてはいないこともあって優しい思い遣りとなって現われている――「互いに触れ合うこと」に挫折しながらも必要としているという態度である。バンドルで書かれた『三色すみれ』用の一篇の詩には彼の心理的な孤立がはっきりと描出されていて、それがまた性的欲望の喪失と結びつけられている。

独りでいることのほかにぼくにできることはない
なぜならばぼくの内で欲望は死んでしまって、静寂がそこを占めつつあるから
なにもないところからは他人の肉体を自分の肉体に引き寄せようなどという気はまったく起きない。[34]

バンドルでの歳月は流れた――「いつも太陽が顔を出しています。あたりは静かでとても快適です。ここには感じの良い人たちが住んでいます。なのにこの場所を去って、さらにひどいところへ急ぐ必要などあるでしょうか！」ふたりが直面していた問題はフリーダが自分だけの場所を望んでいたことだ。執筆していれば、或いはなにもすることがなくてもそれなりに満たされるロレンスとは違って、ホテルに滞在しているとフリーダにはやることがなにひとつないのであり、自分の気に入ったものに囲まれて生活することすらままならない彼女の「私たちふたりは日々十分過ぎるほどに穏やかに暮らしています」という

言葉は、実際に彼女は「どうしようもないほどに落ち着きを失ってソワソワしていた」[35] ことを韜晦《とうかい》するためのものである。絶えずいつでも自分のペースで生きていたいという彼女の欲望は徐々に制御することができないほどになっていった――病に冒された夫に縛られて、会いたいと願う男性からは遠く離れた状態で、まるで自分の憩いの場所を失った女性だった。

このようなわけでバンドルという土地はとても快適だったのだが、だからといってそこでの生活も快適だったということではない。ロレンスにとってなによりも煩わしい出来事は、一九二九年の一月初旬にはほとんど完成していた『三色すみれ』に載せるはずだった多くの詩のタイプ原稿を書留郵便でロンドンの代理人宛に送ったのだが、イングランドの郵便当局によって開封されたことだった。なぜこのようなことが起こったのかを考えると、郵便物のなかの「手紙なりそのほかのもの」を手当たり次第に検査された結果である。しかし真実は、当局が警戒し始める前の一九二八年の夏にイングランドへ発送された『チャタレー夫人の恋人』の大部分が税関を通過してからというもの、差出人をロレンスとする荷物が検査の対象とされていたのだ。序文に使われているジョナサン・スウィフトからの引用にある 'shits'（'The Lady's Dressing Room' というタイトルの詩で、このなかに 'Oh! Celia, Celia, Celia shits!' という一文が含まれている――訳者註）という言葉を発見しただけで、そのときの当局の郵便物検査は報われたのであった（この序文はセッカー社から出版された検閲済みの『三色すみれ』からは削除されている――訳者註）。タイプ原稿は押収されて内務省に送られた。内務大臣のサー・ウィリアム・ジョインソン・ヒックスは、「これらには猥褻なことが含まれており、したがって押収する必要ありということに疑いの余地はない」との報告を受けていた。[36] ロレンスがこのようなバカげた処置に対して腹を立てたことは想像に難くないし、実際に彼は反撃を試みもした。『チャタレー夫人の恋人』で稼いだ分（ロレンスが一九三〇年に死去したときに総額二千四百三十八ポンド十六シリング五ペンスを遺した）[37] があったので、セッカーからたとえ依頼があったとしてもロレンスには新作をわざわざ苦労して書く必要などなかったが、『三色すみれ』が押収されたことによってロレンスは偽善と検閲を敵に回して社会的運動をつづける気になった。しかも彼はそこに収められていた「実際にヘボい詩」をとても気に入っていたのである。内務大臣は二月の下院で『三色すみれ』関連の詩が入っていた小包は「外国からのオープンブックポスト扱いとされていた」[38] と明言していたが、これは真実ではない。この小包は書留郵便だったのだ（オープンブックポストとは日本では口を切り欠いた封筒に入れられる、つまり中身を確認できる PRINTED MATTER 扱いの郵便物のことで第三種郵便物と呼ばれる――訳者註）。この郵便の中身は猥褻なものなどではないことを証明するためにロレンスは二ヶ月という時間を与えられたが、失敗に終わったのか或いはそうすることを拒否したようだ。こうしてタイプ原稿は最終的には破棄された。

検閲に反対する運動をつづけるためのもうひとつの方法には実際的な効力があった。ロレンスは『チャタレー夫人の恋人』の海賊版が出回っていることに業腹だった。この分野の専門家の意見では、「『チャタレー夫人の恋人』は、その海賊版の種類と発行部数を考慮すれば、二十世紀のイングランドでもっとも多くの海賊版の元となった小説である」[39]ということである。あるアメリカの書店がロレンスに百八十ドルの小切手を送って寄こした。売り捌いた海賊版でその書店が儲けた十パーセント分だというのだ。そこには「バケツのなかのほんの一滴に過ぎなくて」申し訳ないと書き添えてあった。これに対してロレンスは、「無論この書店主が意味しているのは、実際にはバケツから溢れ出たほんの一滴ということです。しかし一滴とはいってもそれ相応の金額なのだから、海賊版というやつでバケツ一杯分の大儲けができるに違いないのだ！」[40]とコメントしている。パリ近郊のシュレーヌにこのとき住んでいたハックスリィとの手紙のやり取りから、海賊版に対抗するためにロレンスはパリで『チャタレー夫人の恋人』の小型廉価版を出版することを決心したことが分かる。ロレンスとフリーダはスペインに行って暮そうかと考えていて、春になったらマジョルカ島に行くつもりになっていたのだが、ロレンスはその前にパリへ行くことにした——『チャタレー夫人の恋人』のペーパーバック版——「ポケットに収まるくらいのちょっとばかり厚めの本」[41]——を出版する手筈を整えるためである。かなりの儲けがあると胸算用を立てていたのだろうが、それだけではなくロレンスはこのようなやり方で自分自身と自分の書いた小説を護る闘いを始めようとしていたのだ。

25
病気の具合が悪くならないところ
一九二九

一九二九年の春にパリに出向いたのは、海賊版への義憤にもとづく報復措置を講じるためでもあったし、『チャタレー夫人の恋人』でまだ儲けることができるのではないかと考えたからでもある。検閲に対するフランスの法律は、大量に売れる英語で書かれた本ならば出版できるというものだった。一九二二年にはジェイムズ・ジョイスが『ユリシーズ』を出版していて、そしてヘンリー・ミラーの『北回帰線』が一九三四年にこの国で産声を上げることになる。だから『チャタレー夫人の恋人』の出版の可能性を見つけようと一九二九年にパリに行ったということは、ほかのどの国でも出版が見込めなかった作品を出版するのには最善の選択だった。そして、ロレンス自身がこの小説をポルノ小説と位置づけていたということを裏付けもする。

『チャタレー夫人の恋人』をパリで出版するという一大事業が魅力的且つずっと容易なものになったのは、ハックスリィ夫妻に世話になることができたからだ。あまつさえパリでの移動には常にリス・デイヴィスが同行したので列車の乗換えや荷物運びが楽だった。フリーダはといえば、ロレンスがパリに行っている隙をついてバーデン・バーデンの母親ところへ出かけたようだが、それだけではなくラヴァリとの逢瀬を幾度か重ねたと思われる。この可能性に気がついていたからこそロレンスはフリーダのドイツ行きについて「怒りが収まらない思いで」[1]不平を洩らしていたのだろうし、病気の夫を妻として思い遣る気持がないことにも文句を言った。だがフリーダは、いろいろな困難が見込まれるだろうがそれでも彼女の言葉で言うところの「辛い最期まで」[2]までロレンスの面倒を見ようとし始めていた。

『チャタレー夫人の恋人』を引き受けてくれる出版社を見つけるのに一ヶ月かかった。(『ユリシーズ』を出版した)シルヴィア・ビーチには断られ、結局請け合ってくれたのはほとんど無名のエドワード・タイタスという人物で、ロレンスはこの「パリ版」のために「スパイスの効いた序文」を書いた。[3]前年に『太陽』を出版したブラック・サン・プレス社のハリー・クロズビィとも会って完全版の『逃げた雄鶏』の出版の段取りもつけた。しかしこのとき、クロズビィのロレンスへの敬慕はまったく失われていた――「彼は気持を正直に表現するタイプではなく、私はズバリ言うタイプでした。彼は敗北の可能性を認めたが、私はそんなことは受け入れない。彼は凡人だが、私は違う。彼は雑種だけれども、私は純血種だ。」クロズビィにはなぜロレンスが『チャタレー夫人の恋人』を書いたのか理解できなかった――この裕福な人物は奇妙なほどに因襲的だった。[4] デイヴィスの記憶に残っているのはパリでのロレンスの病による衰弱と苛立ちだった――ロレンスは公認してもらいたいという申し出をしてきた「海賊」に心が揺らいだが、最終的にはひどく立腹したし、挙句の果てには道に迷ったタクシードライバーにも怒りを顕わにした。夜になると決まって咳に悩まされて、デイヴィスに暫くのあいだベッドの脇にいてもらいたいと頼んだほどだった。デイヴィスはそんなロレンスの「衰弱して痩せ衰えて、あまりにも弱々しく見える」姿に心を痛めていた。[5]

フリーダがいなかったのをいいことにハックスリィ夫妻は「気管支のスペシャリスト」にロレンスのレントゲン写真を撮ってもらおう八方手を尽くした――ハックスリィは今までのように、病状がそんなに悪いのだからロレンスは医者に診察してもらったり医者の言うことに従って薬を服用したりと分別をもった振る舞いをするだろうと信じて疑わなかった。[6] 夫妻がロレンスを医者に連れて行くと、その医者はマリアに「肺の一方は完全に機能していません。もう一方も影響を受けて冒されています」と告げた。ロレンスはまたレントゲン写真を撮らなければならないことを知っていたが、デイヴィスは「予約した時間の三十分前には医者のところへ行く身支度は済んでいたのですが、ロレンスはホテルから出るのを嫌がったのです。そんな姿は、医学の手に自分の身を委ねることは自分自身の力または自分が信じる神への冒瀆であると思っているように見えました。」[7] だが事実は些か違っていたようである――フリーダがパリにすでに到着していたのだ。ハックスリィはフリーダがロレンスと合流したことで起こった結末に憤慨して、兄のジュリアンに次のような手紙を書いている――

ロレンスは自分が強制されていると感じていた。そして医者のところへ行くことを、そして治療を受けることを拒絶したんだ。そしてあろうことかフリーダと一緒にマジョルカに向けてパリを発ってしまった(ぼくたちの前では彼女のことをさんざんに腐していたくせに)。万事休すだ、もうどうしようもない。ロレンスは自分の容態がどれだけ悪いのか知りたくないいんだ。だから医者に診てもらうのを嫌がるんだよ。彼がパリへ出かけて行ったのはいつもより調子が悪くて、自分の病気の詳細な進行具合を知らされることよりも、すぐにでも死んでしまうかもしれないということが恐かったからだ。

ハックスリィはサナトリウムで結核の治療を受け入れていたマーク・ガートラーに次のように話した――「フリーダが悪い

んだ…彼女がロレンスをジワジワと死に追いやっているようなものだ」。[8]

＊

ロレンスの容態が良くないことをフリーダの責任に帰するのはフェアじゃない。たしかに彼女の看病の仕方には看過できないところがあったことは周囲にいた人間たちも知っている――一九二六年のエイダとの「大喧嘩」がその一例で、一九三〇年にロレンスが死の淵を覗きこんでいるときのフリーダの態度にハックスリィ夫妻はショックを受けることになる。[9] しかしそんな単純なことではなく、なにが悪かったのかを一筋縄では解決できない。最期の十八ヶ月のロレンスの生活は病魔に左右されていたが、それでも病に振り回されないように生きようとしていた。一九二八年に「健康状態が悪い」にもかかわらず自分には「強靭な抵抗力」があるとロレンスは言っているが、これは事実である。一九三〇年に撮影された一枚のレントゲン写真では彼の肺には非常に広範に進展した瘢痕組織（肺への損傷という犠牲を払って肉体が過去の病魔を成功裏に打ちのめした根拠）があるにもかかわらず、わずかひとつの空洞（すなわち感染巣）しか写しだされていなかった。ロレンスは適切な環境で暮らしさえすれば快復すると信じていたし、ブルースターなどは「快復する見込みがないと思わせるような素振りをロレンスは一切見せなかった」[10] とコメントしている。病気のことはなるべく深刻に考えないようにしていたようだ――一九一〇年に遡るとルイ・バロウズへの手紙のなかで「もしぼくが体調が悪いなどと書いたら、必ずぼくのことを罵倒してもらいたい。ぼくが病気だと言うときは同情という小さな湯船に浸かって甘やかされて贅沢三昧をしたいんだ」と書いている。しかしハックスリィ夫妻は心配が高じて一九二九年のロレンスの態度にひどく腹を立てて、「ロレンスは自分が病気だということを認めようとしないで、恐怖心をとんちんかんなやり方で抑えつけようとしている」と述べている。あくまでも理性的且つ合理的な彼らにはロレンスが「徐々に死へと近づいている様子」は本来そうあってはならないもので、「専門的な医学的治療に対する非理知的で頑迷な態度の結果」[11] であるとしか思えなかった。

ロレンスはこれまでの二年半をガーティ・クーパーを元気づけようと彼女との文通に多くの時間を割いてきた。一九二六年の夏には彼女にレントゲン写真を撮るように勧めたし、痰の検査をしてもらうようにも言っていた。その年の秋にサナトリウムに入ることを決めたときには、医者についてあれこれとアドバイスをしている――「医者が言うことを試してみると良いですよ」。一九二六年から一九二七年にかけての冬に書かれた手紙を読むとロレンスが結核の治療についてかなり詳しくなっていること、そしてこの幼馴染に同情を禁じ得ない様子が窺える。「ベッドに寝かされて不安に思っていると「いいかい、医者ってのはなにを言ってもベッドから出ることを許してはくれないんだ。」家に帰りたいとこぼす彼女には、「君の場合は細菌の動きを抑えることが難しいんだ。細菌が活発なあいだは体温が上昇する。しかし太ってきているという事実を考慮すれば、細菌がまったく活動していないということになる。良い兆候だよ」[12]と書いている。病気とその進行状況について完璧な知識をもっている人間が、自分の病を無視することができるだろうか？

ひとつ明確なことは、ロレンスは病気に膝を屈することを断固として拒んでいたということだ――「彼は自分が病気であるということを絶対に認めようとはしなかった」、とフィレンツェにいるロレンスを訪問した人物は語っている。（ガーティに忠告していたように）ロレンス自身が「生きるんだ、健康でいつづけるんだという強い気持」をもとうと決意していたのである――自分が病気であることを認めてしまうと、それが綻びとなって人生が終わってしまうと思っていたのだろう。[13]そしてフリーダとの関係を考える上でもロレンスは自分が病気であることを忘れ去る必要があった。一九一九年の春にインフルエンザに罹ったときにロレンスは危うく命を落としそうになったが、このときコットに「この病気がフリーダにとってなんの教訓にもならないとしても、ぼくにとっての教訓にはなるんです」[14]と書いている。フリーダとの夫婦生活をつづけるためには、ロレンスが病気であってはならなかった。自分がまったくの健康体なので、病気になることで決まってフリーダはロレンスを非難した――「病気なると私に完全に頼りっきりになるから、そのことでロレンゾは腹が立ったのです。」ロレンスはフリーダが病に罹ったときのことを想像して「健康優良児の彼女の身体には悪いところは一切なく、もし具合がちょっとでも悪く、なるととても気にします」[15]と手紙に書いている。

フリーダは、ロレンスの具合や調子が悪くなったりしたら自分なりのやり方で快復させることができると信じていた――「私の男勝りの活力に気合を入れて挑戦するように仕向けたのよ。ただ屈服するだけなんてことは許さなかったわ。」ロレンスも、彼女が自分に活力を与えてくれて元気にしてくれると信じていた――「ぼくにとって良かれと思うことを君が嗅ぎ分ける本能にぼくは信頼を置いている」とロレンスはフリーダに言っている。バーデン・バーデンからパリに戻って来たフリーダがロレンスにとって「良かれと思うこと」をしているところに遭遇してデイヴィスは赤面している――「ふたりは乱れた深紅色のビロードの掛け布団の下に横になっていたんです。ロレンスはまったく安心しきった様子で（二週間を実家で過して気分転換をしてきた）フリーダの豊満な胸の上に自分の頭をあずけていました。」[16]ロレンスを癒してやれるのは自分だとフリーダは信じていた――「やろうと思えば奇跡は起こせるのよ！」――実際の病気はいつでもふたりのあいだに緊張状態をもたらし、その結果、ロレンスに自分が独占されることがフリーダには我慢できなかった。ロレンス自身もこのことに気がついていた――一九二九年から一九三〇年にかけての冬、バービィにロレンスは「君のお母さんはぼくが死ぬことで自由の身になれるよ」と書くことになる。一九二九年の春にはメイベル・ルーハンがフリーダに手紙を書いて、「無慈悲な死神のようにロレンスに取り憑いていた」と彼女を非難した。フリーダは声高に

「その逆よ。私が取り憑いてるんじゃなくて、彼に寄り縋られること（彼を看病しなくてはならない立場）が私には我慢できないのよ」[17]と反論した。ロレンスが生き延びれば延びるほど、彼がフリーダにもたれかかることがふたりのあいだの問題となった。自分の具合が悪くなるとフリーダに面倒をかけることになるのだが、ロレンスにはこのことが屈辱で恥辱だったし、フリーダにも堪えられることではなかったようだ――一九二九年の五月に彼女は「彼は弱り切ってるわ。感情的なことに我慢ができないのよ。できるだけ放っておいてできることだけをしてやるわ。でも私からはなにも要求しやしないわ」[18]と書いている。お互いに干渉しないで要求もしないというのは、ふたりの結婚生活の在り方ではない。自分が深刻な病に蝕まれていることを認めようとしなかったもうひとつの理由がこれである――だからパリでのレントゲン写真を拒絶して、フリーダと一緒にマジョルカへ行ったのだ。晩年にさしかかったときにフリーダはこう言っている――「ロレンスが自分の健康状態について文句を言っているのを聞いたことはないわ」。ほかの人間だったら誰もがそうするだろうが、ロレンスはしなかった。フリーダは「ロレンスは自分を病弱者だとは考えていなかった。私が病人扱いしなかったのよ。私が傍についていてあげれば、そして彼の気持のもち方次第で、ロレンスが自分のことを病魔に襲われている憐れな人間だと思うことは決してなかったわ！」[19]と言っていた。

　このことは当時の医者の手に身を委ねた結核患者についてロレンスが知っていたことと密接につながる。医者にかかればサナトリウムでの何ヶ月かの安静とおそらくは外科手術を勧められたことだろう。余命は徐々に確実に減りつづけ、治療の甲斐もないままにただ衰弱していく。ガーティ・クーパーはロレンスよりも十二年も長生きしたが、病身という状況にはなんの変化もなかった。一九二七年に彼女が手術を受けたと聞いたときにロレンスは天を仰ぐような気持だった――「外科手術を受けるなんてことを想像しただけで本当に恐ろしい病気に罹ってしまうような気がする。」[20]想像力に富んでいたロレンスは、そのようなことが自分の身に起こることを許そうとはしなかった。自分の病気のことを考えれば考えるほど、そんなことを想像するだけでも病気は現実に確実に進行していくのだ、というのがロレンスの考え方だった。

　だが周囲の普通に常識的な人間たちの考え方は違っていた。オルダス・ハックスリィなどは、病気であるという事実と向き合うことを避け、医者に診察してもらうことを拒否したときのロレンスの子どもじみた無責任な行動についての手紙を書いたとき、彼はフリーダを非難した。「彼女は間違っているし、過ちを犯しているとぼくらは彼女に言ってみたのだが、まるで馬の耳に風だった。」パリでロレンスを診た医者は「できる治療は限られている」と言っていたことをハックスリィは知っていたし、ハンス・カロッサなどは一九二七年にすでに「どんな手を使ってもロレンスを救うことはできない」[21]ことを認めていた。気管支をやられて喘息に苦しみながら病床で漫然と日々を暮らすのではなく、病気なのに病気じゃないふりをしていたロレンスはあまりも無謀だったのだろうか。ロレンスの周りにいた者たちはその無謀さにつき合っていた。ポール・クロ島では「なにかがおかしいと仄めかすことはルール違反だった」ことをブリジット・パトモァは憶えている。ロレンスは恐ろしく強い精神力をもって自己憐憫に陥ることはなく、みんなが想像するよりも遥かに長生きする意志を見せていた。ハックスリィは、「最晩年の二年のロレンスは燃えつづけるための燃料が尽きかけているにもかかわらずに、それでも奇跡的に燃焼をつづける炎のようだった」[22]と畏敬の念を抱きながらロレンスを見つめていた。

ロレンスの死後にフリーダは、彼がどれだけ自分の健康状態を気にかけていたかを語っている――「自分にとってなにがいいか、自分にはなにが必要かをロレンスは本能的に的確に察知することができた。そうでなければとっくの昔に死んでしまっていたでしょうね。」ロレンスは執筆をつづけようとしていたし、フリーダに一緒にいてもらいたいと望んでいたし（看護師としてではなく）、どのくらい生きられるか分からなかったが自分らしく生きたいと願っていた。「どこか具合が悪くならないところで暮らしたい」とロレンスは一九二九の十二月に沈んだ様子で書いている。「ぼくの病気はぼく自身のことじゃないような気がしています。ぼく自身の内では完全に健康だし、なんの問題もないのです。ただ恐ろしい苦痛をもたらすもので胸が押さえつけられている。まるでどこか他所からやって来た悪魔が勝ち誇った笑みを浮かべながらそこに巣食っているようです。」[23]ロレンスは「病は気から」だと信じていたようだ――「ぼくたちにとって究極的に厄介なものは無念さです。そこに病原菌が取りつくのです。」バーデン・バーデンでロレンスを診察した医者は、肺が問題なのではなく「喘息が厄介だ。喘息というやつは神経的なもので、無念さが原因となる」[24]というロレンスの信条を支持していた。こう考えることによってロレンスは病気というものは肉体的なものではないとみなしていた。しかしこのような考えは、生きてきたなかでさまざまな不幸に見舞われ、なんども絶望し、そしてくり返し挫折してきたためにロレンスが過剰に神経質になっていたこと、過度に意図的に自分の絶望の治癒に努めていたことを表わしている。『三色すみれ』のなかにこのような詩がある

ぼくが病気になるのは、ぼくの魂、ぼくの奥底にある感情的な自己が傷つくからだ
魂の傷が癒されるには長い、とてつもなく長い時間がかかる
長い時間をかけること、耐え抜くこと、深い悔恨の念に苛まれることが必要なのだ
果てしなく深く悔やみつづけること、人生の過ちを認めること、そして絶えずくり返される過ちを
二度としないようにすることが必要なのだ[25]

一九二九年のロレンスにとっての「人生の過ち」とは愛を信じ

たこと、愛に自分を捧げたこと、そしてその結果くり返しくり返し傷ついたことである。そのようなパターンから抜け出すことができるのであれば、そのほうが自分にとっては都合が良いと考えるようになっていた。ロレンスにとって欲望というものは大きな意味をもっていたのだが、もはや欲望を抱くことがなくなってしまったことに気がついたロレンスは、愛をいう感情をも失ってしまったことと結びつけるようになった。『三色すみれ』にこのような詩もある

愛が消えて、欲望が枯渇し、悲劇が心から去ると
悲しみや痛みすらもゆっくりと心から消え去り
そのあとに残るものは、知らない冷たい砂地の広がりだけ…
しかし荒涼とした灰色の渚や砂、そして惨めで妙な形の粘土はすべてを剝ぎ取られて、
それでもまだ海底にそっと残っている。
潮汐を司るのは月で、浜辺はなにも手出しはできない[26]

一九二八年の終わりにブルースター夫妻にこのことについてロレンスが話したことがあった。喪失感からなにかを得ようと、少なくともそれからの生き方を考えようとしていた——「ぼくたちはひとつずつ手放さなくてはならない。最後には、愛でさえも。そして最後には自分自身に誠実でいるしかないのです。この清廉さです。生きていても、死んでからも、大事なのはこのことだけなのです。」[27]

元気よく過ごすこともあるにはあった——『チャタレー夫人の恋人』を書き直していた一九二六年から一九二八年のことを想い出してみればロレンスの活力は奇跡的だし、一九二九年の冬に遺作となった『黙示録』を書き上げたことも驚きに値する精力である。ロレンスの容態の悪さを熟知していたハックスリィは、一九二九年の夏以降にロレンスは執筆などできはしないだろうと思い込んでいた——「この三ヶ月ロレンスは一行も書いていないし、ひと筆だって描いてはいない。」[28]だがハックスリィの考えに反してロレンスは最後まで創作をつづけた。「守るべきものはなにもない」のような詩を読むと、最晩年のロレンスにとって死を自覚するとはどのような感じをもたらしたのか、その反面で生に執着し奇跡的といわれながらも生きていたのはどのようなものだったのかがそれとなく分かる。

守るべきものはもうなにもない、なぜならすべてのものが失われてしまったのだから
菫の花の真ん中のような
心の奥にある水を打ったような静けさのほかには。[29]

自分の身を医者に委ねることも、ハックスリィが望んだように「病人らしく」[30]振る舞うことも論外だった。フリーダのことをよく知っていた聡明な人物だけがフリーダとロレンスがなにをしようとしていたのかを正しく理解していた。エルゼ・ヤッフェは、ロレンスとフリーダのふたりは「ロレンスの病気と理

性的につき合おうとしていた——つまりは誰もが自分の指針に従って生きたり死んだりしなければならない」という結論に至ったのだと信じて疑わなかった。実際に、ふたりのやり方は完治する見込みのない病に罹ったという受け入れがたい事実に理性的に対処するというものだった。[31]自由に飛べる翼をもぎ取られ、ロレンスの苦痛は増していたけれども、ふたりはそれでも思うように暮らしていたのだ。

『チャタレー夫人の恋人』をパリのタイタス社から出版する手筈を整えてから、ロレンスはフリーダと共にマジョルカ島へ向かい、そこで二ヶ月間おおむね幸福感に包まれて暮らした。マジョルカ島は「シチリア島を思わせるところがあるが美しさの点ではタオルミーナに劣る。でも静かで、今までのどこよりも静かだけど、それが退屈でもある。でもこの場所を気に入っていて、ここはぼくの身体には良いところです。」これは事実だったろうが最悪はホテルで飲むワインで、それに向けられたロレンスの非難の言葉は彼の言語能力の高さを示す——「シャンパンは猫の小便のようで、これなんかは年取った馬の出した硫黄のような色をした尿だ。」[32]ロレンスはマジョルカ島でたいそう仕事ができるとは思ってはいなかったが、『チャタレー夫人の恋人』がうまくいったことで次のプロジェクトを思いついたのかもしれない。それは『三色すみれ』の無削除版の出版で、これはセッカー社がこの年の夏に通常版（つまり検閲した削除版）を出版していた詩集である。本当に削除したかったものには及ばないがセッカーはすでに多くの詩を削除していた——ロレンスは「ぼくは『三色すみれ』をお上品で無害な、ブルジョア的な可愛らしい本にするつもりはないし、君にもそんなことはさせない」[33]と主張している。その詩集のタイプ原稿が押収されてしまったからこそ、ロレンスはどうしても検閲を受けないそのままの版を世に出そうと臍を固めたようだ。セッカー社は削除版を、そしてリス・デイヴィスの友人でロンドンで出版社を経営しているチャールズ・ラーが一九二九年の夏に無削除版『三色すみれ』を出版した。ロレンスはまた「ポルノグラフィーと猥褻」というタイトルの、検閲についてのふたつめのエッセイも書いた。ひとつめのものはパリ版『チャタレー夫人の恋人』に付された「スパイスの効いた」もの（最終的には「『チャタレー夫人の恋人』について」というタイトルになったエッセイのこと——訳者註）である。さらにロレンスは『三色すみれ』に収録しようと思っていた詩を書きつづけていた。この作家の創造性とウィット、そして模倣の才能は枯渇などしていなかった。この時期に書かれた詩のひとつに海外で偶然に行き合ったイングランド人に触発されて書いたものがあるが、これはイングランド人の気質である「お上品さ」の裏に隠された「低俗で哀れな御座なりの偽善」[34]というブルジョワ的感覚を再認識したことに端を発している。

イングランド人はとてもお上品
とっても、とってもお上品

世界でいちばんお上品な人たちだ。
そんな彼らは自分たちがお上品であることに
そしてあなたがお上品であることにとても敏感だ。
もしお上品でなければ、イングランド人はすぐにそれと気づかせてくれる。

アメリカ人や、フランス人や、ドイツ人やほかの国の人たちは
彼らはみんなとても良い人たちだ
でも彼らは本当の意味でお上品などではないのだよ
我々のいう意味でのお上品ではないのだ、とイングランド人は言うだろう

だから彼らのことを真面目に受け止める必要などない。
でも、もちろん我々は彼らに対してお上品に振る舞わなければならない
もちろん、自然に――
しかし彼らになんと言うかは問題ではない
なぜって、彼らには理解できないのだから

この詩は「必要なだけ、これで十分だと思えるだけお上品に振る舞えばいい／そうあるべきほどに実際にはお上品ではないことを、連中に気づかせるほどにお上品に振る舞えばいいのだ」[35]という忠告で終わっている。この詩の語り口調は素晴らしく耳に心地良い――鋭く、嫌みたっぷりで、茶目っ気もあって底意地が悪い。そして、ロレンスが最高の出来栄えの絵の一枚を描き上げたのもマジョルカ島である――それは赤いチョークを使って描いた自画像でロレンスの特徴をよく捉えていて、秘められた敵愾心や瞋恚《しんい》が感じられる。[36]

　一九二九年の夏の目玉は絵画である。『D・H・ロレンス絵画集』がロンドンで計画されていた展覧会に合わせて出版されることになっていた。ロレンスはこの三年間、熱意をもって絵に取り組んできた。技術的には稚拙だけれども――「ぼくが描いた絵なんてどれも、スレイド美術学校の基準に照らし合わせれば幼稚で下手糞だなんてことは分かっています」[37]――ロレンスは、ロンドンの画廊の店主に個展を開きたいと思わせるほどのインパクトを与える絵を描いていた。この店主はドロシー・ウォレンで、一九一五年にガーシントン荘で彼女に会ったときにロレンスは「美しい人です」[38]という感想をもっていて（オットリン・モレルと彼女は血縁）、バービィ・ウィークリーはこのときに彼女と知り合いになった。個展を開くという考えは遡ること一九二七年の夏に初めて持ち上がったにもかかわらずロレンスは一九二八年の春の終わりになるまでなんのアクションも起こさなかった。だがちょうどこの頃にロレンスとフリーダはミレンダ荘を出る準備をしていたために、絵画は引越しのために梱包される必要があった。そこでこのときにウォレン画廊は個展に同意して、一九二八年の夏までには絵はすべてロンドンに到着した。遅延がいくつも生じた結果、個展の開

催も延期された。（べつの炭坑夫の息子の作品の、そしてまだ無名だったヘンリー・ムーアの作品の展示会につづいて）一九二九年の七月になってようやくその個展を始めようというときには、ロレンスの絵画の複製を収録した大判で装丁が見事な絵画本はすでに出回っていた。スティーヴンセンが一九二九年一月にバンドルでロレンスに会ったときに、春にこの絵画本を出版するということが決められていたのだった。一月下旬までにはロレンスは最初のゲラ刷を受け取っていて、さらに新しい絵を数点完成させてロンドンに送っていた。そしてこの本に付す長い前書もすでに書き上げていた。[39] マンドレイク・プレス社は十ギニーの価格をつけて宣伝し、初版の予約販売は完売した。このやり方はここ数年でロレンスに儲けをもたらした個人出版社との仕事のひとつであった。

しかし『チャタレー夫人の恋人』や『三色すみれ』の場合とまったく同じように、ロレンスは自分自身が不道徳で自分の作品が猥褻であると判断されてしまうことを思い知らされる。ロレンスのこの数年の義憤の鉾先はイングランド当局とのくり返されるバトルに向いていた——彼が産み出していた作品はお堅さとブルジョワ的「お上品さ」を真っ向から狙ったものであり、ロレンスはまたこの対決を楽しんでいた。この対決は一九一五年に遡れば分かるようにロレンスの生活自体を脅かすものであったが、相手に智略で勝つ術をロレンスは身につけていた。『チャタレー夫人の恋人』を出版できたし、あまつさえ外国での再版も決まっていた。そしてラーが無削除版の『三色すみれ』を出版することになっていたし、ロレンスと著作権代理人（ローレンス・ポリンジャー）はロレンスの私的郵便物が不当に検査を受けたことにより『三色すみれ』のタイプ原稿が押収、破棄されたことをめぐって議会での内務大臣の答弁を求める手続きを整えていた。『D・H・ロレンス絵画集』の印刷業者が収録されている絵画のうちの何点かを再録することを断ってきたときにロレンスは、その理由は『三色すみれ』が押収されて以来の悪評にあると考えていた。だが実際には『D・H・ロレンス絵画集』はロレンスが望んだように出版された。このように泣き寝入りをしないでひとつひとつ粘り強く抵抗してきたことで、新聞に寄稿していたこと以上にロレンスは論客として社会的に認知されるようになった。

暑くなってきたという理由から、六月中旬にロレンスとフリーダはマジョルカ島を去った。フリーダは路面電車のドアにお尻を挟まれた五月末から、こんな場所からはもう移りたいとずっと言っていたことをロレンスは強調していた。この出来事によってフリーダは「マジョルカのマの字も見たくないほどこの島を嫌いになった」のだ。だから彼女はイタリアへ向かうために「ライオンのように後脚で立ち上がって」いた——「マルセイユでもどこでも…彼女の大事な尻がつねられないところ」。[40] リス・デイヴィスに宛てたこのような軽い感じの手紙を読むと、ロレンスの健康状態は暫く落ち着いていたようだ。しかし様相は一転して悪くなった。フリーダはロンドンでの個展を初日に観ようとひとりで七月四日にイングランドへ向かった

――ロレンスにはその旅に耐えられるだけの体力がなかったからだ。ロンドンにいるエージェントは彼に、『三色すみれ』が押収されてからというものロレンスは警察当局に目をつけられていて、入国したら逮捕される危険があると伝えていたこともある。フィレンツェにあるオリオリのアパートに移る前に、ロレンスはまずイタリアの沿岸地域にあるフォルテ・デイ・マルミにハックスリィ夫妻を訪ねている。ふたりはロレンスの健康状態がひどく悪いことを見て取った――「咳はひどくなっているし、呼吸は浅く早い。元気がまったくない」。[41] フリーダがロンドンに滞在中に個展にはマスコミが押し寄せて、それからウォレン画廊には警察の手入れがあって十三枚の絵（陰毛が描かれているものすべてに加えて二、三点）が壁から外されて持ち去られて、マンドレイク・プレス社の『D・H・ロレンス絵画集』四冊も押収された。『ベランダの家族』（写真37参照）を見ると、ロレンスがその絵のなかで陰毛を構図とテーマの中心に据えていることが分かる――当然この絵も持って行かれた。ウィリアム・ブレイクが有名な芸術家であることが警察に指摘されるまで、ロレンスの『ペンシル・スケッチ』も絵画と一緒に押収しようとしていたようだ。画廊は猥褻な油絵、水彩画、書籍を「販売と利益獲得目的で」[42] 保持していたという理由で起訴された。これらの押収物が猥褻か否かを問うこの訴訟事件（有罪になった場合には押収物はすべて破棄される）はロンドンの中央刑事裁判所で八月初旬に審議されることになり、それに合わせるようにドロシー・ブレットと夫のフィリップ・トロッターは、押収された絵画の芸術性を訴える運動を起こした。

このことがロレンスの怒りに新たに火をつけた。新しい詩をいくつも書き（『イラクサ』と名づけられた）、なにがあったのかを語った――「セックスしたことのない警官がやって来て／恥ずかしさで目を覆った」。しかしロレンスには絵を護りたいという気持があった――「なにがあっても、どんな理由であっても絵を燃やされたくはない…イングランドでは今後一切この絵を人前に出さないと約束しろというのならば、そうしてやる。もしそうしたければ、イングランドはあとになってその決心を変えることができる。でも、絵は燃やされてしまったら取り戻すことができないのです。」判事の判断は、押収された絵画が芸術であるかどうかは「まったく本質的ではない」というもので、猥褻であればそれで十分だったのだ。[43] イングランドではもう公開しないという条件を飲むことで画廊は絵画の損失を免れることができた。『D・H・ロレンス絵画集』のみが破棄されることになり、ウォレン画廊は損害賠償を命じられた。

ロレンスはフィレンツェで倒れたが、いつものように深刻に受け止めはしなかった――「金曜日の午後に、あっという間に性質の悪い風邪をひいてしまった」。しかしオリオリはロレンスの様子を見て危険を察知して、フリーダにすぐに戻ってきてくれるように手紙を書いた。[44] 彼女が到着すると、いつものようにロレンスの容態は奇跡的に快方に向かった。自分にはそのような不可思議な力があるのだとフリーダは信じていたし、ロレンスも彼女にはそのようなことができる能力があると思い込みたがっていた。もう行かないと決めていたにもかかわらず、数日後にふたりは揃ってフリーダの母親の喜寿を祝うためにバーデン・バーデンへ向かった。

　これが良くない結果を生むことになった。ロレンスの健康状態はもはや彼自身にもフリーダにもコントロールできるものではなかった。今までのバーデン・バーデンへの訪問は幸せなもので、ロレンスは男爵夫人の元気さと気質をとても気に入っていた。一九二三年にはフリーダの母親をメイベル・ルーハンの母親と比べて「千倍も可愛らしくて明るい人だ」と評し、一九二七年の九月には義理の母親のことを「とても感じのよい人で、ぼくのためにできることをなんでもしてくれるし、良かれと思うあらゆることを考えてくれる」[45]と褒め称えている。しかしこのときの訪問ではこの男爵夫人に我慢がならず、天気にも恵まれず、その土地は惨めだと感じた。シュヴァルツヴァルトのなかの標高の高いところにあるプレティッヒ・クアハウスへ行っても状況は好転することなくただただ悪い方へ転がって行った——「ぼくにとっては快適な場所であるらしいが、とんでもない。この場所がまったく好きになれない」、「執筆もしていないし、絵を描いてもいない。ただコチコチと時計の針が進むだけです。」バーデン・バーデンの近くのレーヴェン・ホテルに戻った方が良かった。ロレンスは痩身の自分を両側から挟むようにして「山のように」座っている図体の大きいドイツ人女性と自分との違いを目の当たりにした。気分を腐したロレンスは是が非でもこのクアハウスを発ちたかった。[46] いったいなにがあったのだろうか？

　ロレンスは姉のエミリーに「ここでぼくはウンザリしてます」と書いているが、その直後に「こんなことはぼくには珍しいことなんです。ぼくはそんなにウンザリすることなんてないんです」[47]と付け加えて、いかに自分がそのときに惨めな思いをしたかを綴っている。ロレンスをこのような気分にした張本人はフリーダの母親であった。七十七歳だというのに娘のフリーダと同じように溢れんばかりの生命力を宿していたこの女性は、このときのロレンスにとっては下世話で、そして圧制的だと感じられた。オリオリに宛てた手紙のなかで義理の母親が「小ぢんまりとした泉、ちょっとした小川」を見るたびにいちいち大袈裟に歓喜している姿を嘲《あざけ》っているし、この母娘のお喋りをマックス・モーア宛の手紙のなかで真似て虚仮《こけ》にしている——「松の木の林にいるんだよ、可愛いフリーダ、分かるかい？　松の木林のなかにいるんだよ。大きくって、素敵な松林の空気といったら素晴らしいじゃないか！　みんな私と気さくに喋ってくれるし！　私たちはラッキーじゃないかい？　感謝しなくちゃいけないね、私たちは！　炭坑のなかで、でっかい工場で汗水たらして働いている連中のことを考えるとね！！！！」[48]年老いた義理の母親が長生きするにはこうすれば良いとかああすれば良いと絶えず話し、栄養を十分過ぎるほど摂り、山のなかの新鮮な空気を貪るように吸うという生への飽くなき執着は醜く吐き気を催すもので、そんな老婆の醜悪な姿を見たロレンスは自分の生命力が削がれていく気がして、羞恥の上に怒りを覚えもした。妹のエイダへの手紙にはこう書いている――「自分が天に召されるときが迫って来ていると考えるとフリーダの母親は機嫌が酷く悪くなる。だから無様に、貪欲に生き延びるのに必要なものだったらなんでも――食べ物、新鮮な高地の空気、松の木、フリーダやぼく――手に入れようと躍起になっている。生に執着しているそんな薄汚い姿を見ていると虫唾が走る。彼女にとってはありとあらゆるものが、あと数年自分の命脈を保つための体力を与えてくれるためだけに存在しているんだ。」[49] 六月下旬にしては雨がよく降り気温もひどく低かったけれども、この義理の母親はプレティッヒ・クアハウスに逗留することを強く望んだ。ロレンスはといえば、ほとんどベッドから出られずに、バーデン・バーデンに戻りたがっていたにもかかわらず

あの老いた女は「山の新鮮な空気」を楽しむのではなく、ぼくが徐々に死んでゆくのを見届けようとしている。道路の真ん中で仁王立ちになって空気を貪っている。そして、「ここにいることは私にはとっても良いことだわ！　パワーが、エネルギーが漲ってくるわ！」と言っている…今までに一度だって見たことのないような狂った我儘ぶりを発揮している。それもこれも、いつかは死なくちゃならないという身の毛も弥立つような恐怖心からきているんだ。七十八歳だぞ！　どうかぼくがあんなに格好の悪い姿を曝すまでに落ちていきませんように。こんなに残酷に恥辱を感じたことはない。[50]

恥辱を味わうことはロレンスにとってはずっと看過することはできないことだった――一九二五年にドロシー・ブレットに「自分は『究極的な状況』が大嫌いなんです。恥辱を味わうからです」[51] と言っていた。しかしどうしてロレンスはこのときに恥辱を味わったのだろうか？　理由は、男爵夫人の生きることへの常軌を逸した執着に我慢できなかったし、生に必死にしがみつく往生際の悪さを曝している老女の姿に自分自身を重ねてしまったことが慙愧に堪えなかったのだろう。この義理の母親はロレンスよりも七ヶ月長生きするが、彼女の生きることを渇望するその醜怪な態度にロレンスは内心忸怩たるものがあった。その一方で死を直視したときのロレンスの抑制された、誇らしいが寂しい闘いは主義に適っているが些か滑稽でもある。モリー・スキナーの五歳下の弟のジャック（『叢林の少年』を書くきっかけのひとり）は一九二五年に四十四歳で亡くなっていた。自分が結核であることを知らされた数ヵ月後のことだが、ジャックの死を聞き及んだときにロレンスは追悼の意を表す短い手紙をモリーに書き送っている――「結局のところ彼は自分の人生をまっとうし、どこへ行っても仲間をつくっていましたね。これ以上になにを欲しがるというのでしょうか？　昔ながらのブルジョワ的な人びとが大勢生きつづけていて、でも彼らには死ぬことができません。なぜならば彼らは本当の意味で生きてはいないからです。死ぬことは悲しいことではありません。もしその人が人生を十全に生きたのならば。」[52] このときのロレンスの目には、義理の母親である男爵夫人が（リディ

ア・ロレンスのように）「死ぬことのできない」[53]哀れな老人として見えていたのだろう。しかし、だったらロレンスは死ねるのか？　おそらくこれが本当の問題だったのだろう。レーヴェン・ホテルに戻ると咳は「周囲の人間に不快な思いをさせる、或いは世間の冷やかな同情を買う」[54]ほどにつづいていたが、ロレンスの身体の状態はまあまあ良かった。しかしバーデン・バーデンを即座に発つことはできなかった。

一九二七年の夏はバイエルン地方での暮らしをロレンスもフリーダも満喫していて、ここではロレンスの具合も良かった。だから今年もまたドイツ人の医者であり作家でもあるマックス・モーアの招待を受けてロタッハ・アム・テガンゼーで過ごすことにした。だが期待通りにはいかずに、プレティッヒ・クアハウスでと同じように標高が自分の体調に適さないと感じた。ましてや彼が受けた医学的アドバイスも役に立たなかった。ある医者は「食事に気をつけて身体を休めて二、三週間過ごせば快復するだろう」と言った。またある医者は「日に二回のヒ素とリン」を処方した。しかし彼はすぐにその服用をやめた――「毒を飲まされているような気が本当にしたから」[55]だ。要するにロレンスは具合がちっとも良くならないと感じていた。フリーダはオットリン・モレルに「ロレンゾはこのところ塞ぎ込みがちです。見てられないくらいです。彼にとっても辛いことだと思います」と手紙に書いている。モーアの三歳になる娘と遊ぶロレンスを慈しむような目で見ていたフリーダは、彼女に感染するのではないかと気にしていた。モーアはフリーダが「心配じゃないのか訊ねてきた。だが私は前と同じように否定した。ロレンスが誰かを傷つけるなんてことは考えられないからだ」と答えたことを憶えている。フリーダは自分の夫の病気のことを現実的に捉えていたし、モーアも無論そうだったのだが、この医者はロレンスは生き延びることができると心のどこかで信じていた。エルゼが妹夫婦に会いにやって来たときに、ロレンスが「みすぼらしい村の宿屋の味もそっけもない部屋で独りで寝ていて、傍らには淡い青色をしたリンドウの花束が唯一の飾りとして置かれていた」[56]のを目撃しているが、部屋に飾りっ気がなかったことはロレンスにとってなんでもなかった。この花がロレンスが書いた優れた詩のひとつである「バイエルンのリンドウ」に結実した。「誰でもが家のなかにリンドウを咲かせているわけではない／穏やかな九月ののんびりとしたミカエル祭に」とひとつのバージョンは始まっている――その花の「煙のような青さ」は「プルトンの濃い青の輝き」、つまり冥界の暗闇なのである

リンドウを一輪くれ、松明をひとつ渡してくれ！
この花の青く叉のある松明の光で自分自身を導けるように
どんどん暗闇に包まれる階段を下りて、青さが藍さに重なり濃く
なるところへ

この旅の終わりにはプルトン（ギリシア神話に登場する冥界の神でハデスの呼称――訳者註）によって冥界に連れ去られたペ

ルセポネ（ゼウスとデメテルの娘でプルトンの妻――訳者註）が待っている。

より深い暗闇、プルトンの両腕に抱かれた
濃い陰影の情熱に刺し貫かれた、
ひとつの不可視の闇にすぎない
暗闇の松明の輝きが、失われた花嫁と
花婿の上に、闇を注ぐなかで[57]

ロレンスは神話に素晴らしい息吹を与えた。彼の生き生きとした想像力は今や、喪失と終焉に結びついていた。

　生きることがだんだん難しくなっていた。ロレンスとフリーダにはもうどこへ行きたいという気持もなかった。友人の世話になったりホテルに滞在したりしながら絶えず旅をつづけることは些か絶望的だった――ロレンスでさえ「移動して回ることに飽き飽きしてきた。自分の居場所がもてたら嬉しいだろう」[58]と感じていた。南へ、イタリアか南フランスへ戻ろうかという考えもあったがあてはなかった。ロレンスは同じ場所をくり返し訪ねることには躊躇するタイプで、いつでも行ったことのない場所へ行きたがった。一九二四年にはチャパラへは戻らずにオアハカへ行ったし、一九二五年には行ったことのあるイタリアの場所へ戻るのではなくスポトルノに向かった。このときのロレンスは前年の冬と春はバンドルで「元気があって具合が良かった」ことをしっかりと憶えていた。相変わらず咳には悩まされていたが、そのときはビックリするくらい調子が良かったのだ――「病気じゃない」とすら思えた。冬のあいだじゅうに一日だって寝て過した日がなかったことを、そして「精力的に執筆できた」[59]ことを自慢にしていた。そして当然の帰着として、イタリアとドイツでひどく惨めな夏と秋をやり過ごしたロレンスとフリーダはバンドルを再び訪れた。以前にロレンスにとって良かったことが、今度もそのまま変わらずに良ければいいと祈るように期待しながら。

　バンドルに到着した当初はそう見えた。九月の終わりにバンドルに落ち着くとすぐにロレンスは「ここにきて自分を取り戻した――太陽に海、眩しいほどの陽射し、そのままの人びと。呼吸ができる。北ではぼくは呼吸ができない」と感じていた。ボー・リヴァージュで数日過ごしたあと、ふたりは町はずれに眼下に海を見ることのできるボー・ソレイユ荘という名前がつけられた六つの部屋がある「平屋のシャレー」を借りた。壁が薄紫っぽい色で塗られていたことと金縁の鏡があったことから（ここを訪れたブルースター夫妻はこの建物は「恋人か愛人のために建てられたに違いない」と思ったほど）、その建物は美しいといえるものではなかったし、壁があまりにも薄かったのでロレンスの言葉を借りれば「歯を磨く音が聞こえた」。しかし「吹いてくる風はとても心地良かったし、陽光がたっぷりと降り注いだ」――このことが、そのときにはなによりも大事なことだつた。[60]

26 怯まずに死を凝然と見つめて　一九二九―一九三〇

バンドルでロレンスと過ごした最後の冬を回想しているフリーダの語調は、それまでのどれよりも情緒的である――「太陽が赤く黄金色に輝きながら、ロレンスの臥しているベッドの向こうの港から上ってきた。船で漁をしている漁夫たちの姿が朝日に輝く海や空のなかでシルエットのように黒く生き生きと浮かび上がって、神話に出てくる神々のようだった…」[1]ボー・ソレイユ荘は既述したような建物でロレンスが最期を迎える場所として相応しいものとはいえなかった。一九三〇年一月にメイベル・ルーハンに「ぼくはあまりにも孤絶してしまった」[2]と書いている。近辺で働く人びと以外に話しをするような知り合いはほとんどいなかったが、ハックスリィ夫妻がちょくちょくやって来たし、ブルースター夫妻はロレンスたちの近くに住もうといって引越してくる準備をしているところだった。ほかにも訪ねてくる友人がいた。地中海沿岸という土地柄がロレンスにはなによりもありがたかった――「海の近くは気持が良い…朝には若いオデュッセウスのような心持がする」。[3] ひどい夏を過ごしたあとのバンドルでロレンスは落ち着きを取り戻したようであったが、彼の行動は病気に左右されていたといえる。オットリン・モレルには、不幸は絶望した肉体から生まれてそれを食い物にして成長する――「肉体にはそれ自体の不可解な意志があるようで、無念さを治癒してくれるのです」[4]と書いている。今まで生命力と健康をロレンスにもたらしてきたフリーダにはもうそれができなくなってしまって、この期に及んでやさしく、そして前ほどイライラしなくなっていた。しかし最期のときが近づきつつあることが分かっていた――「『なにかが起こりつつある、終わりに向かって進んでいるんだ』ということが奥底では分かっていました。神経、思考、感情がピンと張り詰めていました…日に日に彼が終わりに近づいて行くのを私は見つめていましたが、彼の精神が本当に生き生きとして力強かったから終わりや死が来ることなんて考えられませんでしたし、これからも彼が死んでしまったなんて信じられることではありません。」[5]

ロレンスはバンドルに着く前の数ヶ月間はあまり執筆ができていなかった。書いていたものは『三色すみれ』用に書いていた詩が数篇だが、これは結局『イラクサ』に収録されることになった。書きたい気持はあったが小説は書こうとはしなかったようだ。その代わりにバンドルに来てからは詩を集中して書き始めた。とくに美しい詩、死についての詩を書き、『最後詩集』に収められているほとんどのものは、このときのバンドルでの二回目の滞在時に書かれたものである。『イラクサ』を出版に向けて仕上げていたし、雑誌に寄稿する記事も書いていた。そしてパリ版『チャタレー夫人の恋人』に付した序文を『「チャタレー夫人の恋人」について』というエッセイに書き直しもした。彼の容態のことを考えれば、この時期に書かれた文章の明晰さや素晴らしさは驚きに値する。午前中はほとんどベッドから出ることができなかったにもかかわらずにロレンスは書きつづけた——「たくさんの枕を積み上げて、それで上半身を支えて膝を曲げて、脚の上に台を載せてなんとか書いていた。」[6]もっとも重要なことは、この時期に最後の著作となる『黙示録』を書き始めたことだ。一九二四年にイングランドのシュロップシァで出会った芸術家でもあり占星術師でもあったフレデリック・カーターは原始的宗教のシンボリズムについての本を書いていたが、この本の序論を書くと約束していたロレンスはこの題材が独自に一冊の本になり得ると思い始めていた。そこでカーター用には別の序論を書き、書き始めていたものをそのまま結論に向かって書き進めたのだった。この執筆には一九二九年の十月下旬から十二月末までを要したが、この作品はエトルリア遺跡について書いたエッセイのなかの「古代カルデア人の生ける天体観」を知ったときの驚きを焼き直すことから始まっている。ロレンスがやりたかったことは、この太古の異教的な考えは現代人がその日常のなかで失ってしまったものであることに気づかせることだった。古い世界との繋がりを精神的に回復させようとこれを書いたといえる。現代人の個人的孤立は

> 所詮は一場の夢である。大いなる全体の一部であって、そこから逃れることなど絶対にできないのだ。だがその結合を否定し、断ち切り、そして断片となることならできる。だが、そのときの存在はまったく惨めなものに成り下がってしまう。
>
> 　ぼくたちの欲することは虚偽の非有機的な結合を破壊し…コスモス、太陽、大地との結合、そして人類、国民、家族との生きた有機的な結合を再びこの世に打ち立てることである。まず太陽と始めよう、そうすればほかのことは徐々に継起するだろう。[7]

道徳的に高い立場からの説教として読まれることの多いこの作品は、ロレンスがカイオワ牧場での経験以降に書いてきたことや考えてきたことに実体を持たせようとしている。ある意味でロレンスは自分自身を鼓舞していて、これまでずっとやってきたように現実に起こった経験に反するような書き方をしている。「ぼくたちの欲することは…」とロレンスが書くとき、そ

れは文字通りの本心なのである――彼はどうしてもそれを手に入れたかったのだ。個人的な孤立とそれに伴う惨めさはロレンスが骨身に沁みて分かっていたことだ。関係の再構築――人類、国民、家族との――は、全人生を賭けたロレンスの夢だったし、なにかより大きなものの一部であるという感覚を求めていたのだ。『黙示録』の最後のページに「眼球がぼくの一部であるように、ぼくはまた太陽の一部なのだ」と、そしてもっと率直に「ぼくが大地の一部であることをぼくの脚がよく知っている」[8]と書いている。これらの言葉は決して自己完結を強要するようなものではない――ロレンスが感じたかったもの、他者とのあいだに通い合わせたかったものなのである。ニューメキシコのことに想いを馳せて（アイダ・ラウがクリスマスにバンドルに到着した）、カイオワ牧場――「地球上で一番の特別な場所」――での新しいタイプの共同生活のことを考えもしたのだろう――「それは古代ギリシアの哲学者たちが庭に生える松の木の下で語り合うような昔ながらの学校のようなもので、ぼくはそこで若者数人と親交するようになり、新しい生活の形を創りあげるのです…そしてぼくは自分個人の私的な生き方に昔ほどの関心を払うことはないのです。たぶん今やぼくは運命に従って教師になるべきなのかもしれない。ずっとそうならないように抗ってきたけど。」[9]

ロレンスの脚がその感触を忘れなかったもうひとつの場所はイーストウッドの歩道と野原の小径だった。一九二九年の十一月、ロレンスが死去する三ヶ月前にバンドルに訪ねてきた友人はロレンスが「家族のこと、そこで過ごした青春時代のことを記憶をたどりながら面白おかしく話した」ことを憶えている。九月の終わりに言っていたように、「ここはとても静かで、陽が燦々と輝いています…忘れるとか、忘却するとか、忘れ去るとか、記憶から消し去ることはできない。」[10]過去のことを忘却してしまいたがっていた一方で、彼の著作はしばしばその過去を再構築すること、そしてそれを整理することを目的としている――「認識すること、明確に意識的に十分に整理することでぼくたちは一歩一歩前に進むことができる…そしてぼくたちは乗り越えることができるのです」。[11]エイダとエミリーはふたりで一九三〇年の二月中旬にロレンスに会いにバンドルに行こうと計画していて、これが実現していたらフリーダは数日間好きに過ごせることになっていただろう。しかしロレンスはふたりに来るのはもう少し待ってくれと伝えた。「この小さなボー・ソレイユ荘には来てもらいたくない。こんな姿を見られたら気分が悪いし、ぼくだってもう具合の悪さにウンザリしているんだ。」バービィには、エイダはきっと「泣きとおすだろうし、そんなことになったら、どうしたらいいのか分からなくなってしまう」[12]と話している。しかし実際にはもっと差し迫った理由があった。一九二九年の四月にロレンスを診察したパリの医者が「もう暫くはこのような状態でもつだろうが、もし風邪でもひいてこじらせたら気管支炎や肺炎を併発して窒息死するだろう」と言っていたのである。クリスマスにロレンスは彼の言葉で言うところの「ちょっとした気管支炎」に襲われて、新年早々には身を切るような風のせいで調子を崩した――「雨風に曝されるバンドルでの生活はロレンスの気管支炎を悪化させた」と医者が書き記している。[13]このときからロレンスはひどい苦痛に苛まれて体重を大きく落とすことになる。その一方で早咲きの花が咲き始めていて、ムッシュー・ボー・ソレイユとかミッキー・ムッソリーニと呼んでいた一匹の「美しい、オレンジの縞模様の猫」を引き取り、何匹かの金魚をもらった（猫がそのなかの一匹を食べたことで叩かれている）。フリーダはロレンスに「あらゆるものが元気に活動しているわ。どうしてあなたにはそれができないの?」と訊ねると、「ぼくだってそうしたいんだ、そうしたい気持はやまやまなんだよ。元気に動けたらどれだけ良いか」[14]と応えている。

　アンドリュー・モーランドというイングランド人の結核の専門医がこの頃偶然に南フランスを旅行していたのだが、ガートラーとコテリアンスキーに頼まれてロレンスを診察しに訪れている。一月十七日にモーランドに診てもらっているが、これはロレンスが自暴自棄になっていたことを示す。医者の見立ては「長期にわたる絶対安静しか今考えられる治療法はない」というものだった。そして仕事を一切しないで、誰とも会わないでただ横になって二ヶ月間静養することを勧めた。それでもし良くならなければ、ヴァンスにあるようなサナトリウムに入るべきだとも言った。そこでは絶対安静と栄養価の高い食事が保障されるからではなく、「適切な看病とケア」が期待できるからである。ロレンスの病気への抵抗にモーランドは深く感心したが、その抵抗力のお蔭で「病気のために良くないことをやってきた」[15]にもかかわらずに、今までロレンスは生き永らえてきたのだった。

　バンドルでの一月の後半にはロレンスはおとなしくして仕事はしないようにしていた。フリーダが娘に書いている――「看護師が必要だと言われたわ。するとロレンゾは、『バービィは引き受けてくれないかな』って言うのよ」。こうしてその月の終わりには、バービィがロレンスの面倒を見るためにやって来た。このことにロレンスはことのほか喜んだようだ。彼女がいると「身の回りのことがスムーズに運ぶし、とても感じの良い女性だし。フリーダにはバランスを保つために誰かが必要なんです。」天気が良ければ「庭の隅に日除けを張って長椅子でじっと横になっていた。なにかを考えているようだったけど顔の表情は穏やかだった。」[16]アクサ・ブルースターはこのようなロレンスを見かけたのだろう。アールはロレンスに身体にオイルを塗ってやったが、彼の身体が「骨と皮だけみたいに痩せ細って」いて「まるで十字架に磔になって憔悴しきったイエス」のような姿を見て恐怖を感じた。フリーダは、「力強くて、まっすぐ伸びて、すばやく動いていた脚があまりにも細くなっている」のに心を痛めた。アクサはロレンスが最近書いた詩のいくつか――死についての韻文詩――を音読しようとしていたのだが途中でやめて「頭を振りながら本を閉じて、『この詩を今読むことはできない』と言った」[17]ことを憶えている。一九三〇年の一月下旬にロレンスは噛んで含めるような調子でカレス・クロズビィに手紙を書いて、やさしく慰めている。夫のハリーがニューヨークで愛人を殺したうえで自殺をしていたのだ。そんな恐ろしいことのあとにどんな言葉をかければいいのだろう？　ロレンスは「早く恢復しよう、立ち直ろうなどとしないでもらいたい。もう暫くは目を閉じて気を失って、なにも見ない、なにも感じないようにしていたほうがいい。なにかに気を紛らわしているのが一番だ。そして無感覚でいること、情け深い無感覚。痛手は相当のものでしょう——こんなことが起こるなんて間違っている。」[18]

体力を使わないようにしなければならない状態にいたロレンスは多くの訪問客には会わないことにした。しかし仕事をしてはいけないとモーランドに言われたことは黙殺した。カレスに書いたように、仕事をつづけることで自分らしくいられると信じていたのである。ロレンスが最後に書いたもののひとつは「一心不乱に書くことに満ち足りていて完璧に近いものだった。神が彼と一緒におわすような状態だった。こんなことを経験し得ない者にとっては人生そのものを無為に過ごしているようなものだ」。[19] 普段と変わらずにロレンスは執筆をつづけた。アクサは「ベッドの上に起き上がって『イラクサ』のゲラ刷を側に積み上げて校正している」[20] ロレンスの姿を記憶していた。彼の詩は死についての詩と刺々しいウィットと昏い怒りが随所に見られるものとに分けられる。『三色すみれ』や『イラクサ』に収録されている多くの詩は気に入る読者には魅力的だし、気に入らない読者にとっては腹立たしいものと読めるだろう。これらの詩のなかに新たに見つけられるものは、それほどの病気になって躓いてしまったことのフラストレーションからくるありのままの心情である。ロレンスが感じていた屈辱や憤り、暗澹たる気持は彼の言葉遣いにそのままの影を落としているが、その憤りが骨と皮だけになった肉体から出ていると思うと違和さえ感じる。「死ねない、死ぬわけにはいかない、ぼくは死を憎む！」とロレンスが語気荒く言っているのをフリーダは聞いている。だが彼女以外の多くは一九二九年の秋から一九三〇年にかけてロレンスがじっとなにか考え込む風情でいるところを目撃している。あるときは海辺の岩に腰かけて水平線に目をやりながら、またあるときはボー・ソレイユ荘の庭で横たわりながら。このようなことは『最後詩集』に垣間見ることができる。そしてフリーダが「違うわロレンス、あなたは死をそれほどまでに憎んでやしないわ」と言うと、その言葉は「ロレンスを慰めたようだった」。[21]

ロレンス以外の作家でも、死への道のり、自己が離れて行く過程、肉体や記憶を失うこと、一切の欲求を感じなくなること、自己を失うことなどについて彼と同じように想像するのだろうか？　ロレンスはいつだって肉体のなかに存在していると いう経験をもとに直接的に書きたいと思ってきた。一九二七年に治療を受け始めたガーティ・クーパーにこんな手紙を書いている——「生きているあいだは前向きでなくちゃだめだ。そして死ぬことになっても勇敢でいなくちゃダメなんだ。」このと「勇敢に、気丈に」が意味するところは「怯まないでいる」とか「先を見通す」ということである。遡ること八年前に、「意識を言語化しようとする試みは芸術において追究されるべきだ。これは生における大きな部分なのだから。これは、ひとつの理論を二重焼きするということではない。意識的な存在とはなにかを探究しようとする情熱的な試みなのである」[22]と書いていた実験的な作家としてロレンスは、自分の経験を意識的に理解しようとする立場に自分を置いてきた。一九二九年二月には、「ぼくの専門領域は人間の内奥にある感情を捉えて、新しい感情に気づかせることだ（または明確にすることだ）。文明人が本当に苦しんでいるのは自分でも理解できない感情に満たされているということで、彼らにはその感情を認識することができないし、それを充足させることも経験することもできない」[23]とも書いている。ロレンスはこのとき死が近づきつつあるという感覚を経験していたのだろう。そしてその感覚を言語化しようとしていたのである。それはちょうど性衝動、喪失感、孤絶感というものを実感して、それらがどのような感覚なのかを言葉で言い表わしてきたことと同じことである。死を身近に感じていたからこそロレンスには、いかに「人間にとって、大いなる驚異は生きているということ」なのかを説得力をもって書くことができたのだ。自分の人生の幕が降ろされようとしているのを感じ取っていた一九二九年の秋になってもまだロレンスは「生の残滓だけ」が

やさしい忘却の断片、更新の断片

萎れた茎の上の奇妙な冬の花で、でも新しく不思議な花で
ぼくの人生がこれまでつけたことのないような、ぼくの新しい花
だったら――[24]

ということを経験することができていた。そんな新しい花というのは例えば、死の船を中心的なモチーフとして詠う詩へと繋がっている。そのイメージは船を造り、万全の準備を整えて死という経験に向かって出帆するというものである――

漂って行け、漂って行け、ぼくの魂よ、一番純粋な
一番暗い忘却へ向かって。

そして最後から二番目の戸口のところで、肉体の
記憶の濃紅色の外殻が剥げ落ちて吸い込まれていく
貝殻のような、子宮のような渦巻く影のなかへ。

そして切れ目のない暗闇の大きな最後の曲がり角を曲がると、精
魂の経験という残滓は熔け去り
オールは船から消えてしまい、小さな皿も
消えて、消えてなくなり、船も真珠のように溶けてしまう
魂がついに完全な終着点へ忍び込む
完璧な忘却と、完全な平和の核心へ、
生きている夜の沈黙の子宮へと。

これが、生きることにまつわるさまざまな感情を描出してきたように、ロレンスが作家人生を賭けて自分に与えられた使命として表現してきた肉体が終わりに近づいているときの感覚である。ロレンスがモーリス・マグナスに与えたのと同じ賞讃を私たちはロレンスに贈ろうではないか――「人間の意識に挑戦した偉大な魂において、彼は英雄だった…」[25]と。

一九三〇年一月にはモーランドに言われたとおりにただベッドで横になり、ほとんど誰とも会わず、少しだけ執筆したが、それで容態が良くなるということはなかった。気分は一向に恢復しないで、体重が増えることもなかった。深い絶望のなかで――「もちろん、そんなところへ行くのは嫌だったが」――ロレンスはサナトリウムに入ってみることに同意した。そこでは週に二、三回の面会が許されていたのだが、エイダとエミリーには来ないようにと伝えた――「歩けるようになるまでもう少し待ってほしい。」エイダは当然のことながら、兄に会わせようとしないフリーダとバービィに腹を立てて文句を言った。しかし姉のエミリーには「急に悪くなるという心配はないけど、でも少しずつ悪い方向へ向かっている」[26]と伝えていた。

サナトリウムに入るという考えをフリーダが最終的に受け入れたことは、彼女がロレンスの死後に語った「私は今まで十分に看てきた。でもそこには入ればロレンスは完全に健康になる」という「私の思いつき」の正当性を裏付ける。でももし彼女がそう感じたのならば、フリーダにはまた「サナトリウムに入ることはロレンスにとって決して好ましいことではない」ことにも気がついていただろう。ロレンスはあたかも最終宣告を告げられたようだった――「決意の表情を浮かべて、これまで書いたものをベッドまで持って来てくれるように私に言い、そのほとんどを破り捨ててきちんと後片付けをして、荷物をトランクに詰めるのに手を貸してくれました。私は泣きませんでした…彼の凛とした態度に支えられて、あの人の相変わらずの勇気には脱帽です。」その一方でフリーダは、ロレンスがバービィに告げたということは否定した――「君のお母さんにはぼくのことはもう愛してはいない。ぼくのなかの死がお母さんには堪え難いんだよ。」[27]これは確かにロレンスが感じていた或いは言ったことであっただろう。また、新しい遺書を書くべきかと訊ねられたときに、フリーダは「そうね」と答えてしまうと彼の死が現実になってしまうと思って、「そんな面倒なことはしなくていいわよ」と気持とは裏腹に答えている。[28]

一九三〇年二月六日にモーランドが知っている「アド・アストラ」という名前のサナトリウムにロレンスは入所した。バンドルから東へ汽車で五時間、そこからさらにヴァンスの山のなかを登ったところにあった。そこに着いたときロレンスは「天気が良くて、アーモンドの木が花をつけていて綺麗だ。でもぼくには外へ出て花を愛でることは許可されていないのです」[29]と書いている。彼が目にするものは病室のバルコニーから遠くに眺めることのできる地中海だけだった。書くことを禁じられ、外を出歩いてもいけないというのが受けた治療のなかでも一番つらいものだったろう。だがそうは言われても、ロレンスは負担にならないものを書いた――エリック・ギルの『芸術無意味論及びその他評論集』の書評である。アド・アストラに入所することでロレンスは「死の船」のなかに書いたような「もっとも長い旅路」に一歩踏み出したといえる。そして、ロレンスはますます孤独感を募らせていった。ある晩に一緒の部屋で寝ると言ったときに、ロレンスの眼が「感謝の念に輝いていた」とフリーダは書いている。そのときにはロレンスの耳がちょっと遠くなっていて、隣の部屋の女の子が夜中に「ママ、ママ、苦しいよう!」[30]と大きな声を上げるのが聞こえなくて安堵したという。

ロレンスが専門家の手の届くところにいることに安心して、フリーダは母親のところへ遊びに行こうかと考えた。母親だけでなくラヴァリにも会いに行こうと思ったに違いない――ラヴァリはこのときには近くのサヴォーナに赴任していた。フリーダはこの年の末にばつの悪そうな顔をして、ロレンスの死に目にあえたのは「たまたま運が良かっただけよ」と友人に語っている――「キャプテンは私に手紙で会いに来ることを禁じていたのよ。ロレンスがもう危ないってことを知っていたから。」[31]サナトリウムでの治療は利かなかった。ロレンスは胸膜炎を併発して食欲を完全に失くしていた。二月末頃には痛みもひどく、まさに死の一歩手前という状態にいた。そんなロレンスを見てフリーダは「もう十分よ。もうたくさん。誰だってあんな苦しみに耐えなければならないなんてことはないわ」と言っている。もう一度フリーダはロレンスの部屋で寝ているが、このときロレンスは「君にここに一緒に寝てもらってもなんの役にも立たない」と言っている。すると部屋を飛び出してフリーダは大泣きした――このような発言はふたりの生活において核となる信念――ロレンスはフリーダによって健康や治癒を与えられてきた――がもはやその効力を失っていたことを意味する。部屋に戻ると「彼はやさしく、『気にしないで欲しい、ぼくに必要なのは君だけだと分かっているだろう』」と言ったというが、ロレンスのこの言葉は一九二五年にオアハカで「もしぼくが死ぬとしても、大事だったのは君だけだった。ほかのことはどうでもよかった」[32]と言ったのと同じくらいに真情を伝えている。人生のこの局面で、ロレンスはいったいほかの誰を、ほかのなにを望んでいたというのだろうか?

一九三〇年二月二十六日の水曜日、美しく晴れ渡ったこの日にアメリカ人の彫刻家ジョー・デイヴィッドソンが、ロレンスのクレーヘッドを作るためにアド・アストラを訪れた。その数日前にロレンスを見舞いにやって来たH・G・ウェルズの発案だった。ウェルズはかつてロレンスに「君の病魔は主にヒステリーに因るものじゃないか」[33]と告げたことがあった。この彫刻家を歓待しようとする気持は薄かったが、ベッドから起き上がって身なりを整えてこの訪問客を迎えた。デイヴィッドソンはふたりに共通する知人についてお喋りをしているあいだに彫刻にとりかかった。

ロレンスには絵画の経験があることを知っていたので、彫刻はしたことがあるのか訊ねた。一度だけプラスチシン（油粘土のこと）[34]を使ったことがあるということだった。しかしその感触や臭いが好きになれなかったので、それ以来一度も触れたことがないらしい。そこで私は自分のクレー（粘土）を少量、ロレンスに渡した。するとその清潔でヒヤッとする感触を気に入ったようだった。だから、彼の胸像が仕上がったらすぐに、私が使っている粘土を送ると約束したのだった。彼はその粘土を使って動物を作ってみたいと思っていたのだ。[35]

デイヴィッドソンの制作は「一時間かそのくらい」つづき、ロレンスが昼寝をするあいだは休憩となった。作業が再開されるときにロレンスは作業中にベッドの上に起きるのでもいいかと訊ね、そしてまた一時間ほどつづいた。「色をつけた彫刻に挑戦していることを話すと、ロレンスは自分の胸像に色づけしてくれないかと言い、彼が着ていたガウンの青色を忘れないで欲しいと言った。そのガウンを気に入っていたのである。」[36]デイヴィッドソンはこの制作時間をとても友好的だったもののように語っているが、しかしロレンスは翌日にまったく異なることを言っている――「ジョー（Joe?）・デイヴィッドソンがやって来て、ぼくの胸像を作った。とても疲れたが、そのわりに平凡な作品に仕上がった。」これがロレンスの書いた最後の言葉となった――彼がしたためた最後の手紙に書き加えられた追伸である。デイヴィッドソンの作品（写真38）は別段独創的ではないが、それでも二、三時間という作業時間を考えれば素晴らしい出来栄えである。おそらくその日の作業が終わったあとでも手を加えつづけたのだろう。[37]その水曜日の午後にロレンスが実際に見た胸像は完成したものとはかなり違っていたかもしれないが、それでも彼はその胸像は質感を宿していないと反感を持った――魂の脱殻、或いは自分に宿っていると信じている生へ強烈な活力を有した肉体に見えないと感じたのだろう。完成品では額にかかる前髪が長く頬は落ち窪んでいて、いくらか集中を強要されたようなポーズをとっている。おそらくこれは作業中に座っていたことが影響しているのだろう。しかし顔の出来は天晴れと言わざるを得ない。この胸像から、死ぬほんの四日前のロレンスが同情的な観察者の眼にどのように映ったのかイメージが伝わってくる。目を逸らしたくなるほど痩せ細って弱々しく見えるが、しかし一点をじっと見据えていて怯んでいる様子はない。

　アド・アストラに入所したことが死期を早めたといえる。モーランドはその療養所がそれほど有効だとは期待していなかった――「フランスのサナトリウムなどたいしたことはないと思っている」――が、ロレンスに一刻も早くそこへ行って治療を受けた方がいいと急がせたことを後悔している――「私のせいでロレンスの最後の数週間が不幸なものになってしまったような気がしている。」[38]恢復は望めないにせよ、少なくとも体重の急激な減少に歯止めをかけられるのではないかと期待していた――一九二九年初頭には四十五キロ以上、五十キロ近くあった体重が一九三〇年二月には四十キロをちょっと越えるほどしかなかった。[39] しかもロレンスは医者や看護師に自分の世話をしてもらうことを嫌がっていて、その療養施設も嫌っていた。大人になってから決して近づこうとはしなかったものが、医者であり病院だった。一九二五年のメキシコ以来、初めてロレンスは自分の身を他人に預けるしかなくなった——「夜になると容態が悪くなり、咳がひどく、胸も痛む。あまつさえ苦痛が明らかに大きくなっている。」[40]

　ロレンスの態度には彼の性格がよく現われていた——「あらゆることに挑戦してきたように」病魔にも闘いを挑んだのである。デイヴィッドソンの訪問後の木曜日か金曜日に、フリーダに「君がぼくを殺してしまったんだ」と言ったとハックスリィが記録している。[41] フリーダと一緒にいれば自分が病気であることなど忘れていられたので、医者に診てもらおうという気も医療行為を受けようという気も起こらなかったのだ。しかし今「自分のなかの死」を実感しながらロレンスは降伏するのではなく反旗を翻したのだ。ふたりが選んだことはこれまたふたりの性格を色濃く反映したことで、いつものようにその場所を去ることにした。サナトリウムでの無益な三週間を経て、フリーダと一緒にまたほかの自分の「居るべき場所」に移ることにした。これはロレンスの、運命に抗い自分の生き方は自分で決断するという断固とした意志が現われた最後の愚かだが懸命な、そして素晴らしい行為だった——まさに剛毅である。

　フリーダとバービィはヴァンスに一軒の家をなんとか借りることができた——ロベルモント荘である。そしてひとりのイングランド人の看護師を付き添わせた。三月一日の土曜日にアド・アストラを出るとき、フリーダがロレンスの靴の紐を縛ってやらねばならなかった——「このようなことはその時だけでした…ほかのことはなんでもいつでも自分でやっていました。」悪路をガタガタと走る車に揺られて新しい住処に到着した。階段を上るにも室内に入るにもフリーダとタクシー運転手に支えられて、やっとベッドに寝かされた。そして「その夜には、サナトリウムでも毎晩そうだったように、トイレを済ますことに誰にも手出しをさせませんでした。」フリーダはロレンスの姿が見えるように同じ部屋のソファで寝た。モーランドは「サナトリウムから出ることに体力を浪費してロレンスの容態が悪化するのではないか」と考えていた——体力の温存がなによりも大事だったのだ。しかしこの期に及んでは、思い通りに生きることがロレンスにとっては重要だった。身体を休めて「体力が少しでも戻ったら」カイオワ牧場へ戻ることを夢見ていた——「そこで自分は恢復すると信じている」（おそらく一九二五年の春のことが頭にあったのだろう）。バービィが実際にニースまで出かけていってパスポートが発給されるかどうかを問い合わせた。[42] 夢の方がいかなる現実よりも強く手応えがあり、それゆえに簡単に諦めることができなかった。

　三月二日の日曜日の朝、フリーダに「ぼくから離れないでくれ、行かないでくれ」と言っている。ロレンスは「起き上がって顔を洗い、歯を磨いた」——またその日一日を過す支度を整えたのだ。フリーダはベッドの側に座って読書をし、バービィが調理した昼食をロレンスはベッドに起き上がって食べた。それからロレンスは何冊もあるなかから一冊――アーヴィングが書いた『コロンブスの生涯と航海』[43]――を選んで読んでいた。もうひとつの航海、もうひとつの海岸、そしてもうひとつの上陸である。午後にはハックスリィ夫妻が顔を見せた。

夕刻が迫る頃になるとロレンスはひどく苦しみだした。いつものように彼は自己判断でなにが起こっているのか見極めた――「熱があるみたいだ。頭が朦朧としている。体温計をとってくれないか。」このときロレンスはモルヒネをとても必要としていた。「その苦しそうな顔を見ていたら私は泣き出してしまいました。するとロレンスが『泣くな』とすばやく、有無を言わせない口調で言った」ことをフリーダは憶えている。医者が呼びにやられたが結局来なかった。バービィがロレンスを両腕に抱きしめていたのだが、居ても立っても居られずに自分で医者を呼びに出た。ロレンスはフリーダに「バービィがしてくれたように両腕でぼくの身体を抱いてくれ。気分が良くなる」と言った。この頃までにはハックスリィたちが到着していたが、彼らの前で痛みを隠すことはもうできなかった――「苦痛のために彼らの前で初めて大きな叫び声を上げた。」[44]誰かに向かって叫び声を発したのは、おそらくこのときが初めてだったろう――ロレンスは、ある人物の見方に依ると、徹底的に最期の最期まで自分を制御して、英雄的或いは狂気的なほどにプライドが高かった。彼の頭は烈しく痛みつづけた――マリアが今度は代わってロレンスの身体を抱いてやっていた。「彼女の手は母親の手のようだ」とロレンスは彼女に言ったという。意識の混乱が臨終に起こった――「抱いてくれ、ぼくを抱きしめてくれ、自分がどこにいるのか分からない。ぼくの手がどこにあるのかも分からない…ここはどこなんだ?」マリアは友人に、ロレンスは「ベッドに横になっている彼を見てみろ!」[45]と言いつづけていたと語っている。

捕まえようと躍起になっていたコルシカ島出身の医者がその日は留守にしていることをバービィが突き止めたので、アド・アストラの院長を説き伏せて往診してもらい、暫く前までの患者にモルヒネを注射してもらった。これによってロレンスの容態は小康状態になったが、すでに夜が深くなりかけていたのでハックスリィとバービィは翌朝までなんとかしてもらえそうな医師なり薬なりを調達してくると言って出て行った。フリーダは最期のときを次のように回想している――「時は刻々と過ぎて行き、マリア・ハックスリィが私と一緒に部屋に残っていました。私は時折ロレンスの左の足首を握りましたが、それは本当に生命に満ち溢れているように感じました。これからもずっと彼の足首の感触を忘れずにいることでしょう。」[46]オルダスとバービィが戻ってくるのを待たずに、ロレンスは逝ってしまった。夜の十時十五分頃だった。死ぬ間際に多くの人が発すると言われている言葉のひとつに「ああ、なんだか気分が良い」というものがあるが、ロレンスの場合は違っていた――彼はフリーダにこう言ったのだ――「腕時計のネジを巻いてくれないか」。これは、ロレンスにはこれからもずっと生きていこうとする意志があったことの証拠だ――咳で眼が覚めると夜中でも何時かを知りたがる癖がロレンスにはあった。[47]

バービィは翌朝にロレンスの遺体と対面して、その顔の表情にショックを受けた――「なにかを真似て作ったマスクのようだった――苦痛に歪む顔」。ロレンスの人生の終わりはひどく苦しいものだった。自分の母親の顔は「笑い皺が多かった」と言っていたが、死を迎えようとしていたときの顔は「残酷な苦痛の仮面をつけているかのようにやつれてしまいました」と書いていたのだ。フリーダの言い分はまったく異なるロレンスの印象を伝えるものだ――「誇らしく、男らしく、りっぱな顔つきでした。そこには今までにない顔がありました。苦しみはすべて剥ぎ取られていて、今までに見たことのないような、完璧でありのままの彼を初めて見たようでした。」[48]

亡骸は火曜日の午後にヴァンスに埋葬された。その際にフリーダは悲しげに見えることを嫌って「派手な服装」をしていた。昔からの友人も、新しい友人(パリからやって来たエドワード・タイタスを含む)も、ハックスリィ夫妻も参列していた。参列者のひとりのロバート・ニコルズが詳細にその様子を書き残している。

マリアは…見捨てられて寂しそうに見えて、顔は土気色をしていた。オルダスが戻って来て彼女をエスコートし、私はフリーダに付き添った。彼女はかなり美しかった。「ロレンスはこんなお別れを気に入ってくれると思うの。よく知った人たちだけのね。ほら、陽が射してきたわ!」と彼女は言った。陽の光が降り注いで、辺りの景色は一変して美しかった――ヴァンスはとても素敵な場所で、鳥が囀り、家の背後のとてつもなく大きな岩は完璧な空に向かって聳え立っていた…

まだほんの四時過ぎだったので空はどんどん美しくなっていき、悲しい葬儀の静けさのあとで周りの自然の景色が動き出した…私はフリーダと一緒に歩いた。「私たちは昔からのつき合いの長い兵士のようだったわ」とフリーダは言った。まさにそうだったのだ。

墓地の一番低い岩場までやって来た。そこからの眺望は素晴らしかった。墓地を囲む城壁の眼下には、斜面がオレンジの果樹園へと落ち込んでいた。美しい谷が広がり、遥か彼方には海が霞のなかに輝いていたのを鮮明に憶えている。私たちはみんな歩みを止めた。「なんて美しいの」とフリーダは言い、柩の上に花をいくつか落とすと二、三人が同じようなことをした。そして私は、「ロレンスさん、さよなら」と言った。なにも言わずに逝かせてしまうことなどできなかったからだ。そのとき、マリアがぼくの背後で静かに泣きだしたのが聞こえた…彼女は頭上に天が落ちてきたかのようにショックを受けてじっと佇んでいた。[49]

ロレンスの最期を物語るフリーダの言葉は、彼女が書いたもののどれにも勝って心を揺さぶるものだ。しかし情緒的であるあまりに、ありのままが語られていない――例えば、(フリーダのヴァンスでの友人が指摘したことだが)「ラヴァリの虫の知らせにフリーダが従っていなかったら、彼女の語るロレンスの最期は彼女独自のものではなく、伝え聞きのものになっていただろう」ということだ。ロレンスの臨終に立ち会うことのできたフリーダの話は次のように終わっている——

それから私たちは彼を葬りました。ごく質素に、まるで小鳥を埋めるように、彼のことが大好きだった数人で埋葬したのです。墓穴に花を投げ入れて、私の口から出た言葉は「さよなら、ロレンゾ」だけでした。彼の友人と私は一緒に彼の柩の上にミモザの花をたくさん落としました。柩に土を被せているとヴァンスのあの小さな墓地にあるロレンスの小ぢんまりとしたお墓に陽が射してきました。彼があれほど愛してやまなかった地中海を彼方に臨む場所です。[50]

一九三一年を迎えるとフリーダはカイオワ牧場へ戻って行った。いつかはそうしようと彼女の頭のなかにずっとあった計画だった。しかし、ひとりではなくアンジェロ・ラヴァリが一緒だった——「なんという醜聞！」——そして彼女が一九五六年にこの世を去るまでラヴァリはフリーダの傍にいた。フリーダは、ロレンスがときとして体調を崩し、病魔に冒されたという事実に直面した。このこと自体が健康優良児のフリーダにとってはまったくもって想像だにできないことだった。そして病弱だったロレンスは健康なフリーダから生命力を分けてもらっているような気がしていた。この意味でフリーダは、ロレンスを冒していた病と闘ってきたといえる。こう考えるとロレンスの死は彼女にとって敗北を意味する。ラヴァリへの欲求は新たな問題をフリーダにもたらした——「今回の私は思考力を持たない人間に知性を与えようとして満身創痍になっています。でも彼は誠実で、魅力的で、やさしいのです。」[51]ふたりには経済的な問題が最初からあった。（一九一四年に書かれていた）ロレンスの遺言のことは忘れ去られていて、新たな遺言を残さずに死んだためにロレンスの遺した財産はフリーダと兄のジョージのあいだで処理されなければならなかった。二年半にも及ぶ諍いと非難の応酬の末、最後には遺産相続をめぐる訴訟にまで発展した。ジョージとエミリーにしてみれば、フリーダの死後に著作権がロレンス家の人間に移譲されるのであれば存命中に彼女がロレンスの著作の印税を手にすることに異存はなかった。しかし兄ロレンスを敬愛してその遺志を汲み取ろうとしていた妹のエイダのバックアップがあって、ロレンスはそう願っていただろうという理由からフリーダは印税と著作権の双方を要求した。この争議は一九三二年十一月のロンドンでの聴聞会という結果を招いた。そこでフリーダに財産の総て——遺産、印税、著作権のすべて——が与えられることになった。フリーダはその「お返し」としてロレンスの家族に相応のお金と多数の手書き原稿と絵画を譲与した。だからこの日から今日に至るまで、ロレンスの著作が売れてもロレンスの親族は一ペニーたりとも儲けてはいないのである。

一九五六年にフリーダが他界したとき、彼女の所有する財産は西側諸国においてもっとも価値のある文学的資産だった。そしてそれは彼女の三人の子どもと三番目の夫であるアンジェロ・ラヴァリとのあいだで均等に分けられた（フリーダとラヴァリは一九五〇年に結婚していた）。したがって著作にまつわる今でも発生しているすべての収入――例えばロレンスの伝記で彼の著作からの引用を使用するときに発生する使用料――はアーネスト・ウィークリーと婚姻関係にあったためにフリーダと彼との子どもたちに、そしてアンジェロ・ラヴァリと血族関係にある者たちへともたらされている。アーネスト・ウィークリーはフリーダがロレンスと一緒になるために棄てた男であり、アンジェロ・ラヴァリはロレンスの生前にフリーダが頻繁に逢瀬を楽しんだ男である。とくに一九二八年から一九三〇年にかけてロレンスが稼いだものによってフリーダはお金に困るようなことがなかったし、そして自由な生活を手に入れることができた。だからこそ彼女は好きなところで気の済むように暮らすことができた。今も昔もほとんどの場合がそうであるようにロレンスの場合も、彼が書き残した多くの著作によって利益を享受しているのはフリーダやほかの人間であってロレンス本人ではない。

フリーダが望んだので、ラヴァリは一九三五年にヴァンスに出向いてロレンスの遺体を掘り出し火葬してアメリカへ遺灰を持って戻ることになった。ラヴァリはまた牧場から山をちょっと登ったところに遺灰を埋葬するのに相応しい霊廟を建てた。ロレンスの遺灰がどうなったかについてはさまざまな話がまことしやかに語られてきているが、もっともらしいものは、ラヴァリは自分の使命をまっとうすることに失敗したというものである。フリーダが死んでから彼は告白している――「わしはD・H・の燃え滓を捨てたんだ」。おそらくマルセイユの港だろう――このようなわけで彼はフリーダが選んだ「美しい骨壺」だけをニューヨークに持ち帰り、到着してから代わりの灰をその骨壺に入れた。そして盗まれないようにラヴァリ自らの手でコンクリートの塊のなかに埋め込んだ。[52] しかしこのことを知らされていなかったフリーダはロレンスを取り戻したと信じて疑わなかっただろう。そして一九五六年に真実を知らぬまにフリーダはこの世を去りロレンスの霊廟の外に埋葬され、そこにはリヒトホーフェン家の家紋がこれ見よがしに彫り込まれた墓石が立っている。彼女はかつてメイベル・ルーハンに、ロザリンド・ベインズとの場合以外にはこんなことが起きたことはなかったのだが、ロレンスがロザリンドと性的関係をもったことで自分の支配下から「遁走した」または「フリーダ周回軌道」を「離脱した」ことがあったことを、だがしかし逆に自分がその女性を駆逐した結果ロレンスは「元の鞘に収まった」ことがあったと語っている[53]（ロザリンド・ベインズと婚姻外セックスを体験したことはロレンスにとっては完璧に後味の悪い、恥辱すら味わった唾棄すべきもので、自己嫌悪に陥ったこの経験によってロレンスがフリーダから「自立」することができたなんてことはなかった）。だが、ロレンスは最後の最後にまたフリーダから「逃れる」ことができたのであり、独りで、自由に、宿なしの状態で、上から覆いかぶさるような天蓋も閉じ込めるような壁もなくその生涯に幕を下ろしたといえる――

彼がいつもじっと見つめていた、島と島を離間するように拡がる海のなかに彼は散逸しているのだろう。

　フリーダは牧場にロレンスを連れ戻したかった。一九三二年から一九三四年にかけてこの地で彼女はロレンスの伝記——『私ではなくて風が…』——を書いた。それから彼女は余生を自分の伝記の執筆に費やした。このように考えるとロレンスは死後も彼女の人生を支配しつづけていたといえる——「あの短いけれども烈しい人生は今や終わり、でも私は今でも彼に愛されていること、なにをしようとも永遠に彼に愛されていると感じている。」[54] 一九三五年の二月に彼女は友人への手紙に、冬のカイオワ牧場が五年前のヴァンスを想い出させると書いている——「あの冷え切ったなにもない部屋でロレンスが死んで冷たく横たわり、でも彼に聴かせようと私が歌っていたのを憶えているわ。」ロレンスはいつでも、怒っているときでさえもフリーダに耳を傾けていた。ロレンスが逝った晩にもフリーダは歌って聴かせていたのだ——孤独だけれども「恐怖とは無縁の豪胆な」男、世界を旅しながら過酷な人生を送って、そしてあまりにも若くして逝ってしまったロレンスが死歿した夜に。[55]

謝辞

私はまずふたりの友人、マーク・キンキード＝ウィークスとデイヴィッド・エリスに深謝したい。彼らはケンブリッジ版のロレンスの評伝を書くために蒐集した資料を惜しみなく貸してくれたほか、なにくれとなくアドバイスをしてくれて私が独り善がりな解釈に陥ってしまったり、事実を誤認したりしないようにしてくれた。彼らだったら本伝記のような書き方をすることはなかっただろうが、ふたりのサポートは友情の証だといえる。私たち三人はケンブリッジ大学出版局のアンドリュー・ブラウンの賛助に感恩する。彼は一巻本の本伝記の出版に尽力してくれただけではなく、私がD・H・ロレンスの三巻本の評伝を好きなように利用することを快く許可してくれたのだ。ケンブリッジ大学出版局を中心とするこのロレンス・プロジェクトがなければ、またケンブリッジ版ロレンス全集にかかわった編集者一人ひとりのサポートがなければ、そしてとくにジェイムズ・T・ボウルトン編集による『ケンブリッジ版D・H・ロレンス書簡集』がなければ、本伝記が上梓されることはなかった。

D・H・ロレンスの著作権管理者であるジェラルド・ポリンジャーは、著作権により保護されているロレンスの作品からの引用を承諾してくれた。私はこのことでポリンジャーにとても感謝している。

ペンギン・ブックス社のヒラリー・ローリは本伝記を企画の段階から見守りつづけてくれて、そのすべての工程において手を貸して力になってくれた。ローラ・バーバーは多くの有益な提案をしてくれて、この本を出版するまでの作業を順調に進めるのをおおいに助けてくれた。リン・ヴェイズィーは最終稿前の原稿を几帳面な性格どおりに入念に読んでくれて、曖昧なところやくり返し、食い違っているところや誤りなどを指摘してくれた。ケイト・パーカーは最終原稿を読んで数多の必然的な疑問を投げかけてくれて、本伝記を出版するまでのプロセスにおいてとても重要な役割を果たしてくれた。

ドロシー・ジョンソンをはじめとするノッティンガム大学の

マニュスクリプト・デパートメントのスタッフ（とくにジュリー・アリンソン、ジェイン・アメット、バーバラ・アンドリューズ、キャロライン・ケリー、リンダ・ショー）は何年にもわたり親身になって私の手助けをしてくれた。みんなに感謝の意を表したい。

本伝記で私が使用したエピグラフのひとつはエドワード・ニールズによる『混成伝記』（*Composite Biography*：ロレンスを知る人の証言を集めて伝記として仕上げたもの）の冒頭で使用されているものと同じであるが、これは一九六五年の九月に両親からこの伝記を贈られてからというものずっと大切にして愛読してきたからである。この伝記に触れたことが私にとってのロレンス研究のスタートとなった。

以下の人たちにも助けていただいたことで感謝している。ギャリー・エイカーズ、ヘレン・バロン、ドロッチャ・ビーロ、マイケル・ブラック、マーガレット・ボウルトン、リンダ・ブリー、ニック・セラメーラ、故バート・クラーク、ジョン・コフィー、アドリアーナ・クラシアン、ジュヌヴィエーヴ・エリス、ロジャー・エッパーストーン、ロン・フォークス、アンドリュー・ハリソン、ジョージ・ヘインズ、ポール・ヒーピィ、アン・ハワード、ローズマリィ・ハワード、ベッサン・ジョーンズ、ジョーン・キング、ジョーン・キンキード＝ウィークス、カール・クロッケル、クライヴ・リーヴァーズ、ジャックとパム・リーヴァーズ、ジョナサン・ロング、モリィ・マーフッド、ジョーン・マックラスキー、サンドロ・ミレンダ、故ペギー・ニーダム、ルース・ネラーとメイブルソープ図書館にいた観察眼の鋭い読者、レズリー・パークス、テレンス・ペッパーとナショナル・ポートレート・ギャラリーのスタッフ、クリストファー・ポルニッツ、ピーターとバーバラ・プレストン、ニール・リーヴ、キース・セイガー、フレッド・スキリントン、マイケル・スクワイヤーズ、リン・タルボット、ジョン・ターナー、故P・M・ウィルソン、ドロシー・ワーゼン、故ピーター・ワーゼン、ジョアン・ライト。モリィ・チャン＝ウィリアムズは本伝記のどこに自分の影響が及んでいるかにきっと気がつくだろう。サイモン・コリンズはいつものように手際よく、本伝記に使用されている写真を加工するのに骨を折ってくれた。クロエ・グリーンは、ロレンスと彼女の母親のロザリンド・ベインズとの関係についてのアドバイスをくれた。ステファニア・ミチェルッチはイタリアにかかわることでいろいろと助けてくれた。スー・ウィルソンが思った以上に徹底的に序文を読んでくれたことはおおいに助かった。

私はまた、以下の学生たちにも感謝の気持を伝えたいと思っている。彼らはロレンスのことを学びにスウォンジーやノッティンガムにやって来て、知らず知らずのうちに私の研究の役に立ってくれた数多くの学生の一部である。ハリー・アクトン、ビンビン・ビー、リチャード・バードン、ヴァレリア・ファラヴェリ、ジェイン・ギブソン、スーザン・ギルクリスト、ローラ・グリーンウッド、ケヴィン・ハーヴェイ、セリーナ・ヒントン、ペギー・ハング、井上麻未、岩崎純子、アナ・

ジョンコック、クレア・マッコーリー、スー・ミン、マラシー・ネア、中林正身、ジェイムズ・オールドリング、スティーブン・パー、レナータ・ペチョヴァ、ベン・シェルトン、ロジャー・シモンズ、フィル・スケルトン、ロバート・スキリング、メグ・ストークス、ブレンダ・サマー、マッジャ・ヴォーン、ジュリー・ウィリアムズ、ベン・ウルヘッド、そしてジ・ジャオである。

コーネリア・ランプフ＝ワーゼンは私と暮らすようになって四半世紀になるが、私と生きてきたということは、それはそのまま私のロレンス研究にもかかわってきたということになる。本伝記、つまりロレンスについての私の告別の書を執筆するにあたって言葉で言い尽くすことができないほどの感謝の気持を私は彼女に抱いている。

原註

序章

1 'Which Class I Belong To', *LEA*, 38.

2 'Autobiographical Sketch', *PII*, 302. 作家として成功していたふたりの同時代作家のコンプトン・マッケンジー（Compton Mackenzie, 1883-1972）とアーノルド・ベネット（Arnold Bennett, 1867-1931）と比べてDHLがどうだったかについてはジョン・ワーゼン（John Worthen）著 *D. H. Lawrence: A Literary Life* (1989), xxiv-xxv 参照。例えば一九一四年、戦前の評判がもっとも良かった頃でDHLは *Manchester Guardian* に寄稿した千四百語の原稿で二ギニーを受け取っていたのに対してベネットは千語につき二・五ギニーではあまりにも安すぎるとして六ギニー以上を要求した（xxv）。

3 *L*, vi. 513.

4 *L*, vii. 294.

5 *L*, iv. 243, ii. 95; 'A Propos of *Lady Chatterley's Lover*', *LCL* 308.

6 一九一四年四月十三日付のエドワード・ガーネット（Edward Garnett）宛の書簡（エドワード・ガーネット編 *Letters from John Galsworthy 1900-1932*, 1934, 218); *After Strange Gods* (1934), 61; 一九三〇年三月九日付の *Observer*, 6.

7 一九三〇年三月四日付の *Daily Telegraph*, 'A Mind Diseased', 12; 内務省ファイル 45/13944.

8 *L*, vi. 491 参照。その友人とはハリー・クロズビィ（Harry Crosby）である：*DG* 472 参照；Nehls, iii. 260. DHLが言及しているのはおそらく *John Bull* に掲載されたコメント――「ある男が英文学研究に足を突っ込んで文学的な汚水溜めを創りあげることをやめさせる法律などない」（Nehls, iii. 262）――のことだろう。「このレビューは君の本のことを汚水溜めと呼んでいる」ということをDHLは聞かされて、「誰ひとりとして自分の書いた本が汚水溜めなんて呼ばれることを好みやしない」と言ったと考えられる。

9 ジェイ・A・ガーツマン（Jay A. Gertzman）著、*A Descriptive Bibliography of* Lady Chatterley's Lover, 1989, 第二セクション（'Piracies, 1928-50'）と第四セクション（'Continental Editions in English, 1933-60'）参照。

10 ペンギン・ブックス社（Penguin Books）はDHLの作品のほとんどのペーパーバック版を一九四九年から一九六〇年のあいだに出版していた（*The White Peacock; The Trespasser; Sons and Lovers; The Rainbow; Women in Love; The Lost Girl; England, My England; The Ladybird; Kangaroo; The Plumed Serpent; The Woman Who Rode Away and Other Stories; Love Among the Haystacks and Other Stories; Twilight in Italy; Mornings in Mexico* や *Etruscan Places; Selected Essays; Selected Letters; Selected Poems*）。

11 フィリップ・ラーキン（Philip Larkin）、'Annus Mirabilis', *High Windows* (1974), 34:

　セックスは始まった
　一九六三年に
（わたしにとってはいささか遅すぎるけれども）

『チャタレー』発禁の終焉と
ビートルズの最初のLPに挟まれて

12 *Le Deuxième Sexe*（パリ、一九四九年、*The Second Sex* として一九五三年に翻訳された）のなかでのシモーヌ・ド・ボーヴォワールによるDHLへの攻撃はミレットのものとは対照的に注意深く慎重なもので学究的でさえある。例えばボーヴォワールは次のように書いている――DHLの「女性はオルガスムスを体験すべきではないという主張は恣意的なものである。オルガスムスをどうにかして誘発させようとすることは間違いであり、また *The Plumed Serpent* のドン・シプリアーノがするように、いつでも性的興奮を抑制することも誤りである」（一九五三年）、135.

13 *Poems* 205.

14 *L*, i. 503, 71, ii. 95, 102.

15 *A* 149.

16 二〇〇二年十二月十六―三十日付の *New Statesman*, 110; アーシュラ・K・ル・グイン（Ursula K. le Guin）の談話で、これはギャリー・アデルマン（Gary Adelman）著、*Reclaiming D. H. Lawrence: Contemporary Writers Speak Out* (2002) のなかに引用されている；サンドラ・ギルバート（Sandra Gilbert）著、'Lawrence in Question', アデルマン著、*Reclaiming D. H. Lawrence* への序文、9.

17 *L*, i. 23; *SP* 71; *PFU* 158; Frieda 52.

18 *Movements* 263, 262.

19 *L*, i. 81.

20 *LCL* 204. アデルマン著、*Reclaiming D. H. Lawrence* のなかに引用されているアーシュラ・K・ル・グイン、26：「彼は（私は正確に引用してはいないかもしれない）『黒人女と性交することは泥と交わるようなものだ』と書いた男である」。

21 DHLはその時代の慣例に倣って、まったく無頓着に偏狭な考えに陥っているわけでもなく軽蔑するつもりもなく、「ユダヤ人（Jew）」や「ユダヤ女（Jewess）」という言葉を使っていた。例えば「ユダヤ人の屋敷」（*L*, ii. 39）、「小柄なユダヤ人」（*L*, iv. 366）。M・ジェイン・テイラーはヴァージニア・ウルフが使った一九〇九年の「太ったユダヤ女（fat Jewess）」という表現は「今日において『気取ったフランス人（pompous Frenchman）』とか『押しの強いアメリカ人（pushy American）』という表現がそうでないのと同じように人種差別的でもなければ偏狭なものでもない」と述べている（二〇〇三年六月二十一日付の *Guardian*, Review section, 8）。

22 ケンブリッジ版の三巻本のロレンスの伝記を指している。本伝記ではそのプロジェクトが目指していた「ロレンスの人生を納得できる程度に網羅すること」に敵うことは明らかにできてはいない――三分の一のスペースしかないのだからそれに必要な多くのものを扱うことをここでは断念せざるを得なかった。本伝記はその代わりに「D・H・ロレンスの『私』、彼の本質的な自己を浮き彫りにすること（換言すればロレンスの実態に迫ろうとすること）」（*DG* 536）を目指している。このようなことはケンブリッジ版の三巻本の伝記がゆめゆめしないようにしたことであり、そしてロレンス自身も拒絶したことだ――「ぼくは人びとを『理解したり解釈したりすること』が大嫌いだし、それ以上に自分がそんなことをされるのは真っ平御免だと思う。理解したり解釈したりするなんて糞くらえだ」（*L*, iv. 108）。

1 生まれ故郷 一八八五―一八九五

1 例えばストラットフォード・アポン・エイヴォン（Stratford-

upon-Avon）にある木造の骨格を外に露出させた壁をモルタルで埋めてつくられた部屋が十もあるような中産階級の家や、コッカーマウス（Cockermouth）にあるエレガントな石造りのタウンハウス（十七もの大きな窓が下の通りを見下ろしている）や、ハイァ・ボックハンプトン（Higher Bockhampton）にある広々として七つの部屋があって三本の煙突が立つ草葺屋根の田舎家風の一戸建て家屋などと比較してもらいたい。それぞれウィリアム・シェイクスピア（William Shakespeare; 一五六四年生まれ）、ウィリアムとドロシー・ワーズワース（William and Dorothy Wordsworth; 一七七〇年と一七七一年生まれ）、そしてトマス・ハーディ（Thomas Hardy; 一八四〇年生まれ）の生家である。

2 *Studies* 83.

3 'The Bad Side of Books', *P* 232, E36a (UT) を訂正。

4 （数人の炭坑夫のまとめ役としての）「組頭」の週給は石炭の需要や炭坑内に入るシフトによって冬期は五十から五十五シリング、夏期は二十から二十五シリングのあいだでさまざまだった。*EY* 36-8 参照。

5 ノエル・M・ケイダー（Noel M. Kader）著、*William Edward Hopkin* (1976), 11.

6 Nehls, i. 21; ケイダー、*Hopkin*, 11; 'Mushrooms', *LEA* 335.

7 一八九七年十月八日付の *Eastwood & Kimberley Advertiser*, 2.

8 Ada 37; アーサー（Arthur）の誕生日はおそらく一八四八年二月二十六日だろう（*Notes and Queries*, 1, no. 4, 二〇〇三年九月、327-8 参照）。

9 *L*, iii. 282.

10 ロイ・スペンサー（Roy Spencer）著、*D. H. Lawrence Country*（一九七九年）、67-8.

11 Nehls, iii. 564.

12 ロレンス家の人びとはリディアの父親が失職する以前に購入していた学校をリディアが運営していたという話を信じている（エドワード・ギルバート（Edward Gilbert), 'An Account of My Eastwood Visits of 1948-9', 15, JW 所蔵）が、実際には教生という身分で解雇されたリディアはシアネスのマリーン・タウン（Marine Town）で部屋を間借りしてそこで数人の少女を対象に個人教師をしていたらしいということをスペンサーは突き止めた（スペンサー、*D. H. Lawrence Country*, 74, 79）。

13 *SL* 301.

14 *EY* 5.

15 Ada 22-3; 一九五四年九月二十七日付のフリーダからルイス・ギボンズ（Louis Gibbons）宛の書簡（マイケル・スクワイヤーズ（Michael Squires)、リン・K・タルボット（Lynn K. Talbot）著、*Living at the Edge*, 二〇〇二年、8 に引用されている）。

16 E. T. 20.

17 'Getting On', *LEA* 29.

18 Ada 9.

19 Ada 21; 'Nottingham and the Mining Countryside', *P* 134（スクウェアとは炭坑夫やその家族のためにイーストウッドにあった炭鉱会社が区画ごとに建てた長屋のことで、それらに囲まれるように整地されていない「広場」があってそこには洗濯物を干すための綱を張った木の杭などが立っていた）。

20 ケリーの（Kelly's）*Directory of Nottinghamshire*, 一八八八年版。

21 *Studies* 83; *L*, i. 192.

22 'Autobiographical Sketch', *PII* 300; *The Library of the Eastwood and Greasley Mechanics' and Artizans' Institute* の一八九五年版のカタログが

現存している（NCL）。その施設はジョージ・バークベック（George Birkbeck, 1776-1841）により一八二一年にエジンバラで始まった文化的運動の結果で、この運動の目的は無償で教養をつけられる機会を労働者に与えようとするものである。一八二六年までに百もの同じような施設が存在していて、その数は一八四一年までには三百にまで増えていた; Ada 21.

23　*EY* 128-9 参照。

24　DHL の一九一三年に出版された小説。この作品はたしかに自叙伝的であるが本伝記はこの小説を実際のロレンス家の出来事を語るうえで積極的に援用することはしない。なにがしかの証拠があり、それが彼の家族生活を裏付けるような場合に限っている。小説に描かれている多くの事柄はフィクションで現実生活において起こっていないし、反対に実際にあったことの多くがこの小説には描かれていない。

25　ジョン・シャトルワース（John Shuttleworth）が JW に語った談話、イルクストン（Ilkeston）にて一九八三年七月三日。

26　*L*, iii. 303.

27　*L*, i. 190; 妻に対するこのような虐待のために夫は裁判にかけられて罰金を科せられた話が一八九七年六月十八日付の *Eastwood & Kimberley Advertiser*, 2 に掲載されている。*SL* 33-6 には屋外に追い出されたモレル夫人が酔って眠ってしまった夫を起こして家のなかに戻る場面が描かれている。リディアはアーサーに締め出されたときに屋外便所で一晩を明かしたようなことを回想している (Nehls, iii. 584)。

28　イーストウッドにある聖メアリ教区教会（St Mary's Parish Church, Eastwood）での洗礼式で「リチャーズ」（Richards）が「ハーバート」（Herbert）の次に加えられていたのはリディアの妹レティ（Lettie）が自分が思いを寄せていた牧師と同じ名前を欲したからである（*EY* 135 参照）。DHL 自身はこの「リチャーズ」という名前を受け入れてもいないし使ったことは一度もない。一八九七年のボーヴェイルの小学校の記録には'Lawrence, B.'と記入されている（学校の業務日誌、133）。若い頃には「デイヴィッド」というファーストネームさえ使いたがらなかった（'Enslaved by Civilisation', *PII* 581）が、彼の友だちのなかには当然その名前を使っていたものもいた（*EY* 532 参照）。十八歳になるまでには自分のことを'DHL'と称したり，ファミリーネームとイニシャルを組み合わせて使っていた（*L*, i. 23, 28 などを参照）。一九一三年から（おそらくはそれよりも以前から）フリーダはロレンスのことを「ロレンゾ」（Lorenzo）と呼んでいた（イタリアでは「ロレンス」とは発音されずに、みんなが「セニョール・ローレンツ」と呼んでいた（*L*, i. 538)）。本伝記では「ロレンス」という呼称を使い、男性には苗字を用いる（この流儀は往時の友人関係では普通のことであった）——例えばガーネット（Garnett）やマリィ（Murry）というように。一方、女性はファーストネームで呼ぶ。例えばフリーダ（Frieda）やキャサリン（Katherine）というように。ただひとつの例外はドロシー・ブレット（Dorothy Brett）で、彼女はいつでもどこでも「ブレット」と呼ばれる。

29　Nehls, iii. 553.

30　*L*, i. 190.

31　Nehls, i. 200, iii. 566.

32　*L*, i. 190; E. T. 149.

33　Ada 24; Nehls, ii. 126.

34　W・E・ロレンス（W. E. Lawrence）との対談（NCL）。

35　*L*, i. 190, 471.

36　*L*, vi. 114-15; *OED2*. DHL はとくに一九二二年十二月に「無念の

うちに生からはじき出される」人たちとか、その結果「復讐を念じながら」死んでいく人たちに言及するときに「無念」と自分の母親とを結びつけている（*Studies* 42）。*SL* では今わの際にあるモレル夫人はビアゾル家の人たちのように、「うしろから背中を少しずつ少しずつ押されて行く」のであって（*SL* 431）、モレル家の人間のように首根っこを押さえつけられて引っ張られていくのではない。リディア・ロレンスがガートルード・モレルのモデルだとするならば DHL はリディアと「無念」を結びつけていると考えられる。本伝記の第二十五章、註 53 参照。

37 *L*, v. 406.

38 ジョージ・ネヴィル（George Neville）著、*A Memoir of D. H. Lawrence*、カール・バロン（Carl Baron）編（一九八一年）、57-8.

39 *MN* 225.

40 *MN* 224.

41 *SL* 58-60.

42 E. T. xvi.

43 J・D・チェインバーズ（J. D. Chambers）著、'Memories of D. H. Lawrence', *Renaissance and Modern Studies*, xvi（一九七二年）, 6-7.

44 一九〇一年十月十八日付の *Eastwood & Kimberley Advertiser*, 2; '[Return to Bestwood]', *PII* 260.

45 *SL* 85; 'Getting On', 3; Nehls, iii. 570.

2 社会に出る 一八九五—一九〇二

1 一八七〇年の初等教育法に基づいて設立された学務委員会の監督下にあった学校のこと。

2 一九一三年九月十五日付の DHL の手紙には「ぼくは二年前にかなり重い肺炎を患った（一九一一年十一月のこと）。そのときの発病が三度目だった」（*L*, ii, 72）と記されている。二度目は一九〇一年の十二月のことで DHL が十六歳のとき。最初に肺炎に罹ったのは幼少期の早い頃だったに違いない。詳細は *EY* 523、註 2 参照。

3 *PM* 33；*SL* 113；'Enslaved by Civilisation', *PII* 580；*EY* 75 参照。DHL は自叙伝的な小説を一九一〇年の秋に書き始めて一九一一年に冗長な未完版として書き終えた（これは *Paul Morel* として出版された）。そして一九一一年の十一月から一九一二年の五月にかけてその未完の小説を大幅に書き直して、一九一二年の七月から十一月のあいだに新たに *Sons and Lovers* というタイトルをつけて書き直した。そしてこの作品は一九一三年の五月に出版された。

4 メイベル・サールビィ・コリショウ（Mabel Thurlby Collishaw）の談話（NCL）。

5 Nehls, i. 25；デイヴィッド・リンドリィ（David Lindley）著、'Eastwood Revisited', *Human World*（一九七三年五月）, 51。

6 Nehls, i. 23；ノエル・M・ケイダー、*William Edward Hopkin* (Eastwood, 1976), 11；Nehls, i. 72。

7 *SL* 97。

8 '[Return to Bestwood]', *PII* 261；ネヴィル、*A Memoir of D. H. Lawrence*, (1981), 38；ケイダー、*Hopkin*, 11。

9 'Autobiographical Sketch', *PII* 300.

10 モーガン・スタジオ（Morgan's Studio）にて撮影。7 Cavendish Street, Chesterfield (La Phot 1/78/1, UN).

11 ジョン・ミドルトン・マリィ（John Middleton Murry）著、*Son of Woman* (1930), 40 の対向ページに掲載されている。

12 Nehls, iii. 610.

13　Nehls, i. 72；ジョージ・ロレンス（George Lawrence）の談話（NCL）; Nehls, i. 29.

14　「天引き額とは炭坑夫の賃金からの差し引き額のことで家賃やろうそく代や鍛冶屋への支払いなどのこと」（*OED* 2）; *SL* 96。幾何学やフランス語は青年になったポールがミリアム・リーヴァースに教える学科である（*SL* 186）; このことはポールが（詳細は不明だが）高等教育を受けたことを示す。

15　Ada 34（エイダ・ロレンス（Ada Lawrence）とG・スチュアート・ゲルダー（G. Stuart Gelder）著、*Young Lorenzo*, 一九三一年版、40 の改訂）。

16　Ada 36.

17　ノッティンガム・ハイスクールの授業料は九ポンドで、差額は学期ごとに奨学生の成績が詳細に検討されたあとに請求された。

18　一九五七年十一月四日付のE・J・ウッドフォード（E. J. Woodford）からマイケル・シャープ（Michael Sharpe）宛の書簡、2（UN）; 'Autobiographical Sketch', *PII* 300.

19　「鉄製の棒で、表面には溝が彫られていたり滑らかなものもある。柄がついていてテーブルナイフを研ぐのに使われる」（*OED*2 8b）。

20　*EY* 45-7, 87-8 参照。

21　賞記録（W・H・フィチェット（W. H. Ftichett）, *Fights for the Flag*（1898））が校長のジェイムズ・ゴウ（James Gow）の署名認証付きでノッティンガム・ハイスクールに保管されている。

22　E・J・ウッドフォードによる覚書（UN）。

23　一八九〇年代後半にボーヴェイルの小学校に通っていたDHLの同時代人は、自分の孫娘にあの男は「洟垂れ（野卑な）小僧」だったと記憶していると語っている。彼が意味したところはDHLがいつも風邪をひいていて鼻水をたらしていたというわけでは必ずしもなく「狭量で、卑屈な」ということでもある（*OED*2 参照。二〇〇二年三月十三日にJWに直接語られた想い出話）。

24　一九三三年十月八日付のH・ゴダード（H. Goddard）からエミール・デラヴニ（Émile Delavenay）宛の書簡（La T 65, UN）。

25　*R* 18.

26　*L*, i. 39, 119.

27　*R* 389 ; *L*, i. 208.

28　Nehls, iii. 393.

29　*SL* 128.

30　*EY* 100.

31　F・リオンズ（F. Lyons）著、*The Hills of Annesley*（1973）, 236 ; ネヴィル、*A Memoir of D. H. Lawrence*, 90.

32　E. T. 19.

33　Nehls, iii. 561.

34　一九〇一年十月十八日付の *Eastwood & Kimberley Advertiser*, 2 ; Nehls, iii. 561 ; *EY* 520, 526 参照。

35　一九〇一年十月十八日付の *Eastwood & Kimberley Advertiser*, 2.

36　ルイーザ・リリー・デニス・ウェスタン（Louisa Lily Denys Western）として登場して「ジプシー」（'Gipsy'）または「ジップ」（'Gyp'）と呼ばれる。*SL* 126.

37　*EY* 写真5と6参照。

38　E. T. 19 ; 一八九七年十月七日付のアーネスト・ロレンス（Ernest Lawrence）からDHLへの書簡（MS Clarke）。

39　E. T. 26.

40 一九〇一年十月十八日付の *Eastwood & Kimberley Advertiser*, 2 ; *SL* 77.

41 *L*, i. 477.

42 *SL* 106, 147.

43 E. T. 31.

44 *SL* 171.

45 Nehls, iii. 44 ; *SL* 171.

46 *SL* 70.

47 *L*, i. 190.

48 *SL* 91.

49 Nehls, iii. 575. 一九〇二年の春にエドマンド・チェインバーズ（Edmund Chambers）が語った信憑性の薄い秘話。彼がロレンス家を訪れたときに十六歳になるひょろ長いロレンスが母親の膝の上に乗っているところを目撃したということになっている（UT）; *L*, i. 45.

50 *PFU* 65, 150.

51 'Autobiographical Sketch', *PII* 301 ; Nehls, iii. 565.

52 *R* 349-76 ; 例えばアンダーウッド（Underwood）でのジェシー・チェインバーズ（Jessie Chambers）(Nehls, iii. 537）やレスター（Leicester）でのルイ・バロウズ（Louie Burrows）(*L*, i. 93, 94)。

53 Nehls, iii. 583 ; チャールズ・リーミング（Charles Leeming）の録音された談話（NCL)。

54 一九〇二年十月二十八日付の業務日誌、303（NRO)。

3 炭坑夫の息子が詩を書く 一九〇二―一九〇五

1 J・D・チェインバーズ著、'Memories of D. H. Lawrence', *Renaissance and Modern Studies*, xvi (1972), 6-7; E. T. 15-16; Nehls, iii. 555.

2 E. T. 22, 24; Nehls, iii. 561.

3 Nehls, iii. 536. ミリアムの「母は私にこう言ったことがあるの――『結婚には恐ろしく不快なことがひとつだけあるのよ。でもあなたは、それに耐えなくちゃならないの』ってね」(*SL* 334)。ミリアムのこの台詞は、似たようなことをアン・チェインバーズが娘のジェシーに語ったことがある可能性を示唆する。

4 *SL* 158.

5 クライチ（Crich）に現存する塔は一九二三年に建てられたもので、もともとは一八二一年に建立された「ずんぐりとして頑丈そうな」塔だった。このオリジナルの塔をポールはベストウッド（Bestwood）から眺めることができた（*SL* 206)。

6 一九五五年五月八日に放送されたBBC第三チャンネルのプログラム *Son and Lover* のなかでのエミリー・キング（Emily King）の言葉（La Av 3/2, UN）; *EmyE* 201.

7 ハイスクール時代に数学の成績が優秀だったためにもらった二回目の賞で一九〇〇年七月二十八日の日付と名前がサインされている（Jean Temple)。

8 チェインバーズ、'Memories', 10; Nehls, iii. 578.

9 マッケンジー、*My Life and Times: Octave Five 1915-1923* (1966), 168. しかしマッケンジーは（DHL の素情を知っていて）DHL はある「若い炭坑夫」が大好きだったと回想している。

10 Nehls, iii. 537.

11 *EY* の写真 21 参照 ; Nehls, iii. 537.

12 *SL* 96.

13 E. T. 30; ジョージ・Z・ズィタルーク（George J. Zytaruk）編、

'The Collected Letters of Jessie Chambers', *D. H. Lawrence Review*, xii (Spring-Summer 1979), 58.

14　ズィタルーク編、'Collected Letters', 49. *The Boy in the Bush* (1924) のなかでワンドゥー（Wandoo）にある農場に住んでいるエリス一家（the Ellis family）の歌うところや笑うところはチェインバーズ一家をモデルにしている。「家族だ！　これが家族の団欒なんだ！　ジャックはそれが大好きだった。あたかも全人生を満たしてくれるかのようだった」（*BinB*, 71）。

15　*L*, vi. 618. 'The Shades of Spring'（1914）も参照：「最期の日まで彼はこの場所に思いを馳せるだろう」（*PO* 102）。この手紙については第二十四章で触れる。

16　チェインバーズ、'Memories', 11.

17　一九四九年三月二十五日付のメイ・ホルブルック（May Holbrook）からデイヴィッド・チェインバーズ（David Chambers）宛の書簡（アン・ハワード（Ann Howard））。

18　*L*, i. 103; Nehls, iii. 611.

19　E. T. 30.

20　E. T. 32.

21　チェインバーズ、'Memories', 12; E. T. 134.

22　Nehls, iii. 565; E. T. 28.

23　Nehls, iii. 591.

24　Nehls, iii. 588.

25　一九〇八年十一月二十八日に DHL がロンドンからメイベル・リム（Mabel Limb）に出した絵葉書参照（'Picturesque Devon'（「絵に描いたようなデヴォン」））：「この絵を見て一緒に過ごした頃が懐かしくならないかい？」（*L*, i. 95）。

26　E. T. 96.

27　Nehls, iii. 590; *EY* 119.

28　*SL* 161.

29　E. T. 95.

30　E. T. 18; Nehls, iii. 593.

31　ズィタルーク編、'Collected Letters', 58.

32　E. T. 96.

33　Nehls, iii. 596.

34　一九〇八年七月十八日に書かれた人物評定（UN）。

35　アルバート・ストリート・スクール（男子部）（Albert Street School (Boys)）の業務日誌、318-19 (NRO)。

36　この時点で DHL はコットマンヘイ（Cotmanhay）から通って来ていたギルバート・ヌーン（Gilbert Noon）とは面識があるという程度に過ぎなかったであろうが、この人物はやがて *Mr Noon* に登場することになる。

37　Nehls, i. 43-4.

38　*Plays* 536.

39　この写真のオリジナル（*EY* 写真 12 参照）を見ればその写真がホルダーネス（Holderness）によって室内で撮られたことが分かるのだが、写真の所有者がその写真の複製を認めようとしない。

40　Nehls, iii. 584.

41　*L*, i. 27.

42　'Forward to *Collected Poems*', *Poems*, 849.

43　ロン・フォークス（Ron Faulks）とクライヴ・リーヴァース（Clive Leivers）は親切にも私に讃美歌の作詞家であったジョン・ニュートン（John Newton, 1725-1807）とレース工であり作曲家でもあったDHLの母方の祖父のジョン・ニュートン（John Newton, 1802-86）とのあいだには実は関係はまったくないということを証明する調査結果を見せてくれた；DHLの死に触れてレティ・ベリー（Lettie Berry）が書いた折句は個人が所有している。

44　Nehls, iii. 560.

45　*L*, i. 23, 27, viii. 1.

46　*L*, vi. 535.

47　'Autobiographical Sketch', *PII* 301; *SL* 88-9 参照；*L*, i. 513.

48　E. T. 57.

49　E. T. 57.

50　ネヴィル、*A Memoir of D. H. Lawrence*, 188.

51　'Getting On', *LEA* 30.

52　E317 (UN). *Lady Chatterley's Lover*（*LCL* 227）のなかでコニーがメラーズの陰毛に絡ませて飾るピンク色のセンノウ（*LCL* 227）は「若い女の子たち」のために書いたこの詩に巧みに関係しているのかもしれない。

53　リチャード・エルマン（Richard Ellman）著、*James Joyce*（1982）, 50-51, 78-80 参照。

54　Ada 55-8: *EY* 136も参照。書簡を書くという行為は一九〇一年の春にスケッグネスからチェインバーズ一家に宛てた「長く仔細に及ぶ手紙」以降確実に習慣となったといえる。そのなかの一通に「叔母の家の客間に立っていると窓から潮がうねりながら迫ってくるのが見えるんです」と書いていて、それを読んだ毒舌家のメイが「窓の外に潮がうねって迫ってくるなんてロレンスの叔母さんの家の客間ってとっても居心地悪そうね！」（E. T. 28）とコメントしている。

55　一九〇六年三月二十七―九日付のアルバート・ストリート・スクール（男子部）（Albert Street School (Boys)）の業務日誌、335 (NRO); *L*, i. 39; 'Autobiographical Sketch', *PII* 593.

4　独り立ちするとき　一九〇五―一九〇八

1　*LAH* 33.

2　*Plays* 29.

3　サラ・エリザベス・ウォーカー（Sarah Elizabeth Walker; 1896年生まれ）; *EY* 159, 535.

4　*L*, i. 62, 29; *PM* 298 (240:4への註): ポールとミリアムに言及しているコメント。ジェシーは作中のふたりをDHLと自分の生き写しだとしていることから、このコメントは一九〇二年から一九〇六年にかけてふたりのあいだに実際に起こったことだとジェシーが考えていたことを裏付ける。

5　*PM* 85.

6　*PM* 243; E. T. 133.

7　'The State of Funk', *PII* 568; 'Nathaniel Hawthorne and *The Scarlet Letter*', *Studies* 92.

8　Nehls, i. 54-5.

9　E. T. 66.

10　*EY* 162.

11　E. T. 67.

12　E. T. 68.

13　一九〇六年にはジェシーと、一九〇七年にはジェシーとフランシス、メイベルのクーパー姉妹と、一九〇八年にはアラン、ジェシーのチェインバーズ兄妹とアルヴァイナ・リーヴ（Alvina Reeve）と（この年にはバロウズ（Burrows）一家とも合流している）、一九〇九年には（ジェシーではない）誰かほかの人といったようにロレンス家は家族以外の人たちと休暇をよく過ごしていた。

14　十月から大学へ通うようになる一九〇八年の五月に DHL はこの小説に取り組んでいることを明らかにしている――「何ヶ月か前から、たぶん二年前のイースターくらいにこの小説を書き始めたんです」(*L*, i, 49)。

15　E. T. 117; *L*, i. 49.

16　*PM* 94. DHL は一九一三年に「ぼくは *Tristram Shandy* が大好きだ」と言っている（*L*, ii. 90)。

17　E. T. 103.

18　ジェシーの小説は *The Rathe Primrose* と名づけられた：第九章参照；*L*, i. 551; *SL* 190.

19　*SL* 232.

20　*SL* 232.

21　*L*, i. 141.

22　*L*, i. 89.

23　'Getting On', E144, 4; *LAH* 33. その日に撮影されたもう一枚の写真については *EY* の写真 14 参照。

24　*LAH* 35.

25　ノッティンガム・ユニヴァーシティ・コレッジの学生名簿(UN)。

26　*EY* 288; *L*, i. 193.

27　*L*, i. 41.

28　覚書帳（La Z 7/1, UN)。

29　*Plays* 6; *MN* 3 参照。倫理的社会主義はマルクス主義の立場から「空想的社会主義」と呼ばれることもあるのだが、社会主義の社会は互いに救済し合うという人間の倫理的義務に依拠して存在し得ると唱えた。

30　アリス・ホール・ホールディッチ（Alice Hall Holditch）の談話(NCL)。

31　*SL* 267.

32　*L*, i. 99, 101, 36-7, 39-41.

33　*EY* 175 参照；*L*, i. 99, 40-41, 256.

34　*L*, i. 256.

35　一九五五年五月八日の BBC 第三チャンネルのプログラム *Son and Lover* のなかでのエミリー・キングの言葉（La Av 3/2, UN)。

36　*L*, i. 98, 101.

37　J・D・チェインバーズ、'Memories of D. H. Lawrence', *Renaissance and Modern Studies*, xvi (1972), 15.

38　*L*, i. 527.

39　チェインバーズ、'Memories', 15.

40　E. T. 127-8.

41　Nehls, i. 49.

42　*L*, ii. 73.

43　*L*, i. 39.

44　*L*, i. 58.

45　E. T. 76.

46　*L*, i. 72.

47　*R* 403.

48　ノッティンガム・ユニヴァーシティ・コレッジの学生名簿(UN)。

49　*WP* xvii-xviii 参照；'Getting On', 5.

50　*LAH* 5.

51 *L*, v. 86.
52 E317, E320.1 (UN).
53 *EY* 写真 15 参照。
54 *L*, i. 49.
55 *SL* 25.
56 E. T. 89.
57 *L*, i. 73.
58 *L*, i. 80.
59 アリス・ホール・ホールディッチの口頭記録（NCL）; ジョージ・ネヴィル、*A Memoir of D. H. Lawrence*, 72-4。十九歳のギルが同じように無知だったことについてはフィオーナ・マッカーシー（Fiona MacCarthy）著、*Eric Gill*（1989）、46 参照。
60 Nehls, iii. 618.
61 *L*, i. 117; Nehls, iii. 611.
62 E. T. 149; Nehls, iii. 611.
63 E. T. 150.
64 *L*, i. 154.

5 クロイドン 一九〇八―一九一〇

1 *L*, i. 83-4; ヘレン・コーク（Helen Corke）著、*In Our Infancy* (1975), 133; *L*, i. 121.
2 E. T. 152.
3 *L*, i. 82, 106.
4 ノッティンガム・ユニヴァーシティ・コレッジの学生名簿 (UN); *L*, i. 85.
5 *L*, i. 93.
6 *L*, i. 89, 124. DHL は無償で支給される朝食のエピソードを 'Lessford's Rabbits' のなかに描いている（*LAH* 21-7）。
7 *L*, i. 84.
8 *L*, i. 93, 164, 85.
9 *L*, i. 39; *L*, i. 93-4; ノッティンガム・ユニヴァーシティ・コレッジの学生名簿（UN）。
10 *L*, i. 93, 94, 117. DHL の生徒たちに対する態度はこれ以降かなり改善された。一九一〇年十二月二十日付のクロイドン教育委員会に提出するために作成された照会状（おそらくフィリップ・スミスによる情報に依拠したもの）では DHL を「思い遣りがあり、有能で統率力もある」としている（MS Clarke）。
11 Nehls, i. 98; コーク、*In Our Infancy*, 160; *T* 218-19; *L*, i. 465 と註 1。
12 Nehls, i. 90; *T* 218.
13 *L*, i. 118. ビョルンスティエルネ・ビョルンソン（Björnsterne Björnson, 1832-1910）はノルウェー人の詩人、小説家でもあり劇作家でもあった。
14 *EY* 210-12 参照。
15 'Education of the People', *Reflections* 89; Nehls, i. 86.
16 Nehls, i. 87; *L*, i. 89; E・クレア・ヒーリィ（E. Clair Healey）とキース・クシュマン（Keith Cushman）編（1985）、*The Letters of D. H. Lawrence and Amy Lowell 1914-1925*, 132.
17 Nehls, i. 90, 86.
18 *L*, v. 479; 'Education of the People', *Reflections* 89.
19 *L*, i. 208.
20 'The Fly in the Ointment', *LAH* 25, 51.
21 コーク、*In Our Infancy*, 135.

22　*L*, i. 106.
23　*L*, i. 84, 85.
24　*WP* 264.
25　*L*, i. 103, 91, 128.
26　*L*, i. 450.
27　*L*, i. 115. DHL はヒルダ・メアリィのことを（'Campions' と対局的な）現存する何篇かの詩にしている：'Baby Songs: Ten Months Old', 'Baby Movements: Running Barefoot' や 'Trailing Clouds'（*Poems* 863, 918-19）.
28　例えば「ぼくにはプレゼントを買わなくちゃならない子どもが六人もいるんだ」（*L*, i. 208）と DHL は書いている：ペギー（Peggy）のほかに兄のジョージのところのアーネスト（Ernest 一八九七年生まれ）、エドワード・アーサー（Edward Arthur 一九〇〇年生まれ）、フロッシー（Flossie 一九〇五年生まれ）、そしてジョーンズ家のふたりの娘を指す。
29　*L*, i. 92, 85.
30　*L*, i. 69; E. T. 117.
31　*WP* 222-3.
32　*L*, i. 118; Nehls, i. 91.
33　リディアは確実に息子ロレンスの創作を一九一〇年には読んでいた。*EY* 142-4 参照。
34　*L*, i. 99.
35　E. T. 168.
36　E. T. 155-6.
37　*L*, i. 89, 139, 181.
38　*L*, i. 165, ii. 90.
39　*L*, i. 85.
40　*L*, i. 146. グレイス・クロウフォード（Grace Crawford）は若いアメリカ人女性で教育を受けるために両親にヨーロッパへ連れて来られていた。
41　E. T. 157.
42　Nehls, i. 109; E. T. 158.
43　フォード・マドックス・フォード（Ford Madox Ford）著、*Return to Yesterday*（1931）, 399; E. T. 159; *L*, i. 138. 数年後に DHL は 'Jimmy and the Desperate Woman' という短篇のなかでイングランド中部地方に住む労働者階級出身の詩人を登場させることになる。この詩人は炭坑夫と結婚して失望のなかで暮らしているピネガー夫人（Mrs Pinnegar）のために簡素な労働者的な詩を書く。*WWRA* 101-3 参照。
44　Nehls, i. 111-12; 'Dreams Old and Nascent – I: Old. II: Nascent', 'Baby Movements – I: Running Barefoot. II: Trailing Clouds', 'Discipline'（*Poems* 908-9, 909-11, 916, 916, 929）.
45　Nehls, i. 109.
46　'Autobiographical Sketch', *PII* 593-4.
47　Nehls, i. 126; *L*, i. 171; 'Autobiographical Sketch', *PII* 594.
48　*L*, i. 144-5, viii. 3, i. 152, viii. 3.
49　E. T. 179; *L*, i. 130, 286.
50　*L*, i. 319, 137; モリー・スキナー（Mollie Skinner）著、*The Fifth Sparrow: An Autobiography*（1973）, 115-16.
51　*L*, i. 164; Nehls, i. 129-31.
52　Nehls, ii. 268; Wilkinson 43（Nehls, iii. 138-9 参照）。
53　'Autobiographical Sketch', *PII* 593.
54　*L*, i. 141.

55 *WP* 226; E. T. 168; *L*, i. 153.

56 E. T. 180-81. 一九三五年頃に書かれた回想記であるがジェシーはDHLが自分と性的な関係をもっていた時期を言い表わすために「婚約していた」という言葉を一九一〇年に使ったことを記憶していた（Delavenay, ii. 703）。少なくともジェシーから見ればそのようなふたりの関係は「婚約」だった。だからジェシーがDHLとアグネス・ホールトとの関係に婚約という言葉を使ったとき（E. T. 165）に彼女は同じことを意味していたと考えられる。

57 *L*, i. 153.

58 *MN* 51-6 参照。

59 'Restlessness', E317 no. 55, ll. 30-31, *Poems* 178 において改訂；*L*, i. 188.

60 *WP* 230.

61 *L*, i. 153.

62 Nehls, i. 293.

6 愛と死 一九一〇

1 E. T. 164-5.

2 E. T. 167-8; Delavenay, ii. 702.

3 Delavenay, ii. 702.

4 E. T. 167.

5 Nehls, iii. 537.

6 E. T. 167.

7 ジョージ・J・ズィタルーク編、'The Collected Letters of Jessie Chambers', *D. H. Lawrence Review*, xii (Spring-Summer 1979), 117; E. T. 182.

8 E. T. 133.

9 'The State of Funk', *PII* 568; 'Pornography and Obscenity', *LEA* 245; *PFU* 139. 非医学的或いは非道徳的作家がマスターベーションに言及することは往時では稀である。DHLが許容範囲のギリギリ限界まで（そしてときにはそれを超えて）書いたことは彼の特性を示していて、彼がそのようなものを書き残したおかげで私たちは彼の生活における可能性を探ることができる。ジェイムズ・C・カウァン（James C. Cowan）は *D. H. Lawrence: Self and Sexuality*（2002）のなかでロレンスのマスターベーションへの言及について同じようなことを述べている。

10 一九一二年三月に偶然にDHLはこの作品を発見して「これは三年も前に書いたものですっかり忘れていた」と書簡に書いている（*L*, i. 372）。

11 E. T. 133; *LAH* 47.

12 ジョージ・ネヴィル著、*A Memoir of D. H. Lawrence*,（1981）, 86.

13 DHLが一九二七年の終わりに *Lady Chatterley's Lover* の第三稿のなかでオリヴァー・メラーズ（Oliver Mellors）の視点から自身の若い頃について書いたときに自分の欲望、そしてジェシーがそれにどのように反応したのかについて現実を露骨に脚色して描写することになった。「俺はどんどん痩せていって頭もおかしくなっていった。だからあいつに俺たちは恋人同士にならなくちゃならないと言ったんだ。みんながそうするようにあいつを説き伏せたってわけだ。で、あいつは俺にやらせてくれたよ。俺は嬉しくてたまらなかったけど、あいつはそれをやりたがってはいなかったんだ。とにかく、やりたいとは思わなかったんだ。俺のことを崇めて俺に話をさせたりキスさせたりすることは大好きだったんだ。この点ではあいつは俺に惚れていたんだろう。でも、もうひとつの点ではと言うとあいつはとにかくしたがらなかった…そしてこの俺はまさにそのもうひとつのことこそが欲しかったんだ」(*LCL* 200)。このメラーズの独白のどれほどがロレンス自身のパロディーだとしても女性との関係において自分の欲しいものについて自分の言葉で真摯に語られているこのエピソードは、一九〇九年から一九一〇年にかけてのDHLには思いつきもしなかった正直さを備えている。

14 'Pornography and Obscenity', *LEA* 246.
15 *L*, i. 154.
16 *L*, i. 191.
17 *L*, i. 154.
18 ヘレン・コーク(Helen Corke)著、*Neutral Ground* (1933), 194.
19 *T* 241, 267.(一九八一年に出版されたケンブリッジ版では二百三十ページのエピソードの結果として起こることは正確に五ページ後に描かれている。)
20 *T* 249.
21 *T* 274, 214, 265.
22 Delavenay, ii. 702; *L*, i. 157. DHL はロチェスター(Rochester)が *Jane Eyre* のなかでジェーンのことを「セックスの相手」('thing')と呼ぶことに驚いていた(E. T. 98):「君は変わっている——地上のものとは思えない君!」(第二巻、第八章)。
23 *L*, i. 157.
24 Delavenay, ii. 703; *L*, i. 158.
25 *WP* 389 (255: 16 の註)。
26 *T* 268.
27 ヘレン・コーク著、*In Our Infancy* (1975), 162.
28 *L*, i. 160; Delavenay, ii. 704.
29 'Lilies in the Fire', E213a (UT), ll. 33, 42; E. T. 181; *L*, i. 166.
30 *T* 74.
31 *L*, i. 162, 160, 155. 一九一〇年六月一日付の手紙に見られるDHLのヘレン・コークへのコメントを参照:'C'est moi qui perdrai le ju'(「負け犬になるのはぼくのほうだ」)(*L*, i. 162).
32 E. T. 182.
33 *L*, i. 173.
34 *L*, i. 173, 190, 191.
35 コーク、*In Our Infancy*, 168.
36 コーク、*In Our Infancy*, 191; *L*, i. 175.
37 ヘレン・コーク著、*D. H. Lawrence: The Croydon Years* (1965), 21.
38 ジェシー・チェインバーズは *The Rathe Primrose* というタイトルの小説をひとつ書いた(第九章参照)がこれは現存していない。それと回想記の *D. H. Lawrence: A Personal Record* (1935) を 'E. T.' というペンネームで書いた。ヘレン・コークは *Neutral Ground* という小説と *Lawrence and Apocalypse* という手記を一九三三年に出版し、のちに彼女によって執筆された *D. H. Lawrence: The Croydon Years* が一九六五年に、*In Our Infancy* が一九七五年に上梓された。
39 コーク、*In Our Infancy*, 181.
40 「彼女は 'Dreaming Women' の部類に属していて、そんな彼女にとって熱情は口のところで枯渇してしまうのである」(*T* 64); 'Passing Visit to Helen', *Poems* 150.
41 'Lilies in the Fire', E213a, ll. 30-33.
42 *L*, i. 359.
43 *SL* 340-41.

44　ズィタルーク編、'Collected Letters', 11.
45　*L*, i. 477:「ふたりのあいだに乖離がまた目につき始めるのです。しかしほとんど無意識に母親には何が起こっているのかが分かっていて、そして死へと向うのです。」
46　*L*, i. 175, 373; ネヴィル、*A Memoir of D. H. Lawrence*, 152.
47　*L*, i. 190.
48　*L*, i. 193, 190; ギルバート（Gilbert）記録、6 (UN).
49　*L*, i. 179; コーク、*The Croydon Years*, 51; *L*, i. 180.
50　*L*, i. 488, 330.
51　*EY* 276-80 参照。
52　*L*, viii, 4.
53　*L*, i. 190.
54　*L*, i. 195.
55　*L*, i. 185, 181 の註 5 ; *EY* 340.
56　*L*, i. 189.
57　*SL* 437; *L*, i. 189.
58　*L*, i. 194 と註 2 ; Nehls, iii. 618.
59　*L*, i. 193, 192.
60　*L*, i. 198, 343.
61　*L*, i. 197; Nehls, iii. 618.
62　*L*, i. 189.
63　*L*, i. 192, 195; *SL* 435.
64　*L*, i. 195.
65　リーナ・D・ウォーターフィールド（Lina D. Waterfield）著、*Castle in Italy* (1961), 139: *SL* 437-8 も参照。
66　*L*, i. 199.
67　*L*, i. 199, 202.
68　リヴァプール（Liverpool）のウォーカー・ストリート・ギャラリー（Walker Street Gallery）所蔵。妹のエイダに贈られた複製は *EY* のハードカバー版のジャケットの裏面にカラーで印刷されている。エイダとルイ・バロウズに贈った複製は現在では個人の所有となっていて、アグネス・ホールトに贈ったものはノッティンガム大学が所蔵している。（アーサー・マクラウドに贈られた）四枚目の模写の所在は不詳である。
69　*L*, i. 103.
70　*L*, i. 181, 190.
71　*SL* 355.

7　大病の年　一九一一―一九一二

1　*L*, i. 220.
2　*L*, i. 222, 223, 191.
3　*L*, i. 293.
4　*L*, i. 266.
5　*L*, i. 225-6.
6　*L*, i, 272.
7　*L*, i. 339.
8　*L*, i. 285.
9　*WP* 132.
10　*EY* 314.
11　*L*, i. 237.
12　*L*, i. 239. *Lady Chatterley's Lover* に登場するメラーズはヘレンをモデルにしたような女性に対して辛辣な言葉を吐く――「その女はソフトな感じで色白の柔らかそうな印象の女で、俺よりも年上でヴァイオリンを弾いていた…彼女は恋愛に関することならなんだって大好きだった、セックスを除いて。しがみついたり愛撫したり身体を絡めてきたりといろいろなやり方で近づいてくるくせに、こっちが強く出てセックスしようとするとその女は歯軋りをして怒って憎ったらしい目で俺を睨みやがるんだ」（*LCL* 200-201）。

13　*L*, ii. 91.

14　*L*, i. 298; 第七章と *L*, i. 364 参照。

15　*L*, i. 286; Delavenay, ii. 706.

16　一九一一年二月十四日付の *Dailey News*, 3; *WP* xliv-xlvi も参照。

17　*L*, i. 339.

18　*L*, i. 289, 218. おそらく一九一〇年の冬に書いたと思われるレイチェル・アナンド・テイラー（Rachel Annand Taylor）への言葉――「ああ、ぼくは父のように酒を飲みすぎて死んでしまうかもしれません」――も参照のこと（Nehls, i. 137）。

19　*L*, i. 285, 286.

20　*AR* 22.

21　*L*, i. 298-9.

22　*L*, i. 289.

23　*L*, i. 315.

24　*L*, i. 315.

25　*L*, i. 315.

26　*L*, i. 317.

27　*R* 21.

28　*L*, i. 321.

29　*EY* 320, 316.

30　*Memoirs*, 247; *L*, i. 48.

31　イーニッド・ヒルトン（Enid Hilton）の回想録、2（UN）; アリス・ホール・ホールディッチの記録（NCL）。

32　エミール・デラヴニ（Émile Delavenay）著、'Sandals and Scholarship', *D. H. Lawrence Review*, ix (Spring 1967), 411.

33　*R* 21; *L*, i. 101, iii. 209.

34　*WL* 500; *Memoirs* 245-8.

35　*L*, i. 322.

36　'Paul Morel', E373e (UCB), 25（オリジナル原稿）。

37　E. T. 188; *L*, i. 323, 328, 326. 病気：たんに「不平の種を漏らすこと」だけでなく「肉体的な病気、体調不良、不調（とくに慢性的もの）」を指す（*OED2*）。

38　*EY* 322.

39　*L*, i. 337. しかし DHL は一九一二年の二月末までディヴィッドソン・ロード・スクールを辞めなかった。

40　*L*, i. 358. 一九一五年にロレンスは次のように述べている――「二十年間英語においてすべての形容詞が使用禁止となり、作家たちは形容詞の助けを借りないでものごとを描写しなければならない状況に置かれればいい」（Nehls, i. 294）。

41　*L*, i. 215. *The White Peacock* のシリル・ビアゾル（Cyril Beardsall）、'The Witch à la Mode' の一九一一年草稿（'Intimacy'）のバーナード・クーツ（Bernard Coutts）, 'The Old Adam' のエドワード・セヴァン（Edward Severn）: そしてポール・モレルにはフランス人の祖父がいる（このことは実際にロレンス家の人びとも公言している）: *EY* 7-8, 24, 62, 308 参照。

42　*L*, i. 358-9.

43 *L*, i. 362.

44 *L*, i. 361.

45 *L*, i. 363.

46 *L*, i. 364.

47 *EY* 320, 555 参照。

48 ロレンスのアドレス帳に書かれている「ポーリーン、B」(Pauline, B) という同じような事例を私はケンブリッジ版の評伝のために調査した (*EY* 320, 355-6)。

49 「ブロムリィ・ハウス」('Bromley House') は今までに一度もイーストウッドにあるロレンス家ゆかりの住宅とは見なされなかったのだが、一家にとって印象深い最後の家である：階下にはふたつの大きな部屋とキッチンがあり、二階には四つの寝室があった（おそらくひとつはアーサー・ロレンス用、ひとつはエイダ用、そしてひとつはエミリー、サムそして三歳になるペギー用、ひとつはDHL用だったのだろう）。階下の中央に位置する部屋を居間として使っていたのだろうが、普段の（とくに冬のあいだの）家族の集まる場所はキッチンだったろうと考えられる。というのも日中この家にはエミリーとペギーとDHLしかいなかったのだろうと思われるからである。

50 *L*, i. 363.

51 *L*, i. 365-6.

52 *EY* 338. どうしてもこの出来事を *Sons and Lovers* のなかで夜会服を着たポールが既婚女性クララと劇場へ出かけて、その日の夜に肉体関係をもつエピソードと結びつけて考えたくなる (*SL* 375-84)。

53 *L*, i. 322.

54 *MN* 291. *Mr Noon* には一九一二年の五月から九月までにDHLの実人生に起こった重要な出来事が脚色されてひとつのエピソードとして描かれている。ほかの資料によって裏付けの取れない事柄については信憑性が疑わしいが、この小説はそれでも私たちの理解をおおいに助けてくれるものである。私は本伝記の第七、八、九章でこの小説を援用しているがその際にはそのことを本文中で明らかにするか、或いは「…らしい」という表現を使っているので、上記の章でのこの言葉はつねに *Mr Noon* が判断の基になっていることを示している。

55 *L*, iii. 353. 現在はUNが所蔵しているこの手紙の複製をルイは手に入れた。おそらくDHLの叔母であるエイダ・クリンコウ (Ada Krenkow) が彼女に送ったのだろう。

56 'The Miner at Home' (*LAH* 123-7), 'Her Turn' (*LAH* 128-33), 'Strike-Pay' (*LAH* 134-42), 'A Sick Collier' (*PO* 165-71) 参照。

57 Delavenay, ii. 706.

58 前掲書。

59 *SL* 345.

60 *L*, i. 51 註1。'The Blessed Damozel' はD・G・ロセッティ (D. G. Rossetti, 1828-82) によるもの。

8 フリーダ・ウィークリー 一九一二

1 ジョン・ワーゼン著、*Cold Hearts and Coronets: Lawrence, the Weekleys and the von Richthofens* (1995), 10: *Memoirs* 420 も参照。

2 *Memoirs* 390.

3 *L*, iii. 571; Frieda 55. DHL は兵士たちが歌うような歌を作中に頻繁に引用している：例えば 'Ach, schön Zwanzig' (*LG* 84-5), 'Mach mir auf, mach mir auf, du Stolze' (*WL* 419), 'Dans les Gardes Françaises' (*PS* 549 の 444:28 の textual apparatus 参照：これがその「昔の歌」である)。

4 *L*, i. 502. フリーダが書いたDHLの伝記の口絵には von

Richthofen 家の紋章が使われていて、この紋章はカイオワ牧場にある彼女の墓石にも刻まれている。

5　この写真は懐中時計かロケットに入るように切り取られたものでアーネスト・ウィークリーの死後に彼の机のなかで発見された（とイアン・ウィークリーは伝えている）。（桜の木と庭と家などの景色がちゃんと写っている）オリジナルの写真はカースティン・ユングリング（Kirsten Jüngling）とブリジット・ロスベック（Brigitte Roßbeck）著の *Frieda von Richthofen: Biographie*（1998）に掲載されている写真 6 である。

6　*Memoirs* 79-80.

7　ウィリアム・エンフィールド・ダウソン（William Enfield Dowson, 1864-1934）。バービィの名づけ親。ウィークリー一家がヴィカーズ・ストリート十番地（10 Vickers Street）に住んでいたとき彼はマパリー・ロード十番地（10 Mapperley Road）に住んでいて、両家は徒歩で八分の距離しか離れていなかった。

8　*Memoirs* 89.

9　Frieda 22; 'Introduction', *Look! We Have Come Through!*（1971）, 10.

10　*SL* 252-4; *Hamlet* III. iv. 161-72; *Memoirs* 351. DHL がこの場面を書いていたことと、彼が三月三日にフリーダと会ったことの偶然に着目させてくれたことで私はジョン・ターナーに感謝している。

11　バーバラ・バー（Barbara Barr）が一九九四年三月二十六日に JW に話して聞かせてくれた。ブレンダ・マドックス（Brenda Maddox）著、*The Married Man: A Life of D. H. Lawrence*（1994）の 114 にこの話が載っていて、ウィリアム・ホプキンが情報源だとされている。ホプキンの話（これ自体がまた聞きなのである）はルイス・リッチモンドという第三者によって語られている（UT）。*Mr Noon* に描かれているエピソードは性交渉がどのようにもたれたかについての証拠としてマドックスによって引用されているが、かなり事実とは違っている。そのエピソードはギルバートとヨハンナの最初の出会いを重要視していない（*MN* 136-7 参照）。マドックスはまたロレンスがウィークリー家を訪問したときの子どもと召使のことを黙殺している。しかしながらこのような作り話がくり返し語られているのである：例えば「フリーダはロレンスに初めて会ってから二十分と経たないうちのスープとメインディッシュのあいだに彼を誘惑した。ウィークリーが帰宅したときにはすでに彼の結婚生活は破綻していたのである」（セバスチャン・オーケリー（Sebastian O'kelly）著、'Was this peasant the real Lady Chatterley's Lover?', 二〇〇一年十二月二日付の *Mail on Sunday*, 65）。

12　一九一三年十月十八日付の *Evening Standard*, 4.

13　*TE* 321.

14　*L*, i. 397. DHL がメイ・ホルブルックに書いた「ぼくたちは…君たちのコテッジをどれだけ望んだことか」（*L*, i. 500）と *L*, i. 387 を比較。

15　*L*, i. 384, 376.

16　'Lotus hurt by the Cold'（のちの 'Lotus and Frost'）, E320.2; Nehls, ii. 78.

17　Nehls, i. 71.

18　一九二〇年から一九二一年にかけて DHL が *Mr Noon*（この時期のロレンスの実人生の小説版）を執筆したとき、暫くはこの作品を 'Lucky Noon' と呼んでいた：*L*, iii. 645-6, 722, iv. 35 参照。

19　E. T. 213.

20 バーバラ・バー（Barbara Barr）著、'Step-daughter to Lawrence', *London Magazine*, xxxiii (August/September 1993), 26; *Memoirs* 92.
21 Frieda 23.
22 *L*, i. 362, 400, 386.
23 バー、'Step-daughter to Lawrence', 26.
24 フリーダ・グロス（Frieda Gross）からエルゼ・ヤッフェ（Else Jaffe）宛の書簡、'Ascona, 6 Mai'［1912］, CR-W と JW による翻訳。この書簡はタフツ・ユニヴァーシティ（Tufts University）所蔵。
25 ジョン・ターナー（John Turner）、コーネリア・ランプフ＝ワーゼン（Cornelia Rumpf-Worthen）、ルース・ジェンキンス（Ruth Jenkins）共著、'The Otto Gross-Frieda Weekley Correspondence', *D. H. Lawrence Review*, xxii (Summer 1990), 165.
26 *Memoirs* 178.
27 Frieda 25; *FWL* 355; *WL* 387.
28 *L*, i. 392.
29 *MN* 150-54.
30 *L*, i. 391.
31 *L*, i. 392-3.
32 *L*, i. 409, 388.
33 *Memoirs* 92-3; *L*, i. 392-3, 400.
34 'A Foreword by Frieda Lawrence', D. H. Lawrence, *The First Lady Chatterley* (1972), 14.
35 *MN* 216.
36 *L*, i. 394, 392.
37 *Memoirs* 178（四月十一日と日付が誤っている手紙）; *L*, i. 409.
38 *MN* 181.
39 *L*, i. 398.
40 'Bei Hennef', *Poems* 203; *L*, i. 421; フリーダからA・S・フレーレ‐リーヴズ（A. S. Frere-Reeves）宛の日付のない書簡（'Thursday, Kingsley Hotel'）; 一九一二年の五月二十一日、六月二日、七月三日のDHLの書簡と比較（*L*, i. 408-10, 414-15, 420-22）。
41 *L*, viii. 113; Frieda 53.
42 Frieda 25; *Memoirs* 178-81.
43 *L*, i. 401.
44 *L*, i. 410.
45 *L*, i. 406. 'In Fortified Germany, I' はメスとそこにいた兵士たちについて書いたものでゲラ刷まであがっていたがボツにされた（*Westminster Gazette* は政治的に反ドイツ的なものを掲載することに慎重だった）; 'French Sons of Germany' はメスで書かれて一九一二年八月三日付の紙上に掲載された; 'Hail in the Rhineland' はヴァルトブレールで書かれたもので八月十日の紙面に載った。最もドイツを敵対視する 'How a Spy is Arrested' は一九九四年に初めて活字になった（*TI* 11-15）。
46 *L*, i. 403.
47 'First Morning', *Poems* 204; Frieda 56.
48 *L*, i. 418.
49 *L*, i. 420, 419, 421, 440.
50 *L*, i. 467（「アーネストは私に子どもたちとロンドンのフラットを与えると言ってきました」）と *The Fight for Barbara*（「そのほとんどは一語一句事実です…アーネストが口にしたまさにその言葉」――*L*, i. 466-7）という戯曲を照らし合わせて得た結論である：「君はこれからはお母さんと一緒に暮らすといい…そうすれば彼は別居という考えを受け入れるだろうし君に必要なお金もくれる。君が今後二度とぼくに会うことがない限りはね」(*Plays* 254)。

51 'A Foreword by Frieda Lawrence', *The First Lady Chatterley*, 14; *L*, ii. 244 参照：*Mr Noon* のなかでは 'in Piccadilly' で彼女が彼に声をかけたときに、彼が彼女にこう言っている——つまり彼女が売春婦に貶められたとき——彼は彼女を警察に渡そうとするのである（*MN* 196）。

52 *L*, i. 415.

53 *L*, i. 421 註4。ハイネマンはまたロレンスがダックワース社から作品を出版し始めたことにも腹を立てていたのかもしれない。

54 *L*, i. 422.

55 バー、'Step-daughter to Lawrence', 27; *L*, i. 421.

56 *L*, i. 420.

57 Frieda 24, 53. なぜフリーダとDHLとのあいだに子どもがいなかったのかは定かではない。関係が始まってまだ日が浅かった頃にフリーダは自分が妊娠したと思ったらしいのだがそれは間違いだったことが判明したことがある。そのときDHLはフリーダを慰めている——「子どものことは気にしなくていい」。さらにこうつづけている——「もし生まれるのだったらもちろん嬉しい。そして生まれてくる子どものために、ぼくたちは忙しく立ち働くだろう。もし生まれてこなければ——残念に思う。お互いに愛し合っているのならば避妊などするべきではないと思う」(*L*, i. 402)。フリーダは自分が妊娠したことについて少しばかり驚たようだが、その一方でDHLは彼女は妊娠していないと断定していたようである。ふたりは明らかに避妊具は使っていなかった（バーバラ・バーが一九九四年三月二十六日に、フリーダもDHLも一度も使ったことはないということを母親が言っていたことを私に保証した）ので、ふたりのうちのどちらか或いはふたりともそのとき不妊症だったとも考えられる。確かな証拠はないがDHLが十六歳のときに肺炎に罹ったことで彼の生殖能力が損なわれたということは肯定されている（*EY* 527 註82参照）。フリーダは一九〇四年から一九一二年のあいだに多くの愛人をもった（ダウソン、グロス、フリック、フォン・ヘニング、ホブソン）にもかかわらず妊娠しなかったということが重要なのかもしれない。一九一二年の五月以降にフリーダは自分が妊娠したかもしれないと思うような兆候を確認したことはないようだ。フリーダ自身は（これもバーバラ・バーが一九九四年三月二十六日に私に話してくれたのだが）ロレンスの創造性は執筆に注がれていたので、だからふたりのあいだには子どもができなかったのだと信じていた。

58 *L*, i. 430.

59 *L*, i. 430; 六編の 'Schoolmaster' が *Saturday Westminster Gazette* に、そして 'Snapdragon' が *English Review* に掲載された。

60 'A Chapel Among the Mountains' と 'A Hay-Hut Among the Mountains', *TI* 27-35, 36-42 参照。

61 *L*, i. 433, 441.

62 *L*, i. 442; デイヴィッド・ガーネット (David Garnett) 著、*Great Friends* (1979), 80.

63 *MN* 276.

64 *L*, i. 392.

65 ガーネット、*Great Friends*, 81.

66 *MN* 279.

67 *MN* 285.

68 一九一二年十一月十七日付の *New York Times Book Review*, 667.

69 *L*, ii. 99, i. 456; 一九一二年九月十五日付だと思われるフリーダからアナ・フォン・リヒトホーフェン宛の書簡（UT）。「落ち着いた状態にある」（'Inrooted'）とは「しっかりと定着した、安定した、固定した」という意味（*OED2*）。

9　『息子と恋人』と結婚　一九一二―一九一四

1　*L*, i. 449, 467.

2　*EY* 411 と写真 42.

3　*L*, i. 460.

4　*L*, i. 477.

5　一九一二年九月十五日頃のフリーダからアナ・フォン・リヒトホーフェン宛の書簡（UT）, CR-W と JW による翻訳。

6　Frieda 58; *L*, i. 485.

7　ロージー・ジャクソン（Rosie Jackson）著、*Frieda Lawrence*（1994）, 23: 58 も参照。

8　*Memoirs* 410（一九三〇年四月二十八日付のフリーダからメイベル・ルーハン宛の書簡、YU）。

9　一九四九年一月二日付のフリーダからリチャード・オールディントン（Richard Aldington）宛の書簡、ハリー・T・ムア（Harry T. Moore）とデイル・B・モンタギュー（Dale B. Montague）編、*Frieda Lawrence and Her Circle*（1981）, 91; バーバラ・バー、'Step-daughter to Lawrence', *London Magazine*, xxxiii（August/September 1993）, 26; *Memoirs* 95.

10　バー、'Step-daughter to Lawrence', 31.

11　*L*, i. 486.

12　E 320.1; *EY* 412.

13　*L*, i. 509.

14　*L*, i. 455, ii. 73.

15　*L*, i. 521, 551.

16　*L*, i. 489, 497.

17　*Memoirs* 98-9 参照 ; *L*, i. 489.

18　*L*, i. 462, 545.

19　*L*, i. 481.

20　'Foreword', *SL* 467-73 参照 ; *L*, i. 503.

21　*L*, i. 503-4.

22　*L*, i. 503.

23　Nehls, i. 173.

24　*L*, ii. 470.

25　*L*, i. 518. 途中で断念されたほかのふたつの小説は 'Burns Novel'（*LAH* 200-211）と 'Elsa Culverwell'（*LG* 342-58）. 'The Insurrection of Miss Houghton' はのちに完全に書き直されて *The Lost Girl*（*LG* xxii-xxv）となった ; *L*, i. 536.

26　エドワード・トーマス（Edward Thomas, 1878-1917）、*Bookman*, xliv（April 1913）, 47 参照 ; *L*, i. 500-501, 462.

27　*L*, i. 549; 'New Eve and Old Adam', *LAH* 170. 'New Eve and Old Adam' でポーラの作家ではなくビジネスマンの夫リチャードを表現するものとしては妙なものであり、おそらくは自伝的なものだろう。

28　*Memoirs* 97; 一九一三年十月の聴聞会で「離婚申立人の姉妹のひとりが、自分は被告とその共同被告人に今年の一月にイタリアで会ったと述べている」（一九一三年十月二十日付の *Nottingham Guardian*, 11）。

29　*L*, i. 546.

30　'New Eve and Old Adam', *LAH* 167, 181-2.

31 *L*, i. 542, ii. 20-21, 23.

32 DHL が一九二六年の一月に書いた 'The Virgin and the Gipsy' という中篇小説にはバービィとエルザ・ウィークリー姉妹から聞かされた彼女たちのチズィックでの生活の回想が活かされている。「シンシアという名の女」('She-who-was-Cynthia') とはその作品で大人たちが夫や結婚生活や娘たちを棄てた妻に対して使う呼び名である (*The Virgin and the Gipsy*, 1930, 11-12)。

33 *L*, i. 440.

34 *L*, i. 545, 551; ジョン・ミルトン (John Milton)、*Lycidas* (1637), l. 142. ジェシーはまたスコットの *Rokeby* (1813) も知っていたと思われる:「早咲きの桜草が覆う草地」('Where the rathe primrose decks the mead') (IV, ii)。

35 'Review of *The Peep Show*', *P* 373; *L*, ii. 595.

36 *L*, ii. 21, 23.

37 *L*, ii. 25; リチャード・ガーネット (Richard Garnett) 著、*Constance Garnett: A Heroic Life* (1991), 281.

38 ガーネット、*Constance Garnett*, 281; *L*, ii. 54, 27.

39 'Introduction', *Look! We Have Come Through!* (1971), 12; Nehls, i. 197.

40 *L*, ii. 23; ガーネット、*Constance Garnett*, 281.

41 Nehls, i. 197.

42 高等法院記録、離婚と海事法部。

43 現存しているものはすべてエルゼ宛の書簡のなかのフリーダ自身の言葉の引用である (*L*, ii. 48-9)。CUP の翻訳者はこの引用を誤解した:'*Ernst's "verfaulte Leiche" liegt mir noch in den Knochen!*' は「アーネストの『腐った屍』は今でも私を深く悩ませている!」(Ernest's "decomposed corpse" still troubles me deeply!') と訳すべきである。

44 *L*, ii. 30.

45 デイヴィッド・ガーネット、*Great Friends* (1979), 81.

46 その日に撮影された写真の一枚は例えば一九一三年七月二十六日付の *The Ladies' Field* の 'Books of the Day' に使われた、424.

47 Nehls, i. 173, 207.

48 Nehls, i. 198.

49 Nehls, i. 200.

50 バーデン・バーデンで投函されたフリーダ・グロスに宛てた一九一三年九月の書簡 (UT), CR-W と JW による翻訳。

51 *L*, ii. 6.

52 *L*, ii. 33; ii. 49 も参照 (「ここでの数日間は完全に打ち沈んでいたけれど L は元気を取り戻しつつあります」)。

53 'The Shadow in the Rose Garden', *Smart Set*, xlii (March 1914), 77.

54 '*Es ist so schön hier, so wunderschön , die Tage am Meer, im Meer, auf dem Meer, um's Meer herum*': ジョン・ターナー、コーネリア・ランプフ=ワーゼン、ルース・ジェンキンス、'The Otto Gross-Frieda Weekley Correspondence', *D. H. Lawrence Review*, xxii (Summer 1990), 195, 216.

55 *L*, ii. 42.

56 *L*, ii. 39.

57 *L*, ii. 49, 172; Nehls, i. 199.

58 *L*, ii. 46.

59 Nehls, i. 200, 255; *L*, ii. 37.

60 *L*, ii. 50.

61 *SL* lxix; *Westminster Gazette*, xli (一九一三年六月十四日付), 17; *L*, ii. 47. この小説は割合に少額の印税しかもたらさなかった。発売から一年のあいだにイングランドで千五百部売れた。出版社から受け取っていた前金百ポンド（イングランド）とアメリカからの三十五ポンド以外に入ってくるお金はほとんどなかった。文学界のことに精通している人物からロレンスは「素晴らしい小説がそれに見合う成功を収めたことはない」ということを聞かされた（*L*, ii. 135）。この小説はもちろんその後も売れつづけたのであるがイングランドで売りに出された新たな千部が売れるのに三年を要した。このこともあってロレンスは出版業界で人気のない、小難しい作家というレッテルを貼られていた。アーノルド・ベネットのように商業的に成功した作家は三万部に達する作品を売って一九一二年に一万一千ポンドちかくを稼いでいて、図書館が何部買うかというのは重要な要素だった。一九一三年にロレンスが稼いだ金額は二百ポンドほどで、これは二千部に満たない部数によってである。この金額ではなんとかやっていける程度に過ぎなかった――「二百ポンド以下では生きていけない」（*L*, i. 506）。コンプトン・マッケンジー（ロレンスよりもたった二歳年上）のような新顔の作家でさえ一九一三年に出版した小説 *Sinister Street* を六ヶ月で三万五千部売って七百五十ポンドから千ポンドのあいだの印税の前払いを支払われることになっていた（コンプトン・マッケンジー、*My Life and Times: Octave Four*, 1965, 190）。DHL の生活は文筆に拠るところがほとんどで、二百ポンドをコンスタントに稼ぐには四、五篇の短篇やエッセイと詩を何編か、或いは一年に一冊の長編小説を出版する必要があった。

62 *L*, ii. 51, 50（一九一三年七月二十二日付（?）のフリーダからエルゼ・ヤッフェ宛の書簡、UT, CR-W と JW による翻訳）。

63 ビアトリス・レディ・グレナヴィー（Beatrice Lady Glenavy）著、'*Today we will only gossip*' (1964), 95.

64 *L*, ii. 57.

65 一九一三年九月三十日付（?）のフリーダからエルゼ・ヤッフェ宛の書簡（UT）, CR-W と JW による翻訳；*L*, i. 530-31, 532. *Hope* という絵画（1885-6）は G・F・ワッツ（G. F. Watts, 1817-1904）の手によるもの。

66 *L*, ii. 29, 49.

67 一九一三年九月三十日付（?）のフリーダからエルゼ・ヤッフェ宛の書簡（UT）, CR-W と JW による翻訳。

68 *TI* 210.

69 *L*, viii. 9.

70 Nehls, i. 210.

71 *EY* 412.

72 *MN* 228.

73 *L*, viii. 7.

74 *L*, ii. 94.

75 *L*, i. 490.

76 *L*, ii. 88, 82, 88; 一九一三年十一月七日付のフリーダからエドワード・ガーネット宛の書簡（NYPL）。

77 一九一二年十一月二日付のフリーダからエルゼ・ヤッフェ宛の書簡 (UT), CR-W と JW による翻訳；*LAH* 165.

78 一九一三年十月十九日付の *News of the World*, 1。一九一三年十月十八日付の *Evening Standard*, 4、一九一三年十月二十日付の *Nottingham Guardian*, 11 も参照。おかしなことだが DHL はふたつの紙面上では「B. H. Lawrence」、残りの一紙の紙面上では「W. H. Lawrence」と書かれている。

79 一九一三年十一月二十九日付の結婚承諾書、テラロ（Tellaro）

教会区、九番。この写真の複写をくれたアドリアーナ・クラシアン（Adriana Craciun）にこの場を借りてお礼申し上げる。

80 *L*, ii. 116.

81 *L*, ii. 164.

82 ガーネット、*Constance Garnett*, 281; *R* 473-9.

83 ジョゼフ・コンラッド（Joseph Conrad, 1857-1924）：セドリック・ワッツ（Cedric Watts）著、'Marketing Modernism: How Conrad Prospered', *Modernist Writers and the Marketplace*, Ian Willison, Warwick Gould, Warren Cherniak 編、82.

84 *L*, ii. 182-3.

85 Frieda 85. ルイスについてはほとんど知られていないが、ラスピツァのイギリス領事官だったトマス・ダンロップが仲介したと考えられる。この男性はロレンスの友人となり、妻のマッジはロレンスの紀行文をタイプしていた（*TE* 785）。

86 *L*, ii. 189, 211, 165.

87 *L*, ii. 196.

88 *L*, ii. 199.

89 バー、'Step-daughter to Lawrence', 31.

90 *Memoirs*, 432.

91 *L*, ii. 268.

92 *L*, ii. 268.

93 'put paid'：このフレーズは一九一九年に敵を探しまわるドイツ軍のUボートを表わすのに使われた；「肉体的な懲罰を課す、打ち砕く、むちで打つ」の意の'pay'（「懲らしめる」）からできた（*OED* 2）。

10 戦時下のイングランドで　一九一四―一九一五

1 （原稿を渡したときに支払われた）百五十ポンドからピンカーの手数料十パーセントを差し引いた金額。

2 *L*, ii. 206.

3 イーヴリン・ブリュッチャー（Evelyn Blücher）著、*An English Wife in Berlin* (1920), 137.

4 一九〇九年にメアリー（1867-1950）は*Peter Pan*の作者でもある夫のJ・M・バリー（J. M. Barrie, 1860-1937）のもとを去って一九一〇年にギルバート（Gilbert, 1884-1955）と結婚した。

5 *L*, ii. 208; Nehls, i. 247.

6 *L*, ii. 210, 214, 216-7; J・W・フォン・ゲーテ（J. W. von Goethe）著、*Wilhelm Meister* (1795-6)、第三巻、第一章（「レモンの花が咲く国がどこだか知っているかい?」：イタリアのこと）。

7 Frieda, 109.

8 *L*, iii. 251; Nehls, i. 264-5.

9 *TI*, 81, 84.

10 *L*, ii. 218.

11 デイヴィッド・ガーネット著、*Great Friends* (1974), 134; クレア・トーマリン（Claire Tomalin）著、*Katherine Mansfield: A Secret Life* (1988), 129.

12 一九一四年八月九日付の*The Times*, 9；リン・マクドナルド（Lyn Macdonald）著、*1914: The Days of Hope* (1987), 48; *L*, ii. 268, 211.

13 *L*, ii. 268.

14 ドイツ軍は最初の二週間でベルギーの奥まで進軍したが、その後にフランスへ向かうかどうかは定かではなかった。八月十八日から二十日にかけての*The Times*には残忍な行為についてのニュースが掲載され始めた。八月二十三日付の紙面には「ベルギーの侵略者」という記事が載り、「なんら疑う余地なく実証される何百という」ドイツ軍の数々の残虐な行為のいくつかについて書いている (2)；ベルギーでの残虐行為についての公式のレポートは一九一四年八月二十六日付の紙面に掲載された；初めて「残虐行為」という言葉が明確に使われたのはその前日の紙面においてである (5)。

15　Nehls, i. 263.

16　*L*, i. 57. ウォルト・ホイットマン (Walt Whitman) 著、'I Sing the Body Electric', *The Complete Poems*, フランシス・マーフィー (Francis Murphy) 編 (1977), 132:「この行進においてだれもにも自分の場所がある／(すべては行進であり／森羅万象は均斉のとれた、そして完璧な動きの行進なのである。)」

17　*L*, i. 511, 424, 544; *L*, iii. 84.

18　*Studies* 42.

19　*PFU* 67; *TI* 81.

20　*L*, ii. 302.

21　ウィリアム・アーネスト・ヘンリー (William Ernest Henley, 1849-1903) による愛国心の強い 'England' という詩を参照：「ぼくがお前のためにいったいなにをしてやれたというんだ、／イングランドよ、ぼくのイングランド?」; *LCL* 156.

22　このシリーズの五巻 (いずれも百二十七か百二十八ページの長さ) は一九一四―一九一五年のあいだに出版された：レベッカ・ウェスト (Rebecca West) 著、*Henry James* (1914); F・J・ハーヴェイ・ダートン (F. J. Harvey Darton) 著、*Arnold Bennett* (1915); W・L・ジョージ (W. L. George) 著、*Anatole France* (1915); ジョン・パーマー (John Palmer) 著、*Rudyard Kipling* (1915); J・D・ベレスフォード (J. D. Beresford) 著、*H. G. Wells* (1915)。ハロルド・チャイルド (Harold Child) による *Thomas Hardy* がロレンスが書くはずだったものと差し替えられて一九一六年に出版された。ヴィクトリア・リード (Victoria Reid) がこのシリーズについて私に教えてくれた。

23　*L*, ii. 81 の註 1 参照 ; *L*, ii. 193.

24　*L*, ii. 235, 220.

25　*L*, ii. 219.

26　*L*, ii. 255.

27　植物学の授業を受けている実験室でアーシュラは単細胞の「植虫類」(*R* 408) を観察していると突然に啓示を受ける：「自分自身であることは、無限性の最高の輝ける勝利なんだわ」(409)。バニー・ガーネット (Bunny Garnett) とこのエピソードとの関係を指摘してくれたモリー・マフッド (Molly Mahood) に私は感謝している。ガーネット著、*The Flowers of the Forest* (1955), 13 参照。

28　*Memoirs* 323.

29　*L*, ii. 224.

30　Nehls, i. 256.

31　*SP* 26-7; *L*, ii. 219.

32　ビアトリス・レディ・グレナヴィー著、'*Today we will only gossip*' (1964), 78.

33　*L*, ii. 244. 'Quondam' とは 'former' の意。

34　*Memoirs* 432; *L*, ii. 377, iii. 232; *TE* 436, 465 参照。

35　*Memoirs* 97.

36　Merrild 139.

37　'Introduction', *Look! We Have Come Through!* (1971), 12.

38　*Plays* 296.

39 Nehls, i. 257.
40 *TE* 156.
41 Nehls, i. 263. キャサリンの相手となった男性はフランシス・カルコ（Francis Carco, 1886-1958）：トーマリン著、*Katherine Mansfield*, 134 参照。
42 *L*, ii. 191.
43 フリーダからオットリン・モレルへ、'Littlehampton'（UT）; *TE* 240, 808; Frieda 51 参照。
44 *L*, iii. 239, ii. 343.
45 Nehls, i. 252; Frieda 52.
46 *SP* 26.
47 *L*, ii. 252 の註 3 参照。
48 *L*, v. 3; *L*, iv. 20（「ロレンスの新世界ラナニムを求める新会員たち」）; Frieda 100.
49 Nehls, i. 263; *L*, iii. 673, ii. 259.
50 R・ガソーン゠ハーディ（R. Gathorne-Hardy）編、*Ottoline: The Early Memoirs of Lady Ottoline Morrell* (1963), 273.
51 *L*, ii. 359, 634.「永世不死へ至る道は欲望の充足のなかにこそあるのです…自発的願望を除けば、ぼくたちにはどんな永世不死の暗示があるというのでしょうか？ 神は（もし神という言葉を使うとすれば）、欲望としてぼくの内に機能しているのです」（*L*, ii. 634）。
52 レイ・モンク（Ray Monk）著、*Bertrand Russell: The Spirit of Solitude* (1996), 410-12.
53 *L*, ii. 302.
54 *L*, ii. 299.
55 *EmyE* 225.
56 *L*, ii. 392; 'The Crown', *Reflections* 472.
57 一九一五年七月八日付のバートランド・ラッセルからオットリン・モレル宛の書簡（UT）。
58 'The Crown', *Reflections* 472-3.
59 前掲書 475, 474. 一九一六年四月十八日のオットリン・モレルへの DHL のコメント参照：「今年の春は流れ込んでくる毒ガスの悪臭がなければいいですね」（*L*, ii. 598）。
60 若い頃の自分に「詩や読書を勧め」た女性についてメラーズが語っているエピソードを参照：「あたりの十州で最高に文学的なカップルだった。おれは嬉しくて有頂天になって狂気の体であいつと話をした。完全に俺はのぼせあがっていたんだ」（*LCL* 200）。
61 *L*, ii. 320-21.
62 *L*, ii. 320. 第十一章で詳細に考察している。
63 *L*, ii. 319.
64 *L*, ii. 344; *TE* 257, 809 参照。
65 ブレイクの「本質を捉える特質と、彼の実質的なところ」へのロレンスの讃美（*L*, vii. 508）参照; *L*, iii. 56.
66 *L*, ii. 302.
67 'Note to The Crown', *Reflections* 249.
68 *SP* 34, 41-2 参照; マーク・キンキード゠ウィークスとジョン・ワーゼン著、'More about *The Rainbow*', *D. H. Lawrence Review*, xxix (2000), 7-10.
69 ジェイムズ・ダグラス（James Douglas）著、*Star*' 一九一五年十月二十二日付、4。
70 *R* 1.
71 Nehls, ii. 415.

72 *L*, ii. 548; Nehls, ii. 415; *L*, ii. 429.

73 *L*, ii. 462.

74 *L*, ii. 459-60. DHL はこの「人生に起こる突然の洪水」について 'Virgin Youth' のなかに書いている（*Poems* 899）；アルジャーノン・チャールズ・スウィンバーン（Algernon Charles Swinburne）、「押しつぶさんばかりの時の波」、'On the South Coast'（1894）, 19;「死せる己に滴る涙の雫」, *Atlanta in Calydon*（1865）, 2, 293;「しかし船の黄金色に輝く両舷は／波に洗われる」、「しかし彼女が舷が洗われるのを見たとき／私には彼女の心そのものが壊れたのを知った」、'Lady Maisie's Bairn'（1889）, 9-10, 21-22. R・ガソーン - ハーディ編、*Ottoline at Garsington: Memoirs of Lady Ottoline Morrell 1915-1918*（1974）, 69 参照。

75 *L*, ii. 302.

76 'The Crown', *Reflections* 472.

77 *MM* 55. 第十三章でのモンテカッシーノ（Monte Cassino）でのロレンスの体験にまつわる考察を参照。

78 ダービィ伯爵（Earl of Derby）であるエドワード・ジョージ・スタンリー（Edward George Stanley, 1865-1948）によって考案された計画で、男性が自主的に入隊することを宣誓して、それから召集されるのを待つというもの：*Encyclopaedia Britannica*（1922）、第三十巻、212-3 参照。

79 *L*, ii. 474-5.

80 *L*, ii. 489.

81 *L*, ii. 491, 487（ドイツ語）。

82 *K* 259.

11 ゼナー 一九一六—一九一七

1 *L*, ii. 569.

2 同時に撮影されたが出版されたことのない写真（ナショナル・ポートレート・ギャラリー x36136）でロレンスは同じポーズで同じ表情をしているが、洒落たつば幅の狭い中折れ帽子を被っている。

3 *L*, i. 85; *L*, i. 467 や iii. 45, 337 なども参照。ガーシントン荘でのロレンスの写真では手に眼鏡を持っているように見える（ミランダ・シーモア（Miranda Seymour）著、*Ottoline Morrell*（1992）参照）。一九二三—一九二五年のあいだに制作されたゼヴィア・マルティネス（Xavier Martinez, 1869-1943）による木炭画は DHL だと思われる眼鏡をかけて髭をたくわえている男性を描いている。この絵を見せてくれたロジャー・エッパーストーン（Roger Epperstone）に感謝を申し上げる。

4 *L*, ii. 521: つまりフリーダに出会う前のことである。

5 *L*, ii. 493, 501. *TE* 297 と 818 の註 30 によって一九一六年一月の物語は 'Samson and Delilah' の前身である 'The Prodigal Husband' であることが判るが、この話はゼナーにあったティナーズ・アームズ（ロレンスは二月二十九日に初めてこの店を知った）を舞台としていることから、この設定なしではこの話はどのようになっていたのかを想像することは困難である。ブルース・スティールは一九一六年の十一月を 'The Prodigal Husband' の執筆時期だとして 'The Miracle' は十一月に書かれたと明言して（*EmyE* xliii, xlv）いて一月に DHL が書いていた作品については言及していない。一方で *D. H. Lawrence: A Calendar of his Works* でキース・セイガー（Keith Sagar）は 'The Miracle' が一月に書かれていた作品だとしている（68）。

6 *L*, ii. 500 参照。

7　*L*, ii. 491, 498.
8　*L*, ii. 498, 499.
9　S・ディック - カニンガム（S. Dik-Cunningham）著、'PREFACE AND SYNOPSIS', *New Age*, 一九一六年三月二日、428-9. この発見を知らせてくれたジョン・ターナーにとても感謝している。
10　エレノア・ファージョン（Eleanor Farjeon, 1881-1965）: Nehls, i. 293.
11　*Memoirs* 312 参照。
12　*L*, ii. 666.
13　*L*, ii. 549.
14　*WL* 481.
15　*TI* 173, 178.
16　バーバラ・シャピーロ（Barbara Schapiro）著、*D. H. Lawrence and the Paradoxes of Psychic Life*（1999）, 51.
17　*L*, i. 418.
18　Nehls, i, 177; *L*, i. 442.
19　*L*, ii. 501.
20　*L*, iii. 245.
21　*L*, i. 509.
22　*L*, ii. 512, 549; *TE* 321.
23　DHL はジュリエット・バイヨ（Juliette Baillot, 1896-1995）から「長い、素敵な手紙」を数通受け取っていた。この女性はオットリンの娘のジュリアンの家庭教師のような立場にいた。
24　*L*, ii. 571, iii. 468.
25　*Memoirs* 142.
26　*L*, ii. 563.
27　*L*, ii. 571, 591. DHL は一九一二年にフリーダに「ユリは汗水たらして働きはしない…ユリは栄養をもたらして葉や花や種をつくるんだ！」と言っていた（Nehls, i. 168）。
28　*L*, ii. 601; *WL* 97; *L*, ii. 460.
29　*L*, ii. 610, 602.
30　小説に登場する塑像（*WL* 429:2-39）は詳細な点においてドイツ人の彫刻家ヨーゼフ・モースト（Josef Moest, 1873-1914）によって一九〇六年に制作された *Godiva* の作り直しである。モーストは一九一三年の三月にガルダ湖を訪れていて、DHL はこの彫刻家に会ったに違いないし写真も見たはずである。J・B・ブラン（J. B. Bullen）著、'D. H. Lawrence and Sculpture in "*Women in Love*"', *Burlington Magazine*, cxlv（December 2003）、841-6.
31　*Memoirs* 343; V・オサリヴァン（V. O'Sullivan）とM・スコット（M. Scott）編、*The Collected Letters of Katherine Mansfield*（1984）, i. 262; *TE* 325, *L*, iii. 127; Nehls, i. 276.
32　*L*, ii. 512; 一九一六年一月二十二日または二十三日付のフリーダからオットリン・モレル宛の書簡（UT）; Nehls, i. 306.
33　彼女によるふたつの描写（三日の違いがあるが）は詳細だが食い違いが認められる。そして実際に発せられたものとしての言葉が記録されている：V・オサリヴァンとM・スコット編、*The Collected Letters of Katherine Mansfield*, i. 262-4, 267-8. ふたつとも読者（最初のものはコテリアンスキー、ふたつめはオットリン・モレル）を楽しませるためにでっち上げられたもので正確なものではない。
34　キャサリンのふたつめの話では、ロレンスがキャサリンたちの小屋に入って来て、フリーダが戸外を行ったり来たりウロウロしているということになっている。

35　V・オサリヴァンとM・スコット編、*The Collected Letters of Katherine Mansfield*, i. 262-4.

36　*L*, iii. 656; *SP* 71.

37　*L*, iii. 595; *TE* 308; Brett 272.

38　V・オサリヴァンとM・スコット編、*The Collected Letters of Katherine Mansfield*, i. 264.

39　J・M・マリィ（J. M. Murry）編、限定版 *Journal of Katherine Mansfield* (1954), 146; *L*, ii. 623. 一九五五年にフリーダがキャサリンについて「自分はロレンスに似ていると言っていたキャサリンは、まったく正しい」とコメントしている（*Memoirs* 350）。

40　*L*, ii. 617.

41　V・オサリヴァンとM・スコット編、*The Collected Letters of Katherine Mansfield*, i. 267.

42　一九一二年六月十二日付のエルンスト・フリックからフリーダ宛の書簡（マーティン・グリーン）。

43　*TE* 321 参照；'*monstrum, horrende, informe, ingens*' とはウェルギリウスがキュークロープスの首長であるポリュペーモスを指して使った表現である（*Aeneid*, iii. 658); *DG* 145, 640-41, 534.

44　*TE* 519. 例えば晩年のバートランド・ラッセルは悪意を込めて「ロレンスという男は大勢の人間が知らないことだが、妻の代弁者なのだ。あの男には舌があり、妻には頭があった」（*The Autobiography of Bertrand Russell*, 1968, ii. 23）と書いている。

45　Nehls, i. 209.

46　Nehls, i. 240-1, 441, 289. 四十年後にフリーダは憤慨して「私は、『あの汚らわしいベルギー人』なんて言ってないわよ。そんな風に思ったことなんてないわ！」と書いている（*Memoirs* 352）。

47　*L*, ii. 667.

48　*L*, ii. 618; V・オサリヴァンとM・スコット編、*The Collected Letters of Katherine Mansfield*, i. 272.

49　*L*, ii. 635.

50　*L*, ii. 656.

51　*L*, iii. 19.

52　*L*, ii. 659; *WL* 485.

53　*WL* 315, 438; *Studies* 125; *L*, ii. 649; *Studies* 132.

54　*L*, ii. 648, 650; *FWL* 96.

55　*L*, ii. 650, 659, 669.

56　*WL* 488-518 参照。

57　*L*, ii. 619.

58　*L*, iii. 89.

59　*L*, ii. 661.

60　*L*, ii. 659.

61　*WL* 451, 318.

62　*L*, iii. 75.

63　Nehls, i. 409; *L*, iii. 673（「麻薬でもちょっと持って行こうか？好きですか？　どんなのが好みなのかな？　ぼくとしては大嫌いだけどね」）。一九二一年二月にアメリカ合衆国に行こうと計画していたとき、そして一九一七年一月以来にモントシーアに会ったときにロレンスがこのような質問をしたという事実は、モントシーアが前回ロレンスと会ったときにドラッグを持って行っていたことを示唆するものである。

64　*L*, iii. 65-6, 75, 64. モントシーアにアントン・チェホフ（Anton Chekhov）の *The Bet and Other Stories* を献上している。この本はコテ

リアンスキーとマリィの共訳で一九一五年に出版されたもので、その本はコテリアンスキーが一九一五年十一月にロレンスに贈ったもの (*L*, ii. 447 と註 2)。献詞として「A Lorenzo Vivo / da Koteliansky morto」と記されていて「New Years Eve / 1916 / da Lorenzo doloroso」とくり返して書かれている (NWU)。

65 *L*, i. 337: 一九一三年のデイヴィッド・ガーネット (Nehls, i. 197) 参照。しかし一九一八年にフリーダは「結核なんかじゃないわ、絶対に違う」(Nehls, i. 461) と主張している。

66 ロレンスはキャサリン・マンスフィールドにその病気をうつした「限りなく張本人に近い」とクレア・トーマリン著、*Katherine Mansfield: A Secret Life* (1988) には書かれている (163) がそれを裏付けるような材料はなにもなく、反対にそうではないことを立証するものなら山ほどある。ニュージーランド人のキャサリンはヨーロッパに来てとくに病気に感染しやすかったと考えられる。

67 Frieda 306.

68 *L*, iii. 76, 78, 92.

69 *L*, iii. 215, 81, 47, 56.

70 *L*, ii. 529.

71 *L*, iii. 150.

72 *L*, iii. 125, 143, 239.

73 彼女の話の出所はフリーダである。しかしメイベルは女性を取り違えていた。エスターだと思っていた話は、じつは一九二〇年のロザリンド・ベインズに当て嵌まる。第十四章参照。

74 Nehls, i. 416-18.

75 Nehls, i. 417.

76 Luhan 51; *L*, viii. 27.

77 一九一七年四月に書かれたオースティン・ハリソンからJ・B・ピンカー宛の書簡 (UN)。ギニーは一ポンド一シリングで、専門職のあいだで使用されていた料金の単位。医者などは治療費をギニーで請求して (*SL* 417:35 を参照) いたし、雑誌も掲載料をギニーで支払っていた。二十ギニーは二十ポンド二十シリングとなり、つまり二十一ポンドとなる。

78 *L*, iii. 125.

79 *WL* 481. DHL の *The Lost Girl* にも似たようなエンディングが認められる (*LG* 339)。

80 *L*, iii. 94, 84, 87.

81 *L*, ii. 662.

82 *WL* 201, 148. 'One Woman to All Women' という詩には「星の運行」という言葉が実際に含まれている (*Poems* 251-2)。

83 一九九七年六月九日に潜水艦を使った攻撃についていろいろと教えてくれたトム・リチャーズ (Tom Richards) に感謝申し上げる ; *L*, viii. 20.

84 Frieda 106.

85 Nehls, i. 430. マージョーリー・ケネディ - フレイザー (Marjorie Kennedy-Fraser) は *Songs of the Hebrides* (ピアノ伴奏用楽譜付) という本を一九〇八年から数冊出版していた。

86 *L*, iii. 436; Nehls, i. 365-6; Frieda 105.

87 *L*, ii. 664; *K* 175.

88 おそらくロレンスがホッキングと一緒に過ごす時間が多くなったので、夏から秋にかけてフリーダはグレイと過ごす時間を十分に持てたことだろう (ロレンスとフリーダが暮らす小屋が十月に警察当局によって突然に捜索された日の午後に彼女はグレイとボウズィグランにいた)。このように考えると、長続きはしなかっただろうがふたりのあいだに男と女の関係ができた可能性は十分にある；*TE* 405 参照。コーンウォールでこの夏に、もしかしたらそのような関係を自分は持つかもしれないと予感すると、フリーダといかなる男性との関係には必ずと言っていいほど性的なものが含まれる：H・D・著、*Bid Me To Live*（1960）, 139 参照。

89　*L*, ii. 664. *Women in Love* に登場するジェラルドはこのような仕草をする（*FWL* 252 と *WL* 275 参照）。

90　Nehls, i. 366.

91　*TE* 855.

92　Nehls, i. 275.

93　*AR* 96-8; *WL* 504.

94　一九一七年十月五日付の *St Ives Times*.

95　スタンリー・ホッキングの談話(Ⓒ)。ロジャー・スラック（Roger Slack）、セント・アイヴズ（トレガーセン・ファーム・ハウスにて一九六四年七月に記録されたもの）；*TE* 347-8.

96　*L*, iii. 168, 175; *K* 241, 245.

97　E320.1; Nehls, i. 426.

98　レディ・シンシア・アスキス（Lady Cynthia Asquith）著、*Diaries 1915-1918*（E・M・ホースレー（E. M. Horsley）編）、（1968）, 356-7.

99　*L*, iii. 305; *L*, iii. 237 参照：DHL は *Bay* という詩を書き留めていたノートに「デイリー・ニューズ紙でさえそれを飲み下して、それが飲み水だとは気がつかないでしょう」と記していた；Frieda 108.

12　ホームレスな暮らしと、乖離する二人　一九一七―一九一九

1　*L*, iii. 176, 221.

2　Nehls, i. 429, 449-50; Frieda 109-10.

3　Nehls, i. 454; *L*, iii. 364 註 4, 190.

4　*L*, iii. 215.

5　*L*, iii. 125, 161.

6　*L*, iii. 173, 175, 319-20.

7　*L*, iii. 183, 190.

8　H. D., *Bid Me To Live*（1960）.

9　*L*, iii. 179-80.

10　*L*, iii. 190.

11　*L*, viii. 112; *Bid Me To Live*, 111-14, 120-22; *K* 248, 249.

12　*L*, iii. 190.

13　*L*, iii. 173-4, 175.

14　*L*, iii. 179.

15　*L*, iii. 302.

16　*L*, iii. 216.

17　*L*, iii. 226.

18　*L*, iii. 195, 211, 206, 217.

19　*L*, iii. 224, 239.

20　*L*, iii. 209, 270, 276.

21　*L*, iii. 224.

22　*L*, iii. 226, 240, 233.

23　*L*, iii. 232, 242, 240, 254, 242.

24　*L*, iii. 240, 256, 245.

25　*L*, iii. 251, 245, 247.

26　*L*, iii. 259, 245.

27　'Education of the People', *Reflections* 121.

28　Nehls, i. 303-6, 455; ロザリンド・ソーニクロフト（Rosalind Thornycroft）著、*Time Which Spaces Us Apart*, クロエ・ベインズ（Chloë Baynes）により完結（1991), 58; *TE* 510.

29　*L*, iii. 251; *Memoirs* 225.

30　*L*, iii. 283, 248, 315.

31　*L*, iii. 274, 211, 278.

32　*L*, iii. 282, *K* 215.

33　*K* 214; *L*, iii. 190; Nehls, i. 508. ロレンスはクロイドン時代からの知り合いのアーサー・マクラウド（Arthur McLeod）に「髭を生やしているからといってぼくのことを怖がらないでほしい」と一九一八年十月に約束して会う前に手紙に書いている（*L*, iii. 291）。

34　*K* 256.

35　*K* 261, 255.

36　*L*, iii. 287, 288.

37　*L*, iii. 288.

38　ふたりは結局のところ九月三十日から十一月二十八日までマウンテン・コテッジを留守にしていた；*L*, iii. 285; Nehls, i. 434; *L*, iii. 295.

39　*L*, ii. 597.

40　*L*, iii. 293.

41　*L*, iii. 239, 322, 309.

42　'Curried' は「手入れをする、櫛を入れる」と「望みを聞き入れてもらおうと甘言を用いる、媚を売る、諂う、追従する」というふたつの意味をもつ（*OED2* 1 と 4b); *L*, iii. 311; 'Education of the People', *Reflections* 100, 97.

43　*L*, iii. 306, 297-8, 323.

44　*L*, iii. 299, 522.

45　*L*, iii. 294, 303.

46　*L*, iii. 328.

47　*L*, iii. 338, 337.

48　*L*, iii. 330, 335, 340.

49　*L*, iii. 337.

50　*L*, iii. 335; V・オサリヴァンとM・スコット編（1987)、*The Collected Letters of Katherine Mansfield*, ii. 303.

51　Luhan 60.

52　*L*, iii. 302.

53　*L*, iii. 344, 335.

54　*L*, iii. 352.

55　*L*, iii. 355.

56　*L*, iii. 332, 346. 一九一六年の九月にマリィは陸軍省で翻訳係としての仕事に就いていた。

57　*L*, iii. 296, 466.

58　*L*, iii. 391.

59　*L*, iii. 381, 383, 186, 351, 389; Nehls, i. 503.

60　*L*, iii. 412; ノエル・キャリントン（Noel Carrington）編、*Mark Gertler: Selected Letters* (1965), 175.

61　Nehls, i. 507.

62　*LG* 294.

63　*L*, iii. 391; *K* 247.

64　*L*, ii. 58; *K* 259; *L*, iii. 318.

65　*AR* 22; *K* 250. 一九一八年十一月十一日に三年以上ぶりにロレンスに会ったデイヴィッド・ガーネットは「ロレンスの眼には、それより遡ること六年前には彼のひとつの魅力だった、昔宿っていたような慈愛に満ちた光がもはやなくなっていたこと」に衝撃を受けた（Nehls, i. 478）。

66　*L*, iii. 194; *AR* 22.

67　*K* 258; *L*, ii. 414, iii. 730.

68　*LG* 294.

13　イタリアとシチリア島　一九一九―一九二〇

1　*L*, iii. 415. ロレンスは自分の貧困な状態を殊更に大袈裟に言っている（所持金は九ポンドだったと言っている一方で十一月二十九日付の手紙には「四十ポンド以上のお金」をリラに換金したと書かれている――*L*, iii. 425）；例えばブレンダ・マドックス著、*The Married Man*（1994）, 299 やルイーズ・E・ライト（Louise E. Wright）著、'Disputed Dregs: D. H. Lawrence and the Publication of Maurice Magnus' *Memoirs of the Foreign Legion*', *Journal of the D. H. Lawrence Society*（1996）, 57-73 参照。マドックスもライトも作家が手にする原稿料や印税などというものはいつ入金されるか分からない不定期なものだという事実を考慮しないでロレンスは事実を偽っているとして非難している。重要なことは（例えば）豈図らんや、ヒュプシュ社からの小切手がロレンスのもとに届いて、それによって現金を手にするというようなことが期せずして起こり得るということだ（事実、十二月六日にはアメリカからの図らずもの五十ポンドの入金が記録されている――*L*, iii. 428）。

2　*TE* の写真 6 参照。

3　Nehls, ii. 12; *L*, iii. 421, 417.

4　Nehls, ii. 12-13.

5　ダグラスはロンドンの自然史博物館内で男児学童に言い寄ったかどで逮捕され、そのための裁判にかけられる前にイングランドを逃げ出していた。

6　*MM* 31.

7　*MM* 107-32; *L*, viii. 49 註 3; *MM* 29; *L*, iv. 129.

8　一九一九年十一月に書かれたノーマン・ダグラス（Norman Douglas）からレジー・ターナー（Reggie Turner）宛の書簡（UCLA）；Nehls, iii. 35.

9　*SP* 207; *AR* 194.

10　*L*, vii. 475-6 註 6.

11　*L*, i. 232 註 1; *WL* xlix-l; *L*, iv. 93-4; モリー・スキナー著、*The Fifth Sparrow: An Autobiography*（1973）, 115-16; *L*, i. 232, iii. 36.

12　*AR* 313-17, 319, 322-5, 328 参照。

13　キャサリン・カーズウェルは 'The Blind Man' のなかに造形されているといえるかもしれないが、（モンマスシアにあるフォレスト・オブ・ディーンのなかのアッパー・リドブルックにある）家の方が彼女に比べてより明確に再現されている：*EmyE* 238 参照。

14　デレク・ブリトン（Derek Britton）著、*Lady Chatterley: The Making of the Novel*（1988）, 40.

15　*MM* 124; *AR* 217-18.

16　*L*, iv. 131; Nehls, ii. 14.

17　*OED* 2 senses 15 h, 34, 55 b, c と i.

18　*L*, iv. 318.

19　ウィリアム・ワーズワース（William Wordsworth）著、*Lyrical Ballads* の 'Preface'（1800）、R・L・ブレット（R. L. Brett）とA・R・ジョーンズ（A. R. Jones）編（1991）、266.

20　*L*, iii. 416.

21　Frieda 116; *MM* 30.

22　*L*, iii. 422, 450, 435; Frieda 116.

23　*L*, iii. 429.

24　*L*, iii. 432.

25　*L*, iii. 431-2, 434, 442.

26　*L*, iii. 450, 442, 432.

27　*L*, iii. 437.

28　*L*, iii. 439, 454.

29　*L*, iii. 444, 442, 443, 469.

30　*PFU* 39, 43; *L*, iii. 493.

31　*L*, iii. 307, 309.

32　*L*, iii. 439, 453.

33　*L*, iii. 499.

34　コンプトン・マッケンジー著、*My Life and Times: Octave Five 1915-1923* (1966), 169; *L*, iii. 460 註 1, 458.

35　*L*, iii. 467.

36　V・オサリヴァンとM・スコット編（1993), *The Collected Letters of Katherine Mansfield*, iii. 183. これは一九二〇年一月二十日にキャサリンがオットリン・モレルに宛てた書簡からの引用。キャサリンがロレンスに宛てた書簡はこれに酷似したものだと考えられる。

37　*L*, iii. 470; *L*, iii. 307 と註 5 参照。書簡を'one is not dying'と訳したことは意味的には間違ってはいないが、ロレンスが使った表現の"one dose not *let* oneself die"というものは古風で衒学的（ロレンスがそうならないようにしていた）な形のフランス語であるということに言及していない。

38　オルダス・ハックスリィ（Aldous Huxley）のコメントを参照（森晴秀著、*A Conversation on D. H. Lawrence*, 1974, 39)。十八ヶ月後にロレンスは「想い出」と一言だけ書いた葉書を一九二二年の八月にウェリントンから出している（*L*, iv. 283)。この葉書をもらったキャサリンはたいそう喜んで遺書にロレンスに一冊の本を遺したことを書いた（だがマリィがロレンスに渡さなかった）: *TE* 559-64 参照; *L*, iv. 114.

39　*Katherine Mansfield: The Memories of LM*［'Leslie Moore' つまりアイダ・コンスタンス・ベイカー（Ida Constance Baker)］(1971), 145-6; ジョン・ミドルトン・マリィ編、*Journal of Katherine Mansfield* (1954), 198.

40　一九二〇年二月六日金曜日付のジョン・ミドルトン・マリィからキャサリン・マンスフィールド宛の書簡（ターンブル図書館所蔵）; V・オサリヴァンとM・スコット編、*Letters of Katherine Mansfield*, iii. 214.

41　F・A・リー（F. A. Lea）著、*The Life of John Middleton Murry* (1959)、83.

42　チェリー・A・ハンキン（Cherry A. Hankin）編、*Letters between Katherine Mansfield and John Middleton Murry* (1988), 276, 281, 282 参照。

43　ヴィンセント・オサリヴァン編、*Katherine Mansfield: Selected Letters* (1989), 234, 266.

44　*L*, v. 408; アダム・フィリップス（Adam Phillips）著、*Promises Promises* (2000), 59.

45　この「思いもよらない臨時収入」については *L*, iii. 445 註 1 を参照。アンツィオのホテル・ヴィットリアのアマディーオ・ブロッコだけでなくローマにあるエクセルシオール・ホテルのレオーネ・コレオーニからも宿泊代の支払いを請求されていたことをマグナスはロレンスに話していなかったようだ（ルイーズ・ライトからの情報）。

46 *MM* 56-7.
47 *MM* 38.
48 ロザリンド・ソーニクロフト著、*Time Which Spaces Us Apart*,（クロエ・ベインズにより完結、1991), 78; *MM* 57.
49 *L*, iv. 327, 102.
50 *MM* 56; *L*, iv. 327, 154.
51 私がこの最適な言葉を使えるのはマイケル・スクワイヤーズとリン・K・タルボットのおかげである；この言葉はふたりの著作の *Living at the Edge: A Biography of D. H. Lawrence and Frieda von Richthofen* (2002) の 223 に使われている。
52 *L*, iii. 471.
53 ブレット・ヤング夫妻（The Brett Youngs）はロレンスと同じ部屋で寝たときのエピソードを語っている――「眠りについて五分と経たないうちにロレンスは夢のなかで呻き声を上げながら誰か（誰かは想像がつくだろう）と口論を始めた」(*TE* 570)。夫妻は、ロレンスはフリーダの夢を見ているのだろうと当然のように考えたのだが寝言を言うのはロレンスの癖だった。第七章で紹介した一九一一年のジョージ・ロレンスの彼についてのエピソード（E. T. 188）やロレンスは浅い眠りのなかでブツブツ言ったり唸ったりする」というメイベル・ルーハンの一九二四年の回想も参考にしてもらいたい（Luhan 233)。
54 *L*, iii. 491, 498, 497, 491.
55 *L*, iii. 498.
56 *L*, iii. 481.
57 *L*, iii. 650, 655, 729-30, 701.
58 *L*, iii. 486, iv. 111.

14 愛という絆と性的な関係を越えて 一九二〇―一九二一

1 *LG* 1; *L*, iii. 503.
2 一九二〇年五月九日付のモーリス・マグナスからノーマン・ダグラス宛の書簡（YU); *MM* 67.
3 *MM* 40, 66, 76, 80 参照。
4 *MM* 83.
5 *L*, iii. 552; *MM* 84; 第十一章参照；*MM* 57.
6 *L*, iii. 574.
7 *L*, iii. 533, 570, 573, 590.
8 *L*, iii. 463.
9 *L*, iii. 603, 592.
10 デイヴィッド・ガーネット著、*Great Friends* (1979), 36.
11 ロザリンド・ソーニクロフト著、*Time Which Spaces Us Apart*, 78-9; 'Education of the People', *Reflections* 122.
12 ソーニクロフト著、*Time Which Spaces Us Apart*, 79; この回想記の長い記述は *TE* 602-3 参照。
13 DHL は 'Fruit Studies' を三編、九月十五日から十六日の間にモントシーアに送っている (*L*, iii. 596 註 1, 597 註 2)：九月三十日までには 'Tortoise' を題材にした一連の詩を書き上げているが、これらの詩が九月三日よりも前に書かれ始めたとは考えられない (*L*, iii. 605 と註 2)。
14 ロザリンド・ベインズは自分が所有していた *Birds, Beasts and Flowers* のなかの 'Pomegranate', 'Peach', 'Medlars and Sorb-Apples', 'Grapes' と 'Figs' に「カノヴァイア荘」と、そして 'Cypresses' と 'Turkey-Cock' には「ベルヴェデーレ荘」と書き込んでいた (*TE* 858-9)。
15 'Medlars and Sorb-Apples', *New Republic*, xxv（一九二一年一月五

日)、169.

16 'Lui et Elle', *Poems* 361.

17 'Tortoise Gallantry', *Poems* 362. ロザリンドは 'Tortoise Shell' のところにだけ「カノヴァイア荘」と書き込んでいる (*TE* 858-9)。このことから、彼女がそのときに読んだのは一連の 'Tortoise' 詩のなかでもこれだけだったのではないかと考えられる。

18 *L*, iii. 629.

19 Luhan 40, 51. キャサリン・カーズウェルはエスター・アンドリューズ (Esther Andrews) に関するメイベルの回想は「誤解を招くもので、事実に基づいてもいない…私は詳細についてロレンスとフリーダの双方から話を聴いた」と記している (*SP* 87 註)。

20 *L*, iii. 599.

21 Luhan 51. メイベルはまたフリーダが「悪意に満ちた勝利感で満たされたように」、「でもふたりの関係はうまくいかなかったのよ」と語ったと書いている (40)。

22 ロザリンドはロレンスからの書簡をすべて保管していたことを考えれば、そのなかに一通たりとも愛情を匂わせるようなものが存在しないことがこのことを裏付けると考えられる。

23 *L*, iii. 615.

24 DHL はロザリンドに *Sea and Sardinia* を一九二二年二月に送っている (*L*, iv. 193 註1);だがシチリア島に滞在中の彼にロザリンドが書簡を書いたのは翌年の後半になってからである (*L*, iv. 532)。この時間的な間が彼女の方もロレンスと距離を置こうとしていたことを仄めかしている。

25 *AR* 124-5.

26 *L*, iii. 608-9, 616. この詩は 'Sicilian Cyclamens' (*Poems* 310-12) である。

27 *LG* xxxix-xl 参照。

28 *WL* xlv-xlviii 参照; *L*, iii. 625, 665.

29 一九二〇年十二月二日付 *The Times Literary Supplement*, 795; *L*, iii. 638; *MN* 142, 292.

30 *MM* 100; 'Education of the People', *Reflections* 134.

31 ふたりが目指していた理想はフリーダの一九一二年十一月二日付の姉のエルゼに宛てた書簡のなかに認めることができる。そこには「でも私たち、ロレンスと私はとっても『互いを近くに感じて』いて、この愛情は私たちが一体であることを感じさせるのよ」(UT) とある。CR-W と JW による翻訳。

32 *MN* 227-8.

33 *MN* 228. このような解釈は *TE* 620-21 に書かれていることと一致しない。そこにはこの場面でのギルバートの感情は一九二〇年当時の DHL を完全に代弁していると書かれている。

34 *MN* 292, 290-91 参照; 'New Heaven and Earth', Section VII, *Poems* 260:「その人物の傍らでぼくは千夜以上も寝ている」という箇所でこの詩だと特定できる (場所はグレタムというところで、DHL とフリーダはこの地に一九一五年一月二十三日から七月三十日まで住んでいた)。

35 *MN* 291; *L*, iii. 660.

36 *L*, iii. 635, 655, iv. 299.

37 *L*, iii. 645, 647, 660; *Letters from a Publisher: Martin Secker to D H Lawrence & Others* (1970), 10; *L*, iii. 674-5, 732, 728.

38 *L*, iii. 632, 659.「長い旅」についてはルカによる福音書第二十章第九節参照。

39 *L*, iii. 668-9.

40 *L*, iii. 629; *MM* 69.

41 *L*, vi. 240, iii. 435.

42 *L*, iii. 383（「アメリカ合衆国のことを考えると…胸がムカついてきます」）や *L*, iv. 273（「アメリカへ行くことになれば、ぼくはおおいに憂慮します」）などを参照。

43 *L*, iii. 521, 689; *K* 240.

44 *L*, iii. 732-3.

45 *Studies* 17.

46 *L*, iii. 649.

47 *L*, iii. 693, 645.

48 *S&S* 9.

49 *S&S* 95-6.

50 前半部は独立した短篇として考えていて（*L*, iii. 667 参照）、*A Modern Lover*（1934）に収録された。完全な形で出版されたのは一九八四年である。

51 *L*, iii. 699.

52 *L*, iii. 682, 683.

53 *L*, iii. 698, 712, 710.

54 *L*, iii. 712.

55 *L*, iii. 712, iv. 25, iii. 725, 626.

56 *AR* 264.

57 *AR* 158.

58 *AR* 159-60.

59 *EY* 412 参照 ; *LAH* 167; *L*, i. 39, ii. 130.

60 *AR* 194.

61 *AR* 298.

62 *AR* 289.

63 *PFU* 197; *L*, iii. 655; *L*, i. 533.

64 *AR* 257.

65 *AR* 257-8, 260; ソーニクロフト, *Time Which Spaces Us Apart*, 78; *AR* 261, 262-3; *WL* 439-40.

66 *AR* 265-6, 267.

67 *AR* 271-5; Nehls, ii. 59.

68 *Aaron's Rod* のマルケーザの名前は「ナン」（*AR* 250:10）で、これはロザリンドの一番下の子どもの名前と同じである。またマルケーザの屋敷（論理的にはアルノ川の南岸に建っている）のテラスにアーロンとふたりでいる場面が描かれていて、このときふたりはルンガルノ通りにある宿屋の開いた窓を近くに見ることができ、しかも教会のドームを「遠くに」望んでいる（*AR* 253:5）とある作中の描写は事実との近接性を思わせる。このドームは実際にはふたりが立つ場所からは巨大なものとして見えるのだが、カノヴァイア或いはベルヴェデーレ荘からは実際には「距離がある」。

69 フリーダとホブソンの情事に関しては第八章参照。

70 *LCL* 176, 208. だがコンスタンスの「優しげで血色が良く田舎風で、そばかすがあって大きな青い目をして、茶色い髪はカールしていた」という外見は「青色ではなく薄い茶色の目をして、そばかすはなかった」ロザリンドとは一致しない（二〇〇三年七月九日付のクロエ・グリーンから JW 宛の書簡）。

71 *MN* 145-6. アリス・ダックスの「恋人としてのロレンスは女のところへ時折戻って来ることがあった」（エミール・デラヴニ著、*D. H. Lawrence: The Man and His Work*, 1972, 155）参照。カウァン著、*D.*

H. Lawrence: Sex and Sexuality (2002), 73-4 参照。

72 *L*, iii. 718, 694.

73 *AR* 266.

74 *L*, iii. 685; 'Education of the People', *Reflections* 134-5.

75 *WL* 439-40.

76 マッケンジー著'*My Life and Times: Octave Five 1915-1923* (1966), 167-8. だがマッケンジーがのちに読むことになった *Lady Chatterley's Lover* の 134-5 に書かれているメラーズとコンスタンスの会話を巧みにカプリでのロレンスとの会話からの断片として取り扱った可能性もある。

77 Nehls, i. 503; *L*, iii. 223; *L*, iv. 269. タオスでふたりが住んでいた家には「四つの部屋と台所」があって（*L*, iv. 305）、ふたりそれぞれが自分の寝室を使っていた。

78 *Kangaroo* で描かれている唯一の夫婦間の性的行為（*K* 146-7）は、ソマーズが前夜に会ったビクトリアに性的な刺激を受けたためである（*K* 142-3）。ソマーズのセックスに関してのこのような心情は修正される前のこの小説の元々の結末部に当たる部分である（*K* 474）。

79 *L*, iv. 57.

80 *L*, iii. 720; *BinB* 149 参照。

81 *L*, iv. 92-3.

82 *L*, iv. 57, 116, 124, 125.

83 *PFU* 197.

84 *PFU* 94: この一文は E125b（UT）に書き加えられている。

85 *L*, i. 493, 492; *PFU* 158.

15 懐古するのではなく未来を見据えて　一九二一―一九二二

1 *L*, iii. 708, iv. 46.

2 *L*, iii. 678, iv. 113.

3 *L*, iv. 57, 130, 113.

4 *L*, iv. 63-4.

5 *L*, iv. 90.

6 *L*, iii. 435, 312.

7 *L*, iv. 139: 痛んでいない内側の生地を外側にすることによって新しく仕立てたスーツのようにみえる（*OED2* 11 c）。一九二〇年代初めのイタリアのテイラーは、スーツを「ひっくり返して」「戦前のもの」を「イングランド製の良い服地」のものに仕立て直すのに百二十フラン（おおよそ一ポンド十シリング）取っていた（*AR* 234）: どんなふうに仕立て直されたかは写真 27 参照。

8 *L*, iii. 486, iv. 90, 125, iii. 486.

9 *L*, iv. 93, 111.

10 E47a, 3（UCB）, DHL がエージェントを雇わずに自分で事務処理を行なっていたときにメモ程度につけていた日記：E・W・テドロック（E. W. Tedlock）著'*The Frieda Lawrence Collection of the Manuscripts of D. H. Lawrence: A Descriptive Bibliography* (1948), 87-99 参照。

11 *Nation & Athenaeum*, xxix（13 August 1921）, 713; xxx（1 October 1921）, 122.

12 *L*, iv. 93; E47a, 3（UCB）. 髪の色だけでなく、ハリデイが住んでいるフラットや男の召使の細かな点も修正している。

13 *L*, iv. 129; Nehls, ii. 93-4, 91; *L*, iv. 104.

14 *L*, iv. 114, 97, 141.

15 *Fox* 153.

16　*L*, viii. 48-50; *SP* 117.

17　*K* 107; *MM* 92, 99.

18　*MM* 99, 101. DHL の序文だけは何度も印刷されて版を重ねたが、マグナスが書いた本編はロンドンで一九二四年に、ニューヨークで一九二五年にそれぞれ一回ずつ *Memoirs of the Foreign Legion* の初版として刷られただけである。二種類の未発表原稿の抄録が *MM* 141-7 に掲載されている。マグナスの完全な手書き原稿の所在は定かではないが複写が UN に所蔵されている。

19　Nehls, ii. 64.

20　*L*, iv. 103.

21　*L*, iv. 110-11.

22　*L*, iv. 115. ヴェルガ（一八四〇年生）は一九二二年一月二十七日にカターニア（タオルミーナの南四十キロのところにある）で死去している。

23　*L*, iv. 225, 151.

24　*AR* xxxiii; *L*, iv. 132, 167.

25　E126b (UT).

26　*L*, iv. 105.

27　*L*, iv. 163, 165; *MM* 60.

28　*L*, iv. 165.

29　*L*, iv. 174, 190.

30　*TE* 697-8 に言及されているように、一九二一年の秋に見られる DHL の男性優位への主張（この傾向は 'The Fox' や 'The Ladybird' や 'The Captain's Doll' にも散見される）はフリーダのこの秋の情事によって「説明がつけられる」ということを改めて掘り下げるつもりはない。しかし *TE* 696 を読むと、フリーダの不誠実さについてのエピソードがいかに事実無根であるかということが分かる。

31　Nehls, ii. 32; 'Snake', *Poems* 349. DHL はこの詩を一九二一年一月二十八日にモントシーアに送っている（*L*, iii. 657）；この詩を収録することになっていた詩集は日に日に膨れ上がっていて、この詩も送付した数日前に書かれたのだろう。

32　*Memoirs* 142; Luhan 7.

33　*L*, iv. 171, 182, 202, 191, iii. 693; 'The Evening Land', *Poems* 291.

34　*L*, iv. 90, 180, 95, 123.

35　*L*, iv. 175, 213, iii. 337, 656. イングランドの「あのプレッシャー」については *L*, iii. 425 参照。

36　*L*, iv. 191, 31, iii. 249 註2、iv. 146.

37　*L*, iv. 157, iii. 348, iv. 157.

38　*L*, iv. 198, 206; *L*, iv. 204-5 にある Trennungschmerz を「別離の痛み」を訳しているが、ここで大事なのは「引き離されること」や「切り離されること」という感覚であり、たんなる「別れ」や「去ること」に重きを置いているのではない；*L*, iii. 693, viii. 53.

16　先へ、前へ進むだけ　一九二二

1　*L*, iv. 213.

2　*L*, iii. 656. この上着は一九一九年に撮影したパスポート用写真と比べるとずっとブカブカで皺くちゃである（*TE* の写真6参照）。同時期に撮影されたフリーダのパスポート用の写真は本書掲載写真19と *TE* の写真11である。

3　Magnus 30.

4　*L*, iv. 208.

5　*L*, iv. 234.

6 *L*, iv. 212.
7 *L*, iv. 213.
8 'Elephant', *Poems* 387-8.
9 *L*, iv. 213, 214, 215.
10 *L*, iv. 216, 214, 227.
11 *L*, iv. 225, 216; Nehls, ii. 129; *L*, iv. 218.
12 Nehls, ii. 83; リチャード・オールディントン著、*Portrait of a Genius, But...*（1950）, 248; Nehls, ii. 124.
13 *L*, iv. 193, 217, 224.
14 Nehls, ii. 120; *L*, iv. 225.
15 *L*, iv. 225, 226, 227.
16 Nehls, ii. 119; *L*, iv. 227, 228, 181, 192.
17 *L*, iv. 216, 234; Frieda 135; *L*, iv. 234, 226, 219.
18 *L*, iv. 219, 227; *K* 21; *L*, iv. 219.
19 *L*, iv. 226; Nehls, ii. 127.
20 *L*, iv. 220, 241, 245, 228, 239.
21 *L*, iii. 522.
22 *L*, iv. 233, 238.
23 モリー・スキナー著、*The Fifth Sparrow: An Autobiography*（1973）, 110.
24 *K* 20.
25 *L*, iv. 253, 249, 265, 263.
26 *L*, iv. 267. DHL はまた一九二一年十月にセルツァーに「ヴェニスのラグーンを舞台にした物語を書いています――たいしたものではありませんが、それでもセックスが出てこないし物議を醸し出すようなものでもありません。愛についての描写もありません」と書いているが（*L*, iv. 93）、これが書き上げられることはなかった。一九二一年の九月に「ヴェニスについての物語」（*L*, iv. 81）を書き始めていたようだ。
27 *L*, iv. 247.
28 *K* 333.
29 *K* 175.
30 *K* 332; *L*, iv. 267.
31 *L*, iv. 275. バーキンが「尚も真摯な生活を求めようとする昔からの困難な試みに縛りつけられていた」（*WL* 302）を参照。
32 *L*, iv. 282.
33 *L*, iv. 275, 268.
34 *L*, iv. 268,
35 *K* xxxix, 358, 476-8, 259.
36 *L*, iv. 286, 285, 284; *Studies* 126.
37 一九二二年八月二十五日から九月一日のあいだに書かれたフリーダから母親のアナ・フォン・リヒトホーフェン宛の書簡（UT）, CR-W と JW による翻訳；Luhan 47.
38 *L*, iv. 289.
39 *L*, iv. 292, 290, 289.

17 ニューメキシコ　一九二二―一九二三

1 ウィッター・ビナー（Witter Bynner）著、'Foreword', Nehls, ii. x.
2 'New Mexico', *P* 142-3.
3 'Indians and an Englishman', *P* 92; *L*, iv. 300.
4 *L*, iv.. 304, 312, 313, 362.
5 *L*, iv. 313, 305.

6 *L*, iv. 305.
7 *L*, iv. 311; Luhan 70.
8 *L*, iv. 315, 330, 304, 314.
9 *L*, iv. 326; ベン・ヘクト（Ben Hecht）著、*Fantazius Mallare: A Mysterious Oath*（1922）, 55; MS［no E no.］（Yale）, 1.
10 *L*, iv. 319; *St.M* 199. DHL とメイベルのこの共同作業は *The Trespasser* のものに酷似していて、これは当事者に相談することなく友人の体験談をもとに書き上げたフィクションである。モリー・スキナーと協力し合って一九二四年に書き上げた *The Boy in the Bush* や一九一四年と一九二三年にキャサリン・カーズウェルとの共同執筆とは異なっていたと思われる（*SP* 18, 201-4 参照）。
11 Frieda 152; *L*, iv. 319, 344, 310, 324.
12 スーザン・ソンタグ（Susan Sontag）著、'The Fragile Alliance', 二〇〇三年十月十八日付の *Guardian*' 書評欄、4.
13 *Studies* 41. この文脈での 'Stunt' の意味はアメリカ的なもので、殊更に周囲の関心を惹きつけようとする派手で目立つ芸当を意味している。
14 *L*, iv. 375.
15 *L*, iv. 327, viii. 127.
16 'Spirits Summoned West', *Poems* 411-12.
17 'The Virgin Mother', *Poems* 101.
18 'Spirits Summoned West', *Poems*, 412, 411.
19 本伝記の 125 と *EY* の 411-12 参照。
20 Luhan 64; *Memoirs* 410.
21 'The Future of the Novel［Surgery for the Novel – Or a Bomb］', *Hardy* 154.
22 Luhan 88.
23 *L*, iv. 337.
24 *L*, iv. 576, 330.
25 *L*, iv. 314, 311.
26 *L*, iv. 333; フリーダからアナ・フォン・リヒトホーフェン宛の書簡、「木曜日」（UT）。
27 *L*, iv. 386.
28 *L*, iv. 336, 352, 360, 514; Luhan 112-13 参照。
29 Merrild 73, 208. メリルドはこの噂を一九二二年には知らなかったから、ジョゼフ・コリンズ（Joseph Collins）の著作 *The Doctor Looks at Literature*（1923）に書かれている DHL は性的な倒錯者であるという中傷に影響されていたのかもしれない。
30 *Studies* 571.
31 Merrild 135, 232.
32 'Reflections on the Death of a Porcupine', *Reflections* 355-6 参照。
33 'Bibbles', *Poems* 395; *L*, iv. 434, viii. 76, iv. 470. フリーダはその犬が大好きで「私の最愛のピップス」と書いていて、その犬を連れて行けないメキシコへの旅行は「痛ましすぎる」とさえ言っている（一九二二年二月二十三日付のフリーダからアナ・フォン・リヒトホーフェン宛の書簡、UT, CR-W と JW による翻訳）。
34 *L*, iv. 367.
35 Merrild 175.
36 Bynner 62.
37 *L*, iv. 423; アダム・フィリップス著、*Promises Promises*（2000）, 270.
38 *EmyE* 215-16.

39 *L*, iv. 366, 375.
40 Merrild 174; *MN* 225.
41 Luhan 88, 87.
42 *L*, iv. 406-7, 344.

18 信義と背信　一九二三

1 *L*, iv. 412; 'Au Revoir, U.S.A.', *P* 105; *L*, iv. 419.
2 カールトン・ビールズ（Carleton Beals）、フレデレック・W・レイトン（Frederik W. Leighton）、ウィッター・ビナー（Witter Bynner）の三人：Nehls, ii. 227-8, 230-31, Bynner 31 参照。
3 Bynner 31.
4 一九五五年十二月十日付のジョン・ミドルトン・マリィ宛の書簡（*Memoirs* 368）; Bynner 32; グイ・ド・アンガロ（Gui de Angulo）著、*Jaime in Taos; The Taos Papers of Jaime de Angulo*（1985）, 49-52; 一九五五年十二月十日付のフリーダからジョン・ミドルトン・マリィ宛の書簡；Luhan 72.
5 Bynner 43; 'Au Revoir, U.S.A.', *P* 104-6.
6 Bynner 79-80.
7 ルイス・I・マーツ（Louis I. Martz）編、*Quetzalcoatl : The Early Version of the 'The Plumed Serpent'*,（1995）として出版されている；*L*, iv. 457; 'Au Revoir, U.S.A.', *P* 105.
8 ヒラリー・マンテル（Hilary Mantel）著、'No passport required', 二〇〇二年十月十二日付 *Guardian*, 書評欄、5.
9 *DG* 126.
10 Nehls, ii. 236.
11 Bynner 84. ニコラス・ミューレイ（Nickolas Muray）は一九二三年の夏のことを憶えていて自分が撮ってきた被写体のなかでロレンスほど内気な人間はいなかった、そして「一枚でもいいから、彼が笑っているポートレートを撮りたかった」と当時を振り返って後悔しているが、ロレンスは「人物写真を撮るときにポーズで笑うようなタイプではなかった」と語っている（*The Revealing Eye*, 1967, 170）: *DG* のなかの写真 15 参照。クエルナバカでビナーが写真を撮ったが、そのなかの一枚をロレンスはとても気に入っていた（*DG* のなかの写真 9 参照）。そしてロレンスはこの写真を焼増して四人に送っている。そのうちのひとりには「これは良い写真でしょう」（*L*, iv. 435）というコメントをつけている。この写真でロレンスは目の表情は明るくて口を開けて笑っている。自分自身が生き生きと元気に見えるからこの写真を気に入っていたのかもしれない。ロレンス自身は自意識が強く、写真に撮られるときに意識的に笑わないようにしていたと考えられる。キャサリン・カーズウェルは一九二一年にフィレンツェで自分が写したロレンスの写真をとくに自慢していた（*SP* 148 と口絵参照）。この写真ではロレンスは笑っている；イデラ・パーネル（Idella Purnell）のように彼女も「生き生きした」という言葉を使っている。
12 *L*, iv. 139; バーバラ・バー、'Step-daughter to Lawrence – II', *London Magazine*, xxxiii（October – November 1993）, 15; 'New Mexico', *P* 143.
13 *L*, viii. 81.
14 ジョン・ミドルトン・マリィ著、*Reminiscences of D. H. Lawrence*（1933）, 240; *L*, iv. 437.
15 *Adelphi*, i（June 1923）, 9, 6; *L*, iv. 458.
16 *L*, iv. 483, 327.
17 *L*, iv. 479, 483, 484.
18 *SP* 190:「ふたりが一緒になってから最悪の、おそらくは最悪の喧嘩」；ジェラルド・M・レイシー（Gerald M. Lacy）編、*D. H. Lawrence: Letters to Thomas and Adele Seltzer*（1976）, 106.

19　*Memoirs* 92-3.

20　*L*, iv. 480, i. 551.

21　Merrild 139-40 参照；Luhan 105.

22　*DG* 126; F・A・リー（F. A. Lea）著、*The Life of John Middleton Murry*（1959）, 117-18.

23　一九二三年九月十七日または二十二日付（？）と一九二三年十一月五日付のフリーダからアナ・フォン・リヒトホーフェン宛の書簡（UT）, CR-W と JW による翻訳。

24　アドレス帳（二冊目？：3×47/8 インチ）、'London County Westminster & Parrs Bank' という項目のところに記載されいてる（UT）, *L*, iv. 529.

25　Nehls, iii. 289; *L*, iv. 501, 507.

26　*L*, viii. 86, 85.

27　*BinB* 334.

28　同掲書。

29　*L*, iv. 506; 'A Second Contemporary Verse Anthology', *P* 324; *BinB* 338.

30　Merrild 343.

31　*L*, iv. 532, 529.

32　*Memoirs* 231; *L*, iv. 505-6, 541.

33　*St.M* 221-2.

34　*Memoirs* 231.

35　'On Coming Home', *Reflections* 179.

36　*L*, iv. 542, 545, 543, 550, 544-5; 'On Coming Home', *Reflections* 183; *L*, v. 94, iv. 545.

37　*L*, iv. 480, 483; Hignett 139; *Life of John Middleton Murry*, 118 に引用されている一九五五年十二月十八日付のマリィの手記。

38　*Memoirs* 282, 330; 一九二三年十一月五日付のフリーダからアナ・フォン・リヒトホーフェン宛の書簡、CR-W と JW による翻訳。マイケル・スクワイヤーズとリン・K・タルボット著、*Living at the Edge: A Biography of D. H. Lawrence and Frieda von Richthofen*（2002）, 462, 282 の註は、そのときの気分に流されることはなかったというマリィの記憶や、一九二三年のマリィの「ぼくにはそんなことはできない」という言葉が記録されているにもかかわらず、マリィとフリーダは結局恋仲になったようなことをほのめかしている。フリーダは一九二三年のドイツへの旅行中に、「あなたも私に気があると直感していたのよ」（*Memoirs* 312）と言ったと述べているが、この言葉をふたりがセックスした証拠とするには無理がある。

39　Hignett 135, 143.

40　ジョン・ミドルトン・マリィ著、*Son of Woman*（1931）, 388; *SP* 205-14; マリィ著、*Reminiscences of D. H. Lawrence*, 11-12, 190-95. これらの本に書かれている話は実際の出来事から八年以内に書き留められたもので、しかも互いに確認しあっていることを考えると、書かれていることには間違いはないだろうという確信が持てる。

41　*L*, iv. 541.

42　*SP* 212.

43　*L*, iv. 513.

44　クレア・トーマリン著、*Katherine Mansfield: A Secret Life*（1988）, 194-5 参照。

45　リー著、*Life of John Middleton Murry*, 119 に引用されている一

九三二年七月二十一日付の日記。

46 Luhan 131. フリーダはカフェ・ロイヤルでの夕食会のことをメイベル・ルーハンに書き送っていた。メイベルの著述は信憑性が低いものの、この一行はロレンスのことを大切に思っている友人が「彼のことを元気づけて、彼の健康を祈って飲んだ」という文のあとに続いている。

47 *L*, v. 205; マリィ著、*Son of Woman*, 388.

48 Frieda 132. ウィラード・ジョンソン（Willard Johnson）はチャパラでのある晩の出来事を憶えていたが、そのときにはウィッター・ビナーが「プラザでロレンゾに酒を勧めた」結果にロレンスは「叫び声を上げて、ロンドンのボヘミアンを滑稽に演じていた。この男は自分を解き放つことができると素晴らしい物真似を披露する。それを見るとぼくなどは床の上で抱腹絶倒してしまうくらいだ」（*DG* 117: Nehls, ii. 236 参照）。

49 *SP* 200; *L*, v. 46-7.

50 *L*, iv. 572; マリィ著 , *Son of Woman*, 13.

51 *L*, iv. 546; ノエル・キャリントン編、*Mark Gertler: Selected Letters*（1965）, 219; *SP* 200.

52 Hignett 146-7; 一九二四年二月二十五日付のブレットからS・S・コテリアンスキー宛の書簡、*D. H. Lawrence Review*, vii（Fall 1974）, 269-70 参照。

53 *BinB* 344, 346, 347.

54 *L*, iv. 552; Nehls, ii. 318.

55 *WWRA* 133; *L*, iv. 581.

56 この短篇の初稿を参照、*WWRA* 285-94.

57 Bedford, ii. 231.

58 *L*, iv. 572, 574.

59 ‘Letter from Germany’, *P* 109-10.

60 *L*, iv. 597, 581.

19 再びアメリカで 一九二四

1 E47a, 9-10 はDHLがセルツァーとの取引に使用していたNational Chase Bank の預金残高を几帳面に記録していたことを示している：ジョン・ワーゼン著、*D. H. Lawrence: A Literary Life*（1989）, 114-35 参照。

2 *L*, iv. 578, v. 22.

3 Luhan 166, 188.

4 ‘Indians and Entertainment’, *MinM* 102. 米国南西部を探険したバンデリア（Bandelier, 1840-1914）が有史以前における古代ニューメキシコ・プエブロ族によるナバホ族への反乱についての小説（*The Delight Makers*, 1890）を書いていて、これをDHLは一九二四年五月に *The Gilded Man*（1893）と一緒に読み（*L*, v. 42）、のちにコメントを残している（Nehls, iii 290）。

5 ‘Indians and Entertainment’, *MinM* 112-13.

6 *L*, v. 23.

7 Brett 171-2; 45; Fireda 161.

8 *L*, v. 40-41, 45.

9 Luhan 209-10.

10 *L*, v. 43; *DG* 233; *L*, v. 203.

11 *L*, v. 65. フリーダの次の結婚相手のアンジェロ・ラヴァリ（第二十一章参照）は一九三一年にこの牧場を初めて見たとたんに「人が住めるようなちゃんとした」家を建てることを提案している（そして実際に一九三〇年代半ばに建てた)。

12 *L*, v. 75.

13 *L*, v. 47, 44; *St.M* 148, 150.

14 *L*, v. 75; *L*, v. 277 参照。

15 *St.M* 146; *L*, v. 63.

16 *L*, v. 47, 75.

17 *St.M* 140.

18 *L*, v. 79, 208, 147-8.

19 Brett 104; 'Medlars and Sorb-Apples', *New Republic*, xxv（5 January 1921）, 169.

20 Brett 137-8.

21 *WWRA* 69-71.

22 *L*, v. 77.

23 *L*, v. 86, 122, 91.

24 Brett 139-40.

25 *WL* 201.

26 Luhan, 268; オルダス・ハックスリィ編、*The Letters of D. H. Lawrence*（1932）, 609; *L*, v. 109.

27 'The Hopi Snake Dance', *MinM* 166-8.

28 *L*, v. 125, 129-30 参照；Luhan 278-9.

29 *L*, v. 124; *DG* 652 は未完成の短篇 'A Pure Witch'（*WWRA* 377: 一九二四年七月までには書かれていた短篇で、おそらくは前年の冬に書き始められていたのだろう）には DHL が一九二四年の正月にミッドランズで最後に会ったときの父親アーサー・ロレンスを基に創造された人物が登場しているとしているが、DHL の祖父のジョン・ロレンス（一八一五―一九〇一）の記憶をたよりに生み出された架空の人物であるとも考えられる。

30 *L*, v. 143:「あのイアソンはどこにいるのだろう?」（ラテン語：DHL はイアソンと黄金の羊毛皮の伝説を想い出している)。

31 'Dolour of Autumn' と 'Brooding Grief'（*Poems* 107-8, 110-11）参照。

32 *Memoirs* 131.

33 Nehls, ii. 126.

34 *St.M* 159-96.

20 廃滅してしまったメキシコの深淵　一九二四―一九二五

1 一九二四年十一月四日にメキシコシティーでエドワード・ウェストン（Edward Weston, 1886-1957）が撮影した三枚の写真：(1) *DG* に掲載されている写真 17（反転されている）（*L*, v. 185 参照）；(2) ジェラルド・M・レイシー編、*D. H. Lawrence: Letters to Thomas and Adele Seltzer*（1976）、口絵ページ；(3) ケンブリッジ版『D・H・ロレンス書簡集』第五巻の 252 と 253 のあいだに掲載されている写真（*L*, v. 185 参照)。

2 Brett 159.

3 *L*, v. 164.

4 Brett 168; *L*, v. 166; Brett 174.

5 *L*, v. 191, 166, 184.

6 'Corasmin and the Parrots', *MinM* 9.

7 *L*, v. 174, 170, 191, 192.

8 *L*, v. 191, 196; Frieda 165.

9 *SP* 274, 332.

10 *L*, v. 199.

11　ルイス・I・マーツ編、*Quetzalcoatl: The Early Version of 'The Plumed Serpent'* (1995), 321.

12　Frieda 165.

13　*Memoirs* 121.

14　*L*, v. 192; Brett 206.

15　*L*, v. 202, 204.

16　*L*, vi. 409.

17　*L*, v. 216; 一九二五年二月十九日付のフリーダからアナ・フォン・リヒトホーフェン宛の書簡（UT）, CR-W と JW による翻訳。

18　*L*, v. 216.

19　Frieda 166-7; 一九三〇年八月十二日付のフリーダからドロシー・ブレット宛の書簡、*D. H. Lawrence Review*, ix (Spring 1976), 101.

20　*St.M* xxxiv-xxxvi 参照。手書き原稿は行方知れずなので、フリーダがどこまでを口述筆記したのかを正確に知ることはできない。だが彼女は全体の四分の一に近い部分を書き取ったということなので（全四十ページの九ページに相当する：Tedlock 55）、DHL はおそらくケンブリッジ版でいうと 207-210 までをフリーダに書いてもらったのだろうと考えられる。

21　*St.M* 211.

22　*St.M* 209-10.

23　*L*, v. 229; Brett 216; *L*, vii. 144.

24　*L*, v. 233; Nehls, ii. 416; 一九二五年の春に書かれたフリーダからドロシー・ブレット宛の書簡、*D. H. Lawrence Review*, ix（Spring 1976), 47.

25　*L*, v. 233, 235-6.

26　*DG* 238; *L*, v. 293.

27　一九二五年の春に書かれたフリーダからドロシー・ブレット宛の書簡、*D. H. Lawrence Review*, ix（Spring 1976), 49.

28　Brett 252; Nehls, ii. 411.

29　'Morality and the Novel', *Hardy* 175.

30　'Morality and the Novel', *Hardy* 171; 'Aristocracy', *Reflections* 374; 'Him With His Tail in His Mouth', *Reflections* 313.

31　一九二五年の春に書かれたフリーダからドロシー・ブレット宛の書簡、*D. H. Lawrence Review*, ix（Spring 1976), 47, 49; *L*, v. 254, 260.

32　一九二五年七月（?）に書かれた 'A Note to the Crown' には DHL が言ったこととは正反対のことが書かれている——「ジョン・ミドルトン・マリィがぼくに声をかけてきた。『一緒になにかをはじめないか』と…ぼくにはあのような種類の「ことをする」ということが、どうしても信用できなかった…今でも『やるべき』ことなんてひとつもありはしない」（*Reflections* 249）。

33　Nehls, ii. 414.

34　*L*, v. 291.

35　'[Return to Bestwood]', *PII* 260-61（修正済み）。

36　E. T. 168.

37　'Which Class I Belong To', *LEA* 38.

38　*DG* 265; *L*, v. 296.

39　*St.M* 143; *L*, iv. 95.

40　*L*, v. 272.

41　*L*, v. 278; 'New Mexico', *P* 142-3.

21　ヨーロッパへ戻る　一九二五—一九二六

1　*L*, v. 312.

2　*L*, iv. 520; v. 269, 273, 287.

3　見出しには「メキシコとオーストラリアで五年間を過したのちにデイヴィッド・H・ロレンスと妻がエジプト経由でイングランドに帰国するためにニューヨークを出帆する」とある。（ジェラルド・M・レイシィー編、*D. H. Lawrence: Letters to Thomas and Adele Seltzer* (1976), 148 の反対側のページ。）

4　Luhan 36; '... Love Was Once a Little Boy', *Reflections* 336; Crotch 3; Luhan 314. 一九二八年にフリーダと一緒に泳いだことを回想しているリチャード・オールディントンの談話を参照：「フリーダは実際に太ってなどいなかった――ルーベンスが描く女性のようにふくよかなだけだ！」（キャロライン・ズィルブールグ（Caroline Zilboorg）編、*Richard Aldington & H. D.: The Later Years in Letters* (1995), 251.

5　*L*, v. 343.

6　*L*, v. 312, 311.

7　*L*, v. 332; *SP* 227.

8　*L*, v. 311, 313.

9　*L*, v. 311; 'Note to the Crown', *Reflections* 249; *L*, v. 311.

10　*L*, v. 316, 318, 319.

11　'[Autobiographical Fragment]', *P* 831, 817; *L*, v. 318, 322.

12　'[Autobiographical Fragment]', *P* 817.

13　DHL はホプキンの新しい妻のオリーヴ・リズィー・スラック (Olive Lizzie Slack, 1895-1988) に紹介されたことは確実である。ホプキンはこの女性と九月十七日に結婚していた。

14　*L*, v. 319; *St.M* 209.

15　*SP* 229; '[Autobiographical Fragment]', *P* 821.

16　Nehls, iii. 9. その友人とはロロ (Rollo) とルイーザ・ヒューイット (Luisa Hewitt) である。

17　'[Autobiographical Fragment]', *P* 817, 819; *L*, v. 332.

18　Nehls, iii. 8; *St.M* 208; '[Autobiographical Fragment]', *P* 819.

19　*L*, v. 332-3.

20　*L*, v. 309, 321, 324.

21　Nehls, iii. 10; *L*, v. 326, 483.

22　*L*, v. 332.

23　*L*, v. 368, 374, 380.

24　*L*, v. 331, 329, 335, 327.

25　*L*, v. 341, 425-6.

26　'The Last Laugh', 'The Border Line', 'Jimmy and the Desperate Woman'; *WWWR* 200.

27　*WWWR* 281.

28　*L*, v. 352.

29　'New Mexico' *P* 146-7; 'November by the Sea', 'Mediterranean in January' *Poems* 455, 815.

30　Bersaglieri とはイタリア陸軍のライフル銃兵或いは狙撃手のこと。写真 30 には雄鶏の大きな羽飾りをつけた帽子を被っているラヴァリが写っている ; *L*, v. 350.

31　Nehls, iii. 18; *DG* 348; Crotch 13. 私はアルベルト・ベヴィラクア (Alberto Bevilacqua) の著作 *Attraverso il tuo corpo* (2002) の二百二十五ページに書かれているような、ロレンスがラヴァリに手紙を書いてフリーダを誘惑してくれるようにと頼んだということに真実性があるとはまったく思っていない。一九七四年にラヴァリが四十年近くも前に自分の眼で見たという文書についてベヴィラクアに話して聞かせたことを基にして、それから三十年ほど経ってベヴィラクアが創作のなかでこのエピソードを活かしたのである（ベヴィラクア自身はその手紙を自分の眼でも確かめたと主張している）。私はこの小説を実際に手にとって読むことのできない読者のためにそこに書かれていることを引用する。「友よ、君の肉体を通してぼくは自分の肉体の生の最後の息吹を回復した。フリーダよ、君の肉体を通して君がアンジェロの肉体によって生きてきた感覚の最後の輝きをぼくは再び手に入れたんだ。そしてぼくの肉体を通して君たちふたりは君たちの肉体に神のような感情を与えたのだ。その神は愛への欲望がそのすべてであるような実体を獲得するのだ」。この資料を見つけることに手を貸してくれて、そしてたくさんの誤訳を修正してくれたことで私はニック・カラメッラ（Nick Ceramella）に感謝している。

32　デイヴィッド・ガーネット著、*Great Friends*（1979）, 81参照；Crotch 13; 一九三一年七月二日付のフリーダからメイベル・ルーハン宛の書簡（Berkeley）；バーバラ・バー、'Step-daughter to Lawrence – II', *London Magazine*, xxxiii (October-November 1993), 16.

33　*K* 143.

34　Bynner 62.

35　前掲書

36　ハリー・T・ムア（Harry T. Moore）著、*The Intelligent Heart* (rev. edn., 1960), 477.

37　リチャード・オールディントン著、*Portrait of a Genius, But...* (1950), 335（ロレンスがその小説*Lady Chatterley's Lover*を書いたときにロレンスは実際に、完全にとは言わないが、インポテンツだったと考えられるだけの理由がある）；ロバート・ルーカス（Robert Lucas）著、*Frieda Lawrence: The Story of Frieda von Richithofen and D. H. Lawrence* (1973), 238（一九二六年の終わり頃に［ロレンスは］性的に不能になっていた）；デレク・ブリトン（Derek Britton）著、*Lady Chatterley: The Making of the Novel* (1988), 2（四十代の［ロレンス］を悩ませた生殖能力の喪失）；ロージー・ジャクソン（Rosie Jackson）著、*Frieda Lawrence* (1994), 41（一九二六年までには彼は不能になっていた）；ジェイムズ・C・カウアン（James C. Cowan）著、*D. H. Lawrence: Self and Sexuality* (2002), 136（ロレンスはこのとき性的な機能を果たさなかった）等を参照。これらの意見はすべて同性愛を嫌悪していたオールディントンによるロレンスへの意趣返しとみなすことができる。なぜ復讐かといえばロレンスはオールディントンのことを「生まれつきのホモ」と呼んだことがあるのだ（第二十四章参照）。一九五八年頃にオールディントンはロレンスの言動に垣間見ることのできる「同性愛者としての疑いようのない兆候」に関心を向けていた（Nehls, iii. xv）。

38　フリーダからA・S・フレーレ‐リーヴズ（A. S. Frere-Reeves）宛の（一九三一年から一九三六年のあいだに書かれた）日付のない書簡。サザビーズで競売にかけられた手紙（アイテム番号八十七、49）。サナトリウムに入っている九十六名の結核からの回復期にある男性患者を対象に行った研究では十四パーセントが性的欲望が明らかに減退した或いは減退したままであると答え、十パーセントがなんとなく弱くなった気がすると答え、七十四パーセント相当の患者は変化なしと答えている（カウァン著、*D. H. Lawrence: Self and Sexuality*, 138）。

39　Nehls, iii. 21, 26.

40　Nehls, iii. 26; *L*, v. 332-3.

41　バー著、'Step-daughter to Lawrence – II', 14参照：ルシールはエルザが、シシー叔母はモード叔母が、おばあさんはアグネス・ウィークリーがそれぞれモデルになっている。
42　D・H・ロレンス著、*The Virgin and the Gipsy* (1930), 21.
43　Nehls, iii. 22; 一九九四年四月二十八日付のバーバラ・ウィークリーからJW宛の書簡。
44　*L*, v. 388, 390.
45　*L*, v. 394.
46　*L*, v. 392, 401.
47　Frieda 194.
48　*L*, v. 394-5; Nehls, iii. 44; *L*, v. 392, 403.
49　Nehls, ii. 口絵参照。
50　Nehls, iii. 278; Brett 208.
51　Brett (1974) II-IV; Hignett 191-2.
52　*PS* 257（「お前たちではないぞ、愚か者たちよ」）。乳房を意味して「オッパイ」という単語が初めて使われたのは一九一八年頃のようだが、第二次世界大戦後になってこの意味での使用が広まった。デイヴィッド・エリス（David Ellis）著、'D. H. Lawrence and the Female Body', *Essays in Criticism*, xlvi (April 1996), 136-52.
53　Brett (1974) V.
54　フリーダからコテリアンスキー宛ての書簡、「日曜日」（一九三二年二月二十八日）(BL, Add. Mss. 48975); Brett 208; *L*, v. 203.
55　ドロシー・ブレットからアルフレッド・シュティーグレッツ（Alfred Stieglitz）宛ての書簡（一九三一年六月二日）、YU; *L*, v. 406. 詳細の信憑性は疑わしいが、この出来事についてのブレットの一九七四年の話は「本質的なところでは真実だろう」という検証については *DG* 292-6 参照。
56　*L*, v. 408.
57　ブレットは余りにも慌てていたので自分の洗濯物を置き忘れていった。そしてロレンスがそれをあとからブレットに送ったのである (*L*, v. 405)。マーク・キンキード＝ウィークスはロザリンド・ベインズとの類似を否定している：*TE* 603-6 参照。
58　*L*, v. 417; *WWRA* 331.
59　*L*, v. 421.
60　*L*, v. 406, 420.
61　*L*, v. 413-14.
62　*L*, v. 429, 437, 418.
63　*L*, v. 448, 453, 447, 464. *Poderi* とは私有地或いは土地のことである。
64　Nehls, iii. 59; *L*, v. 483.
65　*L*, v. 472; ノーマン・ダグラス（Norman Douglas）著、*D. H. Lawrence and Maurice Magnus: A Plea for Better Manners*（1924). 若干の修正が加えられて 'Postscript – A Plea for Better Manners' として *Experiments*（1925), 221-67 に再録された。第十三章参照。
66　*L*, v. 395-7, 472.
67　*L*, v. 472, 403.
68　*WWRA* 154-5, 164, 170, 173; *L*, vi. 205, 218, v. 473. この本は一九三二年に *Etruscan Places* として出版された。
69　*L*, v. 496, 482, 472.
70　モノマネの上手なモンタギュー・ウィークリーの声で録音されたこのテープはデイヴィッド・ジェラルドによって作成されたもので、ロレンスの声がどのように聞こえたのかを知る上でもっとも近いと思われるものである（NCL)。
71　*L*, v. 507, 509, 513, 512.

72　この写真にペギー・キングは写っていないが、その代わりにモード・ビアゾルが一緒に写っている。この女性はロレンスの母方の叔父ハーバートの障害を抱えていた娘である。写真 31 でロレンスがおどけてジョーン・キングの傘を差している。

73　*L*, v. 514, 522, 518, 534.

74　レディ・シンシア・アスキス（Lady Cynthia Asquith）著、*Diaries 1915-1918*（E・M・ホースレー（E. M. Horsley）編）(1968), 98. サラ・ウォーカー（Sarah Walker）著、'Memories of Eastwood', *Staple*（Winter 1983), 51.

75　*L*, v. 522, 524, 536; '[Return to Bestwood]', *PII* 257.

76　*L*, v. 539-40, 534.

77　R・P・ドレーパー（R. P. Draper）編、*D. H. Lawrence: The Critical Heritage*（1969), 276; *L*, v. 559.

22　芸術家のエネルギー　一九二六―一九二七

1　*L*, v. 611; ジェイ・A・ガーツマン著、*A Descriptive Bibliography of Lady Chatterley's Lover*（1989), 5: 一九三〇年末までにこの小説の売り上げは三万部を超えていた（ジョン・ワーゼン著、'Lawrence and the "Expensive Edition Business"', *Modernist Writers and the Marketplace*, イアン・ウィリソン（Ian Willison）、ウォリック・グールド（Warwick Gould）、ウォレン・チェニアーク（Warren Cherniak）編、1996, 121); ロレンスの覚書、NWU.

2　*L*, vi. 569; 'A Foreword by Frieda Lawrence', *The First Lady Chatterley*（1973), 9; *LCL* xx.

3　*FSLC* 215; Frieda 203. 住み始めてからロレンスは「この家がフィエーゾレの方角に面している」ことに気がついている（*L*, v. 459)。ロザリンド・ベインズとコンスタンス・チャタレーの繋がりについてはデレク・ブリトン著、*Lady Chatterley: The Making of the Novel*（1988), 83-6 参照。

4　*L*, v. 569; Wilkinson 27-8.

5　*FSLC* 211, 28.

6　Wilkinson 28.

7　*FSLC* 381.

8　*FSLC* 59, 38.「ファッカー」や「ファッキング」という卑猥な言葉はこの小説の最後の段落で、パーキンがどのようなことを言っていたかを反芻しているコンスタンスによって唐突に使用されている（*FSLC* 220)。このような使われ方は第二稿でのそれらの単語の使用を忘れないようにしておくための備忘録のようである。第一稿でこれらの言葉が登場するのは百十四ページも前のことである。

9　ロレンスは一九二二年にパリで出版されていたフランク・ハリス（Frank Harris）の *My Life and Loves* のことは当然知っていたと思われるが、それを裏付ける直接の証拠はない。

10　*L*, v. 605.

11　イーニッド・ヒルトン・ホプキン（Enid Hilton Hopkin）著、*More Than One Life: A Nottinghamshire Childhood with D. H. Lawrence*（1993), 53.

12　*LCL* 200-201 参照：第六章の註 13、第七章の註 12 参照。

13　*Memoirs* 309.

14　Patmore 138. 一九二九年二月二十二日に妹のエイダに言ったこと――「人生をつくり上げてきたと思えるものは些細なものとなって消えうせるだろう。そうなればあらゆることが悲惨なものになる。ぼくはこの三年間そのことを思い知ってきたし苦しんだんだよ」（*L*, vii.

186）と比較。
15　*L*, vi. 254-5, 261-2, 264-5, 275.
16　'Making Pictures', *PII* 604.
17　Merrild 209, 128（このことを指摘してくれたジョアナ・ライト（Joanna Wright）に感謝申し上げる）：Luhan 344 も参照；'Making Pictures', *PII* 604。
18　*DG* のカバーの裏面を参照。
19　*L*, v. 637.
20　*L*, vii. 271.
21　*L*, v. 648.
22　*L*, vi. 82、333.
23　'A Foreword by Frieda Lawrence', *The First Lady Chatterley*（1973）, 9-10.
24　*L*, v. 609-10, 616; 'Autobiographical Sketch', *PII* 595. *Ambiente* は「環境、雰囲気」の意。
25　*L*, v. 655, vi. 90、220.
26　*SEP* 178、54.
27　*SEP* 126; Nehls, iii. 226.
28　*L*, vi. 93.
29　*WWRA* 257.
30　*WWRA* 274; 'The Virgin Mother', 'Spirits Summoned West', *Poems* 101, 411; *WWRA* 274.
31　*L*, vi. 37.
32　*L*, vi. 72.
33　*L*, viii. 103, v. 588, vi. 59; Wilkinson 38, 41, 42, 43.
34　*L*, v. 630, vi. 42, 137.
35　*L*, vi. 48, 49.
36　*L*, vi. 72-3, 75; Wilkinson 45.
37　Frieda 208.
38　Wilkinson 49; Frieda 209; Crotch 7.
39　Wilkinson 51; *L*, vi. 119, 120.
40　Wilkinson 48; Bedford, i. 186; Wilkinson 47.
41　グローヴァー・スミス（Grover Smith）編、*Letters of Aldous Huxley*（1969）, 288.
42　オルダス・ハックスリィ編、'Introduction', *The Letters of D. H. Lawrence*（1932）, xxi-xxii; Wilkinson 50.
43　*L*, vi. 103. ほかに「無念さ」にロレンスが言及している箇所は *L*, vi. 114-15, 409, vii. 440, 623: 第1章の註 36 も参照。
44　*L*, vi. 136.
45　*L*, vi. 154, 139, 158, 151.
46　*L*, vi. 154, 172; Nehls, iii. 160.

23　『チャタレー夫人の恋人』　一九二七―一九二八

1　*L*, vi. 186, 177, 179.
2　*L*, vi. 200; Wilkinson 52; *L*, vi. 203-4.
3　*L*, vi. 198-9, 207, 195.
4　*L*, vi. 202; '［Autobiographical Fragment］', *P* 830, 833.
5　Nehls, iii. 226; *L*, vi. 180-81, 190-91, 203-4, 225, 233, 247.
6　リチャード・オールディントン著、*Life for Life's Sake*（1968）, 342.
7　'Memoranda'（NWU）; *L*, vi. 225, 222.
8　*L*, vi. 215.

9 *FSLC* 406.

10 *L*, vi. 308; Wilkinson 10.

11 'A Foreword by Frieda Lawrence' *The First Lady Chatterley* (1973), 10.

12 *L*, vi. 414.

13 *FSLC* 100.

14 *L*, vi. 99.

15 *WL* 315, 363.

16 'Review of *The Social Basis of Consciousness*', *P* 377-82; *L*, vi. 115, v. 648.

17 *L*, v. 521: *L*, vi. 419 も参照。

18 *L*, vi. 215, 238, 256.

19 一九二七年十二月二十八日付のフリーダからアナ・フォン・リヒトホーフェン宛の書簡、(UT), CR-W と JW による翻訳。

20 オルダス・ハックスリィ編'*The Letters of D. H. Lawrence* (1932), xxx.

21 *L*, vi. 247.

22 *L*, vi. 223; 'Foreword to *Collected Poems*', *Poems* 850.

23 'Whether or Not', *Poems* 84: *Poems* 924-31 と比較。

24 'To Clarinda', *Poems* 550.

25 *L*, vi. 208, 290.

26 Nehls, iii. 182; Bedford, i. 179; *L*, vi. 329.

27 ジュリエット・ハックスリィ (Juliette Huxley) 著、*Leaves of the Tulip Tree: Autobiography* (1986), 122, 118; *L*, vi. 315. このタイトルは DHL が予約注文書を送付した一九二八年三月までは使用されていた（この章の次の段落を参照）が実際に出版された本には印刷されることはなかった。

28 Bedford, i. 179, 228; ハックスリィ著、*Leaves of the Tulip Tree*, 125.

29 *LCL* 334.

30 *Lady Chatterley's Lover* の完成本の大きさは 23 × 18 センチで重さは約九百グラム；*The Plumel Serpent* は 17 × 13 センチで重さは約六百グラム。

31 　不死鳥が自らの若さを取り戻すのは
　ただ、焼かれて、生きたまま焼かれて、焼き尽くされて
　熱くて綿毛のような灰になるときだけだ。
　すると、新たに生まれた雛が巣のなかで微かに動いて
　漂う灰のような柔らかな産毛を撚り合せて
　鷲のように自分の若さを蘇えらせたことを示す
　不死の鳥として。

不死鳥は二十一世紀初頭よりも二十世紀始めの方が多く目についた。保険会社などはその名前や暗示的な意味を好んだ。ヘイウッド商会（DHL が一九〇一年に勤務していた事務所）のカタログにはその姿が刻印されていた（*Young Bert: An Exhibition of the Early Years of D. H. Lawrence*, カースル・ミュージアム、ノッティンガム、一九七二年、21 参照）。そして DHL が小さかった頃のイーストウッドには 'Phoenix Coffee Tavern' という店があり、一八七五年には 'Phoenix Cottages' という名称がイーストウッドのノッティンガム・ロードに建つ家並みに付けられていた。

32 同じときに撮影された写真がハックスリィ著、*The Letters of D. H. Lawrence* のなかの六百九十二ページの対向ページに掲載されている。

33 *L*, vi. 410, 409.
34 *L*, vi. 332, 502.
35 *L*, vi. 391.
36 バーバラ・バー著、'Step-daughter – II', *London Magazine*, xxxiii (October-November 1993), 16.
37 一九二八年四月（?）にフリーダが書いたアナ・フォン・リヒトホーフェン宛の書簡、(UT), CR-W と JW による翻訳。
38 Nehls, iii. 219.
39 ロージー・ジャクソン著、*Frieda Lawrence* (1994), 47.
40 W・G・ゼーバルト (W. G. Sebald)、*Austerlitz*, アンシーア・ベル (Anthea Bell) 訳 (2001), 101.

24 安住の地を探し求めて　一九二八―一九二九

1 アメリカ人の作家で編集者でもあり写真家でもある（一八六九―一九四二）; 彼の書いた文書は NYPL に所蔵されている。
2 Nehls, iii. 211-12.
3 *L*, vii. 242; Nehls, iii. 212.
4 *L*, vi. 457, 428.
5 *L*, vi. 469, 526.
6 *L*, vi. 419: この知り合いとはマリア・クリスティーナ・チェインバーズ (Maria Christina Chambers 一九六五年没) のことで彼女はメキシコで生まれDHLと定期的に手紙のやり取りをしていた; ジョン・ワーゼン著、*D. H. Lawrence: A Literary Life* (1989), xx, 172 参照。
7 *L*, vii. 26: 一九二八年十一月二十五日の *Sunday Dispatch* に掲載されたのちに *Assorted Articles* のなかに 'Sex versus Loveliness' というタイトルで再録された (*PII* 527-31)。
8 *Assorted Articles* のなかに 'Insouciance' というタイトルで再録された (*PII* 534)。*Kessel* は窪地、谷間或いは盆地の意で *Matte* は高山帯にある牧場の意。
9 *L*, vi. 487, 452.
10 *L*, vi. 456, 459, 476.
11 *L*, vi. 496, 515.
12 *L*, vi. 546.
13 *L*, vi. 535, 533.
14 *L*, vii. 69; マーガレット・ニーダム (Margaret Needham) との個人的な会話。「ペッグみたいなちっちゃな気取り屋は *Lady Chatterley's Lover* を大きな声を出して仲間同士で読むべきだ」(*L*, vii. 127)。この時代の書物はまだ丁が「切られていない状態で」、つまりページの上か横がまだ繋がった状態で売られていた。最初の読者が鋭利なナイフを使って切り開かねばならなかった。
15 *L*, vi. 542; Nehls, iii. 228.
16 *L*, vi. 522; Nehls, iii. 246.
17 *L*, vi. 573; vii. 37.
18 Nehls, iii. 253.
19 *L*, vi. 593; Nehls, iii. 253; *L*, vi. 598.
20 Nehls, iii. 255; *D. H. Lawrence*, カタログ 51 (サイモン・フィンチ希少本書店 (Simon Finch Rare Books Ltd.)、二〇〇二)、品目 75.
21 '[I know a noble Englishman]', *Poems* 953-5 (改訂版)。この詩が一番最初の 'Pansy' で、この雰囲気がほかの詩にも影響していると思われる。
22 一九六〇年十月十七日付のリチャード・オールディントンからH・D・宛の書簡（キャロライン・ジルブールグ編、*Richard Aldington*

& H. D.: *The Later Years in Letters*, 1995, 251）; Patmore 138.

23　*L*, vi. 618.

24　Nehls, iii. 274.

25　'Desire goes down into the Sea', *Poems* 454（E302g の改訂版）.

26　Patmore 141, *L*, vi. 609.

27　Patmore 142; 'New Mexico', *P* 145; *L*, vii. 288.

28　*L*, vii. 22, 21.

29　*L*, vii. 78; Nehls, iii. 277, 415. 観察者はイングランドの芸術家・占星術師・作家のフレデリック・カーター（Frederick Carter, 1883-1967）。

30　Nehls, iii. 457-8; オルダス・ハックスリィ編、'Introduction', *The Letters of D. H. Lawrence*, xxx.

31　Nehls, iii. 275.

32　*L*, vii. 183, 127.

33　*L*, vii. 214, 186, 190, 186-7. 第二十二章の註 15 参照。

34　'Man Reaches a Point-', *Poems* 507（オリジナルは *DG* 701 参照）。

35　*L*, vii. 41; *Memoirs* 239（*Memoirs* の 238 では一九二九年十一月十日となっているが、この書簡は一九二九年の二月或いは三月初旬に書かれたもの）; *L*, vii. 104.

36　*Poems* 419-20（'The Jeune Fille' や 'Be a Demon' という詩には「糞」や「クソ野郎」という言葉が、'Demon Justice' には「尻」や「陰茎」という言葉が使われているということを指摘してくれたクリストファー・ポルニッツ（Christopher Pollnitz）に感謝している、*Poems* 563-5: *L*, vii. 237 と註 2 参照）; Nehls, iii. 311.

37　『英国人名辞典』（*DNB*）における遺言検認の調査による報告、一九三〇。

38　Nehls, iii. 311.

39　ジェイ・A・ガーツマン著、*A Descriptive Bibliography of Lady Chatterley's Lover*（1989）, 12. 少なくとも十六種類の海賊版が存在し、三十一種類もの贋作がヨーロッパ大陸で出版されたがその多くがオリジナル版を版元にしたものではない。

40　*LCL* 306. この百八十ドルという金額は「海賊版三十冊分の印税」だった（*LCL* 367）。

41　*L*, vii. 208.

25　病気の具合が悪くならないところ　一九二九

1　*L*, vii. 9.

2　*Memoirs* 312.

3　*L*, vii. 229.

4　エドワード・ジャーメイン（Edward Germain）編、*Shadows of the Sun: The Diaries of Harry Crosby*（1977）, 241.

5　Nehls, iii. 313-15; リス・デイヴィス（Rhys Davies）著、*Print of a Hare's Foot: An Autobiographical Beginning*（1969）, 155.

6　Nehls, iii. 315; グローヴァー・スミス編、*Letters of Aldous Huxley*（1969）, 288.

7　*L*, vii. 9, 229; Nehls, iii. 315.

8　*L*, vii. 9; ノエル・キャリントン編、*Mark Gertler: Selected Letters*（1965）, 228.

9　Bedford, i. 226.

10　'Autobiographical Sketch', *PII* 300; Nehls, iii. 425, 406.

11　*L*, i. 206-7, vii. 9; スミス編、*Letters of Aldous Huxley*, 315.

12　*L*, v. 545, 566, 582, 526.

13　Nehls, iii. 206; *L*, v. 545.

14　*L*, iii. 337.

15　Bynner 61; *L*, vii. 50.

16　Crotch 7（イーニッド・ヒルトン・ホプキン著、*More Than One Life: A Nottinghamshire Childhood with D. H. Lawrence* (1993), 53-4 参照）；一九三〇年八月十二日付のフリーダからドロシー・ブレット宛の書簡（*D. H. Lawrence Review*, ix, (Spring 1976), 101）；Frieda 303; デイヴィス著、*Print of a Hare's Foot*, 157. 自分の「男っぽさ」を強調することはフリーダにとって珍しいことではない：一九二三年にコテリアンスキーに自分は「あんたたちと比べると私の方が六倍は男らしいわよ！」と書いている（*Memoirs* 230)。

17　（一九二九年一月二十五日付の）フリーダからオットリン・モレル宛の書簡（UT); Nehls, iii. 428; *Memoirs* 408.

18　Luhan 344.

19　'Introduction', *Look! We Have Come Through!* (1971) 11; Nehls, iii. 439.

20　*L*, vi. 48.

21　*L*, vii. 9; Nehls, iii. 160.

22　Patmore 134; オルダス・ハックスリィ編、'Introduction', *The Letters of D. H. Lawrence* (1932), xxxii.

23　Frieda 305; *L*, vii. 595, 546.

24　*L*, vi. 409; *L*, vii. 440.

25　'Healing', *Poems* 620.

26　'After all the Tragedies are over', *Poems* 509.

27　Nehls, iii. 245.

28　*L*, vii. 9.

29　'Nothing to Save' *Poems* 658.

30　*L*, vii. 9.

31　Nehls, iii. 426.「常軌を逸した世界で常軌を保つことなど出来やしない。それこそ合理的じゃない」（ジョー・オートン（Joe Orton）著、*What the Butler Saw in The Complete Plays*, 1976, 428)。

32　*L*, vii. 253-4, 260.

33　*L*, vii. 249.

34　*L*, vii. 206.

35　'The English are so nice', *Poems* 659-60.

36　この自画像はおそらくラス・パルマス（Las Palmas）にある写真家のエルネスト・ガルディア（Ernesto Guardia）のところへ行った週に描かれたのだろう（*DG* に収録されている写真 45 と 46 を参照)。写真は顔色が悪く繊細で、痩せ衰えてこの世に生きている人間とは思えない儚い姿を写しだしているが、自画像の方はありのままの自分（或いはそうでありたいと願っていた自分の姿）を見せている——抑制の利かない苛烈さであったり怒りであったり、フリーダみたいに逞しかったり、なにか毒舌を振るうかのように口は開いている（息をするために常に開けていなければならなかったこともあるが)。そして両目がそれぞれ異なる方向を向いてまるでいっぺんにいろいろなことに関心を示しているように見える。自分では「基本的には自分に似せた」自画像だと思っていた——ちょっと変わってて耳が尖っていて反抗的で、ヴァン・ゴッホが描いたスケッチみたいである。だが「ぼくの妻は気に入らないようです。ひどい絵だと言いますが、それは彼女には理解できないからです。」（*L*, vii. 333)：フリーダにはロレンスがそれほどまでに好戦的であることが理解できなかったのだろう。しかしこの自画像は死につつある人物を描いたものには見えない。

37　*L*, vi. 406: 例えば（ドロシー・ブレットやマーク・ガートラーが学んだことのある）ロンドン・スレイド美術学校に基準に拠ればということである。

38　*L*, ii. 516.

39　DHL は収録されている絵画の印刷について数多くの修正を求めた（*L*, vii. 149-50, 270-71, 279-80 参照）；現存するゲラ刷（UN）を見てみると印刷業者がこの修正に従ってしっかりと仕事をしたことが分かる。このエッセイは 'Introduction to These Paintings'（*P* 551-84）。

40　*L*, vii. 309.

41　*L*, vii. 222; スミス編、*Letters of Aldous Huxley*, 313.

42　Nehls, iii. 354.

43　'Innocent England', *Poems* 579; *L*, vii. 369; Nehls, iii. 383.

44　*L*, vii. 364.

45　*L*, viii. 82, vi. 179-80.

46　*L*, vii. 393, 395, 449.

47　*L*, vii. 436.

48　*L*, vii. 384, 388.

49　*L*, vii. 397-8.

50　*L*, vii. 398.

51　*L*, v. 192. 絵画をめぐる騒動によってロレンスは「イングランド人であると思うと恥辱を感じた」（*L*, vii. 424）。自分自身がイングランド人であることにも、自分に攻撃を仕掛けてくるのもイングランド人であることを理解したうえでこのように感じた。

52　*L*, v. 292-3.

53　一九二九年に DHL は自分の母親のことを「死ぬことのできない」人として想い出していたと考えられる：第一章、註 36 参照。

54　*L*, vii. 427.

55　*L*, vii. 466, 470, 477.

56　（一九二九年九月二十九日付の）フリーダからオットリン・モレル宛の書簡（UT）; Nehls, iii. 397, 426.

57　'Bavarian Gentians', *Poems* 697, 963.

58　*L*, vii. 473-4.

59　*L*, vii. 486, 205.

60　*L*, vii. 494, 492, 509; Nehls, iii. 402; *L*, vii. 591, 494.

26　怯まずに死を凝然と見つめて　一九二九－一九三〇

1　Frieda 302.

2　*L*, vii. 617.

3　*L*, vii. 495, 509.

4　*L*, vii. 623.

5　Frieda 305.

6　イーディス・ヒルトン・ホプキン（Edith Hilton Hopkin）、*More Than One Life: A Nottinghamshire Childhood with D. H. Lawrence*（1993）, 53.

7　*A* 54, 149.

8　*A* 149.

9　*L*, vii. 616.

10　Nehls, iii. 415; *L*, vii. 505.

11　*MM* 100.

12　*L*, vii. 646; バーバラ・バー著、'Step-daughter to Lawrence – II', *London Magazine*, xxxiii (October-November 1993), 18.

13　*L*, vii. 9, 611; Nehls, iii. 421, 424.

14　ハーウッド・ブルースター・ピカード（Harwood Brewster

Picard）著、'Remembering D. H. Lawrence', *D. H. Lawrence Review*, xvii（Fall 1984）, 197; Frieda 303. ベニート・ムッソリーニ（Benito Mussolini, 1883-1945）は一九二三年からイタリアの首相を務めていた；DHL は彼のことで冗談を言ったことがあり（*L*, v. 558, 570 参照）、一九二七年にはイタリア国内のあちらこちらの壁にチョークで書かれた '*Mussolini is always right!*' というスローガンを嘲たこともある（*SEP* 159）。

15　ジョージ・ズィタルーク編、*The Quest for Rananim; D. H. Lawrence's Letters to S. S. Koteliansky*（1970）, 402; Nehls, iii. 424-5.

16　バーバラ・バー著、'Step-daughter to Lawrence – II', 18; *L*, vii. 632; Nehls, iii. 421.

17　Nehls, iii. 413; Frieda 303; Nehls, iii. 421.

18　*L*, vii. 634.

19　'Review of *Art-Nonsense and Other Essays*, by Eric Gill', *P* 396.

20　Nehls, iii. 429.

21　Frieda 305.

22　*L*, vii. 632; 'Forward to *Women in Love*', *WL* 486.

23　'The State of Funk', *PII* 567.

24　*A* 149; 'Shadows', *Poems* 727.

25　'Ship of Death', *Poems* 966-7; *MM* 101.

26　*L*, vii. 636, 639, 646.

27　サン・シル・ヴァール（St. Cyr Var.）のシャトー・ブルン（Chateau Brun）のフリーダからA・S・フレーレ - リーヴズ宛の（一九三〇年の）「土曜日」と書かれた書簡；一九三〇年二月五日付のフリーダからエドワード・タイタス宛の書簡（カーボンデイルにある SIU）; Frieda 306, 307.

28　*Memoirs* 103.

29　*L*, vii. 633.

30　'Ship of Death', *Poems* 967; Frieda 307, 308.

31　一九三〇年二月六日に書かれたフリーダから母親への書簡参照。この日に DHL はサナトリウムに入所した――「二週間ほど静かなところで休みたいだけです。でも自分の世話を自分でしなくても済むので安堵もしています…ご機嫌いかがですか？　あなたのことを想い出す余裕もそんなにありません――でももしかすると姿を現わすかもしれません――」（UT）, CR-W と JW による翻訳；Crotch 13.

32　Frieda 308, 165.

33　Nehls, iii. 435.

34　「プラスチシン」とはプラスチック素材を用いた塑像用粘土につけられた商標名で、一八九〇年代後半から美術を教えるときなどに粘土の代わりに頻繁に使われていたもの。

35　Nehls, iii. 433.

36　Nehls, iii. 433-4.

37　*L*, vii. 653.　写真 38 がそのクレーヘッド。銅を使って鋳造したもの（高さ約四十三センチ）がハリー・ランサム・ヒューマニティーズ・リサーチ・センター（UT）に保管されている。

38　ズィタルーク編、*The Quest for Rananim*, 403-4.

39　*L*, vii. 646, 643. 七ストーンは九十八ポンド（約四十五キログラム）で、八ストーンは百十二ポンド（約五十一キログラム）。六ストーン半というのは九十一ポンド（約四十一キログラム）である。

40　*L*, vii. 651.

41　Nehls, ii. 318; Bedford i. 228. 死につつあるカンガルーがソマーズに向かって「お前が俺の息の根を止めたんだ」と責める場面（*K*

335）や、*The Widowing Mrs. Holroyd* のなかで自分の夫が炭坑での事故で死んだときにホルロイド夫人が「私があの人を殺したようなものよ」と悲しむ場面（*Plays* 107）参照。

42　Frieda 308; *SP* 291; ズィタルーク編、*The Quest for Rananim*, 405; Nehls, iii. 435; *L*, vii. 633.

43　Frieda 308; *DG* 530; Nehls, iii. 435. ワシントン・アーヴィング（Washington Irving, 1783-1859）が書いた本で一八二九年に出版されてから重版されている。いろいろなタイトルがつけられているがフリーダが言及しているものは Herbert Strang Library の一九一二年版である。

44　Frieda 309; Nehls, iii. 435.

45　バー、'Step-daughter to Lawrence – II', 19; Nehls, iii. 436; Frieda 309; Bedford i. 224.

46　Frieda 309.

47　Frieda 309; *DG* 531: 'The Fly in the Ointment' の語り手の夜毎の癖参照（*LAH* 53）。

48　バー、'Step-daughter to Lawrence – II', 16; *L*, i. 192; Frieda 309-10. フリーダはおそらく 'Odour of Chrysanthemums' のエンディングを想い出していたのだろう（*PO* 197-9）。

49　Crotch 5; Bedford, i. 227-8.

50　Crotch 13; Frieda 310.

51　カイオワ牧場のフリーダがマーサ・ゴードン・クロッチ（Martha Gordon Crotch）に宛てた一九三二年七月二十二日付の書簡；サン・シル・ヴァールのシャトー・ブルンのフリーダがA・S・フレーレ - リーヴズに宛てた（一九三〇年の）「土曜日」と書かれた書簡。

52　エミール・デラヴニ（Émile Delavenay）著、'A Shrine without Relics?'、*D. H. Lawrence Review*, xvi（Summer 1983）, 111-31 参照。老いたラヴァリは遺灰が入った木の箱をヴィルフランシュ（Villefranche）（この港で彼は船に乗ることになっていた）まで送る送料のことを心配していたと強調していたが、デラヴニはラヴァリの言っていたことの真偽のほどを確かめた。それによるとラヴァリは時間（とフリーダから預かった金）を使ってなんとスポトルノの家族のところへ行っていたらしい。しかも家族には自分がなぜはるばるやって来たのかその理由を隠していたようだ。

53　Luhan 53.

54　フリーダが断片的に書き残したものは彼女の死後に *Memoirs* として出版された；フリーダがキャサリン・カーズウェルに宛てた書簡（おそらく一九三二年に書かれたもの）で、ジョン・カーズウェルによって *SP* への 'Introduction' のなかで引用されている（xxvi）。

55　一九三五年二月二日付のフリーダからA・S・フレーレ - リーヴズ宛の書簡；*Memoirs* 116, 304.

訳者あとがき

ジョン・ワーゼン教授（二〇一五年現在においてはノッティンガム大学をすでに退職されて名誉教授となられている）との「出会い」は遡ること一九九一年になる。修士論文を書いていたときにおおいに役立たせていただいたのが、教授の著作*D. H. Lawrence and the Idea of the Novel* (Macmillan, 1979) だった。これはロレンスの（*Mr Noon*を除く）長編すべてに描出されているアイデアというか作者の言いたいこと（或いは考えていたこと）を明確にしようとしている（ぼくにとってはバイブル的な）研究書だが、ここでは個々の作品とそれらを執筆していた頃の作者ロレンスの実人生が精緻に関連づけられている。ワーゼン教授のロレンス研究における姿勢はこのように、著作と著者との繋がりを重要視するものだ。つまり、作品は作者が生み出したものであり、ロレンスの場合はとくに必然的な理由があって個々の作品を書いたと考えるのである。だから作品だけでなく、作者或いは作者の生き方、作者の言動にまで興味をもつ。だからこそ本伝記をワーゼン教授は書くことができたのだ。膨大な数の書簡はもとより、短篇、中編、長編、詩、エッセイ、絵画までもをロレンスの日常の実際的な経験の産物として捉えている。ロレンスの諸作品のテーマを解説するためにロレンスの生涯を恣意的に掘り起こして「剪定」するのではなく、ロレンスの生き方を正直にたどりながら、このときにこのようなことがあってロレンスは悩んだ末にこの作品を執筆することで自分の思考や感情や経験を整理しようとした、という書き方をしている。だからこそ作者と作品が有機的に繋がるのであり、ロレンスという作家のイメージの全体像が浮き彫りになってくる。文学研究にはさまざまなアプローチがあるものの、「この作品を書いた人物はどのような人間だったのだろう？こんな物語はどんな体験があって書いたのだろう？　この作家はなぜこんな文体を選んだのだろう？」などの疑問を抱いた場合にスッキリできる解釈を見つけ出すには、その作品を執筆した張本人に注目するのが得策だろう。だからこそ、ワーゼン教授のこの評伝はロレンスの作品研究に有益であると同時に作家研究のためにもおおいに役に立つともいえる。

生身のワーゼン教授との関係が始まったのは一九九二年十一月である。修士論文を書き上げて留学を考えていた頃に、件の研究書を執筆したワーゼン教授にどうしても師事したいと思って手紙を書いたのである（当時はe-mailはまだ普及していなかったし、ぼくはパソコンのユーザーではなかった）。そして当時はウェールズのスウォンジーで教鞭を執っておられた教授から国際郵便の返事を頂戴した。そこから留学準備を始めて、新婚旅行で初めて渡英した一九九四年の夏にノッティンガム大学の研究室でワーゼン教授にお会いして面接試験のようなものを受け、晴れて翌年の一九九五年九月からのノッティンガム大学大学院修士課程での留学が実現したのだった。それから同大学大学院の博士課程を修了する二〇〇六年七月までずっとワーゼン教授に一方ならぬお世話になった（ピーター・プレストン先生やマック・デイリー先生、ヒラリー・ヒリヤー先生やポール・ポプロウスキー先生、そして教授のコニー夫人にも）。想い起せばいろいろなことを経験させていただき、さまざまなことを考えさせられた。これは「あとがき」で「随想」ではないからこれ以上のことは割愛するが、本翻訳書を出版するにあたってワーゼン教授とのことを簡単に記録しておきたいと思ったのだ。

D. H. Lawrence: The Life of an Outsider を翻訳するにあたっての難題は、日本語のタイトルをどうするかだった。「日本語版への序文」にあるように、オリジナルのタイトルはワーゼン教授ご自身の信念に沿ったD. H. Lawrence: The Life of a Writer というものだった。本書の何箇所かでも指摘されていることだが、ロレンスの実人生とロレンスの著作との有機的な、切っても切れない繋がりゆえに「作家」と「人生」という言葉にこだわったのだとワーゼン教授は教えてくださった。ロレンスの著作はそのすべてが基本的に彼の生きた人生において彼自身が実際に体験したことをモチーフにしており、他者とのあいだに図らずも構築した或いは瓦解させてしまった人間関係、または人間関係のみならず日々の生活を生きていたうえで考えたことや経験したことなどを著作のなかで再創造するというやり方で追体験しながらロレンスは自分なりにその経験の本質を見極めて理解し、または昇華させていた。したがって、どの著作が実人生におけるどの出来事とマッチするのかということが明らかになる。このようなことからワーゼン教授はロレンスの生きた人生と、彼が著述した（描いた）ものとの太く深い関係性を示唆するためにもD. H. Lawrence: The Life of a Writer というタイトルを考えられたのだった。しかし出版社がこのタイトルに首を縦に振らず、その代わりに *D. H. Lawrence: The Life of an Outsider* というタイトルを提案してきた。ワーゼン教授にはロレンスのアウトサイダー的な側面を殊更に強調する気はまったくなかったのだが、出版社の提案を受け入れざるを得なかった。本文中に「アウトサイダー」という言葉がところどころに使われているが、これはタイトルが *D. H. Lawrence: The Life of an Outsider* に変更、決定したのちにワーゼン教授がそれに合わせて挿入されたものであるということだ。「アウトサイダー」という言葉が原著で使われているのだから日本語版のタイトルに含んでも自然ではないかと思ったので問い合わせてみたところ、このような回答をいただいた。

このような背景がタイトルに関してあったということを知ってからは、出版社とぼくとのあいだで何度も話し合いの場が持たれた——日本語のタイトルをどうするか、である。The Life of a Writer の部分を「作家の生涯」などと単純に置き換えるだけではなんとも魅力のない、ありきたりで陳腐なものだということで意見は一致していた。a Writer に（「孤高の」などの）適当だと思われる形容詞を加えて日本語訳することには著者であるワーゼン教授が難色を示されたこともあり、タイトル探しはますます混迷を極めた。その結果、思い浮かんだのが『作家ロレンスは、こう生きた』である。「作家」という言葉、そして「生涯、人生」に結びつく「生きる」という動詞を思い切って使うことにしたのだった。ロレンスの生涯にわたる「（人間として）生きる」という行為と「（作家として）書く」という作業の切っても切れない濃密な関連性を、苦肉の策ではあるがタイトルに残せたのではないかと自負している。これにはワーゼン教授も賛同してくださったことを付け加えさせていただく。

D. H. Lawrence: The Life of an Outsider を翻訳する機会を幸運にも与えられたのは随分と昔まで遡る。当時非常勤講師として週に二十六コマを教えていたぼくは、ある大学の教員控室で南雲堂の南雲一範社長にお会いした。そこで思い切って翻訳の話をさせていただいたところこの評伝のユニークさと重要性を納得して、そして「可能性」を嗅ぎ取られた（と思われる）社長はぼくにこの翻訳を任せてくださったのだった。海外の大学で修士号を取得しただけの人間にこのような仕事を任せるという英断をされた社長には今でも心から感謝している。

今回の翻訳にあたり、まず恩師のひとりである早稲田大学高等学院の野中久武先生にお礼を申し上げる。お忙しい日常にもかかわらずに元教え子のことだからと時間を割いて初期段階にあった拙訳に目を通してくださった。そして本書の病気や医療にかかわるところでは、防衛医科大学校病院外科学講座の指定講師で医学博士の守屋智之先生に適切なアドバイスをいただくとともに的確な日本語をご教示いただいた。同じように音楽にかかわる箇所を翻訳する際には子どもたちがお世話になった「けやき台音楽教室」の吉田美奈子先生に教えをいただいた。それから人名・地名の表記については本務校で同僚としておつき合いをさせていただいているイングランド出身のギャリー・ボーク先生の、そして索引の作成にあたっては同じく同僚の堤龍一郎先生の助けをお借りした。ロレンスの著作の日本語タイトルについては、彩流社から出版されている『ロレンス文学鑑賞事典』と『D. H. ロレンス全詩集　完全版』を参考にさせていただいた（が必ずしもこれらに倣っているわけではない）。

ぼくが初めてひとりで取り組むことになったこの翻訳を初期の段階から導いてくださったのは南雲堂の青木泰祐氏であるが、氏は本書の上梓を見届けることなく鬼籍に入られてしまった。この場をお借りしてお礼を申し上げるとともに、ご冥福をお祈り申し上げます。青木氏に代わってぼくの手綱を引いてくださったのが原信雄氏と山本崇氏である。原氏はぼくが日常仕事に忙殺されて翻訳を怠けることのないようにこまめに進捗状況を気にしてくださり、初校には厳しい目をもって取り組んでくださった。山本氏は青木氏に代わって、背中を押してくださったり首根っこを引っ張ってくださったりした。おふたりにはこの場をお借りしてお礼を申し上げます。さらにはこの翻訳を出版するにあたって、勤務先である相模女子大学から学術図書刊行助成費をいただくことができたことを記すとともに、お礼を申し上げる。

そしていつものことだが、いろいろなやり方でぼくを叱咤激励してくれた家族にも感謝している。ことある毎に「がんばってね」とストレートな声援を送りつづけてくれた小六の杏実、ぼくがこれ見よがしに嘆息していると「まだ翻訳終わんないの？」と呆れたような言い方で、半ば無関心を装いながら応援してくれた中二の拓身。そしてそんなふたりの子どもと、時折小噴火をくり返す夫をうまくまとめている妻の美香。母親には読んでもらえるが、父親にも読んでもらいたかったことは言うまでもない。

ここにお名前を出した方々のひとりでも欠けていれば、この翻訳がこのような形で世に出ることはなかった。改めて頭を深く垂れて、皆様に心よりお礼を申し上げる。ありがとうございました。このあとがきを書いているのが子どもの誕生日であることが、なんだか父親として嬉しく、誇らしくさえ思える。

本翻訳書の記述については、誤りや欠陥も含めて、すべてがぼくの責任であることは言うまでもない。

二〇一五年一月十五日
所沢にて、中林正身

索引

'DHL' は D. H. ロレンスを、そして 'Frieda' はフリーダ・フォン・リヒトホーフェン、フリーダ・ウィークリー、フリーダ・ロレンス、そしてフリーダ・ラヴァリを指す（尚、読者が参照したり照合したりしやすいように、人名や地名などの固有名詞には英語表記を、そして作品名には原題を付した——訳者）。

ア行

アーヴィング、ワシントン（Irving, Washington）『コロンブスの生涯と航海』（*The Life and Voyage of Columbus*） 453, 518原註
アーノ・ヴェイル農場（Arno Vale Farm） 105, 130
アーラン、マイケル（Arlen, Michael） クーユムジアーン、ディクラン（Kouyoumdjian, Dikran）参照
アールズコート（Earl's Court） 237
アクターズ・ホーム（Actors' Home） クロイドン（Croydon）参照
アクリータ、トリニダッドとルフィーナ（Archuleta, Trinidad and Rufina） 360
アグリジェント（Agrigento） 257
アズール（Azul、フリーダの飼い馬） 346
アスキス、H. H.（Asquith, H. H.） 212
アスキス、シンシア（Asquith, Cynthia） 164, 180, 185, 220, 225, 252, 369, 371, 387, 396, 491原註, 510原註
アスキス、ベブ（Asquith, Beb） 164, 187, 369
『アセニーアム』誌（*The Athenaeum*） 251, 252
アッツァリーニ、ラファエーリ（Azzarini, Raffaele、フェリーチェ・フィオーリの息子） 169
アッティーナ（Atina） 249, 250
『アデルフィ』誌（*The Adelphi*） 254, 323, 324, 329, 331, 335, 337, 370
アド・アストラ・サナトリウム（Ad Astra Sanatorium、ヴァンス） 449, 450, 451, 452, 453
アニミズム（animism） 341, 347, 349, 361, 395
アバークロムビィ、ラセルズ（Abercrombie, Lascelles） 169
アパッチ族（Apaches） ネイティヴ・アメリカン（Native Americans）参照
アフリカ（Africa） 297
アブルッツィ山脈（Abruzzi Mountains） 248
アヘンゼー（Achensee） 148
アメリカ及びアメリカ人（America and the Americans） USA 参照
アメリカ合衆国、アメリカ（USA, America） 19, 20, 121, 168, 173, 192, 193, 195, 210, 211, 212, 213, 225, 228, 236, 237, 238, 251, 252, 268, 269, 270, 272, 273, 282, 285-290, 293, 297, 302-309, 312, 314, 317, 318, 320-329, 331, 333-340, 342, 345, 347, 349, 351, 355, 359, 363, 364, 365, 372, 379, 380, 384, 395, 404, 410, 413-418, 427, 436, 450, 456, 462原註, 472原註, 483原註, 489原註, 493原註, 497原註, 501原註, 513原註
アラッシオ（Alassio） 374, 412
『あらゆることは可能である』（*All Things are Possible*） シェストフ、レオ（Shestov, Leon）参照
アリゾナ（Arizona） 305, 364
アルザス - ロレーヌ（Alsace-Lorraine） 133
アルムグレン、アントニア（Almgren, Antonia） 155
アロヨセコ（Arroyo Seco、ニューメキシコ） 342, 347, 362
アロヨホンド（Arroyo Hondo、ニューメキシコ） 345
アンダーウッド（Underwood） 51, 467原註
アンドリューズ、エスター（Andrews, Esther） 211, 214, 222, 264, 490原註, 496原註
『アンナ・カレーニナ』（*Anna Karenina*） トルストイ、レフ（Tolstoy, Leo）参照

イーヴリン（Evelyn） コーク、ヘレン（Corke, Helen）参照
イーザルタール（Isarthal） 145
イーストウッド（Eastwood） 17, 24, 29, 33, 44, 45, 51, 87, 103, 111, 113, 131, 159, 160, 166, 226, 463原註, 464原註, 512原註；イーストウッドでの DHL35, 38, 40, 41, 42, 47, 48, 49, 57, 58, 59, 62, 70, 71, 77, 78, 90, 120, 123, 238, 239, 244, 309, 366, 367, 384, 402, 445；DHL が生まれる 23；炭鉱 24, 25, 30；アーサー・

ロレンスにとっての故郷 25, 28, 53, 54；ブリーチ（Breach, the） 30；ウォーカー・ストリート（Walker Street） 31, 52；ブリックヤード・クロース（Brickyard Closes） 31；リン・クロフト（Lynn Croft） 57；クィーンズ・スクウェア（Queen's Square） 128, 477原註；チャーチ・ストリート（Church Street） 309, 310, 311
『イヴニング・ニューズ』紙（*Evening News*） 406, 416
イェイツ、W. B.（Yeats, W. B.） 92, 94, 127
イエス・キリスト（Jesus Christ） 46, 278, 329, 370, 396, 397, 415, 446
イオニア海（Ionian Sea） 257, 260, 283, 288
イジェア荘（Igea, Villa） 150, 158
『意識の社会的基礎』（*The Social Basis of Consciousness*） バロウ、トリガント（Burrow, Trigant）参照
イタリア（Italy） 21, 147, 149, 152, 154, 157, 166, 169, 175, 176, 177, 184, 190, 196, 202, 237, 238, 247, 248, 250, 251, 252, 253, 256, 259, 261, 262, 265, 270, 271, 283, 287, 300, 353, 365, 369, 372, 380, 387, 394, 401, 412, 414, 420, 421, 423, 437, 438, 442, 464原註, 481原註, 484原註, 498原註, 507原註, 517原註
イッキング（Icking） 143, 144, 145, 147, 148, 188, 201, 224, 400
イルクストン（Ilkeston） 41, 59, 60, 70, 111, 464原註
イングランド（England） 17, 18, 19, 23, 60, 62, 68, 77, 82, 131-137, 139, 140, 145, 146, 148, 154, 156, 158-166, 171, 173, 178, 179, 181, 183, 185-195, 197, 200-213, 219, 220, 226-230, 237-243, 248, 251, 252, 256-261, 265, 266, 269, 270, 271, 272, 274, 280, 283-290, 293, 297, 298, 303, 305, 310, 314, 320, 323, 324, 326, 329-337, 339, 345, 350, 351, 353, 359, 363, 365-372, 375, 376, 381, 383-385, 388, 393, 398, 399, 404, 417-420, 426, 427, 435-438, 444, 446, 452, 472原註, 483原註, 485原註, 493原註, 498原註, 499原註, 507原註, 514原註, 516原註
『イングリッシュ・レビュー』誌（*The English Review*） 90, 91, 92, 94, 118, 120, 173, 214
イン渓谷（Inn valley） 148
『インドへの道』（*A Passage to India*） フォースター、E. M.（Forster, E. M.）参照
陰毛（pubic hair） 78, 438, 469原註

ヴァイン・コテッジ（Vine Cottage、ブリンズリィ） 25
ヴァスコンセロス、ホセ（Vasconselos, José） 319, 354
ヴァルトブレール（Waldbröl） 131, 142, 143, 479原註
ヴァン・ゴッホ、ヴィンセント（Van Gogh, Vincent） 515原註
ヴァンス（Vence） 446, 449, 452, 454, 455, 456, 457
ウィークリー、アーネスト（Weekley, Ernest） 132, 134, 136-146, 149, 152, 153, 154, 157, 159, 161, 163, 165, 169, 171, 182, 184, 207, 221, 325, 332, 375, 456, 478原註；写真 13 参照
ウィークリー、アグネス（Weekley, Agnes、'Granny'、「お婆さま」） 172, 508原註
ウィークリー、エルザ（Weekley, Elsa） 134, 146, 323, 375, 380, 482原註
ウィークリー、バーバラ（Weekley, Barbara、'Barby'、「バービィ」） 134, 135, 138, 146, 152, 172, 182, 326, 365, 368, 373, 374, 375, 380, 412, 413, 424, 431, 436, 445, 446, 449, 452, 453, 454, 478原註, 482原註；写真 14 参照
ウィークリー、モード（Weekley, Maude） 158, 161, 172, 508原註
ウィークリー、モンタギュー（Weekley, Montagu、'Monty'、「モンティ」） 134, 137, 139, 161, 162, 165, 323, 326, 383；写真 14 参照
ウィームズ、ミス・ティムシー（Wemyss, Miss Timsy） ティムシー・ウィームズ、ミス（Timsy Wemyss, Miss）参照
ヴィカーズ・マキシム社（Vickers Maxim） 174
ヴィクトリア・ストリート 8a（Victoria Street, 8a） 23, 30
ヴィジー、ラ（Île de Port Cros ポール・クロ島） 420, 421, 422, 423
ヴィジル、ガルシア（Vigil, García） 354
ウィルキンソン夫妻（Wilkinson family） 381, 386, 387, 397-401, 419
ウィルソン、エイダ（Wilson, Ada、DHL の義姉） ロレンス、ジョージ（Lawrence, George）参照
ヴィルヘルム皇帝（Kaiser Wilhelm） ヴィルヘルム 2 世（Wilhelm II）参照

ヴィルヘルム２世（Wilhelm II、ドイツ皇帝） 175
ヴェーバー、アルフレッド（Weber, Alfred） 143
ヴェーバー、マックス（Weber, Max） 143
ヴェスヴィウス山（Vesuvius） 250
ウェストミンスター（Westminster） 193
『ウェストミンスター・ガゼット』紙（*The Westminster Gazette*） 130, 139
ウェストン、エドワード（Weston, Edward） 505原註
ウェスリー派（Wesleyans） 教会（Chapel）参照
ヴェニス（Venice） 261, 264, 265, 500原註
ウェリントン（Wellington、ニュージーランド） 302, 494原註
ヴェルガ、ジョヴァンニ（Verga, Giovanni） 287, 289, 294, 296, 314, 400, 499原註
ウェルズ、H. G.（Wells, H. G.） 84, 90, 92, 450
ヴェロナ（Verona） 158
ウォーカー・ストリート（Walker Street、イーストウッド） 31, 51, 52, 54, 391
ヴォージュ（Vosges） 273
ウォーターフィールド、オーブレイ（Waterfield, Aubrey） 169
ウォータールー駅（Waterloo Station） 343
ウォータールー・ブリッジ（Waterloo Bridge） 97
ヴォーン、デイヴィッド・レカーブ（Vaughan, David Rechab） 219
ヴォルテッラ（Volterra） チェルヴェテリ（Cerveteri）参照
ヴォルフラッツハウゼン（Wolfratshausen） 158
ウォレン、ドロシー（Warren, Dorothy） 436；ウォレン画廊（Warren Gallery） 436, 438
イルシェンハウゼン（Irschenhausen） 158, 159, 166, 400
ヴルチ（Vulci） チェルヴェテリ（Cerveteri）参照
ウルフ、ヴァージニア（Woolf, Virginia） 266, 462原註

映画（cinema and film） 303, 304, 326
『英国抒情詩珠玉集』（*The Golden Treasury*） ポールグレイヴ、フランシス（Palgrave, Francis）参照
エヴァンズ、ジョン（Evans, John） 312, 313
エシャー、子爵（Esher, Viscount、ドロシー・ブレットの父親） 336
エゼキエル（Ezekiel） ラッセルがDHLを譬える 185
エダー、デイヴィッド（Eder, David） 222, 223, 248, 366
エディプス（Oedipus） 135
エトナ（Etna） 259, 261, 292
エトルリア（Etruscans） 380, 382, 395, 396, 397, 402, 423, 444
エドワード、英国皇太子（Edward, Prince of Wales） 294
エバーシュタインブルク（Ebersteinburg） 273
エマソン、ラルフ・ウォールド（Emerson, Ralf Waldo） 65
エリオット、ジョージ（Eliot, George） 57, 88
エリオット、T. S.（Eliot, T. S.） 18, 385
エルパソ（El Paso） 353, 357, 359
エンバンクメント（Embankment） 97

オアハカ（Oaxaca） 354, 355, 357, 358, 371, 377, 378, 419, 442, 450；フランシア・ホテル（Hotel Francia） 354, 358
オウィディウス（Ovid、'in Thrace'（トラキアの）） 226
王立文学基金（Royal Literary Fund） 197
オーストラリア（Australia） 293, 294, 298, 299, 300, 301, 302, 305, 306, 319, 321, 323, 327, 353, 507原註
オーストリア（Austria） 147, 148, 282, 283, 399, 400
オールディントン、ヒルダ（Aldington, Hilda） H.D.（ヒルダ・ドゥーリトル）参照
オールディントン、リチャード（Aldington, Richard） 173, 190, 221, 222, 223, 229, 238, 296, 374, 383, 384, 417, 419, 420, 421, 424, 481原註, 500原註, 507原註, 508原註, 511原註, 513原註
オールド・ラドフォード（Old Radford） ノッティンガム（Nottingham）参照
オックスフォード（Oxford） 84, 192
オックスフォード大学出版局（Oxford University Press） 231
オデュッセウス（Odysseus） 443
踊り、ダンスとダンシング（dance and dancing） 27, 56, 158, 341, 348-350, 383, 395, 422
『オブザーヴァー』紙（*The Observer*） 19, 461原註
オリオリ、ジュセッペ（Orioli, Guiseppe、'Pino'（ピーノ）） 398, 402, 407, 410, 413, 414, 415,

417, 421, 423, 438, 439

カ行

ガーシントン荘（Garsington Manor） 192, 193, 203, 332, 411, 436, 487原註
カーズウェル、ジョン（Carswell, John） 227, 228；「戦時下の赤ん坊」（'War Baby'） 227
カーズウェル、ドナルドとキャサリン（Carswell, Donald and Catherine、旧姓ジャクソン（Jackson）） 172, 181, 184, 185, 191, 202, 212, 227, 228, 238, 245, 258, 290, 306, 324, 331, 333-336, 344, 366, 368, 493原註, 496原註, 501原註, 502原註, 518原註
カーター、フレデリック（Carter, Frederick） 337, 444, 514原註
ガーディナー、ロルフ（Gardiner, Rolf） 295, 296
ガートラー、マーク（Gertler, Mark） 173, 184, 238, 333, 334, 335, 366, 429, 446, 515原註
ガーネット、エドワード（Garnett, Edward） 121-128, 130, 138, 142, 145, 146, 148, 152, 155, 156, 159, 160, 163, 168, 169, 170, 171, 461原註, 483原註
ガーネット、コンスタンス（Garnett, Constance） 122, 160, 161, 169, 170, 207
ガーネット、デイヴィッド（Garnett, David、「バニー」（'Bunny'）） 148, 149, 155, 156, 160, 161, 162, 177, 180, 188, 189, 199, 200, 201, 207, 218, 255, 262, 373, 480原註, 482原註, 484原註, 485原註, 490原註, 492原註, 495原註, 508原註
カーライル、トマス（Carlyle, Thomas） 65
カーリンガー氷河（Karlinger glacier） 283
カイエス、プルタルコ・エリアス（Calles, Plutarcho Elías） 353, 354
カイオワ牧場（Kiowa ranch、もとは「ロボ牧場」（'Lobo ranch'）） 305, 344, 345, 348, 351, 359, 360, 362-364, 372, 379, 380, 422, 444, 445, 452, 455, 457, 478原註, 518原註
ガイズリン、ブルースター（Ghiselin, Brewster） 424
下院（House of Commons） 192, 426
ガストホフ・エレファント（Gasthof Elefant） 148
カナダ（Canada） 87, 333
カナン、ギルバート（Cannan, Gilbert） 176, 184, 250, 333, 484原註
カナン、メアリー（Cannan, Mary） 176, 184, 218, 250, 257, 260, 333-335
カノヴァイア荘（Canovaia, Villa） 262, 264, 288, 495原註, 496原註, 497原註
ガハーディ、ウィリアム（Gerhardi, William） 369
カフェ・ロイヤル（Café Royal） 332-336, 339, 416, 504原註
カプリ島（Capri） 250, 255, 256, 259, 264, 265, 273, 376, 381, 395, 407, 498原註
カラブリア（Calabria） 270
カルコ、フランシス（Carco, Francis） 486原註
ガルダ湖（Garda, Lago di） 149, 151, 152, 196, 199, 224, 247, 321, 488原註
ガルディア、エルネスト（Guardia, Ernesto） 515原註
ガルニャーノ（Gargnano） 150-155, 157, 168, 268
カロッサ、ハンス（Carossa, Hans） 400, 432

機械工協会（Mechanics' Institute） 29, 57
貴族階級及び貴族主義（aristocrats） 25, 134, 164, 193, 207, 273, 327, 332, 336, 370, 381, 382, 387, 388, 389
『北回帰線』（*Tropic of Cancer*） ミラー、ヘンリー（Miller, Henry）参照
ギブソン、W. W.（Gibson, W. W.） 169
ギボン、エドワード（Gibbon, Edward）『ローマ帝国衰亡史』（*The History of the Decline and Fall of the Roman Empire*） 231
『君の肉体を通り抜けて』（*Attraverso il tuo corpo*） ベヴィラクア、アルベルト（Bevilacqua, Alberto）参照
ギャデスビィ（Gaddesby） 116
キャリントン・ロード駅（Carrington Road Station） 132
キャンディ（Kandy） 294, 295
キャンベル、ゴードン（Campbell, Gordon） 165, 171, 172, 175, 176
キャンベル、ビアトリス（Campbell, Beatrice） 182, 234
『教育者』誌（*The Teacher*） 60
教育の重要性、教生、奨学生、奨学金、勅定奨学生試験（significance of education） 23-26, 28, 36, 40-42, 47-52, 54, 59-61, 65, 70, 75, 77, 84-86, 95, 111, 131, 134, 162, 231, 250, 258, 463原註, 465原註, 466原註, 471原註
教会：ヴィクトリア・ストリートのメソジスト派教会（Wesleyan Chapel in Victoria Street 1） 23, 35, 51, 56, 66, 68, 71, 72, 73, 78, 99, 145,

368, 464原註
『教師』誌 (*The Schoolmaster*)　60
教生 (pupil-teacher)　教育の重要性 (significance of education) 参照
ギリシア及びギリシア人 (Greece and the Greek) 211, 257, 270, 291, 341, 362, 441, 445
キリスト、イエス (Christ, Jesus)　イエス・キリスト (Jesus Christ) 参照
キリスト教、キリスト教教義、キリスト教信仰 (Christianity)　71, 72, 201, 321, 341, 342, 347, 395
ギル、エリック (Gill, Eric)　『芸術無意味論及びその他評論集』(*Art-Nonsense and Other Essays*)　450, 517原註
ギルバート、エドワード (Gilbert, Edward)　390, 463原註
キング、エミリー (King, Emily、旧姓ロレンス、「パメラ」('Pamela')、DHL の姉)　28, 31, 32, 40, 51, 53, 54, 57, 58, 63, 66, 72, 87, 128, 226, 227, 237, 245, 295, 324, 350, 351, 354, 366, 367, 415, 418, 419, 424, 439, 445, 449, 455, 467原註, 470原註, 477原註；写真 2, 32 参照
キング、サム (King, Sam、DHL の義兄)　40, 66, 128, 477原註
キング、ジョーン (King, Joan、DHL の姪)　324, 510原註；写真 32 参照
キング、マーガレット (King, Margaret)　ニーダム、マーガレット (Needham, Margaret) 参照
キングスゲイト (Kingsgate)　163, 164, 165, 166, 207
ギンツリンク (Ginzling)　148

グァダラハラ (Guadalajara)　322, 328
クィーンズ・スクウェア (Queen's Square、イーストウッド)　128
クーパー、ガートルード (Cooper, Gertrude、「ガーティ」('Gertie'))　57, 226, 367, 383, 397, 401, 430, 431, 432, 447, 469原註；写真 32 参照
クーパー、フランシス (Cooper, Frances)　57, 469原註
クーパー姉妹 (Cooper sisters、フランシス、メイベル、ガートルード (Frances, Mabel, Gertrude))　57, 226
クーユムジアーン、ディクラン (Kouyoumdjian, Dikran、「マイケル・アーラン」('Michael Arlen'))　198, 244, 403
グシュタートの近くのグシュタイク (Gsteig by Gstaad)　416, 417, 418
クック旅行会社 (Cook's Travel Agency)　243
クノプフ、アルフレッド (Knopf, Alfred)　348, 384
クフシュタイン (Kufstein)　147, 148
組合教会主義者 (Congregationalists)　教会 (Chapel) 参照
クラーク、エイダ (Clarke, Ada、DHL の妹)　ロレンス、エイダ (Lawrence, Ada) 参照
クラーク、エディ (Clarke, Eddie、DHL の義弟) 120, 125, 367
クラーク、ジャック (Clarke, Jack、DHL の甥) 227, 324；写真 32 参照
クライチ (Crich)　52, 467原註
クライトン、カイル (Crichton, Kyle)　361, 362
グライフェンハーゲン、モーリス (Greiffenhagen, Maurice)；『牧歌』(*An Idyll*)　113, 114
グラスヒュッテ (Glashütte)　147
グラディスカ (Gradisca)　412, 413
グラント、ダンカン (Grant, Duncan)　189
クリスチャン、バートラム (Christian, Bertram) 171
クリンコウ、エイダ (Krenkow, Ada、DHL の叔母)　109, 131, 477原註
クリンコウ、ハナ (Krenkow, Hannah)　143
クリンコウ、フリッツ (Krenkow, Fritz、DHL の叔父)　131
クリンコウ一家 (Krenkow family、ヴァルトブレール)　138, 142, 143
クルーク、エミール・フォン (Krug, Emil)　283
グレイ、セシル (Gray, Cecil)　216, 219, 221, 222, 223, 230, 372, 390, 490原註
グレイ夫人 (Gray, Mrs)　221, 223, 237
グレタム (Greatham)　185, 496原註
クロイドン (Croydon)　69, 77-79, 81-87, 91-95, 100, 103, 106, 110, 111, 113, 125, 130, 154, 164, 199, 238, 471原註, 492原註；デイヴィッドソン・ロード・スクール (Davidson Road School)　77, 81-83, 101, 119；コルワース・ロード (Colworth Road)　81, 85, 87, 97；ゴードン・ホームとアクターズ・ホーム (Gordon Home & Actors' Home)　82；「クラウン」('The Crown') という名のパブ 87
クロウフォード、グレイス (Crawford, Grace)

90, 472原註
グローヴ・プレス社（Grove Press） 19
グロス、オットー（Grass, Otto） 135, 136, 138, 140, 223, 248, 480原註
グロス、フリーダ（Gross, Frieda） 138, 163, 479原註, 482原註
クロズビィ、カレス（Crosby, Caresse） 447
クロズビィ、ハリー（Crosby, Harry） 412, 429, 461原註

『芸術無意味論及びその他評論集』（*Art-Nonsense and Other Essays*） ギル、エリック（Gill, Eric）参照
ケインズ、メイナード（Keynes, Maynard） 186, 188, 189, 255
結核（肺病） （tuberculosis, consumption） 125, 212, 232, 309, 348, 355, 358, 359, 364, 366, 367, 374, 397, 399, 400, 429, 430, 432, 440, 446, 490原註, 508原註
ケッセルマッテ（Kesselmatte） 416, 417, 420
ケナリー、ミッチェル（Kennerley, Mitchell） 168
検閲（制度） （censorship） 192, 388, 391, 426, 427, 428, 435
ケンジントン（Kensington） 161, 165
ケンブリッジ（Cambridge） 185, 186, 188, 189, 200

公共的道徳のための全国協議会（National Council for Public Morals） 191
公訴局長官（Director of Public Prosecutions） 191
公立小学校（Board school、ボーヴェイル） 37
コーク、ヘレン（Corke, Helen） 100-107, 109, 117-121, 126, 127, 136, 164, 389, 471原註, 474原註, 475原註；従姉妹のイーヴリン 106；写真9参照
ゴードン・ホーム（Gordon Home） クロイドン（Croydon）参照
コーノス、ジョン（Cournos, John） 222
ゴールズワージー、ジョン（Galsworthy, John） 18, 90
コーンウォール（Cornwall） 102, 129, 195-201, 204, 206, 209, 211, 212, 214-217, 219-223, 264, 279, 282, 302, 321, 491原註
国土防衛法（Defence of the Realm Act） D. O. R. A. 参照
国土防衛法（D. O. R. A.） 220
コサル（Cossall） 59, 70
湖水地方（Lake District） 173, 383
国会議事堂（Houses of Parliament） 193
ゴッチェ、カイ（Gótzsche, Kai） 313, 314, 315, 316, 319, 326, 328, 329, 330, 359
コテリアンスキー、サミュエル・ソロモノヴィッチ（Koteliansky, Samuel Solomonovitch、「コット」（'Kot'）） 173, 184, 206, 208, 225, 230, 233, 234, 238, 245, 254, 269, 326, 333, 334, 335, 336, 338, 366, 378, 383, 384, 402, 407, 417, 431, 446, 488原註, 490原註, 504原註, 509原註, 515原註, 517原註
コネティカット（Connecticut） 269
コミュニズム、共産主義（communism） 271
コモ湖（Como, Lake） 261
ゴヤ、フランシスコ・デ・（Goya, Francisco de） 227
コリングズ、アーネスト（Collings, Ernest） 156
コルワース・ロード（Colworth Road） クロイドン（Croydon）参照
コレット・コート・スクール（Colet Court School） 161
『コロンブスの生涯と航海』（*The Life and Voyage of Columbus*） アーヴィング、ワシントン（Irving, Washington）参照
コロンボ（Colombo） 294, 298
コンスタブル、アルジー（Constable, Algy） 245, 246
コンラッド、ジョゼフ（Conrad, Joseph） 84, 90, 122, 170, 484原註；『チャンス』（*Chance*） 170

サ行

サールール（Thirroul） 299
サーン荘（Cearne, the、リムプスフィールド（Limpsfield）） 122, 126, 127, 138, 160-163, 165, 373
サヴィジ、ヘンリー（Savage, Henry） 166, 167, 169
サヴィル・クラブ（Savile Club） 363
サヴォーナ（Savona） 450
サウス・ノーマントン（South Normanton） 28
サクストン、ヘンリー（Saxton, Henry） 29
サセックス（Sussex） 185, 187, 189
『サタデー・ウェストミンスター・ガゼット』紙（*The Saturday Westminster Gazette*） 130
サッカレー、W. M.（Thackeray, W. M.） 57
サットン・イン・アシュフィールド（Sutton-in-

Ashfield) 28
サットン・オン・シー (Sutton-on-Sea) 384
サリー (Surrey) 86
サリービィ、メアリー (Saleeby, Mary) 227
サルディニア (Sardinia) 271, 307
サンガウデンツィーノ (San Gaudenzio) 158, 344
サンクリストバル (San Cristobal) 362
サングリ・デ・クリスト山脈 (Sangre de Cristo mountains) 360
サンタ・トリニタ橋 (Ponte Santa Trinita、フィレンツェ) 410
サンタフェ (Santa Fe) 304, 305, 314, 319, 323, 359
『サンデー・ディスパッチ』紙 (*The Sunday Dispatch*) 416
サンフランシスコ (San Francisco) 302-304
サンポロモシアーノ (San Polo Mosciano、スキャンディチ) 380, 386

シアネス (Sheerness) 26, 463原註
シェイクスピア、ウィリアム (Shakespeare, William) 38, 463原註；『テンペスト』(*The Tempest*) 84；『マクベス』(*Macbeth*) 356
ジェイムズ・テイト・ブラック賞 (James Tait Black prize) 293
ジェイムズ、ウィリアム (James, William) 72
ジェイムズ、ヘンリー (James, Henry) 90
「ジェイン」('Jane'、DHL のロンドンでの友人) 118, 127, 128, 144
シェストフ、レオ (Shestov, Leon) 『無重力の哲学』(*Apotheosis Groundlessness*) 238；『あらゆることは可能である』(*All Things are Possible*) 238
ジェソー島 (Jethou) 382
ジェニングズ、ブランチ (Jennings, Blanch) 72, 86, 88, 94, 95, 99, 419
シェリー、P. B. (Shelley, P. B.) 205
ジェンキンズ、アナ (Jenkins, Anna) 294, 298, 299
自殺 (suicide) 102, 152, 261, 285, 286, 447
シチリア島 (Sicily) 242, 256, 257, 258, 260, 261, 265, 270, 271, 273, 283, 287, 288, 289, 291, 292, 365, 371, 377, 435, 496原註
シドニー (Sydney) 299, 300, 302
シナイ山 (Mount Sinai) 294
シャイアブルック (Shirebrook) 123, 136
社会主義 (socialism) 21, 24, 71, 72, 103, 300, 321, 338, 470原註
ジャクソン、ウィリアム (Jackson, William) 417, 418
ジャクソン、キャサリン (Jackson, Catherine) カーズウェル、キャサリンとドナルド (Carswell, Catherine and Donald) 参照
シャンクリン (Shanklin) 101
シュヴァルツヴァルト (Schwarzwald) 383, 439
ジュータ、ジャン (Juta, Jan) 271
シュティフト (The Stift、バーデン・バーデン) 273, 370, 383
シュテルツィンク (Sterzing) 148, 149
シュライバーショーフェン、マックス・フォン (Schreibershofen, Max von) 134, 282
シュレーヌ (Suresnes) パリ (Paris) 参照
ジョイス、ジェイムズ (Joyce, James) 64, 327, 428；『ユリシーズ』(*Ulysses*) 428
ジョインソン・ヒックス、サー・ウィリアム (Joynson Hicks, Sir William、「ジックス」('Jix')) 426
ショー、バーナード (Shaw, Bernard) 136；『人と超人』(*Man and Superman*) 136
『ジョージ朝詩華集』(*Georgian Poetry Anthologies*) 164；マーシュ、エドワード (Marsh, Edward) も参照
ショーペンハウアー、アルトゥル (Schopenhauer, Arthur) 65, 72
ジョーンズ、アーネスト (Jones, Ernest) 248
ジョーンズ、ウィニフレッド (Jones, Winifred) 81
ジョーンズ、ジョン (Jones, John) 81, 87, 102, 118, 154, 164, 472原註
ジョーンズ、ヒルダ・メアリィ (Jones, Hilda Mary) 81, 87, 88, 472原註
ジョーンズ、マリー (Jones, Marie) 81, 118, 127
ジョット (Giotto) 248
ジョン (John、犬) 『チャタレー夫人の恋人』(*Lady Chatterley's Lover*) の手書き原稿にシミをこしらえた 386
『ジョン・ブル』誌 (*John Bull*) 220；『恋する女たち』(*Women in Love*) の書評 284；『チャタレー夫人の恋人』(*Lady Chatterley's Lover*) の書評 461原註
ジョンソン、ウィラード (Johnson, Willard、「スパッド」('Spud')) 304, 307, 314, 319, 320, 321, 323, 504原註
シラクーザ (Syracuse) 259, 260, 286

タ行

ナ行

ハ行

ヒトラー、アドルフ（Hitler, Adolf） 21
ビナー、ウィッター（Bynner, Witter） 304, 314, 319-323, 329, 343, 373, 374, 500原註, 502原註, 504原註
ビブルズ（Bibbles、飼い犬） 315, 316, 317, 318；写真 25 参照
『秘密教義』（*The Secret Doctrine*） ブラヴァツキー夫人、ヘレナ・ペトロヴナ（Balvatsky, Helena Petrovna）参照
ヒメネス、オノフレ（Jiménez, Onofre） 354
ヒューファ、フォード・マドックス（Hueffer, Ford Madox） 90, 91, 92, 94, 95, 98, 110, 117, 119, 120, 122, 127, 164
「ピューマ」（'Puma'） チャニング、ミニー（Channing, Minnie）参照
ヒュプシュ、ベンジャミン（Huebsch, Benjamin） 236, 238, 251, 255, 493原註
ビョルンソン、ビョルンスティエルネ（Björnson, Björinsterne） 84, 471原註
ヒルダ・ドゥーリトル（H. D.） 173, 190, 221, 222, 223, 383, 491原註, 507原註, 514原註
ビレル、フランキー（Birrell, Frankie） 189
ピンカー、J. B.（Pinker, J. B.） 163, 170, 171, 175, 197, 210, 225, 232, 236, 251, 252, 484原註, 490原註

ファー、フローレンス（Farr, Florence） 94
ファージョン、エレノア（Farjeon, Eleanor） 204, 237, 488原註
ファシズム（fascism） 21, 300
フアレス（Juarez） 359
フィアスケリーノ（Fiascherino） 166, 168, 169, 175, 199, 201, 247, 321
フィエーゾレ（Fiesole） 262, 387, 510原註
フィオーリ、エリーデとフェリーチェ（Fiori, Elide and Felice） 168, 247；アッツァリーニ、ラファエーリ（Azzarini, Raffaele）も参照
フィラッハ（Villach） 399
フィリップス、アダム（Phillips, Adam） 494原註, 501原註
プエブロ族（Pueblo） ネイティヴ・アメリカン（Native Americans）参照
フェリィ・ミル（Felley Mill） 74
フォースター、E. M.（Forster, E. M.） 180, 347；『インドへの道』（*A Passage to India*） 347
『フォーラム』誌（*The Forum*） 397
フォルテ・デイ・マルミ（Forte dei Marmi） 398, 438
フォレスト・オブ・ディーン（Forest of Dean、王室御料林） 228, 493原註
フォン・リヒトホーフェン（von Richthofen） リヒトホーフェン、フォン（Richthofen, von）参照
フォンターナ・ヴェッキア（Fontana Vecchia、タオルミーナ） 257-259, 270-273, 283, 289, 291, 324, 371
『不吉なストリート』（*The Sinister Street*） マッケンジー、コンプトン（Mackenzie, Compton）参照
『不思議の国のアリス』（*Alice in Wonderland*） ドジソン、チャールズ（Dodgson, Charles）参照
不死鳥（phoenix） 276, 410, 512原註
仏教（Buddhism） 273, 286, 296, 297
「プッサム」（'Pussum'） チャニング、ミニー（Channing, Minnie）参照
船（Ship） オスタリー号（*RMS Osterley*） 291, 294；タヒチ号（*RMS Tahiti*） 302, 303；アクウィタニア号（*RMS Aquitania*） 339；リゾルート号（*SS Resolute*） 363, 365；写真 28 参照
プフィチェルヨッホ峠（Pfitscherjoch Pass） 148
普仏戦争（the Franco-Prussian War） 133
プライヴェート・ロード（Private Road） 136
フライブルク（Freiburg） 134, 331
ブラヴァツキー夫人、ヘレナ・ペトロヴナ（Blavatsky, Helena Petrovna（'Madame'））『秘密教義』（*The Secret Doctrine*） 213
ブラウン、アルバート・カーティス（Brown, Albert Curtis） 272, 287, 314, 412
ブラウン、ヒルダ（Brown, Hilda） 226, 227
ブラック・サン・プレス社（Black Sun Press） 412, 428
ブラック・フォレスト（Black Forest） シュヴァルツヴァルト（Schwalzwald）参照
ブラック、ジェイムズ・テイト（Black, James Tait） ジェイムズ・テイト・ブラック賞（James Tait Black prize）参照
ブラックプール（Blackpool） 109, 201
ブラッドリー、「鼻デカ」（Bradley, 'Nocker'） 38；写真 3 参照
フラムバラ（Flamborough） 73
フランシア・ホテル（Francia, Hotel、オアハカ） 354, 358

フランス (France)　75, 126, 174, 203, 253, 377, 428, 436, 442, 446, 451, 462原註, 476原註, 484原註
フランス語 (French language)　39, 44, 54, 68, 76, 79, 466原註, 494原註
ブリーチ (Breach, the)　イーストウッド (Eastwood) 参照
フリック、エルンスト (Frick, Ernst)　135, 138, 207, 489原註
ブリックヤード・クロース (Brickyard Closes、イーストウッド)　31
ブリル、A. J. (Brill, A. J.)　349
ブリンズリィ (Brinsley)　25, 26, 27, 28, 56
ブルースター、アクサとアール (Brewster, Achsah and Earl)　273, 278, 280, 286, 290, 295-297, 306, 314, 334, 350, 376, 377, 379, 393, 395, 397, 415, 417, 419, 430, 434, 442, 443, 446；写真 29 参照
ブルースター、ハーウッド (Brewster, Harwood) 273, 295, 516原註；写真 29 参照
ブルック、ルパート (Brooke, Rupert)　173
ブレイク、ウィリアム (Blake, William)　190, 199, 438, 486原註
フレッシュウォーター (Freshwater、ワイト島) 101, 102
ブレット・ヤング、フランシスとジェシカ (Brett Young, Francis and Jessica)　250, 257, 495原註
ブレット、ドロシー (Brett, Dorothy)　206, 332-344；「トビー」(Toby)　336；346-363, 370, 373, 376-380, 422, 438, 440, 464原註, 504原註, 506原註, 509原註, 515原註；写真 29 参照
プレティッヒ・クアハウス (Plättig Kurhaus)　439, 440, 441
フィレンツェ (Florence)　243, 247, 248, 255, 261, 262, 264, 265, 269, 273, 276, 283, 380, 381, 398, 402, 403, 406, 407, 410, 412, 414, 415, 417, 418, 431, 438, 502原註
フロイト、ジークムント (Freud, Siegmund)　135, 136, 251；フロイト的 (派)　135, 136, 169, 172, 222, 248, 349
ブロードステアーズ (Broadstairs)　164
フロベール、ギュスターヴ (Flaubert, Gustave) 57
フロリダ (Florida)　192, 194, 196, 197
ブロンテ、シャーロット (Brönte, Charlotte)　57
ブロンテ姉妹 (Brönte sisters)　88

ヘイウッド、J. H. (Haywood, J. H.)　42, 43, 84, 512原註
メイストル、ヴァイオレット・ル (Maistre, Violet le)　335, 343
ベインズ、ゴドウィン (Baynes, Godwin)　238
ベインズ、ブリジェット (Baynes, Bridget)　227；写真 23 参照
ベインズ、ロザリンド (Baynes, Rosalind、旧姓ソーニクロフト (Thornycroft))　237, 238, 248, 249, 250, 261, 262, 263, 264, 265, 276, 277, 278, 280, 288, 290, 293, 379, 387, 456, 459, 490原註, 492原註, 495原註, 496原註, 497原註, 509原註, 510原註；写真 23 参照
ベヴィラクア、アルベルト (Bevilacqua, Alberto) 507原註；『君の肉体を通り抜けて』(*Attraverso il tuo corpo*)　507原註
ベヴェリッジ、ミリセント (Beveridge, Millicent) 377, 383
ヘクト、ベン (Hecht, Ben)　『謎の誓』(*Fantazius Mallare*)　308
ヘゼルタイン、フィリップ (Heseltine, Philip、「ピーター・ウォーロック」、('Peter Warlock')) 192；「虹と音楽」('Rainbow Books and Music')　198；201, 202, 216, 244, 284
ベッカー、サー・ウォルター (Becker, Sir Walter) 242
ヘッケル、エルンスト (Haeckel, Ernst)　72
ヘニング、ウド・フォン (Henning, Udo von)　143, 372, 480原註
ベネット、アーノルド (Bennett, Arnold)　225, 461原註, 483原註
ヘブリディーズ諸島 (Hebrides)　216, 219
ベラクルス (Vera Cruz)　330, 358, 359
ペラヘラ祭 (Pera-Hera、セイロン)　294
ベリー、レティ (Berry, Lettie、DHL の叔母)　62, 469原註
ベルヴェデーレ荘 (Belvedere, Villino)　262, 495原註, 497原註
ベルナルダ荘 (Bernarda, Villa、スポトルノ)　370, 372, 376, 380
ベレスフォード、J. D. (Beresford, J. D.)　195, 485原註
ペンギン・ブックス社 (Penguin Books)　19, 461原註
ヘンダーソン教授、エイモス (Henderson, Professor

Amos） 70, 75, 82, 84

ボイアーベルク（Beuerberg） 144
ホイットマン、ウォルト（Whitman, Walt） 178, 199, 212, 275, 300, 485原註
ホウトヴィラ（Hotevilla） 348
『ポエトリー』誌（*Poetry*） 173
ボー・ソレイユ荘（Beau Soleil, Villa、バンドル） 442, 443, 445, 447
ボー・リヴァージュ・ホテル（Beau-Rivage, Hotel、バンドル） 423, 442
ポー、エドガー（Poe, Edgar） 212
ボーヴェイル（Beauvale） 37, 60, 464原註, 466原註
ホーク一家（Hawk family） 313, 314, 357, 365
ポースコーサン（Porthcothan） 195, 196, 197, 208
ホーソーン、ナサニエル（Hawthorne, Nathaniel） 212
ボーツェン（Bozen） 148, 149
ボーグ、マイケル（Borg, Michael） 285, 286
ボーモント、シリル（Beaumont, Cyril） 252
ホーランド・パーク（Holland Park） 95, 127
ポーリーン荘（Pauline, Villa、バンドル） 423
ホール、アリス・ビアトリス（Hall, Alice Beatrice、ホワイト・ホールディッチ（White Holditch）の妻） 63, 244, 470原註, 471原註, 476原註
ポールグレイヴ、フランシス（Palgrave, Francis）『英国抒情詩珠玉集』（*The Golden Treasury*） 57
ポール・クロ島（Port Cros, Île de） 419, 420, 433
ホールディッチ、ホワイト（Holditch, White） 244；ホール、アリス・ビアトリス（Hall, Alice Beatrice）も参照
ホールト、アグネス（Holt, Agnes） 69, 92, 94, 95, 96, 97, 100, 114, 473原註, 475原註
ボーンマス（Bournmouth） 125, 126
ポグモア、リチャード（Pogmore, Richard、「ディッキィー」（'Dicky'）） 59, 60, 67
『牧歌』（*An Idyll*） グライフェンハーゲン、モーリス（Greiffenhagen, Maurice）参照
ホッキング、ウィリアム・ヘンリー（Hocking, William Henry） 216, 217, 218, 220, 222, 223, 268, 490原註；写真 18 参照
ホッキング、スタンリー（Hocking, Stanley） 211, 216, 219, 491原註
ホッキング一家（Hocking family） 202, 216
ボドミン（Bodmin） 208, 215, 229
ホピ族（Hopi） ネイティヴ・アメリカン（Native Americans）参照
ホプキン、イーニッド（Hopkin, Enid） 228, 384, 417, 476原註, 510原註, 515原註
ホプキン、サリーとウィリー（Hopkin, Sallie and Willie） 24, 71, 110, 168, 309, 310, 367；スラック、オリーヴ・リズィー（Slack, Olive Lizzie） 507原註
ホブソン、ハロルド（Hobson, Harold） 148, 149, 155, 277, 338, 372, 390, 480原註, 497原註
ボリアッチョ（Bogaliaco） 151
ボルシェヴィスト（Bolshevists） 社会主義（socialism）参照
ホルダーネス、ジョージ（Holderness, George） 49, 50, 59, 60, 61, 64, 70, 82, 468原註
ホルブルック、ウィル（Holbrook, Will） 56
ホワイトヘッド、ウィリアム（Whitehead, William） 40, 43
ポンド・ストリート（Pond Street、ハムステッド） 332
ホンド川（Hondo river） 345

マ行

マーゲイト（Margate） 163, 164
マーシュ、エドワード（Marsh, Edward） 164, 172, 173, 179
マーバー、カール・フォン（Marbahr, Karl von） 134
マイヤーホーフェン（Mayrhofen） 148, 201
マウンテン・コテッジ（Mountain Cottage） 226, 228, 230, 232, 233, 324
マグナス、モーリス（Magnus, Maurice） 217-219, 243, 247, 248, 255-261, 267, 285-287, 381, 449, 494原註, 495原註, 499原註；写真 21 参照
マクラウド、アーサー（McLeod, Arthur） 83, 84, 88, 112, 114, 164, 199, 200, 475原註, 492原註
マサトラン（Mazatlán） 327
マジョルカ島（Majorca） 427, 429, 432, 435, 436, 437
マッカートニー、ハーバート・ボールドウィン（Macartney, Herbert Baldwin） 101, 102, 104, 105, 106, 107, 118
マッケンジー、コンプトン（Mackenzie, Compton） 244, 250, 252, 257, 279, 303, 363, 381, 382, 461原註, 467原註, 483原註, 494原註, 498原

註；『不吉なストリート』(*The Sinisiter Street*) 483
マッケンジー、フェイス (Mackenzie, Faith) 244, 381
マリィ、ジョン・ミドルトン (Murry, John Middleton) 32, 162-167, 171, 172, 176, 177, 181, 183, 184, 190, 192, 195, 199-208, 214-219, 232, 235, 236, 251-255, 266, 284, 309, 313, 317, 320, 323-329, 331-339, 343, 344, 349, 350, 366, 369, 370, 371, 374, 377, 379, 413, 464原註, 465原註, 489原註, 490原註, 492原註, 494原註, 502原註, 503原註, 504原註, 506原註
マルセイユ (Marseille) 437, 456
マルタ島 (Malta) 217, 260, 285, 286
マルティネス、ゼヴィア (Martinez, Xavier) 487原註
マンスフィールド・ロード (Mansfield Road) 132
マンスフィールド、キャサリン (Mansfield, Katherine) 162-165, 171, 172, 176, 181, 183-185, 190-192, 195, 199, 202-208, 214, 216, 232-235, 251-255, 266, 283, 309, 313-335, 343, 358, 423, 464原註, 486原註, 488原註, 489原註, 490原註, 494原註；写真 16 参照
マンチェスター (Manchester) 26；リディア・ロレンスが生まれる 77
『マンチェスター・ガーディアン』紙 (*Manchester Guardian*) 176, 461原註
マンチェスター、ジョン (Manchester, John) ドロシー・ブレットとの関係 377, 378
マンドレイク・プレス社 (Mandrake Press) 437, 438
マンビーの温泉 (Manby hot springs、ニューメキシコ) 314, 317

ミケランジェロ ('Michel Angelo') 69
ミッキー・ムッソリーニ (Mickie Mussolini、飼い猫、'Monsieur Beau Seleil' (ムッシュー・ボー・ソレイユ)) 446
ミッドランズ (Midlands) 17, 23, 110, 119, 125, 127, 130, 194, 195, 215, 224, 226, 230, 261, 359, 366, 367, 368, 369, 375, 383, 385, 406, 418, 425, 505原註
ミドルトン - バイ - ワークスワース (Middleton-by-Wirksworth) 226
南太平洋 (South Seas) 258, 298, 303
ミューレイ、ニコラス (Muray, Nickolas) 502原註
ミュンヘン (Munich) 21, 143, 158
ミラー、ヘンリー (Miller, Henry) 『北回帰線』(*Tropic of Cancer*) 428
ミラノ (Milan) 261
ミレット、ケイト (Millett, Kate) 19, 462原註
ミレンダ荘 (Mirenda, Villa) 381, 384, 387, 391, 394, 395, 398, 401, 402, 406, 407, 412, 417, 419, 420, 436
民主主義と平等 (democracy and equality) 231, 271, 297, 300, 387

ムア、ハリー・T. (Moore, Harry T.) 374, 481原註, 508原註
ムアグリーン (Moorgreen) 104, 136
ムーア、ヘンリー (Moore, Henry) 437
貪り喰う母親 (the devouring mother) 224, 235
『無重力の哲学』(*The Apotheosis of Groundlessness*) シェストフ、レオ (Shestov, Leon) 参照
ムッシュー・ボー・ソレイユ (Monsieur Beau Seleil) ミッキー・ムッソリーニ (Mickie Mussolini) 参照
ムッソリーニ、ベニート (Mussolini, Benito) 517原註；ミッキー・ムッソリーニ (Mickie Mussolini) も参照

メイソン、アグネス (Mason, Agnes) 81, 83, 92, 101, 102, 164
メイネル、ヴァイオラ (Meynell, Viola) 185
メイブルソープ (Mablethorpe) 64, 68, 73, 384
メイベルタウン ('Mabeltown') ルーハン、メイベル (Luhan, Mabel) 参照
メイン、エセル・コルバーン (Mayne, Ethel Colburn) 165
メキシコ (Mexico) 315, 317, 319, 321, 323, 326-330, 333, 339, 341, 345, 350, 351, 353-356, 359, 362, 364, 365, 367, 402, 409, 422, 452, 501原註, 507原註, 513原註
メキシコシティー (Mexico City) 319, 320, 352, 354, 357, 358, 359, 360, 371, 419, 505原註
メシュエン社 (Methuen and Co.) 170, 171, 173, 175, 179, 180, 191, 210, 269
メス (Metz) 133, 137, 139, 140, 141, 142, 143, 166, 169, 239, 479原註
メッケンバーグ・スクウェア (Mecklenburgh Square) 201, 222, 223, 383
メッシーナ (Messina) 257, 292, 321

メラーン（Meran） 149
メリルド、クヌード（Merrild, Knud） 183, 313, 314, 315, 316, 317, 319, 325, 326, 328, 392, 501原註
メリルボーン駅（Marylebone Station） 127
メルヴィル、ハーマン（Melville, Hermann） 209, 212, 303；『タイピー』（*Typee*） 303

モーア医師、マックス（Mohr, Dr Max） 439, 441
モースト、ヨーゼフ（Moest, Josef） 488原註
モーランド、アンドリュー（Morland, Andrew） 446, 447, 449, 451, 452
黙示録（Book of Revelation） 337
モレル、オットリン（Morrell, Ottoline） 180, 185, 191, 192, 202, 204, 206, 208, 210, 245, 332, 373, 387, 411, 436, 441, 443, 486原註, 488原註, 494原註, 515原註, 516原註
モレル、フィリップ（Morrell, Philip） 191, 192
モンテカッシーノ（Cassino, Monte） 249, 250, 255, 256, 259, 260, 286, 487原註
モンテカルロ（Monte Carlo） 376
モントシーア、ロバート（Mountsier, Robert） 211, 212, 213, 214, 219, 251, 269, 273, 282, 283, 302, 303, 306, 314, 489原註, 499原註

ヤ行

ヤオフェン峠（Jaufen Pass） 148
ヤッフェ、エドガー（Jaffe, Edgar、フリーダの義兄） 134, 135, 138, 166
ヤッフェ、エルゼ（Jaffe, Else、旧姓フォン・リヒトホーフェン（'von Richthofen'）、フリーダの姉） 134, 135, 138, 139, 140, 143, 147, 153, 158, 166, 169, 342, 385, 400, 412, 434, 441, 479原註, 482原註, 483原註, 496原註
ヤッフェ、フリーデル（Jaffe, Friedel、フリーダの甥） 361

ユダヤ人（Jews） 21, 22, 282, 462原註
『ユリシーズ』（*Ulysses*） ジョイス、ジェイムズ（Joyce, James）参照
ユング、カール・グスタフ（Jung, Carl Gustav） 135, 248, 251；ユング心理学派 222

ヨーク、アラベラ（Yorke, Arabella） 222, 223, 383, 419, 420, 421
ヨークシァ（Yorkshire） 109

ラ行

ラー、チャールズ（Lahr, Charles） 435, 437
ラーキン、フィリップ（Larkin, Philip） 19, 461原註
ライン川（Rhine） 106
ライン地方（Rhineland） 131, 143, 273
ラウ、アイダ（Rauh, Ida） 359, 360, 361, 445
ラヴァリ、アンジェロ（Ravagli, Angelo、「キャプテン」（'the Capitano'）） 372, 373, 374, 389, 390, 395, 410, 412, 413, 420, 428, 450, 454, 455, 456, 504原註, 507原註, 518原註；写真30参照
ラヴァリ、セラフィーナ（Ravagli, Serafina） 372
ラヴェッロ（Ravello） 377, 378, 379
ラグーザ（Ragusa、ダルマチア） 369
ラッセル、バートランド（Russell, Bertrand） 180, 185, 186, 187, 188, 190, 206, 208, 486原註, 489原註
ラテン語（Latin） 75, 76, 207, 505原註
ラトクリフ・オン・ザ・リーク（Ratcliffe-on-the-Wreake） 110
ラドフォード、ドリー（Radford, Dollie） 189, 221, 223, 230, 235
ラドフォード、マーガレット（Radford, Margaret） 384
「ラナニム」（'Rananim'） 184, 185, 192, 201, 258, 288, 333, 382, 416, 486原註
ラミー（Lamy、ニューメキシコ） 304
ラロトンガ（Raratonga） 302, 303

リーヴァ（Riva） 149, 150, 268
リース、アーネスト（Rhys, Ernest） 92, 93, 94
リード、チャールズ（Reade, Charles） 57
リード牧師、ロバート（Reid, the Rev. Robert） 49, 71, 72, 73, 74, 115
リオ・グランデ（Rio Grande） 345
リカーズ、エドワード（Rickards, Edward） 354
『リズム』誌（*Rhythm*） 157, 162
リヒトホーフェン、アナ・フォン（Richthofen, Anna von、フリーダの母親） 133, 134, 481原註, 500原註, 501原註, 503原註, 506原註, 512原註, 513原註
リヒトホーフェン、エルゼ・フォン（Richthofen, Else von） ヤッフェ、エルゼ（Jaffe, Else）参照
リヒトホーフェン、フリードリッヒ・フォン（Richthofen, Friedrich von、フリーダの父親）

133, 140, 141
リヒトホーフェン、マンフレッド・フォン（Richthofen, Manfred von、フリーダの従弟） 208
リヒトホーフェン、ヨハナ・フォン（Richthofen, Johanna von、フリーダの妹） 134, 141, 150, 282, 283, 399
リプリー（Ripley） 233, 235, 367, 368, 384, 394
リム、メイベルとエミー（Limb, Mabel and Emmie） 57
リムプスフィールド（Limpsfield） 127
リン・クロフト（Lynn Croft、イーストウッド） 57
リンカンシア（Lincolnshire） 383

ル・ディアブルレ（Les Diablerets） 408, 409, 410, 416
ルイス、A. P.（Lewis, A. P.） 171, 173
ルーカス、パーシー（Lucas, Percy） 187
ルーハン、トニー（Luhan, Tony） 304-307, 313, 342, 348
ルーハン、メイベル（Luhan, Mabel、エヴァンズ・ドッジ・スターン（Evans Dodge Sterne）） 214, 234, 246, 264, 287, 290, 297, 302-318, 325, 333, 340-349, 373, 375, 397, 400, 431, 439, 443, 456, 481原註, 490原註, 495原註, 496原註, 501原註, 504原註, 508原註；写真24参照；「メイベルタウン」（'Mabeltown'） 306
ルフィーナ（Rufina） アクリータ、ルフィーナとトリニダッド（Archuleta, Rufina and Trinidad）参照

レ・ラヴァンドゥ（Le Lavandou、トゥーロンの付近） 419
レーヴェン・ホテル（Löwen, Hotel、エバーシュタインブルク） 439, 441
レーリチ（Lerici） 166, 169, 170, 171, 207
レスター（Leicester） 77, 82, 109, 110, 116, 123

ロイド、ジョージ・デイヴィッド（Lloyd, George David） 213
ロイヤル・コート劇場（Royal Court Theatre） 127
ロウ、アイヴィー（Low, Ivy） 169, 172
ロウ、バーバラ（Low, Barbara） 169, 248
ロウェル、エイミー（Lowell, Amy） 173
ローマ（Rome） 249, 257, 291, 395, 494原註
『ローマ帝国衰亡史』（*The History of Decline and Fall of the Roman Empire*） ギボン、エドワード（Gibbon, Edward）参照
ロセッティ、D. G.（Rossetti, D. G.） 477原註；『聖なる乙女』（*The Blessed Damozel*） 132
ロタッハ・アム・テガンゼー（Rottach am Tegernsee） 441
ロベルモント荘（Robermond, Villa、ヴァンス） 452
ロボ（Lobo、ニューメキシコ） 312, 314, 342, 343, 344, 422
ロレンス、アーサー・ジョン（Lawrence, Arthur John、「アート」（'Art'）、DHLの父親） 24-36, 45, 52-54, 56, 58, 62, 109, 114, 115, 128, 130, 235, 319, 350, 351, 463原註, 464原註, 477原註, 505原註；写真2参照
ロレンス、ウィリアム・アーネスト（Lawrence, William Ernest、「アーン」（'Ern'）、DHLの次兄） 28, 31, 32, 35, 38, 40-47, 58, 62, 81, 113, 396；写真2参照
ロレンス、ウォルター（Lawrence, Walter、DHLの叔父） 25, 28, 34, 35, 41
ロレンス、エイダ（Lawrence, Ada、DHLの妹） 30, 31, 32, 40, 42, 48, 54, 58, 59, 63, 109, 111, 113, 114, 115, 119, 120, 125, 127, 128, 159, 164, 166, 223-227, 233, 235, 237, 324, 366, 367, 368, 369, 373, 376, 384, 397, 418, 424, 425, 430, 440, 445, 449, 455, 466原註, 475原註, 477原註, 510原註；写真2, 31, 32参照
ロレンス、エマ（Lawrence, Emma、DHLの伯母） 25
ロレンス、エミリー（Lawrence, Emily） キング、エミリー（King, Emily）参照
ロレンス、サラ（Lawrence, Sarah、DHLの伯母） 25
ロレンス、ジェイムズ（Lawrence, James、DHLの叔父） 25
ロレンス、ジョージ（Lawrence, George、DHLの長兄） 28, 31, 32, 33, 39, 40, 124, 171, 455, 466原註, 472原註, 495原註；写真2参照；エイダ・ウィルソンと結婚する 31
ロレンス、ジョージ（Lawrence, George、DHLの叔父） 25
ロレンス、ジョン（Lawrence, John、DHLの祖父） 25, 505原註
ロレンス、デイヴィッド・ハーバート（Lawrence, David Herbert）

こう生きた
1885-1906: 誕生（1885年9月11日）；子ども時代；学校での様子；ハッグス農場；ジェシー・チェインバーズ；教生；初期の執筆；イーストウッドでの教職　23-73, 112, 465原註
1906-1912: ノッティンガム・ユニヴァーシティ・コレッジ；ジェシー・チェインバーズ；クロイドンでの教師生活；クロイドンでの執筆；ジェシー・チェインバーズとの性的な関係；ヘレン・コークとの関係；リディア・ロレンスの死；ルイ・バロウズとの婚約；エドワード・ガーネットの支え；病気　69-130
1912-1913: 作家としてのキャリア；フリーダとの出会い；フリーダと共にドイツへ行く；イタリアでの暮らし；『愛の詩集』の出版；イングランドへ戻る；『息子と恋人』の成功　130-165
1913-1914: フリーダとの諍い；新しい知人；イタリアへ戻る；エドワード・ガーネットとの関係の破綻；フリーダとの結婚　160-172
1914-1915: 第一次世界大戦への反応；戦争の勃発により出版を拒否される；バッキンガムシァでの暮らし；グレタムでの暮らし；ラッセルとの関係；『虹』の発禁処分；『シグネチャー』誌の出版　173-195
1916-1917：コーンウォールでの暮らし；『愛』と『イタリアの薄明』の出版；マリィとキャサリンを必要とする；第一次世界大戦への反応；『恋する女たち』を執筆する；『恋する女たち』が拒絶される；アメリカについてのエッセイ；『どうだ！　ぼくらは生き抜いてきた！』の出版；コーンウォールから退去させられる　194-224
1917-1918：ロンドンとバークシァでの暮らし；ダービシァの「ホーム」；『新詩集』を編纂する；ダービィでの身体検査；休戦への反応；インフルエンザが猛威を振るう　221-235
1919-1921：イングランドを去る；イタリアでの暮らし；マリィとキャサリンとの仲違い；『ロスト・ガール』；シチリア島とイタリアでの暮らし；ロザリンド・ベインズとの情事；『鳥と獣と花』の詩を書く；『恋する女たち』の出版　238-284
1921-1922：サルディニアへの旅行；『アーロンの杖』とドイツ；ヨーロッパを去るという考え；マグナスの『回想録』を書く　271-291
1922-1924：セイロンでの暮らし；オーストラリアと『カンガルー』；初めてのニューメキシコ；メイベル・ルーハンとの関係；アメリカについてのエッセイを書き終える；ふたりのデンマーク人との関係；『鳥と獣と花』を書き終える；ジョンソン、ビナーとメキシコシティーを訪れる；チャパラと「ケツァルコアトル」；セルツァーとニューヨーク；フリーダと離れる；『叢林の少年』；ゴッチェとメキシコへ向かう；フリーダとの結婚の破綻を恐れる；ロンドンへ戻る；カフェ・ロイヤルでの夕食会；フランスとドイツでの暮らし；ニューメキシコへ戻る；牧場を修繕する；アメリカについて執筆する　293-352
1924-1925: メキシコへ戻る；オアハカでの暮らし；『羽鱗の蛇』；死にかける；ニューメキシコへ戻る；カイオワ牧場での夏　353-364
1925-1928: ヨーロッパへ戻る；ロンドンとミッドランズ；スポトルノとアンジェロ・ラヴァリ；フリーダと喧嘩する；『処女とジプシー』；妹のエイダ・ロレンスが来訪する；ブレットとの情事；フリーダとの和解；ミレンダ荘を見つける；1926年にドイツ、イングランド、スコットランドを訪れる；ミレンダ荘へ戻る；『チャタレー夫人の恋人』の第一稿；貧困生活；絵画を描く；ブルースターとエトルリアを訪問する；ミレンダ荘での喀血；オーストリアとバイエルンでの暮らし；『チャタレー夫人の恋人』の最終稿　365-407
1928-1930:『チャタレー夫人の恋人』を出版する；スイスで過ごす；ポール・クロ島のヴィジーでの暮らし；『三色すみれ』；バンドルで暮らす；パリに滞在する；マジョルカ島で暮らす；バーデン・バーデンとバイエルン地方で過ごす；バンドルで生きる；『黙示録』；『最後詩集』；アド・アストラでの暮らし；ロレンスが死去する；ロレンスが埋葬される；ロレンスの遺灰はヨーロッパに留まっているのか？　410-457

ロレンスにかかわる事柄
怒り、憤怒、私憤、義憤（anger and rage） 34, 35, 43, 49, 73, 74, 79, 99, 104, 114, 117, 120, 139, 146, 154, 160, 167, 183, 189, 192, 205, 225, 229, 230, 239, 240, 247, 265, 271, 276, 284, 288, 291, 304, 309, 311, 316, 317, 320, 338, 355, 368, 380, 398, 399, 404, 411, 417, 418, 424, 428, 437, 439, 447, 515原註
インポテンツ（impotence, claims of his） 374, 508原註
絵画（painting） 113, 132, 166, 190, 227, 392, 393, 394, 395, 397, 424, 436, 437, 438, 450, 455, 483原註, 516原註, 519原註
階級（class） 17, 21, 27, 28, 41, 47, 49, 62, 75, 85, 87-91, 96, 110, 116, 117, 152, 156, 179, 194, 270, 271, 375, 387-401, 403, 404, 411, 463原註, 472原註
乖離、孤絶、個的存在（detachment） 37, 42, 69, 85, 86, 107, 120, 126, 130, 155, 159, 179, 190, 193, 194, 199, 215, 218, 231, 240, 264, 279, 283, 284, 292, 303, 327, 337, 348, 368, 382, 389, 404, 405, 406, 443, 448, 475原註
書かれなかった遺書、忘れられた遺言（will mislaid） 449, 455
家事全般（cleaning, cooking, dusting, shopping） 24, 56, 176
株式投資（stocks and shares） 416
郷愁、懐古、祖国、故郷（home, feeling at） 55, 78, 85, 87, 130, 155, 193, 215, 222, 226, 239, 240, 241, 245, 247, 250, 287, 298, 302, 309, 324, 359, 364, 365, 366, 367, 368, 383, 384, 402, 405, 406, 421, 424
結核（肺病）（tuberculosis） 125, 212, 232, 309, 348, 355, 358, 359, 364, 366, 367, 374, 397, 399, 400, 429, 430, 432, 440, 446, 490原註, 508原註
孤独、憂鬱、寂しさ（loneliness） 34, 39, 41, 70, 81, 118, 120, 121, 131, 142, 157, 163, 167, 184, 199, 201, 217, 223, 240, 253, 256, 263, 264, 267, 301, 303, 305, 326, 350, 366, 367, 391, 401, 404, 405, 406, 417, 421, 422, 424, 440, 450, 457
子どもへの視線（children: attitude to） 87, 152, 181-183, 190, 207, 224, 226-228, 234, 237, 249, 295, 316, 324-327, 350, 361, 368, 384, 393, 406, 409
失望、落胆、意気消沈、落ち込む（depression） 34, 40, 75, 117, 164, 171, 218, 252, 273, 288, 291, 295, 297, 298, 324, 367, 368, 390, 472原註
社会に対しての本能（societal instinct, his） 405
写真（photographs） 24, 31, 38, 41, 70, 86, 162, 172, 196, 228, 242, 293, 315, 322, 365, 376, 383, 384, 387, 410, 414, 451, 465原註, 468原註, 470原註, 482原註, 487原註, 493原註, 499原註, 502原註, 505原註, 510原註, 512原註, 515原註
周囲を意識してしまう、アウトサイダー（audience, concern with、outsider） 17, 18, 19, 20, 22, 28, 38, 39, 40, 41, 42, 56, 60, 68, 73, 77, 83, 85, 93, 156, 179, 181, 184, 188, 191, 236, 240, 247, 258, 265, 286, 288, 289, 327, 363, 382, 403, 404, 411, 422, 501原註
植民地主義（colonial imagination） 21, 297, 298, 351
女性嫌い（misogyny） 21, 224
身体的特徴（appearance） 41, 43, 76, 91, 162, 181, 196, 198, 212, 229, 289, 293, 296, 317, 322, 346, 361, 365, 409, 414, 446, 449, 451, 446, 487原註, 492原註, 502原註, 515原註
想像力、脚色（imagination） 20, 21, 33, 62, 108, 109, 130, 177, 185, 198, 199, 214, 239, 243, 244, 245, 246, 265, 267, 270, 277, 298, 307, 308, 311, 318, 321, 347, 356, 360, 364, 375, 382, 390, 392, 397, 402, 415, 432, 442, 447, 473原註, 477原註
恥辱、屈辱、不面目（humiliation, problem with） 73, 89, 99, 104, 139, 206, 208, 221, 229, 239, 260, 264, 325, 339, 359, 432, 440, 447, 456, 516原註
血についての信念（blood-knowledge） 20, 21, 105, 155, 156, 318, 371
人間と宇宙との結びつき（relationship between man and the cosmos） 371-372, 444
病気（illness） 結核（肺病）（tuberculosis）参照
フリーダからのDHLへの影響（Frieda helps him change） 136, 153-156
文壇（literary world） 17, 18, 89, 92, 192, 201, 369
文明（civilisation） 22, 176, 177, 178, 193, 270, 271, 300, 345, 395, 448
方言、発音（accent, dialect speech） 28, 38, 157, 205, 246, 383, 408, 464原註
ホモセクシュアル（homosexuality） 200, 217, 256
無念（chagrin） 34, 399, 433, 443, 464原註, 465

原註, 511原註
理想家、理想主義（idealist, as an） 209, 231, 267, 268, 270, 275, 309, 317, 356, 414, 496原註

名前

「DHL」（‘DHL’） 62, 464原註
「D. H. ロレンス」（‘D. H. Lawrence’） 62, 112
「デイヴィッド」（‘David’） 30, 62, 464原註
「バート」（‘Bert’） 30, 62, 67, 78, 90, 418, 421
「ハーバート」（‘Herbert’） 30
「リチャーズ」（‘Richards’） 464原註
「ロリス、デイヴィッド」（‘Loris, David’） 169
「ロレンゾ」（‘Lorenzo’） 464原註

宗教

宗教の理解（religion, understanding of） 71-74, 108, 155, 156, 178, 341, 349

執筆

身体（肉体）について（body, about the） 18, 19, 20, 69, 84, 89, 95, 105, 107, 108, 119, 150, 155, 156, 165, 170, 178, 180, 194, 249, 266, 308, 337, 371, 390, 391, 392, 395, 397, 421, 443, 447, 508原註
（実人生を）脚色する（recreations of real life in） 130, 177, 214, 243-246, 265-277, 397, 473原註, 477原註
共同執筆（collaborative） 501原註
自叙伝的、自伝的（autobiographical） 116, 126, 129, 246, 356, 465原註, 481原註
社会、民族（society and race in） 18, 73, 83, 86, 133, 174-180, 186, 187, 188, 203, 209, 226, 229, 230, 231, 240, 258, 261, 284, 300, 301, 321, 322, 323, 327, 341, 348, 354, 387, 393, 396, 402, 405, 406, 426
習慣的に書き直す、改稿（revisions, his constant） 64, 75, 88, 107, 135, 187, 211, 322, 327, 339, 354, 355, 404
セクシュアリティ、性的（sexuality in: centrality） 18, 20, 68, 100, 107, 136, 145, 150, 151, 157, 159, 165, 168, 170, 175, 178, 180, 191, 200, 218, 248, 264, 268, 276, 279, 310, 351, 388-393, 396, 404, 405, 411, 425, 462原註
皮肉的な、アイロニカル（ironic） 267, 317, 330, 349, 421
ロマンス（romance） 53, 59, 88, 116, 300, 403, 405

作品

模写、素描、絵画など

『赤い柳の木』（*Red Willow Trees*） 393
『アマゾンとの戦い』（*Fight with an Amazon*） 392
『男たちの再生』（*Renascence of Men*） 393
「自画像」（‘self-portrait’） 436, 515原註
『D. H. ロレンス絵画集』（*The Paintings of D. H. Lawrence*） 436, 437, 438
『トカゲ』（*The Lizard*） 393
『農夫』（*Contadini*） 393
『白鳥の歌』（*Singing of Swans*） 392
『春』（*Spring*） 392
『復活』（*Resurrection*） 397
『ベランダの家族』（*Family on a Verandah*） 393, 438
『牧歌』（*An Idyll*） 113, 114
『ボッカッチオ物語』（*Boccaccio Story*） 392
『マンゴの木』（*The Mango Tree*） 392
『楽園への飛行帰還』（*Flight back into Paradise*） 392

戯曲

『一触即発』（*Touch and Go*） 230, 231, 236
『回転木馬』（*The Merry-go-Round*） 119
「海抜」（‘Altitude’） 341
『義理の娘』（*The Daughter-in-Law*） 157, 231
『ダビデ』（*David*） 360, 361, 375, 381, 383, 384, 396, 397, 398
『炭坑夫の金曜日の夜』（*A Collier's Friday Night*） 65, 71, 91, 97, 122
「ノアの洪水」（‘Noah's Flood’） 360, 396
『バーバラを巡る闘い』（*The Fight for Barbara*） 152, 183
『ホルロイド夫人、寡婦になる』（*The Widowing of Mrs. Holroyd*） 119, 168, 518原註

詩

「ああ、ぼくという男はいなくなってしまえばいい」（‘And Oh—That the Man I am Might Cease to Be’） 20
『愛』（*Amores*） 196, 215
『愛の詩集』（*Love Poems*） 157, 215
「赤ん坊の声」（‘Baby Songs’） 472原註
「赤ん坊のよちよち歩き」（‘Baby Movements’） 472原註
「悪の権化となれ」（‘Be a Demon’） 514原註
「いずれにしても」（‘Whether or Not’） 408

散文

Adam')　158, 169, 274, 481原註
「アドルフ」('Adolf')　236
「貴女がぼくに触った」('You Touched Me')　236
『アメリカ古典文学研究』(Studies in Classic American Literature)　211, 213, 225, 238, 248, 271, 289, 303, 308, 312, 314, 318
『あらゆることは可能である』(All Things are Possible)　238
「家での炭坑夫」('The Miner at Home')　130
『イタリアの薄明』(Twilight in Italy)　157, 167, 196, 200
「イル・デューロ」('Il Duro')　200, 217
「イングランドよ、我がイングランド」('England, My England')　187
『イングランドよ、我がイングランド及び他の短篇』(England, My England and Other Stories)　285
「インディアンと娯楽」('Indians and Entertainment')　341
「インディアンとひとりのイングランド人」('Indians and an Englishman')　305
「馬で去った女」('The Woman Who Rode Away')　343, 347, 351
『馬で去った女及び他の短篇』(The Woman Who Rode Away and Other Stories)　416
『海とサルディニア』(Sea and Sardinia)　271, 287
『エトルリアの遺跡についての点描』(Sketches of Etruscan Places)　371, 382, 395
「エルザ・カルヴァーウェル」('Elsa Culverwell')　481原註
「絵を模写すること」('Making Pictures')　392
「王冠」('The Crown')　187, 188, 190, 193, 361, 486原註, 487原註, 506原註, 507原註
「お堅すぎる婦人たち」('Over-Earnest Ladies')　416
『回想録』(Memoir of Maurice Magnus')　243, 255, 267, 285, 286, 287, 288
「可愛らしい淑女」('The Lovely Lady')　395, 396
『カンガルー』(Kangaroo)　21, 177, 195, 218, 229, 239, 240, 246, 279, 286, 297, 300, 301, 302, 303, 307, 314, 321, 353, 354, 372, 461原註, 498原註
「菊の香り」('Odour of Chrysanthemums')　34, 91, 118, 119, 120, 518原註
「帰国して感じること」('On Coming Home')　331
「奇跡」('The Miracle')　「博労の娘」('The Horse-Dealer's Daughter')　参照
「生粋の魔女」('A Pure Witch')　505原註
「狐」('The Fox')　232, 236, 285
「境界線」('The Border-Line')　338
「ケツァルコアトル」('Quetzalcoatl')　321, 323, 328, 341, 350, 353, 354, 355, 356；『羽鱗の蛇』(The Plumed Serpent) も参照
「結婚指輪」('The Wedding Ring')　168, 169, 170, 175, 179, 180；『虹』(The Rainbow)、『恋する女たち』(Women in Love) も参照
『恋する女たち』(Women in Love)　21, 157, 199, 200, 209, 210, 211, 213, 214, 215, 219, 220, 230, 236, 244, 245, 246, 251, 252, 259, 265, 266, 268, 269, 276, 280, 284, 302, 321, 323, 348, 362, 405；「怒りの日」(Dies Irae) をタイトルに 210；プロローグ部を削除する 210；前書きを付け加える 237；「姉妹」('The Sisters')、「結婚指輪」('The Wedding Ring') も参照
「子どもと無意識」('The Child and the Unconscious')　『無意識の幻想』(Fantasia of the Unconscious) 参照
「最後の笑い」('The Last Laugh')　337
「サムソンとデリラ」('Samson and Delilah')　487原註
「ジークムント物語」('The Saga of Siegmund')　103, 104, 105, 106, 107, 108, 110, 117, 120, 125, 126；『侵入者』(The Trespasser) も参照
『シグネチャー』誌 (The Signature)　190, 192
「姉妹」('The Sisters')　157, 158, 166, 168, 170, 171, 180, 203, 321；『虹』(The Rainbow)、『恋する女たち』(Women in Love) も参照
「島を愛した男」('The Man Who Loved Islands')　244, 258, 379, 381, 382, 404, 405
「ジミーと無茶な女」('Jimmy and the Desperate Woman')　339, 472原註, 507原註
「締め出されたセックス」('Sex Locked out')　416
「宗教的であること」('On Being Religious')　337
「銃を持って」('With the Guns')　176, 179
「乗車券を拝見」('Tickets, Please')　232
「小説に手術を、さもなくば爆弾を」('Surgery for the Novel – Or a Bomb')　501原註
「小説の未来」('The Future of the Novel')　501原註
「冗談じゃない！」('None of That!')　397
「序曲」('A Prelude')　76
「処女とジプシー」('The Virgin and the Gipsy')

(23) 536

351, 375, 388, 404
「白い靴下」（'The White Stocking'）　76
『白孔雀』（*The White Peacock*）　23, 48, 68, 90, 102, 103, 107, 108, 110, 112, 115, 116, 119, 125, 150, 244, 388；「レティシア」（'Laetitia'）、「ネザミア」（'Nethermere'）も参照
『侵入者』（*The Trespasser*）　83, 126, 150, 156, 362
「ステンドグラスのかけら」（'A Fragment of Stained Glass'）　76
「スパイはどのようにして捕らえられたか」（'How a Spy is Arrested'）　141
『精神分析と無意識』（*Psychoanalysis and the Unconscious*）　250, 269, 288
「セックス対美しさ」（'Sex versus Loveliness'）　513原註
『セント・マウア』（*St. Mawr*）　337, 345, 346, 347, 348, 363, 404
『叢林の少年』（*The Boy in the Bush*）　299, 327, 328, 329, 336, 338, 353, 440, 468原註, 501原註
「大尉の人形」（'The Captain's Doll'）　283, 285
『太陽』（*Sun*）　371, 412, 420, 428
「玉に瑕」（'The Fly in the Ointment'）　471原註, 518原註
『チャタレー夫人の恋人』（*Lady Chatterley's Lover*）　18, 19, 244, 277, 308, 351, 353, 355, 371, 374, 385, 386, 387, 388, 389, 390, 391, 392, 393, 394, 396, 397, 401, 403, 404, 405, 406, 407, 408, 409, 410, 411, 412, 414, 415, 416, 417, 418, 423, 425, 426, 427, 428, 429, 434, 435, 437, 444. 461原註, 469原註, 472原註, 475原註, 478原註, 498原註, 508原註, 510原註, 512原註, 513原註, 514原註；海賊版 19, 418, 427, 428, 514原註；『ジョン・トマスとレディ・ジェイン』（*John Thomas and Lady Jane*）というタイトル 409, 410；『チャタレー夫人の恋人』第一稿（*The First Lady Chatterley*）も参照
『チャタレー夫人の恋人』第一稿（*The First Lady Chatterley*）　386, 388, 389, 391, 404, 510原註
「『チャタレー夫人の恋人』について」（'A Propos of *Lady Chatterley's Lover*'）　435, 444
「てんとう虫」（'The Ladybird'）　285
「ドイツからの手紙」（'Letter from Germany'）　338
「当世風の恋人」（'A Modern Lover'）　99, 100
「当世風の魔女」（'The Witch à la Mode'）　121
「トウモロコシの生長を祝うダンス」（'The Dance of the Sprouting Corn'）　341
「飛び魚」（'The Flying Fish'）　330, 358, 359, 360, 367, 369, 371, 395, 402, 417
「トマス・ハーディ（についての）本」または「トマス・ハーディ研究」（'Study of Thomas Hardy'）　175, 179, 186
「仲良くやる」（'Getting On'）　463原註, 465原註, 469原註, 470原註
「南京豆」（'Monkey Nuts'）　236
「肉体のなかの刺」（'The Thorn in the Flesh'）　400
『逃げた雄鶏』（*The Escaped Cock*）　371, 396, 397, 415, 429
『虹』（*The Rainbow*）　17, 21, 42, 49, 75, 83, 124, 129, 157, 180, 186, 187, 190, 191, 192, 193, 196, 197, 198, 201, 202, 203, 210, 211, 220, 237, 239, 246, 252, 259, 266, 269, 280；「姉妹」（'The Sisters'）、「結婚指輪」（'The Wedding Ring'）も参照
「二羽の青い鳥」（'Two Blue Birds'）　244, 381
「ネザミア」（'Nethermere'）　88, 90, 92, 94, 97, 102, 103, 107；『白孔雀』（*The White Peacock*）も参照
「ノッティンガムと炭坑地帯」（'Nottingham and the Mining Countryside'）　463原註
「バーンズ・ノヴェル」（'Burns Novel'）　481原註
「博労の娘」（'The Horse-Dealer's Daughter'）　197, 285；「奇跡」（'The Miracle'）　197, 285
「薔薇園の影」（'The Shadow in the Rose Garden'）　163
「春の陰影」（'The Shades of Spring'）　130
『羽鱗の蛇』（*The Plumed Serpent*）　21, 321, 353, 355, 356, 357, 358, 362, 367, 371, 378, 384, 395, 396, 416；「ケツァルコアトル」（'Quetzalcoatl'）も参照
「ファニーとアニー」（'Fanny and Annie'）　236
「プリンセス」（'The Princess'）　351
「プロシア士官」（'The Prussian Officer'）　158, 173, 179, 400
『プロシア士官及び他の短篇』（*The Prussian Officer and Other Stories*）　171, 192
「ヘイドリアン」（'Hadrian'）　236
「平和の実現」（'The Reality of Peace'）　214
「ベストウッドへの帰還」（'[Return to Bestwood]'）　402
「蛇踊りから戻ったところ——疲労困憊」（'Just Back from the Snake Dance - Tired Out'）

349
「放蕩な夫」('The Prodigal Husband') 487原註
「ポール・モレル」('Paul Morel') 110, 111, 116, 117, 120, 122, 124, 125, 128, 129, 130, 132, 135, 137, 143, 144, 145, 147, 150, 151;『息子と恋人』(Sons and Lovers) も参照
「牧師の庭」('The Vicar's Garden') 76
「牧師の娘たち」('Daughters of the Vicar') 121, 388
「ホピ族の蛇踊り」('The Hopi Snake Dance') 349
「ホフトン嬢の反逆」('The Insurrection of Miss Houghton') 157, 251, 255, 256, 481原註;『ロスト・ガール』(The Lost Girl) も参照
「ポルノグラフィーと猥褻」('Pornography and Obscenity') 435
『ミスター・ヌーン』(Mr Noon) 34, 129, 167, 246, 261, 266, 267, 268, 272, 273, 277, 289, 299, 321, 353, 468原註, 477原註, 478原註, 480原註
「民衆の教育」('Education of the People') 231, 258
「民主主義」('Democracy') 231, 238
『無意識の幻想』(Fantasia of the Unconscious) 224, 280, 281, 282, 285;「子どもと無意識」('The Child and the Unconscious') 224;『無意識の幻想』の序文 288
『息子と恋人』(Sons and Lovers) 18, 19, 29, 34, 35, 36, 37, 38, 39, 43, 44, 45, 46, 47, 52, 58, 66, 68, 69, 109, 111, 113, 114, 116, 124, 127, 132, 151, 155, 156, 157, 159, 160, 165, 169, 170, 171, 248, 294, 310, 321, 342, 349, 350, 353, 361, 372, 388, 396, 477原註;「序文」('Foreword') 155;作品としての成功 461原註, 465原註;「ポール・モレル」('Paul Morel') も参照
『メキシコの朝』(Mornings in Mexico) 354, 416
「盲目の男」('The Blind Man') 228, 232, 493原註
『黙示録』(Apocalypse) 20, 371, 434, 444, 445
「もの」('Things') 397
「門のところで」('At the Gates') 214
「山間の十字架像」('Crucifixes Among the Mountains') 147
『ヤマアラシの死をめぐる随想及び他のエッセイ』(Reflections on the Death of a Porcupine and Other Essays) 361
「憂鬱な気分」('The State of Funk') 469原註, 473原註, 517原註

「要塞と化したドイツにて」('In Fortified Germany') 139, 141, 143
『ヨーロッパの歴史における諸運動』(Movements in European History) 231, 235, 462原註
「ラッキー・ヌーン」('Lucky Noon') 478原註
「レックス」('Rex') 236, 316
「レティシア」('Laetitia') 68, 69, 75, 76, 87, 88;『白孔雀』(The White Peacock) も参照
『ロスト・ガール』(The Lost Girl) 239, 243, 259, 261, 266, 272, 321, 353;ジェイムズ・テイト・ブラック賞を受賞 293;「ホフトン嬢の反逆」('The Insurrection of Miss Houghton') も参照
「若い娘」('The Jeune Fille') 514原註
「我儘な女」('The Wilful Woman') 308, 311

翻訳
『あらゆることは可能である』(All Things are Possible) 238
『ドクター・マネンテ物語』(The Story of Doctor Manente) 421
『マストロ・ドン・ジェズアルド』(Mastro-don Gesualso) 289, 294

ロレンス、フリーダ (Lawrence, Frieda、旧姓フォン・リヒトホーフェン (von Richthofen)、そしてウィークリー (Weekley)、DHL の妻)
こう生きた
1879-1912: 誕生;メスでの暮らしぶり;ウィークリーとの出会い;結婚とイングランド;子どもたち;不倫関係 133-153
1912-1913: DHL がどう感じたか;DHL への反応;DHL とフリーダの子どもたち;ウィークリーと別離する;ウィークリーには DHL のことを黙っていた;DHL と一緒にドイツへ行く;DHL がフリーダへ向けた初期の愛情;DHL との生活;子どもたちと会えなくなる;ホブソンとのセックス;イタリアでの寂しさ;DHL の作品への反応 135-157, 277
1913-1914: イングランドへ戻る;DHL との諍い;子どもを追い回す;裁判所命令;バニー・ガーネットへモーションをかける;新しい知人;両親との再会;DHL を心配する;離婚;フィアスケリーノでの充足;DHL との結婚 158-172
1914-1915: バックスでの戦時中の暮らし;子ど

もに会えない不幸；新旧の友人；DHL との喧嘩；ロンドンへ移る；ガーシントン荘とオットリン・モレル；コーンウォールへ 176-196
1916-1917: DHL が愛以上のものを望むようになる；コーンウォールでの孤絶感；マリィとキャサリン・マンスフィールドと一緒に；DHL との大喧嘩；エスター・アンドリューズ；グレイとの不倫疑惑 199-223, 373, 390, 490 原註
1917-1919: ロンドン；ヘビを演じる；DHL の愛への態度に批判的；ダービシァ；DHL の姉妹と父親；子どもたちへの断ち切れぬ思い；病気；エイダ・ロレンス；ドイツの家族のもとへ 199-238, 490 原註
1919-1922: フィレンツェ；DHL との関係；シチリア島；母親を訪ねる；ロザリンド・ベインズ 248-289
1922-1923: セイロン；オーストラリア；メイベル・ルーハン；DHL との関係；ロボ牧場；デンマーク人；ビナーとジョンソンとメキシコ；ヨーロッパへ戻りたがる；ニューヨークでの DHL との喧嘩；子どもたち 294-327
1923-1924: ロンドンとドイツ；子どもたちとの仲；マリィとの関係；DHL に業腹；カフェ・ロイヤル；ブレット 327-340
1924-1925: カイオワ牧場を贈与される；DHL の作品の追随的支持者；ロレンスのファン；メキシコへ；ブレット；DHL の健康問題；カイオワへ戻る；カイオワでの暮らし 342-364
1925-1926: ヨーロッパへ戻る；フリーダの子どもたち；エイダ・ロレンス；フリーダの母親；スポトルノへ；アンジェロ・ラヴァリとの不倫；『ダビデ』を翻訳する；ブレット；DHL との深刻な喧嘩；DHL の病気；ミレンダ荘へ移る 356-389
1926-1928: イングランド；『チャタレー夫人の恋人』；ラヴァリに会いに行く；DHL の疾患；バイエルンへ戻る；イタリアで暮らす 382-413
1928-1929: ハックスリィのフリーダへの態度；エミリーとペギー・キングが来訪する；フリーダの母親；ラヴァリのところへ出かける；DHL がフリーダを面罵する；バンドル；エイダ・ロレンス；DHL の病；フリーダの「治癒力」；マジョルカ島；DHL の展覧会に顔を出す；シュヴァルツヴァルトでのフリーダの母親 409-442
1929-1930: バンドルへ戻る；DHL に対してもうイライラしなくなる；DHL が最後に倒れる；DHL の遺志；ラヴァリのところへ行こうと計画する；DHL の最期と埋葬 442-455
1930-1956: ラヴァリと一緒にカイオワ牧場へ旅立つ；遺灰をカイオワへ持ち帰ろうと試みる；『私ではなくて風が…』を執筆する；フリーダが相続した文学的遺産；フリーダの死歿 455-457

フリーダにかかわる事柄
階級意識 (class, sense of) 133, 388, 389, 456, 477 原註
喫煙 (cigarette smoking) 206, 320
執筆 (writing) 443, 454-457, 506原註
自由への信念 (freedom, her belief in) 207, 413, 456
セクシュアリティ (sexuality) 135, 136, 149, 163, 264, 372, 389, 411, 478原註, 490原註
DHL が愛以上に求めたもの (DHL wants more than love from) 199, 200, 215, 224, 256, 261, 268, 277-280, 302, 311
DHL に愛されて (loved by DHL) 135, 136, 140, 144, 151, 154, 184, 215, 225, 246, 247
DHL に脚色されて (recreated by DHL) 158, 267
DHL に反発して (opposition to DHL) 153, 154, 188, 224, 310
DHL の作品への反応 (responds to DHL's writing) 137, 145, 151, 210, 215, 224, 280, 311, 327, 362
DHL への愛 (love for DHL) 137, 140, 144, 151, 153-154, 184-185, 295
魅力 (attractiveness) 135-137, 199, 206-208

ロレンス、リディア (Lawrence, Lydia、旧姓ビアゾル (Beardsall)、DHL の母親) 24-38, 40, 43, 45-49, 51, 52, 56-59, 62-68, 71-73, 81, 88, 90, 109-115, 144, 235, 310, 362, 396, 463原註, 464原註, 465原註, 472原註；写真 2, 4 参照
ロレンス、ルイーザ (Lawrence, Louisa、DHL の祖母) 25
ロレンス、レティス・エイダ (Lawrence, Lettice Ada) ロレンス、エイダ (Lawrence, Ada)

参照
ロンドン（London） 19, 26, 44, 45, 77, 78, 81, 85, 86, 88, 90-97, 101-103, 111, 113, 117, 118, 119, 122, 123, 125, 127, 138, 153, 159, 160-177, 180, 181, 189, 190, 195, 198, 202, 209, 214, 215, 220-226, 229, 230, 232, 237, 238, 242, 262, 282, 330-338, 366-369, 380, 383, 384, 397, 406, 408, 417, 418, 424, 426, 435, 436, 437, 438, 455, 468原註, 479原註, 493原註, 499原註, 504原註, 516原註；ハムステッド（Hampsted） 93, 95, 139, 172, 181, 189, 331；ホーランド・パーク（Holland Park） 95, 127；エンバンクメント（Embankment） 97；ウォータールー・ブリッジ（Waterloo Bridge） 97；メリルボーン駅（Marylebone Station） 127；セルウッド・テラス（Selwood Terrace） 165, 172, 176；バタシー・タウンホール（Battersea Town Hall） 194；アールズコート（Earl's Court） 237；カフェ・ロイヤル（Café Royal） 332-336, 339, 416, 504原註；ウォータールー駅（Waterloo Station） 343
ロンドン・カウンティー・アンド・ウェストミンスター銀行（London County and Westminster Bank） 171
ロンドン・ブリッジ・ステーション（London Bridge Station） 86

ワ行

ワーグナー、リヒャルト（Wagner, Richard） 102
ワーズワース、ウィリアムとドロシー（Wordsworth, William and Dorothy） 58, 463原註, 493原註
ワイト島（Wight, Isle） 91, 101, 102, 126
『私たちの百十億ドル』（*Our Eleven Billion Dollars*） モントシーア、ロバート（Mountsier, Robert）参照
ワッツ、G. F.（Watts, G. F.） 166, 483原註
ワッツ、レナード（Watts, Leonard） 67
『笑う馬』誌（*The Laughing Horse*） 307, 320
『ワルキューレ』（*Die Walküre*） 102

写真説明（本文口絵 304〜305 ページ）

註―掲載されている写真の多くの日付が今までに利用されたものとは異なっているが、本伝記で付した日付がより正確であると思われる。アステリスクは本伝記において初めて公表されたことを示している。

1　D. H. ロレンス（D. H. Lawrence）、イーストウッド（Eastwood）にて 1886 年頃撮影（著者所蔵）。

2　ロレンス家、ノッティンガム（Nottingham）にて 1895 年頃撮影。後列左からエミリー（Emily）、ジョージ（George）、アーネスト（Ernest）。前列左からエイダ（Ada）、リディア（Lydia）、D. H. ロレンス、アーサー（Arthur）。マーケットプレイス（Market Place）にあるフィリップス＆フレックルトン（Phillips & Freckleton）にて撮影（エイダ・ロレンスと G. スチュアート・ゲルダー（G. Stuart Gelder）著 *The Early Life of D. H. Lawrence*、1932、12 ページの対向ページに掲載）。

3　ボーヴェイル・スクール（Beauvale School）、グリースリィ（Greasley）、ボーイズ・グループ 3（Boys Group III）、1894 年撮影。「鼻デカ」ブラッドリー（'Nocker' Bradley）は後ろから 2 列目の 1 番左。D. H. ロレンスは後ろから 3 列目の左から 2 人目。ジョージ・ネヴィル（George Neville）は後ろから 4 列目の左から 2 人目（ノッティンガム大学所蔵、La Z 8/1/1/3）。

4　リディア・ロレンス、イーストウッドにて 1895 年頃撮影（著者所蔵）。

5　D. H. ロレンス、ノッティンガム・ハイスクール（Nottingham High School）、1899 年或いは 1900 年撮影。モダン・第 4 学年（Modern IVth forms）（ノッティンガム・ハイスクール所蔵）。*

6　チェインバーズ家（Chambers Family）、ハッグス農場（The Haggs farm）にて 1899 年 6 月 29 日撮影。メイ（May）、バーナード（Bernard）、モリー（Mollie）、エドマンド（Edmund）、アン（Ann）、デイヴィッド（David）、ジェシー（Jessie）、ヒューバート（Hubert）、アラン（Alan）（著者所蔵）。

7　ジェシー・チェインバーズ、ノッティンガムにて 1907 年頃撮影（著者所蔵）。

8　D. H. ロレンス、ノッティンガムにて 1906 年 9 月 11 日撮影（著者所蔵）。

9　ヘレン・コーク（Helen Corke）、クロイドン（Croydon）にて 1903 年頃撮影（著者所蔵）。

10　ルイ・バロウズ（Louie Burrows）、レスター（Leicester）にて 1909 年 2 月 13 日頃撮影（ノッティンガム大学所蔵、La Phot 1/38/1）。

11　D. H. ロレンス、クロイドンにて 1908 年 12 月 12 日頃撮影（著者所蔵）。

12　アリス（Alice）とフィリス・ダックス（Phyllis Dax）、シャイアブルック（Shirebrook）にて 1915 年頃撮影（著者所蔵）。

13　フリーダ（Frieda）とアーネスト・ウィークリー（Ernest Weekley）、フライブルク（Freiburg）にて 1901 年頃撮影。アーネスト・ウィークリーが時計かロケットに合うように小さく切った写真。元の写真はフライブルクのアイヒベルク（Eichberg）にあるブラス姉妹（The Blas sisters）の家の庭で撮影されたもので、背後には景色も見られる（イアン・ウィークリー（Ian Weekley）所蔵）。

14　モンティ（Monty）、フリーダとバーバラ・ウィークリー（Barbara Weekley）、ノッティンガムにて 1905 年頃撮影（著者所蔵）。

15　D. H. ロレンス、ロンドン（London）にて 1913 年 6 月 26 日。ハイ・ホルボーン 40

番地（40 High Holborn）、W. G. パーカー（W. G. Parker）による撮影（著者所蔵）。
16 D. H. ロレンス、キャサリン・マンスフィールド（Katherine Mansfield）、フリーダそしてジョン・ミドルトン・マリィ（John Middleton Murry）、サウス・ケンジントン（South Kensington）にて 1914 年 7 月 13 日（ロレンスとフリーダの結婚式の日）におそらくゴードン・キャンベル（Gordon Campbell）によってセルウッド・テラス 9 番地（9 Selwood Terrace）の裏庭で撮影（ノッティンガム大学所蔵、La Z 8/1/1/9）。
17 D. H. ロレンス、ロンドンにて 1915 年晩夏、ベイカー・ストリート 63 番地（63 Baker Street）にあるエリオット・アンド・フライ会社（Elliott and Fry Ltd.）にて撮影（ロンドンのナショナル・ポートレート・ギャラリー（The National Portrait Gallery）の好意による）。
18 ウィリアム・ヘンリー・ホッキング（William Henry Hocking）、コーンウォール（Cornwall）にて 1917 年頃撮影（C. J. スティーヴンス（C. J. Stevens）著、*Lawrence at Tregerthen*、1988、68 ページと 69 ページのあいだに挿入）。
19 フリーダ・ロレンス、ロンドンにて 1919 年 10 月撮影。パスポート用写真（著者所蔵）。
20 D. H. ロレンス、ダービシァ（Derbyshire）にて 1918 年 6 月頃、イーニッド・ホプキン（Enid Hopkin）による撮影（ノッティンガム大学所蔵、La Z 8/1/1/11）。
21 モーリス・マグナス（Maurice Magnus）、1920 年頃撮影。パスポート用写真（ノッティンガム大学所蔵、La L 11/2）。
22 D. H. ロレンス、フィレンツェ（Florence）にて 1921 年 9 月 19 日撮影。パスポート用写真（著者所蔵）。
23 ロザリンド・ベインズ（Rosalind Baynes）と娘のブリジェット（Bridget）、1914 年撮影（ジョン・コフェイ（John Coffey）所蔵）。
24 メイベル（Mabel）とトニー・ルーハン（Tony Luhan）、ニューメキシコ（New Mexico）にて 1925 年頃撮影（ロイス・ラドニック（Lois Rudnick）著、*Utopian Vistas: The Mabel Dodge Luhan House and the American Counterculture*、1996、38 ページ）。
25 D. H. ロレンス、ビブルズ（Bibbles）とフリーダ、タオス（Taos）のデルモンテ牧場（Del Monte ranch）にて 1923 年 2 月か 3 月、クヌード・メリルド（Knud Merrild）による撮影（クヌード・メリルド著、*A Poet and Two Painters*、1938、160 ページの対向ページ）。
26 フリーダ・ロレンス、メキシコ（Mexico）のグァダラハラ（Guadalajara）にて 1923 年 5 月か 6 月、ウィッター・ビナーによる撮影（© ノッティンガム大学、La WB 1/17）。
27 D. H. ロレンス、サンタフェ（Santa Fe）にて 1923 年 3 月 19 日か 20 日、ウィッター・ビナーによる撮影（© ノッティンガム大学、La WB 1/2）。
28 D. H. ロレンスとフリーダ、リゾルート号（*SS Resolute*）上、ニューヨーク（New York）にて 1925 年 9 月 21 日、インターナショナル・ニューズリール（International Newsreel）写真（ノッティンガム大学所蔵、La Phot 1/60）。
29 ハーウッド・ブルースター（Harwood Brewster）、アール・ブルースター（Earl Brewster）、前列にドロシー・ブレット（Dorothy Brett）、アクサ・ブルースター（Achsah Brewster）そして D. H. ロレンス、カプリ（Capri）にて 1926 年 2 月末か 3 月初めに撮影。雑誌写真（*Eve: The Lady's Pictorial*、1926 年 3 月 31 日、625 ページ）。
30 狙撃隊の制服を着たアンジェロ・ラヴァリ（Angelo Ravagli）、1926 年頃撮影（著者所蔵）。
31 エイダ・ロレンスと D. H. ロレンス、メイブルソープ（Mablethorpe）にて 1926 年 8 月 21 日から 26 日のあいだにエディ・クラーク（Eddie Clarke）による撮影（ノッ

ティンガム大学所蔵、La Phot 1/20）。

32　D. H. ロレンス、エミリー・キング（Emily King）、モード・ビアゾル（Maude Beardsall）、エイダ・クラーク（Ada Clarke）、ガートルード・クーパー（Gertrude Cooper）。前列にはジョーン・キング（Joan King）、ジャック・クラーク（Jack Clarke）、バート・クラーク（Bert Clarke）、リンカンシァ（Lincolnshire）のマークビィ（Markby）にある聖ピーター教会（St Peter's Church）にて1926年8月21日から26日のあいだにエディ・クラークによる撮影（ノッティンガム大学所蔵、La Pc 2/8/26）。*

33　D. H. ロレンス、サンポロモシアーノ（San Polo Mosciano）にあるミレンダ荘（Villa Mirenda）にて1926年か1927年頃にマリア・ハックスリィ（Maria Huxley）（?）による撮影（ノッティンガム大学所蔵、La Phot 1/24）。

34　「ピノ」・オリオリ（'Pino' Orioli）、フリーダそしてD. H. ロレンス、フィレンツェのサンタ・トリニタ橋上（Ponte Santa Trinita）にて1928年5月頃撮影（著者所蔵）。

35　D. H. ロレンス、フィレンツェのルンガルノ（Lungarno）にあるデイヴィス・アンド・オリオリ会社（Davis and Orioli Ltd.）の本屋にて1928年5月、ロバート・ホバート・デイヴィス（Robert Hobart Davis）による撮影（著者所蔵）。

36　D. H. ロレンス、フィレンツェのルンガルノにあるデイヴィス・アンド・オリオリ会社の本屋にて1928年5月、ロバート・ホバート・デイヴィスによる撮影（著者所蔵）。

37　『ベランダの家族』（*Family on a Verandah*）、1928年4月末に描かれた（『D. H. ロレンス絵画集』（*The Paintings of D. H. Lawrence*）、1929、に収録）。

38　D. H. ロレンス、ヴァンス（Vence）にあるアド・アストラ・サナトリウム（Ad Astra Sanatorium）にて1930年2月26日撮影。ジョー・デイヴィッドソン（Jo Davidson）によるクレーヘッド（ノッティンガム大学所蔵, La Phot 1/35/1）。

省略表記

本伝記で使われている資料のなかにはケンブリッジ大学出版局による3巻本のロレンスの評伝（*The Early Years, Triumph to Exile, Dying Game*）においてすでに使われているものがあり、学術的且つ資料的な価値のあるケンブリッジ版評伝が依拠している出典にたいていの場合において言及している。つまり、ケンブリッジ版にあたって資料の出所をつきとめるほうが（3巻本の評伝がそれぞれに利用している）オリジナルの出典をみずからの手で探し出して確認することに比べれば手間が省けるし、ケンブリッジ版評伝にあるような（世に埋もれた）資料への突っ込んだ議論が有益であるという理由から、折に触れてケンブリッジ版の3巻本への言及をくり返している。いくつかの点（1912年の5月に起こった出来事や、1926年から1928年にかけてのウィルキンソン夫妻との関係など）においては、今までにない新しい見解がもち上がったり、新たな資料が役に立ったりした。このような意味で本伝記はケンブリッジ版を補うものといえる。第一章の文末註（註24）は『息子と恋人』が今までにどれほど（ロレンスの実人生を考える際の）情報源として利用されてきたかを、そして第七章の註54は『ミスター・ヌーン』がどのように第七章、第八章、第九章で使われているかを示している。本伝記にはケンブリッジ版からそっくりそのまま拝借した文言が散見されるが、それは私がそれらの素晴らしさを認め、それ以上のうまい表現を見つけることができなかったからである。そしてめったにないことだが、ケンブリッジ版における考察に真っ向から対立する見解がある場合には、それらを文末註に記しておいた。

出版社の所在場所は、とくに明記していない限りにおいてロンドンである。

ロレンスにより執筆された作品

A	*Apocalypse*、マーラ・カルニンズ編、ケンブリッジ、ケンブリッジ大学出版局、1980年。
AR	*Aaron's Rod*、マーラ・カルニンズ編、ケンブリッジ、ケンブリッジ大学出版局、1988年。
BinB	*The Boy in the Bush*、ポール・エガート編、ケンブリッジ、ケンブリッジ大学出版局、1990年。
EmyE	*England, My England and Other Stories*、ブルース・スティール編、ケンブリッジ、ケンブリッジ大学出版局、1990年。
Fox	*The Fox*・*The Captain's Doll*・*The Ladybird*、ディーター・メール編、ケンブリッジ、ケンブリッジ大学出版局、1992年。
FSLC	*The First and Second Lady Chatterley Novels*、ディーター・メール、クリスタ・ヤンゾーン編、ケンブリッジ、ケンブリッジ大学出版局、1999年。
FWL	*The First 'Women in Love'*、ジョン・ワーゼン、リンデス・ヴェイズィー編、ケンブリッジ、ケンブリッジ大学出版局、1998年。
Hardy	*Study of Thomas Hardy and Other Essays*、ブルース・スティール編、

ケンブリッジ、ケンブリッジ大学出版局、1985 年。

K — *Kangaroo*、ブルース・スティール編、ケンブリッジ、ケンブリッジ大学出版局、1994 年。

L, i — *The Letters of D. H. Lawrence*, vol. i、ジェイムズ・T・ボウルトン編、ケンブリッジ、ケンブリッジ大学出版局、1979 年。

L, ii — *The Letters of D. H. Lawrence*, vol. ii、ジョージ・J・ズィタルーク、ジェイムズ・T・ボウルトン編、ケンブリッジ、ケンブリッジ大学出版局、1981 年。

L, iii — *The Letters of D. H. Lawrence*, vol. iii、ジェイムズ・T・ボウルトン、アンドリュー・ロバートソン編、ケンブリッジ、ケンブリッジ大学出版局、1984 年。

L, iv — *The Letters of D. H. Lawrence*, vol. iv、ウォレン・ロバーツ、ジェイムズ・T・ボウルトン、エリザベス・マンスフィールド編、ケンブリッジ、ケンブリッジ大学出版局、1987 年。

L, v — *The Letters of D. H. Lawrence*, vol. v、ジェイムズ・T・ボウルトン、リンデス・ヴェイズィー編、ケンブリッジ、ケンブリッジ大学出版局、1989 年。

L, vi — *The Letters of D. H. Lawrence*, vol. vi、ジェイムズ・T・ボウルトン、マーガレット・H・ボウルトン、ジェラルド・M・レイシィー編、ケンブリッジ、ケンブリッジ大学出版局、1991 年。

L, vii — *The Letters of D. H. Lawrence*, vol. vii、キース・セイガー、ジェイムズ・T・ボウルトン編、ケンブリッジ、ケンブリッジ大学出版局、1993 年。

L, viii — *The Letters of D. H. Lawrence*, vol. viii、ジェイムズ・T・ボウルトン編、ケンブリッジ、ケンブリッジ大学出版局、2001 年。

LAH — *Love Among the Haystacks and Other Stories*、ジョン・ワーゼン編、ケンブリッジ、ケンブリッジ大学出版局、1987 年。

LCL — *Lady Chatterley's Lover*、マイケル・スクワイヤーズ編、ケンブリッジ、ケンブリッジ大学出版局、1993 年。

LEA — *Late Essays and Articles*、ジェイムズ・T・ボウルトン編、ケンブリッジ、ケンブリッジ大学出版局、2004 年。

LG — *The Lost Girl*、ジョン・ワーゼン編、ケンブリッジ、ケンブリッジ大学出版局、1981 年。

MinM — *Mornings in Mexico*、セッカー、1927 年。

MM — *Memoir of Maurice Magnus*、キース・クシュマン編、サンタ・ローザ、ブラック・スパロゥ・プレス、1987 年。

MN — *Mr Noon*、リンデス・ヴェイズィー編、ケンブリッジ、ケンブリッジ大学出版局、1984 年。

Movements — *Movements in European History*、フィリップ・クランプトン編、ケンブリッジ、ケンブリッジ大学出版局、1988 年。

P — *Phoenix: The Posthumous Papers of D. H. Lawrence*、エドワード・D・マクドナルド編、ニューヨーク、ヴァイキング、1936 年。

PII — *Phoenix II: Uncollected, Unpublished and Other Prose Works by D. H. Lawrence*、ウォレン・ロバーツ、ハリー・T・ムア編、ハイネマン、

1968 年。

PFU　*Psychoanalysis and the Unconscious* and *Fantasia of the Unconscious*、ブルース・スティール編、ケンブリッジ、ケンブリッジ大学出版局、2004 年。

Plays　*The Plays*、ハンス・シュヴァルツェ、ジョン・ワーゼン編、ケンブリッジ、ケンブリッジ大学出版局、1999 年。

PM　*Paul Morel*、ヘレン・バロン編、ケンブリッジ、ケンブリッジ大学出版局、2003 年。

PO　*The Prussian Officer and Other Stories*、ジョン・ワーゼン編、ケンブリッジ、ケンブリッジ大学出版局、1983 年。

Poems　*The Complete Poems of D. H. Lawrence*、ヴィヴィアン・ド・ソーラ・ピントー、ウォレン・ロバーツ編、改訂版、ハーモンズワース、ペンギン・ブックス、1977 年。

PS　*The Plumed Serpent*、L・D・クラーク編、ケンブリッジ、ケンブリッジ大学出版局、1987 年。

R　*The Rainbow*、マーク・キンキード＝ウィークス編、ケンブリッジ、ケンブリッジ大学出版局、1989 年。

Reflections　*Reflections on the Death of a Porcupine and Other Essays*、マイケル・ハーバート編、ケンブリッジ、ケンブリッジ大学出版局、1988 年。

S&S　*Sea and Sardinia*、マーラ・カルニンズ編、ケンブリッジ、ケンブリッジ大学出版局、1997 年。

SEP　*Sketches of Etruscan Places and Other Italian Essays*、シモネッタ・ド・フィリピス編、ケンブリッジ、ケンブリッジ大学出版局、1999 年。

SL　*Sons and Lovers*、ヘレン・バロン、カール・バロン編、ケンブリッジ、ケンブリッジ大学出版局、1991 年。

St.M　*St. Mawr and Other Stories*、ブライアン・フィニー編、ケンブリッジ、ケンブリッジ大学出版局、1983 年。

Studies　*Studies in Classic American Literature*、エズラ・グリーンスパン、リンデス・ヴェイズィー、ジョン・ワーゼン編、ケンブリッジ、ケンブリッジ大学出版局、2003 年。

T　*The Trespasser*、エリザベス・マンスフィールド編、ジョン・F・ターナーによる序文と註付、ハーモンズワース、ペンギン・ブックス、1994 年。

TI　*Twilight in Italy and Other Essays*、ポール・エガート編、ケンブリッジ、ケンブリッジ大学出版局、1994 年。

WL　*Women in Love*、デイヴィッド・ファーマー、リンデス・ヴェイズィー、ジョン・ワーゼン編、ケンブリッジ、ケンブリッジ大学出版局、1987 年。

WP　*The White Peacock*、アンドリュー・ロバートソン編、ケンブリッジ、ケンブリッジ大学出版局、1983 年。

WWRA　*The Woman Who Rode Away and Other Stories*、ディーター・メール、クリスタ・ヤンゾーン編、ケンブリッジ、ケンブリッジ大学出版局、1995 年。

その他の著書と電子化された著作

Ada　エイダ・ロレンス、G・スチュアート・ゲルダー著、*The Early Life of D. H. Lawrence*、セッカー、1932 年。

Bedford　シビル・ベドフォード著、*Aldous Huxley: A Biography*, 2 vols.、チャットー・アンド・ウィンダス、1973-4 年。

Brett　ドロシー・ブレット著、*Lawrence and Brett: A Friendship*、フィラデルフィア、J・B・リッピンコット、1933 年。

Brett（1974）　ドロシー・ブレット著、*Lawrence and Brett: A Friendship*、ジョン・マンチェスター編、サンタフェ、サンストーン、1974 年。

Bynner　ウィッター・ビナー著、*Journey with Genius: Recollections and Reflections Concerning the D. H. Lawrences*、ピーター・ネヴィル、1953 年。

Crotch　マーサ・ゴードン・クロッチ著、*Memories of Frieda Lawrence*、エジンバラ、トラガーラ・プレス、出版年不明。

Delavenay　エミール・デラヴニ著、*D. H. Lawrence: L'Homme et la genèse de son oeuvre. Les années de formation: 1885-1919*, 2 vols、パリ、リベラリー・C・クリンクジック、1969 年。

DG　デイヴィッド・エリス著、*D. H. Lawrence: Dying Game 1922-1930*、ケンブリッジ、ケンブリッジ大学出版局、1998 年。

E　ウォレン・ロバーツ、ポール・ポプラウスキー著、*A Bibliography of D. H. Lawrence*, 第 3 版の E セクション、ケンブリッジ、ケンブリッジ大学出版局、2001 年。

E. T.　E. T.［ジェシー・チェインバーズ・ウッド］、*D. H. Lawrence: A Personal Record*、ジョナサン・ケイプ、1935 年。

EY　ジョン・ワーゼン著、*D. H. Lawrence: The Early Years 1885-1912*、ケンブリッジ、ケンブリッジ大学出版局、1991 年。

Frieda　フリーダ・ロレンス著、"*Not I, But the Wind ...*"、サンタフェ、ライダル・プレス、1934 年。

Hignett　ショーン・ヒグネット著、*Brett: From Bloomsbury to New Mexico: A Biography*、ホダー・アンド・スタウトン、1984 年。

KJB　*The Holy Bible Containing the Old and New Testaments*、（*Authorised King James Version*: 欽定英訳聖書）。

Luhan　メイベル・ルーハン著、*Lorenzo in Taos*、ニューヨーク、クノプフ、1932 年。

Memoirs　*Frieda Lawrence: The Memoirs and Correspondence*、E・W・テドロック編、ハイネマン、1961 年。

Merrild　クヌード・メリルド著、*A Poet and Two Painters: A Memoir of D. H. Lawrence*、ニューヨーク、ヴァイキング・プレス、1939 年。

Nehls　*D. H. Lawrence: A Composite Biography*, 3 vols、エドワード・ネールズ編、マディソン、ウィスコンシン州立大学出版局、1957-9 年。

OED2　*The Oxford English Dictionary (Second Edition)*、CD-ROM 版、Version 2.0、オックスフォード、オックスフォード大学出版局、1994 年。

Patmore　ブリジット・パトモァ著、*My Friends When Young: The Memoirs of*

	Brigit Patmore、デレク・パトモア編、ハイネマン、1968 年。
SP	キャサリン・カーズウェル著、*The Savage Pilgrimage*［1932］、ケンブリッジ、ケンブリッジ大学出版局、1981 年。
TE	マーク・キンキード＝ウィークス著、*D. H. Lawrence: Triumph to Exile 1912-1922*、ケンブリッジ、ケンブリッジ大学出版局、1996 年。
Tedlock	E・W・テドロック著、*The Frieda Lawrence Collection of D. H. Lawrence Manuscripts: A Descriptive Bibliography*、アルバカーキー、ニューメキシコ州立大学出版局、1948 年。
Wilkinson	ジョン・ターナー著、'D. H. Lawrence in the Wilkinson Diaries'、*D. H. Lawrence Review*, xxx（2002 年）、5-63 ページ。

手書きまたはタイプ原稿の所在地

BL	ブリティッシュ・ライブラリー
BucU	バックネル大学
NCL	ノッティンガム・カウンティー図書館
NRO	ノッティンガム公文書館
NWU	ノース・ウェスタン大学
NYPL	ニューヨーク公共図書館
SIU	南イリノイ大学
UCB	カリフォルニア州立大学バークレー校
UCin	シンシナティ大学
UCLA	カリフォルニア州立大学ロサンゼルス校
UIll	イリノイ州立大学
UN	ノッティンガム大学
UNM	ニューメキシコ州立大学
UT	テキサス州立大学オースティン校
UTul	タルサ大学
YU	イェール大学

人物

DHL	デイヴィッド・ハーバート・ロレンス
Frieda	フリーダ・ウィークリー・ロレンス・ラヴァリ（旧姓　フォン・リヒトホーフェン）
CR-W	コーネリア・ランプフ＝ワーゼン
JW	ジョン・ワーゼン

著者について

ジョン・ワーゼン（John Worthen）

一九四三年ロンドン北部に生まれ、カンタベリィ、スウォンジー、ノッティンガム、オバーハウゼン、ケンブリッジに住む。*D. H. Lawrence: The Early Years 1885-1912* (1991), *The Gang: Coleridge, the Hutchinsons & the Wordsworths in 1802* (2001), *D. H. Lawrence: The Life of an Outsider* (2005) などの伝記的著作を発表。2005年にロレンス研究の第一線から退いてからは *Robert Schumann: Life and Death of a Musician* (2007), *T. S. Eliot: A Short Biography* (2009), ***William Wordsworth: A Critical Biography*** (2014) などの評伝を意欲的に発表（*The Three Lives of Frieda Lawrence* は未完）。現在はパーシー・ビッシュ・シェリーについての評伝を執筆中。この詩人の類稀な作家としての才能を精査するとともに、出自、キリスト教、レスペクタビリティ、そして祖国からのエグザイル（一〇〇年後のロレンスのそれと多くの点で類似する）を詳説する。

訳者について

中林　正身（なかばやし　まさみ）

一九六四年生まれ。一九九二年三月早稲田大学大学院文学研究科英文学専攻修士課程修了。二〇〇六年七月英国ノッティンガム大学大学院博士課程修了（Ph.D.）。現在、相模女子大学学芸学部英語文化コミュニケーション学科准教授。著書、*The Rhetoric of the Unselfconscious in D. H. Lawrence: Verbalising the Non-Verbal in the Lady Chatterley Novels* (UPA, 2011)。共著、『風土記　イギリス』（新人物往来社、二〇〇九）など。共訳、『イギリス歴史地名辞典』（東洋書林、一九九六）。

作家ロレンスは、こう生きた

二〇一五年十一月二十五日　第一刷発行

訳　者　中林正身
発行者　南雲一範
装幀者　岡孝治
発行所　株式会社南雲堂
東京都新宿区山吹町三六一　郵便番号一六二-〇八〇一
電話東京 (〇三) 三二六八-二三八四（営業部）
(〇三) 三二六八-二三八七（編集部）
振替口座　〇〇一六〇-〇-四六八六三
ファクシミリ（〇三）三二六〇-五四二五

印刷所　啓文堂
製本所　長山製本所

乱丁・落丁本は、小社通販係宛御送付下さい。
送料小社負担にて御取替えいたします。
〈IB-326〉〈検印廃止〉

ISBN978-4-523-29326-2　C3098